OPEN是一種人本的寬厚。

OPEN是一種自由的開闊。

OPEN是一種平等的容納。

OPEN 1/27

語言與語言學論叢

作　　　者　陳　原
責任編輯　雷成敏　劉素芬
校　對　者　楊如萍
美術設計　謝富智　吳郁婷
出　版　者
印　刷　所　臺灣商務印書館股份有限公司
　　　　　　地址：臺北市 10036 重慶南路 1 段 37 號
　　　　　　電話：(02)23116118 · 23115538
　　　　　　傳眞：(02)23710274 · 23701091
　　　　　　讀者服務專線：080056196
　　　　　　郵政劃撥：0000165 － 1 號
　　　　　　E-mail：cptw@ms12.hinet.net
　　　　　　出版事業登記證：局版北市業字第 993 號

初版一刷　　2001 年 2 月

定價新臺幣 480 元
ISBN　957-05-1678-X（平裝）／ 00700010

OPEN 1/27

語言與語言學論叢

應用社會語言學

陳原／著

臺灣商務印書館 發行

目　次

台灣版序言

　　《語言與社會生活》、《在語詞的密林裡》、《語言與語言學論叢》三卷書是我在中國大陸改革開放二十年間（1978─1998）從事社會語言學研究和實踐的著述彙編，原書三卷合售，名為《陳原語言學論著》。對於學術研究而言，二十年不算長，但如果從三〇年代參加語文運動算起，我涉獵語言和語言學的領域已虛度了六十載；其間戰爭、革命、建設，加上六〇年代中期發生的社會悲劇（「文化大革命」）……迫使我不能專心一意進行研究工作，直到七〇年代末八〇年代初，才有可能逐步走上專業研究的道路。

　　去年，有評論家認為我同我的許多可敬的先行者一樣，之所以獻身於語言學研究，是從中國知識分子憂國憂民救國救民的願望和理想出發的；進行這樣的研究，其目的是要改革傳統的書寫系統，以利於開發民智，振興中華。評論家指出我是這些先行者中最年輕的或者最後一批中的一個。這個論點言之成理，可能是對的，我不想作出評論之評論；但是我自己知道，我確實是從改革漢字系統即通常說的文字改革的斜面切入語言學研究的。毫無疑問，我所崇敬的先行者們，如陳獨秀、胡適、錢玄同、趙元任、劉復、黎錦熙、吳玉章、胡愈之……他們也多少是從改革漢字系統即文字改革切入語言學領域的。我本人不至於如此狂妄，

竟敢跟這一群可敬的先行者相比，只應當說，我也是依循著他們的腳印走他們走過的路罷了。

我青少年時代參加語文運動，談不上什麼研究，但是這項活動卻引誘我對語言和語言學發生濃厚的興趣。為了改革文字的實踐，我曾不得不去研習語音學、方言學和普通語言學。我作過粵方言的聲調研究，寫過論文，參與過粵語拉丁化（即用羅馬字母記錄和書寫廣州方言）方案的制訂，編過這方面的課本，那些成果當然是淺薄和可笑的，為了展現歷史的足跡，在《語言與語言學論叢》中收載了六十年前為捍衛和宣傳改革漢語書寫系統的幾篇幼稚的論文，雖則會令後人發笑也在所不計了，因為它不僅記錄了我個人的而且記錄了我同時代人的腳印。上面提到過，在這之後，戰爭與革命使我在這個領域沉默了幾近四十年，直到我行年六十，才有機會重理舊業。

應當說，我重理舊業的頭一階段是從字典辭書研究開始的。1973年，由於我推薦出版《現代漢語詞典》，被當時推行文化專制主義的極左分子（後稱「四人幫」）誣陷為「反動勢力復辟」——後人惶惑不解，一本詞典能夠形成「反動勢力」復辟嗎？但這是當時中國大陸的現實。用當時的語言來說，是我挨了「沉重的棍子」。這棍子打得好，它使我有了差不多足足兩三年時間，去通讀幾部著名的中文和英文詞典，並且結合著我青少年時期所獲得的語言學一知半解的知識，從實際出發，日以繼夜地去鑽研詞典編纂學，旁及社會語言學和應用社會語言學。「賦閒」不僅鍛鍊了人的意志，它還誘導人進入一個迷人的學術王國。這段事實，記錄在《語言與語言學論叢》一書附錄柳鳳運寫的〈對話錄：走過的路〉裡。而收載的《語言與社會生活》就是這個時期最初的研究成果。之後，時來運轉，我有幸參與了制訂編纂中外語文詞

典十年規劃，並且在隨後大約五六年間跟蹤這個規劃，為實現這個規劃而奔走呼號，有時甚至為某部詞典的某些詞條做審核定稿的工作。從實踐所得的或者引發的有關詞典學或語彙學的一些觀點，大致寫入我的五篇題為釋什麼釋什麼的論文，我自己很喜歡這幾篇似專論又似雜文的東西，我的一些日本語言學界朋友也很喜歡它們，所以在東京出版了日文譯本。儘管這五篇文章的某些觀點，我在後來的研究中改變了，但我不想去修改它，仍照原樣收在《在語詞的密林裡》，讀者可以從我後來的論文中看到我的觀點的改變。

我的研究工作後一階段，是從 1984 年開始的。從這一年起，直到退休，我投身於文字改革和語言文字規範化的實務，成為一個專業的語言工作者了。雖然行政工作消耗了我很多時間和精力，但是實踐對我的研究仍有極大的好處，它經常修正或深化我的認識和觀念。無論如何我在這個階段仍然有足夠的機會從事理論研究和教學工作。這個時期的成果，見《在語詞的密林裡》收載的《語言和人》以及《語言與語言學論叢》所收一些專門論文。

八○年代初，當我從封閉的中國走向開放的世界時，六○年代興起的信息革命，已經在我們的星球上開出燦爛的花朵，我有幸在美洲在歐洲在日本結識了從事當代跨學科研究的語言學家和信息科學家，他們誘導我迅速接觸了新的科學。這使我思考了和研究了一些從前沒有想到過的語言學新問題，包括現代漢語若干要素的定量分析和信息分析以及術語學、語言信息學等等（有一個時期，人們把這一類工作稱之為「語言工程」）。記錄這個時期我走過的路的，主要是收在《在語詞的密林裡》的《語言和人》跟《語言與語言學論叢》的許多論文、演講稿、報告提綱和未成

篇章的札記。有些札記不過是我準備寫作《語言信息學》的素材，未成體系，鑑於餘日無多，便順從我的知友的勸告，也把它印出來以供同好。

三卷書所收單行本著作，比較有影響的一種是《社會語言學》（1983），此書出版以來，印過多次，國內外也屢有評論介紹。也許因為它是近年來國內這一學科的第一本系統著作，也許因為它並沒有採取教科書式的枯燥寫法，所以受到讀書界的歡迎和學術界的關注。我在此書中論述了和闡明了社會語言學的一些重要範疇（其中一些是前人未曾涉獵過的），但遺憾的是它沒有接觸到這門學科一些非常重要的範疇——例如語言的變異、語言的文化背景等等。後來我在另外的場合，試圖作補充的論述——例如在《社會語言學方法論四講》中，論述了語言的變異，可是對另外一些範疇仍舊沒有觸及。

前幾年曾想過將問世多年的《社會語言學》徹底重新改寫，試改的結果，發現難於下筆，可能是原書寫時一氣呵成，修改還不如另起爐灶。因此我放棄了這個念頭。此書雖然有這樣那樣的缺點，可是也有可取的一面，即書中所有的推導都是立足於我們中國的語言文字作出的，即從漢語特別是現代漢語出發進行研究的，涉及外語時也是從比較語言學特別是比較語彙學出發的，跟某些根據外國專著改寫的社會語言學書籍有所不同。多年來我得益於國內外這門學科的先行者，特別是趙元任、羅常培、呂叔湘、許國璋諸先生，我從他們的著作或言談中，得到很多啟發，如果沒有他們的言行指引，我現在這一點點的微小成就也不會有的。飲水思源，我感謝他們。

八〇年代末，我應邀同美國學者馬歇爾（David F. Marshall）一起，共同編輯了一期《國際語言社會學學報》（*International*

Journal of the Sociology of Language），即第81本《社會語言學在中華人民共和國》（*Sociolinguistics in the Peoples Republic of China*）專號（1990），國內著名的社會語言學家都在上面發表了著述。這個學報在國際上久負盛名，發刊於1974年，每年出版三數本，主編是著名的美國社會語言學家費希曼 (Joshua A. Fishman)。專號首頁有題詞，雖簡短但情意深長。它寫道：

> 「本專號是美中兩國社會語言學學者合作的成果。兩國學者之間有著太多的東西可以互相學習，而曾經顯得那麼寬闊的大洋，將變得愈來愈容易跨越了。」

專號有兩篇導言，一篇是馬歇爾寫的，一篇是我寫的。我在導言中強調，社會語言學在中國最重要的特徵是它從一開始就帶著實踐性，我指出我國的社會語言學研究著重在應用，即將社會語言學的理論應用到文字改革、語言規劃和語言規範化等等方面。我這篇導言的改寫本，在《在語詞的密林裡》的《語言和人》中（第十四章）可以看到。

現在，我作為一個立足於現代漢語的社會語言學者，將這些年我對這門學科探索的微薄成果，貢獻給海峽那邊的讀書界和同道，使我有機會向他們請教，這無疑是最愉快的事。出版者說，由於眾所周知的原因，海峽那邊的讀書界對我這個人是很不了解的，希望我作點補救。語云：「讀其書而不知其人，可乎？」確實如此。我理解出版者的心情和好意，但是我缺乏觀察我自己的能力，何況自己介紹自己總帶著某些偏見。好在有附錄〈對話錄——走過的路〉和本版增加的同一位作者寫的〈陳原其人〉，著重寫了作為「人」的陳原（而不是一份履歷書），也許略能彌補這個缺陷。

最後，為著這三書的出版，請允許我向海峽兩邊的出版者致以最誠懇的敬意和謝忱。

1998.7.16在北京

語云：讀其書而不知其人，可乎？

陳原其人

柳鳳運

「書林漫步、書海浮沉、書林記事、書海夜航、醉臥書林、人和書、書和人和我、書話、書迷、書人⋯⋯」這是他為自己的著作取的書名、篇名、章節名，或文中愛用的詞語。

如今，他那十四平米的書房兼起居室，又是四壁皆書了（在那荒唐的「文化大革命」中，他被迫毀棄了上萬卷書）。書架、書櫃、書箱都毫不客氣地在爭奪「生存空間」，幾只「頂天立地」的書架，已是裡外兩排了，每排上面，又有橫臥者，以致凳子底下、椅子底下，直至床底下，都塞滿了書。這些書的登錄卡都裝在他的腦子裡，任何一本書，他幾乎都能一下子就說出是在哪一架、哪一排，前排還是後排。他的書，對他來說，都是值得收藏的，對他都是有用的。新書一到手，他都要立即瀏覽，迅速作出判斷，有用的上架，無用的放在地上；若只有幾章有用，便將這幾章撕下保存。經常見他從大本書刊（哪怕是新買的）中，撕下需要的幾頁，餘者棄去。他說，他的書房不是藏書樓。

他愛書，他是書迷。找書，買書成了他的樂趣——特別是近年「賦閒」以來，去書店「淘」書，幾乎成了他的主要「外事」活動。淘書是他外出的動力，而任何其他外出的動機，也往往以淘書為歸宿。他的行蹤常常是，一出家門便跳上公共汽車，在書店附近的車站下來，找到想要的書，買了就走，又上車，下個書

店又下⋯⋯有時大獲而歸（有時也難免空手而返）。若果目標明確，便「打的」（搭出租車）直奔某圖書城。去來如閃電。他找書，可真有點「特異功能」，無論是去聽音樂會，還是去逛商店，或是路過書攤，他能都「嗅」到他要的書，摟草打兔子地把書買回家。

除了書，在這間他自稱可以打滾（我以為說「原地自轉」更確切）的斗室中，還擺滿了電腦、掃描機、打印機、電視機、錄相機、影碟機、高保真音響、無線電話、對講機⋯⋯可見九〇年代的他，不僅漫步於書林，亦漫遊於網上。他已不是傳統的讀書人，他的視野從書本隨時切入社會，且已超越時空，走向世界，貫串古今、直視未來。

＊　　　　　＊　　　　　＊

他現在還是開足馬力，每天在讀、在寫，他總是幾本書一起讀，幾篇文章一齊寫。當談到一件有趣而不急的工作時，他常常說「等我老了」再做，彷彿他「並不老」；為此，八十足歲的他，常常被年輕的朋友抓住，一起大笑。的確，他不老。

記得那年他初到商務印書館（1972），才五十有四，應該說正是年富力強，風華正茂之時，他卻也是灰白的頭髮所剩無幾，有那麼兩根，從左邊珍重地拉到右邊，卻仍無法遮蓋那光亮的大片禿頂。他總是微笑著說點什麼，似乎很健談，可是誰也記不起他談了些什麼。在人人都要表態時，他總是拖到最後，說大家都談得很好，現在快要散會了，下次再談罷，下次復下次，於是「化解」了。在那「三忠於」，「四無限」的「文革」年代，這樣做確實有點「大逆不道」，但人家也奈何他不得。所以，無論是善良的人還是充滿敵意的人，背地裡無不說他「狡獪狡獪的！」在這一點上，應該說是老了—「老」於世故了。

他沉默了十年。回頭一望，這沉默是聰明的，是智慧的，也需要很大的耐力和勇氣。隨著「文革」的結束，改革開放年代的到來，他又煥發了「青春」，充滿了活力和生機，他有許多工作要做，有許多書要讀，有許多文章要寫。他總是精神抖擻地出現在會議上，暢談自己的見解。他像消防隊員一樣，隨時出現在困難和問題面前，所到之處，總是給人們帶來辦法和希望，並且以他特有的幽默語言引起一陣笑聲。他的文章和專著，一篇一篇地，一部一部地問世；長的或短的，專業的或通俗的，理論性的巨著或精彩的思想火花，絡繹不絕地問世，誰也不知道他哪裡來的如此多的時間、精力和能量！

他在二十歲時（1938），曾以老到的文筆，為香港報紙寫過驚心動魄的廣州大撤退的長篇報導；二十一歲時（1939），寫成了一部《中國地理基礎教程》，在那時的「大後方」和陝甘寧邊區傳誦一時，給苦難的人民增加幾分抗戰必勝的信心。從此，他筆耕不懈。而今，他的文章在睿智凝鍊之中，卻更多了幾分活力，幾分昂揚之氣。他的年齡實在不可用歲月來計算，他自己也感到較往日似乎更年輕，更有活力，更「文思滾滾」。也許如他所說，在史無前例的「文革」和「文革」前的「運動」年代，他足足損失了二十個春秋，所以他喜歡說他現在只有六十歲；上帝憐憫他，並且給他補償，其代價卻是昂貴的……，他只能更加吝嗇地利用每一分鐘每一秒鐘，使這分分秒秒充滿著生機、活力和創造性。

的確，他不老，見過他的人都這樣說。

$*$ $*$ $*$

凡喜歡音樂，崇拜「老柴」的人，大都讀過他翻譯的《我的音樂生活──柴科夫斯基與梅克夫人通信集》，以及新近翻譯的《柏遼茲》（或譯《白遼士》）和《貝多芬》，認為他準是一個音樂

家、翻譯家；有人讀了他近年出版的幾本散文雜文集，認為他的散文豐富多采，獨具精深之見，發乎自然，絢爛歸於平淡，是「具學人之體，得通人之識」的散文家……等到三卷本《語言學論著》面世，人們又驚異地發現了這是一位社會語言學家。

他，簡直是個「多面人」，「萬花筒」。

何止是學問，作為一個人，他亦復如此。時而研究所所長，時而文化官員，時而翩翩學者，時而總編輯總經理……他在不同的場合給不同的接觸者以不同的印象。由是鑄成他的性格：有時古板嚴肅，有時熱情奔放，有時嚴格得道貌岸然，有時也很有人情味……

他很少談自己；但是，從他的文字中可以發現，他童年受過良好的舊學薰陶；初中三年沉醉於文學美術音樂，高中三年則鑽研數理化和政經哲，古今中外，無所不愛，無所不讀。大學專攻工科，卻因國難日亟，他奮力參加救亡運動。大學一畢業（1938），便投身進步文化事業。編輯、寫作、翻譯、研究、出版、發行、音樂、戲劇、管理、行政，……樣樣都做過。他的社會實踐，他的經歷，他的研究和寫作，似乎不專屬哪一界，又似乎哪一界都沾點邊。以致各「界」都不視其為同道，使他不免略感寂寞，形同一隻離群的孤雁。確實，如他那樣的廣泛涉獵，在學科林立，壁壘森嚴的世俗社會裡，哪一界都很難「收容」他。如今，他已經習慣了，常怡然自得地稱自己為「界外人」。

他十幾歲時寫過〈廣州話九聲研究〉的專論，大學畢業的論文是〈廣州石牌地區水土流失與排水工程設計〉；二十一歲到三十一歲之間，寫譯了十六七本地理書，儼然一位專治地理的老學者；與此同時，作為一個文學青年，翻譯了六七部俄國和西方的文學作品；在戰爭中和戰後，寫譯了大量分析國際形勢的文章，

獨力編成《世界政治手冊》那樣的大部頭專門參考書；六〇年代，他又迷上了鴉片戰爭史，從《林則徐譯書》開始，寫了一系列專論，吸引了史學界的注意（他說，他原想寫一部歷史書外加一部歷史小說），不料，那場浩劫中斷了他的研究，現在，只剩下一箱筆記和殘稿。

六十歲（1978）開始，他才重新搞他的語言學。此時他有了機遇，參加了語言規範和語言規劃的實踐，陸續寫下一百幾十萬字的論著。八〇年代，他應邀參加了許多國際間的學術會議，這種國際間的學術交往，大大開闊了他的眼界，結交了不少邊緣科學研究者，對他的語言研究，影響頗大。由於他不同程度地掌握幾種外語（但他自己常說他其實哪一門外語都沒有通，因為他缺少長住外國的機會），無論訪問歐美俄日，或參加國際學術會議，他都是獨往獨來。外語素養無疑給他提供了極大的方便。

而這三卷語言學論著，主要是近二十年的作品。讀他的社會語言學，似乎不需要多少語言學準備，亦不會令你感到枯燥。正如海外一個青年讀者發給他的e-mail說的，老人和青年讀來都有興味，而且 "You can read it just for fun, or for knowledge, or for thinking, even for serious research." 正所謂不論是為了排遣時間，讀來消閒，還是為了求得知識，或進一步思索，甚至為著嚴肅的研究，讀這三卷都能得益。讀過此書，也許你對他這「界外人」會有更多的體會。

＊　　　　＊　　　　＊

八十年前，「五四」新文化運動的前一年（1918），他出生在廣東新會。他是在嶺南文化和通才教育（liberal education）的薰陶下成長起來的。在古老帝國最初的開放口岸廣州的生活，不但激發了他的愛國熱情，也使他很早便沐浴了西方文化。之後，

他在大江南北奮鬥了幾十年，如是養成他的廣博而通達，敏銳而深邃，務實而超然的獨特性格……

讀書與寫作，在他已是生活的不可缺少的組成部分，他曾戲稱之為種「自留地」（是「正業」之外的「副業」），因為那時「正業」要處理的事太多，「副業」只得在夜深人靜時進行。這自然要比常人付出更多的艱辛與勞累。他不以為苦，反以為樂，以致幾十年樂此不疲。推己及人，他總是熱衷於誘導人們去讀書。在戰火中度過青年時代的老人，會記得他在青年時代主編的《讀書與出版》，它曾在艱難年代引導讀者走上進步之路。七〇年代末改革開放的最初日子裡，幾位有識之士策劃創辦一個刊物，為讀書人所愛好，同時能在這上面說出自己要說的真話。他提出「要辦成一個以讀書為中心的思想評論雜誌」，他的建議被接受了，這就是近二十年來深得海內外知識界好評的《讀書》雜誌，他被推為第一年的主編。現在，《讀書》的羽毛豐滿了，他也早「下崗」了，如今他帶著幾分滿足，站在遠處，注視著它的成長和變化……

前些年，他喜歡說「醉臥書林君莫笑」；近年，好像他不再「醉臥」了，他在新出版的《書話》中豪邁地說：「書海夜航，說不盡的風流瀟灑。」好一個「說不盡的風流瀟灑！」我想這大約是因為他在人生的黃昏時刻，終於找回了自己的思想，終於找回了他自己，因而他常引用一位哲人的箴言：「人的全部尊嚴在於思想。」正因為這樣，他才更睿智，更虛懷若谷。

這就是我所了解的陳原其人。

1998 年 7 月在北京

三卷本《語言學論著》付印題記

　　如果從我參加三〇年代的語文運動算起，已經過去了整整六十個年頭。在這漫長的歲月裡，我經歷過救亡、戰爭、革命、建設，然後是文化大革命十年浩劫，然後是開放改革。忽而雨雪霏霏，忽而陽光隨處——這個世界原不是單色的、不是孤獨的、更不是平靜的。總算熬過了六十年；生活充滿了甜酸苦辣，坦率地說，充滿了苦難，也充滿了歡樂，常常是在苦難的煉獄中煎熬出來歡樂。不能不說，我所經歷的時代，是一個偉大的時代，是一個變革的時代；是生死存亡搏鬥的時代，然後是為中華民族興盛而拚搏的時代。對於一個社會語言學研究者來說，生活在這樣的時空是幸福的；因為變革中的社會生活給我們提供了無比豐富的語言資源，同時也向我們提出了艱鉅的語言規劃和語言規範化任務。我本不是專治語言學的，只是從來對語言現象有著濃厚的興趣；我長時期參與了文化活動和社會實踐，卻最後走上了專業語文工作者的道路，這是我最初沒有想到的，但也確實感到高興，因為這或多或少圓了我少年時代的語言夢。不過高興之餘，卻著實深感慚愧——因為在這個領域裡，無論是研究著述，無論是實際建設，都做得太少了，僅有的一點點成果又那麼不成熟，且不說其中必定會有的許多疏漏謬誤。當我步入黃昏時分，回頭一望，實在汗顏。

此刻，熱心的出版家卻慫恿我把過去的書稿整理一下，編成有關語言和社會語言學的多卷集問世。這建議充滿了善意，當然也充滿了誘惑。我聽了深感惶惑，難道值得把這些不成熟的東西編印成文集嗎？一個熟悉的聲音彷彿在我耳邊低語：編就編！為什麼不？正好給過去劃上句號，然後再出發。——說得多美：「劃上句號，再出發！」這又是一個動人的誘惑。於是我由近及遠將已出版和發表的有關語言學論著置於案頭，從中挑選出包括單行本和單篇論文在內的著述約一百萬言，輯成《語言學論著》三卷，卷一論社會語言學，卷二論應用社會語言學，最後一卷則為語言與語言學論叢。

　　這三卷論著，主要輯錄了我從事社會語言學研究以來的單本著作以及部分單篇論文。第一卷收錄了《語言與社會生活》（1979）和《社會語言學》（1983）。對於我來說，這兩部書是我進入社會語言學領域最初的系統論述；我對社會語言學所持的觀點，基本上在這裡面闡發了。這兩部書受到學術界和廣大讀者的歡迎，我所景仰的前輩學者作家如葉老（聖陶）、夏公（衍），以及呂老（叔湘）都給我很多鼓勵和教益；甚至有我尊敬的學人將它過譽為開山之作，我當然領會這只是對我的鞭策，因為人們都知道，在這個領域裡，前輩學者如趙元任、羅常培、許國璋等都進行過卓有成效的研究，留下了奠基性的著作。我從他們的研究成果中得到了極大的啟發，而我有幸同他們中的兩位（趙元任先生和許國璋同志）有過或短或長的交往，確實得益匪淺。我自己明白，我這兩部書之所以受歡迎，主要是時代的因素和社會的因素促成的；我只不過是在填補一個絕滅文化運動結束後留下的真空，說出了讀書人久被壓抑的話語罷了。兩書出版後沒多久，我本人也就從業餘單幹戶轉而為語言工作專業戶，即從純理論性的

研究走向與實踐相結合的道路，有機會在實踐中檢驗自己的觀點是否正確，是否可行。實踐是愉快的，這愉快至少勝過在書齋裡獨自沉思；正如一個哲人所說，哲學家歷來都是用不同的方式去解釋世界，而問題在於改造世界。我有機會去進行某些哪怕是微小的變革工作，也實在感到高興。本卷所收《社會語言學專題四講》（1988），便是實踐的部分見證——這部書是我當年為中國社會科學院研究生院語言文字應用系作輔導報告的講稿，收入本卷時，把書名《專題四講》改為《方法論四講》，這是日本青年漢學家松岡榮志先生將此書翻譯成日文時作的改動，這樣改動可能更切合演講的內容。

我把第二卷題名為應用社會語言學，第一部分收載了我在《辭書和信息》（1985）一書中的五篇主要論文。這五篇以「釋～」「釋～」為題的論文，是 1980 至 1984 的五年間，即我個人「專業化」以前的研究結果，其時我正在全力為實現 1975 年制定的中外語文辭書規劃而奮鬥。這一組論文是透過辭書工作來觀察語言現象的論著，感謝《辭書研究》雜誌每年都讓出篇幅給我發表其中的一篇。我喜歡這幾篇東西，我的許多朋友，包括日本語言學界的朋友，也喜歡它們；之所以喜歡，大約因為這幾篇東西探索語言學跟其他學科「綜合」的道路，充分顯示社會語言學作為一種邊緣科學的特徵。這組論文另一個特點是貼近生活，當語言學跟社會生活密切結合在一起時，它才能為群眾所喜聞樂見。編入本卷的還有兩部單行本：《在語詞的密林裡》（1991）和《語言和人》（1993）。《在語詞的密林裡》是很特別的語言隨筆；它的頭半部曾在《讀書》雜誌連載，贏得了許多讀者的喜愛，有幾位語言文學界的老前輩，也給我很大的鼓勵；以至於我說「嘝嘝」（再見）時，引起讀者多人的「抗議」。我手邊還保存著好幾封

「抗議」信;這些抗議信,對於作者來說,無疑是最高的獎賞。至於《語言和人》一書,則是我在應用社會語言學的框框下所作的演講、報告、論述;成書時都曾加以剪裁,有的又是幾次演講的合編,有的卻是原封不動的記錄。我認為所有這些就是應用社會語言學的內涵。

第三卷是單篇論文的彙編。論文大部分作於八〇年代到九〇年代。舉凡我在國內外學報或報刊上發表的論文以及在國內或國際學術討論會或報告會上的發言,基本上都收集在這裡了。原用外文寫成的論文,改寫漢語時曾加某些改造。本卷一部分論文採自《社會語言學論叢》(1991)和幾本雜文散文集,另外一些則從未發表過。編輯本卷時按文章的性質大致分排若干輯,但分輯也很不嚴格。我想說明的是:最初一輯頭幾篇是我在1935年寫的,論點當然很幼稚而且在很大程度上是不正確的,但它卻真實地反映了三〇年代語文運動(拉丁化新文字運動)的風貌和作者本人當時的水平;我想,作為史料編入本卷,是有意義的。最後的一輯是我主編的一系列應用語言學集體著作(即《現代漢語定量分析》、《現代漢語用字信息分析》和《漢語語言文字信息處理》)的序論;所議論的主題,涉及語言信息學的內容,讀者如要進一步了解,只好請找原書查考了。一組關於術語學的論文是我訪問了加拿大兩個術語庫後所作的,那時術語學在國內剛剛興起,因為實際生活需要它;當年成立了兩個研制審訂術語的機構,而我的論述就起了拋磚引玉的微小作用。

編輯這三卷文集時,對過去已刊書稿的觀點,不作任何改動,以存其真;這是實事求是的歷史主義態度。原作疏漏之處或筆誤排誤,則盡可能加以改正;少數地方還加上注釋(用〔注〕這樣的符號,排在有關處)。在這裡我得特別感謝柳鳳運——她

在幫助作者編輯本書的過程中，幾乎把整整一年的業餘時間都投入這項工作，逐字逐句認真校讀了所有這三卷書稿，提出了有益的意見，使作者有可能改正一些疏漏和完善某些論點。本書的附錄也是她做的。

最後，對熱心出版這三卷文集的出版家和處理本書的編輯、校對、裝幀工作的同道們，同時對過去出版過或發表過我的著作的出版社、雜誌社的同道們，我也表示最誠懇的謝忱。

著　者

1996年春於北京

0

〔*01*〕社會語言學的興起、生長和發展前景

1. 邊緣科學

社會語言學是一門邊緣科學。

本世紀開始，由於對自然現象和社會現象進行了比較深入的觀察和推理，發現單一的學科（儘管它本身的體系很完整）對一些複雜的自然或社會現象往往解釋不周，更不要說透徹分析了；現實生活要求跨學科的研究，因此就有了邊緣科學。大自然和人類社會都不是由孤立的各不相關的部件組成的，它們都不是簡單的機器；自然和社會都是有機的統一體，所以機械唯物論對此是無能為力的。

邊緣科學就是為了更加適應現實生活的需要而產生的，例如社會語言學就是為了適應作為社會現象的語言這種複雜的有機構成而興起的一門邊緣科學。它既不是單純意義上的社會學，也不是單純意義上的語言學，更不是社會學的語言學或社會的語言學，也不是語言學的社會學或語言的社會觀。社會語言學現在是一門獨立的學科，它把語言當作一種社會現象，放在整個社會生

活中加以考察，從社會生活的變化與發展去探究語言變化發展的規律。與此同時，又從語言的變化與發展（特別是語言要素中最活躍最敏感的部分——語彙——的變化與發展）去探究社會生活的某些傾向或規律[1]。如果能用辯證方法和唯物主義的觀點去研究和探索社會語言學提出的種種課題，我們將會得到比較合乎實際的結論。

2. 興起

社會語言學作為獨立學科的興起，不早於第二次世界大戰（本世紀三〇年代末、四〇年代初）。據記載，英語文獻中「社會語言學」（sociolinguistics）一詞最早出現在1946年[2]。雖然過去有些語言學家也曾把語言看作一種社會現象，例如社會學派的語言學家，但他們仍脫不出瑞士索緒爾的共時語言學的範疇，帶有描寫語言學性質，而不是社會語言學。有人認為本世紀二〇至三〇年代就已經形成社會語言學，這種說法也是不能令人信服的[3]。

嚴格地說，社會語言學作為獨立學科，形成自己的邏輯體系，並且得到科學界的普遍承認和重視，應當是從本世紀六〇

---

[1] 我在《語言與社會生活》（1979）中說的「探究語言的發展和社會的發展如何息息相關」以及「我們在這種研究中，即從語言現象的發展和變化中，能夠看到社會生活的某些奧秘」（頁2），就是指此。這兩個方面，在外國專著中，我以為義大利社會語言學家Pier Paolo Giglioli教授論述得較周全，見所編 *Language and Social Context* 論文集卷（倫敦，1972/80）頁8–9。

[2] 見 *The Shorter Oxford English Dictionary* 卷二，頁2661。

[3] 見 Большая Советская Энциклопедия 第三版卷二十四（上冊），頁249，A. П. Щвейцер 所寫 Социолингвистик 一條。他認為本世紀二〇至三〇年代蘇聯學者把語言當作社會現象來研究即現代社會語言學研究的基礎，這種說法未免有點誇大。西方把語言當作社會現象的語言學家的出現早於二〇年代，但他們的研究不能算作社會語言學，見F. de Saussure: *Cours de linguistique generale*（1916）。

年代開始的。這個時期的國際社會具有以下兩個特徵：⑴社會經濟有了巨大的飛躍變化，一般地說，社會生產力在某幾個關鍵性地區或國家提高得很快——幾個戰敗國（如聯邦德國、日本）「起飛」後社會經濟的猛漲（而不是遲滯），引起社會生活一系列重大變化；⑵科學技術有了新的突破，尤其是電子科學（如電子計算機）的驚人發展，使信息交換起了劃時代的變化。這兩個社會因素引起了社會語境（social context）的巨大變化①。社會語言學是在這樣的社會條件下為適應人類社會對信息傳遞和交換的需要（「語言是人類最重要的交際工具」②）而發展為一門獨立學科，企圖解決新的社會生活所提出的語言課題。

因此，社會語言學一出現，就吸引了語言學家、社會學家、人類學家、人種志學家、文化史學家、心理學家、教育學家、歷史學家、信息論和控制論學家和政治學家的關注和參與。社會語言學不是一門純理論的邊緣學科，除了理論問題之外，它還在很多場合協助解決某些社會實踐上的語文課題。

3. 微觀與宏觀

一般地說，上個世紀以迄本世紀上半期的語言學，大都著重在研究語言的內部結構，即研究包括語音、語彙、語法、語調等在內的語言要素的構成、演變以及變異或融合的規律，人們常常把這種研究學科稱為描寫語言學。描寫語言學對於有效地、準確

---

① context是「上下文」的意思，social context以譯為「社會語境」較合適，這個術語的含義可參看美國社會語言學家W. Labov的著名論文The Study of Language in its Social Context（見*Studium Generale*，卷二十三，1970）。
② 引自《論民族自決權》（《列寧全集》中文本，卷二十，頁396）。

而迅速地傳遞或交換信息（通過某一特定的傳播媒介）是完全必要的。有人把這種語言研究稱之為微觀語言學，也不是沒有道理的。如果採用這種比擬性的命名，人們完全可以把放在社會環境中作為一種社會現象去研究的語言的社會語言學稱為宏觀語言學。

社會語言學不滿足於考察語言的靜態，而著重於探索語言的運動過程和運動規律，即語言的動態。語言絕不是一成不變的化石。任何一種語言（即使是只有不到一百年歷史的人工國際輔助語Esperanto──世界語①），都隨著社會生活的發展而變化，排除污染而淨化，通過選擇而強化，依靠吸收和創造而豐富起來。社會語言學就著重研究這個變化過程，而且要從這個運動過程中找出一些規律性的東西──包括語言變化的規律性東西和由語言變化而觀察到的社會生活變化的某些軌跡。

4.「疆界」

倫敦出版的一部社會語言學論文集②封底的一段說明是饒有興味的：

> 「語言在社會中所處的地位很重要，很複雜，這使社會語言學成為很多學科的專家們研究的園地。但是社會語言學的領域至今還沒有明確的疆界，可是社會語言學很多重要主題已被深入探討，而且有了不少方法論和基礎理論著作，積累了不少有價值的描寫資料。」

① Esperanto原字的意思是「希望者」（希望人類有了共同的語言即能和平生活），波蘭眼科醫生柴門霍夫（L. L. Zamenhof）1897年創始的以印歐語系的語言結構為基礎的一種人工語。
② 指紐西蘭J. B. Pride教授主編的*Sociolinguistics*（企鵝現代語言學讀物叢書），倫敦，1972/79。

這一段說明沒有給社會語言學下定義，但它表述了這門學科的現狀：(1)「疆界」還沒有十分確定；(2)多種專家對它發生興趣；(3)很多重要課題已經或正在探討；(4)積累了不少資料；(5)出版了一些理論著作，包括方法論的探討。

有若干社會語言學的著作給這門學科下過這樣或那樣的定義，但很少能表達得全面和準確，因為這門學科仍在生長中。我傾向於探究一下它研究的主要內容，從實際出發去了解這門新的科學，這樣做看來是比較有意義的。

5. 變異和共性

變異（variation）和共性（universals）[1]是社會語言學形成過程中為人們熟知的一對對立的命題。無疑，最初只著重研究變異；後來才探索在人類社會中作為最重要的交際工具的語言的共性。

描寫語言學也研究語言的變異，但它一般是就特定語言的內部結構來研究的，而社會語言學則著重於從社會諸因素對語言所起的作用（「衝擊」）來研究語言的變異。所謂社會諸因素，即：歷史的、地理的（地域的）、民族的、種族的、種姓的、性別的、階級的、階層的、文化層的、社會習慣的、心理的、社會激變（動亂、革命）等等因素 —— 這許多因素在一定時期內分別（或幾個因素一起）對在特定社會語境中發展的某種語言具有不同程度的影響和作用。正如有一部著作所說：「很可以說，任何一種語言都不像我們的描寫語法（即描寫語言學中的語法）有時

---

① 「共性」（universals）是美國社會語言學教授J. H. Greenberg 1963年首次使用的術語，我傾向於譯作「普見性」或「普見現象」（見他的論文Some Universals of Grammars With Particular Reference to the Order of Meaningful Elements）。

規定的那麼一成不變；如果有足夠的資料，我們總可以找到語言在各個方面的差異（diversity），例如語音的、語法的、語彙方面的差異。這樣的一些差異，可以循著共時的（synchronic）三維——地理的、社會的、文體的——加以研究[1]。

語音、語法、語彙——這屬於語言的內部結構範疇；地理（地域）、社會、文體——這屬於社會語境範疇[2]。後者對前者施加影響，引起變異，這就是社會語言學所要研究的。

但是人類社會的語言有一種「共性」（或「普見性」），否則就不能互相了解，這就是1963年美國社會語言學家格林貝格提出的新觀念，「共性」同「變異」是一對辯證的對立物。

5.1 變異——共變論

著名的社會語言學家（城市方言學派）拉波夫說過一句名言：「社會語言學的基本問題，是由於有必要了解為什麼某人說某種話而提出的。」[3]為什麼這個人（這一群人）在這種場合必須說某種話（某種說法）而不是別種話，即為什麼他必須這樣說，而不是那樣說——這就是要探明語言在特定語境中引起的差異。

舉幾個常見的現代漢語的例子：

(1) 1949年後的報刊常見這樣的句子：

---

[1] 見W. Bright和A. K. Ramanujan合寫的論文Sociolinguistic Variation and Linguistic Change（1964），參見Pride所編論文集頁157。

[2] 這裡的「文體」，著重點在社會因素，而不是「風格」「文風」——它指官方文書、宗教詔書、私人往來文件，或一般報刊文章等。

[3] 拉波夫（Labov）以研究紐約英語的社會層次劃分而著名，故稱城市方言學派，此語見The Study of Language in its Social Context一文，亦即社會語言學家J. A. Fishman的論文所揭示的：Who speaks what language to whom and when（什麼人在什麼時候對什麼人說什麼話），見*La linguistique*，1965，卷二，類似的研究也在外國（例如日本）進行，見國立國語研究所報告70－1：《大都市の言語生活》（東京，1981）。

「文章說……」，「文章認為……」

意思是上舉的或被評論的這篇或那篇文章如何如何。在1949年前，這種場合一般都使用定冠詞（「這篇文章」或「那篇文章」，如同英語中the article中的定冠詞the，五〇年代從俄語翻譯了很多電訊和文章，而俄語是沒有定冠詞的，這個場合只用"статья"（文章）一字，因此，久而久之，漢語這個場合也就光禿禿的不用定冠詞了。

(2) 1949年後常用的「愛人」，語義起了變化（變異），它首先代表「妻子」或「丈夫」的意思。如：

「這是我（的）愛人。」

即是說，這一位（女的或男的）是我的妻子（或丈夫）。而「愛人」原來的習慣語義（在相愛著的男或女）則讓給「朋友」了，如：

「這位是我兒子的朋友。」

這裡如果是指一個女性的話，那就意味著是兒子的「戀愛對象」，而不是通常意義（「同志們，朋友們！」）的「朋友」。

(3) 在「普通話」中這些年來北京方言特有的「兒」化音素減輕了甚至消失了。

「馬威進了書房，低聲兒叫：『父親！』」（老舍）

這句子中的「低聲兒」中的兒化音素，現在不但在書面語（文字）上消失了，而且在日常講話中一般也減少了時值（就是說，這個「兒」說得很快很快），甚至消失了。

上面三個例，例(1)是語法變異，例(2)是語彙變異，例(3)是語音變異。而語音變異在不同地域（如在其他方言區說普通話）發生得比較顯著，在同一地域卻變化得很慢。從拉波夫調查美國英語的結果看來，據說語音的變異通常需要三十年以上才變得

顯著[1]。

英國一個社會語言學家說得好：「語言不僅按照說話者的社會屬性（例如他的社會階級、種族集團、年齡和性別）而變化，而且按照他自己所處的社會語境而變化。」[2]

這段話使我們聯想到有些社會語言學家提出的「共變論」（covariance），共變就是說語言和社會結構的共變[3]。語言是一個變數，社會是另一個變數，兩個變數互相影響，互相作用，互相制約，互相變化，這就是共變。如果這意味著我們常說的：當社會生活發生漸變或激變時，語言一定會隨著社會生活的步伐發生變化，那麼，這共變論是完全可以理解的。

這段話也使我們聯想到語言的「社會層次劃分」（stratification），即在不同的社會經濟集團或不同的社會文化集團中進行語言的調查研究，因這些社會因素引起的語言變異，那麼，對這些語言變異的劃分指標就是語言的社會層次劃分，如同拉波夫在紐約對340個選樣進行了語言調查，寫出了他的代表作《紐約市英語的社會層次劃分》一樣[4]。作者認為社會語言學的出發點應當是按社會層次劃分進行的語言調查，這一點是可取的。大陸有些單位已經或正在進行這樣性質的漢語調查。

5.2 共性——句型學（類型學）

共性（通性）或譯普遍性，同一性，普見性（現象）。

社會語言學著重於變異的研究，這是人所共知的。

---

[1] 見The Social Stratification of English in New York City（1966）。

[2] 見Peter Trudgill：*Sociolinguistics*（1974/79），頁103，這部書是我所看到的西方最通俗的社會語言學著作。

[3][4]「共變論」是美國社會語言學家W. Bright在他的著作*Sociolinguistics*（海牙，1966）提出的，參看蘇聯А. Д. Швейцер 所著，*Современая социолингвистика-теория, проблемы, метоцы*（莫斯科，1977）頁63。

美國社會語言學家提出了「共性」（普見性）現象，認為人類語言不但有顯著的差異，而且有令人驚訝的共性。有些社會語言學家提出了句型學（typology）來論證共性，這是從多種語系中的三十種語言提取詞序樣的學問，據認為有六大類型。以S為主詞，V為動詞，O為賓詞，共有六個公式[1]：

1. SVO（主動賓型）——如英語：「我讀書。」
2. SOV（主賓動型）——如日語：「我書讀。」
3. VSO（動主賓型）——如古阿拉伯語：「讀我書。」
4. OVS（賓動主型）——如Hixkaryana語：「書讀我。」
5. OSV（賓主動型）——如Apurina語：「書我讀。」
6. VOS（動賓主型）——如Malagasy語：「讀書我。」

有些美國學者認為，人類語言的99%都可以歸納到頭三種類型中去，這就是人類語言的一種共性的例證。4、5兩種類型是罕有的，6型是稀有的。

有些社會語言學家認為，人類語言的共性表現在兩個方面，即語言結構本身方面（發音、語法——句型、語彙等）和語言學習方面（專指嬰兒和兒童學習語言和獲得語言有其共同的或普見的途徑）[2]。

共性（普見性）理論發表以來，愈來愈得到比較多的學者的承認，雖則這個問題現在還處於廣泛深入研究的過程中。

現代漢語主要是1型，即SVO型，由於社會生活的需要，SVO型也可以有變化或副型，主要是由間接賓詞等因素構成的。但有些學者不以為然，例如美國黎天睦（Timothy Light）教授就

---

[1] 教授本人所作的簡單闡明見 *A New Invitation to Linguistics*（1975），第11章，頁122－132。

[2] 參見Neil Smith與Deirdre Wilson的 *Modern Linguistics*（1979），頁249以下。

在一篇論文中指出，桑德拉‧湯普森（Sandra A. Thompson）等學者認為漢語（現代漢語普通話）的詞序是SOV型（主賓動型），而黎反駁了這種論點，認為漢語還是SVO型[1]。不過，我以為桑德拉‧湯普森提出的並不是簡單的肯定SOV型，其論點一共有三條[2]：

1.（現代漢語普通話）國語（mandarin）是一種有著很多SVO型特徵，同時也具有很多SOV型特徵的語言。

2. 國語（與其他方言不同）正在經歷著從SVO型轉到SOV型的變化過程。

3.（國語）不屬於共性（普見性）語法家所討論的任何一種標準詞序典型。

考察現代漢語的句型——包括最簡單的主動賓型陳述句到複雜的有很多附加部分的句子——的現狀和歷史變異、地理變異和其他社會變異，是很有意義的，它將有助於對變異和共性的進一步探究。

6. 領域

英國社會語言學家特魯吉爾（P. Trudgill）著作中所觸到的社會語言學領域，可以表述為：⑴階級；⑵民族；⑶種族（集團）；⑷性別；⑸地域；⑹語境[3]。紐西蘭學者普拉德（J. B. Pride）所涉足的領域則是從語言結構本身來描述的，那就是：⑴雙語現象、多語現象；⑵標準語、民族語；⑶方言變體、文體變

---

[1] Timothy Light：*Word Order and Word Order Change in Mandarin Chinese*（1979）。

[2] 引自 Charles N. Li and Sandra A. Thompson：《漢語語法》（*Mandarin Chinese —A Functional Reference Grammar*），1981，第二章，頁10－27。

[3] 見Peter Trudgill：*Sociolinguistics*（1974／79），頁103，這部書是我所看到的西方最通俗的社會語言學著作。

異；⑷語言學習、語言掌握。他認為前兩對屬於宏觀社會語言學，後兩對屬於微觀社會語言學。這裡談到的語言領域包括：民族語、標準語、方言、文體、雙語、多語、學語、用語。在第十一屆國際語言學家大會上有學者提出的社會語言學至少有十五個研究領域，可以歸納表述為：⑴語言與種族、人口；⑵語言變異（雙語、多語、多方言、雙語變體共存現象，社會方言學）以及變異的社會因素；⑶語言規範化與非規範化（包括洋涇濱化、克里奧爾化等）以及語言規劃；⑷語言教育；⑸語言相對性與語言功能。

　　舉出以上從不同角度劃分的領域，可以認為社會語言學所要接觸的範疇是很廣闊的，也就是上文5所揭示的社會諸因素。可以作如下簡短的結論：社會語言學研究的領域主要是在社會諸因素對語言的作用和影響。

　　應當說，所有這些領域都是值得探索的，是大可活動的廣闊「天地」，要確定它的疆界還為時過早。

7. 前景──幾個理論問題

　　7.1　在社會語言學領域中探索得較多的是社會諸因素引起語言的變異這一方面，探索得較少的是由語言變異所觀察到的社會變化。──例如從古代漢語書面語（甲骨文）研究中國古代社會的性質及結構是有成就的①，這是社會歷史學家的功績；社會語言學家有可能循著這條路，例如從現代漢語（特別是在語彙方面）探究近代現代中國社會諸因素的變動。這個領域是值得去開發的。由此聯想到，迄今為止社會語言學在語音變異的領域做了

---

① 如郭沫若的《中國古代社會研究》。

很多工作，而在語彙領域相對來說卻不夠深入①。對豐富而變動著的現代漢語語彙的社會語言學探索將會是富有創造性的，其中特別是術語學、標準化、正詞法②等等的探索，將不僅有理論意義，而且有實踐意義。不僅要從普通語言學的角度去探索，而且應該從社會語言學的角度去探索，這是時代提出的責任。

7.2 語言與思維的相互關係和相互作用問題，在哲學和心理學方面是探索過的，但這個重要的理論問題，理應在社會語言學中得到應有的重視。假如人類沒有社會化，則語言和思維都不會存在。「語言和意識有同樣長久的歷史」，這是一；「語言是思想的直接現實」，這是二；「語言是一種實踐的、既為他人存在並僅僅因此也為我自己存在的、現實的意識」，這是三③。對這個問題，恩格斯的《勞動在從猿到人轉變過程中的作用》也好，馬、恩的《德意志意識形態》也好，直到史達林的語言學著作，都還沒有詳盡地令人信服地論述夠。至於先有思維還是先有語言這樣的兩難問題，是同先有雞還是先有蛋那樣的生物學兩難問題相類似的，也許不能用簡單的肯定或否定來回答。社會語言學有可能利用豐富的現代漢語材料，來研究思想運動（思想上的啟蒙運動、革新運動、革命活動等）與語言的相互依存和相互作用，例如文言與白話之爭、大眾語論爭、拉丁化運動等。

7.3 關於語言與信息的探索，前景是廣闊的。對信息的傳遞與交換，特別是對現代漢語信息化進行社會語言學的研究是極有意義的。由於人類社會生活的急遽變化，分音節的有聲語言不

---

① 我在《語言與社會生活》日譯本序文中表示過這個意見，見日譯本（東京，1981）頁2。
② 特指利用漢語拼音方案寫詞的方法，或拉丁化運動時稱為「詞兒連寫法」的東西。
③ 所引警句是馬克思和恩格斯的，見《德意志意識形態》，分別見於全集卷三的頁34、頁525、頁34。

能有效地滿足高速度的、遠距離的、國際的社會交際的需要，作為語言的代用或延長物出現的符號正在國際社會中廣泛應用——對這些符號的研究同符號學①進行的研究不是一回事，同對古代實物語言②或圖式語言③所使用的「符號」的探索也不是一回事。現代社會生活所應用的符號是一種特殊的思維活動。

7.4　語言的文化層變異（社會層中的文化層）是社會語言學探索的一個領域，也是語言與文化這樣的命題中的一個重要構成部分。在這個範疇中對語言感情（不是語感）的探索，關係到語言規劃、語言政策問題——其中在當代特別研究得多的是雙語現象、多語現象、多方言現象等。社會語言學需要更廣泛、更深入地研究，例如關於語言霸權主義（語言帝國主義），關於國際社會應用的人工國際輔助語的社會意義和現實作用等，這將會使社會語言學本身更加豐富起來。同文化有關的命題，例如語言的「塔布」，語言靈物崇拜（語言拜物教）與現代迷信，也是社會語言學研究得較少的問題，至於英國弗萊澤（《金枝》）和法國列維・布呂爾（《原始思維》）④的社會學研究，反映在語言研究中的薩丕爾・沃爾夫假設⑤，都值得從社會語言學的觀點加以探

---

① 符號學（Semiotics）是新近發展的一門科學，非正式的定義是「它研究各種各樣信息的交換」，更嚴密地說是研究發信源、受信體、通道、信息代碼和語境（上下文）的關係。見美國符號學家T. A. Sebeok的專題報告《符號學的起源和發展》（日本《思想》雜誌，1980）。這裡所說的「符號」同本文所說的不是等義詞。
② 實物語言，即用實物（貝殼、動物、植物等）來傳遞信息，如古希臘希羅多德的《歷史》一書所提到的波斯人的「實物信」（參看北京商務中文本頁236）。
③ 圖式語言如古埃及的「亡靈書」（見E. A. Wallis Budge發現的*The Papirus of Ani, The Egyptian Book of The Dead*，1895）；又如雲南納西族的圖式文字（見《納西象形文字譜》，1981）。
④ 見Sir James Frazer：《金枝》（*The Golden Bough*，1890）和Levy－Brühl《原始思維》（法文本1910，1922，俄文本1930，中譯本1981）。
⑤ Sapir和Whorf是美國兩個語言學家，這個假設簡單地說就是：語言方式決定人們的思想方式。這裡牽涉到所謂語言相對性的問題，唯心主義的色彩是很濃厚的。

討，也許這不完全是語言思維問題，而更多的是語言與文化相互作用問題。此外，對社會語言學同樣重要的是委婉語詞，現代漢語委婉語詞的探討將會是引人入勝的。

7.5 語言的相互接觸和相互影響，是社會語言學目前開始廣泛探索的項目。這關係到語言污染和淨化問題。語言污染在近代（現代）中國的兩個例子：洋涇濱英語（英國人）和協和語（日本人）。也許洋涇濱同克里奧爾不是同一個範疇，也許洋涇濱化不應當完全歸結為污染，但在近代（現代）中國，洋涇濱只能稱為語言污染現象。語言接觸的重大關鍵是外來語（借詞）的存在，外來語的社會語言學探索會發現某些社會因素的變化，外來語（借詞）的控制有時又同語言政策和語言淨化密切相關。社會語言學在語言接觸問題中提出了人類語言「共性」現象，通過句型學及其他方面的探索，近二十年吸引了很多人的注意，也許還對語用學有益。由此出發，進行了語言的社會功能和社會準則（規範）的探索，這種探索將具有實用價值，對社會生活將起積極的作用。

社會語言學是一種邊緣科學，所以它所涉及的理論問題是很多的。特別因為漢語有十億人在使用，有幾千年的歷史，加以在1949年建立中華人民共和國以後對國際社會愈來愈增加它的政治的社會的分量，因此利用漢語作為語言材料進行社會語言學的理論探索，將會大大豐富這門邊緣科學的內容和提高它的價值，前景是令人鼓舞的。

（《中國語文》，1982年第五期）

〔*02*〕社會語言學是什麼？

　　社會語言學是第二次世界大戰後，特別是在本世紀六〇年代興起的獨立學科，是一門關係到語言學、社會學、人類學、心理學、信息論等領域的多科性交叉邊緣科學。直到最近幾年，國際科學界才傾向於使用 "Sociolinguistics" 即「社會語言學」這個術語來表達這一學科的概念，放棄以前常用的「語言的社會學」（sociology of language）和「社會學的語言學」（sociological linguistics）等術語。至於「語言人類學」（linguistic anthropology 或 anthropological linguistics）、「語言控制論」（linguistic cybernetics）、「心理語言學」（psycholinguistics）、「語際語言學」（interlinguistics）等術語，其表達的內容雖有一部分關係到社會語言學，但都已先後形成獨立學科，其研究對象和範圍都與社會語言學相異了。

　　社會語言學形成為一個獨立的學科，從傳統的普通語言學或描寫語言學分化出來，有它的社會背景，這就是：

　　⑴ 社會生產力在二次大戰後有了長足的發展，從總的方面說，社會經濟有了飛躍的變化，某幾個特定的關鍵性地區且有長足的發展（即所謂經濟「起飛」），由此引起了社會生活一系列重大變化；

　　⑵ 科學技術特別是信息科學和電子技術有了重大突破，使語言信息（以及非語言信息）的記錄、儲存、處理、傳遞發生了劃時代的變革；

　　⑶ 第三世界各發展中的國家擺脫了被奴役的地位，取得了獨立的主權國家資格，從而在這些地區解決例如民族語、公用

語、標準語或其他語言問題成為迫切問題。

　　(4) 國際組織包括政府性（官方）組織和非政府性（民間、學術）組織的國際交往，比人類歷史上任何時期更頻繁、活躍和必要；

　　(5) 國家（政權）對語言問題的關心和「干預」，例如語言政策、文字改革、語言規劃等等，在許多語言環境如雙語區、多語區、有口語而無書面語區，提到必須妥善處理的議事日程。

　　社會語言學就是在這樣的歷史時期為適應社會交際的需要和解決社會生活中有關語言的實際問題而興起的，因此可以說社會語言學在它形成和興起過程中，從頭就吸引了很多部門科學家的關心和參與，其中包括教育學家、哲學家、心理學家、社會學家、人類學家、民族學家、民俗學家、歷史學家、文化史學家、控制論──信息論──系統論──符號學家以及政治學家等等。社會語言學從它興起之日起，就不只是一門「純」理論科學，而是在探討語言與社會諸種關係的規律這些理論問題時，協助解決社會實踐中的某些語言課題。

　　毫無疑問，在社會語言學作為獨立學科興起以前，各個歷史時期各個語言學派中，也有過一些語言學家不同程度、不同角度地提出過接觸過和分析過語言的社會性問題。他們承認語言是一種社會現象，承認語言是人類社會一種交際工具，甚至或深或淺地研究過社會因素的變化對語言演變的影響，例如瑞士的索緒爾（F. de Saussure, 1857－1919）、法國的梅耶（A. Meillet, 1866－1936）、德國的洪堡（W. von Humboldt, 1767－1835）、美國的薩丕爾（E. Sapir, 1884－1939）和沃爾夫（B. L. Whorf, 1897－1941）等等。但是他們的探討還沒有脫出傳統語言學的範疇，對社會與語言的相互關係和相互作用還沒有達到系統的和動態的科學研究

高度；只有社會語言學才從宏觀和微觀的角度，系統地深入地對語言的社會性質、社會職能、社會環境、社會影響等探索中，闡明語言在社會交際運動過程中的變化規律。有的學者把社會語言學與語言社會學分開，將社會語言學定義為「從語言與社會的關係來研究語言」，而將語言社會學定義為「從社會與語言的關係來研究社會」。這種劃分並未取得這門科學的專門家的一致公認。一般地說，廣義的社會語言學應當定義為它須同時探索這兩個方面的問題，即從社會諸因素，如民族、階級、階層、性別、職業、地區的變化對語言諸因素（如語音、語義、語法、語調、語感）的影響和作用，探索由此引起的語言變異；又從語言諸因素的變化去探究發生或誘發這些變化的社會諸因素，透過語言現象的變異推斷或探明歷史的或當時的社會生活的變化和發展。當然，馬克思主義的社會語言學家不同意語言相對論（linguistic relativity）所宣稱的「什麼模式的語言引導到與之相應的社會文化模式」（如「薩丕爾－沃爾夫假說」Sapir－Whorf Hypothesis）。

由於這門學科的興起不過經歷了二三十年，它的研究範圍有寬有狹，其說不一；加以它本身是多科性交叉科學，研究對象和領域也還沒有得到一致的意見。有的社會語言學家強調這門科學應探索階級、民族、種族、社會集團、性別、地域、語境等等因素引起的語言變化（如英國特魯吉爾P. Trudgill）；有的則著重研究雙語現象、多語現象、標準語和民族語問題、方言變體和文體變異現象、語言變化規律（如紐西蘭的普拉德G. B. Pride）；有的則認為範圍應確定在①研究歷史、方法論，②語言生活全貌，③集團語，④語言變異，⑤語言接觸，⑥語言形態與意識，⑦語言政策（如日本柴田進）；有的認為著重點應放在語言的地

域差異、社會階級變異、文體變異這幾個方面（如美國費希曼 J. A. Fishman）；有的則從社會文化分層去研究語言變異或稱之為社會方言問題〔同地區方言相對稱〕（如美國拉波夫 W. Labov）；有的則強調探索社會成員個人的語言變異問題（如加拿大董尼斯 W. Downes）；有的主張研究作為歷史範疇的民族語與民族形成的關係；社會結構諸種條件引起的語言變異；不同社會條件下語言相互作用的規律性以及語言政策問題（如蘇聯什維且爾 А. Д. Швейцер）；有的則認為在探索語言與社會的「共變」現象時，還要擴大到語言接觸和非語言交際、信息和信息量在語言交際中的應用以及委婉語詞、術語學等等。

在目前眾說紛紜的情況下，社會語言學探索的領域可能包括下面幾個重要方面：

Ⅰ．集團語言變異

（階級的、階層的、文化層的、民族的、種族的、職業的、黑社會的，等等）

Ⅱ．地域語言變異

（標準語、地區方言與社會方言的變異，等等）

Ⅲ．個人語言變異

（年齡、性別、大人與兒童、殘疾人的語言及語言變異）

Ⅳ．語言接觸的現象和規律

（語言交際和非語言交際、借詞〔外來詞和輸出詞〕、語言污染和淨化、新語詞的產生和術語的制定、委婉語詞的應用等等）

Ⅴ．語言社會應用

（標準語言、公用語言、正式〔官方〕語言、工作語言、語言歧視、語言規劃和文字改革等等）

社會語言學的研究方法應當以辯證唯物論和歷史唯物論為基

礎，從語言是一種社會現象，語言是人類社會最重要的交際工具，語言是思想的直接現實，語言是信息載體，同時又是信息系統等公認命題出發，進行廣泛的系統的社會調查，取得原始的可靠的語言變異資料，用現代化的科學技術手段（如電子計算機）闡明一些現象，探索一些規律，從而使社會語言信息交際更加準確和更加有效，促進社會生產力的發展。

（1984）

參考文獻：

恩格斯：《勞動在從猿到人轉變過程中的作用》

馬克思、恩格斯：《德意志意識形態》

恩格斯：《法蘭克方言》

列寧：《哲學筆記》，《論純潔俄羅斯語言》

史達林：《馬克思主義和語言學問題》

毛澤東：《反對黨八股》

拉法格：《革命前後的法國語言》

索緒爾（F. de Saussure）：*Cours de linguistique générale*《普通語言學教程》（中譯本，北京商務）

沃爾夫（B. L. Whorf）：*Language Thought and Reality*（1956）

薩丕爾（E. Sapir）：*Language —An Introduction to The Study of Speech*

特魯吉爾（P. Trudgill）：*Sociolinguistics：An Introduction*

普拉德（G. B. Pride）：*Sociolinguistics Selected Readings*（1972））

柴田進：《日本社會語言學の動向》（1982）《社會語言學四課題》（1978）

費希曼（G. A. Fishman）：*Readings In The Sociology of Language*（1968）

拉波夫（W. Labov）：*The Social Stratification of English In New York City*（1966）

董尼斯（W. Downes）：*Language and Socioty*（1984）

什維且爾（А. Д. Швейцер）：*Современая социолингвистика, теория, проблемы, методы*（1977）

陳原：《社會語言學》（1983）

〔*03*〕語言與社會

　　語言是一種社會現象，它又是最重要的社會交際工具。在任何社會實踐中，都不可能離開語言——這裡說的語言，是廣義的語言，包括口頭語和書面語，也就是我們常說的「語言文字」，甚至還包括一些社會交際所需要而被公認的符號，因為那些符號實質上是某些特定語詞、詞組或術語的形象化代號。

　　從日常生活到社會實踐，從文學描寫到科學研究，從簡單的行為到複雜的思考，所有這些活動，都無法擯棄語言而能順利進行。每天，人的社會活動（互相接觸）其實是從語言活動開始的。比方說兩個人清早見面時，總不能一言不發地、面無表情地擦肩而過；人們習慣說一聲「您早！」，或者「早上好！」這就是語言活動；即使見面時什麼也不說，只相對微笑一下，或僅僅彼此點點頭，這也是「無聲的」語言，因為在點頭或嫣然一笑的過程中，大腦語言區的神經元其實是作了「您早」或「早上好」的判斷，不過它發出的指令不是要發出分音節的有聲語言，而是代表這種語義的一種動姿。即便是從大清早起沒有跟別人接觸，當一個人獨自躲在屋裡沉思或在公園裡默默散步時，他也不能沒有思想，他想著想著，無論是想正經事，想一個計畫，想一件事情，甚至想自己一天該作些什麼；甚至什麼正經事也不想，他的腦子幾乎停止了活動，但他與外界接觸的器官，總會獲得一點信

息，反映到大腦作暫時的存儲或判斷時，所有這些過程在人來說，也得使用語言。

所以有人說，人類社會生活的一切，都全部或至少部分反映在語言裡。更準確地說，特定時間和空間的一個特定社會中的一切，都會確切地反映到這個社會所使用的語言中。反過來當然也可以說，語言反映了社會的一切現象和一切活動。由於社會是不會停滯的，社會在變動著，變化著，有時還發生重大的變革；所以語言也不會停滯，語言時刻都處在變動和變化之中，而當社會發生激烈變革的時候，語言的變化幅度也比較大。語言極力要適應社會變化和變革的需要，如果它不能適應這些需要，那麼，這種語言就不起作用，它必然會蛻化或死亡。而在構成語言的諸因素（例如語音、語彙、語法）中，語彙是最活躍的成分，為適應社會交際的需要，語彙的變化表現得特別顯眼，反映特別敏銳。——新詞被創制出來，舊詞被賦予新義，過時的語詞被廢棄不用，所有這些，都顯示著語言隨著社會的變化而不斷在調節。

假如一個人吃了《基度山伯爵》那本小說所提到的長效安眠藥，昏睡了一百年，今天忽然醒來，他聽著周圍人們的講話，談著現在出版的書報，他將發現很難理解人們在說些什麼，幾乎以為身在異國。「社會主義」，「開放政策」，「思想解放」，就是在見面稱呼，日常寒暄時，他也幾乎瞠目結舌，一句也搭不上。因為出現了對他來說太多的新語詞、新觀念、新語義，這些新詞彙反映了近百年的社會變化和變革，這裡當然也包括了一個世紀以來科學技術的新發現和新發明。

如果時光能倒流，那麼發生的情況也是很有趣的。比方像科幻小說所描寫的，讓時間機器逆轉，一個青年忽然回到二十年前——1966，即「文化大革命」開始那一年，他翻開報紙一看，幾乎什

麼也是陌生的，什麼「牛鬼蛇神」，什麼「走資本主義道路的當權派」，什麼「赫魯曉夫就睡在我們的身旁」，全不知所云，但如果這個高中生聽過一些或讀過一些有關那個災難年代的史實，這就是說，他接受了傳下來的「文化遺產」，他就會多少了解那個時期報刊叫囂的是什麼——雖則很模糊，但也還有一點可以理解的因素，同昏睡了一百年到現在才醒過來的人對現在的報刊一點也不懂的情況稍為不同。歷史的社會的進展和變化記錄在語言裡，一部分記錄在口語裡，大部分記錄在書面語即文字裡，這些遺跡，總的說就是廣義的文化遺產。中華民族的燦爛文明，靠語言保存下來，成為我們民族的以至全人類的財富。如果沒有語言，文明就淹沒了，這是不言而喻的。美洲瑪雅文明曾經發展到很高的程度，但後世不能了解，因為世間只留下了這個文明而產生的三部古文書，豐富的文書都被瑪雅人歷代的統治者以及西方（西班牙）的入侵者焚毀了。

說語言天天在變，這不是危言聳聽，只要看看語言最敏感的部分，或反映社會變化最敏感的部分——詞彙——，就可以知道。舉一個例，試翻開近幾個月的報紙，出現了有關「意識」的一連串新詞。這中間有「銷售意識」、「商品意識」、「質量意識」、「消費意識」、「首都意識」、「主體意識」、「巨片（影片）意識」、「決策意識」、「法制意識」、「民主意識」等，隨便收集便有十一個之多，有的是新聞報導和電視廣播用的，有的是首長講話時說的，有的是著作家寫文章時提到的，這十一個詞都是同「意識」兩個字（雙音節詞）掛起鉤來，形成十一個新的概念——不消說其中有些概念是有準確含義的，有些卻未必。

這裡著重指出了語言在不停地變化著的一面，這些變化是適應和反映了社會生活的變動而進行的。沒有應變能力的語言，是

僵死的語言，它沒有生命力，因而不能作為有效的交際工具。但這絲毫不能否定語言有保持穩定性的一面，不注意保持語言的穩定性，企圖用不符合社會需要或不符合語言本身規律的方法，經常破壞這種穩定性，那是不能被社會群體所接受的。語言的穩定性常常導致語言的保守性，語言習慣是一種十分頑固的、很難改變的習慣，當然語言本身也有一種自我調節的能力，才能夠保持自己的穩定，語言規劃就是利用這種自我調節能力，因勢利導，去改善這個交際工具。

不止社會生活的變動反映在語彙中，科學技術的發展，術語（即表達科技新概念的專門詞彙）迅速地大量地增加了。至於新術語進入日常通用語彙，則比以往任何時代都顯眼。例如「X光」、「內分泌」、「更年期」，這些本來是專門術語的詞彙，現在什麼人都會說了。近來「CT掃描」、「分貝」這樣的專門術語，也進入了通用語彙。至於科學術語進入文學作品中，也是近年來的新語言現象。

一種被特定社會公眾使用的語言，與這個特定社會的模式和文化結構，總是息息相關的。在一般情況下，語言同社會文化結構、文化傳統是相適應的；甚至可以簡單地歸結為，有哪樣的文化，就會產生哪樣的語言。如果語言和文化兩者不相適應，那麼社會結構和文化結構就會迫使語言的某些方面（語言結構的某些要素）調整到能夠適應的程度。「五四」時期文言文與白話文之爭，以白話文的勝利告終，這個事實在很大程度上表明了社會文化結構的變化（改革）迫使語言文字進行某些方面的改變，改變的目的就是適應社會文化發展的新條件。既然如此，就不能說哪一個民族的語言是最佳語言，或哪一個民族的語言是落後語言。只要是適應某一個民族的社會模式和文化模式的語言，就當時當

地來說，都是最佳的社會交際工具，即最佳的語言。認為漢語是世界上表達力最強的語言，說漢字體系是世界上最佳的書寫體系，另一種說法卻認為漢語是一種落後語言體系，漢字體系是世界上最不行的書寫體系；同樣都是片面而不是符合客觀實際的。美國一個著名語言學家薩丕爾說得好：「最落後的南非布須曼人用手的符號系統的形式來說話，實質上完全可以和有教養的法國人的言語相比。」但是也不能像走得過遠的某些西方語言學家那樣，得出了語言是決定社會文化模式的結論，對語言的作用強調過分，看來也不符合社會發展的客觀實際。

為了適應當代社會發展，包括科學技術的巨大進展和社會交際環境的擴大，人們對語言文字提出了種種合理的要求，這是完全可以理解，而且是十分需要的。

——要求語言文字的規範化和標準化。當代社會應當是一種開放型的接觸頻繁的社會，是一個應用高技術的，講究高速度和高效率的社會，所以首先要求交際工具的規範化和標準化。舉例來說，在當代中國社會，要求在社會交際中使用規範化的全國通用語言（普通話），要求這種語言的書寫系統符合規範（漢字形體、讀音和語義規範和漢語拼音規範），對科學術語（包括漢譯科學家的名字）要求標準化，即帶有強制性的規範。（舉例說，信息論的創始人E. C. Shannon在各種教材和專著中有申農、仙農、秈農、香隆種種寫法，而沒有標準化的譯名，引起學習上一定程度的混亂。）

——要求使用國際化的非語言交際符號。高速社會的交際，不能滿足於使用分音節的有聲語言和記錄這種語言的表意為主或表音為主的文字，特別是在當代技術在時、空範疇內縮小了世界距離時，要求使用國際化的非語言交際（圖形）符號，如在高速

交通場景中廣泛使用的交通標幟，在一般社會交際場景中廣泛使用的、儘管說著不同語言但卻可以通過視覺器官作出理解和判斷的各種圖形符號，在體育競技場合如作排球籃球足球裁判時作出的手勢語（手勢符號），在無線電通信中廣泛使用的國際化縮略語音聲信號或非音聲符號等等。

——要求在信息技術（電子、計算機技術）和人工智能開發上創始及使用人工語言、計算機語言乃至為機器翻譯服務的中轉語言（或稱橋樑語言），這種語言可能是一種高度邏輯化的自然語言，也可能是有益於理解自然語言的一種人工語言。

——要求語言文字的表達力更準確、更清晰、含有更多的必要信息而排除過多的冗餘信息（這裡所說的信息是按社會語言學的角度所指的信息，而不完全等於信息論上所指的平均信息量和語言冗餘量）。

——要求在國際社會特別是科學交流上採用一種國際輔助語，是採用國際科學資料占80%的英語，使用人數占全人類四分之一～五分之一的漢語，還是複數無變格的拉丁語，或推廣有一百年實踐歷史的世界語（Esperanto），這都有待於國際社會（特別是國際科學交流）在實踐中加以解決。

語言與社會這個題目很大，也很複雜；這裡只能就個人所見的社會語言學通常所遇到的幾個方面加以通俗地論述，不免有不完全和簡陋之處，只好請讀者見諒了。

（《中國語文天地》1987年第一期。1986.12.14）

〔*04*〕關於社會語言學的研究範圍、對象和方法論[①]

0. 社會語言學的興起（不早於六〇年代）

宏觀與微觀（社會生產力的提高；科學技術的突破）。

系統（信息系統；語言系統；語言信息系統）。

1.「社會語言學」在形成獨立學科以前

（大英、大美百科全書分科沒有社會語言學，但1978年第九屆世界社會學大會三十二個分科中有二十三個屬於社會語言學）。

社會語言學～語言社會學。

社會語言學在西方有各種學派。

2. 社會語言學研究什麼？

A　把語言當作一種社會現象，一種信息系統來研究；

B　把語言放在整個社會生活中，放在社會信息交際中來考察；

C　從社會生活的變化發展，探究語言現象的變化發展及其規律；

D　從語言變化發展的現象（特別是集中最敏感的部分——詞彙的變化現象），去解釋和分析社會生活發展的軌跡；

E　研究語言的變異，特別研究社會諸因素引起的語言變

[①] 這是1984年在一個研究所與部分研究人員座談時的發言提綱。

異。

3. 方法論

——辯證唯物主義與歷史唯物主義；

——大面積的調查研究（利用新技術）；

——系統的調查和觀察，隨機觀察。

4. 研究對象

（英國Trudgill認為）1　階級

2　民族

3　種族（集團）

4　性別

5　地域

6　語境

大體上如此，還可作些修改補充、例如階層、文化層、經濟層，等等。

可以考慮下面的對象：

1　符號——→非語言交際。

2　術語——→〔術語學〕。

3　縮略語。

4　委婉語——不同的社會因不同的語境引起的。

5　新詞語。

6　借詞（外來詞）。

7　信息量。

8　語言計畫、語言政策、文字改革。

9　語言文字的規範化、標準化。

10 國際化和國際輔助語（即葉斯佩孫Otto Jesperson
    「語際語言學」interlinguistics）。

（1984）

1

〔11〕漢字的改革運動*

葉山先生寫一封信給我，提出漢字改革的問題來，希望我對這問題發表一些意見。可是，慚愧得很，我對這個問題沒有什麼研究，實在也無話可說。他的書信，大概是希望我發表於本刊「信箱」的，我卻因為這問題必須公開地討論，所以移到這裡發表了。

我懇切地希望本刊的讀者諸君對這問題踴躍地發抒意見，使這問題得到正確的解決。

厂樵　8月2日

厂樵先生：

近來《讀書周報》的「信箱」熱鬧起來了，這不能不說是一個好現象。時到今日，問題的公開和集體討論，已經成為必要而且可能。只有不斷的討論，問題才有正確的解決。希望貴刊對於這一方面努力一點。

---

*〔這一篇和以下共四篇文章，都發表在北新書局廣州分局刊行的《讀書周報》上；這一篇登在1935年8月4日出版的第十六號，署名「葉山」（以下幾篇亦署這個筆名），是寫給該刊主編厂樵（即屬厂樵）先生的一封信，希望能在刊物的〈信箱〉發表，厂樵先生寫了按語，作為該期頭版頭條發表全文，可見當時拉丁化運動的影響是很大的。（陳原注，1996）〕

以前兩次的討論，都部分的關係於中國語文問題，我在這兒想提出來向你領教的，也就是這問題。據最近政府的統計，中國人口436,094,953人中，不識字的一共有348,875,963人——約占80%強。這統計雖然未免有點滑稽，但粗看一下，80%的文盲，在我們中國原是大可相信的事實吧。文盲率這樣高的原因，當然要從社會學的見地去考察，這裡不便也無需去詳細研究它；我們應注意的是：中國文字的困難也未始不是一個重要的原因。中國文字幹嗎困難？有什麼缺點？葉籟士說得好：

第一、漢字是種不象形的象形字。

第二、它對於現代人不適用。——至今還停留在原始的階段上[①]。

第三、它跟口語的分離——因為漢字並不是表音的文字[②]。

於是很早就有了漢字的改革運動——然而這些運動（例如：注音符號、國語羅馬字等）不能不說是失敗了。原則上沒有錯：我們該採用拼音文字。並且我們需要的拼音文字，一定

第一、要簡易合用；

第二、要國際化；

第三、要能如實表達口頭語。

目前我所最滿意的，是中國語拉丁化方案。這方案你大約久已聽過或讀過的吧。拉丁化跟注音符號的最大異點，是在於前者主張「什麼都用拉丁化來寫」；而後者卻仍舊迷戀著漢字的骸骨！把方塊字廢除了去，這是最徹底最聰明最必要的辦法，你看是麼？然而是否在拉丁化普及之前。馬上就廢除方塊字呢？——

[①] 這是當時受馬爾語言學說影響而產生的錯誤理論，認為象形文字是一種「落後的」文字，還沒有進到表音階段，認為表音文字才是「先進的」。

[②] 見葉籟士：《拉丁化概論》。

根據拉丁化方面的意見，給了一個否定的回答。於此，我們可以說：漢字簡化運動消極的加速漢字本身的崩潰，這在過渡的階段，是用得著的。這你又以為何如？

　　拉丁化還有一個獨特的意思，也是很重要的意思。那就是它主張中國語分成若干個方音區，各區施行方言拉丁化。在理論上那是對的。「語言是從分到合的」[1]，而且目前中國決沒有單一的統一語之可能。但實際上，也許因為中國語太複雜了罷，我以為方音區一定會分成無數；那就糟透了！你對於這個問題，有什麼高見？

　　拉丁化廢除四聲那是很高明的。——語言不是單語的孤立，而是組合。——拉丁化字母一共有二十八個，拼法比起國語羅馬字來，真是容易萬倍。知識分子只需幾個鐘頭，大眾也只需幾個月就可以學會了。多麼經濟的辦法呵！

　　我以為：前進的知識分子應該努力去研究這一個問題：拉丁化問題。研究之後，還有更重要的任務，你說是麼？

　　到目前，最系統的介紹拉丁化的理論與實際的，我以為是天馬書店出版的《拉丁化概論》。它在上編正確地展開了拉丁化的重要理論（或者可以說是「拉丁化的理論體系」），下編簡明地敘述北方話拉丁化方案。只要是關心中國語文問題的人，都該一讀的[2]。

　　寫得太多了，應該在此停著。對於這個問題，我等候著先生的意見。

　　敬禮！

　　　　　　　　　　　　　　　　　　　　　　　葉山　8月1日

---

① 見Varankin的《國際語導論》（未見有中譯本）。
② 此外在《北調》二卷一期後面，也附有拉丁化研究欄，又各期的《言語科學》（月刊《世界》附刊）都有詳細的討論及介紹。

〔*12*〕中國語拉丁化的理論與實際

　　直到現在，怕沒有人可以否認中國語文的問題的嚴重性罷。大眾語的建設，到現在剩下的已經不是應該與否的問題，而是怎樣建設的問題了。

　　建設大眾語，必須把漢字廢止：這個原則怕也沒有多少人懷疑了。誠如魯迅所說：「漢字和大眾，是勢不兩立的。」[1]實際從五四運動以來，早就有人證明了方塊漢字廢止之歷史的必然性，例如錢玄同，他就說過：「照六書發生的次序看，可知漢字是由象形而表意，由表意而表音，到了純粹表音的假借方法發生，離開拼音，只差一間了。」[2]方塊漢字在性質上，除卻難寫、難認、難記——即難學、難懂之外，更沒有別的什麼了。方塊漢字跟現代人的生活，跟國際文化一點兒也不適合的。並且還有一個很重要的缺點，即：方塊漢字所能記錄的，已經跟口語分離了[3]。由於文字必然趨向於表音這一方面去，所以我們應該要採用一種拼音化的文字。中國採用拼音文字，是極可能的；——而且從前已經有人不斷的在試驗著（例如教會的羅馬字運動，注音符號運動、國語羅馬字運動）。事實證明了它們的失敗，原因不是沒有的。注音符號只能部分的簡易，能如實地表達口頭語，卻不能國際化；而國語羅馬字可以國際化了，也能如實地表達口頭語，可是其困難的程度，比之方塊漢字真無愧色。

　　因此，我們到現在覺到滿意的，是新近介紹過來的拉丁化方

---

①《社會月報》一卷三期。
②《漢字改革》（錢玄同）。
③ 我在給厂樵先生的信曾簡要提到，見《讀書周報》十六號。其詳可看《拉丁化概論》。

案。只要曉得前幾年土耳其‧韃靼人放棄了他們用了差不多一千年的亞拉伯字母，而採用土耳其話拉丁化這一史實時，誰也懂得「拉丁化」是多麼需要、合用的東西吧。「靠了這種新字母」，巴赫脫耶夫[1]這樣誇張地說：「土耳其‧韃靼人和別的國家底大眾，不僅可以增加能讀能寫的數目，而且他們因此能夠張開了接近西洋文化的大門哩。」[2]

關於這種「中國話的拉丁化方案」，在這兒想略為說一下。

有人誤會這種方案是蘇聯的言語學家為中國大眾造出來的——那是滑稽之至的瘋話。一個民族的言語學家決不能為別一個民族造出言語方案來的。中國話拉丁化的方案，——更確切地說，是北方話——是由旅伯力的十萬華僑所支持的遠東拉丁化委員會擬定的；參加這委員會的，有蘇聯的言語學家，這是事實，但並不是他們為我們創造「拉丁化方案」的。

這種拉丁化方案是最簡便不過的。誠如《北調》二卷一期所說：「中國話寫法拉丁化，非常容易學習，容易到會外國語的人一看就會，只認識中國字的人也用不了半月，不識字的人有一個月也能運用自如。」事實勝於強辯，兩年來，旅蘇邊疆的中國大眾所獲得的成功，可以在下面的數字看出來的：

㈠夜課補習班讀完，能夠看書寫信的，有5,100人。

㈡經二至六個月短期學校畢業的新文字幹部，有321人。

㈢經一月補習畢業的大眾有240人[3]。

這還是本年一月上海方面接到的統計。

---

[1] Bahtejev是土耳其新字母中央委員會委員。

[2] 見巴赫脫耶夫所著〈文化革命路上的土耳其〉載 *La Nova Etapo*（Moskvo 1932, No. 1）。

[3]〈蘇聯遠東的拉丁化運動〉，載《言語科學》十七號。

想知道這種拉丁化的詳細方案，可以細讀：

一、《拉丁化概論》第二編

    （葉籟士著　天馬書店版）

二、《中國語書法拉丁化方案之介紹》

    （應人著，《言語科學》第九，十號，《世界》月刊附載，上海郵箱二三二號）

拉丁化反對者曾經提出兩個問題，即：

一、中國文是單音的，而且有許多同音異義語；用拼音文字非常困難。

二、拉丁化不能表示四聲。

關於這兩點，烏蘇耶夫給我們這樣地解決了：

一、所謂單音，不過是中國文寫時是如此。說起話來是多音節的。

二、除幾個例外[1]的（但容易分別的）單語外，中國文不需要四聲。四聲的功用不過像別的語言上的揚音而已[2]。

拉丁化還有一個特徵，就是分區來實行拉丁化。魯迅說過：「中國人是無論如何，在將來必有非通幾種中國語不可的運命的。」[3]換句話說：中國最近的將來無論如何總會有若干種語文的。中國語文離開統一期還遙遠得可以，並且未來的統一語一定要在方言的基礎上發展而形成的。——這是拉丁化討論中意見最不同的問題，非另外寫篇東西來專門討論不可。

（1935.8.5 草完）

---

[1] 例如「買」和「賣」，拉丁化作 "Mai" "Maai"。

[2] Usojev: "La Latinigo k Reformo de Cina Skribsistemo en USSR." 曾譯登《中華日報》副刊〈言語〉。

[3] 《社會月報》一卷三期。

〔13〕中國語拉丁化分區問題*

假如時光不曾磨滅了我們的記憶，當還記起1932年的廣州，曾經出版過一本《一般藝術》吧。在這本雜誌的第四期，即最後一期裡，有過一篇名叫《文藝大眾化和粵語文藝》的論文。這論文曾經肯定過需要方言文學。這是對的，可是在它第二節的尾巴，就露出市民學者的一般醜態，是這樣說的：

> 「『……聽日考試操行我界個甲你。』『聽日』的聽字便是白話，意義是不對的，只是音同而已。
>
> 因此，我們需要重新整理，需要每個字是考據來的，要合理，要有字義的。不能亂拉了一個同音字來塞責便算了！……」[1]

說來說去，原來脫不掉這個神聖的漢字棺材，然而事實已經給他一個有力的答覆，簡筆字的實用，把他要攢進棺材去的這個好夢，打得粉碎了。那篇論文既經肯定方言文學是必需而且可能的，但又不曉得方塊漢字之不能勝任，還發出了什麼「需要每個字是考據來的……」這麼一大堆不通的瞎話。但我們卻不能深怪作者，因為直到那時（1933）還沒有一種能夠代替方塊字而又令人滿意的方案出現過[2]。

---

* 關於這個問題，當時不是沒有先見之明的人——胡愈之1936年8月在鄒韜奮主編的《生活星期刊》第九／十期發表了〈新文字運動的危機〉一文，對運動提出了五條有益的意見，其中第二條說：「（二）應該限制各地方言新文字方案的粗製濫造，非經大家公認為正確而且必要的方案，最好不要隨便推廣傳習，以免浪費學習時間。」他的正確意見沒有被當時的新文字運動積極分子理解，廣州出版的《新文字週刊》出版專號加以批評。（陳原注，1996。）〕

[1] 見《一般藝術》第四期，頁15。

[2] 1932年8月才發出了一篇關於「中國話拉丁化」的文章底世界語釋文，其後經焦風先生譯為中文，是拉丁化理論的第一炮。

再扯下去，不知到哪裡才止；我在這裡所要說的是拉丁化中國文的分區問題——我對於這個問題的答覆也像《文藝大眾化與粵語文藝》的作者一樣，是肯定的：即必需分區。

　　有人說：中國語言雖然各處不同，可是中國文卻能統一全國。若果照拉丁化論者的意見，把中國文字分了區，豈不是故意分裂中國文麼？

　　這驟然一看，果然是有聲有色的；可是到底只和「看見大樹，不見森林」一樣。說這話的人，絲毫不曉得歷來中國文所謂統一全國，實際上只統一了十分之二的全國。——十分之八的大眾，根本就和這「統一全國的」中國文絕緣。我們能夠抹殺淨盡這十分之八的中國大眾麼？——他們根本就好像沒有文字一樣。說「分裂」，其實只「分裂了」十分之二的「讀書分子」！

　　又有人說：拉丁化假若成功了，中國人民豈不變得各據一方不能聯絡麼？

　　這也是淺薄的論調，他們的團結，主要的是依了物質的利益的，並不是靠了言語的統一的。但要注意的是：他們團結在一塊之後，即：造成一個平等的自由的社會之後，卻就需要一種統一的言語。——這可以叫做共通語。

　　還有一點：拉丁化論者並不堅決反對國語（指普通話）——假如它有這樣的必需的時候——正如拉丁化論者並不反對在拉丁化未普及之前，漢字的存在一樣；也正如各國大眾之對於國際語一樣。

　　然而真的統一的共通語，決不是現時的國語，也不是任何一地的土語，而是吸取了高度發展的各處土語的應攝取的成分，在方言土語的基礎上，慢慢發展而形成的。這跟世界共通語

（Mondlingvo）的理論是一致的[1]。

　　要強迫這一處的大眾學習用他們從未說過的語言寫出來的文字，這是天大的笑話，仍然是努力不討好的。這是從來的國語運動者失敗之點。拉丁化論者看清楚了這，於是實行分區記音。

　　有些「大」「小」作家聽到了，吐了舌頭伸不進去，他們害怕拉丁化普及之後，沒有別處的人們可以讀他們的土音著作。這可笑得很，他們不曉得用方塊字寫出來的東西，盡其量——算你是著名的大作家吧！——也不過使十分之二的中國知識分子讀，他們忘卻了拉丁化普及文盲肅清之後，誰都會看書啦！

　　關於拉丁化分區問題，為了時間很少，只能寫到這裡。

（1935.8.13）

〔14〕拉丁化書報介紹

　　我一連在《讀書周報》發表了幾篇關於拉丁化中國話的文章之後，在最近又有杜埃先生發表了「活的語言與拉丁化」；拉丁化的理論差不多很簡明的擺在讀者面前了。在這裡，我想介紹一些國內外出版的關於拉丁化的書籍和雜誌，我相信這對於一部分熱心於這問題的讀者，一定很願意曉得的。

　　在介紹書籍之前，我想對於杜埃先生的文章的某一點加以補充的說明。這就是——杜埃先生這樣說：

　　　　「我特別地指出拉丁化之最特色的地方，便是：凡是口說的語言它都可以拼出音來。」

原則上是對的，但這樣一說，很容易叫人誤會用一種拉丁化方案

---

[1] 見新興言語科學家 E. Drezen的論文〈現在的世界語，未來的國際語與世界共通語〉。

可以拼出各種的言語來。這是很嚴重的誤會（假如有人誤會了的話）。我所以在此再提一提。到現在為止，只有拉丁化中國北方話方案被普遍地應用著。其他各地的方案還有待於各地的擁護者的擬定和推行。所以這兒所介紹的，也都是研究北方話方案的：

一、《中國語書法之拉丁化》　焦風譯

《國際每日文選》第十二號，1933年8月12日出版（杜埃先生說是1932年，誤。）這是中國最初出現的系統的介紹拉丁化理論的文字。

二、《中國語書法拉丁化方案之介紹》　應人作

（《世界月刊》附刊《言語科學》第九一十號。）解說頗簡明，可參照下列兩書：

三、《拉丁化概論》　葉籟士著

（天馬書店出版・定價二角）這小冊子分兩部分：理論之部和方案之部。寫得很通俗，但方案不及下列一書這麼詳盡；

四、《中國語書法拉丁化——理論・原則・方案》

上海中文拉丁化研究會

（上海內山書店代售，定價二角）這本書初版已售完，現在正增訂再版中。理論和原則大抵由伯力的《擁護新文字六日報》譯來；方案部分講得異常詳盡，也非常易於了解。末附漢字和拉丁化對照的讀物（包含短句・新聞・詩歌・小說）。很可以實習一下。這是一本研究者不可不備的書。

五、《北調月刊》（天津出版・每冊二角）

六、《世界月刊》（上海郵箱二三二號・每期五分）

七、《客觀半月刊》（上海復旦大學出版・每期四分）

以上三個刊物，都經常登載討論拉丁化的文字，很有參考之價值。

八、《新文字月刊》

這是最近（8月）上海中文拉丁化研究會出版的機關雜誌。第一期8月15日出版，內容很充實，有魯迅的《關於新文字》和L. I. 的《新的寫法規則》，並有詩歌《打柴姑娘歌》一首。定價三分。

通訊處：上海中山路大夏大學魏達人

九、《擁護新文字六日報》

蘇聯伯力出版，內容排印均令人滿意。現在已經出至七十一期。上海拉丁化研究會可代訂：每年一元五角。

　　※　　　　　※　　　　　※

誠懇地希望本刊讀者多多發表意見。——問題必須討論才可以明白的。

附記：在排印或出版中的《拉丁化課本（三冊）》《拉丁化辭典》……等，本文尚未提及。

（1935年9月3日）

〔15〕〔附〕活的語言與拉丁化*

葉山先生在《讀書周報》十六號上發表了一封寫給厂樵先生的關於「漢字的改革運動」的討論的信，他提出了一個中國語拉丁化的方案。接著葉山先生在十八號的《讀書周報》又發表了〈中國語拉丁化分區問題〉一文。

關於這個方案，在前幾年已有人提出了，我所知道的是1932年8月

---

* 這是杜埃同志（1914-1993）為《讀書周報》寫的一篇文章，論述了我提出的中國語拉丁化問題。杜埃在八〇年代任中共廣東省委宣傳部副部長。（陳原注，1996。）

份的《國際每日文選》中由焦風先生譯的一篇〈中國語拉丁化〉的文章。去年上海各雜誌關於大眾語問題論爭的時候，也有人討論過中國語之拉丁化問題。可是，關於這個問題的討論，在廣州，據我所知道，竟完全是寂寞的。然而，拉丁化之跟著社會情勢的需要是仍然一日甚一日。因此，這次葉山先生提出這個問題，可說是並不偶然，而是必然的了。

中國文盲率的可驚的程度，這在中國人民生活的極度惡化是有著決定的原因的。但除此以外，誠如葉山先生所說：「中國文字的困難也未始不是一個重要的原因。」中國的象形文字之停留於原始的進化的初階，它的不能適合現代人的需要，這是到處都可以看得出來的。它不但不能適合現代人的需要，反而是中國文化發展之最大的障礙。在目前我們可以平心而論，象形文字之最大的缺點，就是它的脫離活的口頭語言，而停留在死的舊形式上面。現代的文明國家的文字已經進到發音的階段了，而中國的文字卻仍然停留在死的圖形上面，它的不能適合現代的科學及生產技術之提高所造成的社會文化，這是很顯明的了。這種象形文字在中國已有三千餘年的歷史，而這歷史也就足足統治了中國的廣大階層的文盲的長久的命運，它是舊統治階級的最好工具。可是這種舊的統治工具在現代已經是發生著問題了，它是跟著社會關係的變化而激發出來的，於是就有1917－1919年的五四白話運動，及後又來了國語注音字母的拼音運動，這些都是關於中國文字的改造方面的。可是，這改造的結果是不能不遭到可悲的失敗了。這就是白話文的運動仍然是迷戀著象形文字的殘骸的緣故，而這種白話文的運動在當時也不過是在知識分子方面展開著的，對於中國80％的文盲是仍然沒有關係的。雖然曾出版了許多的「平民千字課」，但這些千字課的漢文卻仍然與平民的口頭語分離，因此它的收效也仍然不會把可驚的文盲率減低。

我們研究及改造語言，必須是直接的從活的口頭語言開始，而探

求它的發音及構造。可是，中國的一般語言改造的專家們，卻是恰恰相反的，他們不從直接的口頭語出發，而只是用筆寫的言語作為他們研究的對象，這是逃避活生生的現實，而鑽到極少數知識分子的筆尖上去了。所以幾次的漢字改革運動的慘遭失敗，是不必驚奇的。

總之，死的語言，它是人類文化之枷鎖，它不能使人類的文化領域盡量展開，它不能使人類的文化盡情地開花。

目前我們要提高廣大的人民的文化水準，是必須要從活的語言方面著手的。中國的人民的生活不允許他去學習那非費好幾年的工夫不可的死的象形文字，只有從活的人民的口頭語用靈巧的拼音法才能把廣大的人民從文盲的牢獄中援救出來。

因此，中國語之拉丁化方案便被情勢的迫切的要求，而正確地提出了。

拉丁化之功效，葉山先生已經說過了。在這裡，我特別地指出拉丁化之最特色的地方，便是：凡是口說的語言它都可以拼出音來。它不會像死的漢字圖形，而是活潑的，科學的，展開了人類文化的前途。

自然，人類將來的語言，必然是趨於統一的，必然會有一個共通語出現。可是，這種人類共通語的出現，是要賴於目前的科學的語言之逐漸的發展的。

還有一點，我們關於語言改造運動，是不能完全持著文化主義的態度的，語言的改造運動必須與整個的社會經濟生活之創造的運動相緊密地聯繫，這樣，才不致陷入文化主義的泥沼裡去。

（8月24晚，1935年）

〔*16*〕《廣州話新文字課本》序言和鉛印版題記*

　　知識分子用的新文字課本，在新文字運動的最初階段，是很需要的。這種課本，在目前運動的經濟能力薄弱的時候，負有雙重的任務。第一，它要教給知識分子新文字；第二，要完成師資訓練班用的課本的任務。

　　廣州話方案自從1936年10月5日公布到現在，已經快要五個月了。可是新運開始的緩慢，實在驚人得可以。別的不消說，就連一本ABC也沒有出版。課本的缺乏，也影響了新運的展開。

　　去年12月尾，我才由語運的同志，轉來了中國新文字研究會廣州分會的委託，編輯知識分子用的課本。我答應他一個月完成。但其間因為別的事情所耽誤，直到今年1月末日才全部脫稿。

　　一邊寫，一邊接受了十多位朋友的要求，教了五點鐘課，在教課中，修改了好幾處原稿。到二月初，給油印了出來，共一百本；航虹、村白曾拿油印本教過兩班，一共二十人。在他們的教課中，又修改了一次原稿。這便成為現在的樣子。

　　在此，我要強調發音學知識的重要，尤其對於知識分子——未來的新文字教師，新的語文運動者。所以我在這小冊子的第一部分，加插了許多發音狀態圖。我不是希望教者同志或學習者諸

＊ 據倪海曙編的《拉丁化新文字運動的始末和編年紀事》（上海知識出版社，1987）記載，中國新文字研究會廣州分會1936年10月公布了《廣州話拉丁化方案》（原有草案十三個，經調整統一為這個方案）。〔該書§325〕又記載這個組織於1937年4月出版陳原編的《廣州話新文字課本》（見§370），按：倪海曙（1918-1988）畢生從事文字改革工作，所編《始末和編年紀事》一書是關於拉丁化新文字運動最忠實的記錄。（陳原注，1996。）

君現在或將來教大眾時，先告訴他們b是雙唇音，a是開母音……之類，而是希望大家熟習了發音的位置，能夠正確的教人發音和改正人家的發音。對於不慣分析音素的我們中國人，這一點是更加重要的。

從第一課到第六課，我講完了全部字母的發音，而且簡明的敘述了界音法。從第七課到第十二課，我把複雜母音分做許多組來研究，並舉了許多的例子。第十三課是一個總結，通常是可以不教的。

第十四課起，到十八課止，是第二部分。目的是討論音段的分析和詞兒的寫法。這工作在廣州話方面前人沒有做過多少，因此這只是初步的分析。

第三部分是文選。各式文章都選一兩篇。給讀者作參考和應用。

在編著中，我參考了不少的書報。其中最重要的，我寫出來，一則可以給大家參考，二則表示對原作者的感謝。（Ⅰ）語音學方面：⑴P. Passy：*Petite Phon Bétique Comparée*；⑵D. Jones：*An Outline of English Phonetics*；⑶M. T and D. Jones：*The Pronunciation of Russian.*⑷H. E. Palmer：*A First Course of English Phoneties.* ⑸Varankin：*Fonetiko*（Teorio de Esperanto ĉap. 1.）⑹張沛霖：《英語發音》。⑺張世祿：《語音學綱要》。圖表多採自上列六七書。（Ⅱ）拉丁化方面：⑻理論‧原則‧方案。⑼⑽葉籟士的「課本」「概論」。⑾胡繩：《江南話概論》。⑿《廈門話概論》。⒀韋倫：「文法」。（Ⅲ）廣州話方面：⒁D. Jones and K. T. Woo：*A Phonetic Cantonese Reader*；⒂*Beit Pocket Guide to Cantonese*⒃統一方案。（10月5日版本；最新修正將在《中國語言》發表。）

鄔利最初校讀原稿和幫我製拼音表，航虹校讀全稿，給我有用的啟示和改正；村白校改原稿（特別是拼音表的精細校對）；

容斯繪製大部分的插圖；對於他們和油印時負責的諸同志，我在這裡謹致最熱誠的戰鬥的敬禮！又馬君寄來新波同志的木刻做封面，作者也無限感謝。

對於本書的批判和指示，或者七課以後的較為專門的練習題有不能解決的疑問，我非常歡迎。請寄出版處轉我收。

（1937.2.24深夜）

2

〔*21*〕垂死時代的語言渣滓
——在何家槐先生的隨感後面拖一條尾巴

列寧也叫出「上帝啊」這樣的話語麼？

在翻譯《一九一八年的列寧》一書時，我曾經考慮過，並且和常常在一塊兒的朋友們討論過，但結果我還是照字面翻譯了。

這就是英文"My God！"如果把它譯成「天啊！」那也是可以的，實際上英文的My God！和O Heaven！有的時候就混在一處用，自然在語感本身是稍微有點不同的。

如果在這個地方譯成「天啊！」那麼人們又可以振振有詞：作者（或譯者）有意侮辱這位巨人，把徹底的唯物論者變成宿命論者了。

然而不幸，我們這個時代的語言還不能割斷前時代留下來的一切。

我們不能也不該否認：「上帝啊！」「天啊！」這是前些個世紀或者說垂死的時代所遺留的語言的渣滓。這和另外一些忌諱的語彙或者表現法同樣，是資本主義或前資本主義時代的特有的產物。

舉一個例，外國上流社會最怕「廁所」這個詞的「骯髒」，

因之連世界語也有 "necesejo"（「必需的地方」）一字來稱呼「廁所」。至於「死」一詞，更是中外人士所忌諱的，中國的「歸西」「圓寂」「辭世」，口語的「過身」都是「死」的代用詞；當代語言學大師耶斯佩森在他的名著《語言的起源，生長和發展》中，更舉出五六十個代替「死」的語彙。

這一拉似乎拉得太遠了。總之，在這裡不外想說明：作為前個時代的渣滓的一些語彙，不管是迷信的、忌諱的、宗教的還是什麼的，即使新的社會已經建立起來，它還要存在著。它一時是不會死滅的。

列寧之喊上帝或者蒼天，也就平平無奇；因為這是前時代的語言渣滓的遺留。如果一旦革命成功，列寧就立刻連一句渣滓也剷除淨盡，那倒反而太奇怪了。列寧是人類的一分子，列寧不是神仙。

最後，我們還要提及語言學上所謂「因慣用而來的語義變化」。

例如「上帝啊」「天啊」這一類詞，老實說已因慣用而失掉它原來的意思。在目前，它已經變成一句在無法可施時悲憤交集的感嘆詞了！「上帝啊」，說這話的人今天不一定篤信上帝，甚至他說這話時連上帝這個概念壓根兒就沒想過。假如一個中國無神論者罵聲「見鬼！」，難道他就變成有鬼論者了麼？

自然，少年先鋒、十月兒童那樣的新社會人物是決不會嘆一聲「阿門」或者叫一聲「上帝」的。這並不稀奇。正如我們決不會像一些五六十歲的人說如下的話：

「他奉旨不去遊行的。」

「奉旨」是「決計」「永遠」「一定」的意思，說話的人自然也知道當今之世，已無「聖旨」可「奉」，但這遺留下來的語

彙，不知不覺又會掛上他的嘴邊。

時代變更了，前個時代的語言渣滓卻遺留著。但是語義卻因慣用而起了變化。因此關於列寧之叫「上帝」，我同意何家槐先生的話。

（1940）

〔22〕〔附〕固執與成見
──讀書雜感
何家槐

有一天，我正在看蘇聯的電影小說《一九一八年的列寧》，當翻到列寧──搖著昏厥了的華西里的肩膊，而且吃驚地叫著「上帝啊！這是什麼事情啊？」的時候，旁邊站著和我一同翻閱的一位朋友很不滿意地說：

「怎麼，列寧也叫上帝嗎？」

「為什麼不呢？」我奇怪地反問。

「連你也這麼糊塗，列寧是一個最出名的無神論者啊！」

「無神論者就不准叫上帝嗎？小孩子痛苦的時候叫『媽媽』，你不是小孩子，但你在感覺痛苦的時候，也會叫『媽媽』，難道你因此就成了小孩子嗎？鄉下人迷信，往往在無可奈何的時候叫『天』，你並不迷信，可是在無可奈何的時候，你也會失聲叫『天』，難道就能因此說你是迷信者嗎？」

「你說這些話是什麼意思？」他憤然地打斷我的話。

「我的意思不過是說列寧的叫『上帝』，也不過是和你叫『媽媽』和『天』同樣，只是自然的感情的流露罷了，一個人說話，是不會也不能老是先規定一個不移的規則的，到處可以適用的說話公式似乎至今還沒有發現，可不是？」

「不同你詭辯。你這些都是胡說八道，我相信無神論者而兼革命家的列寧，就是殺了他的頭也不肯叫一聲『上帝』的，他不會這麼糊塗，一定是這書作者的杜撰，對列寧簡直是個天大的污辱！」

我再沒有和他分辯，因為這是徒勞的。在無言的沉默中，我不覺又聯想到另一次當我正在看《夏伯陽》的時候，也曾和他有過激烈卻很不愉快的爭論：

「你看，夏伯陽這樣英勇的人也那麼的怕流彈哩！」我掩上書說。

「我不懂你的話。」

我重新翻開書本，指著302頁上描寫夏伯陽一再躲在草墩背後，不敢一直線達到村上，卻去繞了一個大彎，最後一個回到司令部，給費多爾嘲笑的幾行把他看，可是他卻搖搖頭，很自信地說：

「不會有這種事，只是作者的造謠，他為了要顯示自己的勇敢，居然開起夏伯陽的玩笑，捏造故事把夏伯陽壓低身價。」

看了他那種堅信的神氣，聽了他那種武斷的口氣，我真的大大地吃了一驚：

「你怎麼能夠這樣肯定的說呢？你難道親眼見過嗎？」

「沒有見過又怎麼？富曼諾夫無論如何是說謊，說謊，說謊，侮辱英雄！」

我絕望地搖著頭，知道和他爭論只是徒勞。更使我覺得驚異的，是像我這位固執機械的朋友的人卻竟是不少，他們做什麼事都有一定的辦法，對什麼人都有一定的成見，寫什麼文章都有一定的格式，不長也不短，不方也不圓，不肥也不瘦，不輕也不重，缺一點不行，多一劃也不肯。他們和誰談話都是滔滔不絕地那麼一套，談起你所親自經歷過的事變或親自體驗過的心境，彷彿他比你自己還要懂得更多更確實——甚至你在和他談話的時候，他從不願意聽取一句，一方面「嗯嗯嗯」的儘管點頭，一方面卻在頭腦裡製造公式，指導你的公式。如果這類人不幸

而是一個「救亡工作」的領導者，那麼正如列寧所描寫：

> 「首先他任何人的話都不肯聽，他只會說教，此外，他又確信
> 他比任何人都精明，這是怎麼樣的領袖啊！」

　　如果不幸這是一位「作家」，那麼他也逃不出「自八一三的上海炮聲
響徹了全國以後，……最後的勝利一定是我們的。」云云的那一個公式。

　　頑固，成見，公式化，雖則程度多少有些區別，可是卻有相同的
血緣，同樣是進步的障礙，是舊社會的遺毒，不能不希望青年同志們共
同努力，互相勉勵，拚命來克服和剷除的，否則很危險，因為，這正如
我們每個人多少有點阿Q的精神一樣，我們身上也不免都帶點這種輕
於自信和死守定型的毛病。

（1940）

〔*23*〕語言與動物

1　從「牛棚」到「鷹」、「鴿」和「鴕鳥」

　　人類的語言常常利用動物的名字構成詞組，表達某種感情，
某種概念，某種聯想，某種隱喻，某種傾向。例如「牛棚」是由
「牛」加「棚」構成的，這個詞在1966年以前只有字面上的意
義，但是這場社會風暴賦予了這個詞組一種新的含義。我們這一
代人，可以說是無人不知「牛棚」為何物的。凡是被指為走資
派、反動權威，乃至甚麼分子等等，都被那場政治風暴刮進「牛
棚」。刮進「牛棚」的不是牛，而是人，或者更準確地說，都是
被指控為「壞人」的人。一旦進入「牛棚」，便失去了人身自
由，連人的尊嚴也沒有了。打入「牛棚」，不需要起碼的手續，
更不需要任何法律，只需要一陣風。因此，這樣的地方不能稱為

「監獄」（沒有適當的司法機關判決不能投入監獄），不能稱為「拘留所」（拘留是有一定時間的，唯獨進出牛棚是沒有期限的），不能稱為「俘虜收容所」（按國際紅十字會規定，俘虜是不准虐待的；按我們革命傳統，俘虜是不許侮辱的，但「牛棚」收容的人連俘虜的待遇也不如），更不能稱為「集中營」（這個詞專指法西斯囚禁革命人民的場所，而被關入「牛棚」者卻正好是被斥為「反革命」的人，恰恰相反）。「牛棚」就是牛棚。為什麼關「壞人」的地方叫「牛棚」呢？有一說認為「牛」即「牛鬼蛇神」的縮寫，現在姑且相信這一說。這個詞的壽命只有十年，它記錄了社會性悲劇帶來的辛酸。這個詞死亡了，但它留下了歷史的記憶。在社會語言學的領域，這個詞是特定時代有特殊含義的歷史名詞。這樣的詞是利用動物的名稱組成的。

把「牛棚」一詞直譯為外國語，而又要操這種外國語的人們（即使這種外國語是他們的父母語）領會，是很難很難的。比如譯成英語 "cowshed" 一字，說英語的民族看見這個字，無論如何聯想不起真正的「牛棚」來。他們只能按字典所下的定義那樣來領會這個字，例如他們只能引起這樣的概念：a shelter for cows——即把牛圈起來以避風遮雨的地方。外國人無論如何不能引起我們看見「牛棚」一詞時所引起的感情，除非這個外國人也關過牛棚。當外國人讀到小說中直譯的「牛棚」時，他們一定會奇怪，為什麼城裡盡是養牛的地方呢？為什麼每個機關都養牛呢？不，不只外國人，現在的少年，十年後的青年，他們也不能確切了解「牛棚」這個詞的含義，自然更不能引起如我們見這個詞時所引起的感情。

在政治術語中，人類的語言常常會利用某種動物的特性來引起聽者的聯想，達到形象地了解這個詞的內在意義或社會意義的

目的。「牛棚」就是這樣一個政治術語，很形象化的政治術語。外國報刊常用「鷹派」、「鴿派」這樣的詞彙來指某一種政治活動家。說這個活動家是「鷹派」，那就說此人主張強硬對付他的國際假想敵，在交往場合採取強硬政策，甚至於不惜使用威懾力量或赤裸裸的軍事力量。「鴿派」則指與此相反的政治活動家。鷹這種動物，在人類的第二信號系統中大都被概括為剛強的、勇猛的、進攻性的動物，而鴿子則往往被概括為柔弱的、隨和的、和平友好的形象。因此「鷹派」或「鴿派」這樣的詞彙，就比「強硬派」、「溫和派」之類的詞彙更為形象些，更能打動人心，更能引起一種準確而深刻的印象。這種詞彙是富有修辭色彩（修辭語感）的詞彙，而引起這種色彩，不過因為它利用了某些動物的具體性格。

在國際評論中常常遇見的另一個詞組是「鴕鳥政策」。據說，這種生活在沙漠中的動物（鴕鳥）一碰到危險，便迅速把腦袋藏進沙子裡，自以為很安全了，而不知自己全身都暴露在外面。凡是碰到危機而裝做不聞不見，好像鴕鳥把腦袋藏起來的那種政治主張，人們稱之為「鴕鳥政策」。近來有些科學家認為這冤枉了鴕鳥，他們說鴕鳥實際上並不是這樣子的。但是儘管如此，這個詞還是繼續按它先前的意思使用著。語言的「約定俗成」力量是很厲害的，即使科學家說出了新的科學論據來，往往也很難改變的。這是語言在社會生活中的一種黏著力，是一種歷史的習慣勢力造成的。

2　從「斑馬線」、「貓眼睛」到「馬力」

在日常生活用語中，頗有一部分詞彙是利用了動物的特徵或形象來表達某種概念的，我們天天碰見的「斑馬線」（zebracrossing）就是利用動物名字來構詞的一例。馬路上交通頻繁，為了避免人車相撞，人們指定一些地段，供步行者越過馬路。這個被指定的通道，現在大陸通用的書面語叫「人行橫道」，外國人叫「斑馬線」，近來由於旅遊者激增，大陸這裡口頭上也常叫「斑馬線」了。之所以把「斑馬」這種動物拉出來構詞，是由於外國城市交通管理當局習慣於把人行橫道漆上一條條的白線，其目的是讓開過來的汽車有所警惕。這些白線就恰如斑馬身上的橫線一般，所以稱之為「斑馬線」。外國城郊馬路的中心線還安置了一排小燈似的裝備，夜間車燈一照，這中心線就十分清楚的顯現出一長列標誌來——這種裝備叫做「貓眼睛」（cat's eye），貓眼睛的瞳孔是在黑暗中放大，在亮光中縮小的，人們就利用這種特徵來命名這種新設備。我們城郊馬路上還沒有這種裝置，所以詞彙中也還沒有「貓眼睛」。

有一個常見的詞叫「馬力」（horsepower），「馬力」是一種計算功率的單位（每秒75公斤公尺），看樣子一定是在廣泛使用馬做工具時創始的。據傳開創於發明蒸汽機的英國人瓦特（James Watt, 1736－1819）。《牛津大詞典》（O.E.D.）簡本注明此字第一次在英國文獻中出現是1806年，正是瓦特在世的時候。人們說，這部汽車90匹馬力，這部蒸汽機車3,000匹馬力，這條萬噸輪船12,000匹馬力。分明不是馬，而是機器，卻偏要用馬的力量來衡量，這似乎是很可笑的，但是從社會語言學的觀點來說，它反映了一個時代的生產力，是不可笑的。在發達國家中，目前已有一種傾向不使用「馬力」來表示功率了，這又反映了生產力的發展必然使一些詞彙成為過時，也許若干年後，「馬力」這個詞就變成廢棄不用的古詞了。

從「馬力」一詞衍生出一個更常用的「人力」（manpower）

來。由「人力」組成了「人力資源」這樣的詞組，成為社會學、人才學、管理學、科學學、未來學中常用的詞彙。近年也產生了與「馬力」、「人力」相彷彿的字，叫「詞力」（wordpower）。劍橋出身的德・波諾（De Bono）編了一部很奇特的詞典，專門發揮「詞力」的作用，他說，「詞力對於智慧來說恰等於馬力對於一部汽車。」他說，汽車要使用汽油才能產生馬力，人也要使用詞彙才能產生詞力，不過這已是另外一碼事，這裡就不再說了。

還可以舉出不少帶有動物名稱的詞組。例如用以空對空的導彈「響尾蛇導彈」，可以說是仿生學的產物。響尾蛇追蹤它的獵物是靠紅外線的感覺，因此製造出來的東西也就安上動物的名字。英國還有一種很著名的垂直起落戰鬥機，叫做「鷂式」機。起先譯作「獵兔狗式」機的就是，原來這種飛機原名為“hawker-harrier”——harrier一字有兩義，一義是指空中飛的動物，即我們所謂「鷂」，一義是指地上跑的動物，即「獵兔狗」，是專門追捕野兔的獵狗。大概按製作者的原意，這種飛機的命名該是指在空中飛的，故稱「鷂式機」了。前幾年有一種小型用貨櫃載運的船隻，叫做「袋鼠船」（kangaroo vessel），這是一個很形象的詞，借用了袋鼠的特性：袋鼠把它的小娃娃藏在自己身體中特別存在的「口袋」裡，那種船像袋鼠似的，把貨櫃安排在船艙和船面上。

3 從「走狗」、「狗崽子」到「龍袍加身」

將動物的名字作為人的代稱，古今中外都有的。這不是修辭學上動物的擬人化（personification），正相反，這是人的擬動物化。打開《水滸傳》，就可以發現一大串用動物名字作為綽號的實例。有豹子（豹子頭林沖），有老虎（插翅虎雷橫，矮腳虎王

英，跳澗虎陳達），有龍（九紋龍史進，混江龍李俊），有蛇、蠍（兩頭蛇解珍，雙尾蠍解寶），有鵰（撲天鵰李應），有猿(通臂猿侯健），有蛟、蜃（出洞蛟童威，翻江蜃童猛），有龜（九尾龜陶宗旺），有狗(金毛犬段景柱)，有老鼠(白日鼠白勝)，等等，蔚為大觀，十分有趣。在舊時的黑社會中，或者在帶有某種造反意義的社會組織中，人們常常用動物的名字作為自己的稱呼或代號，這也是一種向壓迫者的挑戰。美國前幾年出現的「黑豹黨」，在一定意義上也是反對現存社會秩序的。

在大陸的口頭語中，也常用動物的名字來叫小娃娃，通常用的是虎和狗，例如把娃娃稱為「小虎子」、「大虎」、「二虎」、「大狗」、「小狗子」。這是親暱的稱謂。一親起來，就叫上動物的名字了——舊時代也包含了另一層意思：怕孩子養不大，改稱為一種不是嬌生慣養的動物，使他能託福成長起來。這有點語言靈物崇拜的味道，是千年萬年傳下來的老習慣。外國人對人親稱也有用動物名字的，從前洋場十里的報屁股，也出現過那種肉麻的稱呼，比方把女朋友稱為「我的小貓咪」之類。

同上面所說的相反，罵人也是利用動物的名字的。例如普通人罵一聲「你這個狗東西」，不只是「狗」，而且是「狗東西」。上海灘過去常罵人為「豬玀」，就是「蠢豬」的意思。還有罵人為「龜兒子」、「王八（烏龜）羔子」的。在文化革命中，帶著某種宗教狂熱的紅衛兵，見人就大罵「狗崽子」，這個詞也是政治上的罵人話。在這一類語詞中，有一個政治性的貶義詞，叫「走狗」。在古漢語中，「走狗」一詞沒有政治含義，也沒有貶義。例如《漢書》中收錄的：「狡兔死，走狗烹；飛鳥盡，良弓藏；敵國破，謀臣亡。」這裡面的「走狗」就泛稱一般的狗，或「獵兔狗」，而沒有一點點政治性的語感（nuance）。現代漢語中

的「走狗」，卻專指為反動派效勞、做盡壞事的傢伙。這種東西對主人百依百順，搖尾乞憐；對老百姓百般凌辱，作威作福，有時比主人還要刻毒些。「走狗」在現代漢語中是很不好的壞人。有趣的是，如果把「走狗」兩字直譯為英語running dog，則引不起英語民族的任何語感。他們了解這是一條在走著的狗，不可能引起其他聯想。語言環境不同，社會習慣不同，語詞所形成的概念，所引起的感覺，會有很大差別的。外國人感覺到的語感，可能我們又感覺不出來。比方美國半個世紀前在工人中流行的一個詞(或者近乎行話jargon)，叫 "gaugeworm"，直譯為「量規蟲」，worm就是蟲，是一條蟲麼？不是的。是一種熟練工人，是對gauge（量規）很熟練的工人。分明是人，為什麼叫「蟲」呢，可能在構詞的過程中有具體的社會生活背景，可惜我們不知道而已。

可笑的是，在我們這長期停滯的封建社會裡，至高無上的「天子」，往往自比為「龍」。「龍顏大悅」，就是說皇帝高興極了；「龍體違和」，就是說皇帝有點不舒服了。「龍袍加身」，這就是登極了，穿上繡著龍的長袍，即象徵皇帝的權力到手了——外國人愛用皇冠來象徵最高權力，我們祖先卻喜歡穿「龍袍」，而不戴皇冠。不是說人為萬物之靈麼？為什麼「天子」竟自比為一種動物呢？「龍」不是普通動物，也許幾千年前就屬於罕有的「珍貴動物」，有點神化味，「龍」究竟是什麼？誰也沒有見過。是恐龍、雷龍那樣龐然大物呢，還是像大蟒蛇那樣的東西呢？說不上來。《西遊記》描寫的龍王是海的統治者，能呼風喚雨的，脾氣也很大，不過他們的龍宮被孫悟空鬧得雞犬不寧。《西遊記》對龍王的描寫，是對其象徵者（皇帝）很大的不敬，不過自比為「龍」的「天子」卻也沒有怎麼樣。

4　在勞動中和勞動一起產生的語言

人類的語言利用動物的特性來增加修辭的力量，或增加一點「詞力」，這是由於人類不只在遠古時代，即使在現代也是跟動物不可分的。人和動物都住在一個環境裡，有時還會發生某種生物反饋（biofeedback）的現象，所以人利用動物來表達一種意念，是很方便的。「人是一切動物中最社會化的動物」，這是恩格斯在他的著名論文〈勞動在從猿到人轉變過程中的作用〉中的精闢論點。當勞動發展的時候，必然促使社會成員更緊密地互相結合起來，每個人都清楚地意識到共同協作的好處。這時，人——或者更準確點說，正在形成中的人，已經到了彼此間「有些什麼非說不可」的地步。由於這種需要而發展了器官，從猿類不發達的喉頭，轉而產生了能發清晰音節的發音器官。在馬克思、恩格斯早期合著的《德意志意識形態》中，也表達過同樣的思想。他們說，人類開始生產他們所必需的生活資料的時候，就開始同動物區別開來。這部著作提出了由於和他人交往的迫切需要（這是社會生活引起的），這才產生了語言。

在自然狀態中，沒有一種動物感覺到不能說話或不能聽懂人的語言，是一種缺陷。因為在動物之間要傳達的東西太少。而社會化的人則因為有社會生活而日漸增加要傳達的信息，這就使人與動物在語言發展上走上完全不同的路。但如果經過人類的馴養，那又將是另外一種情況。比如馬和狗，同人接觸多了，它們就會在一定範圍內聽懂人類的語言。野馬或野狗是聽不懂人類語言的。馴養的馬和狗，自己發不出這種語言（因為它們的發音器官已經向另一方向專門發展了，沒法補救了），但是它們能領會人的指令，有時還會表達一種依戀的感情。

鳥類——例如鸚鵡——是唯一能說話的動物，鸚鵡這種能言鳥一連幾小時嘮嘮叨叨地反覆說它學到的那幾句話，這只能證明它十分喜歡說話，當然也證明它喜歡同人交際。

這些思想都是恩格斯在《自然辯證法》中提出的，所以法國語言學者加爾威（Louis-Jean Calvet）前幾年編的一部《馬克思主義與語言學》（Marxisme et linguistique）時，把恩格斯上舉論文輯列為馬克思主義論述語言學的重要著作。

5　從「鳳凰」到「鱷魚」和「天鵝」

當人類創造美麗的神話傳說時，文學語言中也常常離不開動物的形象。例如鳳凰——中外都有美麗的神話傳說。其實誰也沒有見過這種鳥。按我們傳統的說法，這是很珍貴的鳥，它一出現就表達「國泰民安」，換句話說，動亂的年代它不出來的，可是上下幾千年還是動亂的時候多，所以誰也沒見過這種雄的叫「鳳」，雌的稱「凰」的雙棲鳥。總之是一種很吉利的鳥。據說它們是蛇頸魚尾，龍文龜背，燕頷雞喙，五色備舉的鳥。相傳在黃帝時出現過，那應該是公元前約二千多年的事了。據傳這兩夫婦構成的鳥，「雄雌俱飛，相和而鳴」，而且鳴聲很好聽，真有點夫唱婦隨的景象，故有一個成語叫做「鳳凰于飛」，是近代祝賀人家新婚的吉利話——不過現代人卻沒這分神話般的情趣了。外國關於「鳳凰」的神話又是另外一種境界。外國人也說這種鳥（phoenix）是很珍貴的，不過沒說它是兩夫婦組成的，其實也是沒人見過的。傳說它活五百年到六百年，活到那時候，它就自焚，新的雛鳥是從灰燼中誕生的。犧牲了自己，用自己身軀化成的灰燼，哺育出新的鳳凰來。很美麗的故事，很有點自我犧牲的崇高的思想境界。

從外國傳到中國來的一個詞組，叫「鱷魚的眼淚」，現在也比較流行了。據說鱷魚在吞吃別的動物之前，要嘩啦嘩啦掉下幾滴眼淚的；有些科學家證實，這不是鱷魚心慈手軟，更不是它有兩面派的嫌疑（有這麼一句成語：「貓哭老鼠」，說是貓捕吃老鼠之前為它的犧牲品哀悼幾句，這表明貓是個兩面派），都不是的，據說因為鱷魚的淚腺同它的消化腺有某種關聯——要吃，就掉淚，是一種生理現象。現在用這個詞組就顧不了這些了，拿這來表明某人或某國假惺惺，假慈悲，分明要吞了你，卻還假裝捨不得，流下幾滴眼淚。人類中是有這種偽君子的，鱷魚中恐怕沒有這種偽君子罷，人類硬把這偽君子的形象強加在鱷魚身上，它也無法分辯了。另外還有一個詞組，叫做「天鵝之歌」（swan song），也有一段美麗傳說。據說天鵝臨死前必定高歌一曲，而這一曲往往是它一生唱得最動聽的。因此外國就用這個隱喻來表達這種觀念，即將一個作家一生的最後一部力作，稱之為「天鵝之歌」，這個詞組在西方很流行，在我們這裡還是很陌生的。

（1980）

〔24〕語言與色彩

人從使用語言的那一天開始，就發現他所生活的環境不是單色的，而是五彩繽紛。自然界的彩色經由人的第一信號系統反映到人的大腦（感覺），然後用語言表達出來。最初表達色彩的詞彙大約是簡單的，隨著語境和邏輯推理能力的複雜化，表達色彩的詞彙逐漸增加；同時，由於社會生活的發展，表達色彩的詞彙逐漸帶有抽象的、象徵的性質，這就使某些色彩語彙傳達出富有政治氣味的或者富有感情的信息。這些信息決不是原來客觀反映

自然界或社會裡存在的色彩所固有的，因此這種派生的信息因民族、國家、地區、階級（階層）的不同而各異。舉個例說，文化大革命的十年浩劫期間「黑」同「紅」這兩種顏色，就帶有濃厚的政治氣息，這種氣息絕對不是這種顏色所固有的，甚至也是別的人群所很難理解的。指斥幾乎一切在位的幹部為「黑幫」、「黑幫分子」，指斥他們的子女為「黑幫子女」，指斥他們為「黑六類」、「黑九類」，用「黑」字構成的詞彙比比皆是，比如黑會、黑話、黑文、黑幹將、黑司令，黑筆桿、黑指示……等等，而歷史可是無情的，時間老人也是無情的，歷史和時間證明了十年浩劫當中被指斥為「黑」的東西，即被指斥為反動的、反革命的東西，十成有九成九九（如果不說100%的話）都是正確的、革命的東西；而在那一場黑風暴中自稱為「紅」色戰士者，「紅」色活動者，未必人人事事都那麼見得人，──其中有被騙而紅者，有自以為是自來紅者，也有少數是披著紅外衣的黑心人。請看：上面這一串紅與黑，幾乎失去了它在字面上的含義（失去了語義學上的定義），它並不傳達紅與黑這兩個色彩詞彙的原先的信息，而被賦予一種政治狂熱、宗教狂熱的氣味，這不但是中國大陸以外的中國人所不能理解，恐怕十年以後連土生土長的新一代也不能理解了。

　　就讓我們從紅與黑開始來探究色彩語彙的語義和社會意義吧。紅的對面不是黑，也不是白，從色彩來說，紅本身並沒有反義詞（大和小，長和短，高和低，富與貧，善與惡，美與醜，這些都是正面和反面的詞彙）。三稜鏡分析出來的光譜，色彩只有排列位置上的不同，而沒有正反的不同。外國有的語言學家心理學家說，白與黑是一對正反義詞，據說有的民族或種族，他們的語言中所表達的色彩比較簡單，有的只能給出兩色，即白與黑，

凡是淺色的都一律稱為白色，凡是深色的一律稱為黑色①，這可是很有趣的。據說納伐荷印第安人的詞彙中，提供了很多程度不同的有關黑色的術語②，據說這種部族語言對黑色特別感覺靈敏，因為他們能分辨得出不同程度的黑色，所以他們才創造和使用比別的民族更豐富的黑色詞彙。有的語言學家說，基本色彩語彙是黑與白，如果增加色彩的表達，按研究結果，新增的第三種是紅（就是每天清早太陽升起時太陽本身的顏色，也就是太陽初升時穹空所顯現的紅光），如果再推廣為第四種色彩，那必定是黃或綠，假定要給出五個色彩，據說在很多情況下是黑、白、紅、黃、綠——黑夜，白天，紅太陽，黃土，綠葉。這一說③姑且記下來，我以為未必站得住。人們整天接觸的青天，藍水（海水）為什麼不包括在內呢？外國人有時鑽到某一方面的角落去了，也不一定就那麼有理的。

回頭再說紅與黑的社會政治語義。歷來許多民族語都以紅色代表進步和革命，而以黑色代表倒退和反動，這可能是近代賦予的概念。「紅旗」，在政治上一般是革命黨的旗幟，在日常生活上卻是表示危險的信號——路上搖著紅旗，那就請你停車或止步，也許前面在爆破，也許山崩，總之，是有危險，不得通過（夜間則用紅燈）。在中國五〇年代下半期政治生活上，「插紅旗」

---

① 見美國語言學家格林堡（Joseph H. Greenberg）所著《語言學新探》（*A New Invitation to Linguistics*, 1977）。
② 見波蘭語義學家沙夫（Adam Schaff）所著《語義學引論》（*Introduction to Semantics*, 1962），以及美國語言決定論學派（Linguistic Determinism）的沃夫（Benjamin L. Whorf）所著《語言，思想與實在》（*Language, Thought and Reality*, 1956）。
③ 參見柏林和凱（Brent Berlin and P. Kay）所著的《基本色彩術語，其普遍性及其進化》（*Color Terms, Their Universality and Evolution*, 1969）以及格林堡上揭書。柏林和凱氏是研究「色彩術語學」（color terminology）的。

（它的對立物是「拔白旗」）表示一種在意識形態領域推行的「左」的做法，在教育機構普遍搞的「插紅旗」運動，把許多有專長的教授專家誣陷為「白旗」，即誣陷為反動、倒退乃至反對革命，這是對知識的否定，崇尚空話大話，崇尚政治廢話，傷害了不知多少人。這個特定的色彩構詞，有著深刻的社會歷史意義。「紅彤彤」、「紅海洋」、「紅寶書」，這樣的由色彩語彙構成的特定詞彙，也記載了特定年代的悲劇。「紅領巾」，是少年先鋒隊的標誌，據解釋說是烈士的鮮血染成的，可知是繼承烈士的遺志進行改造世界之意（在德意志民主共和國，類似的組織卻用「藍領巾」，是由傳統習慣確定的），這有什麼不好呢？但在瘋狂的十年裡，「紅領巾」也當作修正主義給扔掉了。把紅色、藍色的政治含義（它本來沒有的）物神化了，就會發生政治笑話。例如從前紅色的封面常常被聯想為「宣傳赤化」；又如海外盛傳的故事，說台灣有一本雜誌，封面採用紅藍兩色，設計圖案是上紅而下藍，於是被控為犯有「宣傳共產政權」壓倒國民黨政權嫌疑。這個故事也不知是真是假，但是從色彩或色彩詞彙引起不測的事，現實是發生過的。有這麼一個詞，叫「紅帽子」——從社會政治的角度說，這是反動階級在舊時代誣陷或指摘別人是過激黨或共產黨的說法，「給某人戴上紅帽子」；但是從日常生活的角度說，這不過是從前火車站替旅客搬行李的運輸工人的專稱（因為這種工人常戴一種有紅寬邊的帽子以茲識別），是從西方語言意譯來的，是個漢語外來詞。「紅衛兵」——這是十年浩劫興起和滅亡的一個詞，它指的是受「左」傾路線與個人迷信所蒙騙的一大群青年學生，他們自以為是為了無產階級革命的利益而去懷疑一切，打倒一切。「紅衛兵」這個詞現在雖則沒有生命力了，但它已經進了西方語文詞典，我想它還應該進入漢語詞典。一個

詞興起，並且死亡了，但是它曾經影響過那麼眾多的人群，造成那麼深刻的社會悲劇，即使作為歷史的見證，「紅衛兵」這個詞應當載入史冊，不是以它的光榮載入史冊，而是以它的悲劇載入史冊。「紅衛兵」這個詞使人們想起另一個社會政治詞彙——「赤衛隊」，這兩個詞譯成歐洲文字都是一樣的，紅就是赤，衛兵就是衛隊，但「赤衛隊」是十年內戰時期的產物，它是「紅軍」的地方武裝，也是從十月革命後內戰時期所產生的詞彙轉譯過來的——「赤衛隊」是工人武裝，後來構成了紅軍的核心。這是以它的光榮載入史冊的。正如紅軍的對立物是白軍一樣，赤衛隊的對立物是白衛軍——白衛軍是蘇聯內戰時期的反革命軍隊，和白匪一個樣，在漢語（或者更準確地說，在中國十年內戰時期）只使用白軍一詞，而沒有使用白衛軍一詞。在目前世界的政治性恐怖組織，比較著名的除了「黑九月」（它用的是黑色）之外，還有「日本赤軍」，義大利「紅色旅」；這些政治性極左恐怖團體，常常劫持飛機、殺害人質以及顯示暴力（如放炸彈等），是不得人心的。

用紅字或赤字組成的語詞，有一些是不能望文生義的。所謂合成詞，或詞組（漢語由單字＋單字組成，或單詞＋單詞組成），如果就字面去釋義，常常會引起歧義。比如我們常常說的「財政赤字」，是入不敷出的意思，因為收入少，支出多，最後結算時在「新式」（西方）會計簿記制度下，兩相比對其不敷的款數是用紅墨水寫的（如果有結存，則其款額用藍墨水寫），故稱為「赤字」。漢語在採用西式簿記以前是沒有「赤字」一詞的，這個詞可能從日文移過來的，在漢語裡只有一百年不到的歷史。用「紅字合成的詞組，還有一些有趣的例子，例如著名小說《紅樓夢》中的「紅樓」，不能解作「紅色的樓宇」，完全不是

的。古漢語中的「紅樓」，指的是富豪女性的住處，有點像法語中的boudoir，《小拉魯斯》釋為Petit salon de dame（女性的小巧居處），法國人主編《圖解世界語大詞典》（PIV）解釋buduaro云：「此字源出法語boudoir，有教養的女性居住並接待密友的小巧寓所。」（漢語中的「紅樓」是同「青樓」對起來講的，「青樓」在魏晉時代本來也指豪華的樓宇，但到了後來，大約到了唐朝即專指妓院。）所以「紅樓夢」決不能望文生義（不過當代外文譯名都是直譯「紅的樓」，俄文英文譯本均如是）。這使人想起英國的「紅磚大學」（red－brick〔university〕），主要不是指它的樓房都用紅磚砌成，而是同老牌貴族大學如牛津、劍橋等對稱的，地方辦的非貴族大學。為什麼叫紅磚呢？據說牛津、劍橋等大學都是古代建築，新興的大學有許多真是用紅磚砌的。在英語世界中「紅燈區」（red-light district）也是不能望文生義的，這個區不是用紅燈表示不准通過，而是妓院區，據說從前是用紅燈做標誌的。至於「紅十字」則是世界聞名，幾乎家喻戶曉了──漢語「紅十字」是個借詞，從歐洲文字意譯的，原來是「紅的十字架」。歐洲1864年起用白底紅十字的標誌，作為戰時救護站或戰地醫院的記號，當時據說是在日內瓦議定的，採瑞士國旗的樣式而反其顏色而成（瑞士國旗是紅底白十字），現在「紅十字」已經不限於戰時的標誌，凡是救護車、藥箱、醫療站、醫院都漆上紅色的「十」字形，這個詞組的含義已隨著社會衛生的廣泛開展而擴大了。上面提到譯事，最有興趣的是「紅茶」（與「綠茶」「青茶」相對）譯成歐洲文字，大都為「黑茶」（例如英語作black tea，俄語作 чёрный чай）。法國作家斯湯達（Stendhal, 1783－1842）名著《紅與黑》（*Le Rouge et le Noir*）（他還有一部小說擬題名為《紅與白》），是盡人皆知的，這個「紅」與「黑」完全不

是革命與反革命的意思，切不可以中國當代的政治傾向去套前人的東西。

同「紅」色詞彙有「因緣」的，一個是「黑」，一個是「白」——這一點上面已經提到過。在十年浩劫中，一個「黑」字給多少人造成了災難，而且禍延子孫，恐怕世界歷史上還沒有找到第二個詞（字）具有這樣大的魔力。舊小說《水滸傳》有「黑店」一詞，也不過對個別過往客商加以殘害，充其量不過謀財害命，而十年浩劫中指斥對方為「黑幫」，其意義遠遠超過對過往客商的劫掠。「黑幫」的子女有什麼罪過呢，即使那些被指控為「黑幫」的革命者蒙上不白之冤，關他們的子女什麼事呢？這不是道道地地的瓜蔓抄，抄斬九族麼？這就是根深蒂固的封建主義。一大堆由「黑」字構成的詞組，它們只經歷了十年壽命，也許再也不出現了，但願如此。但是作為一個社會語言學者，我想，有責任搜羅這些詞組和用例，立此存照，教育子孫：詞彙學與殘酷的現實竟有如此密切的聯繫，真是憑邏輯推想不到的[1]。

作為詞彙，「白」字首先是記錄了純潔的感情，聖潔的感情，醫生護士穿的是白袍，儀仗隊（兵）戴著白手套，甚至結婚式上新娘披著的也是白紗。但是這樣純潔的「白色」，在我們的日常生活上卻表示悲哀和喪禮。追悼會每人都帶一朵白花，俗語所謂「紅白喜事」指的是婚喪之禮——婚喪這兩個對立物竟合稱為「喜事」，也不知是看破了紅塵（或如佛法所謂，人死了即解脫一切），還是帶著我們民族少有的幽默感。大約在很多民族語中，紅的表示喜慶、興奮，這是一方面；有些民族語（反映了這

---

① 我在《語言與社會生活》一書中，有一節（第一之七）專論《黑色的語彙》，因此這裡關於黑字的詞組（詞彙）從簡。

些民族的生活習慣）則並不以白色為哀。有的以藍色代表悲哀，有的以黃色代表悲哀。

白——這純潔的色彩詞彙在現代詞彙學中卻包含著一種同純潔完全不同的政治意義。白色指反動，倒退；比如上面提到的「白軍」、「白衛軍」，以及中國常說的「白區」，即「國民黨統治區」，共產黨的革命家在「四・一二」反革命政變後，在白區裡進行地下活動，英勇不屈，而在所謂的「文化大革命」中，造反派一聽在「白區」工作過，就立即把你等同於叛徒、特務。這是多麼可嘆的社會現實呵。在「白區」工作過的同志，都嘗到過「白色恐怖」的滋味，「白色恐怖」就是反動派、法西斯、特務用殘酷的迫害來對付革命者和膽敢不聽話的群眾。在所謂「文化革命」期間，教唆犯提出實行「紅色恐怖」，來對付不合他們意、不跟他們起哄的人們，私刑拷打，逼供致殘，這個本來就不十分妥貼的政治語詞（「紅色恐怖」）立即血淋淋地進入了詞彙學。

由「白」字構成的詞組，卻不全然是帶有這樣濃重的政治味，有些詞兒或詞組卻是饒有興趣的。例如「白手起家」，本來是描寫有些人比較有能力，不需太多的資本支持，就「發」起來了；但是在1958－1959年前後，這個詞含著不無諷刺的味道。「白手起家」者，到處把公家積存的，或並非妥善保管的材料占為己有，由是發展起某一種事業之謂。現實世界是沒有這樣違反規律的事的——「白手起家」恰如「永動機」一樣，以為不供給能源（不付出勞動），便能夠作出貢獻。這是空想社會主義，而不是科學社會主義。回頭再說饒有興味的以「白」字構成的語詞：

「白茶」——蘇俄革命後知識分子沒有咖啡也沒有茶葉，只

能喝不加糖的開水，還不是白開水哩，有些作家就稱之為「白茶」，帶有幽默感。「白夜」──這就不是幽默，而是十足的現實。在高緯度地區，夜間很晚了還可見太陽的餘暉，人稱「白夜」。「白煤」──這是上個世紀末給當時新興的水力發電所起的代號，過去是火力發電，燒的是煤，煤是黑的；後來發明了水力發電，不燒煤了，而利用水力與煤相對應，故稱之為「白煤」。到這個世紀六〇年代，世界旅遊之風大長，西德人給能賺外匯的旅遊業叫做「白色工業」，其意是說工業總會有煙囪冒黃煙或黑煙的，而旅遊業只憑名勝、古蹟，吸引旅遊者的特殊項目（如海灘或滑雪場）以及服務來賺錢的，故稱「白色工業」──台灣稱之為「無煙工業」，就直白得多，可沒有一點幽默感了。

「青出於藍，而勝於藍」──這句話見於《荀子》，距今已有一千七八百年了，可是「青」與「藍」究竟分別在那裡，一時恐怕說不清楚。這裡，就明顯地出現了語彙的模糊性。「青，東方色也」（《說文》五下），「藍，染青草也」（《說文》一下）。《康熙字典》收了《釋名》的解法：「青，生也，象物之生時色也。」這部字典對「藍」字沒有提供有用的差別信息。《辭海》說，「青：春季植物葉子的顏色」，這很形象；「藍：像晴天無雲時的天空顏色。」青天、藍天，其實都是晴天無雲時天空的顏色，人們口語也沒有嚴格區分的。照我們祖先的說法，青色比藍色還勝一籌，是更明亮些，更可愛些，更嬌嫩些，更豔麗些還是更……些呢，實在是說不清。

考察一下由「青」或「藍」構成的社會性詞彙也是有興味的。例如「青天」，指的是舊時代的清官，「包青天」，群眾心目中的包公，就是能為冤案平反的當權派。「藍衣社」──這是十年內戰時模仿義大利莫索里尼的褐衫黨（法西斯黨徒穿褐色制服）

而命名的。說也奇怪，那時從革命後的蘇俄傳來的「藍衣劇社」，卻是工人群眾自己的劇團，以工人通常穿藍襯衫而得名。「藍衣社」與「藍衣劇社」，一字之差，確乎是兩個階級的產物。文字語詞，是不能望文生義的。

藍與黃相調而得綠色。「黃」和「綠」在詞彙學上表達的社會內容是豐富的。《說文》說，黃是地之色也，古人有云天玄而地黃，現今這黃字卻很少同土地連起來，除了「黃土」、「黃沙」等等之外。在現代社會生活中，「黃」字傳達的信息是不怎麼好的，比方「黃色工會」——這是泛指工賊所控制的工會，傳說1887年法國一個工廠廠主收買工賊組織工會來破壞工人罷工，工人怒而打碎了這個工會的玻璃窗，資方趕快用黃紙糊起來，後來人稱「黃色工會」——這究竟是否真事，我不知道；只好姑妄聽之了。總之，「黃色工會」一詞是討人厭的。「黃色報刊」，指社會上宣傳色情的報刊，「黃色文學」、「黃色音樂」，等等都是一個意思。黃色本來在我國是很高貴的，皇帝才用這個顏色，「黃袍加身」，就是登基做皇帝了。據說從前皇帝走的路叫「黃道」，現在國賓檢閱儀仗隊時，腳下是紅地毯，不是黃地毯了。皇帝的詔書也多用黃絹寫成，後來大約皇帝窮起來了，才用黃紙來寫詔書，可見黃色本來很闊氣的。外國卻不怎麼樣。西方好些國家十九世紀時實行公娼制度，給娼妓發的身分證是黃色的，所以說黃色證件不怎麼光彩。漢語中還有「黃花女」一說，是指處女，至於為什麼把處女叫做「黃花」女（菊花稱黃花），那就要費一番考證了。

派生出來的「綠」字，是和平的象徵。1887年波蘭醫生柴門霍夫創始世界語（Esperanto），現在也還流傳著，他就提議用綠色五角星來代表。一路開「綠燈」，這就表明你沒遇到阻難。近

年來倡導的「綠色革命」，要用改良種子的辦法提高發展中國家的糧食產量，從而解決民食問題，這想法純是「科學救國」的味道，其實不發達社會的生產力，因為有其他強烈的社會因素（生產關係）的掣肘，光靠改良品種是達不到「革命」目地的。

色彩詞彙的社會內容是很豐富的。有些詩篇，有些散文，巧妙地運用了色彩詞彙，來傳達一種能引起很多聯想的信息，這裡可以舉出王蒙的《風箏飄帶》中的表現法為例。

作家寫道：

「紅彤彤的世界是什麼樣子她沒有看到，她倒是看到了一個綠的世界：牧草，莊稼。

「她歡呼這個綠的世界。

「然後是黃的世界：枯葉、泥土、光禿禿的冬季。

「還有黑的世界，那是在和她一道插隊的知識青年，陸續通過『門子』走掉之後。

「她把關於紅彤彤的世界的夢丟在綠色的、黃色的和黑色的迭替裡。……

　　　………

「除了紅的夢，她還丟失了，拋棄了，被大喊大叫地搶走了或者悄沒聲息地竊走了許多別的顏色的夢。

「白色的夢，是水兵服和浪花；是醫學博士和裝配工；是白雪公主。

「藍色的夢，關於天空，關於海底，關於星光，關於鋼，關於擊劍冠軍和定點跳傘，關於化學實驗室、燒瓶和酒精燈。

「還有橙色的夢，對了，愛情。……」

這一段是詩，是散文詩；有人喜歡它，有人不喜歡它。不論你喜歡或不喜歡它，這裡面借重了色彩詞彙把一個女孩子在十年浩劫

中的精神世界再現在世人面前了，這些信息難道可以無動於衷嗎？

（1980）

〔25〕語言與日常生活隨想

語言同空氣一樣，同水一樣，是人類生活所不可缺少的東西。如果沒有語言，人類的社會生活就無法進行。自從人類進行社會化的勞動和學會使用工具的時候開始，語言就伴隨著這個過程產生了，而且從頭就起了組織社會生活的作用。一個正常的人，他的日常生活斷然離不開語言——而且這個過程是從嬰兒學話開始直到他呼吸了最後一口氣才結束。就是聾啞人，他雖不能發出有音節的聲音語，但是在目前社會條件下，他也使用了手勢語或手指語，這些顯然也是語言的變種，至少是語言的代用品。

請閉上眼睛想想看，如果突然禁止我們使用語言，我們的日常生活能夠有效地進行麼？顯然不能夠。比方說，大清早起來，父母兒女見面了，他們之間難道可以板起面孔，一句話也不說就一同用早餐麼？不。文明人習慣於清早一見面就互相問好，起碼說一句人的一生說了萬千次而又從來沒有人厭煩的「早上好！」——這就是意味著一天的開始。白天，一個文明人碰見他的朋友，兩個人絕對不會閉著嘴（除非他們準備去決鬥）不說話的。世界語者說「日安！」同法國人一樣。英國人就不這樣，他們寧願說「早上好！」和「下午好！」而日本人卻用另外一種表現法。最有趣的是，在從前（不是現在）的中國，常常會說「吃過飯啦？」「吃了，你呢？」來替代問候語。為什麼兩朋友見面要問人家吃過飯沒有呢？而且看來不只中國，亞洲有些國家的某

些人也是這樣問答的。看來是有社會原因的。有的社會學家說，這因為在長期封建制度的很不富足的經濟生活當中，「吃飯」是一件值得人們（普通人）關心的大事。自然，在封建主們或者上層富足的人們之間，白天見面也許就不會使用「吃過飯了沒有？」來做問候的媒介。在西方世界裡我想沒有哪一個民族語使用「吃飯了麼？」這樣的話題來開始兩人的接觸的。假如兩個人在巴黎的街上碰面，其中一個以「請問你吃過飯沒有？」來代替「日安！」我想他所遇到的朋友一定會瞠目結舌，不知所措的。

說也奇怪，人們在日常生活中經常地反覆地，每天不知反覆多少遍地說的比如「請——」，「謝謝」，「對不起」，等等，從來沒有惹人厭煩，不，正相反，不使用這些詞兒倒令人覺得難受的。

「請——」表達對別人的要求，請求，希望，願望，人們在這時不自覺地使用這個詞。各民族語都有相應的表現法。如果誰發出要求或請求的信息而不首先說一個「請」字，那麼，人家就說這是不禮貌，不尊重別人，也就是不文明，沒有教養。當然，在很多場合下，你在使用「請」字時下面還得加上不少的表達詞語，比如「請進來」、「請坐下」、「請上車」、「請喝水」等等。為什麼要加一個「請」呢——顯然加了「請」字，任何上舉的一句話並沒有增加一點點信息量；這就說明，文明人的語言，除了信息量之外，還得加上一點什麼——這就是人與人之間的感情、感覺、關係等等。有了這麼一點東西，你用的語言就叫做有教養的人使用的有禮貌的語言。

「謝謝！」——別人為你做了點什麼，進行了某種服務，你對他表示一種心意，一種讚許，一種激動，你就不自覺地說，「謝謝」。給你送來一杯茶，「謝謝」；給你包紮好你要買的貨物

交給你時，「謝謝」；給你指路，「謝謝」；演講完了，對聽眾「謝謝」。每一個文明人每天不知說多少次「謝謝」。說的人不覺得煩惱，聽的人也不覺得厭惡；要不說「謝謝」，反而覺得對方唐突，粗魯，冷淡，瞧不起人──在專制主義時代，上等人（主人）對下等人（奴僕）一般地是不用說「謝謝」的。可是現代文明人找到了人的尊嚴，發現了人與人是平等的（當然有真平等或假平等），這時出現了新的「語境」（使用語言的具體社會環境），「謝謝」就變得不可缺少了。

「對不起！」──想想看你每天說多少次「對不起！」凡是干擾了別人，妨礙了別人什麼，或者有時想請求對方替你做什麼，或者對別人表達你心中的歉意時，一個文明人絕不會忘記使用「對不起！」這樣的字眼。別人聽了（即使你並不是表達歉意），覺得你同他是平等的，他很舒服，他願意給你做到你要求他做的東西。這樣，人與人之間的日常社會生活就能夠比較諧和地進行了。

六○年代以後，由於世界科學技術飛速發展，縮短了地球的距離──你從北京用噴氣式飛機，十六個小時便到達巴黎，中間經過多少個國家，即多少個使用不同民族語、方言、地區語的空間呀。從前說，「世界是多麼大，而同時又是多麼小呵！」這不過是詩人羅曼蒂克的誇張，而現在卻確乎是這樣。於是人類的日常社會生活又發生了一個新的語境。──比方說，在一架飛機上同時存在使用幾種、十幾種語言的客人；比方說，中途降落在某一個地方，這裡使用的語言是機上搭客都不知道的，這時要表達必要的信息，就不能不放棄民族語，甚至放棄有音節的聲音語──當然，世界語者會想，在這種場合最好是使用世界語，假如全世界都能了解這種語言的話──，而不得不借助於語言的代用品：

符號。例如，你在很多國際機場上會看到一個牌子，上面什麼文字也沒有，只有一副刀叉，或者再加一個冒著熱氣的杯碟。這個符號告訴你：這兒（這個房間）是餐廳，請喝杯茶吧，請喝杯咖啡吧，如果你餓了請用餐吧！等等。在公共場所，特別是國際交往的公共場所，越來越多使用符號來表達最必要的信息，而且能產生最迅速的效果。這並不表明語言在日常生活中沒有用了，它僅僅表明，在新的科學技術創造的新的語境中，有音節的聲音語或書寫語有時只能尋求代用品（請想想在無線電通信中使用Morse電碼來表達語言），而這符號直接訴諸大腦的第一信號系統，其實也起著語言的作用。

正因為國際間的交往（信息的交換）比過去任何時候更頻繁，更密切，更緊迫，雖則有了符號的廣泛應用，但要解決較系統的信息交換時，還不能不指望一種「輔助語」。近來連語言學界也不斷提出「輔助語」的問題，其中有些直截了當地建議把英語當作「輔助語」（這個建議遭到非英語民族的反對，這是不言而喻的）。連美國當代最著名的語言學家之一格林堡教授，也在他的近著中提到，作為「輔助語」來說，世界語已經取得了「有限的成功」了（見所著《語言學新探》一書）。這對於世界語者是很鼓舞的。這位教授認為隨著世界經濟生活和文化生活的不斷發展，最終必將會出現一種「單一的世界共通語」；這當然是遙遙無期的事，也許不會是世界語，或者可以斷言不是世界語。——這個問題可以討論，而且還要看實踐的發展。但一個事實已經擺在我們面前：第一，由於國際社會日常生活的發展，人類除了符號之外，急切需要一種「輔助語」；第二，世界語的（那怕是有限的）成功，已經引起了社會公眾的注意；最後，第三，世界語能不能贏得「輔助語」的席位，為人類作出更大的貢獻呢？這最

後但不是最不重要的問題值得我們研究語言的人們深入地想一想。

（1980）

〔26〕語言的污染與淨化

今天想講一下「語言污染和淨化」問題，很可能講得枯燥無味，只好請大家耐著性子聽聽，然後批評。1979年我在一本小書《語言與社會生活》中，第一次提出語言污染的問題。這本書第三部分的第十三、十四、十五共三節，論述了這個問題。主要講的是濫用外來詞和因為說大話、空話、髒話而引起的語言污染問題。

語言同空氣、水一樣，是現代社會所必需的一種媒介，一種工具。可是，由於種種原因，就像空氣和水一樣有時也摻了雜質，摻了有害的、有毒的或者是不必要的雜質，這樣就引起了語言的污染。今天想就這個社會語言學上的語言污染問題，做一些探討。外國六〇年代開始發展的社會語言學，似乎還沒有透徹研究過這個問題。雖然有些論文已經涉及這個問題，但還沒有看到深徹的專門研究。語言污染問題同時又是實用語言學和信息傳遞學上的一個問題。凡是在我那本小書《語言與社會生活》中講過的，我就從簡、從略，這本書沒有詳細講的，我就多講一些。我講的語言污染的問題，不只是書面語的問題，而且還談到口頭語的污染問題。

在講這個問題之前，我想提到兩篇文獻。一篇是列寧在1919年寫的〈論純潔俄羅斯語言──在空閒時即聽了一些會議上的講話後所想到的〉（1924年在《真理報》發表，見《列寧全集》第

三十卷；我在《語言與社會生活》一書中附載了這篇文獻），一篇是1951年6月6日《人民日報》社論〈正確地使用祖國的語言，為祖國語言的純潔和健康而鬥爭〉。值得注意的是，這兩篇文獻都是在革命勝利兩年後寫成的。就是說，革命勝利後兩年都發生了這樣的問題。為什麼？這是因為革命形勢動盪，社會生活發生了變化，使得反映社會思想的語言（其中特別是語彙），起了很激烈的變化。在革命過程中，打破了語言靜態的發展，在加進了不少健康因素的同時，摻進了很多雜質，有些是有毒的，有些是有害的，有些是不必要的，這些雜質引起了語言的污染。所以在革命後兩年都不約而同地、不得不提出語言的純潔問題，也就是我說的「淨化」問題。語言是一種社會現象，當社會生活發生激烈變動時，或者在一種同平常的、正常的發展不相適應的特殊語言環境中（在語言學中稱為「語境」），思想的變動很快，生活的節奏也加速了，同這個相適應就會產生一些很健康的因素，同時也會摻入一些破壞性的因素，又叫做語言的雜質，因此發生了語言的污染。語言是人同人相互接觸時使用的交際工具或交通工具，是傳達信息或表達思想、交流思想的媒介。人們說，思想離不開語言；一般地說，現代的社會生活一刻鐘也離不開語言，儘管還有其他因素，有其他工具，如符號，但是總的說，語言是丟不了的。一個人需要語言，如同需要空氣和水一樣。因此，能夠非常準確地表達自己的思想，非常有效地傳遞所要傳遞的信息，那你就要把雜質排出去，就叫做排除污染，使語言純潔，也就是語言污染的淨化問題。語言的淨化有助於思想的條理化，有助於加強思想的邏輯性，這樣，也只有這樣，思想才能更好地掌握群眾，才能產生更多的力量。同時，語言的淨化可以有助於信息的準確傳達，還可以提高效率，一句話，有利於克服我們的官僚主

義，有利於「四化」建設。因此重新學習上面提到的兩篇文獻是很有意義的。

　　列寧的文章只著重講濫用外來詞的問題。他提出了一個很重要的論點。列寧說：「一個剛學會閱讀報紙的人，他就會很熱心地看報，會不知不覺地吸收報上的詞彙。」請注意「不知不覺地吸收……詞彙」。反過來就是說，語言的污染使人不知不覺地受到毒害。這是列寧那篇短文提到的很重要的思想。《人民日報》社論，講的是在語言現象中「存在著許多不能容忍的混亂狀態」。例如不加選擇地濫用文言、土語和外來詞；例如故意「創造」一些誰都不懂的新詞；例如任意對語詞加以不適當的省略；又例如文理不通，表達不出思想的邏輯性。這是《人民日報》社論提出的若干個非常重要的論點，在今天還是有實際意義的。

　　下面我想就五個方面來講語言的污染。

　　第一，是在特殊語言環境中的語言污染問題；

　　第二，是濫用縮略語引起的語言污染問題；

　　第三，是空話和廢話引起的語言污染問題；

　　第四，是破壞文明習慣的髒話引起的語言污染問題；

　　第五，是思想混亂引起的語言混亂，由此引起的語言污染問題。

　　第一，特殊語言環境中所引起的語言污染問題。

　　什麼叫特殊語言環境？比方說，一個國家被外國入侵者占領了，或者雖然不被占領，卻是異族進到這個國家，實際上統治了這個國家的社會生活，或這個國家一直在閉關自守的狀態下，突然開放了，外國很多種語言勢力湧進來了。這些狀況都是一種特殊的語言環境，或者可把它簡化為「特殊語境」。這種場合經常要發生一些不可容忍的語言污染。例如「九一八」以後，日本軍

國主義實際上是占領了東北，後來成立了偽滿洲國，在偽滿洲國語言文字的使用上產生了一種非常令人痛心的污染現象，就是流行了一種叫做「協和語」的東西。什麼是「協和語」？就是日本式的語法和詞彙摻雜到漢語中，打破了漢語的慣用語法、詞彙，生吞活剝地把日本語言的一些因素，文法的因素、詞彙的因素結合進來，變成一種不三不四的，被稱為「協和語」的東西。試從滿洲事情案內所報告（第五十八本）《滿洲農業概況》中摘出一段比較好懂的例子：

> 「人生所需要的衣、食、住一切物品、無一不可以大豆供給的、福特汽車王曾經講過『完全用大豆作成而使用豆油馳驅的汽車，不久就可以出現了』、由這句話也就可以窺知大豆的用處偉大了，大豆有以上的廣範的用處、所以在將來發展上有莫大期待的。」

你懂嗎？也懂。你說它是中國話嗎？它不是中國話。你說它是日本話嗎？它也不是日本話，它把日本語中的標點符號的用法，引語的用法，生吞活剝地移植過來，而且還使用了別字（廣泛作廣範），使用了誰都不懂的語言，譬如說「完全用大豆作成而使用豆油馳驅的汽車」，怎麼汽車能完全由大豆做成呢？不，恐怕是「完全用大豆做成豆油，用豆油作為動力來開動汽車」的這種想法。這種「協和語」的思想，也許寫的人懂，但是寫的人不能把自己的思想表達給別人，因此別人看了，不能準確地領會他說的是什麼。至於一些虛詞，一些連詞，以及句法的構造等等，同現代漢語習慣完全不一樣的，那就不用說了。這種東西就是把日本語同漢語硬揉和在一起，把一些外來的東西強加在漢語中。在日本占領東北的十幾年中，大量的報紙、雜誌、書籍上出現了程度不等的「協和語」。在我們描寫日本侵略中國的電影中，經常

可以看到這一類語言，例如：「你的良心的大大的好」之類。為了要如實描寫日本軍國主義者學不好漢語而硬要說漢語的情況，文學作品是允許這樣寫的。但是如果日常的報紙、雜誌都這樣寫，那麼就引起了我們要說的語言污染。一個國家、一個地區被外國占領了，占領者要推行自己的語言，但是他又不能完全用他自己的語言，因為被占領的國家或地區的人們沒有學過這種語言，不能接收這種信息，所以他只好推行一種不三不四的語言。在偽滿洲國就叫「協和語」。

社會生活的巨大變化，也會引起同樣的「語境」的變化。譬如說日本戰敗後是在美國占領下，這種情況同上述的情況不完全一樣。在這種特殊語境中，美國語對日本語產生了很大的影響，明顯地引起日本語中外來語（特別是美語音譯過來的外來語）猛烈地增加，同時還創造了很多「和式英語」即日本式的英語。比方你在東京或別的地方，上飯店時會碰到這樣一個詞，バイーギンク。日本話原來沒有這個詞，是從英語Viking音譯過來的。英文原字的意思是指第八至第十世紀時掠奪歐洲海岸的北歐海盜，同吃飯無關。據說被叫做Viking的人，在海上搶劫後就到荒島上去大吃大喝，吃光為止。バイーギンク的意義，就是交一定的錢，飯廳裡有幾十樣菜，你可以隨便撿來吃，吃完了你吃冰淇淋，也行，只要不拿出飯店就行。是一種付一定價錢，隨你吃飽為止的自助餐。使用バイーギンク這個字，是很特異的語言現象。這種特殊語言環境中的語言污染，在很多場合下，它的中心問題是濫用外來詞，也就是列寧在那篇文章中所激烈反對過的。又例如，在鴉片戰爭後，從廣東一直到上海一帶，同外國人接觸得很多，產生了「洋涇濱」英語，這實際上也是一種語言污染。關於洋涇濱英語，我在《語言與社會生活》中講得很多，這裡就

從簡了。

第二，濫用縮略語引起的語言污染問題。

在現代社會中，縮略語是非常必要的，因為現代社會生活變化得很快，科學技術發展得也很快，新術語的形成也很快，快到甚至要採用符號的程度。在封建社會中，社會生活的節奏比較慢，沒有廣泛使用符號的必要性。比如說，官員們騎著馬到某地，那時要阻止他騎著馬前進，就立一塊石碑，上面寫著：「文武官員到此下馬。」官員們在馬上細細讀了這個碑，一想我屬於文武官員之列，我要下馬了，於是他就下馬了。現代社會的節奏太快了，容不得你細看石碑的字句。假如你坐了一部時速40或60公里的汽車往前面一衝，還沒有看到「文武官員」字眼，汽車就已經衝過去了。因此現在就發展到用符號。現在馬路上有許多牌子，有的是紅牌子上有一條很粗的黃線，這就是說這條路不許汽車通過，行人倒是可以走的。汽車跑到這兒，遠遠見到這麼一條黃線，馬上停下來，或者拐個彎開走。如果密麻麻地寫一串「此處因修路，暫時不能通行汽車，請坐汽車的同志們停下來，別駛進去，請走別的路吧」，那是辦不到的。所以發展到了用符號來代替語言。語言與符號的問題實在是值得研究的。比方我們在一些國際機場上就看見很多符號。一下飛機，有英國人、美國人、中國人、日本人……，講中國語、英國語、法國語、日本語，當然也有能講多種語言的專家，那一般人怎麼辦呢？如果我要找個地方喝杯咖啡，而時間又很緊迫，怎麼辦呢？這時就得靠符號。機場裡某個大廳外立個小牌牌，上面畫著一把刀、一把叉、一個冒著氣的茶杯，就是說這裡可以喝到東西，吃到東西。不管你說什麼語，一看就懂，用不著查字典。現代社會生活使語言的一部分已發展到用符號，而縮略語在某種程度上說就是一些簡明符

號。縮略語又涉及科學的術語學的問題，可惜現在管科學技術的機關還沒有注意到這個問題，如果現在不注意，將來是要吃苦頭的。

　　縮略語在人們生活中常出現，比方「雷達」英文是Radar（它是用「無線電探測與測距」幾個英文字頭一個字母拼成的，即Radio detecting and ranging），「激光」是Laser（它是「加強和擴大輻射而激化的光」幾個字的頭一個字母拼成，即Light amplification by stimulated emission of radiation）的縮略譯語。現在漢語使用的「雷達」慢慢有被「無線電測距儀」所代替的趨向；「激光」這個略語已代替了原來使用的「萊塞光」了。「雷達」、「萊塞」是譯音，好多人對譯音不喜歡，尤其漢字譯音常常會引起歧義。比如「雷達」，有人會問怎麼打雷還會發達呢？這叫望文生義。在外國，像歐洲或亞洲使用拼音文字的國家，只要轉寫就行了，不會發生這種現象。例如日本就用假名來翻譯這個音，阿拉伯語用阿拉伯字母來轉寫，歐洲各國的文字都用拼音來轉寫，不會發生漢語中望文生義的問題。所以術語學上有些人不大喜歡用譯音，現在譯音的「雷達」有被譯意的「無線電測距儀」代替的可能。可是「雷達」只有兩個字，「無線電測距儀」有六個字，比如說「我們就開動了無線電測距儀來探測」，比我們說「我們就開動了雷達來探測」，在時間上就不經濟了。「無線電測距儀」能不能縮略呢？一般不容易，你不能從中抽出「無」和「測」來代替，不能講「我們看到了一具無測」，這是什麼意思呢？所以要研究術語學的問題。在拼音文字中這個問題比較容易解決，比如《參考消息》中常有「多彈頭分導重返大氣層運載工具」這個詞，它是一種火箭，漢語說起來很囉唆。在拼音文字的國家就很簡單，它統一用縮略語MIRV來代替。這是「多彈頭」

「分導」「重返大氣層」「運載工具」四個詞的頭一個字母合成，簡單明瞭。在外國很多地方的機場都用VIP這個詞，它是英文Very Important Person即「非常重要的人物」的縮略語，我們稱為「要人」，北京飛機場也有VIP接待室，就是「貴賓接待室」。

有些縮略語用慣了卻產生了一定的模糊性，使人不能準確領會它的本來意義。比如「三反」。經歷過「三反」的同志能說出它就是1951年到1952年搞的反貪污、反浪費、反官僚主義運動。「三反」、「五反」、「肅反」、「鎮反」、「三自一包」、「三降一滅」、「三無世界」、「四大自由」等等，都是縮略語。這些縮略語有很多現在產生了一定的模糊性。「五反」反什麼？很少有人記得全的。那就得查字典了。這種縮略語經過若干時間，變化成模糊的現象，然後又會變成另外一種意義。比方說1951年叫「三反」同1966年開始的那場浩劫中叫「三反」就不一樣了。把一些人打成「三反分子」，卻完全不是貪污、浪費和官僚主義的問題，同1951年的「三反」完全不一樣。這就是由於社會生活的發展，縮略語的語義起了變化，一個縮略語又被賦予新的含義。因此在使用縮略語時要很注意。本來有些縮略語一提出來就應該反對掉，某些沒有反對掉而沿用下來的，我們不提倡使用，有些則是很需要的。比如「政協」是「中國人民政治協商會議」的縮略語。這個縮略語誰都知道，沒有模糊性，它已經變成社會語言的一個有機的組成部分，將來還要傳下去。「文聯」也已經變成一個固定詞組，是「中國文學藝術界聯合會」的縮略。這同剛才講的「三反」不同。剛才講的「三反」你要問是1951年的「三反」還是1966年的「三反」，而「文聯」、「政協」這種縮略語是經過約定俗成的，大家承認，可以這樣用。有些就不一定用，比如1951年《人民日報》社論中提到的「保反委員會」，不要說現在

的年輕人說不清，就是當時的人都說不清。什麼叫「保反委員會」？它是「中國人民保衛世界和平反對美國侵略委員會」的縮略語。這是一個不應該使用的縮略語，因為它縮得不好，沒有約定俗成。語言這種東西很怪，約定俗成後慢慢會變成固定的東西，如果大家不接受，它怎麼也不能進入語言。如果我們今天還使用「保反委員會」的話，那就沒有人知道它的意義是什麼，就達不到傳達信息的目的了。五〇年代還用過「生救」這個詞，是發生了水災或旱災要「生產自救」。「生產自救」省為「生救」是不行的，也是不必要的。現在廣泛使用的一個縮略語叫「原材料」，是原料和材料的縮稱，不是一個東西，它給出的信息是含混的。漢語的縮略語不是現在才有的，比方一百多年前就使用了「美國」這個縮略語。美國把自己叫做「合眾國」（U. S.）或「美利堅合眾國」（U. S. A.），是三個字頭合成的。我們從「美利堅合眾國」中抽出「美」和「國」組成了「美國」。「英國」「法國」等都是這樣，約定俗成，現在也沿用了。夏天我在香港，又遇到了一個縮略語叫「晨運」。「晨運」是什麼呢？就是「早晨的運動」。現在香港的報紙經常宣傳「晨運」的好處。也許將來約定俗成後大家會樂於使用的。我們這裡叫「早操」。現在學校裡的廣播都說「現在開始早操！」沒有人說「現在開始晨運」。

如果使用很不適當的縮略語，這就引起了語言污染。有一次人家問我「你讀過《唯批》嗎？」我說「我沒讀過。唯批是個什麼東西？」他說，「噢！你連《唯批》都不懂啊！」原來《唯批》是列寧著的《唯物主義和經驗批判主義》一書的簡稱。「唯物主義」是一個概念，「經驗批判主義」是另一個概念，列寧這部書論述的是兩個概念，兩種學說，如果按正常的縮略，應該是「唯經」。當然，《唯經》誰也不懂，但還有一點道理。如果問「你

讀過《唯經》嗎？」當然我也沒有讀過。但是《唯批》呢？我怎樣也猜不出是從什麼縮略來的。我認為「唯批」這種縮略語是不可取的，是一種語言污染。還有一個同樣的例子是「正處」。毛澤東《關於正確處理人民內部矛盾的問題》被縮略為《正處》。比方說：「你查查《正處》裡怎麼說的。」我就不知道《正處》是什麼東西。當然，很長的書名，是可以加以壓縮（縮略）的；但縮略要縮得合理，要能比較確切地表達出原來的含義。比如恩格斯的《反杜林論》，原來叫做《歐根·杜林先生在科學中實行的變革哲學、政治經濟學、社會主義》書名很長，是他諷刺地套用了那時他所批判的杜林的一部著作的名字，那部書叫做《凱里在國民經濟學說和社會科學中實行的變革》。恩格斯自己有時在信中稱做「反杜林」，其後出書的人們就使用了簡略的書名，叫《反杜林》，我們這裡習慣地加上一個「論」字，如《資本論》《帝國主義論》《反杜林論》。實際上比較準確的縮略語應該是《反杜林》，而不必加一個「論」字。在十年浩劫中還有一個血淋淋的縮略語叫「惡攻」、「惡攻罪」。張志新等人都以「惡攻罪」處決。「惡攻」本來是「惡毒攻擊偉大領袖毛主席」的縮略，後來這個詞的含義也擴大了，什麼都是「惡攻」。「惡毒攻擊無產階級司令部」是「惡攻」，「惡毒攻擊偉大旗手」也是「惡攻」，「惡毒攻擊『樣板戲』」也是「惡攻」了。這樣，隨便一句什麼話都會打成現行反革命的。總括以上所講，在創制縮略語時，特別是在寫入文件時，要注意這樣的縮略語是否經過約定俗成，有沒有引起歧義，要能懂、要合理、要確切，而且要經過時間的考驗，「約定俗成」，不要濫造，不要造出一些誰也不懂的縮略語。

第三，空話和廢話引起的語言污染。

空話、廢話只能達到同義反覆的作用，就是用最多的詞彙、最多的語言文字，來傳達最小的、最少的信息量。這起碼是不經濟，除此而外，還搞亂了人家的思想。因為同義反複，人家要考慮這同剛才講過的東西是否一樣，是否有差別，因而造成浪費。比如我們現在打電話，就有很多廢話，時間不節約，精力不節約，社會物資不節約（因為長篇空話而占領了電話機），我們現在無所謂，拿起電話可以講三十分鐘，三百分鐘，沒人管你，自己也不管自己的嘴巴。反正又不會讓自己花錢。如果不改革這種語言污染，我們的「四化」就會受到影響，起碼是不經濟，效率低。十年浩劫時，打電話時每句話都要加一句「革命」的詞句，這是典型的空話污染，我在《語言與社會生活》中已經論述過了。打電話所充塞著的廢話，真使人煩死了。比方說有我的電話，聽見電話鈴響，第一次還沒響完就拿起來說：「你找誰？我是陳原。」如果你找我，你就說話。如果你打錯了，你就應當說：「對不起，我打錯了。」然後掛上電話。可是，往往當我說完「你找誰？我是陳原」時，對方說：「啊？啊？啊？你是誰？」我又重複了一次，已經是廢話了，「我是陳原。」「你是陳原？」（對方根本就不認得一個陳原）「你不是工農教育辦公室嗎？」這又是廢話，我不是開門見山就說了，我是陳原嘛。我說：「不是，同志你打錯了。」這時總該掛上了，可是不：「唉唷，怎麼不是？你不是多少多少號電話嗎？」我說：「不是，你撥錯了。」對方說：「那個辦公室電話幾號？」我說：「我怎麼知道？」他說：「你是什麼機關？」我說：「我是陳原。」他說：「你什麼機關嘛，你告訴我嘛！」我說：「我是陳原。」這不是廢話嗎？我為什麼要告訴你什麼機關呢？而且我確實不是機關，是家裡的電話。我們要養成這樣的習慣，告訴你錯了，你就放下再去找。

那裡來這麼多的閒功夫，老是尋根問底。前天我到一個沒掛牌的招待所去看一個從國外回來的代表團，在傳達室又碰到一次廢話。我到那裡問：「這兒是招待所嗎？」他說：「你找誰？」其實我進去的不是招待所，是一個不掛招牌的機關，招待所在隔壁，我走錯了。對方應當回答：「不是。招待所在隔壁。」問題就解決了。可是他問我：「你找誰？」我以為這裡是招待所了，便說：「我找一個從國外回來的代表團。」他說：「你找他什麼事兒？」（這不是雙重廢話麼？）我有點不耐煩：「有會客單我來填一填，我找他們有點事兒。」又問：「你找的什麼地方？」唉！我第一句話就問的是「這兒是不是招待所」；那個地方不是招待所，你就告訴我這兒不是招待所得啦，不僅省了你的時間，也省了我的時間嘛！這時，走過來一個大概是什麼「長」一類的幹部，他也加入廢話活動，他說：「你找的代表團是從哪國回來的？」嗨！這更是廢話！你何必要知道我找的代表團是從哪國回來的呢？我說：「這兒是招待所嗎？」他又問：「你說的代表團有幾個人？」唉！更是廢話！我一氣就走了，然後去碰隔壁的傳達室了。因為時間是很寶貴的，怎麼能在廢話裡面消磨過去呢？這是我的親身經歷，不是杜撰的。所有空話、廢話是在封建社會非常慢的節奏下產生的，而又在文化大革命十年動亂中，人人不知所云的狀態下滋長，變成了一個廢話的世界。實際上這些話完全不傳達任何信息，只能搞亂人們的思想，或者把本來明確的概念給搞得亂七八糟，這就叫污染。古人也討厭廢話，古代的皇帝也討厭廢話。明朝朱元璋禁用「沉滯公文」——有個刑部主事上「萬言書」，皇帝叫中書郎念，念到6,370個字還不知道講什麼東西，於是朱元璋發火了，把這個大官傳來狠狠地打了一頓，然後趕了出去。第二天繼續念。念到16,500字時才進到本題，此人提

了五點建議。朱元璋聽了這些建議覺得很好，其中四條建議都可以採納。朱元璋立即宣這個大官上朝，交代了三件事：第一，昨天打你是不對的；第二，你是個忠臣，因為你給我提出很好的建議；第三，你這個建議500字就夠了，寫了16,500字全都是廢話。當然，這裡是我模擬朱元璋說的，他那時恐怕沒使用「不對」，「建議」，「廢話」這些術語。

如果語言傳遞的是人人天天重複說了多少遍的事情，這不就是廢話嗎？這不是浪費人的精力和思維嗎？如果我們允許這些完全沒有信息的東西（完全沒有信息，不是說沒內容，而是說重複了一萬遍、一百萬遍、一千萬遍的東西，你又重新寫出來）存在，語言就達不到表達思想的目的。某些公文或某些文章，凡是充塞著許多同義反覆的廢話，就達不到有效傳遞信息的目的。所以還是要聽魯迅的，他說：「寫完後至少看兩遍，竭力將可有可無的字、句、段刪去，毫不可惜。」

第四、破壞文明習慣的髒話引起的語言污染。

按照外國人的說法就是「破壞了文明社會的禮儀模式」，這是指人同人之間最起碼的關係，也就是在社會關係中最起碼的人與人之間的關係，還不是說在革命同志與革命同志之間非常融洽的關係。我講的「起碼」，是指作為人的起碼社會關係，而不是禽獸之間的關係。破壞了這種關係的結果，必然把別人當成毫無關係的路人（或者簡直當成敵人）。這不是現代社會的關係，而是一種生物的關係，甚至不是主人同奴才的關係，而是一種禽獸關係。這種關係破壞了社會的協作。用髒話污染語言，連人的尊嚴都喪失了。這種語言污染的表現形式，不完全是「罵娘」的髒話，還包括沒有聲音的姿勢語那種冷漠態度。髒話人們是強烈反對的，這種沒有聲音的姿勢語對文明準則的破壞，也應當引起人

們的注意。比方你去買東西，「這瓶酒賣多少錢？」「（……）」沒聽見，也沒有回聲。「請問這瓶酒賣多少錢？」眼睛連抬也不抬，沒反應。「請問這瓶酒賣多少錢？」真沉得住氣，硬是當作根本沒聽見。這種沒有聲音的姿勢語是很不文明的，它破壞了人與人之間最起碼的社會關係。不要說社會主義社會不行，任何社會都不行！怎麼能這樣呢？這種沒有語言的姿勢語，以及沒有反應的「語言」，使得人與人之間達到了生物之間的關係。我講得很刻毒，但是我們不要污辱了「同志」這個字眼。「同志」是很高貴的字眼，同志與同志之間是一種很純潔的、很高貴的關係，怎麼能同叫雞叫狗一樣呢？在這個社會裡叫人「呃呃呃呃」行嗎？比如說，「喂！我問你呀！」那我叫「喂」呀？在西方資本主義社會叫「先生」「女士」「小姐」，我們不興這一套，那就叫「同志」。「喂」是叫貓、叫狗的稱呼。這樣說話沒禮貌。假如你不知道人家姓張還是姓李，那麼叫「同志」「老大娘」「老大爺」「小朋友」都可以，只有叫禽獸才可以用那種表聲語言。在中國社會主義社會中能這樣叫嗎？不能，我們要改變這種風俗習慣。這種風俗習慣不是我們民族所固有的，也不是五〇年代所有的，幾乎可以說是十年浩劫形成的一種語言污染。如果把什麼人都當成敵我關係來對待，那麼自然，不能講究「文明」，比如說我是「三反分子」，要鬥我，當然不能說：「同志，請你站起來挨鬥！」當然得說，「喂！站起來！」如果經過這場暴風雨以後，還是這樣，那就破壞了社會交際的禮儀模式，或者說，破壞了社會之間人與人的正常關係。有人說禮貌是虛偽的，是資產階級的意識形態。一講有禮貌就是資產階級，難道無禮貌才是無產階級？這不是把自己這個「人」降低了嗎？在很多場合，用個「請」字，表示我很尊敬你，尊重你，「請」字傳達了一種你對別人的尊重，

然後馬上人與人的關係就達到社會上的平衡，這決不是虛偽。小孩子會虛偽嗎？小孩子不虛偽。「媽媽，寶寶要喝茶！」「爸爸，帶寶寶出去玩嘛！」他怎麼不說「喂，喝茶！」因為人類是在社會中生活，人與人之間應該是平等的、互相尊重的生活。小孩子稱呼「媽媽」，文明的媽媽說：「小寶寶，給你茶。」很親切。如果一個媽媽說：「茶！喝！」那麼小孩下回就說：「喝茶！」媽媽說：「喝！」這個家庭就沒有一點味道了。我講得非常誇張，使它成為藝術的誇張。總之，無禮貌的語言污染，使得我們的社會人與人之間形成一種粗暴的禽獸關係。還有髒話、粗話，把人降低到一種完全不堪想像的地步。「砸爛你的狗頭！」我分明有個人頭，非要說成狗頭，而且要「砸爛」，砸爛不就沒得鬥了嗎？「滾你媽的狗蛋！」「狗」還不夠，要用「狗的蛋」。這只有在小說描寫那些非常粗魯的令人討厭的人物說話時可以用，如果用在正常的人與人之間的關係中那就是污染。「我揍死你這狗崽子祖宗十八代！」揍人家十八代，也太厲害了。作為一個有幾千年文明的民族，我覺得講這些話很可恥。現在要消滅這種語言污染，這是家長們、教師們、共同的責任，當然也是語言學家的責任。我們不能把人與人之間的關係降到單純的、低級的、下等動物的、野蠻的關係，更不能一代又一代地傳下去。

第五、語言混亂引起的語言污染，反映了思想上的不準確或混亂。

語言的混亂實際上反映了思想的混亂、邏輯的混亂。如果思想上不混亂，語言也不致於混亂。思想混亂不一定是正確與錯誤的問題，有時是不符合邏輯，不符合思路的問題，但同樣不能達到有效地傳遞信息的目的。例如看到這樣的話：「我們開了部分觀眾座談會」，「部分」兩個字就有點多餘。也就是摻雜了不必

要的雜質。放映一部電影之後，開個座談會，參加座談會的當然是看過電影的部分觀眾，這個會不能說是「觀眾代表座談會」，因為沒有選出代表。你請十幾位觀眾來開座談會，就是開觀眾座談會。一定要寫「部分觀眾」嗎？當然是「部分觀眾」了，還用說。如果我現在講完後找幾位同志談談，難道還要說「我開個部分聽眾座談會」嗎？同這個例子相似的，是報紙上有個廣告，「本社出版部分新書目錄」。這對嗎？對的，是部分。因為下個月還要出新書，去年也出過書，明年還得出書，它決不會是全體，只要這個出版社生存一天就還要出新書。因此任何時候都是部分。那在這兒有什麼必要傳遞「部分」這個信息呢？因為怕人家揪辮子。這是十年浩劫中把人與人之間關係搞亂了的結果。寫「開部分觀眾座談會」人家揪不住。你說「開觀眾座談會」，有人來質問說：「我不是觀眾嗎？你怎麼不找我？你叫觀眾座談會？你代表不了我！」很麻煩。如果照此類推，使用這種「雜質」，必然會引起一些可笑的語言現象。如果我家兄弟姊妹共四人，我現在身邊只有兩個，介紹給別人說：「這是我部分姊妹。」這算語言嗎？這個「部分」有時候很需要，有的時候很不需要。比如開宴會，上一盤菜，難道說「這盤菜是部分菜」。如果有八個大菜，你準確地對大家說：「同志們！現在上八分之一菜。」那也很可笑。在很多場合，不需要加「部分」這個詞。強調是可以的，如果把強調變成一般，那就引起語言的混亂。在封建意識形態支配下，語言有很多忌諱。像皇帝的姓氏是不能說的，刻寫時要缺一筆。長時期在這種意識形態的影響下，在我們這裡也有些新忌諱。《語言與社會生活》中專門講了語言的靈物崇拜問題，就是講這些。昨天看到報紙上一條訊息：「××局×××局長親自參加了局務會議，在會上親自講了話。」請注意「親自」兩

字。難道說×××局長就不要參加××局的局務會議嗎？那你做什麼局長呢？你還「親自」參加會議，難道你叫你的夫人替你參加這個會議嗎？而且還「親自」講了話，難道你叫別人代講嗎？這種「親自」的詞兒，突出了某些個人，好像他現在施恩惠於你們各位。如果我說：「我親自參加了我家裡的吃飯，而且親自嘗了一口菜。」這成話嗎？不成話，不成話就叫做思想混亂、語言混亂。凡是因為思想混亂在語言上摻入不必要的東西，就叫做摻了雜質的語言。又如我們的文章、說話以及文件中，進行時用得頻繁。「某人在政協禮堂進行了演講」就是；說「某人在政協禮堂演講」或「做了報告」都行，為什麼要「進行」呢？把這種說法推而廣之就顯得很可笑。如「我今天中午進行了吃飯。」「我出門就進行了搭車。」行嗎？不行。本來「進行」是一種正在進行中的一種時態，現在擴大了，完全沒有必要。這就是語言混亂。

　　所以說，要訓練自己的思想，使自己的頭腦更條理化，更精密一些。把存在於社會生活上的有用的信息，有效地並且正確地、準確地表達出來，這就叫做淨化，或者叫做語言的純潔化，也叫做排除語言的污染。歸根到底是要訓練自己的思想，比較地有條理，比較符合客觀實際，又能比較準確、精密地表達出來，就叫做語言的淨化工作。

（1980）

〔27〕人類語言的相互接觸和相互影響＊

人們常說，誰要想睡覺，誰就去聽語言學報告。因為語言學報告很枯燥，常常催人入睡。然而，語言本身——我們每天都在使用的語言本身，卻一點都不枯燥。任何一種語言，不管使用它的人有幾百萬，幾千萬，幾萬萬，還是為數很少的幾萬，幾十萬，它對社會的每個人都像空氣和水一樣不可缺少。對一個正常人來說，他的日常生活是絕對離不開語言的。使用語言的過程也是很長的，可以說，從嬰兒學話開始，直到生命的終止。在人類社會，語言從它產生的那天起，就起著組織社會生活的重要作用。因此，語言學家說，語言是一種社會現象，語言是人類社會最重要的交際工具，語言又是思想的直接現實。

兩種語言接觸會發生什麼情況呢？這是我要談的第一個有趣的問題。

你知道“Kanguroo”這個單字是什麼意思嗎？它的意思是「袋鼠」，也就是澳大利亞的一種珍貴動物。據說，曾經有個西方旅行家到了澳大利亞。一天，他看見一種動物，母親的肚子上長著一個口袋，用來裝孩子。他很驚奇，就問那裡的一個土人：「這是什麼？」也許他問：「那個肚子上有袋子的奇怪而又美麗的動物叫做什麼？」當然，他操的是本國話，是土人不可能懂的一種歐洲語言。那個土著人回答說：「康咕嚕（Kanguru）」“Kanguru”是什麼意思呢？一個人類學家解釋說，“Kanguru”的意思是「我不懂（你說的什麼）」，而另一個人類學家卻說，

＊ 這是作者1981年7月27日在巴西利亞「國際大會大學」學術講座的報告摘要，原文是世界語。

"Kanguru" 只是那個土人的名字。我不能判斷他們誰是對的，但 "Kanguru" 這個詞卻從此進入了旅行家的詞彙裡，並通過他，又進入了某一歐洲語言的詞彙裡，然後又進入了世界上幾乎所有語言的詞彙和字典裡。

當兩種語言相互接觸時，甚至在操兩種不同語言的人互相聽不懂的情況下，只要語言接觸，就會發生這樣的現象：一些表示新的東西或新的意思的詞，被另一種語言所借用，這些詞稱為外來語或「借詞」。"Kanguroo" 就是從土澳大利亞方言裡借來的「借詞」。

六〇年前美國著名的語言學家薩丕爾說得好，幾乎所有的語言都不能「自給自足」。只要是活的語言，它必定要同其他語言接觸。因為講語言的人不是屬於這個社會集團，就是屬於那個社會集團，而不論哪個社會集團，都不可能不同其他社會集團接觸。特別是今天，社會集團的接觸越來越頻繁。因此，社會集團所使用的活的語言都是這種接觸的工具。而且，真正的活的語言，是不怕同別的語言接觸的。在這種情況下，不存在一種語言征服另一種語言的問題。

借詞（有時也叫做外來語），是每一種語言不可避免的現象。當語言學家薩丕爾指出幾乎所有的語言都不能「自給自足」時，他只強調了借詞。當時他是對的。但在二十世紀的八〇年代，人類語言的相互接觸和相互影響，並不局限在借詞的範圍。關於這一點，我下面要談到的。

再舉一個有趣的例子。有一個字叫 "bumerang"（布麥朗）。那是澳大利亞土人用的一種投擲器。如果它擊不中目標，它可以回到投擲者手裡。我們現在叫「飛去來器」。關於這種投擲器還有一段有趣的故事。據說，很早以前，一個西方旅行家到了澳大

利亞，他在那裡遇到了一個投擲 "bumerang" 的土人。使他大為吃驚的是，投擲器居然能回到投者手裡。於是，他問那個土人：「那是什麼？」但是，正如上面的故事一樣，土人什麼也聽不懂，他只回答說："bumerang"。一位歷史學家解釋說，"bumerang" 是投擲器的名字，而另一個歷史學家卻堅持說那是投擲者的名字。不管怎樣，"bumerang" 這個詞進入了一些歐洲語言的詞彙裡。

從以上借詞的例子我們可以得出什麼結論呢？我們可以說，人類語言一經接觸，就相互影響，而最容易、最經常發生的現象就是借詞。

當兩種語言相遇，或者說兩種語言接觸時，他們相互借詞，從經濟意義上說，誰也不欠誰的帳。但所有的語言在接觸和相互影響之後，都更加豐富，更加完備了，並增加了不少新的色彩。

大家都知道 "tea"（茶）這個詞。無論在世界語裡，還是在其他許多現代語言中，"te一" 這個音素都表示「茶」。大家都認為這個詞來源於漢語。我們中國人大約在公元六世紀就開始種茶。那時，我們的祖先從茶樹上摘下葉子，用來製作飲料。據歷史記載，十七世紀，荷蘭人將茶葉傳入歐洲，從此，西方人就很喜歡茶了。因此，我們中華民族的祖先種茶和飲茶是我們古代文明的一部分。後來，整個人類也都用這種飲料了。社會集團相互接觸的同時，語言也相互接觸。不過在現代的外國民族語裡，來自漢語的「茶」字，有的來自中國的南方方言，有的則來自北方方言。這樣，在不同的語言中就有兩種表示茶的形式——"te" 和 "ĉa"。其原因是：西方人是從兩個方面接近中國的。一方面，荷蘭人、西班牙人、葡萄牙人，以及後來的英國人、法國人、德國人，他們是越過大洋到中國來的，他們同講南方方言的

我國南方人接觸。與此同時，俄國人和其他東歐旅行者則是通過北部邊境來到我國的，而大部分中國北方居民是講北方方言的。這樣，就出現了表示「茶」的兩個詞根 "te" 和 "ĉa"。

再舉一個古時候漢語借詞導入其他語言的例子。大家都知道 "silko"（絲）這個詞。絲是蠶分泌出的一種又細又亮的絲線。絲織品又是中國古代工藝的最輝煌的成就。大概在兩千年以前，中國人最早開始養蠶，並發明了繅絲術。著名的希臘哲學家亞里斯多德在自己的著作中就提到過絲。這個事實本身說明，早在古代，絲就已經從我國傳入西方了。

正如上面所說，每一種語言不僅從其他語言借用詞彙，而且不斷地把自己的語詞借給其他語言——當然主動權操在其他語言那裡，它接觸後認為要借用才借用。

試舉幾個中文借詞的例子。

中國曾在兩個時期大量地吸收外來詞。一個時期是在唐朝，特別是公元七世紀到九世紀。那時，皇帝派人去印度學習。這些知識分子從印度帶回大批佛教經書。後來大規模地組織人力把佛經翻譯成中文。兩種語言一接觸，中國的翻譯家們猛然發現，佛經中的很多新的思想、新的觀念是中國古代生活中所完全沒有的，當然也不可能在當時的漢語中出現。於是，翻譯家們就大膽地從古代梵文中借了很多詞。甚至在現代漢語裡，還保留著很多從梵文中借來的外來詞，其中有些已經失去了原來的意義。比方「菩薩」就是從Bodhi Sattva譯來的，同原來的語義比起來，有了變化。

第二個時期發生在「五四」時代，準確地說，就是1919年在我們這個長期受封建文化束縛的國家裡爆發了新文化運動。這個時期延續了許多年，在這期間曾大量地從各種渠道吸收過外來

語。這種外來語可以分成兩類，一類同政治有關，而另一類則同日常生活有關。第一類我可以舉出很多例子，如「民主」、「科學」、「共產主義」、「社會主義」、「獨裁」、「無產者」、「資產階級」、「意識形態」等等。當初，人們根據這些詞的發音，把它們轉寫成漢字，但這樣的形式並不符合中國人和漢語本身的習慣，例如，把「民主」（demokratio）寫成「德模克拉西」。後來人們就按意義轉寫，並「創造」了形式完全符合中文習慣的新詞。可以說，借詞已經成為現代漢語詞彙的一部分。

關於第二類，我可以舉出以下例子：咖啡、可可、巧克力、沙發、啤酒、白蘭地、維他命、白脫油（奶油）等等。有趣的是，這些音譯借詞雖然並不符合漢字的拼寫習慣，但它們卻活下來了，而且還在繼續使用著。要問為什麼，我只能說，這些飲料或用品都是所有民族和人民喜歡的，我們中國人也同樣喜歡，就不去創造新詞了。

現在我再來談另一個問題，那也是一個有趣的題目。

隨著科學技術的長足發展，人類的語言創造了許許多多新詞（無論是在形式上完全新的，還是借用舊詞而賦以新意義的），人們把這種表示新東西、新思想和新概念的新詞叫做「科學術語」，或簡單地說叫做「術語」。科學的發展越來越多地依靠很多科學部門和很多科學技術人員的合作，可以說，現代科學技術的成果，往往不是一個天才人物的成果，而是很多天才集體勞動的成果。這種現象過去沒有，甚至在上一個世紀，不同學科的科學家的大規模集體合作並不是那麼急需和必要。例如，太空飛行就需要很多鄰近的科學。任何一個科學家，不管他有多大的天才，都不可能把這樣大的飛船發射到宇宙中去。因此，根據科學技術的需要，出現了很多術語。於是，出現了一種新的語言科學叫

「術語學」，以便使科學術語國際化和標準化，目的是使全世界所有的人都明白這個術語的意義，避免語義的混亂和誤解。各種科學術語的相互接觸打破了民族語的障礙。例如，第二次世界大戰期間，英語中首先出現了新的術語 "radar"（雷達）。其後，幾乎所有的語言都吸收了這個詞，並在幾乎所有活的語言中都出現了這個新詞——人們稱之為 "neologismo"（新詞）。世界上所有的人，不管他屬於什麼民族、性別和社會階層，對一個新的術語都必須有同樣的理解；這個新術語只能表示這樣一個東西，而不能表示別的東西。這就是術語的國際化和標準化的意義所在。

在使用拼音文字的語言中，吸收新的外來語是相當容易的，儘管在轉寫時也有一定的規則。但不管怎麼說，術語的轉寫在拼音文字中是簡單而又有效的。但在漢語中，從外文吸收新的術語，並將它轉寫成符合國際化和標準化要求的詞，卻完全是另一回事。這個任務對我們來說是困難的、複雜的。這裡我不能詳細地論述把外文術語轉寫成漢語時所存在的障礙，我只想提醒大家，現在的漢語並不用拼音字母，而是用單音節的「漢字」。要是把術語按其發音轉寫成漢字，看來幾乎不可能，至少是很困難的，不討人喜歡的，甚至連科學家本人也不高興。因此，在中國實現四個現代化的過程中，這個問題受到有關科學工作者和機構的重視。

我們還是不去談這些科學領域，而回到人類社會中來吧。當兩種語言接觸，其中一種語言是統治者或統治民族使用的語言，而另一種是被統治民族使用的，這時，就會出現我們永遠也不想看到的現象。統治民族往往就是入侵者，他們把自己的語言，也就是侵略者的語言強加給被占領土地的人民。他們甚至禁止使用被統治人民的語言。這樣，就造成了語言的不平等，儘管他們應

當有平等權利。另一種情況是，統治民族儘量把自己的語言成分、語言習慣、詞彙加到被統治民族的語言中去。這對人類來說的確是一個悲劇。這樣，不管你願意不願意，就會出現所謂混合語，也就是說，被統治民族的語言受到統治民族語言不純因素的污染。我沒有時間來細談這個問題，我只想舉一個「協和語」，這是一種流行於當年日本占領下的中國東北地區的日本話與中國話混合的語言。1945年日本帝國主義失敗後，這種語言就不用了，但它的殘餘卻成了東北人民清除污染的沉重包袱。

提起另一種語言污染，我們也許會想起叫做「洋涇濱」的語言。這是一種十九世紀英國商人同中國人交往時使用的商業用語。這種洋涇濱也是一種敗壞語言規律的「協和語」。

二十世紀八〇年代，國際社會的接觸比過去任何時候都頻繁。各種語言的相互接觸迫使人們想到國際輔助交際工具，也就是我們世界語者所說的國際輔助語。從哲學家萊布涅茲在十七世紀鑑於人類社會交往中有必要使用單一的語言而提出國際語的理想之後，過去幾百年了。現在聯合國使用五種正式語言，即中文、英文、法文、俄文、西班牙文和六種工作語言（除以上五種語言外，還有阿拉伯文），這個事實說明，語言問題會使所有參加會議的人大傷腦筋，因為每一種文件和每一個講話都必須翻譯成不同文字，為此需要付出多大的努力是可想而知的，同時也會引起一些本國語未被承認為聯合國正式語言或工作語言的成員國的不滿。

在當今世界上，人們應當嚴肅地看到，六〇年代興起的旅遊事業，使普通人民的交往更加頻繁和密切了。不僅是外交官，連普通老百姓在自己的旅行中也會由於缺少一種用來交流思想的單一的輔助工具而感到不便或吃力。

作為國際輔助語必須具備什麼條件呢？這個問題不僅語言學家關心，而且連普通人都感興趣。我的看法是：

　　1. 這種語言必須是中立的——也就是說，它不能造成語言歧視、語言帝國主義或語言壟斷。因此，任何一種民族語都不適合充當這一角色；

　　2. 這種語言必須是超民族的——也就是說，它不能引起任何一種民族語，特別是方言所引起的語言感情；

　　3. 這種語言在結構上必須是科學的——也就是說，它沒有民族語在幾千年的實踐中所形成的不合理成分；

　　4. 這種語言無論說或寫都必須是分音節的，而不是圖式的；

　　5. 這種語言對任何民族和人民，不論他們使用什麼語言文字，都必須是容易學的；

　　6. 這種語言必須經過充分的實踐，以便使公眾相信，它能有效地、自由地、準確地表達人們的思想，傳達信息。這就是作為國際輔助語所應具備的條件。

　　越來越多的社會語言學家對此感到興趣，也許這種交際工具只能是人造語。我想補充說明，有不到一百年實踐經驗的世界語是符合這些要求或條件的最有資格的候選者。在不久的將來，會有越來越多的人同意這種意見。

　　我們可以預言，在本世紀末，下一個世紀初，國際輔助語一定會成為亟待解決的問題；因為這不僅是語言接觸的需要，而且是國際社會交往的需要。美好的前景迫使我們語言學者和世界語者去更多地思考這個問題，並為此目的而作出有效的努力。

（1981）

〔28〕語言的社會功能與社會規範*

　　不久前我在外國的一個國際性大學講語言學的時候，用了這樣一個前言：歷來講語言學的課程都比較枯燥無味，甚至使人打瞌睡。從前有個故事說，如果你想睡覺又不想吃安眠藥的話，你最好去聽語言學的演講。那天我說，如果我講完了以後發現大部分人，甚至所有的聽眾都睡著了的話，我的講課就成功了。那天因為有好多人站著聽，因此沒睡著，站著不好睡。我今天同樣警告同志們，如果想睡，完全可以，而且我表示非常高興。

　　這個題目本身就非常枯燥，好像和人們的社會生活結合不起來。我儘量想把它變成社會生活的一個部分，少講一些抽象的話，我想講得比較具體些。

　　語言是一種社會現象，而不是自然現象（下雨、刮風、地震、海嘯這些都是自然現象），也不是一種生理現象（像吃得過飽或吃得不合適要吐），也不是一種心理現象（像因地震而心裡很慌、心跳、手發抖）。它具備社會現象的一切特徵——其中最重要的是：它為全社會成員服務，為整個社會服務。我在三聯書店出版的《語言和社會生活》一書中舉過一個例子。比如肚子疼了，資產階級說「肚子疼了」，無產階級也得這樣說，而不能用「腿疼了」代替「肚子疼了」。因此語言是服務於各個階層、各種社會集團、各種人群、各種場合的，有各種不同的用途。如果沒有人類社會，就不會有語言。語言只能在人類社會中生成，在人類社會中存在並且發展。到現在為止，我們的科學還沒有發現在

＊這是作者一次通俗報告的記錄的節本。

人類社會之外的哪一個生物層裡有語言。沒有人類社會就不會有語言。人類在正常情況下，一分一秒都不能離開語言，即使不說話，也不能離開語言。比方說我想一件事，那也是在用語言思維。在現在正常的社會情況下，每個人腦子裡想東西都離不開語言。語言就像水，像空氣一樣，是正常人類所必需的。

那麼語言有什麼社會功能呢？

比如我在演講。我講，你們聽。用的工具就是語言，語言就是我們共同了解的信號。我發出這個信號，你們也了解這個信號。如果我講的語言是你們不了解的信號，那麼，你們根本不懂我說的是什麼。如果我講的語言不是我們大家所共同了解的信號，那麼，就需要翻譯了。雙方都不懂，這種語言就不起作用。在這種情況下，語言就沒有社會功能。我現在做報告，我所做的就是傳遞信息的工作，就是把我思想上的一些東西用語言來傳遞給各位。那麼，你們聽我講，就是接收我所傳遞的信息。無論是演講、做報告、講課，無論是寫公文、文章、便條，都是在利用語言（有時是文字，文字也是語言，是書面的語言）做媒介，做工具，把我所想的信息傳達給對方，對方把所了解的信息收進去。

從外地打電報到北京，也是發報人傳遞信息。他先把思想變成文字，然後把文字翻成電碼，電碼傳到北京，再把電碼譯成文字，收報人才得到這個信息。電報是以最簡單明白的語言來傳達信息的。電報不是信件，不是老人囉哩囉唆的講話。因此，電報的用途就是用最簡潔的文字（書面語言），來傳達最必需的信息，使對方能夠在最短的時間內收到所傳遞的信息。如果電報用囉唆的文字，傳達很多不必要的信息，那麼，就不是電報而是信件了。

目前好多機關，好多同志，好多人對電報這個工具的社會功能不十分理解。如果電報打了四五丈長，翻出來以後，收的人要讀三十多分鐘，那就失掉電報的作用了。電報是用最簡潔的語言，以最快的速度，傳達最必需的信息。我有一次講過，現在社會生活的節奏很快，汽車走得很快，如果一條路不許汽車駛進，就要畫一個汽車，上面用黃槓或紅槓在汽車上畫一下，然後製成路牌，立在路口，這路牌就是符號，這個符號就告訴高速行駛著的汽車不能駛進去。使用這種最簡便、最形象的方法，就能使高速行駛著的汽車的司機立即感受這樣的信息。如果改用囉唆的文字，就不起作用。比如王府井大街不許小汽車進去，如果用囉唆的文字在王府井街口寫一張布告說，由於這樣那樣的原因，王府井大街不讓小汽車通過，各位坐的汽車最好繞道而行或在這兒停止、轉頭……，如此等等。汽車司機根本看不見那麼許多字，就會闖進去，這就起不到傳達信息的作用。電報不是採取書信的形式，也不是採取老人講長篇故事的形式，不能字數太多。這不是因為要節約一點錢；多花一些錢是小事，而主要是電報的社會功能是用最簡潔的辦法，使對方在最短的時間內得到你所發出的最必需的信息。如果你想要有輔助的方法，就要寫信。就是寫信，也不能囉哩囉唆，否則成了大文章。人們知道讀報紙上的大文章的方法，就是讀一下標題，文章等有空兒再看。你想要人看，就要短一點。

所以電報不是信件，它不是因為要節約幾個錢而弄得簡短，而是要發揮電報的社會功能。電報是用最簡便的辦法、最節約的語言，傳達最必需的信息，使人能在最短的時間中掌握你所發出的最必需的信息。

打電話也是用語言傳達信息的一種方法。一方面是發話人，

一方面是受話人。它與電報不一樣。它不只傳遞信息，還可以互相交流信息。比如打電話叫某某同志：「請你到我這裡來一下。」那個同志說：「唉呀，我現在有事，我還在講台上。」發話人問：「你什麼時候可以來？」受話人說：「我兩個小時以後就可以來了。」這是說電話有交流信息的功能。電報則不同，它是單方面發話。「請立刻到。」如果我不能到，就還要發一個回電：「我不能來。」電話當時就可以互相交流信息。當然有時也還是只傳遞信息，比如電話通知：「請通知你們機關，今天下午一律到街上勞動去。」那是命令。如果打電話用了很長時間，比如一個長途電話打了幾十分鐘，那就不如寫篇文章寄了去，對方寫篇文章寄回來。電話有電話的作用，因為有線路的限制。你最好用比較簡潔的語言來交流思想，否則別人就沒法打，使電話的社會功能受到影響。打電話交流思想時，應該充分認識到這種現代科學工具，這種語言媒介，是要用比較簡要的詞句來交流思想的。

再談寫信。寫信人是一方，受信人是一方。寫信是單方面傳達信息，比電報可以詳細一些，但是不能立刻交流思想。如果回信，那就是另外一個傳達信息的過程了。寫信最好要一目了然，如果囉唆，受信息的人就很難掌握主要含義，無法理解你所要傳遞的信息。所以寫信不如比較地集中一點或兩點思想來寫。

打報告。下級給上級打報告，也是單方面傳遞信息，把所需要請示的東西寫在上面。報告不能囉唆，要列出主要的材料、主要的觀點。打報告不要多發議論。因為上級一般明白這些議論。當然必要的論點可以寫，但要少發或不發一般人都知道的議論，這就不會囉唆了。因為要使受報告的單位或個人在最短的時間中獲得最大的信息量，並使他做出相應的反應或決定。比如打報告申請調動工作，我寫自己身體不行，而這種工作需要的勞動力很

強，我不適應這工作，希望調到體力勞動比較少的地方去工作，行不行，請領導批。所要傳達的信息全傳達出來了。上級根據這些信息和一些參考材料，進行分析，做出判斷，然後再傳達信息，這時叫做批示。兩次活動，一上一下，組成了思想交流活動。

列寧說，語言是人類最重要的交際工具。交際——即傳遞信息及交流思想。傳遞也是一種交際，不過它是單方面的交際。還有次要的交際工具。例如馬路上的紅綠燈是一種信號，紅燈告訴你不要往前走，綠燈告訴你現在放行。這也是一種語言，這種語言變為一種符號，這種符號是眾人都知道的。過去在十年動亂時有人提出來說紅色象徵革命，因此改為紅燈許通過，綠燈不許通過。這違反了人們所公認的交通法規。因為全世界多少年以來，約定俗成，達成這樣一個不成文的通訊協定——紅燈不許通過，現在改成紅燈允許通過，就行不通。所有的信號都是交際工具，甚至語言在必要的時候也要變成信號發出來，比如燈語、旗語、電報碼……等等。

語言是最重要的交際工具，它有傳達信息、交流思想的功用，這是語言的第一個社會功能。

當這個功能受到破壞時，就不能交流思想。比如，昨天我和朋友在一個小吃店裡吃鍋貼，就遇到語言的第一個功能發生障礙的現象。我到櫃台去交了錢，我的朋友坐在那裡等著。那位年輕女服務員不大懂語言的社會功能，我問她：「是站在這兒等呢，還是坐在那兒等呢？」她眼睛往前直望。我不懷疑她聽不懂我的話（因為我問她多少錢時她曾回答過我）。我因為研究語言，所以比較耐心，就又用比較簡潔的語言去問：「同志，請問是在這兒等，還是在那兒等？」仍然不發生作用。我把信息傳達出去

了，她沒收。我第三次又用最簡潔的語言再發出一次信號：「在這兒拿嗎？同志。」沒反應。我講了七、八次。後面排隊的同志說：「唉呀！你囉唆啥！」我沒有囉唆，我是用最簡潔的語言，發出最必要的信號，但是對方不收這個信號。這就是語言的社會功能突然發生障礙了。這個信號被旁邊做別的事的一位女同志收到了，她跑過來說：「等一會兒叫號。」很明確，很明快，這個信息非常之準確。在實際生活中，語言的社會功能不是許多人都了解的，我們幹部、學生、教師……都要宣傳語言的社會功能，因為你發出一個信號，對方總要收你的信號，除非他是聾子或啞巴。如果社會上都不能接收信息，那社會生活就不能進行了。現在有許多地方不明白語言的第一個功能，他不收受信息，也不來交流思想，使正常的社會生活無法順利進行下去。

下面談語言的第二個功能。

一個人如果不在社會中生活，不在集體中生活，不在人群所共同生活的社會中生活的話，很可能他用不著語言。比如，從前有人說過，一個嬰兒被狼養大，變成狼孩。狼孩不會發出人類的語言，只會發出狼的嗥叫來。兩個社會成員之間交流思想就要使用語言，就要發出信號。關於語言的起源，有各種學說，我認為恩格斯在《勞動在從猿到人轉變過程中的作用》這篇論文中講得比較簡單明了，也不算抽象。人類在社會化的勞動過程中，有必要發出語言的時候，他們的發音器官慢慢發展，就可以說話了。這不在今天所講的範圍中。兩個人（社會成員與社會成員）之間，就要使用語言，而且從他們交際用的語言中，第一，可以確定他們的社會地位。是上級，還是下級；是高級負責幹部，還是一般群眾；是作慣了領導的人，還是作慣了被領導的人。第二，可以發現他們的文化修養。是滿口粗話呢，還是用比較多的委婉

語詞；是比較討人喜歡，還是比較不討人喜歡。第三，可以確定雙方面的關係。是親一點還是疏一點，是毫無關係還是有點關係？第四，可以發現語言的情景（指發出語言時的具體環境）。如果買東西時使用了書本上的語言，而不是現在店裡適用的語言，就使服務員聽不懂。兩個人使用語言交際的時候，就可以發現以上四種關係。

有一個有名的例子，說是：有兩個人坐長途火車，面對面坐著，可以你喝你的茶，我抽我的菸，一個小時過去了，還是可以你喝你的茶，我讀我的書。三個小時過去了，還是這樣，四個小時過去了，也可以。但是人與人之間總是要交際的。不知為什麼，古今中外交際都是從談天氣開始的。「今天天氣不錯啊！」對方說：「是啊，今天不冷。」歇了好一會兒，又說：「今天沒下雨啊！」對方說：「是啊，好久沒下雨了。」有的就這麼談下去了，有的並不繼續談下去。無論古今中外都是從這裡談起，覺得沒話可說時就說「今天天氣，哈，哈，哈。」這是沒話找話，也沒有確定今天天氣是冷，還是暖，也不知道是否喜歡今天天氣，沒表態，沒有起什麼交流思想的作用。那個「哈，哈，哈」就是試探性的語言，是發出一個信號，看看對方有什麼反應。不知道是由於我們的祖先因為勞動與天氣的關係密切而一代傳一代地來講天氣呢，還是因為天氣這種自然現象不牽扯任何黨派關係，政治問題，左、右傾向的問題，所以發出這樣的信號來試探對方的態度。如果一上來就談「今天我們對美國的態度，你說該怎麼樣？」那麼對方一定懷疑你是幹什麼的，而不表態，而語言的社會功能就不能發生作用了。十九世紀英國有個雜誌《笨拙》上登了一幅漫畫，上面有一男一女在一個公園的長凳上談情說愛。旁邊有一段對話也是人們經常引用的。男的說「Darling（親

愛的）！」女的說「Yes，darling（啊，親愛的）？」反應是收到了信號，反問對方你說什麼。男的又說「Nothing，darling（沒什麼，親愛的）。」表示我就叫你一聲。完全沒話，沒話找話。在人們交際的時候，最親密和最生疏或冷淡時都是沒話可說，這就叫特殊語境。所以語言的第二個社會功能就是確定關係，調節（協調）關係，使人能夠在社會生活中明確與對方的關係，從而協調這種關係。

　　第三個社會功能。開會時，主席說：「請大家坐下，別說話，現在開會了。」外國是拿一個鎚子，在桌子上一敲，表示開會了，講完後再一敲，表示散會了。中國沒有這個習慣，有的是主席宣布開會，有的是報幕員出來說「××晚會現在開始！」所以語言的第三個社會功能是發命令、發信號，也就是組織（日常）生活的作用。比如有人落水了，喊：「救命呀，救命呀！」有人看見了就喊：「來人呀，來人呀！」掉在河裡的人叫「救命」，發出信號，表示要人們去救他。旁邊看見的叫人來協助救人，「來人呀，來人呀！」表示要救人，我一個人還不夠，讓大家來幫助他把落水的人救上來。這也是組織生活。又比如閱兵，「立正！向右看齊！」全部人馬都要服從命令，這也是組織工作。

　　給電子計算機一個指令，由普通語言變成電子計算機的語言，然後再發命令，然後按電鈕，它就按你的指令去做，這也是語言的作用。所以，語言能夠組織生活，組織生產。無論組織生活或組織生產，都需要語言（或轉為書面語言——文字，或轉為符號，或變成電子計算機程式語言）。這就是語言的第三個社會功能。

　　語言的社會功能總起來說有三點：一是傳遞信息，交流思想；二是確定關係，調節關係；三是組織生活，組織生產。如果

破壞了這些功能，語言不起作用，社會生活就受到障礙。

為了有效地運用語言這個最重要的交際工具。除了別的因素（如政治的、經濟的、科學的因素）之外，從社會語言學的觀點看，最重要的是要按照社會規範辦事。

社會規範在語言這方面簡單地說就是約定俗成（這一條表面上看同語言生成時的任意性是衝突的，但實際上這是作為社會交際工具的語言的重要因素）。語言發生時都是任意的。比方為什麼這叫「樹」，那叫「燈」？最初是任意的。這和形成語言的特殊因素有關。關於「語言的起源的任意性」這個題目，可以做很多文章來論述，也有很多學者在研究。社會規範好像與語言的任意性是衝突的，其實不衝突。因為最初的語言都是任意來的，可是到了社會化以後，就不能任意改了。比如英國《魯濱遜漂流記》中的魯濱遜漂流到荒島上幾年，他就忘了語言了，因為他沒有講語言的對手，他沒有必要的社會規範。俄國的柴可夫斯基的舞劇《睡美人》，說公主連同她的子民中了魔法睡了一百年後醒來了，他（她）們懂得自己一百年前語言的社會規範，但根本不懂現在的語言。因為語言的規範從古到今有許多變化，有時間性的限制。我國很有名的《桃花源記》說那個漁人進了桃花源，說桃花源中的人「不知有漢，無論魏晉」。那已經是幾代、幾百年過去了，我懷疑他能否與桃花源中的人交談。這說明社會規範是在一定時間、一定空間中存在的。社會規範是按照時間、空間的變化而變化的，如果離開語言這個項目談一些簡單的比喻就可以看出來。比如，日常生活中一見到朋友要握手。在過去男女授受不親的情況下這是絕對禁止的事。幾十年以前（辛亥革命前），我看沒有人敢拉手，男的拉女的，女的拉男的，這都很危險。過去中國人見到人是拱手。這是因為社會規範不一樣。外國人幾百年前

見到人就拉人家的手，而中國人見到人就拉自己的手。這是很簡單的社會規範。又如擁抱，也是一種社會規範。在西方國家這是很親熱、很有禮貌的表示，而不是亂搞男女關係。後來擁抱又在社會主義國家中發展到兩國兩黨的領導人一見了面，就抱起來，吻左邊一下，吻右邊一下，再吻左邊一下。這又是一種社會規範。美國總統會見西德總理，他們就不這樣做，沒有這種規範。這些都說明社會規範是按時間和空間變化的。語言也是要服從這種社會規範。如果不按照社會規範，那麼發出這種信號的人不是被認為是傻子，就是被認為不禮貌。

又比方說，中國社會中兩個成員見面時互相問「您好」，這是1949年以後這樣的，以前不是這樣的。說英語的人見面互問 "Good morning！"（早安！）中午見到問「午安」，下午問「下午安」，吃完晚飯問「晚安」，要睡覺了問「夜安」。法國人白天只用「日安」。在廣州、香港，早上見了面問「早晨好」，是從外文譯過來的。我們早上見面常問「早」，其實沒有什麼深意，只不過是一種社會規範。所以語言和社會規範是密切聯繫的，合乎社會規範的語言（也就是符合一定時間、一定空間的人們的習慣的語言）就是有禮貌、有文化、有教養的語言，運用這種語言的人是文明人。不符合一定時間、一定空間的社會規範的語言就是沒有禮貌、沒有文化、沒有教養的語言，運用這種語言的人就像是野蠻人。符合一定時間、一定空間條件下的社會規範的語言，不一定符合另一個時間和空間條件下的社會規範。比如在香港打電話，或見人，講完了話，不論大人小孩，不論老的小的，不論地位高的低的，不論男的女的，都說 "Bye－Bye！" 在我們這裡，這句話是小孩說的話，如果聽了兩個老人互相說 "Bye－Bye"，就很刺耳，因為不能適應這裡的社會規範。他們到我們

這兒來，也不能適應我們一定時間和空間的規範。因此，語言的社會規範反映了社會制度、社會習慣、社會風俗和社會的意識形態。過去半殖民地的中國，過春節見面第一句話就是「恭喜發財！」現在香港還這樣說。為什麼？因為一年之計在於春，在那個社會中，在春節的時候最大的希望是發一筆大財，生活就可以過得好一點，所以這樣說。如果在中國大陸社會主義社會這樣說，人家就會說你朝錢看，因此這種語言就不符合我們的社會規範。

在中國大陸現時的社會，有什麼社會規範呢？

第一，在社會成員之間，應當是同志式的，是平等的，是互相支援，互相體諒，互相關心的，而不是虛偽的，不是拉拉扯扯的。在語言方面也應體現這種關係，這種規範。當然目前有很多社會規範不很容易做到。比如你在辦公室裡辦公，別人敲門，有兩種答覆辦法：一種是「進來」，這種說法比較不客氣；一種是「請進」，這是平等的關係。如果踩了別人一腳，你說「對不起！」如果給你一些東西，你說「謝謝！」這屬於禮貌語言，這也是社會規範。在社會成員之間關係平等的時候，這個「謝謝」不僅是謝的意思，而且是我對你的一種友好表示。北京話多一個「您」，在外國語言中也有類似的語詞。在商店裡買東西，售貨員拿了你的錢，對你表示感謝，說：「謝謝。」東西包好了，你拿起來，文明人也向售貨員說一聲「謝謝！」表示自己對售貨員很尊重，對他的勞動表示欣賞。有人認為這是虛偽，我不那樣看，我認為這是社會成員彼此之間關係的一種規範。有的交流可以是笑一笑，但有時笑一笑不合適，說一聲「謝謝」互相致意。這樣才符合同志之間的關係。所以服務態度的問題，不只是個態度問題而是社會成員之間相互關係的問題，從語言學的角度說是成員

之間彼此交流思想有沒有共同語言（規範）的問題。

第二，在上下之間、在輩分之間、在男女之間、在生疏和熟悉的同志之間，互相交際時不能使用一樣的語言。一般來講，對上級、對長輩要使用比較尊敬的語言。比如見到部長，現在除了在外交場合，不興用部長的名義，但是大陸習慣於用「部長同志」或「××同志」這個稱呼，這屬於一種尊敬，目前人們也還不習慣直呼姓名。

第三，同外國朋友真誠、坦率地交流思想也不排除使用委婉語詞。這一點特別表現在新聞報導上面。比如外國來賓訪問我國時，新聞報導常常使用一些語詞來說明氣氛，這種表示氣氛的語詞叫做「氣氛用語」。比如報紙上常有的「在親切的氣氛中」、「在友好的氣氛中」、「在誠摯的氣氛中」、「在親切而友好的氣氛中」、「在友好、和諧的氣氛中」、「在誠摯和友好的氣氛中」、「在無拘無束的氣氛中」、「在友好、誠摯和坦率的氣氛中」、「在熱情友好的氣氛中」、「在極為熱烈的氣氛中」、「在誠摯、友好和互相諒解的氣氛中」、「在友好和相互信任的氣氛中」、「在誠摯、坦率、親切、友好而熱烈的氣氛中」、「在友好和相互完全諒解的氣氛中」、「在熱烈友好和相互充分諒解的氣氛中」等等。

第四，對敵人是嚴厲的、嚴肅的、非妥協的，但不是侮辱人格的，不是粗暴的。魯迅先生說，辱罵和恐嚇不是戰鬥。在書面語中也有相應的規範。

在封建社會有很多使人厭煩的等級差別、「倫理」觀念；書面語中充滿了這樣那樣的客套話。比如，寫信給局長就要寫「局座」，稱自己為「卑職」、「鄙職」或「職」。給父親寫信要寫「父親大人膝下」。如果早五十年你的信一開頭就寫「爸爸⋯⋯」，

他不臭罵你一頓才怪呢。在信的結尾要寫上「敬請金安」,「金安」只能對父母親用。名字下面是「叩」、「叩上」……等等。等級的差別表現在語言上,就有各種形式的語詞,不使用這樣的語詞,就破壞了當時的社會規範,就會得到應有的不好的後果。

其次,在資本主義社會中有很多虛偽的(以金錢為中心、以個人利益為中心)的客套語。在書面語中充滿了許多不必要的委婉語詞。現在這類委婉語詞保留在外交文件中比較多。比如,向一個很不友好的國家送一份嚴重抗議的照會,在文件中還要寫上「順致崇高的敬意!」或者寫了「一切後果都由貴國負責」之後,已經很嚴屬了,但還要寫上客套話「順致崇高的敬意!」這是「規範」,虛假得很。這種東西在西方國家的外交文件中保留得比較多。

我們的語言社會規範應當是開門見山,平等待人。講簡單點是有個開頭,有個結尾;或者有個導語,有個情況,有個意見,有個結尾。少囉唆,少客套,少廢話,少轉彎。關鍵是短而實,反對長而空,也反對短而空。這應該是社會主義語言文字(或叫文風)的社會規範。

外國有一篇論文專門研究稱呼語,這篇論文講到《阿麗思漫遊奇境記》這部小說。它講阿麗思在一個玻璃鏡中漫遊,她在眼淚池中游泳,倦了,要出去,但不知從哪裡出去,她碰到一隻耗子。碰到這隻耗子時她該怎麼問呢?總要有個稱呼。假如把耗子人格化,在西方可以叫「耗子先生」、「耗子太太」,如果是地主,稱「耗子老爺」,年輕的地主,稱「耗子少爺」。如果是他的親人,又可以稱「耗子妹妹」、「耗子姐姐」、「耗子兄弟」、「耗子哥哥」。……在這部小說中沒法確定耗了的身分、阿麗思與這耗子的關係,所以不好稱呼他。當然中國人有一種叫法,叫

「喂！」凡是不知道名字，又不想尊敬他，又不想罵他的都可以用。美國人也叫"hay"，等於我們的「喂」。這種稱呼語很重要。比如在資本主義社會中見到一位女人，你寧可稱她「小姐」也不要稱她「太太」。因為你不知道她結婚了沒有。如果她沒有結婚，你稱她「太太」，她就很不高興。如果她結過婚了，你稱她「小姐」，她就很高興地笑一笑說：「這真是一個令人喜歡的誤會，我已經結婚了。」因為在資本主義社會結過婚和沒結婚的待遇不一樣，結了婚的常常連工作都失去了。

社會規範的稱呼語是很多的。在社會規範受到破壞時，就不用稱呼語，並且你講什麼他都不收這個信息，或沒有稱呼地說「等叫號！」這也許是目前的社會規範，也許很好，也許幾十年以後都這樣相待。但是在目前社會，無論同志之間，還是上下級之間，都要禮貌。禮貌是社會習慣所促成的。不久前看過一個西德電影，叫《英俊少年》，這個少年叫他爸爸「卡爾」，叫名字，這和現行的社會規範都不符合，令人奇怪。兒子直呼父親的名字不合社會規範，父親直叫兒子的名字卻很合社會規範，如果把兒子稱為「什麼同志」，那就不很符合社會規範了。在某種特殊情況下得叫名字，比如在十年動亂時，兒子來鬥爭爸爸時就得直呼其名。在社會主義社會中，稱呼語要比較符合彼此之間友好的、同志式的、平等的關係。

什麼叫做合乎我們的社會規範？我認為有以下幾點：

第一，恰如其分。就是說話的身分、立場、態度，同受話人的關係都恰如自己的身分。

第二，信息準確。就是說地點、人物、過程以及必要的輔助（旁證）都列進去。

第三，引人入勝。你發出一個信號，無非想要人家有所反

應，或按你的信號辦事，因此你要用方法吸引對方、打動對方，用形象、用情感達到這個目的，那叫做符合我們的社會規範。如果在奴隸社會中，奴隸主對奴隸完全不需要這樣。今天我們說話則要引人入勝，即吸引人，打動人，而不是以勢壓人，強加於人。

　　第四，在適當的場合，要有一定的傾向性。這個傾向性不是強加於人的，多半牽涉到委婉語詞的運用。除用事實來說話，得到一定的明確、鮮明的觀點，吸引人之外，還要表達出你說話的傾向性。使用語彙時要好好選擇。例如，「偵探」、「偵察員」、「偵緝」、「警探」、「間諜」、「情報員」、「特務」，這些詞有的時候混用了，其意義不完全一樣。翻譯小說（西方）很少用「偵察員」，過去我們把壓迫人民的專政機關中的人叫「偵緝」或「偵探」。「偵察員」有比較好的語感，而「間諜」、「特務」是貶義。我們也有專門做這種偵察工作的人員，我們稱他們為「偵察員」。這些詞在某種場合中它們的語義不同，表達的信息完全不一樣。再如，在許多新聞報導中或小說中常有這樣的敘述，如寫「法庭押了一個罪犯上來」，西方人的社會規範就不這樣叫，而且常常因此向我們的報導提意見。他們認為一個人在未經法院判決以前，只是嫌疑犯，而不是「罪犯」，只有判決有罪後才能叫「罪犯」。因此在沒判決前押上來的只能稱「嫌疑分子」，而不能叫「罪犯」。現在流行一個詞，叫「人犯」，人犯不是犯人，只是有嫌疑的人。所以他們一看到我們的這種報導就說我們早就判定他有罪了，只不過在法庭上做樣子。這就是社會規範的不同，容易發生誤解。他們認為，報導證人在法庭上「揭露」罪犯用「揭露」這個詞有強烈的傾向性，這就是假定被審判的人是罪犯。這都說明語言的社會規範是一個很複雜的問題，在一定時

間、一定空間，它有不同的含義。我們力求納入使大家能夠共同遵守、共同了解的規範，那樣就可以減少一些誤會，而使我們的信息能夠準確地發出來，起到應有的作用。

（1981）

〔29〕語言文字：歷史的負擔和美學價值*

可以毫不誇張地說，作為中華民族公用語的漢語，是當代使用人數最多的語言。以漢語作為父母語的人數高達九億五千萬，而以漢語作為民族間交際工具（公用語）的人數不少於五千萬（包括五十五個少數民族），且不說海外僑胞還有一個很大的數目。同樣，還可以毫不誇張地提到，漢語的書寫系統是活著的語言當中最古老的書寫系統之一，即使今天的書寫形態同古代大有區別，但仍然保持著幾千個孤立符號（漢字），使現在這個書寫系統增添了某種原始的甚至多少有點神秘的色彩。

這個書寫系統至少有四千年的歷史。由於長期存在封建主義的自然經濟，方言土語的種類太多，妨礙了正常的語言交際；但令人驚奇的是，統一的書寫系統在這一點上幫了大忙，彼此不能用有聲語言相互交際時，這個同一的到處皆知的無聲語言（書寫系統）扮演了重要的信息交換工具的角色。聽不懂，但看得懂；這是一種歷史的負擔，但作為一種社會學特徵則是獨特的，也是令人注目的。

---

* 這是根據1983年在奧地利第八屆國際維特根斯坦科學討論會上的發言記錄改寫的，應西班牙著名的語言學家和古文字學家勒古洛（Juan Regulo Perez）教授的請求，為慶祝他退休而出版的三卷本論文集收錄在第一卷語文學中（1986，La Laguna）。譯成中文時把一些解釋性的話刪節了。

現在知道最古的①漢語書面語是公元前十四世紀刻在龜甲或獸骨上的符號集——甲骨文，這是漢語書面語的最早形態。甲骨埋在地下長達幾千年，直到上個世紀最後一年（1899）才被發現——從那時以後，大約出土了不少於五萬片。六〇年代收集到4,672個字中，大約有三分之一能被讀解。

　　甲骨文記錄的大抵是當時占卜的過程和吉凶的測定。由此可以推斷，書寫系統是中國社會脫離原始狀態，進入奴隸制時代為了巫術的需要而產生的。書面語的形成和發展，打破了有聲語言在時間和空間的局限性。關於文字與巫術同時產生的論斷，在這裡又一次找到了活的證明。我想，中國的郭沫若②，英國的弗雷澤爵士③和法國的列維・布呂爾④，還有控制論學者維納⑤這些學者們有關這方面的論斷，在這古老的書寫系統（甲骨文）中得到驗證。

　　語言的書寫系統一旦形成，它就不再局限於巫術活動了；它無可避免地擴大了自己的社會職能，即為社會生產和社會生活多方面的需要服務。稍後於甲骨文的，是鑄造青銅器時鐫刻在這些容器上的符號系統（「金文」），其主要內容是歌頌喜慶和用以自勉的箴言。「金文」的出現證明那時的生產力提高了，視野也擴大了，語言的社會職能也隨著增加了。金文盛行於中國歷史上第一個中央集權的國家（秦），其時在公元前三世紀前後，而它是在甲骨文這種書寫系統的基礎上形成的。

---

① 這是利用碳十四（C_{14}）對甲骨片進行測定的科學數據。
② 見郭沫若：《中國古代社會研究》（1928）《卜辭通纂》等書。
③ 見Sir. J. G. Frazer（1854－1941）：《金枝》（*Golden Bough*, 1840/1900）
④ 見L. Lévy-Brühl（1857－1939）：《原始思維》即《低級社會中的智力機能》（*Les fonctions mentales dans les sociétés interieures*, 1910）。
⑤ 見Norbert Wiener（1894－1964）《人有人的用處》（*The Human Use of Human Beings*, 1950/1954）。

無論是用刀具在龜甲獸骨上刻字，還是在青銅器上鑄字，都必須細心地把一個一個符號描繪出來，而構成這個書寫系統的則是數以千計的獨立符號，這種符號系統本身加上實現這個系統需要煩人的勞動，以及在這個系統形成過程中扮演的「神聖」（巫術）角色，直接間接地引導到中國語文的三個顯著的社會學特徵：

　　——語言文字的靈物崇拜；

　　——口語與文字的長期分離；

　　——書寫系統簡化過程的連綿不斷。

　　語言拜物教是從巫術時代開始的。在漫長的封建制度的兩千年間，因為愚昧而廣為流傳，使社會成員中多數對文字發生一種既尊敬又害怕的心理——這又反過來加深了語言文字的物神性。直到近代（可以理解為1949年中華人民共和國建立以前幾個世紀），「敬惜字紙」的格言被社會公眾奉為一種社會準則。凡是寫了字的或印了字的殘缺不全的廢頁，即使對文盲，也如同學者一樣，都被敬重到令人吃驚的程度。「敬惜字紙」的社會現象甚至比某些民族的語言「塔布」還要廣泛深入得多。當維納博士三〇年代執教於北京時，他還目擊了這種現代認為神奇的社會現象，他在著作中留下了如實的記載[1]。由於教育的普及，語言拜物教漸漸銷聲匿跡了，可是一碰到機會，它又死灰復燃，例如在十年災難中，這樣對文字的崇拜——以為它可以降福或降禍給自己或別人——又在受過教育的人們甚至青年當中氾濫[2]，這不能不使人深感傳統習慣勢力是多麼的頑固和執著。

---

① 見Nobert Wiener（1894-1964）《人有人的用處》（*The Human Use of Human Beings*,1950 / 1954）

② 見陳原：《語言與社會生活》（1979/1980）。

書寫系統的複雜，書寫的困難，加上古代生產力低下以致於受教育的比例不多，一開始就導致了文字同語音分家。用簡單文字來記錄複雜的口語，必然是不完全的。這兩者的長期分離帶來了信息傳播的不便和不精確，不能適應日益發展的生產力的需要。因此，提倡口裡怎麼說，筆下就怎樣寫的社會運動，就成為偉大的現代思想運動（1919年的「五四」運動）中的重要組成部分，有人比喻這如同但丁的著作和歐洲文藝復興。應當說，從那以後的半個世紀中才逐漸結束了（或企圖結束）言語同文字長期分離的局面[1]。也許口語和書面語的不吻合，在任何時代任何語言都是不可避免的，但兩者的分隔程度如此之巨大，歷時如此之久長，也是語言史上所少有的。

至於書寫系統簡化的過程，可以說從它的最初形態出現以後未曾間斷過。社會生活要求這種簡化，這是主要的，但也不能不提到另一方面即書寫工具的變化。從硬工具（刀、竹、公元前十～二十世紀）到軟工具（毛筆，是公元前三世紀時的產物），又從軟工具（經歷了約十六七個世紀）回到硬工具（鉛筆、鋼筆），然後到機器（打字機、電子計算機），這種變化引起了書寫方式的改變。從總的趨勢看，所有的改變都意味著書寫系統的簡化[2]。現代使用的漢語書面語，儘管大部分符號（「漢字」）由於簡化的關係，已經擺脫了圖形文字的外表，但是就整個系統而論，現代的形態實質上同最初的形態沒有根本的差異。簡化的結果則在某種程度提高了符號的清晰度，使學習和理解趨向更加容易和精

---

① 見陳原：《社會語言學》（1983）。
② 趙元任（1892－1982）在他的《通字方案》（1967英文本/1983中文本）中說過：「其實有史以來中國字是一直總在簡化著吶，只是有時快有時慢就是了」。（1983年本，頁9）。

確。在漫長的歲月中，這個書寫系統所用的符號（「漢字」）由少到多，然後又由多到少——在這過程中產生的大量不同寫法的字（異體字）以及廢棄字必然受淘汰。中國最古的字書《說文解字》成書於東漢（約公元二世紀）收載了9,353字，包括那時已在淘汰之列的計有1,163字，實即8,190字；到十世紀（1008）時修纂的最早的韻書《廣韻》收錄了26,194個符號；在十八世紀（1716）出現的第一部近代字書《康熙字典》已收47,035字，其中至少有三分之一被認為是在淘汰之列。

這個書寫系統簡化過程在中華人民共和國成立後的三十多年間，比從前不同的是較多借重政權的力量即通過報刊書籍和初等教育的途徑，力圖使現在使用的符號標準化和規範化。在五〇年代，與簡化方案法定公布同時[1]，也在語言學家的積極參與下制定了《漢語拼音方案》[2]，給這個古老的書寫符號帶來新的前景，即拼音化。目前這個利用二十六個拉丁字母和五個音調符號組成的拼音書寫系統，只是古老文字系統的輔助系統，它還遠不是文字；但在現代技術即信息檢索和處理中已顯示出了強大的生命力。

也許是這種獨特的語言系統——由幾千個獨立符號構成的書寫系統，以及它所蘊藏著的聲音系統，使中國語言文字從它形成的時候開始就具有濃厚的美感，產生令人欣羨的美學價值。尤其是其中接近圖形文字的那些符號，它們誘發人們的想像力因而激發了美感，這美感是這個民族幾千年進行共同的創造性活動而形成的習慣和心理狀態引起的。

---

[1] 中國政府1986年8月24日重新公布了「簡化字總表」，並作了少量的修改。
[2] 中共人大1958年2月11日通過了並發布了《漢語拼音方案》。

比方說，畫一個圓圈，中間加上一個黑點⊙，這就是太陽——「日」字。用刀具來刻圓圈是不方便的，所以甲骨文裡表示太陽的圖形起了稜角—— ◇ ，有點不像圓太陽了。「月亮」倒還好，繪成 Ɗ ——一輪新月的圖案。我們的祖先是很聰明的，因為月亮時圓時缺，他們就抓住了缺這個特點，繪出來就同太陽不一樣了，因為太陽永遠沒有缺的時候。「山」和「水」也很形象化，〰（山）像個山包， ⺡（水）則像流水的模樣。這幾個字很使人想起差不多同時代埃及人的圖形文字[1]：太陽也是圓的，山是有峰的 ∧∧∧，而水則是橫流的 〓〓。至於古代最初書寫系統中的「天」字卻是很別致的：人的頭上戴上一個什麼東西，這個東西就是天。 禾天 —— 這裡的·或－，就是那個東西，即「天」。歷來的文字學家解釋下面的那一串圖像是個「大」字，但為什麼不可以有反傳統的看法，說下面這堆東西是一個人呢？人為萬物之靈，這是中國傳統的說法——人的頭上戴著個東西，豈不就是天麼？這個推論略帶一點空想的性質，但我以為歸根結柢還是現實主義的。從這裡也許可以推想到維特根斯坦[2]所謂詞的功能在描繪事態，或者說「思想是有意義的命題」，而「命題的總和就是語言」。但後來這位哲學家走得遠了一點，他竟以為語言不僅反映世界上的現實事物，而且在很大程度上構成了現實世界；證之中國語言文字書寫系統的形成和發展，這後面的論斷是難以令人信服的。

　　一個字就像一幅畫，或者雖不像畫，但它的結構各不相同，

---

[1] 見E. A. Wallis Budge（1857－1934）：《埃及亡靈書》（*The Egyptian Book of The Dead*, 1895/1967）。

[2] 見Ludwig Wittgenstein（1889－1951）：《邏輯哲學論》（*Tractatus Logico-Philosophicus*, 1922）。

既和諧，又悅目，這種內穩態①結構反映了民族習慣和民族的審美觀念，因此，由數以千計的獨立符號組成的書寫系統，達到了一種美的境界。這些符號的組合歷來是從上到下和由右到左的，這本身的內穩態也引起了美感，現在雖改變為由左到右那樣的橫排結構，而這種內穩態卻沒有消失。人們從傳統的直排和從革新的橫排中都得到美的享受。書法是中國語言所不可缺少的美的表達。這一點可能在世界語言史上也是獨一無二的。

如果不提到每個符號所蘊藏著的樂音美，那麼，討論中國語言文字的美學價值將顯得欠完備。外間世界通常以為漢語是單音詞組成的，這並不完全符合實際；也許古代單音詞多一些，但現代漢語大約估計有50%的詞是由兩個音節（即兩個符號，也就是兩個漢字）構成的，而這雙音節的詞中還有一部分本身像回音似的直接引起一種樂音和諧的感覺：例如躊躇（chóu chú），囉唆（luō suō），彷徨（páng huáng），逍遙（xiāo yáo）。樂音美在某種意義上可以說是由每一個符號（音節）所包藏著的聲調引起的。每一個字符都有四個聲調，這是指現代語而說的；古代則更多（有些方言還保存著更多的聲調，例如粵方言有九個聲調），這種聲調的組合有點像唱歌似的，同拼音語言中的重音非重音結構是完全不同的。現代漢語有1,279個音節（比起第十一世紀初韻書的記載3,877音節減少了很多②），每個音節理論上有四個聲調，所以理論上一共有5,116個不同的「音」──這是獨特的美學特徵的重要標誌。要知道大部分漢字是由基礎音結尾的，少部分帶鼻音-n和ng結尾，富有民族的調和感和東方的美感，而且在信息

---

① homeostasis一詞的意譯，源出美國生理學家坎農（W. B. Cannon），後來為維納等在控制論著述中廣泛應用。
② 說據趙元任：《語言問題》（1968/1980）

傳遞上還有優越的能準確地傳遞到較遠距離去的性能——所有這些構造，都使中國語言特別是洗煉了的語言（如傳統的京劇）有動人的悅耳的音樂美學價值。

外形的美感和聲音的美感使中國人遠古以來就把詩歌（音樂美）繪畫（形象美）跟書法（外形美）溶為一體。詩～畫～字（書法）成為美學的三位一體，是世俗的、人間的、社會的、現實世界的，而不是超人間的「聖三一」①。歷史上很多畫家本身又是詩人，很多詩人也會繪畫，而毫無例外地無論詩人還是畫家都是優秀的書法家。歷來中國重視描寫自然美的風景畫，中國人習慣稱之為「山水畫」，畫上山、又畫上水，再加上在山水之間遨遊的人，然後在畫面上題一首詩，加強畫的美感，不消說，在畫上題詩時當然是利用優秀的書法寫上去的，這又一次增強了畫的美感。詩情，畫意加上令人神往的書法，將人們帶進一個和平的美的境界——這是中國人所追求的最高境界。

（1983.07.10）

---

① 「聖三一」（"Trinity"），即聖父、聖子、聖靈的三位一體。

3

〔31〕詞書與社會生活
—— 在中國人民大學詞典工作進修班上的演講

　　我今天講的是詞典編纂學外邊的一些問題，也就是說，詞書在整個社會生活中的作用和與此有關的一些問題。我沒有編過詞書，不像在座的諸位有這方面的經驗。因此我只能講一點平常接觸詞書時的感想。而且我故意用「詞書」而不用「詞典」一詞，這兩個詞可能會有一點差別。

　　我建議大家精讀魯迅先生的一篇文章，題目叫做〈魏晉風度及文章與藥及酒之關係〉（收在《而已集》裡）。這篇文章是魯迅先生1927年9月在廣州的夏季學術演講會上的演講稿。為什麼今天要介紹這篇文章呢？因為它是魯迅先生關於中國文學史上一個片斷的論述，思想性和科學性都很強，而且兩者高度統一；剖析問題非常深刻，但不難懂，用現在的說法就是深入淺出；這篇演講平易近人，不是板起面孔講話，沒有半點學究氣，有強烈愛憎而不形於色；用字不多，但是每個字都有它的用處。現在大家都講詞書語言、詞書風格，究竟什麼叫詞書語言、詞書風格呢？有人說那就是「明白、確切、簡練、暢達」。我以為如果能認真地去研究一下〈魏晉風度及文章與藥及酒之關係〉這篇文章，對我

們怎樣編寫詞書將會有很大的益處。魯迅在文章中講到曹操時說，你別一提曹操就想到《三國演義》或者戲台上面那個花面奸臣，其實曹操是一個很有本領的人。當時，曹操很重視人才，於是就用了孔融，但是過後又把他給殺掉了。為什麼呢？因為孔融不孝，他有一套理論說什麼母親同兒子的關係是瓶和酒的關係，當酒瓶把酒倒了之後，就酒瓶歸酒瓶，酒歸酒，也就是說母親歸母親，兒子歸兒子，不再有什麼關係了。曹操聽了以後，十分惱火，便把孔融殺掉了。其實曹操起初是說過不忠不孝也不要緊，後來之所以要殺孔融，主要是因為當時天下大亂，大家都想做皇帝，曹操也為了自己的統治能夠鞏固，只好殺了孔融。魯迅說，如果那時候有人去問曹操：「喂，要取人才的時候你就說過不忠不孝不要緊，有才就行嘛，那為什麼又要殺掉孔融呢？」你以為你敢去問他，不敢的，因為一問曹操準會連你也給殺掉。魯迅在文章中又說到陶淵明這個人，雖然當時天下大亂，但他還是採菊東籬下，悠然見南山。你看他多麼自在，多麼心平氣和啊！魯迅先生的文章就是這樣幽默感人，有很濃的時代氣息。可就是沒有「火氣」。編詞書的人也應當是沒有「火氣」的人，像陶淵明那樣的人可以編詞書，因為他沒有「火氣」，至少表露不出「火氣」。

另外，像西晉時的左思也可以編詞書，因為他也沒有火氣。左思有名的《三都賦》總共不過一萬字，卻花了十年時間才完成。為什麼一萬字的文章要寫十年呢？根據記載，凡是這三都城的山、水、草、木、鳥、獸、蟲、魚這些東西，他都要一一地去調查清楚，調查完了，才去寫《三都賦》。如果不說《三都賦》的政治內容，從詞書要求來看，左思是做了周密的調查研究才寫出來的。因此，左思寫成《三都賦》後，人們爭相傳誦，以致於出現「洛陽紙貴」的局面。

我以為編詞書應當去掉「火氣」，去了「火氣」才能實事求是，有火氣寫出來就不是詞典語言。編詞典的人是很倒楣的，你以為會像作家和演員那樣處處受人家的表揚麼？不會的。他往往得到的是咒罵聲，甚至會把你罵得狗血淋頭，一錢不值。因為詞典包羅萬有，儘管有十萬條都正確，只有那麼幾條出了點問題，那麼人家也會揪住你那有問題的幾條不放，說你不行。所以說編詞典不是一件容易的事情。過去杭州一個會議上我講過詞典不是人編的，詞典是聖人編的，編詞典的人我認為他們都是聖人。這是今天我要說的第一個問題。

第二個問題，詞書在社會生活中究竟起什麼具體作用呢？

人類社會交際的工具當中最重要的是語言，但是，語言不是唯一的交際工具。當然可以說最重要的是語言，因為語言是表達人們思想和傳播知識的。語言應當是一種描述性的東西，同時也應當是規範性的東西。它把前人或別的地區的東西匯總起來，又傳給後人和別地區的人，打破時空的局限性，這就是描述性起作用。但是你傳達的東西非得要別人懂得，就必須有個準則，那就是規範性。在近代的文明社會或者說有教養的、有文化的社會裡，在經濟發展已經到了一定程度的社會裡，不論它是什麼制度，一般來說，詞書是不可缺少的。比如我在歐洲有機會到工人、木匠、教員、農民、職員家裡作客，我注意到這些普通人家裡一般都放著一本地圖、一本詞典。他們當然也有很多小說、偵探小說、神怪小說等等「暢銷書」，但這些東西一看完就扔掉，唯有詞典和地圖經常放在那裡。

為什麼社會生活離不開詞書呢？詞書在社會生活中的作用，我想有這麼幾點：

第一是為了求解。當一個人碰見一個新詞，碰見一個新事物

的名稱，碰到一種不知道是什麼或者不知道怎樣用的語詞的時候，他就要去查詞典。1972年尼克森來中國，《參考消息》上面說尼克森最喜歡吃Grapefruit，當時我在「五・七」幹校勞動改造，不知道Grapefruit是什麼東西，只知道有的翻成「葡萄果」，有的翻成「朱萸」，葡萄果是什麼？不清楚。朱萸是什麼，也不清楚。我去問一個在美國住過很久的同志，回答說就是「文旦」。「文旦」是什麼？說是「柚子」。那麼Grapefruit就是「柚子」了。後來我到日本去，在龜岡的一個國際會議上，早餐桌上有這麼一種很酸很酸的像桔子又像柚子的東西，美國朋友告訴我這叫做Grapefruit，哎喲，踏破鐵鞋無覓處，原來是這個東西。過後我又遇到一位香港學者，問他香港把Grapefruit叫做什麼。他說香港叫做「酸柚」。可見編詞書真不容易，就像左思寫《三都賦》一樣，需要花很多功夫求解才可以編出幾個字來的。再比方像將來的人要去查「文化大革命」中的一些詞，如「牛棚」、「靠邊」等。什麼叫「牛棚」？是裝牛的還是裝人的？「靠邊」，怎麼叫「靠邊」？人坐在這兒為什麼還要「靠邊」呢？「文化大革命」中有一個「P派」，什麼是「P派」？用英文、法文、德文去猜是猜不出來的，因為它的對立面叫「好派」，人家反對這個「好派」，說它好個「屁」，那就叫做「屁派」，因為「屁派」寫出來不夠文雅，所以寫成「P派」。再過若干年後大概就沒有人能識別這些詞了，這就需要詞書加以選擇、記錄、甄別，看看哪些可以保留，哪些不可以保留，然後讓人們從中去求解。

求解一般說是解決形、音、義的問題。比較大一點的語文詞典還應當多有一項任務，就是「能」或「用」的問題。

第二是為了尋找。即當人們忘了一個字，或者不知道用什麼詞的時候，就要到詞典中去尋找。例如有一種打擊樂器，外國叫

timpani，你光知道它叫打擊樂器而不知道它究竟叫什麼名字時，這你就到詞典裡去尋找。經過查找，你就會恍然大悟，噢，原來中文叫「定音鼓」。再比如我現在需要表達一種感情，就是一種很悲哀的感情。用什麼語詞來表達呢？我得查詞書。悲哀、悲痛、悲愴、悲愁……一大串，究竟該用哪一個好呢？是化悲哀為力量，還是化悲愴為力量，還是化悲愁為力量，還是化悲痛為力量？要想用得合適、恰當，非要到詞典中去尋找不可。

第三是為了識別。識別深入一步叫做鑑定。在資本主義國家裡，常常是用它最著名的詞典裡的定義來作為它法律上的鑑定。諸位也許知道有過這樣的一件事情：法國有個芭蕾舞女演員，她買了保險，傷了腿，但保險公司拒絕付款，理由是這位女演員腿受傷的部位超出了它所買保險付款的範圍，這個女演員就去法院控告這家保險公司。法院搬出法蘭西學院詞典查女演員受傷的部位，說傷的是Jambe，我們稱它為腳，法蘭西學院的正確解釋叫「下肢」，就是「從膝頭到腳」的部位，詞典引申義是「整個下肢」。於是法院就根據詞典的引申義判定保險公司應向這位女演員付款。西方國家有時在判案時，會根據權威性的詞典來「鑑定」一些語詞，作出法律的裁決。

第四是為了鞏固。語言是一種社會交際工具，需要不斷使用，在使用中不斷使它更有效，也就是語言的鞏固作用。根據現代神經生理學的研究，當語詞由人的聽覺器官進入大腦以後，經過大約二十分鐘的停留，存儲在臨時記憶庫中，其中有很大一部分就消失了，選擇出一小部分則進入到大腦的永久記憶庫裡，有相當一段時間是不會忘記的。人的這個永久記憶庫是一個很微妙的機制，神經生理學還沒有研究得很清楚。我們暫且不去研究這個東西，只是說人們學習了語言需要鞏固有許多辦法，其中一個

重要的辦法就是不斷讓語詞有機會進入永久記憶庫，方法是多查詞典勤查詞典來幫助記憶。比如學習外語，一般有這麼一種習慣，即勤查詞典。一個單詞，今天查一次，記不住，明天查一次，也記不住；等查到比方說第十五次時，大概就記住了。因此人們學習外語時很容易翻破一部詞典，道理就在這裡。

第五是為了豐富語彙。豐富知識、豐富語彙、擴大知識面和擴大語彙，在社會生活中常常借助於詞書，雖則詞書不是唯一的途徑，這個道理很明白，不需多講了。

以上是第二個問題。下面我想就詞書工作講幾點個人的想法，這算是第三個也是最後的一個問題。

詞書是在社會安定的時候，或者叫做「風調雨順、國泰民安」的時候才有機會編的。社會生活發生重大變革和動亂的時候，顧不上編詞典；當社會生活走向安定的時候，那時人們就感到要編詞典了。在近代西方，凡是形成一個統一的民族國家，政治經濟都開始走上軌道時，詞典就提到日程來了。英國、法國、德國、俄國編大詞典，大體都是在這樣的時候開始的，有的完成得快些，有的慢些，有的沒有完成。馬克思說得好，統治階級的思想，就是這個社會的統治思想。對統治階級來講，為了鞏固自己的統治地位，往往要利用社會安定這一條件並通過詞典、辭書等形式，來向社會每一成員灌輸他們的思想和文化，而這一時期也是人們容易接受他們的思想和文化的時候。清代編印《康熙字典》，也正是處在一個太平盛世，這也充分說明了這一點。同這一點有密切關係的是一個老問題，即詞典有沒有階級性的問題。這個問題在中國已經爭論了二、三十年，直到一年前還在那兒爭論。有人說詞書有階級性，有人說沒有階級性，也有人說你不要說階級性而說政治性就行了，所說不一。各有各的理由，一大

堆。有個同志在一個座談會上說得很幽默，他打了這樣一個比喻，他說一個房間裡有男同志有女同志，那怕是只有一個女同志，你也得說這裡面有男女同志，而不能說這裡只有男同志。這位同志這一段話是正確的，問題出在下句話裡。他因此得出推論說，一本詞典就算有五個是有階級含義的詞，那麼你也應該說這部書有階級性。這個比喻是幽默的，但推論是不能令人信服的。為什麼？因為有女同志有男同志在一個房間裡頭，我們可以說這個房間有男同志有女同志，卻不能說這個房間只有女同志而無男同志；一本詞典，除了杯子、桌子和粉筆一大堆沒有絲毫階級含義的語詞之外，還有「國家」和「革命」等有階級內容的語詞；你只能說有兩種語詞，而不能斷然說這本詞典只有「階級含義的語詞」。這就好像前邊談到的房間裡，除了男同志以外還有一個女同志，你就不能說裡面都是女同志。依我看，詞典中絕大部分的基本詞彙是沒有什麼階級內容的。當然，對詞典中牽扯到有關階級、民族和國家等一些詞彙，編詞典的階級立場會表現出來，那也不奇怪。但這同詞典階級性不是同等的事。特別是帶有政治敏感性的語詞，處理不好，會出亂子。再如就是政治上本來沒有什麼的語詞，處理不好也可能引起不好的社會效果。例如五〇年代有一部漢語成語小詞典，「揚長而去」這個成語舉了一個不恰當的例子，說「1942年在延安整風，整到他頭上，他就揚長而去。」為什麼整風整到他頭上他就要揚長而去呢？這不是對待整風的態度問題嗎？為什麼要把一些日常生活的詞彙硬往重大的政治問題上去套呢？文化大革命十年災難時又遇到另一個極端，那就是對「英雄」這個語詞的釋義。這爭論了好多年，直到「四人幫」垮台為止。一些同志認為只有無產階級才會有「英雄」，比方像董存瑞、劉文學等等，因此把英雄的詞義解釋為「為人民服

務，為共產主義事業獻身的人們。」他們認為無產階級以外的各階級都不能有「英雄」。這行麼？你說每一個階級對「英雄」的看法不一樣，那是可以接受的，你一定要把「英雄」稱為無產階級的專有詞，那就令人不解了。法國羅曼‧羅蘭說，我把那些默默無聞而獻身於人類事業的人們叫做英雄。當你看到這句話，你能說羅曼‧羅蘭講的就是真正為共產主義奮鬥終生而犧牲自己的人嗎？不，根本不是，實際羅曼‧羅蘭講的比這廣泛得多。每個階級有每個階級的英雄標準，絕不能一概而論。

講到這裡，我想起六〇年代在美國發生的一場詞典大論戰。這實際上是「描寫派」同「規範派」的一場論戰。韋氏第三版國際詞典據說是描寫派的典型，它把近年來變化著的新詞彙都收了進去。那時有些人攻擊它收進凡夫走卒的下流詞彙，包括英文中所謂「四個字母」的字。例如"piss"一字，「上等人」是不說的。在牛津的洪恩比（Hornby）教授主編的學生詞典裡頭，用「⚠」這個符號表示，意思是叫你不要用。piss就是小便。小便在資本主義國家是禁忌說的，即使真要去小便，也只可以說「我去洗手」或者「我去洗手間」。那裡的女士講得更文雅一點，叫「我去打個電話」。我們的「國罵」，像「媽的」、「他媽的」，按描寫派的意見，詞典是一定要收的。十年災難時，有人認為「肛門」是個黃色詞，不能收入詞典，這就不完全是「規範」問題，而是令人啼笑皆非的問題了。我那次說，如果說不收「肛門」一詞，那麼同志們每天吃完飯，沒有這個東西怎麼辦？英文有這樣一個字mom－and－pop（store）就是我們經常講的「夫妻老婆店」。韋氏系統的詞典收這個字，而代表規範派的《傳統詞典》則不收這個字，說它是口頭語，不應該收進「規範化」的詞典裡去。記錄派認為它既然是口頭語，就應該讓它保留下來，並編進

詞典裡去。現代的許多小說家都使用這個字，那麼人家不懂，就只好去查那個記錄派的詞典了。當然，記錄派的詞典也在走向一個極端，簡直是在搞繁瑣哲學。例如第三版韋氏詞典就是這樣來給door（門）一字下定義的，諸位可以聽聽。它說：「一切可以活動的，用堅實材料或者結構搞成的，通常有一邊是支撐著的，並且在它的樞紐或者是鉸鏈上可以兩邊搖動的，沿著一個凹的槽子滑動，而且可以前後滾動，像一扇窗戶那樣旋轉的，或者像一個手風琴那麼張起來疊進去，開開來或者關上去，以便人們穿進去或者穿出來，以便一個建築物一個房子或被它掩護的圍牆所打開的一條通路，使人可以進來或出去的以及進出汽車、飛機和其他交通工具的通道所掩蓋著的那個東西就叫做門。」這是記錄派的詞典繁瑣哲學走向極端的一個典型例子。它把一個很簡單的東西搞得極為複雜，並且當你看過後還不知道它說的究竟是什麼東西。我最初已告訴諸位這是門，假如我先不說是門而讓諸位聽後去猜，我想不一定每個人都會搞清楚這個概念究竟是指什麼。說到這裡，有的同志認為有的東西就應當用專門的術語去下定義，否則很難講明白，比方「人造棉」，在下定義時就用到纖度一類的術語。我以為還是把話講通俗易懂點為好，至少語文詞典應該這麼做，因為要考慮眾多的讀者對象。因此在編詞典時不但要想到收什麼詞，而且要考慮如何收的問題。

　　編詞典有時也不得不捨棄某種準確性，因為在我們的社會生活中，存在許多的「模糊語言」。比如黃昏、黎明、夜和早等等一些詞，就「模糊」得很。有的說下午六點到八點是黃昏，八點以後叫夜晚；有的說六點到九點是黃昏。我認為這些說法都是可行的，在這裡人們只能說出一個含糊的概念來，因為人們吃飯有早有晚，北方同南方也不一樣，列寧格勒夏天下午十一點鐘還充

滿陽光呢！你說它是黃昏還不是黃昏？從這裡可以看出，模糊語言本身就具有準確性，這在語文詞典裡是允許存在的。語言的準確性同語言的規範化有聯繫，但那是兩碼事，不能混為一談。例如我們常常碰見的「蕁麻疹」（就是起風疙瘩），這個「蕁」字應讀qián，而不應讀成xún。可是社會生活中都念xún。

我提倡做詞書工作的同志，要經常作些語言的記錄和調研。記錄活的語言的工作，我們現在還做得很不夠。比如我們有一年的「人民日報」的頻率使用表、調查表，也有毛選四卷的調查表，我們還有近代、現代作家的以及社會科學家的詞彙表，就這些資料來看，遠遠不能滿足我們的要求。例如現在社會上許多不斷變化的話，像前邊提到的「文化大革命」中出現的「牛棚」、「靠邊」等，都還沒有很好地記錄下來編成資料。如果我們的詞典、辭書不在普遍地調查、記錄活的語言的基礎上去進行編寫，那麼這本詞典只能說是抄前人的或者說是對別人資料的一個整理。我這裡講的是一般的現代語詞典，當然不包括像古漢語那樣的詞典，因為它是專門研究古代漢語的。我講的這一般的詞典必須在現行的生長著的語言當中去調查，其中包括一些黑話的調查。我這裡念一段黑話諸位聽聽。這是一段打電話的黑話：「這回有鹵，是大冒還是小冒？別那麼摳，人家不見兔子不撒鷹，大冒，就這麼辦。」黑話「鹵」就是油水，大冒還是小冒是說你是大請客還是小請客。大冒是指一百塊錢以上，小冒是指一百塊錢以下。冒的意思是指啤酒一打開就冒出泡泡來了。這樣的黑話你說要不要，我說還是要調查記錄，至於能用不能用到詞典去，那是另一回事。現在韋氏的資料系統用的是錄音機，把美國三大廣播系統所播東西全都錄了下來。除此之外，他們還到公共場所去記錄活的語言，其中包括語義、語彙和語音等等。據說他們的資

料庫已有一千三百萬張「卡片」。應當認識到建立資料工作的重要意義，否則，將會使我們的詞典編寫工作受到很大的影響。例如今年電視台曾把「冷彎型鋼機組」這幾個字讀成「冷彎型、鋼機組」，這樣讀是不對的，正確讀法應是「冷彎、型鋼、機組」。為什麼說後者讀法是正確的呢？因為「冷彎」是一種方法，「型鋼」則是鋼的一種型號。如果有很好的資料工作，那麼就不會發生這樣的錯誤了。我們對那些活的規範的語言要注意搜集，對那些活的不規範的語言同樣可以記下來。比方廣播有這樣的一首歌名：「黨，愛我們深深的」，這是漢語麼？又如現在流行說「一次性罰款」。什麼叫「一次性罰款」呢？難道還有多次性罰款的嗎？假如我們違反交通規則被罰了五毛錢，我們絕不會過幾分鐘又罰五毛。因此這種「一次性」罰款是很難理解的，能說它是不規範嗎？類似這樣的還有很多，我們可以把它記錄下來，至少能夠開開我們的眼界。建立詞典資料庫對我們來說是刻不容緩的事情，同時我們還應當樹立全國一盤棋的思想，應有一個全局觀念。布朗大學就是美國當前用電子計算機對詞典進行詞彙分析的中心，現在那裡編詞典的都要去布朗大學尋找資料，當然因為美國是一個商業社會，找資料是要付款的。我們國家不存在這方面的問題。如果在我們國家也能建立像美國那樣的詞典資料中心，即使搞上它十年二十年的時間，到那時我們也可以說我們在詞典資料準備工作開創了新局面。

　　拉雜講了這麼些瑣瑣碎碎的想法，不成體統，就算是我要講的第三個問題吧。好，時間已到，謝謝各位了。

（1982年12月2日）

〔*32*〕關於《漢語大詞典》的幾次講話

——在《漢語大詞典》第二次編委會上的講話

1.（1980年11月19日）

我是作為一個熱心分子來參加會議的，藉此機會講幾分鐘熱心分子的心裡話。

大家都知道，《漢語大詞典》是我們詞書工作十年規劃（1975－1985）中的重點項目之一。這個規劃是1975年開詞典工作會議時訂出來的。那次會議是在萬分困難的情況下在廣州召開的。在座也有少數同志參加過那次會議。說老實話，當時連我自己也不相信規劃能夠實現。因為當時我們詞典界剛剛挨了姚文元一棍子，那就是批我們出版《現代漢語詞典》，這連累了呂叔湘同志主持的語言研究所，使他們也挨上了棍子。當時我們真有點四面楚歌的樣子。那個會開了兩星期，大會小會，我沒有講過一句話。我心情很矛盾：一方面覺得我們的規劃是紙上談兵，「無產階級專政要落實到每一個詞條」，你看我們的規劃怎麼落實？另一方面，朦朦朧朧地想，難道我們的民族，我們的國家就沒有實現這個規劃的可能性嗎？就沒有一點希望嗎？前一種心情和後一種心情交織在一起，我什麼話都不能說。我說什麼好呢？不能說。可是一年多以後，1976年10月，就粉碎了「四人幫」，真所謂「春回大地」了。這個規劃中幾個重大項目都上馬了，值得高興的是，有的已先後完成了。從社會生活的角度上說，我們這部詞典和其他重點工程，是一項了不起的文化基礎建設工程。我認為它的影響不只是一代人的，而是千秋萬代的。在這條戰線上工

作的同志，是「四化」工作中必不可少的一部分。他們的工作應該受到足夠的重視和尊敬。他們的獻身精神值得我們學習。我們在粉碎「四人幫」的短短幾年中，特別是在三中全會之後，我們詞典工作應當說是卓有成效的。比方說《辭海》搞了二十年，一下子就趕出來了，使一把勁就印出來了，而且質量也不能說不好，在海內外讀書界裡面，引起了很大的反響，也有說風涼話的，也有說挖苦話的，但是不多，歡迎的、鼓掌的多。在同一個時候，《辭源》出了第一分冊，這叫做邁開了第一步，海內外讀書界反響也很強烈。當然海內外都埋怨只出一個分冊，但是沒有什麼辦法，只能一分冊一分冊的出。在現代漢語方面，《現代漢語詞典》修訂本出來了，現在在世界上它已作為現代漢語規範化和標準化的工具書。可見棍子是打不死的，真金不怕火。因此這些偉大的文化基礎建設工程，包括正在進行中的《漢語大詞典》和《漢語大字典》等等，都是提高我們全民族的科學文化水平必不可少的基礎工程。但是，社會上並不太了解我們詞典工作的艱鉅性，也不太了解它的複雜性。我們遇到很多困難，人事上的困難，經濟上的困難，資料上的困難，以及其他莫名其妙的困難（笑聲），很多意想不到的本來可以不出現的困難，我都歸納到「莫名其妙」裡頭去了。莫名其妙的許多困難使得我們有時候幾乎心灰意冷，有時簡直是寸步難行。我在幾個辭典工作會議上說過，搞詞典工作的甘苦，不搞這工作的人，永遠體會不出來的！我沒有編過詞典，我只是做了一點後勤工作，但我已經嘗到了夠多的甘苦。各位編詞典的，當然比我感受得更深刻。不過，雖然有這麼多困難，這麼多阻力，究竟是一本一本地編出來了。這一本本的詞典在海內外讀書界都得到很高的評價，它們在經濟生活、文化生活、思想生活上都將起很大的作用。這怎麼說呢？就

是說隨著我們國家安定團結局面的發展，經濟生活的發展，體制改革的實施，我個人相信，如果說我們在過去有辦法克服困難，那麼今後幾年就更有條件克服這些莫名其妙的困難。我們的條件是什麼呢？就是中共三中全會後，我們黨的路線正確，我們的政治局面穩定。不說十年的浩劫，我們十七年中，除了1956年前一段比較值得懷念的以外，其他時期都不是太平穩的。從1957年到1966年，一個運動接一個運動，意識形態領域裡一個批判接一個批判，作為一種文化積累的工具書是沒法編的。1959年我在文化部工作，文化部召開過詞典工作的座談會，但是能進行什麼呢？結果是一事無成。想想看，反右派、反右傾、四清、「到了修正主義的邊緣」、將要變成「裴多菲俱樂部」、「利用小說反黨」，等等，直到所謂每一個詞條都要「落實無產階級專政」——我們就完全沒辦法了。現在，三中全會以後，黨的路線方針又回到正確的方面來了，政治上穩定，由於「四化」的需要，由於群眾的要求，由於文化工作的發展，由於從事辭典工作的同志的自我犧牲精神，以及有見識的領導同志的支持，我們相信在未來的歲月裡，我們一定能克服各種困難。雖然不能一下子什麼問題都解決，但是必然能逐步地、局部地解決我們所遇到的困難。因此，對這事，我雖有無窮無盡的苦衷，但也覺得大有希望。我今天只表達一條希望，我希望這個重大的工程在三年裡，或者說四、五年裡把整個架子搭起來。現在看起來，有了一個架子就有希望實現整個工程，沒有這個架子，就沒有希望實現，到後來會變成一堆廢紙。因此，我希望在短時期裡，靠著大家的勤奮和獻身精神，為我們子孫後代，為提高我們整個民族的文化水準，能夠在幾年裡面將這個基礎工程的架子搭成。我看是大有希望的。我想整個出版界、整個讀書界、整個學術界，以及我們的人民，都會對我們寄予這樣重大的希望。

2.（11月20日）

會議主持人一定要我講幾句話，沒辦法。可我說不出昨天、今天許多同志所講的那些確切的意見，我只能講幾句「老生常談」。

還是從1975年開始講。1975年訂這個規劃的時候，是在比較後的階段才蹦出了這兩個東西：一個叫《漢語大字典》，一個叫《漢語大詞典》。現在看來，這兩個大傢伙是必要的，因為我們要提高全民族的科學文化水平嘛。為了提高，總要有些工具，工具還不只一種，要有好多種，以適應不同程度的讀者，不同方面的研究工作和實際工作的需要。文化大革命十年浩劫，搞到全國只有一本工具書——《新華字典》，還是1971年周恩來親自過問才出得出來的；小學生用的是《新華字典》，老師用的也是《新華字典》。讀者的程度不同、需要不同，能用一本小小的字典來滿足嗎？當然不能。1975年那次會議的設想還是對的，提出詞典要大、中、小配套，還要有各種不同類型的詞典。國家這麼大，人口這麼多，有幾千年的文化，沒有這麼許多方面的、不同程度的、不同對象的、不同用處的詞典，是不能解決問題的。粉碎「四人幫」以後，中央提出要極大地提高整個民族的科學文化水平，那就不是一個簡單的問題，那就更需要各種各樣的詞典了。因此，我認為《漢語大字典》和《漢語大詞典》是我們四化建設中一項很必要的重點工程。1957年以後毛澤東在上海叫舒新城老先生主持修訂《辭海》，舒先生到文化部去匯報，接著在中宣部議了一下，決定同時修訂《辭海》和《辭源》兩部工具書。當時決定，《辭海》搞成一部語詞兼百科的詞典，《辭源》則搞成中國古代語詞兼及典章制度的詞典。1958年以後兩部書的修訂工作

就按照這條方針進行，直到現在也沒有變。《辭源》現在一般說是古漢語辭典，我說不完全如此，至少這個說法不夠確切，照我的理解，其實《辭源》是一本研究古代中國語詞與文化的工具書，當然包括古漢語，包括許多成語，但它同時也包括中國的文物、職官、典章、制度以及古人古事的工具書，是關於中國古代文化的一部常識性的百科全書。可見，《辭源》中有一部分就不包含在《漢語大詞典》中。比如說書名，《漢語大詞典》就不收書名，《辭源》就收。這樣它就同《辭源》不重複了。有人跟我說，已經有了部《辭源》，再出部《漢語大詞典》，《辭源》還有人買嗎？我說，甭愁！如果《漢語大詞典》能吸收《辭源》的一半，就已經不可想像了。我看它沒有你的一半──我是根據現在的《辭源》說的。如果《辭源》有一半被這大詞典所吸收，這是我們的光榮。而且它搶不了《辭源》的生意，《辭源》一本才六元七角，四六二十四，才二十幾元；那一本《大詞典》出來，沒一百元錢買不了！這個事實說明搶不了生意。出版界老是說這樣重複，那樣重複，我說不怕！我們現在還不怕，就怕貨比貨。我比你屬害，我就能夠在生存競爭中取得存在的權利，就能壓過你，一時不贏，終究贏。不怕！下面我就講我們這部詞典的優越性。你不是《辭源》，不要怕跟《辭源》重複。當然我並不提倡把現有的《辭海》、《辭源》和其他現有的辭書剪下來，通通抄一遍，就叫做《大詞典》。所有的漢語詞典的詞目我都檢驗過，我用我的觀點檢驗過。它那裡多了一個字，那裡少了一個字，多了一個字不行，刪去；少了一個字也不行，加上去。漏了義項我添，錯了我改正。反過來我比任何一本都進了一步。詞書質量就提高了。參考我贊成，全部剪下來我不贊成。這樣編出來，就不是《辭海》，也不是《辭源》，那《大漢和》就更不要說了。「一

六〇五」這個詞，《辭海》總該收吧，「一六〇五」我們這部大詞典就不收。這是一種農藥。農藥的名字，《漢語大詞典》當然不收囉！但是，作為《辭海》呢，是要收的。有人看見了這種農藥，說這「一六〇五」是什麼東西？他就要查《辭海》，而不查這部大詞典。所以說，適應不同的需要。所以你不要怕！它要不要從《辭海》吸收一點東西呢？當然要。如果說把《辭海》、《辭源》丟在一邊，說我不看你的，「白手興家」，從零做起，這就事倍功半嘛。人家先做出來，我當然要參考你的。你不夠確切，我把你改得確切嘛！這個不算抄襲。我比你精，比你確切。另外，它當然也不是《現代漢語詞典》，這我就不打算多說了。《漢語大詞典》古今兼收，不單是現代。我看詞有這麼幾種，一種是古今都用，一直沿用下來的；一種古時用現今不用的。有的是古用，今的意義稍微改變了。反正要全面考慮。我們不是《現代漢語詞典》，我們也不是《古代漢語詞典》，我們是《漢語大詞典》，要全盤考慮。作為一個語詞，它的演變、發展，它的語義的發展，它的詞性的發展，它的使用法的發展，它的語感的發展，如果有，我們就收進來。如果沒有，我們不收進來。我很同意剛才呂叔湘先生的意見，你一定要三個書證，中古、近古、現代，證明有變化，或者居然沒有變化，這就很科學了。不要怕人家說不收魯迅，如果魯迅的文章有適合作例證的，就收；反之，就不收。他魯迅用的詞義與從前的不一樣，要收進去，語義有改變的收進去，如果它在語感上發生一些什麼變化，那可以，我們也考慮收進去。詞典千萬要節省篇幅，如果我們的每一個詞條多用一個「的」字，那麼，十萬個詞條就浪費了十萬個「的」字。十萬個「的」字合起來就成一本大書。十萬字的一本書有好多頁，要賣好幾角錢。這不是白白浪費嗎。當然，我這是極而言

之。所以編詞典，你不要從這種意義上去吹那個「大」字，能省的就省，能簡潔的就絕不囉嗦。一個書證能解決的問題，決不用兩個書證；三個能解決問題，決不用四個。這不僅是為讀者購買力著想，不完全是，因為一般來講，個人買這一部大詞典的人將來不是太多，我們是為節約社會購買力著想，是為節約社會的物資著想，是為這本書節約勞動著想。它多排了不必要的十萬字，有什麼用處？你根本不需要這十萬字！這一個問題我是順便講講的。

　　《現代漢語詞典》，它的讀者對象是「中等文化」水平的讀者，比如說中學都買那麼幾本。我們這《大詞典》的對象同它的對象完全不一樣。也不能要求一樣。《現代漢語詞典》的釋義特點是簡明扼要。簡明，這是很重要的特點。所以，《現代漢語詞典》還有這麼一種好處，像我們這種中等程度的人，一拿起來，一查，一看，一眼就解決問題了。有點像法國的《小拉魯斯》，列寧是很喜歡這部詞典的，這部詞典幾十年如一日，都是這麼簡明扼要，每條詞目釋文只有幾行。我剛剛拿到它的1981年版（它每年改一次），也是這傳統的樣子。有人說《現漢》不解決問題，這就要看你打算解決什麼問題，我為它辯護。中等文化水平的人一看，就能解決他所需要的基本問題。說它不夠嚴密，不夠科學，不夠什麼什麼，這也不是沒道理。比如「雷達」，你要科學，一本書才能講得清什麼叫「雷達」。「一六〇五」，得好幾千字才能講得清楚。如果這才叫科學，那麼這不是詞典的過錯。一般人要知道的，它是一種農藥，能治棉蚜蟲，那就行了嘛！至於它的分子式如何，怎麼樣製造的，怎麼樣合成的，使用一碗粉加兩碗水還是其他比例，都寫上去，這部詞典就變成大百科全書了，而即使是大百科全書，也不能每個詞目都詳盡地寫。寫那麼

多，對語文詞典來說，是完全不必要的。由此可知，我們《漢語大詞典》，絕不會等同於《現代漢語詞典》，但可以吸收《現漢》的一些長處，特別是釋義方面簡明的長處。我很強調這個簡明性。辭典基本上是為了給人一種他不知道的信息。如果給了他很多很多信息，他根本消化不了。他查完以後說，唉，我沒記住。這就失去了作用。我們這部《大詞典》的讀者專門了一些，但要記住，能濃縮的就濃縮，能精簡的就精簡；能用一個書證說明問題的絕不用兩個書證；能用一句話解決問題就絕不用兩句話。

我們這部《大詞典》也不同於《大字典》。《大字典》是搞字，古往今來，漢字有多少，統統想辦法收進去，當然也要有個原則，但簡單講，統統收進去。《大漢和》將日本造的漢字都收上去了，嚴格地說，那些「和制」漢字不是漢語的字。在某種意義上，我也贊成這樣收，但要規定幾條特殊的原則。《新華字典》收了一個日本字——「畑」，火字旁一個田（畑俊六，日本人名），因為《毛選》裡頭有這個字，讀者讀不出來，就弄上去。我講這一點就是說，凡是古往今來的漢字都網羅進去，也要規定幾條原則。符合這幾條的就收，不符合的就不收。但是，我們這一部《大詞典》恐怕不一定收這許多漢字。「畑」，這個字，如果《大字典》收進去，我們《大詞典》就不一定收。漢語的字同詞是常常不一致的，同拉丁系統斯拉夫系統的語文不同。有些漢字就是一個詞，有些一個漢字加上另一個漢字才能成為一個詞。作為一個詞的漢字，我們也收，因為我們是《漢語大詞典》；我們解釋這個字是當作詞來解釋的。《大字典》更著重研究漢字的字音變化、字形變化、字義變化，我們《大詞典》不著重這一方面，我們把它當做一個詞來研究。這樣兩部書就有所不同了。

外來詞問題。漢語的外來詞，既然是詞，那就要收。當然也要定出幾條原則，比如流行過一陣，現在早已不流行的外來詞，收不收？要有原則。《漢語大字典》就不收外來詞，因為它不是漢字，是詞。漢語外來詞並不是全從外國來的，我們是多民族國家，多民族語，例如漢語常用的「薩其馬」，那不是外國的，是本國的，是漢族以外一個民族的。對於漢語來說，也屬外來詞。「薩其馬」這個詞，我們這部《大詞典》不知收不收？也許會有這一條吧。這幾天《參考消息》天天出現「克拉」這個詞，鑽石的標準，它同金子的標準一樣，都是從法文來的。比方說十四K金這個K就是「克拉」的簡稱。《大詞典》當然要考慮收不收「克拉」這個詞，可是《大字典》就完全不必考慮。《大字典》在研究一個漢字的字義變化，這時同我們《大詞典》研究這個作為詞的漢字的字義碰上了。碰上也沒什麼可怕。兩部書的性質不同，角度不同，著重點不同，不犯愁，如果寫出來完全一樣，那倒是個奇蹟。有人向我提過，你們這兩部詞典何必分開？不如合併的好。這個意見當然是好意。但我以為，這兩部詞典各有千秋，重複不了，何必合併？何況還要照顧到歷史情況，根本不擺兩個攤，從來沒有發生過兩部詞典的想法，那自然也可以考慮不分成兩部。既然都已細緻地考慮了，而各自的任務又不相同，這就不必再來考慮這個問題了。有人說，兩部詞典（《大字典》和《大詞典》）在字義解釋上有交叉，如果不一致怎麼辦？要不要事先統一統一？我看不要強求統一。學術的發展必須「百花齊放」。你有你的學派，是《漢語大字典》學派；我有我的學派，是《漢語大詞典》學派。這有什麼不好？以羅竹風同志為統帥，《大詞典學派》嘛！從前這是不可能的，1956年提出雙百方針，1957年實際上就「輿論一律」了！有什麼學派可言？說是那麼

說，實際上沒有學派可言。我們現在在大規模、高級、專門的大詞典裡，對某些字義和詞義，可以有不同的見解。如果你形成了一個學派，你有系統地按此辦，那有什麼不好？如果沒有形成一個學派，沒有一個系統，那麼兼收並蓄行不行？也行。我說明，有人認為這詞是這樣解法，有人認為是那樣解法，兼收並蓄。我這是工具書。當然如果你有系統研究，你在這方面有系統見解，那麼我贊成你獨立成一家言。但這是就詞典全書來說的，不是說哪一位編輯。

我剛才所講的一大串，無非是說這本《大詞典》，既屬於我們現在這一代的，也屬於未來一代的。這一點申述起來要花很多時間，就這樣提一句。

還可以同另外的詞典作比較。那就是兩部大詞典，一部是日本諸橋那本《大漢和》；一部是台灣的《中文大字典》。當然，在我們兩部書還沒有打算編的時候，它們就占領了全世界漢學市場，以及全世界藏中文冊籍的圖書館。這兩部書，一部是日本人編的，一部是在台灣出的。我們也不要隨便貶低它。一個日本人畢生在那裡搞漢語詞典，他是一個外國人，漢語不是他的父母語，應該受到我們的尊敬。雖然有很多疏漏，甚至有些弄得叫人啼笑皆非，但是我們不但要原諒編者，而且應當尊敬編者。我們現在這麼許多人在編，尚且如此困難，何況他只是一個人，又是搞「外國」語。台灣那一部，有些地方沿襲了日本那一部的錯處，同時也出現更多的疏漏。我們根本不必擔心同這兩部書有什麼重複交叉。他們有一點可取之處，我們還要借鑑；他們有疏漏錯誤，我們如果能在發行第一卷的時候，寫成一個字頭或一個部首的校勘記，對於互相切磋，是有好處的，對於世界上研究漢語的人，也是有用處的。我想我們這兩部大工具書同那兩部大書來

比，爭個學術上的高低，是正當的。我想講講我們「大」在那裡。比方《大漢和》中「一」字有兩萬條，我們是不是一定要搞它二萬零一條？不，不一定這樣。我收一萬條也叫「大」。只要我們這一萬條站得住，比它高，那就真的比它大了。「大」字大在什麼地方，我們要想清楚，不要認為篇幅大就是大。不一定。它出十三卷，我出十二卷，也可以比它大。也不要認為每條詞目釋義比別人長就是大了。不要認為書證比它多就是大了，它引用十個書證都是一種意思，我引用一個書證就能解決問題，這樣，我在質量上比它還高明。因為你非要人家多看九個書證嘛！我們這個大詞典大就大在質量高。這同我前面的觀點不矛盾。你能節約就節約，你能出十卷解決問題，就千萬不要出十二卷；如果能五卷解決問題，就千萬不要搞十卷。「大」字作這樣解釋，我們就站得住了。如果我們同意這個觀點，我們就到處去宣傳。寧可少一些，但要好一些。特別在文化領域，在意識形態領域，都要注意這「大」字的真正含義是高質量，該上的就上，該不要的就不要，能節約的就節約。比，怎麼比？比質量，比我們的規模，規模不一定是多卷，比我們的氣派，比我們的觀念（比我們對詞的分析）。我們的觀念是從古到今的觀念。我們的觀念是從語詞的發展出發，從語詞在社會生活中的發展，引起詞義的變化出發。它那觀念是靜的，我這觀念是動的。如果說它那個多半是有點抽象，有，就收進去，前後發展不太注意，我這個呢，是一貫性。可能不一定每個詞條都能這樣做，但是我們抱著這個觀念。這個「大」字就充實了，這「大」就能穩穩的站在世界上。

　　以上所說，無非證明一點，我們的《大詞典》有自己的任務，有自己的氣派，同別人不同，也可以同別人試比高低，在比高低中促進學術的發展，對漢語研究作出應有貢獻，同時對四化

也會起應有的作用。

3.（11月25日）

呂叔湘先生的講話使我深為感動。我今天先講一段官話，然後講一段空話，最後再講一段廢話。我只能說是從國家出版局來的，因為我在國家出版局沒有行政職務，所以不能代表國家出版局。但是在今天這個會上，我想替國家出版局，甚至教育部表示一點意思，他們不會反對我的。我要表示的意思就是向大家感謝：我臨來時同陳翰伯同志在醫院裡談了一下，他要我向同志們表示感謝。感謝各位學術顧問，感謝編委，感謝省市的黨委、出版局、教育局的領導部門，以及感謝所有參加編寫的同志，其中包括上海編纂處的同志。在短短的一兩年裡，能搞成這麼個規模，是很不容易的。我過去沒有編過詞典，我實際上是呂先生講的「跑龍套」，幾乎大的詞典我都去「跑」一下。時鐘又不能往後倒撥，能往後撥的話，也許就不採用現在這個方法來編詞典了。但是同志們可以想像得到，1975年5月23日召開的詞典規劃會議，那是在怎樣困難的局面下召開的，在那種條件下也只能採用現在幾個省市協作這種辦法上馬。這不一定是一種很好的辦法，甚至於不是一種辦法，但是它終於是一種可以走的辦法，是無路可走又走出來的一種辦法，是無可奈何，溜又溜不走，你只能給它「網住」幹下去的一種辦法。因此我說時光不能倒流，如果能倒流的話，我這個「跑龍套」的也不會贊成採用現在這個辦法。既然時光不能倒流，我們就只好照這個辦法幹，也許能走出一條路來。這條路後人大概不會走了。假定不這樣，設想一下，咱們現在不幹了，五省一市都下馬，那很容易，說一句話就下馬了，各奔前程，該當教授的當教授，該搞出版的就搞出版去，那

很容易。可是，設想另外一種辦法行不行？看來不很容易。比方說，現在打個報告給中央，不要說四百個人，就是全國調一百位教授、副教授或其他的同志到北京或上海去，集中起來開一個「詞典館」，然後從頭到尾編，這可能是個很好的辦法。但是，我說，一百人你能提出名字來，從外地調得進十個人來就殺我的頭！（笑聲）你到我敝館——商務印書館來調，我一個人都不給（給的話，你也不要。這種事彼此都明白）。這沒有辦法！現在既然沒有辦法，咱們就硬著頭皮幹。像呂叔湘先生剛才講的那一番話，使我深受感動，我們把它登在《出版工作》上，我們應當把呂先生這一番動人心弦的話登在明年的《出版年鑑》裡。因此，我說就幹下去！幹下去！我第一天來就說了很多甘苦，這只有我們這些人知道，詞典工作不是人幹的。這就是呂先生昨天說的外國有那麼一個院士說的：誰要是犯了錯誤，最好就罰他去編詞典！詞典工作不是人幹的！編詞典是艱苦而又不被人理解的勞動。你寫篇論文，發表了又有名，馬上又可以得到幾個錢的稿費。寫出一本書來，「地位」就上升了，身價百倍。你問我：「你做什麼工作？」我說：「我編詞典。」「你編了什麼了？」「啊呀！我編了四十條。」或者說：「我查證了兩本書證。」這算什麼？這算科學研究!?這算對人民的貢獻!?不為人所理解，而且很艱苦，整天埋在紙堆裡頭——不一定是故紙堆，新紙堆也是紙堆。啊呀，天天連做夢也看見那些個字在打架。（眾笑聲）唉，很苦哇！我沒有編過詞典，但是這些年同詞典打交道打得很多，因此，我做夢也是在校，一個字一個字地在那兒校。可見，編詞典的人多麼苦。我說編詞典的工作不是人幹的，但它是聖人幹的。（眾大笑）白馬非馬，聖人不是人。詞典是聖人幹的！這是真正的人幹的！他犧牲自己，為了當代，為了後代，他甘作犧

牲。「我不入地獄，誰入地獄！」（眾笑）咱們幹詞典的就是聖人！那陣子《現代漢語詞典》中「聖人」這一條挨批評得厲害，我現在又來復辟了。他能犧牲自己，為別人的幸福，為國家的四化，為我們民族文化的積累，為整個民族科學文化水平的提高做出貢獻。歷史不會忘記這些聖人，人民也不會忘記這些聖人。這些聖人一時可能得不到人們的尊重，但終究會有人知道他們的。因此，這點意思，我希望來自出版局的我，向各位同志表達一下，請各位能向所有參加詞典工作的同志表示我們的感激。以上是「官話」。（笑聲）「官話」還有最後一條，是大家有好多意見要我們向上反映，昨天晚上我們幾位同志研究了一下，我們採取個人的、組織的、各方面的、出版局的、語言所的、語言學會的、文改會的、教育部的、各條線往上反映，然後是我陳原的——雖然我這個人人微言輕，我也向上反映，呂先生以及各位學術顧問也向上反映。昨天我們醞釀一下，想在學術顧問裡串聯一下，聯名「上書言事」，用各種方法向上面通去，反映情況，向社會呼籲。也不要以為一呼籲，什麼問題都迎刃而解了。天下事都這麼容易辦，那咱們早就進入共產主義了。沒有那麼容易的！但是我們通過各種渠道向上級反映和呼籲，希望有關方面解決我們某些能夠解決的困難。到此，這一段「官話」講完了。下面講一段「空話」。

　　這個「空話」是什麼呢？就是現在愈來愈看到詞典是一項基礎建設工程。知識的傳播，文化的積累，文明程度的提高，四化的實現，詞典是必不可少的一種工具。如果有些領導機關，有些領導同志還沒有深刻領會到這一點，那麼問題不在他們。問題在我們。我們宣傳得不夠。我們要宣傳這個意思。應當認識這樣大規模的辭書——《漢語大詞典》和《漢語大字典》——它的作用遠不是或不完全是翻檢查閱。完全不是這樣。一本《新華字

典》，只能說起到初步的作用。比方你不認識這個字，一查，噢，在這兒，解決問題。但這樣一部大詞典，不完全是這個用途。它的用途遠遠不只是人們在閱讀古今著作中拿來查一查，解決偶然碰到的零碎問題。當然可以有這個問題，但遠遠不只這個！它是要在社會生活上作某些決策的時候，參照和參考用的。法律上、宣傳上、文化的積累上，我們在使用某些語詞時發生了疑問，究竟應該不應該用這個語詞，還是應該使用別的語詞呢？如果使用這個語詞，它會產生什麼副作用呢？還是會產生你意想不到的歧義呢？那我們這本詞典提供許多信息，使你作出判斷，然後作出決定，或者發個文件，或者定一個條文，或者作出一種什麼行動來。詞典，這樣一部大詞典，它遠遠超過了平常所謂不認得一個字，不認得一個詞，不知道它的意義，來翻檢一下。遠遠超過了！這是空話的第一點。

空話第二點就是詞典的組織工作。大概1961年或62年我跟隨齊燕銘同志到上海，那時《辭海》正在修訂中，我們在火車上談到這個組織問題。我們一致認為，詞典編纂的組織工作像個金字塔，審查來審查去，愈到後來人數就愈少。最初收集資料的人很多很多；然後編詞條的人也不少，審定這些詞目的又少一些；初步定稿以後再來修訂的就更少一些，最後——到了金字塔尖。一個人，兩個人，三個人。我問過牛津大學詞典部的總編輯，他們也是這樣子。我們《辭源》，基本上也是如此。《辭源》現在剛出了第二分冊，一年出一個分冊，一共出四年。為什麼分四年出呢？現在初稿都放在那兒。因為我們那個金字塔尖上只有兩個人，這兩個人將他們的全部力量用上去，一年三百六十五日不休息，沒有晚上，沒有假日，沒有娛樂，那麼用盡全部力量，也只能一年看出一本稿子來。這是說這是符合詞典編纂工作本身規律

的。現在在世界上《漢英詞典》很有一點聲譽。《漢英詞典》從百多人到六十幾人，一路上去，上到最後是一個小組五個人；五個人最後是一個人加兩個外國專家。那兩個外國專家是從頭到尾都看了。從頭到尾所有英文都看了，並且提出了意見，然後由主編從頭到尾，連外國專家的意見在內一起審定，最後作出定稿。看來只有採取金字塔的辦法，沒有其他辦法。剛才羅竹風同志講了編纂處同下面的關係問題。我因為過去沒接觸過這部詞典，我只能講一點《辭源》的狀況。《辭源》是四個省同商務印書館合編的，最多的時候恐怕有七八百人，後來四百人，三百人，兩百人，後來幾十人。然後有一個類似編纂處的，那就是商務印書館的《辭源》編輯部，這是個塔尖。我們在初步定稿的時候，定到那一個省的稿子，這個省就派幾個代表到《辭源》編輯部一起來定。比方這一條，你為什麼這樣寫法，不那樣寫法？他就說：我就因為這樣這樣，你說的那個意見，我已經考慮過了。可能他考慮對，也可能是考慮錯的。然後就爭那爭這，爭得面紅耳赤。我們半年開一次編委會、擴大會，輪流在各省舉行，然後也是爭得面紅耳赤。學術民主呀。會後大家還是很好，好得很。不爭不行。爭了，這個真理就能接近一些，不能說完全接近，可能爭的結果還沒到那個真理。爭來爭去，意見非常尖銳，有時不免對罵：你們懂什麼！你們編過幾本詞典？回答說：是，我們沒編過什麼詞典，不過稍微涉獵一些詞典。然後對另外一些同志有意見，啊呀！「你沒有盡到責任。」不服氣，「你是老幾呀？你也沒有盡到責任，還說我沒盡到責任！」當然，這大都不是會上說的，會上哪兒會說「噯，你沒盡到責任！」沒有的，常常是旁敲側擊，你這條呀，怎麼樣……自然是使你感覺到對你編的有意見，因為我們知識分子長久以來撕不開這個臉皮，因此就轉彎抹

角地說。這樣，有時就很緊張，有時又笑逐顏開，反正風風雨雨，忽而又陽光普照。事情總是在矛盾中進行下去。我說，不要緊的。這叫學術民主。不要整人。你對我有意見，好吧，你轉彎抹角也行，直截了當也行。我對你呢，也可以有意見。不過不要記在心上。我們《辭源》四個省和敝館商務的同志基本上做到「沒有記在心裡」。你說沒矛盾？矛盾大極了：那時候有些同志甚至說：不幹了！我回去了，這些事情愈幹愈煩。怎麼辦？又勸，又說，做好做歹。如果說有經驗，這就是一條經驗。我勸貴詞典的大主編、大副主編，以及各省市的主編、副主編，心胸放寬，如果說現在已經寬了，那就再寬些，任勞任怨，做個這樣的人，就是千方百計把錯誤的責任攬在自己身上，然後說服大家做好這個工作，你要罵就罵我吧！當時我雖不是主編，不過是個組織者，我就這麼一種態度。做省的主編也是這種態度。然後使這事情在咒罵聲中前進！（眾大笑）這是真實的！（掌聲）這個不是官話。如果我說我們《辭源》一帆風順，大家互相體諒，互相沒有意見，大家反而覺得不真實。直到現在大家可能還有意見，不要緊。記得在桂林會議上我說，最後在金字塔頂就只能「獨裁」。獨裁由我負責。最後定稿，只能由塔頂來定，總不能幾百人一齊定。我說，如果將來改錯了呢？我負責，我做檢討。我們的主編們，都是飽學之士，但是我歷來聲明，出了錯，都由我負責，你們鬥我。（笑聲）如果有第二次文化大革命，戴高帽、罰跪、噴氣式，通由我承擔！（笑聲）如果證明我們兩個主編改對了，原來你不對，那麼你不要說我好，你就對那兩個同志說：「咳，你還比我稍微高明一點，使我避免了一次出醜的機會。」同志們很欣賞我這兩句話，叫我是獨裁派。現在還沒有到定稿階段，將來到定稿，開編委會，我再來充分闡述這個問題。沒有別

的辦法嘛。學術民主一定要發揚！咱們編詞典不是組織空談俱樂部，詞典是要出版的，出版要有個人拍板。誰拍呀？就是金字塔尖。那麼，什麼「仇恨」都對準了金字塔尖。我，來當這個塔尖。以後沒有文化大革命，不要怕。經歷了文化大革命，沒有嚇倒我們，我們怕什麼？只怕沒有真理。在我們那裡類似編纂處的那個《辭源》編輯部，真是戰戰兢兢，如履薄冰。生怕改錯了，人家有意見。我們的同志才疏學淺，那就只好拚命地查書，有時也許查得不對頭，反正有改對的，自然不免會有改錯的，也有改得不好的，也有改好的。就像剛才所說的，你改好了八句，改錯一句，真是罪該萬死啦！這，也沒有別的辦法，還是查，還是改，還是定稿。我們常講，我們這個工作是為人民服務的工作，為四個省服務的工作。我們這個總編輯部不是架在人家頭上，而是補人家之不足。如果你缺個頭，我添個頭；你缺一點，我就添一點。這個功勞是你的，錯了是我的，添錯了是我的，添對了還是你的。稿費歸你，我不要。大概，我們那裡採取這種態度，但是我們有些同志也不大諒解，老說這有點不公平。這也沒辦法，詞典還是要出呀，這是最主要的。現在這些都過去了。都已一去不復返了！現在大家很愉快。去年出了一本，今年出了一本，明年還可以出一本，後年出完。如果你說是經驗，這個也許是痛苦的經驗。但是必須理解到，在這長長的過程中，也許三年，也許四年，也許五年，絕對不會很愉快的。什麼時候愉快？開始出書稍微有點愉快，也不完全愉快。我現在還很不愉快，因為人家還很有意見。那不要緊的，在不愉快當中去尋找愉快。經過那些痛苦，我們終究為我們這個民族做了一點點基礎建設工作，那就是最大的愉快。這條空話也講完了。現在講第三條，叫廢話。

講詞典本身的問題。我們剛才講過我們這個「大」不是做生

意吹噓的「大」，不是去比你出十卷，我就出十一卷。我們不幹這種事情！你出十卷，我出八卷弄得比你好，也是大。你有六萬條，我只有五萬條，如果我比你好，我也比你「大」。這個大，大在什麼地方呢？我說，這個大，就因為我們高！我們比人家高。我們在哪一方面都比人家高，印刷、裝幀不一定比得過，但也要搞出特色來。我先不談印刷裝幀，因為我們印刷技術還比較落後。我們內容上一定要高，要達到我們目前所能達到的高峰。首先是什麼呢？首先不是詞多，不是頁碼多，不是卷數多，不是條數多。詞再多也不能收全，不能求全。你詞再多，你不能把天下所有的詞都收進去。語詞，那是無休止的。不是求多，也不能「萬有」。王雲五的「萬有文庫」，其實也並不是「萬有」。比方說，收詞方面，我之所以大，所以高，不只因為收詞多，而且更重要的，收詞有我的標準，有規範性，不是為多而多，而是我看得出來，這個詞有生命力、有活力。這生命力不一定是從古代一直活到現在，但它能夠在一定時期有生命力的詞，我都收進來。比如說這個詞在漢唐有生命力、唐以後這個詞沒有生命力了，也算有過生命力，那麼我這個詞也收。這個詞一收，我心裡有兩個問題：它有沒有過生命力？怎麼能證明它曾經有過生命力呢？怎麼能證明它曾經在社會生活上起過積極的作用？另外一個，我收這個詞，在文化積累上有沒有貢獻？它能不能幫助我們語言的規範化做一點什麼貢獻？這樣，收詞就不是見詞就收，同人家隨便剪下來的詞都收不一樣。在釋義方面，我也力求其高。我的釋義，言必有據，講究準確性。我就是靠準確吃飯！一般地說，詞典不是某一個人生造的、臆測出來的。詞典是根據從前和現在人們在社會生活上使用的語言習慣，進行分析歸納的結果，而不是由你腦子想出來的。所以必須做到言必有據，這樣才會有準確

性。釋義不生造，不臆斷。也可以不囿於一家學說，如果有兩家學說，我一定汲取兩家學說。我不靠個人的記憶，以為出自那一本書，必須拿這本書來查一查。也不能隨便找一本七折八扣的版本來查。還不要自以為是。這樣弄出來，它就比較能達到準確。但與此同時，卻發生了另一個問題，就是辭典學上的準確性，同社會生活上所遇到的語言的模糊性中間有矛盾。我因為沒有研究過這本詞典的釋義，只能舉一些常見的例子。比方說，你收個「大雨」、「大雨落幽燕」、「下大雨」（「大雨」收不收這是另外的事情）。假如你收了這個「大雨」，你怎麼講法？《現代漢語詞典》怎麼講法？《辭源》怎麼講法？《漢語大詞典》對這個詞怎麼講法？「大雨」這個詞按社會生活來說，它是一個模糊概念。「明天下大雨。」「喔喲，雨下得真大！」「真是一場大雨！」這不是科學的概念。每天廣播出來的氣象預報「明天下大雨」，這是個科學概念。我們日常生活所了解的「大雨」，這是模糊概念。很大的雨，就是「大雨」。按科學概念呢，就是二十四小時雨量收集器裡頭收集到的雨在四十到八十毫米，這樣程度的雨叫大雨。這是準確的、科學的。這科學要求的準確性，同日常生活上所意識到的模糊性之間是有矛盾的。要根據詞典的不同性質、任務，很好地解決這個問題。這科學的準確性裡頭，還有一條要求隨時地發現一些新詞，講得出它的意義。我很贊成昨天晚上呂叔湘先生提出的，我們要從《人民日報》中收詞。我來的第三天，《浙江日報》有一篇文章，寫「團伙」。「團」是「團長」的「團」，「伙」是「伙食」的「伙」。「團伙」現在是大陸公安系統的用語，以前不怎麼見的。「團伙」就跟我們講的流氓阿飛小集團差不多的意思，但是它又不完全是這個意思，它裡邊還有一大套解釋。「團伙」這個詞現在《人民日報》上也用。這個詞

進不進入詞典？我看它有生命力了，至少有這麼幾年了。作為一個詞典的編纂家，是每時每刻都要注意新詞的。但有時對一個詞的含義也許找十年也找不出來。舉個例子，關牛棚的時候，那時我在文化部，一位同志問我 "incabloc" 是什麼意思？這是他手錶上的一個字。這是什麼東西？我說不認得。出了牛棚以後，我查了很多很多詞典，沒有一種文字的詞典裡有 "incabloc" 這個詞。我就尋尋覓覓到處找哇。到1977年，我在歐洲忽然看見瑞士鐘錶店的一個推廣品裡頭有這個詞的解釋，原來這是瑞士鐘錶裡一個防震的元件，是一個專利。現在口頭上問你這個錶有沒有 "incabloc" ？就是說你有沒有防震措施？喔！找了十一年哪！才找到這個詞。我後來寫了封信，告訴那第一個問我的同志，他說，他還記得問過這個字。你找個書證有時也要找多年的呀……這是廚川白村說的「苦悶的象徵」，但樂在其中哇！（羅竹風插話：我打聽到現在，也沒有一個老上海能解釋為什麼蝦米叫「開洋」。）如果我們的《漢語大詞典》在古代有生命力的詞上面，在現代有生命力的詞上面，都能發現一些線索、並且能夠加以解釋，能夠引出書證，並且知道它的歷史。那麼我不要多，你那裡大概有三分之一能夠發前人所未發，我們這本辭書就是大辭書，就是在世界上站得住的。很慚愧，現代研究漢語的辭典還要由個日本人來出那麼十三卷，我們自己倒還沒有出。我說，這本《大漢和》儘管有多少缺點，我對這位日本朋友還是充滿尊敬的。當然囉，我們現在也應該有雄心壯志編出來。我們這幾百聖人編出來的，一定要比外國朋友編的高出多少倍。那是應當的，不值得怎麼驕傲，人家是外國人，而且是一個人。我們是中國人，自出娘胎就學漢語的人；而且有幾百個聖人，再加上十三個學術顧問（十四減一，因為我不算！）這樣子的結果，一定比他的高。那

是毫無問題的。我們這個叫「大」！驕傲在這兒！

　　下面只有一句話就講完了。就是文風。詞典的文風。文風要求簡潔明了。不違反邏輯，不作同義反覆，讀來不生歧義。更重要的是，一讀就能給別人以明白而正確的意思。用現代科學的語言說，就是做到獲得正確的信息時間達到極小的限度，一拿上來用很少的時間能夠獲得它所給的最大的信息。我想這想法是對的。你囉哩囉唆談了半天，也不知道說什麼，這就不是一本好詞典。這文風是個很大的問題。有人提到，是不是能讀出來就變成視聽材料呢？在目前我們這個階段恐怕做不到。在外國的百科全書可能做得到。在現在中國的書是做不到。在外國，現在讀出來它就變成一個錄音帶，就有一個電視錄影帶同它配起來。它就放出來。我們現在還不能要求。（呂叔湘插話：外國也做不到，詞典裡面的定義能夠跟聽覺上平常說話一樣，詞典就要很龐大了。）是的！所以，我拿信息論上這句話來講釋義。我對釋義有這種想法。這一堆完全是廢話！有同志問我，編纂處今後怎麼辦？我也不知道怎麼辦。因為實際上我沒搞過這個事，我也沒編過。以後有機會我們到上海去，咱們一起研究研究。看有什麼意見再說。很對不起，浪費大家很多時間。（熱烈的掌聲）

（1980）

〔33〕《漢語大詞典》的歷史使命

——在《漢語大詞典》一次會議上的講話

歷史的擔子

　　編纂《漢語大詞典》，是歷史交給我們的任務，時代給我們

的擔子，是歷史的擔子。它不是你願意挑不願意挑的問題，而是必須挑起來。為什麼這樣說呢？因為按照歷史發展的通例，當一個近代的民族國家，或者是一個近代的民族形成的時候，它就有必要去整理它的語言文字，它要總結它的語言習慣，要總結這一套語言習慣的規律，使它的民族國家機能發揮得更好一些。因此在近代民族國家形成的過程中，人們就必定編出大型的完備的語文詞典。英、法、德、美、俄，有先有後，一般在十八、十九世紀開始了這項活動，比較完備的民族語大型詞典，一般都是在十八、十九世紀，到二十世紀初就完成了。但是，中國有特殊的歷史環境。遠的不說，中國在1840年以後八十年間，逐漸淪為一個半殖民地半封建的國家，民族災難深重，編詞典顧不上，因此這個任務不能完成。1919－1949年這三十年間這任務也無法完成，因為人民在動亂、戰爭以及三座大山的壓迫下面熬著。1949－1979年的三十年間，本來可以完成，但是由於大家知道的原因，它也沒有能夠完成。在戰爭、動亂、運動，這樣那樣的條件下，詞典不能夠進行下去。因此這個歷史的任務，作為一個近代民族國家的形成過程中語言規範化，使民族語更能發揮其語言的職能，來為全民服務的這個歷史的任務就落在我們身上，因此不是我們願意編還是不願意編的問題。只要你是黃帝的子孫，只要你是中華民族的一員，你就有責任去完成這個歷史任務。這個是歷史賦給我們的擔子。我們不挑也不行，我們不挑對不起祖宗，也對不起後代。當然，在我們中國，我們的字書很老，也許是世界上最老的字書之一。我今年夏天在南美洲，秋天後在北美洲，碰到不少語言學家，他們都提到《爾雅》，認為中國了不起，在兩千年前就編了這麼一本輝煌的「百科全書」式的，或者說是分類詞彙式的一本詞典。聽說有個語言學家現在正研究人類語言的

「共性」（或譯「普見性」），據說他認為世界上編《爾雅》這樣的詞典，是世界上編詞典的一個最初的步驟。但是我們這步驟是在兩千年前完成的，後面的步驟沒有繼續，這裡有社會的原因，歷史的原因，語言的原因，文字的原因，各種的原因。原因很複雜。事實就是如此，沒有繼續。怎麼辦呢？下去就是一部《說文解字》，再下去就到1716年的《康熙字典》，然後到1908年開始、1915年完成的《辭源》。1915年《辭源》完成以後，1915年開始到1927年，實際上到1936年完成的《辭海》。這兩部詞典，我個人認為是在「中學為體、西學為用」的一種思潮下搞出來的。它搞出來的主要目的，不是為了總結中華民族漢語的規律，而是為了介紹新的、當時認為可以救國、可以對我們的現代科學文化水平有所提高的新的學說，新的名詞。還聽到這樣的諷刺話：你們搞詞典也不能救國呀！這句話，我聽了很不以為然，說話的人其實不知從何救國。我們搞詞典就是救國的一部分，是振興中華的一部分。《辭源》、《辭海》舊版不能完成這個任務，我們現在自己來完成這個任務。還有關於規範化的問題。當然，搞語文詞典歷來就有兩派意見，一派是主張規範化，一派是主張純粹描寫，這不去管它。但是從中國現代漢語的規範化看，恐怕是迫切需要一部大詞典的。它的需要不完全在語言的本身，它的需要是社會的需要、教育的需要、科學的需要、歷史的需要、政治的需要、法律的需要、文學的需要，以至全民各行各業的需要，一直到郵電部的需要。這是意味著要建設社會主義精神文明的基礎工程。因此，編纂《漢語大詞典》這樣一副歷史擔子，如果我們不挑，那就對不起祖宗，也對不起後代。我不認為它不能救國，當然我也沒說只有編詞典才能救國；我看它正是振興中華的一大貢獻。

創業艱難

　　我在工作中接觸過一百幾十部詞典。我真正的感受，是知道創業好艱難。古今中外編詞典都是很難的。「傻子」才去編詞典。我說過編詞典不是人幹的事情，而是聖人幹的事情。我現在還是堅持這個說法，因為詞典這個事情是吃力不討好的。你鑽進去有無窮的趣味，你不鑽進去簡直是味同嚼蠟。這樣一件很難很難的事情，社會上卻並不理解。社會上頭面人物更不了解，不知道編詞典的甘苦，也不知道詞典在社會生活中有什麼作用。字典、詞典，有些人不怎麼常用，有些人就是常用也不知道怎麼編出來的。有的時候，碰到人家不理解時，編詞典的同志有點沮喪，不免暫時失掉信心，這是完全可以理解的，值得同情的。但歸根結底，如果社會不理解，我們要想辦法使社會理解這個活動。這個活動不是可有可無的活動，而是對全民族科學文化水平有很大關係的專門的、但又是通向千百萬群眾的活動。呂叔湘先生講過《牛津大字典》的故事，我也講一段外國編詞典的故事。列寧在1920年1月給當時的人民教育委員盧那察爾斯基寫了封信說，建議編一本現代俄語詞典，以《小拉魯斯》法國那本圖解辭典為藍本，大概調三十個學者，給他們紅軍的口糧，很快編出來。當時（1920年）紅軍的口糧是最高的口糧，956卡路里的口糧，分這種口糧給這三十個編詞典的學者，這是最大的榮譽了。隔了一年，教育人民委員部第二副人民委員在列寧查詢後一年多報告說，難得很，說等第一副人民委員回來再同他商量。列寧罵了他一通：我派你就是減輕人民委員和第一副人民委員的事務責任，你就完全錯誤地把這件事情推到他們頭上，我要你立刻去辦這件事情。這位同志非常好，他就報告進度遲緩的原因，一共三

條：一條是詞彙學的原因，出現了好多問題，不知道取捨怎麼樣。第二條，精通業務的人員難以調到，能調到的都不怎麼頂事，要調的人沒有能夠調來。第三條原因是，要領紅軍的口糧給他們，總是遇到種種麻煩，因此大家顯得心灰意冷，信心不足。這在蘇聯國家檔案第2307號第2款裡可以找到，不是我生造的。可見這樣的事做起來多麼困難。連列寧指派的也很難。列寧說不行，於是教育人民委員部只好又抓起來，又成立了委員會，找幾個學者做這事情。做了一年，到了1922年，由六十人的編制減到三十人。又過了一年，1923年10月教育人民委員部決定停止這項工作，予以解散。為什麼？說因為編的詞典規模太大，不適合群眾閱讀，現在經濟又困難，將來再說吧。用我們的話說，決定「下馬」。當時列寧已病重，不可能過問這件事情。從1920年開始鬧到1923年，最後還是決定解散。其中有個人叫烏沙可夫，就是後來《俄語大詞典》的主編，當時他初出茅廬，是研究莫斯科方言的，是方言學會的主席。他自己說當時他還沒有編過詞典。他現在是蘇聯詞典學的重要人物。當時他還是青年，他就不甘心解散，他就去奔跑。1924年他奔跑蘇聯科學院，又到國家出版社。國家出版社作了兩次決定要編這部詞典，但調不到人，所以還是空的。1925年他就奔語言研究所，1926年奔共產主義學院。應該奔走的地方都奔走過了，最後烏沙可夫只好回到科學院。他寫了篇文章，在一個雜誌上發表。文章的題目叫〈列寧的一個想法的遭遇〉，就是講，列寧提議編的一部詞典的遭遇就是這樣。文章最後有這麼一句話：「有多少人能理解這部工具書的價值啊！」這句話說得真好！我現在重新翻出這段往事來，就是要證明：我們現在的處境要比那個時候強得多、好得多。我看我們沒有理由悲觀，也沒有理由失掉信心。和剛才說的故事不一樣，那個故事

說經過一年兩年三年四年，事情就這樣煙消雲散。現在我們的處境不是好得多麼？後來烏沙可夫編了四卷本詳解詞典。他自己說我這本東西不是按列寧的想法編的，這本書不適宜於群眾閱讀。但那是另外一個問題。這個故事發人深省，叫做創業艱難！到現在，列寧的建議還沒有完成，蘇聯欠了列寧一筆帳。別的國家有沒有這樣的故事呢？我看別的民族國家在完成民族語詞典中，也可以找出三件五件這樣的故事。如德國的勃洛克豪斯詞典，1808年開始出版，先想印一千六百本，結果賣了一萬多本。一下子出六卷，前後出了十幾年。他出版後被人偷印。在資本主義社會，好銷的書被人偷印，是要破產的，因為當時沒有版權法保護，無法無天。原出版家就用資本主義的辦法，出到第六卷，開始第二版（改正版），第一、二、三、四、五卷再改頭換面，出了兩年又有人偷印，他又出第三版，說是修訂第三版，那麼，第二、三、四版同時發行，使他的資本即這本詞典能維持下去。難吶，在資本主義是這麼困難，在列寧時代，也那麼困難。比較起來，我們這裡的困難就不算什麼了。在75年開詞典會議時，棍子還滿天飛，我對編詞典還不抱什麼希望。僅僅經過六年，我們已經有了這麼許多人，有這麼許多的卡片，有這麼多的經驗。前途是非常可觀的。因此雖說創業艱難，可是沒有使我們失掉信心，沒有使我們悲觀的理由。

關鍵時刻的幾點希望

為什麼說現在是《漢語大詞典》的關鍵時刻？現在是將出未出之間，開始出成果的時候，我認為最好還是說「現在是最微妙的時候」，是最困難的時刻，矛盾最尖銳的時刻，最使人苦惱、或者失掉信心的時刻，所以叫做關鍵時刻。在這個關鍵時刻，我

提幾條希望：

第一個希望，我希望每一個參加詞典工作的同志要肩負起歷史的擔子，有捨我其誰這種氣派。我不幹誰幹？難道等到我兒子、兒子的孫子去幹嗎？我現在就幹！誰幹？我幹！我希望有這種精神，我們要從自己做起。要從上到下，都抱著這個決心和信心。

第二個希望，希望從實際出發。因為在詞典編纂的過程中，回顧各種經歷，往往有理想主義的，有悲觀主義的，有各種主義的……但是我希望一切從實際出發。在我們中華人民共和國這個實際下面，現在的搞法，還算是可行的辦法，當然不是唯一的辦法，也不能說是最好的辦法，但很可能它是唯一可行的多快好省的一種不得已的辦法。像打仗一樣，現在已經到了像背水一戰的時刻。我們現在的戰略是進攻，一分鐘都不能拖，拖一分鐘就是犯罪。也不要抱怨過去，過去是歷史。你改變不了歷史，歷史就是把你、我擺在這麼一個擔子下，看你挑不挑！馬克思主義者、共產黨員、革命幹部就說我敢挑。因此，我說別抱怨過去，也不要埋怨自己，不要妄自菲薄，我們畢竟做了大量工作，現在關鍵時刻的意思就是要進攻，往成功那邊走。

第三個希望，是速戰速決。不要拖延一分鐘。編詞典同一般的工作不一樣，它的連續性特強。你翻開書查了一下，下班了，明天再翻，明天又從頭再翻，每天都是翻到同樣的一頁，沒看完就吃飯去了，我看不行。就是分秒必爭。我希望速戰速決。如果能在83年殺出初稿來，我想大有希望，如果稍為拖一點也有希望。如果83年不把初稿搞出來，我們就很難取得很大的成功。如果83年搞出初稿，85年開始出書，快則五年，慢則十年，到95年出齊，我想是很了不起的事情。如果到90年出齊，它就大大的了

不起了。如果85年前後兩三年間十本都出齊，那我們可以向世界和中華民族宣布，我們這批人是有出息的，我們在很短的時間內完成了民族交給我們的任務，而且是比較高質量的。

第四個希望，就是說到語言本身的問題。是不是從現代漢語收集詞彙，這個看來是一個突出的問題。要編出一部八〇年代現代中國人編的《漢語大詞典》，該有什麼內容，該收什麼詞彙，這個問題很重要。美國紐約英中譯學會在編一本漢英詞典，他們主要編的是古詞，它的著重點不在於現代方面，當然它是一個方面，就等於《辭源》是一個方面一樣。八〇年代中國人編的一部《漢語大詞典》光是書面語不行，光是古代書面語也不行，還有個口頭語，還有某一階層或者某一時期的習慣語，這個要靠研究的成果。當代的書面語包括報刊，如《人民日報》，包括近代現代大作家的，包括文件上的，包括地方語進入全民的普通語的，也包括外國語詞進入了全民族的普通語的。古代的書面語，這只是這部詞典的一個方面，當然是很重要的一個方面，因為我們古書很多，也許是世界上古書最多的。但作為比較完備的《漢語大詞典》，如果不從報刊，不從大作家，不從文件，不從這許多近代現代書面語中，以及不從全民族流行的活語言中取它應當取的成分的話，那麼，不能說這本書是完備的，而且很可能失去了它的時代感。它很可能就變成1919年也能編的，1920年也能編出來的，1935年編出來也是這樣。但是我們這本書是八〇年代在這樣一個特定環境下編出來的《漢語大詞典》，應該不僅反映我們幾千年的古代文明，而且要反映當代的語言。反映當代的語言也就間接地反映了我們這個社會生活的變化，政治、經濟、社會的以及民族的、意識形態的各種變化。如果沒有這個反映，我們《漢語大詞典》是不完備的。這就給我們提出了還是比較困難的任

務。倪海曙同志說，韋伯斯特系統的詞典有二十個讀書收詞的專家。據我知道外國民族語的詞典現在都採取這一方法。《牛津大詞典》的補編，現在已出一二卷，明年可以出第三卷，讀書人十一個，是分散開來的，有的在加拿大，有的在澳大利亞，有的在倫敦，有的在紐約，因為它接觸面很廣，由總編輯部提出任務：你這個月讀幾本什麼書，你給我抽取詞和例句來。做這些工作的人，每月可以得到和他工作相適應的報酬。也許他已經退休了，也許他就做這個工作。我講這些的意思是說，如果我們能物色到一些社會人士去進行這種工作的話，那我們很可以實現這樣一種設想，就是每個地方能有那麼幾個教授、作家、幾個編輯，那麼幾個熱心分子，然後分配他們一定的任務，他提出活的詞和例句。我們這筆開銷是值得花的，而且不要急功好利，一時用不上不要緊，我們是積累資料，如果我們能把一年的《人民日報》都從詞典學的角度搞資料，我看這很有意思。我們不要計較它馬上有效，慢慢地在五年裡、十年裡我們做下去，一年一年積累。既然資本主義制度下都可以有這種散兵游勇以及游擊隊的措施，為什麼我們這個有組織的社會不能做？我想是可以做的。如果解決得比較好的話，我們的潛在的力量就比較快地發揮出來。

還有一點希望，就是規範化的問題。當然不能完全依靠一本詞典來解決語言規範化，但是確實，有這本詞典和沒有這本詞典就大大的不一樣了。昨天看到材料，說有三個幹部子弟組織了什麼「團伙」，什麼叫「團伙」？三個幹部子弟，什麼叫「幹部子弟」？概念是什麼？現代語言比古代語言還要麻煩。還有「三名三高」。我是舉個例，不一定說要收這個詞。有些詞也很奇怪的，如電視劇《加里森敢死隊》裡頭有一個詞，叫「頭（兒）」，外國很通行，中國不怎樣通行，後來卻又很通行，英文叫

BOSS，香港叫「波士」，問我們的「頭（兒）」，就是問我們的「領導」。在街上碰到叫「頭（兒）」。現代語彙發生規範不規範、該收不該收的問題。很多同志都有資格參加這個討論，作出取捨。王府井現在掛了個招牌叫「廣藥」，我就去看。「經營廣藥」，廣東出產的藥，什麼都有，凡是廣東出產的藥都叫「廣藥」。這能寫在招牌上嗎？可是真寫出來了。一接觸到現代、當代有好多詞彙是值得研究的，一研究我們就會出成果，我們這本詞典就有權威性了。這就是總結我們的語言規律，使語言走上規範化道路的一種措施。古書、古代文語的收詞，我們大家已經有了很多經驗，就是現代的東西、參考的東西比較少，希望能做點艱苦的調查研究工作。雖然收集到的現代漢語語詞不一定都能收進詞典去，但是我們總要搞清楚，收不收都要有個站得住的理由。它穩定還是不穩定，或它已經過時，完全沒有作用，還是它違背漢語的規律？總得說出個道理來，然後我們心安理得，做到我們最完善的地步，那麼，《漢語大詞典》的水平應當是當代漢語語詞研究的最高水平。這是我們應當自豪的雄心壯志。

（1981年12月）

〔*34*〕《辭源》修訂本問世抒懷

1

　　那是二十六年前的事了。

　　1957年冬，舒老（新城）匆匆飛到北京，彙報他接受毛澤東委託修訂《辭海》的經過和設想。那年不平常的夏季風暴剛剛過去，遍地還是殘枝碎葉——忽地提出這樣的任務來，如果不說令

人驚訝，至少可以說是感到突然。那時人們從心底裡贊成這個倡議，或者都意識到或感覺到這是一項基礎工程。舒老充滿了激情和自豪，敘述了（無寧說是讚賞了）中華書局和商務印書館出版《辭海》（1936）和《辭源》（正編1915，續編1931）對啟蒙運動的貢獻；使我久久不能忘懷的是，舒老當時也坦率地提到前人不無挖苦的八字評語：

　　《辭海》非海，

　　《辭源》無源！

　　舒老說，「這八個字雖則過分尖刻，也許多少有點道理，現在是改變這種觀感的時候了！」

　　這樣，就在這次彙報會上，領導同志猛然提出了同時分別在京滬修訂《辭源》和《辭海》的計畫；這計畫將使這兩部大書盡量做到既有海又有源。隨後，第二年（1958）3月，在上海召開了「意氣風發」的出版躍進會議——如今，差不多一個世代的歲月過去了，回頭一望，這個躍進會議盡管充滿著浮誇、大話和空話，可是它畢竟迸發出我們這一代人良好的願望和天真的激情，五〇年代的自豪和信心——；其時，領導上決定讓金燦然去主持中華，陳翰伯主持商務的工作。這樣，就產生了1958年夏的另一次彙報會，《辭海》仍然修訂成原來的包括百科用語的語文辭書，而《辭源》則修訂成古漢語包括古代人、地、器物、典章、制度的辭書。雖則京地（《辭源》）的實力大大不如滬濱（《辭海》）。但就精神而論，兩地參加修訂工作的人們，都是興奮地，默默地，認真地進行工作的。在那艱辛的歲月裡，我同兩地勤奮的不知疲倦的「無名英雄」們有過頻繁的接觸，我被他們的工作精神深深感動了。時下的讀者絕不能想像那艱辛的歷程，只有那些踏著沉實的腳步（有時卻又是蹣跚的腳步）走過這段途程的，

不求名利，不怕風雨的人們，才嘗到其中的甘苦。努力沒有白費，熬過七八年的歲月，終於給我們的讀書界獻出了《辭源》修訂稿第一分冊（1964），和《辭海》未定稿上下（1965）。稿本出來了，印乎不印乎？公開乎內部乎，真有點像賓揚（John Bunyan）在《天路歷程》①開篇自白那樣的矛盾。好在時間不長，倏忽之間一場更大的暴風雨就把這矛盾的心情一掃而光，暫時誰也無需考慮這一切了。

2

無論如何，《辭源》是近代中國第一部大型的「現代化」辭書。在它出版之前，我國有各種字書和類書，但沒有「現代」意義的辭書；我國有音韻訓詁以至於名物彙編一類的工具書，但沒有收錄新名詞即歐美資產階級以及前資本主義社會的用語的類書。被稱為「百科辭典」（encyclopaedic dictionary）的類書，應當說，在我國始於《辭源》──也就是後來我國讀書界常常提到的「語詞為主，兼及百科」這樣的獨特的工具書。

《辭源》初版於1915年──據主編陸爾奎撰寫的《辭源說略》所記，由戊申（清光緒三十四年）即1908年春開始工作，「其初同志五六人，旋增至數十人；羅書十餘萬卷，歷八年而始竣。」有一句話講得真切──「事當始事之際，固未知其勞費一至於此也。」凡編詞典在開始時都以為很快可以竣工，這就是說，沒有編過辭書的，決不領會這是一種「艱辛的歷程」，千頭萬緒，一延再延，然後頓時醒悟，原來編纂辭書是一件需要毅力、耐力、

---

① 我指的是英國人賓揚（John Bunyan, 1628－1688）在 *Pilgrim's Progress* 一書apology 中的那段著名的話：「有人說，『約翰，把它印出來』；有人說，『可別』。有人說，『印出來有好處』；有人說，『不見得。』」

認真、不怕煩瑣而又艱辛的一項勞動。可惜我們手頭保存的菊老（張元濟）作為商務印書館編譯所所長（1903至1918）時寫的館事日記①，獨缺1905－1911年的各冊，也缺《辭源》問世那一年（1915）的一冊，因此其中滄桑甘苦已無第一手材料可以查考。陸爾奎上舉文有一段還是值得在這裡引用的：

> 「編纂本書之緣起。癸卯甲辰之際（按即1903－1904－引用者），海上譯籍初行，社會口語驟變（著重點是我加的，下同－引用者）。報紙鼓吹文明法學哲理，名辭稠疊盈幅。然行之內地，則積極消極、內籀外籀，皆不知為何語。由是縉紳先生摒絕勿觀，率以新學相詬病，及遊學少年續續返國，欲知國家之掌故，鄉土之舊聞，則典籍志乘，浩如煙海。微文考獻，反不如寄居異國，其國之政教禮俗可以展卷即得。由是欲毀棄一切，以言革新。又競以舊學為迂闊，新舊扞格，文化弗進。友人有久居歐美，周知四國者，嘗與言教育事，因縱論及於辭書，謂一國之文化常與其辭書相比例。吾國博物院圖書館未能遍設，所以充補知識者，莫急於此。且言人之智力因蓄疑而不得其解，則必疲鈍萎縮，甚至穿鑿附會，養成似是而非之學術。古以好問為美德，安得好學之士有疑必問？又安得宏雅之儒有問必答？國無辭書，無文化之可言也！其語至為明切。」

善哉斯言：──「國無辭書，無文化之可言也！」去年秋天我在莫斯科書展②看見引用列寧的一句名言：「沒有書就沒有知識，沒有知識則不會有共產主義」（Без книг нет знаний-Беззнаний нет коммунизма！）占有全人類最優秀的知識和文化，才能建成社會

---

① 見《張元濟日記》（商務，1981），第一本1912.5.22－1913.7.21，第二本1916.2.23－1916.4.15。其前無1908的，其間無1915的。
② 指1983年9月舉行的莫斯科第四屆國際書展。

主義共產主義精神文明，而辭書則是一種不可或缺的求知工具。由此可知，《辭源》在七十年前揭出這樣的警句，不能不認為是有識之士的前瞻呵。

書成後十六年，出版了由方毅主編的《辭源‧續編》（1931），對此不擬多所論列，因為它僅增補名詞三萬餘條，不是開山之作，而當時所揭示的續編「概要」卻已帶著濃厚的自吹自擂的市儈氣息，不足為訓了：

> 「已備辭源者必不可不備續編。因兩書合為一書有相互補充作用。未備辭源者亦不可不備續編。因續編本身即一嶄新之百科辭書。」

關於《辭源》出刊的社會背景，我在75年8月13日（請注意那是「四人幫」所大肆攻擊的「七、八、九月」，我本人已被通知調離當時的中華書局商務印書館〔聯合企業〕，成為「無業遊民」了）向籌備修訂《辭源》的同志們所作的彙報提綱中有一段話，雖不十分確切，卻也表達了我那時對這問題的認識：提綱中說：

> 「《辭源》是中國近代史上第一部百科性的詞典，也是第一部新式的啟蒙工具書。它開始編纂於二十世紀初（1905或1908），約莫編了十年，到1915年正式出版。那是在甲午戰爭中國被日本打敗以後，『那時，求進步的中國人，只要是西方的新道理，什麼書也看。』當時中國革新派的知識分子主張廢除科舉，興辦學校。《辭源》是資產階級民主革命的啟蒙運動的產物：它的正編（1915）偏重於所謂『舊學』，兼做『新學』（即資產階級民主主義文化），正所謂『中學為體，西學為用』；而它的《續編》則『廣收新名』——所有這一切正反映了當時革新派要救國，『只有維新，要維新，只有學外國』的心理。《辭源》作為工具書提供了

> 學習外國的方便。」

我那時強調的「提供了學習外國的方便」，沒完全說到點子上，但確實有這麼一點客觀的社會效果。

3

《辭源》的正續合訂本（1939）和改編本（1951）是一種正常的、經常的出版活動，無須多記。只是上面提到1958年開始的修訂工作，卻是另一段艱辛歷程的開始。

在1958到1964那樣動盪的日子裡，投入那樣少的人力（僅僅幾個人！），去實現大幅度修訂的宏圖，那種膽識和毅力是值得稱讚的。把《辭源》改編成「閱讀一般古籍用的工具書」，「成為古典文史研究工作者用的參考書」，除了刪除科學術語之外，值得注意的工作方針有兩點①：

其一，「利用平日積累的材料，抽換原有的書證，盡可能使之接近語源。」（重點是引用者加的）

這就是說，要用艱巨的實際行動來改變「辭源無源」的觀感。這是艱難的，也是切合書名的，而且在學術上是有所貢獻的——但只能「盡可能」，也許達到鵠的還要依賴更多專門家今後的努力，可無論怎麼說，這也算是邁開了第一步了。

其二，「檢查涉及立場、觀點的問題，加以必要的改正。一般知識性的條目，以提供知識為限，不一一批判。」

所謂涉及立場、觀點的問題，實際上是涉外政策問題以及有關民族、宗教項目的若干實質性或策略性問題。那時我們是斗膽

---

① 兩處加引號的話均見1964年版《辭源》修訂稿第一分冊。《辭源》編輯部於1964年12月印有《辭源編輯手冊》，內分八個部分，我以為還可以作為資料印出來供參考的。

的，敢於在廣徵意見後承擔責任。具體的做法——現在看起來是可憐的甚至覺得可笑的——是，翰伯把編輯部提出的有關這類詞目和釋義的卡片加以遴選，將不好解決的那一部分卡片送到我手上，我那時在文化部工作，我就運用了我職務上的方便和渠道以及運用了我個人在學術界的關係，該請示的請示，該商榷的商榷，實在一時無法解決的予以刪除，就這樣，來一批解決一批，終於能付排了。回頭一望，有點狂妄，也有點後怕，但畢竟我們不久就見到樣書了，如果那時不採取這樣跡近荒唐的做法，恐怕是印不成書的。

至於「不一一批判」這五個字在其後的十年間不知挨過多少次大批判！任何一部辭書，從總體上說，誰也不會反對要批判地檢驗過它所要處理的一切材料；但是如果把這理解為每一詞目都要進行無休無止的，甚至千篇一律的「大批判」，那就是無知的胡言亂語了。當然在實際生活中那也是不可能做到的。《辭源》修訂工作中所樹立的這一條，經歷了嚴峻的考驗，粉碎「四人幫」以後我們就按照這樣的意思做了。在我們走過的艱辛歷程中，這五個字給當事者留下多麼深刻的印象和引起多少沉思呵！

4

《辭源》修訂本四個分冊共3,620頁（正文）＋123頁（索引）①，從1975年發動（如果不把1964年的第一分冊修訂稿計算在內的話），到1983年底出齊，歷時九個年頭。這可以說真是一段艱辛

---

① 台灣商務印書館1979年4月印行《增修辭源》，上下兩冊，共2,464頁（正文）＋284頁（索引），規模與舊《辭源》同，增修前合訂本89,944條，補編8,700條，合計98,644條；增修本補充了29,430條，合128,074條，仍是「語詞為主，兼及百科」，與現在出版的《辭源》修訂本不同。

的歷程！包括修訂《辭源》在內的我國第一個辭書編印長期規劃是在1975年夏不尋常的日子裡制定的——爾後又是身患重病的周恩來在醫院中批准的。凡是參加過那次在廣州舉行的會議（1975.5.23）的人都留下不能磨滅的印象。會上爭論著諸如「無產階級專政一定要落實到每一個詞條」那樣的現在看來多少有點滑稽的命題。然而在代表們中真正贊成這個「悖論」的，確實是寥寥無幾。我不是代表，作為會議秘書處工作人員，沒有資格去引導或領導這場爭論，但我受到了啟發，感覺了人心所向，看出了希望——我之所以能在其後一段最黑暗的日子裡仍然千方百計去協助實現這個包括修訂《辭源》在內的規劃，這人心和這希望就是支撐我的力量。按照規劃的意圖，最後商定《辭源》由四個省區（廣西、廣東、湖南、河南）在商務印書館編輯部的參與下共同編纂。誰來掛帥？這個問題不好解決。此時楊奇（當時他主持廣東的出版工作）挺身而出，他來「牽頭」。「牽頭」是那動亂十年中創始的用語，不是領導，不是指導，可是幾個旗鼓相當的單位總得有個「頭」（「頭」或「頭頭」也是那個十年裡興起的社會用語），他不過是「牽」個「頭」，不是「頭」，而是「牽頭」——彼此是平等的，不過總得有個登高一呼「跟我走」（follow me！）那樣的人，楊奇是勇敢的、堅定的，而且是熱心腸的，善於做組織工作的出版家和學問家。他不僅「牽頭」，而且「牽」出了一隻「頭羊」，那就是黃秋耘。這個出身清華，正所謂「學貫中西」的文學家，居然肯跳進火海〔辭書的火海〕，這是我始料所不及的。有人說黃秋耘那時「遁入空門」，因為他主持《辭源》修訂工作達數年之久，認真嚴肅，樂此不疲；我則以為無寧說他跳進火海。這就有了（1975）八月彙報會（北京），「牽頭」的楊奇，「跳進火海」的黃秋耘，還有商務印書

館本來已在火海中掙扎的吳澤炎，都是這次彙報會的主角。沒有他們那份熱心、勇氣、毅力和執著，在那樣的日子裡發動如此大規模的行動（它將對相當長時期的中國文化建設起著重要的作用）是不可想像的。然後就是1976年1月13日（周恩來逝世後不幾天）的廣州會議，接著開鄭州會議、桂林會議、長沙會議——那已是粉碎「四人幫」之後的1977年了。在最後一次《辭源》會議上，我作了整整一天的報告，後來歸納整理而為關於詞典編寫工作的幾個界限的論文①，總結了這一個時期的詞典工作方面的種種爭論。這已不屬於《辭源》修訂工作本身，但這在很大程度上是由《辭源》修訂的實踐給我的教育和啟示。這是在成千人參加實踐所提供的背景上總結的，我不過是這許多同志的一個代言人（也許還不是一個高明的代言人）。每當我回想起那幾次會議的火熱的日子，我便感覺到這個「火海」絕非「空門」。每次會上都爭論得面紅耳赤，為一個提法，為一個詞例，為細則中的一條規定，為別人一句不甜不鹹的話，為說者無意甚至出發點是好意而聽者卻多心的完全無信息量的廢話，甚至為去不去什麼處所訪問，吵呵吵呵——然而工作都是認真的，水平有高低，但工作起來卻是那麼頂真。我深深受到教育，我以這幾年同這許許多多自我犧牲的無名英雄們在一起從事一項基礎工程而感到自豪。隨後定稿工作移到北京，由商務印書館編輯部以及各省區派出的學者們一個詞目一個詞目的查證、爭論、修改、增補、定稿。兩個人從頭到尾「看」了一遍，先是辭典界外的學者黃秋耘，然後是辭典界內的裡手吳澤炎（後來參加了劉葉秋），此時，我被其他事務纏身；況且作為一個組織者，一個宣傳鼓動者的任務已經完成

---

① 陳原：《關於詞典工作中的若干是非界限》，見《中國語文》1978年第一期。

了，我沒有再做什麼工作了。如果我不提一下這些年一直在關心和支持我們的許多熱心人的名字，我將覺得很遺憾，他們是樊道遠、賀亦然、方厚樞（他參加了所有會議）以及陳翰伯（他參加了開頭的幾次會）、許力以（他參加了長沙會議）、石西民（他參加了桂林會議），他們的名字同許多參與過工作的熱心人一樣，沒有記錄在書中，當他們看見了這幾千頁的大書問世時，一定會同樣感到高興的。

《辭源》的封面裝幀（作者姜梁），用了深褐色分格花草圖案來表達一種深沉的、堅實的，代表著幾千年累積下來豐富的語言與燦爛的文化——中嵌「辭源」（葉聖陶題）兩個金字，顯得大方樸素而同書的內容配合。辭書的封面應當有一種特別風格，應當同小說詩歌不同。可以說，「辭源」的裝幀是有風格的。可惜包封顏色太嫩：有點像鄉下姑娘進城的打扮。港版包封古雅沉著，一望而知是古漢語的類書，比京版包封要吸引人。版面設計（設計者季元）是動了腦筋的，符合辭書的要求：版面清晰、悅目，容易查找詞目而望上去不覺得密麻麻一大片，同時還注意紙張利用率，一點也不浪費，這裡用的空鉛和字形字體都經過考慮，使查閱者感到清新如意，這是不容易的。著名出版家黃洛峰生前曾寫信給我，建議《辭源》詞目改用黑體字排，取消月牙號（【　】），每個詞目前空兩字，但詞目釋義則向左移兩個空位，頂至隔開三欄的光線，他說這可以更節省紙張——我同季元商議了多次；我們感謝洛峰的好意，認為那樣雖可提高一點點紙張利用率（我們計算過，提高很少），但照此排起來有「壓迫感」，所以一仍其舊（1964年版就是她設計的）。順帶提一下，辭書的版面設計是很重要的，它比一般專著更要講究。

《辭源》問世了，艱辛的歷程遠沒有停止。例如第一分冊出

書後，由於我的建議，組織專人檢查了一遍，列出54處由於種種原因引起的誤植，印成第一分冊第一次印刷正誤表附在第二分冊送給讀者——不料1981年5月引起首都某報公開批評，認為這證明「編校質量低劣」、「極不負責」，簡直不可容忍。為此，上級領導機關兩次著令商務印書館「作出像樣的檢查」。這樣的批評令我十分驚訝，始作俑者是我，我以為做了一件應當做的，對人民極端負責的好事，誰知竟導致編輯部一片不愉快。我不以為這批評是對的。我同語言學界前輩聚會時將這事提出請教他們，我不知錯在何處，他們的反應是極強烈的，他們認為我們在第二分冊附第一分冊正誤表說明我們極端負責認真嚴肅的態度。我同編輯部討論多次，終於在1981年7月9日寫出一個報告，其中一段說：

「（二）《辭源》是一部四卷本一千四百萬言的古漢語詞典，由四個省與我館合編，編審過程長達六年，估計還要兩年才能完成附有正誤表的四個分冊，再有兩三年努力，才可以合訂出版。《辭源》編輯審訂質量還有待進一步提高，此處暫不論列；至於校對工作，我們認為是認真對待的，一般書稿只校三次，《辭源》安排六次校對（其中四次各校兩遍，合計即校十遍，編輯部看長條及清樣還不計算在內）。為了對讀者認真負責，我們安排了在下一分冊進行生產時，將上一分冊出書後所發現的錯誤（包括誤植、疏漏、付印後發現新的書證以及其他情況）作出正誤表，在下一分冊出版時附送。我們認為這種安排是嚴肅認真的，而且是國外大型詞典所經常採取的措施。我們今後仍然準備這樣辦。」

不過我引以為憾的是，「我們今後」沒有這樣辦——我的三寸不爛之舌已無法使我的同事們恢復他們每印一分冊即列出正誤表下次附送的積極性，唉唉，還是四個分冊出來以後「算總帳」

吧，到印合訂本時再挖改吧，或者第二次印時悄悄地挖改罷。

書出了，艱辛的歷程決非終止，路正長，要修正的太多了，要做的事也太多了，我相信《辭源》編輯部的同志們正在休整，準備迎接新的戰鬥，開始新的一段艱辛歷程。

（1984.01.01）

〔35〕論語文詞典的推陳出新
——應用社會語言學札記

1

詞典的推陳出新問題是一個很少探索但又很重要很實際的問題。這無疑是詞典編纂學中經常接觸到並且需要很好解決的課題；這個課題是廣義的應用語言學（不是專指語言教學的狹義applied linguistics）帶有理論意義同時具有十分實際意義的課題，在某種程度上，它甚至涉及應用社會語言學（美國Fishman學派創始用的術語applied sociolinguistics）的若干範疇。

語文詞典的推陳出新有兩個層面：一個層面指一部已經編輯出版的語文詞典本身的更新；另一個層面則指在眾多詞典的基礎上，另行創新，在新意的指導下編成的新詞典，包括方針、體例、編排、裝潢等方面的革新。

前一個層面在詞典編纂學上叫做「修訂」，而後一個層面的推陳出新則是一種新的嘗試，即帶有創新性originality的編纂行為。

2

為什麼詞典要推陳出新？簡單的答案就是：因為社會生活在

不斷變化。時間在前進。社會在發展。舊事物、舊觀念、舊概念讓位給新事物、新觀念、新概念。代表舊事物、舊觀念、舊概念的語詞消亡了，代表新事物、新觀念、新概念的語詞誕生了。所謂消亡，或者是這個語詞廢而不用了，或者借屍還魂，附在別的語詞上了。所謂誕生，或者是創造了完全新的語詞，或者借用舊詞，有點舊瓶裝新酒的味道。

在語言諸要素中，語彙是最活躍的。社會生活的變化，很快反映在語彙中；或者反過來說，語彙的變化，十分迅速地反映了社會生活的變化。語彙的變化有這麼幾種情況：

＊消亡了（這就是說，從前在某個時候社會交際中使用，現在卻完全不流通了）；

＊語義改變了（有時改變得跟原來的語義完全無關）；

＊語義縮小了或擴大了（多少與原來的語義相關）；

＊新造語詞（或者全新創的，或者借用原來的語彙，但把原來的語義改變了，或者將兩個或多個語詞合成）。

《韋氏大學字典》A第十版序中有一個很精闢的論點：

「新語詞產生的速度，遠遠超過舊語詞消亡的速度。」

這個精闢論點特別適用於當代，即信息化時代，有人稱為信息爆炸的時代；知識更新的規模和速度，都是前時代所不能比擬的。

這個表述可以簡單明了地解釋為什麼語文詞典（甚至擴大到一般詞典）每隔若干年便要修訂一次。只是每次修訂，都增加篇幅。越增越多，小型詞典變為中型詞典，中型詞典變為大型詞典。但這卻不是辭書使用者所喜歡的。因此之故，如何更好地了解和處理推陳出新，就成為我們要解決的時代課題了。

3

　　試舉出兩個現在常用的英文語詞來說明語彙的變化過程（或者說是語彙隨同社會生活的變化而引起語義變化的過程）。

　　一個是cassette。

　　這個語詞最初的語義是珠寶首飾匣。在第一次世界大戰前出版的英文字典（包括雙語字典在內），都有這樣的釋義，有些字典只有這樣一個義項。在兩次世界大戰之間，由於照相技術的發展，出現了一種裝乾片的黑匣，人們借用了這個語詞，表達這個新出現的事物。這就是舊詞被賦予新義。不必舉外國的字典為例，只須看看五〇年代中國廣泛使用的（幾乎可以說是唯一的一部英漢雙語字典）《英華大詞典》（1965年修訂版）B便可略見端倪。

　　這部五〇年代出版的字典中，cassette一字有兩個義項：

　　「（放珠寶或文件的）匣子；」

　　「〔像〕乾版匣。」

　　到了六〇年代，這兩個義項就不能包括這個語詞的涵義了；因為出現了磁帶錄音設備，人們借用這個語詞來表達新出現的錄音磁帶盒。是誰第一個借用的？已經不可考了。語言文字的約定俗成作用是普遍存在，而且力量很大的。人們很快忘記了這個語詞原來的語義，人們不知道它是什麼珠寶匣子，也忘記了這曾經是乾片盒子（照相技術又有了新的發展，一般不再使用這樣的乾片盒了）。七〇年代現代漢語翻譯為「盒式錄音機」或「卡式錄音機」所用的錄音磁帶或裝這種磁帶的盒子，就是cassette。

　　這樣，在《英華大詞典》修訂第二版（1984）便有下列的釋義：

「(1)放珠寶或文件的匣子；攝影膠卷暗匣；彈夾。

(2)錄音帶盒。

(3)〔口〕盒式錄音帶。

～tape recorder盒式錄音機

～television（TV）盒式錄影電視（機）」

這裡的釋義，最後那短句費解，是由於當時一些新事物還沒有在編者和修訂者們意識中形成一種新的概念，這不能苛責他們，總之，釋義明白地揭示出這個語詞的三次重大的變化：

1. 珠寶匣子；

2. 攝影膠卷匣子；

3. 錄音磁帶（錄音帶）；又用以稱呼錄影帶。釋義中最後的義項恐怕就是指這個事物。

如果現在（九〇年代）出版的詞典沒有第三個義項，那就落在時代的後面，違反了推陳出新的規則，成為過時的產品了。至於保留不保留前面一個或兩個義項，那就要看這部詞典的性質、規模和編纂方針而定了。

令我吃驚的是，所有英國和美國九〇年代出版的中型大眾用的普及性英文詞典，大都不收第一個義項。這說明什麼呢？這就是說，九〇年代英語界認為cassette這個語詞的第一個義項，即釋義為珠寶匣子的語義消亡了。甚至連1976年版的《牛津簡明字典》（COD）C第六版也沒有收這個義項。只有新編的兩卷本《牛津字典》（1993）D，按照《牛津大字典》E的古老範例（即依照語言歷史發展的原則來編纂字典），還保留了這個語義為第一義項：

"1, A casket. Now rare. L18"

意思是「一個小匣子」。現在罕用。「L18」是這次新版的計時標

誌，表明這個字出現在十八世紀後三十年（1770－1799）。我們現在可以這樣理解，這個語詞十八世紀最後三十年出現時，它的語義是小匣子，特別是裝珠寶的小匣子，經歷了兩個世紀之後，人們已經不記得它原來的語義，即是說，社會生活變化了，人們已經不用或很少用一個小匣子來裝珠寶首飾了，這個語義消亡了，但它被賦予新的語義。新的語義也是由於社會生活的變化而引起的，或隨著新的社會生活而生成的。

另外一個例子是pollution。

這個語詞的現代語義是「污染」，在當代社會生活中，使用得十分頻繁。

在羅曼（拉丁）語系，pollution原來並非現代人理解的那種污染 ——環境污染、空氣污染、大氣污染、水質污染、噪聲污染、語言污染（十七年前，我在《語言與社會生活》一書第一次在現代漢語中使用了這個術語）。然而在二次大戰前，這個語詞在羅曼語系中多半指一種不雅的事物。鄭編《英華大詞典》（初版本和1965年修訂版）留下了原來語義的殘跡：這部詞典對這個語詞的釋義為：

「污穢，不潔；腐敗，墮落。nocturnal～夢遺（精）。」

英文pollution顯然是從法文借用的，法文pollution最初的語義只是「遺精」——特指夢中不自覺的未經性交的那種遺精，法國語言學家編纂的《插圖本世界語大詞典》F有比較詳細的表述（說en dormo即「在睡覺中」）。鄭編的英語詞組，在許多英語典籍中未見，我懷疑是某部外國（很可能是日本）辭書轉寫的，即法文的pollution nocturne（見《小拉魯斯字典》G）。近代以前，無論是西方還是東方，性行為特別是夢遺這種現象都是不雅的，不能登大雅之堂。故這個語詞就被賦予不潔的涵義，進一步即偏重在

靈魂或精神上的不潔，幾個世紀前，人類還沒有意識到我們這個地球的污染。特指當前意義的「環境污染」是在這個世紀的下半期才開始的。新編牛津兩卷本字典記錄了這個語詞的歷史發展。它按照歷史發展揭示了三個義項：頭一個是Ejaculation of semen without sexual intercorse（未經性交的射精）——即所謂「遺精」。書中注明這個語義使用於ME，即中世英文，指的是從十二世紀到十四世紀。第二個義項為玷污，注明現時特別指環境污染。最後一個義項則為對神聖事物的玷污，並且點明見於LME，即中世後期英文，按這部辭典的定義，就是十四世紀中葉到十五世紀中葉。它還特別標明：now rare（現在罕用）。

一個語詞的原來的語義經歷了幾百年起了變化，原義罕用了，新義占了主導地位，這就是語詞的推陳出新。語詞本身既然有不斷的推陳出新，所以一切字典辭典必定要推陳出新，否則不能適應現實生活的需要。字典辭典每隔若干年要修訂，其故在此。而當代社會生活的變化比前時代快得多，知識更新的周期據說只有三五年，所以推陳出新的間隔也比舊時代要快得多。試看簡明牛津的修訂版次，可以作為此言的旁證。COD各個版次的情況是：

初版1911，修訂再版1929（間隔十八年），加補遺三版1934（五年後只加一個補遺，不是修訂），四版1951年（間隔十七年），五版1964（間隔十三年），六版1976（間隔十二年），七版1982（間隔六年），八版1990（間隔八年）。九版1995（間隔五年）。

在字典辭典市場競爭的機制下，修訂的間隔愈來愈快。這是不以編者個人的意志為轉移的。幾部現代漢語字典辭典，儘管它當前擁有眾多的讀者，如果不意識到推陳出新的速度加快，因而

時刻考慮修訂即時刻考慮如何推陳出新的問題，它們都可能由於落後於時代而被淘汰的。希望我這樣說不是危言聳聽。

《康熙字典》H絕對不能適應當代讀者的需要，其理自明。這裡還必須補充一句，我說《康熙字典》已不能適應時代的需要，卻並非否定這部字典，它有它繼續存在的價值。這部字典初次印行於1716年，是皇帝欽定的，誰去修訂？或者說，誰敢去修訂？民國時代倒有個大學者真的動手去修訂它。那就是商務印書館的張元濟。張元濟國學根底厚，他敢於大動干戈，在四〇年代編印了一部《簡本康熙字典》，其書有《小引》云：

> 「《康熙字典》全書凡四萬二百餘字，益以備考、補遺，又得六千四百有奇。每檢一字，必遇有不能識亦不必識者參錯其間，耗有限之光陰，糜可貴之紙墨。時至今日，窮則思變，不揣冒昧，嘗於翻閱之際，汰去其奇詭生僻、無裨實用者，凡三萬八千餘字，留者僅得十之二強。」

雖然這樣做已經溢出了本文所說的修訂範疇。但也可稱作一種大膽的推陳出新。張元濟的《簡本康熙字典》，僅得7,600字，既是大膽的嘗試，又符合科學的取捨。證之以我們在1985年完成的現代漢語字頻測定，其結果為7,745個字種，字的數量與張老的刪定幾乎吻合。這說明張老對漢語語言文字的認識功力之深厚。張老的書當時及以後都沒有引起重視，這有種種緣故，如果就這篇論文的主旨來考察，則是刪成七千多字的結果，也很難適應現代社會生活的需要。究竟三百年過去了，世界和中國都起了翻天覆地的變化，只壓縮字量，也不能解決問題。簡單地說，現代漢語的構詞不完全由單一的漢字組成，更經常的由兩個漢字組成。由此可見，語文詞典的推陳出新不完全等於增加或減少字量。

《康熙字典》印行之後一百九十九年（幾乎兩個世紀了！），才編纂出版了第一本帶有現代意義的語詞百科詞典：《辭源》I。而《辭源》的修訂則在初版後五十年才開始；但是真正大規模的修訂，完成於1983年，離初版已六十有八年了！

　　我想舉出現代漢語語詞的語義變化的兩個很有趣的例子。

　　一個語詞是「檢討」。

　　檢討原來是我國古代的官名。如果作為記錄行為動作的語詞，它的涵義是檢查、研究、討論的意思。《辭源》修訂版I這個語詞的兩個義項，就是指此，不過跟我上面的敘述顛倒了次序罷了：1.檢查，整理。2.官名（舉例：宋、明）。《辭海》修訂版J的2、3兩個義項就是此意。〔義項2云：檢查核對。〕

　　現在海外華人的口語中，「檢討」一詞保留著檢查、整理、核對的古義。他們說，讓我們對這事檢討檢討。大陸去的人聽了，怪不順。原來1949年後內地的人一說檢討，就有點犯錯誤的味道，「檢討」一詞帶有原來未曾有的意思，即：「檢查反省自己的錯誤言行」——哎喲，白居易說「僕檢討囊袠中，得新舊詩，各以類分……」，這位詩人難道要檢查反省自己的「錯誤言行」嗎？《現代漢語詞典》原版和修訂版K此詞都有兩個義項，第一個義項舊版說得更加露骨；而修訂版則說得比較含蓄。不是編者和修訂者故弄玄虛，而是反映了社會生活的微妙變化。請看：

　　〔原版〕1　檢查本人或本單位的思想、工作或生活上的缺點和錯誤，並追究根源。

　　〔新版〕1　找出缺點和錯誤，並做自我批評。

前者劍拔弩張，階級鬥爭的氣味很濃厚，瞧！還要挖根源！後者則溫和多了，不必挖階級根源了。有心的讀者，如果細細體會這

兩個釋義，自能得到頗多有趣的啟發。

語彙的語義變化，是社會生活變化的反映，這條社會語言學的基本原理，於此可明。

第二個有趣的例子是「運作」一詞。

這個語詞是從香港輸入的。十年前，我請一個香港學者作語言學報告時，他用了這個詞，他忽然意識到這個詞在大陸並不流行，所以他特地加以解釋，一時也找不到現代漢語的等義詞。可是事隔十年，這個詞已被收進修訂版《現代漢語詞典》裡了。

〔運作〕釋義：「（組織、機構等）進行工作，開展活動。」
我以為這個釋義不太確切，不僅沒有傳達出這個方言語彙的語感，甚至不能概括它的原來語義，但我一時也想不出更加確切的等義詞或恰當的釋義來。

4

這樣我們就接觸到新語詞的問題。

語文詞典的推陳出新，在某種意義上說，就是詞典的修訂問題。通常的現象是詞典的修訂會大大增加篇幅。中型語文詞典一加修訂就會變成大型詞典。從理論上說，這個現象之所以發生，是推陳出新得不夠，或不夠徹底。根據國內外語文詞典的修訂情況，一般會增加14～15%的篇幅，這恐怕是可以接受的最高百分數。儘管如此，《簡明牛津》第九版（1995）也變得跟它原先的樣子大不相似，簡直是一部大詞典模樣。倒是《現漢》修訂後還保持著修訂前的樣子。因為刪去的相當多，所以沒有讓讀者發覺它也經過一番推陳出新的手術，增加了不少新東西。修訂釋義、修改例句，不會增加許多篇幅，增加篇幅的主要原因，大約是增加了許多新詞彙。

因此必須注意研究新語詞，在技術上說，必須篩選新語詞。當然，與此同時，也必須把消亡了即已經喪失了生命力的語詞刪去。但究竟哪些語詞死了，哪些新出現的語詞被判斷為有生命力，一增一刪，這是對辭書編纂者的一個嚴重的考驗。

什麼是新語詞？怎樣才算作新語詞？為什麼要用新語詞？這是一個問題的幾個方面。我引用過保加利亞語言學家阿塔納索夫的論點：

> 「語言的使用者為了確切表達某種新的思想，而在他所使用的語言的語詞庫中找不到合適的詞彙時，便在文語（書面語或口頭語）中導入一種新的說法，這種新的說法就是新語詞。新語詞往往由個別的人開始使用的。」

我很欣賞上面引語中說的，在所使用的語言的詞彙庫中找不到合適的詞彙時，才導入新語詞。換句話說，如果在原來的語詞庫中能夠找到表達新思想、新事物、新概念的新語詞時，就應當使用原來的語詞，而不去導入新的語詞。否則便是濫用——不必要導入新語詞而去使用新語詞，就是濫用。上述引文中，還有一點也值得注意，那就是新語詞的導入往往是個別人開始的，然後被其他人接受，才傳到一群人都去使用。最初也許是不自覺地接受，有時是盲目接受，但是現代化的文明社會，毋寧在個別導入以後，經過合理的篩選，才讓它進入全民的日常語彙庫。

近年人們開始注意到新語詞問題，編印了多種不同規模的現代漢語新語詞詞典，這是好事。但新語詞是不斷地出現的，所以篩選新語詞的工作，需要經常的收集、議論、篩選，然後用權威的字典辭典把它確定下來。

也許《現漢》應當而且可能部分地承擔這個任務。

試舉出下面的語詞（＊表示《現漢》舊版有，∧表示修訂版

有；沒有*∧符號的則兩版都沒有）為例，說明有關新語詞的若
干論點：

甲　【大躍進】*【大字報】*

乙　【大款】∧【大腕】∧【大哥大】　【手機】

丙　【愛滋病】　【多媒體】

丁　【運作】∧【修理】∧【銀紙】　【收銀台】

戊　【蘇格菲】　【的士】∧【的確良】*∧【超級市場】∧【超短
　　裙】【拉力賽】

甲組是政治性詞彙，始發於五〇年代，流行於其後的兩個十
年。

乙組是現時的流行詞彙。

丙組是科技術語。

丁組是從海外傳來的用語。

戊組是從外國語音譯或意譯過來的語詞。

在這幾組語詞中，有些是無需討論的，從前沒有的新事物或
新概念，編纂於五〇、六〇年代的初版《現漢》，當然不可能記
錄進去。至於現在發生（或近年出現的）新事物和新概念，如愛
滋病和多媒體，九〇年代中期出版的《現漢》修訂版卻遺漏了，
這是很遺憾的。編纂者和出版者（編輯部）最好組織人力，分門
別類（特別是新科學而又與社會生活息息相關的門類）列表檢查
一次，在以後印行的各個印次，附加一張補遺。這是辭書編纂中
常有的疏漏，不足為怪，既不應據此便全盤否定一部詞典的價
值，更不能過分責備詞典的編纂者；但不要像過去那樣，讀者要
等幾十年後的修訂才查到他所需要的詞義。想想看，如果九〇年
代出版的任何一部英文字典裡，查不到aids和multimedia這樣兩
個語詞，這部字典能在市場立足麼？

值得商榷的問題，首先是在推陳出新過程中哪些語詞被判定為沒有生命力。【大躍進】、【大字報】這兩個語詞不見於修訂版。也許十年浩劫的若干語詞不一定要都收進後日的詞典中去，但是這兩個語詞恐怕不是曇花一現的廢物，它們確實是現代漢語（不是古代或近代漢語）產生的語詞，是當代人所要明白的語詞。我以為不刪去為好。對某些特別重要門類的語詞進行全局的或全盤的收集、比較、觀察、研究而定取捨，是非常重要的。比方大躍進一詞記錄了一個歷史事實，沒有1958年的主觀唯心論或唯意志論所引發的社會悲劇，就不會產生「大躍進」這個語詞，這是誰都承認的，問題在於這個語詞消亡了沒有？例如上舉的「檢討」這種官職早已消亡了，可是詞典沒有把它刪去，1958年的大躍進已經成為歷史，但是這種思想和現象已經消亡了嗎？我懷疑。與此相類似的「大字報」，有以為刪得好，刪得對；有以為不必刪，這使我想起另外一個語詞：「愛人」。愛人這個語詞自從1949年以後，就以它的新語義進入全民語詞庫。《現漢》原版和修訂版都收了這個語詞的原義和新義，並且以新義為第一義項，而舊義或原義為第二義項，1，丈夫或妻子；2，指戀愛中男女的一方。請注意，開放改革以後，特別是海外華人回國的多了，他們不習慣聽見「愛人」就是夫妻的一方，我們這裡口頭語也慢慢地改用別的表現法，即使用別的詞彙（比如妻子、夫人、老伴、丈夫、先生、老頭）來表達這個從根據地（解放區）傳遍全國的語詞的第一義項來；但是我很贊成修訂版沒有把它刪去，它不認為這個語詞消亡了。

　　「大款」、「大腕」這一類語詞，照我看，是不穩定的流行語，它究竟能存在多少年，或者說，它能不能在語詞庫中永遠占據一個地位，是一個疑問。這類語詞，我主張收在每年印行的新

語詞詞典裡（注意，我說每年，即年年編印出版之意），讓它經過時間的考驗，穩定了才收進規範化的詞典。所以，我很欣賞修訂版沒有收「大哥大」這個香港的口頭語。那麼，它的原詞「手機」即「手持移動電話（機）」收不收？這個問題可以商榷。修訂版沒有收可以理解。

從海外傳進來的新詞語（在海外可能已經不是新的詞語），我認為要經過篩選，再收進規範化的詞典中去比較穩妥。「的士」，前幾年還沒有像現在北京這樣通行，並且派生出例如「打的」這樣的語詞，也許這就是完成了「約定俗成」的過程，修訂版把「的士」收進去了，連它的派生詞「打的」也收了。如果有我上面提到過的每年一本新語詞詞典，那麼這兩個語詞可以先收在最初出現的那一年的本子中，過了若干年，再把它納入規範化的詞典，可能更好些。

在上舉的字表裡，我對修訂版不收「銀紙」（最近一個大報的文章中使用了這個語詞，銀紙是粵語方言，語義為「紙幣」）和「收銀台（處）」（我們用「收款處」這樣的語詞，已經用了好幾十年，為什麼現在要導入香港保留的「收銀處」呢？）個別人有權愛用什麼詞就用什麼詞，可是我們的公共機構、國家機構、國營和國有機構，就不應該跟著個別人的愛好而改變原有的沒有什麼歧義的語詞。不要也不應在這些地方講時髦！正確使用中國的語言文字是我們的義務和權利，千萬不要學時髦。修訂版收了【修理】的香港時髦語義，我以為是不必提倡的。頁1416【修理】第三個義項：「<方>整治②：把他～一通」本來就有很明確的【整治】，實在沒有必要導入【修理】這個不穩定的語義。

從外文（主要從英文）音譯過來的語詞，也是應當經過慎重的篩選，才可以吸收的。我再說一遍，個別人可以這樣那樣用，

作為規範化的工具書則不能隨便收。北京的市場上近來有大字廣告牌，推銷一系列「蘇格菲」食品，就是供應糖尿病人用的無糖食品，從英文sugarfree音譯而成。修訂版沒有收這字，很對。這不是一種新產品名稱的音譯，而是為了廣告效應故意喚起消費者的好奇心的把戲。規範化工作不能跟著它走。

說到每年編印新語詞詞典，我就想起日本自由國民社來，從1948年起，它每年出版一冊足足有兩寸厚的大書，書名為《現代用語的基礎知識》L，收羅了一年間出現的新語詞，並且分門別類加以學術性的通俗解釋，這就如英國牛津M或美國韋氏N那樣，從古到今總共只出過一部新語詞典要強得多。最重要的是堅持每年出一部，這部書四〇年代到五〇年代，每年篇幅較少，六〇年代以後就變成大書，因為銷路很大，廣告很多，所以定價比較便宜。可貴的是每年十二月上市，讀者到年底就看見它了。如果我們有個機構能辦這事，該多好！恐怕這也是語言文字規範化的一個有力的舉措吧。

5

在語文詞典進行推陳出新的工作（例如修訂）時，不可不注意保持這部詞典的特色。每一部詞典都有自己的特色；沒有特色的詞典至少是沒有創造性的，如果撇開某些詞典界不應當有的卑劣行為（例如抄襲、拼湊）不論。一部詞典的編纂者說不出他在編纂中的這部詞典有什麼特色，遵循一種什麼明顯的方針，跟已經出過的同類、同規模、同對象的詞典有什麼不一樣的話，那麼他的工作不免陷入沒有明確方向的隨機情景，而這就是使他這位哪怕是很熱心的詞典編纂者徹底失敗的開端。工作熱情和善良願望不是科學。而編纂詞典卻是一門科學。

在修訂一部詞典──這是在原來的詞典上，在它的本身意義裡推陳出新，而不是重新創造性地設計一部新的詞典。有好幾部詞典在修訂時失去了它原有的特點，一個勁地增加詞彙量或增加無數可有可無的例句，以至於修訂後的詞典與原來的詞典大異其趣，而且篇幅也往往增加一倍或更多。不保持原書的特色的「修訂」，說得嚴重一點，這樣的工作就等於毀掉這部詞典。推陳出新是使它趕上時代的需要，當然包括修補自己的疏漏和改善過去不盡人意的地方。這是就編纂的理論而說的，還沒有觸到著作權的問題。但是在推陳出新的過程中，將原來的某些特色特點加以改進和發展，倒是值得大加稱讚的。兩者的界限有時也確實難以劃分，那就要看各人的聰明才智了。

　　舉一個例。八杉貞利（1876－1966）的《露和詞典》O是俄語日語詞典；在過去，因為沒有合適的俄語漢語詞典，八杉這部詞典很受三〇年代前後中國讀者的歡迎。半個多世紀過去了，原編纂者八杉已經過世，由後來的俄語學者修訂，修訂版的前言強調了保持此書的兩個特點：一個「傳統的特色」就是「語言詞典」加上「百科詞典的要素」（不過不是另列百科詞目）；另一個傳統特色即是作為專門家的「標準」詞典的同時，也能充當初學者使用的「學習詞典」（這不就是我們常說的雅俗共賞嗎？）我認為這種修訂態度是很可取的。

　　從改進編纂技術方面看，也可以舉一個例。《牛津大字典》兩卷縮本（Shorter OED）每個字都加注了它最初出現的年份，這是一種特色。也許在英語來說，文獻不像漢語那麼浩繁，是可以做得到的，但人們也有議論說，年份不準確，或不夠準確。韋氏大學字典也加注每個單字出現的最早年份，人們注意到它的第十版（1995）裡說，有很多字出現年份改動了，或者說，追溯到

更早了，據說從第九版到第十版之間，發現了更多更早的文獻，年份只得改動了。這樣的改動當然是編纂者負責任的標誌，但這事也是一個有力的旁證，證明加注出現年份是很難準確的。牛津兩卷本修訂時（他們叫做「新編」*New Shorter Oxford*），不注具體年份了，從十五世紀開始，改注世紀，例如15就是十五世紀，再分早期、中期、晚期（各三十多年），分別標明 E（early）、M（middle）、L（late），這就是很有見地的推陳出新。十五世紀以前，則分為四個階段，即古代英語（OE），晚期古代英語（LOE），中古英語（ME），晚期中古英語（LME）。這種編纂技術的推陳出新是不是比較科學些？我以為是的。

我想再舉出《新華字典》在推陳出新過程中發生的事例來進一步說明我的想法。

《新華字典》由新華辭書社魏建功等專家編纂，1953年10月人民教育出版社初版，1957年6月轉到商務印書館修訂新一版起，有兩個很顯著的特色。（這部小字典有很多特點，這裡只說我要說明問題的兩個特點）。頭一個特色是每個字（每個字頭）都編了號，1956年轉到商務印書館出版時，商務新一版最後一個字的編號是6,919，一望而知這部小字典共收漢字字頭6,919個。著名的日本漢學家諸橋轍次編纂的《大漢和辭典》是這樣編號的，後來諸橋的後輩學者謙田正編纂的《漢語林》也是這樣編號的（它的最後一個號是9,401，這就是說，這部中型漢語辭典共收漢字9,401個）。

這部小字典第二個傳統的特點是它收錄了許多兩個漢字組成的字頭。原版《範例》說，「字頭絕大多數是能單獨表示一個詞的單字，少數是兩個以上的單字合成的複音詞，如『橄欖』（2378），『徘徊』（0332），『參差』（5727），『彬彬』（0263）

⋯⋯。」

1971年修訂版廢棄了第一個特點，不用字序編號了，卻基本保留了第二個特點。在1979年修訂版則兩個特點都廢棄了。也許字序編號只在某些檢索方面有用，廢棄也無多大爭議。複音字頭則是這部辭典的新嘗試，也許表達了對現代漢語字彙結構的一種看法。雙字構成的單詞，至少有兩種不同的情況：或者是由兩個單獨有語義的漢字組成的，或者是由兩個分開了就沒有語義的漢字組成的。比如字典裡有「菠菜」，應當是前一種情況，「玻璃」則是後一種情況。又如「潺潺」和「淺淺（濺濺）」都是流水聲，都屬於頭一種情況，但初版本卻以後者為字頭，前者只附在「潺」字頭下，未免體例有疏漏之處。新版在推陳出新過程中廢棄了這種特色，是值得商榷的。我想，我舉出這個例子，不至於引起原編纂者、修訂者、出版者的不愉快，因為這是一種可以爭議的學術問題。

值得提一筆的是：《現漢》修訂版附了兩頁〈西文字母開頭的詞語〉。也許這是一種很聰明的創新——既然口語裡常常談到CD、CT、FAX、B超、BP機⋯⋯，它們已經成為現代漢語口頭語的一個構成部分，為什麼不能收進現代漢語詞典呢？附在書末，這是沒有辦法的辦法，也許還可以想出更好的辦法。這樣做時，應當全面地廣泛地收集這一類詞語，然後加以篩選，不可能做到網羅全部（因為日異月新，這類詞語經常會出現新的），也不要遺漏較為常見的（例如既收了CD，則應想到CD－ROM，兩者既有類似，但又不是同一種物事）。

6

至於語文辭典推陳出新的第二個層面的問題，更加複雜；本

文不能詳細闡述，這裡只簡單地提出一個引子。

　　第二個層面的問題，簡而言之，就是新編纂的辭典向傳統詞典挑戰，向傳統的負有盛名的辭典開戰。十幾年前，在法語世界就發生過辭典大戰——即一部新編的辭典向老牌辭典挑戰。從去年到今年，英語世界也出現了傳媒所謂的辭典大戰。傳媒加油添醋說的就是柯林斯向牛津發起攻勢，特別指去年出版的柯林斯第二版學習詞典（Cobuild, *Collins English Dictionary*, new ed.）P。

　　如果不認為這是向牛津系列詞典的全面挑戰，至少可以說它的攻勢直指洪恩比教授主編的學習詞典（*Hornby's OALD*）Q。

　　針對牛津提出的「當代」（current）英語，柯林斯提出了要學習「地道」（real）英語，即不只書面語，還包括口頭語（未曾進入書面語的），據說柯林斯這部詞典有約14－15％語詞是從口頭語收集的——據說用錄音機錄下以後，經過分類排比精選出來的語彙。其次，柯林斯大膽提出一種釋義的新設想，即打破了傳統的釋義要簡明（因而不可避免要用一些比較不那麼常見的語彙來作釋文）的做法，使用一看便明白的釋義，加上必要的用例，讓普通讀者一下子就得到很形象化的確切的（或甚至雖不甚確切卻是平常讀者所容易領會的）詞義。

　　試舉autopsy一字為例。這是我隨機（或者不如說偶然）取樣的。我看見書籍廣告，出了一本《蘇聯解體親歷記》中譯本，美國人寫的。我託人花四十八元買來，卻大失所望，因為作者並非「親歷」，只不過是「剖析」（自然作者在蘇聯住過多年，但蘇聯解體前後他不在場），我原以為這部書像約翰－里德記錄十月革命那部《震撼世界的十日》那樣的「親歷」。倒不是作者騙人，而是譯者故弄玄虛把原文的*Autopsy on an Empire*的autopsy一字「寫」作「親歷」罷了。

那麼，autopsy是什麼呢？《英漢大詞典》R有三個義項：1.（對死屍）屍體解剖；2.（對事件）剖析；3.親自、實地觀察。牛津COD也有三個釋義，基本同上引文。其第一個義項釋義說：

　　　　1, a postmortem examination

這裡postmortem不是個常用字，對於母語不是英語的讀者，又只能再去查這個字。柯林斯作出的挑戰是，它的釋義簡明，能上口，它寫道：

　　　　an autopsy is an examination of a dead body by a doctor who cuts

　　　　it open in order to try to discover the cause of death.

簡直像說話似的，「醫生剖開屍體以便找出死因」；釋文用字都是常用字，對於那些母語不是英語的讀者，是很開心的，他們一看都很容易弄清楚釋文的涵義。

　　據說，這一來贏得了英語世界非本土的甚多讀者，一時洛陽紙貴，以至於這部詞典的唯讀光碟CD－ROM一時成為搶手貨云云。（這個光碟也不是單純照原書錄入，而是有新意，釋義例句都有不同的取捨。這已超出本文範圍，不予論列。）

　　這是一種非常大膽的推陳出新。現代漢語的字典辭典如何突破傳統編纂方法，或者說，如何能引導讀者更有興趣地、更有實效地、更方便地查閱，值得人們去嘗試。抄襲現成的字典辭典，是沒有出息的。凡是有志的詞典編纂者當然要走創新的路，即有創造性的推陳出新的路。

1996年11月

參考辭書目錄

A *Merriam Webster's Collegiate Dictionary 10th edition*（1995）

B 英華大詞典，鄭易里主編，修訂版（1965、修訂第二版1984）

C *Concise Oxford Dictionary 9th edition*（1995）

D *The New Shorter Oxford English Dictionary*（1973）（new ed.1993）

E *The Oxford English Dictionary in 20 volumes*

F *Plena Ilustrita Vortaro de Esoeranto*, de Prof.G.Waringhien（1970, Paris）

G *Petit Larousse illustre*（Paris）

H 康熙字典（1716）

I 辭源（初版，1915；修訂版，1983）

J 辭海（初版，1936，修訂版，1980）

K 現代漢語詞典（修訂版，1996）

L 現代用語の基礎知識（自由國民社，日本東京）

M *The Oxford Dictionary of New Words*（London, 1991）

N *6,000 Words—A Supplement to Webster's Third New International Dictionary*（1976）

O 岩波ロシア語辭典（修訂版，1993）

P Cobuild Collins：*English Dictionary*（1995）

Q *Oxfor Advsanced Learner's English Dictionary*（A. S. Hornby，1989）

R 英漢大詞典（陸谷孫主編，1991）

（1996）

4

〔41〕新技術革命給語言科學導入的新觀念*

（報告提綱）

⑴ 第二次世界大戰導致現代化科學技術的重大變革。人類對微觀世界和對宏觀世界的認識，在人類科學認識史上顯現出巨大的突進。例如原子彈、計算機、航天技術、雷射、生物工程，等等。

粒子理論的新發展，本世紀二〇年代只了解兩種粒子（質子、電子），故二〇年代的物理學只能稱為原子物理學。（注意：愛因斯坦的能量公式：$E = MC^2$，1905）三〇年代粒子理論有大發展，（1932）中子，（1938）奧地利猶太女科學家梅特納（Meitner）發現用高能中子撞擊特定的原子核，可以誘發裂變，同時釋放出巨大的能量，預示著鏈式反應的可能性。梅特納在瑞典同她的外甥弗賴希（Freisch）一起作了核裂變研究報告（1939），她又把成果告訴了丹麥的波爾教授（Bohr），後來波爾

＊ 這是1983年夏天應邀在一個座談會上的講話提綱。

逃避納粹去了美國。義大利科學家弗米（E. Fermi）在芝加哥作出第一個反應堆（1942），顯示了核裂變鏈式反應是可控的。從原子彈（1945）到氫彈（聚變——氫原子核聚合而為較重的原子核，同時釋放出巨大能量）。粒子理論的新時代——現在已知道 > 一百種粒子。

(2) 在某種意義上說，粒子理論誘發了電子學說的變革，然後有六〇年代的突破：電子計算機。電子科學引起了社會生活的重大變革，這種變革使人們對信息的認識大為深化。從此，信息在科學技術領域從而在社會生活中都占有十分重要的地位，信息的廣泛應用，導致了新學科的產生以及導入新的傳播媒介。

對語言科學起衝擊作用的新學科舉例：

——信息論。申農（1949, E. C. Shannon）。Arbib的說法，「（信息論）研究有噪聲干擾情況下的信息傳輸問題。」

——控制論。維納（1948, N.Wiener；更早的是 1941 Schmidt，或1939 Odobleja）。維納主要研究一種能夠反饋的系統（或：動態系統），不是物質（material），不是能量（energy），而是用數學分析的方法研究信息系統（模型）。「關於在人、動物和機器中通訊、控制與調節的科學」，參看其第一部著作（《控制論》）①的副標題。Schmidt研究一般的反饋理論，Odobleja提出諧調心理學（consonant psychology）。

——博弈論。馮紐曼（1949, John von. Neumann）。用維納的說法，「這個理論講的是一批人在設法傳送消息，另一批人則採取某種策略來堵塞消息的轉送」。

——神經生理學。從二〇年代巴夫洛甫（Pavlov）到四〇年

---

① 參看《控制論雜記》。

代羅森勃呂特（A. Rosenbrueth）所謂生物有機體的數學工程。生物工程（從基因開始。生物控制論。）

—— 傳播媒介。廣播（二〇年代）、電視（三〇－四〇年代）、雷達（三〇－四〇年代）、太空（六〇－八〇年代）、電子計算機（五〇－八〇年代）等等。

(3) 信息，一個非常簡單的物理學觀念，「信息就是按一定方式排列起來的信號序列（a series of signs）。」

對於社會交際（communication）來說，這樣的定義還不周全。在社會交際中，信息必須有一定的意義，必須是「意義的載體」。絕沒有無物質載體的信息；但有無信息的載體。信息是由物理載體與語義構成的統一體。

信息≠物質或能量。信息只能傳遞，可以共享；物質和能量則可以分配。

從工程的角度——信息論要解決遠距離、全天候、高真度的信息傳送問題（還有信息傳送中的保密問題）。有三個層次（按Weaver說法），即

a 準確度（這是工程技術問題）；

b 精確度（這是語義學問題）；

c 有效度（這是語用學問題），即發生什麼效應問題。

維納說：

語義學上具有意義的信息不是通過信道的信息，而是能通過接收系統的激活機構〔注意！〕的信息。可以說：語義學上具有意義的信息不是所有信息，而是能發生效應的信息。

例，有學問的外國人用非父母語演講，假定語音不好，語法不夠好，但從語義學出發，他講的有內容，好。

相反——沒有學問的人用父母語演講，語音好，語法好，但

從語義學出發，他講的全無內容，甚至胡說八道，不好。

有用信息，無用信息→冗餘信息。

主要信息，次要信息→多餘信息。（多餘，冗餘。）

(4) 信息傳遞古典模式

噪聲　　　　其他干擾

有反饋問題。反饋在第二次世界大戰中的實際應用。二次大戰要解決一個反轟炸的問題，即改進高射武器對付納粹的高速飛機的問題。簡單的程式：試發彈，測得數據，反饋，計算，再發，命中。其時即令 $\triangle x = 0$。

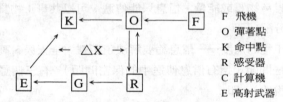

F　飛機
O　彈著點
K　命中點
R　感受器
C　計算機
E　高射武器

發展而為動態自調系統。

(5) 黑箱和人腦　Ashby 說，黑箱是指這樣一系統，人們只能得到它的輸入值和輸出值，而不知道它的內部結構。

INPUT　　　OUPUT
　→　　?　　→
輸入值　　輸出值

人腦就是一個黑箱。

人的感覺器官所感受到的信息，輸入人腦——那裡有 10^{10} 神經元處理這些接受到的信息。在人腦存儲信息，稱為記憶。暫時

（臨時）存儲是短暫的，只有6－10秒；所以，發現錯誤應在10秒以內糾正──否則它不見了（這個信息被清除了），或者進入短期記憶庫，保存信息不超過二十分鐘──其中只有一小部分進入永久記憶庫。

語義的接受要靠記憶和學習（即不斷的反覆傳送信息）。

(6) 對話。

人－人對話〔社會語言交際。通過人腦。思維：語義，記憶，反饋。〕；

人－機對話〔用人工語言或自然語言與計算機對話。〕

日本「紀の丸」是由船長用自然語言指揮電子計算機操縱的，1982年8月20日船長感冒了，從日本開往澳大利亞途中的「紀の丸」上的計算機聽不懂感冒了的船長聲音，不工作。

機－機對話〔導彈；火砲；等等〕；

機－人對話〔據說1982年在菲律賓舉行亞洲第十區女子個人國際象棋賽，參加者有15人／機，其中包括英國一家電子公司的計算機棋手；中國棋手戰勝了計算機棋手。〕

〔美國電影《未來世界》中的機器人與人的對話，即機－人對話，未編的程序即無話可對。〕

(7) 編碼和破譯。編碼──用代碼轉寫自然語言。例Morse電碼。密碼。加密。增加干擾信息（假信息；無效信息等等），改編代碼的排列組合。

破譯學。邏輯；概率。破譯機。（在第二次世界大戰後期，珍珠港事變以後美國海軍與日本海軍在太平洋的對抗，美國使用了印第安語言中的Navajo語組編密碼，直到戰爭結束沒有被日本海軍情報部門破譯。）

(8) 新技術革命使語言學關心信息問題（語言信息，語義信

息，有效信息，語言交際中所傳遞的信息量，冗餘信息等等）。

舉例。

〔公共汽車〕

售票員對乘客傳遞的一條消息：「下一站是前門站，前門站到了。要在前門站下車的乘客請準備下車。沒有買票的同志請買票。帶月票的同志請打開月票。」

這條消息中的主要信息是：「下一站：前門站。」

注意，報導前門站的消息，對於天天坐這一路公共汽車的乘客，其信息量I＝0，因為他早知道了。

這條消息對於初到北京的外地人，具有最大的信息量，故I＝Ω（Ω表示最大信息量）。

這條消息對於一些不熟悉這一路線各站的人（或在夜間不能根據車外的地形地物判斷要到達的站是什麼站），其信息量既不是0，亦不是Ω，因人而異。

〔公共汽車上的招貼〕

　　熱情服務心靈美

　　禮貌待客語言美

　　方便乘客行為美

　　車輛整潔環境美

這條消息在特定的語言環境中，並沒有傳遞什麼信息；它既沒有給乘客指點什麼，也沒有提醒乘客注意什麼，這條消息在這樣的語言環境中可以認為沒有一點有效信息。在這種環境（或者情景）中，向乘客提供站名，那麼，信息量是最大的，因為乘客上了車所最關心的是他要下車的站名。如果是在北京1路或44路公共汽車中，對外地乘客（或沒有搭過這幾路車的本地乘客）另外一個最有效的信息是：不論遠近，一律收一角錢車費。提供這樣的信

息，在這特定的語境中，其信息量達到最大值。假如公共汽車上提出這樣的公告：「如不禮貌待客，請批評」，那麼，這條消息對於所有乘客都具有很大的信息量，至於在行為上是否有效，那就難說了。

〔球賽報導〕

1982年4月29日晚中央電視台報導蘇聯、捷克足球賽，有專人播講。開賽了，雙方球員出場了，拉了全景只看見人頭及所穿球衣的顏色；開踢了，射門了，攔截了，播講在滔滔不絕的講述兩個球隊的實力，報導出場的人名及號碼等等，此時已幾次爭奪，進行了七分鐘，電視觀眾最最關心（而又看不清楚的）的是蘇聯隊穿什麼色的球衣、捷克隊穿什麼色的球衣——直到射門幾次以後才播講：

> 「穿紅衣的是蘇聯隊，穿白衣的是捷克隊。」

直到這時，才傳遞了主要信息。

〔商店廣告〕

近日王府井有些食品店門前貼出廣告，稱：

> 「今日供應牛奶粉」

在一般語言環境下，這條廣告並不惹人注目。注意「牛」奶粉——因為當時很多奶粉帶有羊奶味，人們不喜歡。現在牛奶粉到貨了，因此強調一個牛字是非常必要的，非常及時的。平常只稱「奶粉」，此時特稱「牛奶粉」——這樣，只有這樣，才傳遞了最主要的、最有效的信息。

（1983）

〔42〕現代漢語能否適應信息化時代的需要？＊

　　沒有一種通信理論能夠避開語言問題。這是因為，人類社會的交際，不論是思維的、行為的還是機械的活動，都不能脫離語言來進行；何況語言本身說到底還是一種信息系統。

　　在信息化時代，現代漢語能不能適應當代技術革命的需要？這是眾人所密切關心的重大問題。之所以被眾人關心，之所以是重大問題，是因為：

　　⑴ 現代漢語是超過九億五千萬人天天使用的社會交際工具，現代漢語的普通話正在作為中國五十六個民族之間的交際工具（語際語）被推廣。

　　⑵ 現代漢語是從古代漢語演變而成的，有長達四五千年的歷史，這部歷史包含著中華民族的全部文明。

　　⑶ 現代漢語有著同發達國家廣泛利用的通信系統完全不同的結構和特徵，現代漢語的書寫系統（文字）是由五千到一萬個「孤立」存在著卻又可以構成複合詞的單位組成；它的音聲系統（口語）帶著同西方國家的現代語言完全不同的音調特徵，其中最令人觸目的是四聲系統，也就是人們常說的「東方」特徵。

　　⑷ 使用現代漢語的這個社會主義國家，正在努力從封閉型的、落後的技術狀態（落後的生產力狀態）向著現代化過渡；它同所有發達國家和發展中國家一樣，正在日益廣泛地使用現代化的信息交際工具（電子計算機）和其他新技術。

＊ 這是1983年8月應邀參加奧地利第八屆維特根斯坦國際學術討論會，作報告後回答各國學者提出的問題，集中點即本文題目的表述；本文是根據當時即席發言的錄音改寫的。

有些科學家懷疑現代漢語的精確性（例如說現代漢語的結構中缺少如英語的that、which等虛詞組成的子句，因而分割了整個信息，所以表達信息的力量是有限的，等等），懷疑漢語拉丁化的可能性（例如說幾千年古老的文化及其保存信息量的巨大，再加上同調同音詞的大量存在等等）；有些科學家擔心現代漢語及其書寫系統能不能適應高速度的技術需要。所有這些懷疑和擔心都是可以理解的。生活和科學，如果證明了一種語言（文字）竟然不能夠適應當代信息交際的需要，或者十分吃力才能勉強應付這種新的情景；那麼，這將會給使用語言的社會（語言群體）帶來多麼令人沮喪的情緒，甚至導致悲劇性的後果。

　　實際上不存在這樣的一種語言。因為人類社會產生的語言——不論使用的人很多很多，或很少很少；不論它是如平常所謂孤立結構，黏合結構還是屈折結構的；也不論它擁有巨量的歷史文獻還是只有很少的歷史文獻；不論它被「文明人」視為「落後的」還是「簡陋的」——所有活的語言都能夠適應信息化時代的需要，如果不完全適應，它也能夠進行自我調節，以便達到適應需要的最佳狀態。一切活的語言都有強大的生命力，何況現代漢語？

　　在正面回答或論述上面提出的問題之前，我想插說一下維納博士同現代漢語的關係。大家都知道維納博士這個命名控制論、創立這門獨立學科的數學家。他在半個世紀前，準確地說是在1935-1936年，作為客籍教授訪問過北京。維納博士以他的深湛的語言學修養和他的成熟的邏輯觀念，立即對現代漢語發生了濃厚的興趣，並且立即抓住現代漢語的若干社會語言學特徵。已故的著名語言學大師趙元任教授說，維納回美後，見到華人就說中國話（現代漢語）——也許是這位博士對中國人發生好感，也許

對現代漢語發生好感，或兩者兼而有之。維納發現漢語特徵對於回答上面的問題是有啟發的。

　　首先，他發現漢語同許多「原始」民族的語言一樣，是同巫術一起產生的。他在自己的著作中簡單表明過他這個觀點。這一點被1899年以及其後出土的甲骨文所證實——甲骨文毫無疑義是以占卜記錄為中心的（是否都是占卜記錄，這裡且不去論列）。這種社會特徵不妨礙古代漢語演變成現代漢語，因為人類社會在前進，人不能永遠靠巫術生存，社會絕不能靠巫術發展。語言在原始階段既能適應巫術的需要，那麼，在新的階段，語言也必定能適應技術革命的需要。

　　其次，他發現中國有許多地區對寫字尊重到這樣的程度，即凡是寫過字或印有漢字的紙片，即使毫無用處，人們也不願意扔掉，到處都有「敬惜字紙」的「公告」。對字紙（寫的或印的都行）的崇拜，使來自很少封建殘餘的「新大陸」的數學教授——未來的控制論創始者——大為驚訝。他也許會從這樣的社會語言現象悟到語言靈物崇拜（語言拜物教）的本質意義。對語言文字的靈物崇拜，是幾千年封建主義及其文化的統治的直接結果。愚昧和迷信使這種社會語言現象更加蔓延。「五四」運動（1919）導入了「民主」和「科學」，給這種現象以迎頭一擊，但直到人民共和國建立（1949）這種傾向才有可能被遏止（雖則在十年動亂時期又以新的面貌出現）。多少年來，這種社會語言現象——語言靈物崇拜——給我們的社會生活帶來令人煩惱的苦難，或者不如說，我們社會生活出現的語言靈物崇拜現象，常常搞亂了我們的正常思維活動，但這種現象在今天信息化時代已不能起什麼決定性的作用了，它決不能妨礙語言文字迎接新技術革命的挑戰。

第三，維納發現對古代經典著作——例如對孔子的學說《論語》——的詮釋，是流行於舊中國的智力訓練方法之一。注、疏，都是以當代語言文字幫助當代人了解傳統冊籍的常規方法。這種現象不是東方這古國特有的，西方對古籍也是用校訂詮釋的「智力訓練」。以現代漢語去詮釋甚至翻譯古典作品（不限於古代的經典，而且包括歷代的詩文論說）是絕對必要的，當然也是完全可能的。這決不妨礙現代漢語去適應信息科學發展的需要；甚至相反，因為這樣一來將使傳統文化有可能用現代化技術加以保存、檢索、整理、翻譯等等，從而成為更多國民所能接受的文化遺產。

維納博士是敏感的，他在中國居留很短暫的一個時期，卻發現了現代漢語的一些重要社會語言學特徵，這是不容易的。他那時還沒有形成他的有關控制論和信息論的系統概念，所以他對現代漢語的機制如何適應信息科學與信息社會的問題，沒有可能加以論述，如同他十多年後在他的著作中一般地論述語言機制與技術及社會的關係那樣。

現在請允許我回到正題來。

現代漢語能否適應現代化科學技術的需要？答案是肯定的。其實生活實踐早已作出正面的回答，這裡我想從社會語言學和語言控制論的角度加以表述。

這肯定的答案是由下面的幾個論點支持的：

——現代漢語有豐富的表現力，它能表達所有發達國家和國際社會所發生的一切社會現象和科學概念，不亞於世界上任何一種現代語言（有時在某些方面也許還能達到最優狀態）。這種豐富的表現力來源於這種語言（文字）擁有深厚的幾千年的文明基礎，來源於這種語言經過「五四」時期的啟蒙運動作了自身的合

理調節（例如白話文代替文言文占統治地位），來源於這種語言詞彙豐富，構詞力強，接受外來語的能力強（雖然在書寫系統方面還存在某些待改進的不足之處）。

——現代漢語已經用不同的輸入方式將簡體或繁體漢字和單詞輸入電子計算機，現在已不是能不能的問題，而是最優化的問題。至於現代漢語的語音構成，特別是每一個漢字的發音構成是以母音，母音+n，母音+ng為結尾的，在遠距離信息傳輸中容易抗噪聲干擾，這當然是有利的。由於獨特的「四聲」結構，現代漢語傳遞感情信息的能力也是很強的。遠距離電傳（Telex）利用拼音方案記錄，傳輸現代漢語文本，已經在不同程度應用得比較順利。聲音的、字形的、拼音的要素在語詞處理上都有很有成效的適應性，這不僅是理論上證明，而且是生活上證實了的。

——現代漢語（語言和文字），不是最難學的語言文字，當然也不是最容易掌握的語言文字，這是基於：⑴漢字數目雖然多得驚人，但掌握其中最常用的二千至三千個，即能進行現代社會交際（讀、寫、對話）；⑵語音雖有「東方」型的特殊性（如「四聲」），但分辨率是高的，語法是簡明的，沒有由於傳統習慣因素形成的繁複而又多特例的變格或變位，構詞法也是合乎邏輯的，而且構詞力特強，再加上制定並推行了目前是輔助性的書寫系統（「漢語拼音方案」），使學習和掌握現代漢語更加容易和有效。

（1983.8.18）

〔*43*〕新技術革命與應用語言學*

(1) 應用語言學這個概念，在三〇年代維也納學派是指術語學和術語標準化，到四〇年代、五〇年代及六〇年代初期，在西方是指語言教育學、語言習得學。六〇年代新技術革命興起以後直至八〇年代初期，國外很大一部分語言學家認為，應用語言學應該包括更廣泛的內容，即包括社會語言學、心理語言學、神經語言學、語言教育學、計量語言學、術語學，甚至電子計算機語言學以及其他語言應用學科。

(2) 從六〇年代開始，信息科學有了突破性的發展，引起了一場世界性的新技術革命。這是以信息為中心的一次科學技術革命，這樣的技術革命自然引起社會生活的重大變化。信息的積累非常快，數量也非常多，造成了所謂「信息爆炸」的狀況。例如：三〇年代出版的《電工學國際詞典》所收的電工學術語名詞不到一萬個，到六〇年代幾乎超過了幾十萬個。名詞術語如此成倍地增長，表明了這門科學的發達，表明信息的積累非常之快。再如，化學這門學科的論文、資料，據說一年積累下來的，夠一個專業人員讀四十八年，而誰也不可能讀這麼多，因此就產生了一個很大的問題，這麼多資料怎麼檢索、如何讀？前不久，伶汀洋發生了「紅潮」。紅潮一來，海洋中的生物都要死掉。「紅潮」是什麼？中國的科學工作者就通過歐美的資料中心去檢索有關的論文。幾分鐘以後，所有有關的論文題目都在屏幕上顯示出來了。然後科學家說要第幾號、第幾號，請資料中心打印出來，兩

＊ 這是1984年秋在北京一個語言學工作者的集會上的講話提要。

個星期以後就收到了。當然要付款，這是信息資料有價傳遞。如果按照以前的辦法去檢索，那得花幾年才能尋找出來，或者還派人出國去檢索，甚至不知道應當到哪裡去檢索才簡捷可靠。信息具有共享性這個特徵。信息的膨脹、密集，使信息成為社會生產的重要資源。信息膨脹的結果，是知識更新非常之快。如果說十八、十九世紀以前是一個世紀才更新一次，到十九世紀，半個世紀便更新一次，二十世紀的前一階段是三十年更新一次的話，那麼，八〇年代以後，知識在三至五年內就更新一次。就是說，三年前學習的東西，很快就陳舊了；當然不是一點用處都沒有，但有很大一部分陳舊了，如果不再繼續學習新的東西，那麼你的知識顯得不能適應新的局面。墨西哥市的自治大學，我去訪問時（1984）有二十七萬名學生（現在據說已不只此數），男女老少都有，而且是上午、下午、晚上三班倒。這所大學的開辦恐怕有一部分原因是由於知識更新得太快，工作人員不經常更新學習，那就趕不上時代。從事信息工作的人也逐年增加，比如：在美國從事信息工作的人員已占到就業人口的50%。

（3）機械革命──指的是從英國開始的舊稱「產業革命」意味著手的貶值。機械勞動代替了手工勞動、重體力勞動。信息革命──指的是當今世界以信息為中心的技術革命──則意味著腦的貶值。腦進行的常規動作以及初級計算工作被電子計算機代替了，而人腦則被用於做更複雜的，更富有創造性的勞動。這個結果促進了社會生產力的極大提高，使社會結構受到了很大衝擊，從縱向結構，類似金字塔形的結構，變換成橫向結構，即蟹行結構。信息革命衝擊金字塔式的結構，因為若不採取橫向結構，就不可能及時地共享信息。信息的共享性造成了社會結構的重大變化。

⑷ 那麼，什麼叫信息呢？最近出版的一本《信息工程詞典》裡關於信息的定義簡明扼要：信息就是接受者所接受的，他以前不知道的知識。在人類社會交際中，語言是信息的重要載體，同時又是社會交際的信息系統。電線電纜也是信息載體，語言這種信息載體比別的信息載體多一點語言的社會性。作為信息系統，語言也比別的信息系統多一點東西，蘇聯著名語言學家宋且夫說：「語言作為信息系統，不只是一個物質系統，而且是一個觀念系統。」語言文字作為觀念系統，在所有傳遞、處理、貯存、檢索等等過程中，都圍繞著語義進行活動。因此，它派生出一個外表上是它本身的對立面，叫非語言交際。比如，當面聽人發言跟聽錄音所獲得的信息量不完全一樣，因為非語言交際增加了語言交際的分量。作報告時的面部表情、聲音強弱、手勢等等，都屬於非語言成分，這些非語言成分都加強了語言信息的信息量。所以非語言交際作為子系統對於語言交際來講，不是對立的，而是相輔相成的。神經生理學家對這一點的解釋是，大腦兩個半球，右半球主管形象（非語言交際），左半球主管語言（邏輯）。因此，現場聽報告比光聽錄音獲得的信息量要多一些，因為邊看邊聽的時候，看的接受器和聽的接受器所得到的信息，同時傳進大腦，大腦兩個半球同時開動，信息的送達量必然要比一個半球所能處理的多一些。以上說明，語言是信息的載體，又是信息系統，同時產生了一個子系統，即非語言交際。信息論語言學或語言信息論是從這裡出發的。

⑸ 六〇年代以後，新技術的突破比比皆是。舉個同語言有關的例子，第五代計算機除了人工智能這個基本點外，在某種程度上說，可以採取聲控。如果說話人的口音南腔北調，計算機就聽不懂。計算機只能懂得由標準語音傳達的指令。1982年8月20

日日本一艘聲控船（紀の丸）從東京開赴澳大利亞。這艘船的聲控電子計算機只能聽懂船長一人的命令。那天船長患了感冒，鼻子閉塞了，結果他講的話機器也識別不出來了。可見標準化的重要，也可見推廣普通話的重要。再舉一個有關計算機程式設計的例子。1982年菲律賓舉行亞洲第十區個人女子國際象棋比賽，一共十五人參賽。英國有一個機器人出場，它吸收了很多國際象棋大師的棋譜，這些信息被編成程式輸入了，對手走哪一步，機器人都經過運算來對付。不少大師都敗給了那一台計算機。據電訊報導，中國有一位選手初出茅廬，不按照那些程式下棋，獨創一格，結果贏了計算機棋手。計算機（弈棋機）以它高速的運算和完善的程式，戰勝創造這個弈棋機的主人，那是完全可能的；而有些棋手以他的獨創性行動，打敗弈棋機，那也是完全可能的。計算機可以做很多東西，有的比人還聰明，但它並不是萬能的。

(6) 信息傳遞要通過信道。住在北京市的人都知道，每天早上，打55局（東城區）的電話老是打不通，這就是說，55局的電話線路太少，打電話的人太多，所以打不通，沒有線路嘛。用信息論的術語講，這條線路「頻寬」不夠。解決的辦法就是採用光導纖維，使用的電纜只有拇指大，就可容納144條光導纖維，這144條光導纖維至少可以容納四萬條電話線，若有十個拇指大的電纜，所容納的電話線路就很可觀了。而且占的面積很少，通話的「頻寬」非常大。這就增加了不少對話的可能性。要不，放一個同步衛星也行；同步衛星在35,700公里上空隨著地球同步走，通過這樣的同步衛星，可以收發更多的線路，這就不言而喻了。

(7) 由此可知，新技術革命給我們的社會生活帶來了很多新情況，提出了很多新問題，當然也對很多傳統的東西，包括對傳統的學科賦予了不少新觀念。對我們的語言學、社會語言學也導

入了很多新觀念。

(8) 給社會語言學帶來的頭一個新觀念是量的觀念，也就是數學模式的觀念。不是說歷來語言學一點也不講數量，而是說，現在社會語言學更加著重語言要素的定量分析；量的觀念不限於計量語言學或數理語言學。科學研究需要定量。而我們對量的觀念向來不十分明確。比如說《新華字典》有多少字？誰也說不出一個準確數。八千餘？九千多？究竟多少？用手工數，報出來的數字也不完全一樣。《現代漢語詞典》前言說，收詞「共約五萬六千餘條」，也沒有一個確數。給語言作量的描述是可能的，而且是必要的，因為每種語言都是許多話的序列，一段話就是許多離散元素的序列，即句子、詞素的序列，詞又是語言、符號等的序列。給這樣一些序列排列起來的次序做量的分析是完全可能的，也是必要的。當然，語言的研究不能停留在定量上，而要從定量分析出發，再進行定性分析，才能夠加深理解和更有效的應用。由於有了新的科學技術，對語言進行量的測定和分析更加可能，更加準確，更加精密。現代漢語的定量已是刻不容緩的事情了。它牽涉到信息處理的問題，牽涉到語文教學的問題，牽涉到兒童學話、成人掃盲的問題，也牽涉到專用詞彙（例如，人名、地名）的定量、定性的問題，還有語言識別問題，等等。語言不僅從字形上識別，還從文體、風格以及語言因素的量的分析上識別。這是在公安保衛和其他社會工作甚至文學研究中都有著重大作用的語言應用科學。中國文字改革委員會和山西大學對1982年人口普查中的人名進行了抽樣分析。四十一個單項用計算機分析只花了七個月時間，如果用人力恐怕需要很長時間。從這次的定量分析中，可以看出：單名在五〇年代後是增長的趨勢，1949年至1966年占8.9%，1966年至1976年占27%（而且名字用「軍」

「紅」的明顯增多），1976年至1982年單名已占32%。語言要素的定量分析有很豐富的材料，有許多文章可作，可以看出社會活動、社會思潮的某些動向，這就是從定量到定性分析了。

(9) 其次，我想提出編碼的觀念。編碼的觀念，即把自然語言轉寫為數碼，這在新技術革命中是很重要的。這裡說的編碼是一個廣義的概念。編碼在社會生活中起著很大的作用，這就是語言應用問題。機器翻譯實際上就是經過編碼把甲種語言按照某種程序變換為乙種語言，這裡講的「編碼」是廣義的。這時不僅考慮字和詞，還要考慮到語境，考慮到上下文的邏輯關係等等。

(10) 再次，是圖形的觀念。語言是有時空限制的，變成文字符號以後打破了時空限制；當文字變成廣播時，又受到時空限制；後來有了錄音，又打破了時空限制；電視從僅僅是聲音的傳播變成有圖像的傳播，又出現了時空限制的問題，錄影又打破了時空限制。全息照片、全息電影、立體電影等等，都是利用信息引導人們在某種條件下進入三維空間，而不是二維空間。這不僅用非語言交際補充了語言交際的不足，而且開拓了一個新的交際領域，即非語言交際領域。例如，國家發了一個《城市交通符號標準圖》，「不許左轉彎」是什麼符號，「不許停車」是什麼符號，這些符號圖形是全國一致，世界通用的，形成全世界的圖形網。在某種場合下，如在高速系統中，就不能用語言文字來表達，而要用圖形來表達。圖形在新技術革命中，成為語言科學的又一個重大課題。

(11) 最後要提到的是規範化的觀念。規範化和標準化，是新技術革命所極需要的。要做到語言規範化（有時還是標準化），常常要加上某種程度的國家干預，因為語言在更大程度上受社會制約，西方語言學家稱作語言群體的影響。全面整理漢字就是規

範化的重要實踐。簡化字也是漢字規範化的一個組成部分。漢字在它存在的幾千年中，從總體結構上看，一直處在簡化過程中：漢字規範化是經過人工努力，使書寫系統從無序狀態變成有序的穩態。至於在漢字簡化以後，構成漢字的部件究竟應當有多少，應當是哪些？能不能使部件標準化？這項研究工作也正在做，當然是很有意義的。寫字如何規範化，印刷如何規範化，規範化同書法藝術矛盾不矛盾，都是要探索的問題。

至於術語的標準化問題應當放在很重要的地位。術語標準化不僅限於科學技術的領域，也關係著每個人的生活。例如，「複方新諾明」，又叫做「複方磺胺甲噁唑片」，很拗口。人們生活中常會用的術語如何譯，就是應用語言學一個很重大的課題，這就叫做術語學。

(12) 在新技術革命的條件下，要使用現代化手段，包括理論上的如控制論、信息論、系統論以及耗散結構論等等，以及實際上的如電子計算機和其他語言學的測試工具，對社會語言現象和社會語言交際進行探索，以便增加信息交換的效能，增強社會語言交際的效應，促進社會生產力的發展。

（1984）

〔44〕展望語言科學的新天地*

(1) 六○年代開始，信息科學的突破性發展，引起一場世界性的新技術革命。這場革命有種種不同的稱呼（例如「第三波」等等），但總的說是以信息的傳遞、存儲、處理為中心的一場巨

---

* 這是同一些語言文字應用研究者座談時的講話提要。

大變革——「腦」的貶值代替了「手」的貶值。這場革命使社會結構不能不發生重大的改變（橫向結構取代金字塔結構），而信息的迅速積聚甚至達到所謂「信息爆炸」的狀態，因而不得不使知識老化期限縮短到驚人的程度（每三五年更新一次）。不能忘記，語言（包括口頭語和書面語）是信息的重要、主要（不是唯一）載體，而它本身同時又是信息系統。作為信息載體，語言比其他載體多一點什麼東西——或者就是語言的社會性（這個術語包括多方面的語義）。作為信息系統，語言也比其他信息系統多一點什麼東西，或者就是說，它不只是物質系統（material system），而同時是觀念系統（ideal system），著重點在於它具有語義（而從純粹數學觀點出發，信息系統是不管語義的），它同時派生出非語言交際的子系統。

(2) 本世紀西方傳統語言學在新的條件下（社會條件、技術條件，亦即生產關係條件、生產力條件）開拓了新的疆界，簡而言之〔或舉例言之〕，是瑞士索緒爾理論（Saussurism），布拉格學派結構主義理論（constructionalism），維也納學派維特根斯坦實證邏輯主義理論（Wittgensteinism），美國薩丕爾·沃爾夫假說（Sapir－Whorfism），直到喬姆斯基（Chomsky）生成轉換理論以及84年GB理論、符號學（Semiotics）理論。

直接的衝擊來自信息論、控制論、系統論，也包括神經生理學的重大突破。在理論上說，最顯著的是關於語言的計量研究、反饋研究和語言機制——包括自然語言和人工語言——研究。例如關於語言的信息量，或語言熵、冗餘度、神經元機制、語言模糊性、語言信息處理等等。由此產生出多門交叉科學（或邊緣科學），例如「控制論語言學」（西德巴特波恩學派）、「術語學」（維也納－魁北克學派）、「神經生理語言學」（墨西哥學

派)、「高級神經活動理論」(巴夫洛甫學派)、「信息論語言學」等等。

(3) 信息科學給傳統語言學打開了新的地平線,使語言學不再停留在語彙學和語法學的圈子中(語彙學和語法學當然是值得而且必須研究的),而把視野開闊到整個社會,或者說,語言作為信息載體同時又是信息系統直接服務於社會結構,促進社會生產力的提高。這就是廣義的「應用語言學」——廣義的應用語言學可以稱為「語言文字的應用科學」,有別於本世紀三〇年代維也納學派維于斯脫(E. Wüster)的定義和四〇至五〇年代發達國家的定義(前者=術語學,後者=語言教育學)。

廣義的應用語言學或語言文字的應用科學在當代至少應當探討下列幾個方面的問題:

A　人機對話方面。也就是通常所說的語言信息處理,包括電子計算機(自然語言)的輸入輸出、存儲、整理、加工、增刪、校改、檢索,一直到聲控計算機、人工智能、機器人等等。

B　語言接觸方面。語言在不同語境的變異(社會語言學)、外來語的接受、術語的訂定、語言接觸引起的語言變異、噪聲的干擾及排除、語言交際的最佳效能,等等。

C　標準化方面。語言文字符號的規範化和標準化,術語學和術語的標準化、國際化。

D　語言教學方面。母語習得的最高效能;作為第二母語(第二語言)的習得(教學),生理缺陷者的語言習得,失語症和語言矯正學,兒童和成人的語言習得心理學。

E　語言規劃方面。雙語或多語區的語言政策;民族語言形成與國家干預,文字(書面語)改革和創制(規劃),直到國際語——語際語言學。

F　語言風格方面。文學語言風格學，民間語言體裁學，演講和雄辯術。

　　(4) 語言文字的應用科學——落腳點應當是自己的民族語——在我們則是現代漢語。漢字——拼音——語言都是應用語言學的對象；手段：電子計算機以及新的信息工程技術（雷射、全息、聲控等等），目的在於促進生產力的發展。

（1984.11.18）

〔45〕信息化時代語言研究中的數量觀念*

　　今天著重講信息化時代研究語言文字時所著重的數量觀念。我覺得，外國有一個社會語言學家（我指的是Neustupny）說得很有見地，他說現在不講語言和信息，不講語言模式和規劃，就不算完全的社會語言學。所以我今天所講的，也許可以看作對我的《社會語言學》幾本書的一點點補充，也可以說是語言信息學或控制論語言學的開端。

　　現在社會上到處都講「信息」。信息一詞已經進入了日常生活的詞彙庫了。「信息」兩個字（一個詞）普及得很快，快到超過人們的預想。「他提供了很多信息」；「他說的話一點信息也沒有」；「關於那個問題你聽到什麼新的信息」。也有用得濫了的，例如有一本雜誌登一個廣告，叫做「徵求信息」——看內容實際上是徵求稿件，徵求信息的廣告即是平常我們說的「徵稿啟事」，真有點滑稽。這一點卻正好證明，「信息」是一個時髦的語詞，這個語詞掛在嘴邊有點時代的氣息。

＊　這是1984年12月19日在一個教育機關所做的學術報告部分內容。

要給「信息」一詞下一個科學定義，是不容易的。不是失之於過分瑣碎，就是失之於過分專門。我無寧喜歡前年出版的一本詞典所下的定義——我指的是朗萊和舍恩的《信息工學詞典》（1982）。這個定義我在別的地方講過幾次，我想在座有些同志已聽過。如果簡單地說，凡是人人都知道的東西，就不能說關於這個東西的表述具有信息量。出現的概率愈小，則信息量愈大。所以套話、八股文字都沒有多少信息量；但在社會交際中有時還不能完全去掉沒有信息量的東西，例如見面時彼此都說「你好！」，這句話就沒有什麼信息量，因為你一張口，人家就知道你要講什麼，但見面時又不能不說，這就叫做語言的社會性，或者叫做語言的社會特徵。

　　為什麼大家都去研究信息呢？因為八〇年代的世界性技術革命，不管你叫它什麼，叫新技術革命，叫信息革命，叫第三次或第四次工業革命，叫第三波，不管叫什麼，都是以信息為中心的一場科學技術大變革，從而導致社會生活的變革。這個時代是以信息的收集、傳遞、存儲、加工、處理、複製、檢索、顯示為標誌的，所有這些都離不開電子計算機。信息化社會表明了信息的共享性。所謂自動化、高技術，沒有一處不牽涉到信息的。信息革命引起社會結構很大的變化，例如金字塔縱向結構不能不讓位於橫向結構，或者如某些著作所說的「蟹行結構」。信息技術最令人神往，或者說最有廣闊前景的東西，就是人工智能——人工智能型的電子計算機，能夠推理，能夠作出某種創造性勞動的電子計算機，以及採取這種人工智能計算機做成的機器人，即從AI（Artificial Intelligence人工智能）到Robot（機器人），這就是信息化時代的標誌。電訊說，某一年阿爾巴尼亞宣布機器人是反革命，倒也是令人捧腹的事。

為什麼又扯到語言呢？因為語言是信息載體。信息傳遞可以有許多載體，但是語義信息（即有語義的信息，不是無意義的符號序列信息）卻是以語言為載體的。同時，語言本身卻又不只是載體，它本身又是一種信息（即按照一定規則有意識地排列起來的語義信息序列）。其所以如此，因為人的思維離不開語言。人世間不存在沒有思維的語言，也不存在不用語言材料構成的思維。至於爭論了好幾百年的語言和思維兩者中哪一個最先產生的問題，我不發表意見，因為我是實用的社會語言學研究者。要處理信息，就離不開語言。所以講信息化就不能不講語言。

　　那又為什麼要扯到語言學呢？因為信息化所生產的許多新概念和新結構，不能不導致未來的語言學發生某些變革。研究的對象，研究的方法，應用的範圍，以至好些傳統的觀念，通通發生變化。不變化就不能適應信息化社會的需要。所以當代的語言學要走上跨學科的道路，為此，就要對語言學甚至社會語言學導入一些新的觀念。

　　那麼頭一個注入的新觀念是什麼呢？我想是數量的觀念，也就是對語言要素進行測量，然後根據測出的數據作出定量分析。語言要素的定量分析，是信息化社會研究語言學理論和應用的重要項目。不是說從前的語言學就不講量，而是說從前研究語言學著重的不是量，沒有對量的問題給予足夠的注意。從前著重在描寫，著重在定性，而現在不從定量去考慮性質，就不夠了。現在有現代化技術，例如電子計算機，可以很容易的進行大面積語料的測量。從前用人工測量，又慢，又煩人，又不準確。所以量的問題是信息化時代研究語言現象的重要問題。甚至可以說，如果不進行定量分析，某些描寫性的學科就不可能有突破性的成果。

　　量的觀念是一個很有意義的觀念，當然是一個很有趣的觀

念。「大約」、「約計」這樣的模糊觀念，在日常社會交際中自然也經常出現的，但作科學定性，則顯得不準確。如果詞典不給出收詞的準確的數字，那是很遺憾的。例如《現代漢語詞典》說，所收條目共約五萬六千餘條。不過《辭海》給出的數據倒是準確的，它選收單字14,872個，選收詞目91,706條。新出的《微型牛津》（Mini－Oxford）給出的是它收詞頭多於兩萬，連派生詞約三萬條。也是個約數。《說文解字》收單字10,516（去掉重複的變體為9,353個）；《康熙字典》一般說收錄42,174個單字，王竹溪教授精確地算了一下，實得42,073個。諸橋轍次編的《大漢和辭典》一至十二卷共收48,902個單字，連十三卷補遺共計49,964個。

那麼多的漢字，難道在日常社會交際中真需要數以萬計的漢字嗎？——可以從測量中取得一些參考數據來準備這個問題的答案。七〇年代手工測量，《毛澤東選集》一至四卷共使用了2,975個漢字（日本國語研究所把這個單位稱為「字種」，就是說用了2,975個字種）。—— 其中還包括了一個日本造的漢字「畑」，侵華日軍司令畑俊六的畑，這就是說，不到三千字（字種）。換句話說，讀《毛澤東選集》一至四卷只需要認識三千個漢字就行了。武漢大學對老舍的著名小說《駱駝祥子》用電子計算機測定，得到的數據是：這部小說共用字種2,413個。也不到三千個。可見認得三千個漢字，日常應用就足夠了。如果用大量的語料，經過漢字字頻測定，又參照漢字在文本中的分布狀況，那麼，我們就可以得到常用字的輪廓，並制定常用字表——不是臆造出來，而是根據數量測定而製成的常用字表，對於義務教育、漢語教學、新聞出版、電子計算機等等方面，都有決定性的意義。

對人名用字的測量也是饒有興味的。上個月（1984.11.17）在北京召開的一次人名用字鑑定會上，發布了很有趣味的統計資料。根據七個省市抽樣統計，在174,900個抽樣中，人名用字共328,400個，而所用字料則為3,257個。在人名（不是姓氏）中出現最多的四個字是「英」、「華」、「玉」、「秀」。根據這些抽樣，單名（即用一個漢字而不是兩個漢字形成的名字）的趨勢是日益增加的。

　　用一個漢字命名的人名，在我國古代是比較多見的；我只能用「比較多見」這樣的模糊字眼，因為對古代人名沒有利用現代化技術統計過，得不到確切的數據。根據上面提到過的測量，五〇年代前命名的單名占6.5%，五〇年代後頭十七年增加到占8.98%，在十年動亂中，這個比例數增加到29.0%，而在「文化大革命」後出生的兒童命名，則單名占32.49%。由此統計可以得到一個小小的結論，如果說五〇年代前單名的重名率為0.645%的話，則當前（十年動亂後出生的）單名同名率為4.5%。

　　剛才講到制定常用字表和通用字表（即一般排字房中所有的漢字，這裡不包括古籍），講到姓氏的調查統計，這使人不能不想到：漢字在一切文本中出現的頻率──即所謂字頻。從1928年陳鶴琴先生開始，國內海外多次進行過字頻的統計工作，在當代以前做這項工作因為沒有電子技術，手工操作既煩重且不易準確，因此用作語料（corpus）的字數不夠多。我們正在用計算機進行這項工作，此刻尚未完成，不過1972－76年曾經做過「人海戰術」進行的字頻測定，所用的語料竟超過二千萬字（21,660,000），那次有局限性，因為所用語料是在特殊的語境（「文化大革命」）中產生的，選材的目的性也不夠明確，還應加上人工統計可能出現的誤差；但因為語料字數多，字頻曲線在理論上還是可以使用

的，或者說，還是近於實際的（如果不說完全適合實際的話），這次調查得到這樣的觀念，即二千萬字的語料使用了字種共六千三百五十九個（6,359）。當降頻字序到162時，覆蓋面積達到50%；字序到950時，覆蓋面積為90%；字序為2,400時，覆蓋面積即達99%；字序為3,804時，覆蓋面積到99.90%；從2,400到6,359這三千九百多字（3,959），覆蓋面積只增加1%。換句話說，二千四百個字種將成為常用值。比較一下上面講過兩部著名作品所用的字種（分別為2,975和2,413個），這個數字是可信的。

這裡只講字頻，而沒講到詞頻。字和詞，在漢語本來就不是同義語；在現代漢語，字和詞的區別更大。從現代歐美文字看，字和詞是一個相同的概念，但在現代漢語卻不是一個概念，例如「汽」和「水」這兩個漢字各表達一種事物或一種概念，而「汽水」這兩個漢字的組合卻表達另一種事物或概念。「汽水」是一個詞，它是由兩個字組成的；「水」也是一個詞，它是由一個字組成的；「汽」在現代漢語常常不是一個詞，但有時又可以被當作一個詞。所以統計現代漢語的詞頻，有很重要的現實意義。有許多構詞力很強的漢字，同別的漢字組成新的詞。制定常用字表要去考慮到詞頻，而不能單依據字頻，就是這個緣故。至於詞組（兩個詞合成一個複合概念）又是另一個問題。這裡只提一下，不講了。

總之，在這個時代，數量的觀念是研究語言的一個很關鍵性的問題。如果對定量分析沒有足夠的重視，那麼我們的語言學就不能密切地適應時代的需要。當然，數量測定的方面很廣，取得種種方面的基本數據，是很有意義的；只有這樣，才能把語言學應用到有關的地方去；也只有這樣，社會語言學才能走出書齋，迎接信息時代的挑戰！

（1984.12.19）

〔46〕語言科學與信息革命*

(1) 馬克思在上個世紀四〇年代就預言,原先分化了的自然科學,將融合成為一門統一的科學。

從技術革命的角度看,科學技術發展的趨勢表明:社會科學──自然科學──技術科學三者相互聯繫,相互交叉而發展。

所謂綜合研究,就是從不可分割的總體中看清所研究的局部。

只有從綜合研究出發,才能有應用研究。應用是理論和實際密切結合的成果。

(2) 八〇年代可以看得很清楚,一場世界性的新技術革命席捲了全球。可以從種種不同的角度,用種種不同的方式來表述這場新技術革命。其中,最容易被人理解和接受的表述方式,是說:這場新技術革命可稱為信息革命,或者說:這場新技術革命引導人類社會進入一個新時代,即信息時代。

信息是當今社會用之不竭的資源;信息革命導致新的社會方式和新的價值觀念。以信息為中心的一場大變革正在人類社會中進行。這是以信息的收集、存儲、傳輸、整理、加工、顯示……並據此以進行決策,指揮的一場運動。

西方理論界有這樣的說法,可供我們思索時參考。他們認為,在人類社會發展的過程中,農業時代的開發是以自然資源加上勞動力加上資本為標誌的,工業時代則以自然資源加上勞動力加上資本再加上武力(例如征服殖民地)為標誌。──到了信息

---

* 這是在語言文字應用研究所成立後第一次學術報告會上所作的報告摘要。

化時代，國家的財富要靠信息──知識──智能來積累。這種說法導致了第一次（農業），第二次（工業），第三次（信息）「浪潮」、「革命」等等。

可以看三本書：

①Alvin Toffler, *The Third Wave*, 1980（中文本《第三波》，1983）

②J－J. Servan－Schreiber, *Le defi mondial*, 1980（中文本《世界面臨挑戰》，1982）

③G. A. Feigenbaum and P. Mc Corduck, *The Fifth Generation*, 1983（中文本《第五代》，1985）

(3) 信息的定義──最簡單的說法：

Knowleage that was unknown to the receiver prior to its receipt.（受信者在接收之前所不知道的知識）

信息量（平均信息量）通用的公式：

The information $I_{(x)}$，for event X，of probability $P_{(x)}$ is given by $I_{(x)}=\log P_{(x)}$。（概率為$P_{(x)}$的事件x，其信息量$I_{(x)}$可表述為$I_{(x)}=\log P_{(x)}$）

參見Dennis Longley and Michael Shain, *Dictionary of Information Technology*。

社會語言學不能不關切信息在語言交際中的作用和地位。Neustupny說得好，不講信息和模式，就不是完全的社會語言學。

參看Neustupny, G. V, *Post－structural Approaches to Language*, 1978，東京。同氏，《階層言語という壁》（見《言語》，1982年第十期）。又同氏，《外國人與通信》，1982，東京。

(4) 信息的共享性。社會信息交換結構的變化，從金字塔

（縱向）結構改變為橫向（蟹行）結構。

參見Douglas R. Hofstadtler, *Goder, Escher, Bach An Eternal Golden Braid*, 1979，紐約。中文節本《GEB——一條永恆的金帶》，1984，成都。

(5) 信息化社會的通俗說法是「3A化」即：

FA　（Factory Automation）工廠自動化

OA　（Office Automation）辦公室自動化

HA　（Home Automation）家庭自動化

信息化社會的主要工具——電子計算機。

(6) 語言。信息的傳遞有不同的載體，如導線、電纜、電磁波等等；但在人類社會交際中最重要、最有效的信息載體，則是語言。語言在這裡是廣義的，包括口語和文語（書面語）、自然語言和人工語言、符號和信號等等。

語言本身又是按照一定規則，有意識地排列起來的信息序列。

社會語言學家又認為語言具有社會性、群體感情，這是特定社會的歷史文化綜合產品。

思維離不開語言；信息活動也離不開語言。思維離開了語言，很難設想它是怎樣活動的。

維納（N. Wiener）在他第一部著作《控制論——或關於在動物和機器中控制和通訊的科學》（1948）最後一章（第八章）論述「信息，語言和社會」；第二部著作《人有人的用途》（1954）有兩章論述語言。第四章，「語言的機制和歷史」；第十一章，「語言、混亂和堵塞」。維納提出了語言信息量的問題，從而申述它的社會意義。維納又提出「內穩態」（homeostasis）說——他認為社會的內穩態因素，是控制／傳遞／交換信息最有效、最重

要的因素。

(7) 電子計算機的微型化是八〇年代新技術革命的一個重要特徵。由真空管到電晶體，電子計算機已經大大縮小了體積，增強了效能；繼而發明了積體電路（IC），大型積體電路（LIC），超大型積體電路（VLIC），這就導致了電子計算機所謂「微型革命」。微計算機效能高，價值低，不一定要專業人員，用戶自己可以操作，導致了人機共生（Symbiosis）觀念——人的本身也成為通訊工具的一部門，由是引起對知識和行動的新觀念。

微機體積小、耗能少、速度快、儲存多，這就是說，能記憶非常多的東西，理論上有所謂記憶的無窮性，也可以用微機開發人工智能。

(8) 計算機目下的應用，有80%是用以處理信息而不是用以計算的，用來計算的百分比只占到20%。計算機走上了非計算機的路，走上了智能開發的路，走上了推理的路。

KIPS（知識信息處理系統）力圖把知識帶給任何一個用戶，讓他做到想完成什麼任務就能完成什麼任務，而這些知識是大量的，而且剪裁到適合任何用戶的需要。

KIPS比先前發展的專家系統的前景更為廣闊。

智能化的信息處理：對自然語言和人工語言提出了嚴格的要求。信息學家和語言學家通力合作才能解決這嚴重的任務。

解大學微積分題，對於計算機是易如反掌的；然而搭積木對計算機來說，卻難得利害；在這一點上，計算機操縱的機器人不如一個小孩。把智能賦給計算機，這是人類正在努力而已取得一定成就的活動。

(9) 系統　貝塔朗菲（Ludwig von Bertalanffy）給「系統」下

的古典定義：系統就是處於一定的相互關係中並與環境發生關係的各組成部分（elements）的總和。

信號的有序排列就形成了語言信息系統。

有兩種系統：物質系統（material system）和觀念系統（idea system）。──觀念系統的組成部分是抽象的觀念物，例如處於一定的相互關係的概念；觀念系統可以認為是某種特定的信息系統，有些學者稱之為語義信息（Semantic information）系統，語義信息系統是由某種物質記錄下來的，而記錄語義信息的物質組成則成為它的載體。

語言是一個系統，它是由處於一定相互關係的組成部分構成的──比方說，語言是由許多相互關聯的句子所組成。句子是一個子系統，它是由處於一定相互關係的組成部分所構成。這些組成部分就是詞；詞是一個亞子系統，它是由處於一定相互關係的音素和語素所構成。系統的組成部分是處在互相關聯的狀態中，如果各不相涉，就不能構成一個系統。

語言作為一個語義信息系統，有重大的理論意義和實踐價值。

語言系統論（或系統論語言學）

語言信息學（或信息論語言學）

語言控制論（或控制論語言學）

參看宋且夫的《語言作為系統和結構》（В. М. Солнцев, *Язык как системно-структурное образование* ,1978）

弗朗克（主編）《語言控制論》（Frank et al, *Lingvo-kibernetiko, Sprachkybenetik*, 1982）

⑽ 變異。語言不是一個封閉系統。有一種說法，認為語言系統是一個無窮集。語言的組成部分處在相互關係中，同時又處

在與外界環境（語言環境）的密切的相互關聯中。但是處在這種相互關係的組成部分並非時常處在有序的組合狀態，它總是從無序轉化到有序，又由有序引起無序。因此，語言的變異是時刻在產生的。變異就是非規範化，由於社會的需要，非規範化必轉化為規範化。規範化的語言組成部分就是變異。內穩態的形成就是從變異到規範的運動過程。

社會語言學在很大程度上可以說是研究語言在社會交際中的變異。

⑾ 定量。信息革命迫使語言研究走上定量分析的路子。過去也研究定量，但不如今日迫切。對語言信息系統的總體或相互關聯的各組成部分進行量的測定，可以更有效地，更準確地實施語言的應用和決策，使語言直接服務於生產力的發展。

對自然語言進行適度的干預，例如盡量減少其非規範因素，增加規範因素，首先必須對自然語言（總體、部分）進行定量分析。定量分析是語言政策（國家干預）的科學基礎。因此對現代漢語各組成部分進行定量分析是刻不容緩的任務。

（1985.01.17）

〔47〕新技術革命和語言學的新觀念*

0 新技術革命的浪潮正在席捲全世界。無論你願意不願意，無論你把它叫做「第三波」，或者叫做「第二次（第四次）工業革命」，還是叫做「信息革命」，總而言之，我們現在正處在

---

* 這是根據幾次演講的內容改寫而成的。

一個信息化的時代，面臨著這場新技術革命的挑戰[1]。這場「革命」衝擊著社會生活，引起了社會結構由縱向到橫向關係的變化；同時，這場「革命」給某些學科注入了新的觀念，導致了某些學科的革新，並且發展了一些多科性交叉學科。語言學也不例外，語言學在這場科學技術的大發展中被賦予不少新觀念，同時也發展了例如語言控制論、社會語言學、心理語言學、神經語言學、認知語言學等等多科性交叉學科。

0.1 什麼叫做「信息」

「信息」（information）本來是一個專門術語，它目前已進入了現代漢語的通用語彙庫（甚至於常被濫用）。有必要給「信息」下一個易懂的、但又符合科學的定義——而不是從某一專門學科出發給這個專門術語下一個專家才能懂得的、雖則周全但過於專業化的定義。我以為朗萊和舍恩兩人在《信息工學詞典》（1982）中所給的定義是可取的，這個定義共有三個層次：

(1) 信息就是受信者在接受之前所不知道的知識；

(2) 信息的定義（即賦給數據的內涵）是由發信者和受信者雙方事先約定的；

(3) 事件X的信息（量）為I_x。如這事件出現的概率為P_x，則信息（量）I_x可以表述為：

$$I_x = \log P_x$$

也就是說事件X的信息（量）為其出現概率的對數[2]。

① Alvin Toffler, *The Third Wave*, 1980（中譯本《第三波》，1983）。Jean Jacques Servan-Schreiber, *Le defi mondial*, 1980（中譯本《世界面臨挑戰》，1982）。Jürgen Kuczynski, *Vier Revolution der Produktivkräfte。Theorie und Vergleiche*, 1975（中譯本《生產力的四次革命：理論和對比》，1984）。

② Dennis Longley and Michael Shain, *Dictionary of Information Technology*, 1982。

0.2 信息化時代的標誌

從社會語言學家看來，信息化時代有三個主要的標誌，即：信息爆炸；信息更新；信息共享。信息爆炸講的迅速增加，信息更新講知識老化的速度，信息共享講質的變化。

0.21 信息爆炸

所謂爆炸，極言其多之意。即信息的數量與時俱增，而且劇增。經過第二次大戰後期及戰後的醞釀，六〇年代信息技術有重大突破，到七〇年代末八〇年代初有長足發展，收集和傳播信息的手段比之歷史上任何時期都更廣泛和更有效——報紙、雜誌、書籍、論文、廣播、錄音、電視、錄影、衛星傳送、……等等，這些媒介給人類社會提供了大量的信息。僅用個人的閱讀——甚至僅用人力去掃讀，已經成為不可能的事。這樣，就不能不借助現代化的信息工程，簡單地說，不得不使用電子計算機。由此產生了術語數據庫、信息檢索、聯機檢索等等新問題。

0.22 信息更新

知識信息（Knowledge information）不但增加得快（量的增加），而且老化得快，也就是說，知識信息的更新周期比過去任何歷史時期都短。「士別三日當刮目相看。」古人的說法有點誇張，現在倒變成真是那麼一回事了。在工業革命（所謂第一次產業革命）以前，知識更新的周期可能成百年或至少五十年；在兩次大戰中間（1914－1945），知識更新的周期縮短到二十至三十年；如今，六〇年代以後，知識信息三五年就更新一次。時刻都要追尋新的信息，否則就要落後。

0.23 信息共享

材料（物質）、能量（動力）和信息，這三者是科學技術的

三大支柱。材料和能量是可以分配的，信息的特徵則是它的共享性——某甲有兩噸煤，某乙有一噸煤，某甲分給某乙一噸煤，則某甲只有一噸煤，而某乙卻有兩噸煤。在信息來說，完全不是這樣子。某甲得到四條消息（人所不知的），某乙只有兩條消息，某甲擁有消息為某乙的一倍；某甲將他所採到四條消息中的兩條告訴某乙，則某乙也得到四條消息，此時，某甲卻仍然有四條消息，不因給了某乙兩條而只剩下兩條。在新的信息化時代中，信息成為一種可供共享的資源（雖則它不是物質資源），而且是用之不竭的資源；同時它也變成一種生產力，推動社會生活前進。這都是本世紀六〇年代以前所不曾預想到的。

接著，在這樣的新條件下，人們認識到，比較原始的社會——例如農業社會，財富的獲得往往靠自然資源加上勞力。到了社會經濟比較發展的時代，例如所謂工業社會，財富往往是由自然資源＋勞力＋資本才能獲得。工業化社會（一般地說指在資本主義條件和帝國主義階段中），許多「先進」國家的財富，除了上述三者（自然資源＋勞力＋資本）外，還得加上武力來獲取。《資本論》第一卷第二十四章〈所謂原始積累〉，實際上是「用血和火的文字載入人類編年史的」（馬克思語）。這就是武力的因素。而目前，社會財富的獲得以及迅速增加（起飛、騰飛），在很大程度上要靠信息——知識——智能。所謂新技術革命，可以理解為以信息的收集、存儲、檢索、傳送、處理、顯示、複製……為中心，並據此以指揮生產或進行決策的一場變革。

附帶要提到的是，信息科學和信息工程的發展，它的主要手段電子計算機應用到科學和社會的各個部門，導致了腦的貶值——即大腦的常規功能或者較簡單的決策功能由電子計算機負擔了，

大腦留下來做更加複雜的思考工作①。這場變革的意義，比過去多次的技術革命（例如蒸汽機、電氣化……）導致手的貶值來，意義大得多。

 1　這裡想進一步闡述信息化時代如下三個方面的問題：

　　⑴ 實踐圖景；

　　⑵ 理論溯源；

　　⑶ 發展趨勢。

1.1　實踐圖景

所謂信息化在實踐上的圖景，簡單說來表現為三者②：

　⑴ 工廠自動化（Factory Automation, FA）

　⑵ 辦公室自動化（Office Automation, OA）

　⑶ 家庭自動化（Home Automation, HA）

這三者合稱為3A。社會生活三方面（工廠－辦公室－家庭）的自動化是以信息為中心，通過電子計算機來實現的。3A的出現，必然導致社會生活的結構變化（橫向或蟹行結構），同時導致社會生活方式的改變（例如終端技術的應用引起辦公時間、地點的改變）。

1.2　理論溯源

信息化時代不是一個早上從天上掉下來的，應當說它是有理論準備的：這就是信息科學的創立和發展。其中主要是維納（N. Wiener）在戰時發展起來的控制論（1948－1949），申農（E. C.

① 可參看Norbert Wiener, *The Human Use of Human Beings*，1954（中譯本《人有人的用途》，1978）。

② 參看*Science News*，Vol. 126，No. 8，Aug. 25，1984。Bruce Bower.

Shannon）和韋弗（W. Weaver）的信息論（1949），馮紐曼（John von. Neumann）的數字電子計算機系統和博弈論（1946），羅森勃呂特（A. Rosenbruèth），同維納一起研究的神經生理學和他們的前驅坎農（W. B. Cannan）的軀體研究（1932），以及貝塔朗菲（L. V. Bertalanffy）的系統論[1]。

所有這些學科都一無例外地以信息的種種規律為其研究對象，以對信息進行種種處理（就其最廣泛語義來說）來組織生活與生產，從而提高社會生產力為目的的，所以常常統稱為「信息科學」，而其應用則統稱為「信息工程」。

1.3 發展趨勢

信息處理（廣義）的趨勢，包括處理信息的最重要的工具 —— 電子計算機 —— 發展的趨勢，可以概括或設想為五個層次（或方面）[2]：微型、高效、網絡、超遠、人工智能（AI）。

1.4 微型、高效、網絡和超遠

自從真空管讓位給電晶體，信息工程技術就有了很大的突破：體積微型化，而功效卻大大增加。1943年研制的人類歷史上第一台電子計算機（ENIAC），共用了18,000多只真空管，重量130噸，占地170平方米，每工作一小時耗電140度，還要配備一台重30噸的冷卻裝置，然而它每秒鐘只能作5,000次加法運算——其後由馮紐曼發展（1946）的「離散變量自動電子計算機」（EDVACO）是當代電子計算機的原型，可也是採用真空管的，體積大，速度慢，功耗大，價錢貴，而且常常壞（據說每五分鐘

---

① 維納、申農、諾意曼、坎農等人的著作，有部分中譯本，此處不列。
② 參看《第三波》，1983；《世界面臨挑戰》，1982。

發生一次故障）。這是第一代，其後第二代（1956-1962）用電晶體作為電子元件，第三代（1962-1970）採用積體電路（將很多邏輯電路集中在一塊只有幾個平方毫米的矽片），第四代（1970迄今）採用大型積體電路（LSI，每平方英吋晶片有10,000個邏輯電路）和超大型積體電路（VLSI，即每平方英吋晶片有10,000以上邏輯電路），都顯示出越來越大的微型化特徵，直到八○年代微型電子計算機（microcomputer）和微處理機（microprocessor）的迅速發展，打開了微型、高效、低價、易用的新天地，導致了所謂「人－機共生」（man－machine symbiosis）現象[1]，以至於對知識信息和行動（action）的看法都改變了，甚至於接近人本身與工具混為一體，在新的條件下或新的觀念下達到類似笛卡兒（Descartes）所概括的「動物即機器」（bete machine）和拉‧梅特里（Le Mettrie）所概括的「人是機器」（L' homme－machine）的境界[2]。微型化的結果有利於3A的普及，特別有利於個人、家庭或店鋪、機關電子工具的普及。

　　微縮技術的發展，也對信息的傳播和使用起了重大作用。10×15cm那麼大小一張微縮膠片（約等於小32開本一頁）可以容載16開3,200頁（也就是它本身大小約六七千頁）的內容。我看見過日本新力（Sony）公司新開發的、稱為CD－ROM的電子計算機數據存儲庫系統（date storage system）──約莫三英吋直徑的碟片，竟能存儲550megabytes，約等於一千個普通軟磁碟（floppy disc）的容量。這樣一面碟片，可以收錄270,000頁（每

---

[1] 參看John Hayman，*Cybernetics in Information Systems*。*Theory and Practice*：*Technological Issues*, CYBERNETICA, Vol. XXVI, No. 3, 1983。

[2] 此意可參看L. von Berlantaffy，*Theory of General Systems*（1972）。拉‧梅特里的著作有中譯本。

頁2,000個字母）的內容；也就是說，全部韋氏大學字典輸進去，也不過占這個磁碟的$\frac{1}{12}$[①]。過去說$5\frac{1}{2}$的磁碟可以容納10 megabytes就說很高效能了。將要上市的這個新技術產品不知效能要高多少倍！

一般認為，在最近的二、三十年間，每兩年為一周期，每一周期電子計算機降價一半，同時提高功效一倍。過去內存32K的微計算機被認為功效很大了，而目前則256K的微計算機隨時可以買到，而且價值不超過五百美元[②]。功效的增加還表現在使用方便，語言簡單，普通人未經過專門技術訓練，也可以上機操作。這一點對於計算機的普及應用尤其顯得重要。

至於超遠距離傳送（通過通訊衛星）和網絡化聯機檢索技術的成功，毫無疑問也極大地提高了功效，例如光導纖維取代銅絲傳送信息的結果，是它具有快速和可靠的特性，而且容量可以提高一百倍以上。

1.5 人工智能

「人工智能」（artificial intelligence，簡稱AI）這個術語1956年才開始使用。但可以毫不誇張地說，第五代電子計算機的目標就是追求並且企圖在某種程度上解決人工智能問題。人工智能的提出和解決，是在一定的範圍內回答「機器能思維嗎？」這樣一個折磨人的古老問題。機器人學（robotics）近年來有很大的發

[①] 見Akio Morita, *The Technological World of Tomorrows,* 1984載：Proceedings：22 Congres de l'union internationale des editeurs' （Mexico, 84），p.61以下。byte為「位元群組」，電子計算機作為一個單位來處理的一串二進制數位。Kilobyte＝1,024個位元群組。megabyte＝1,048,576個位元群組。

[②] 參看John Hayman, *Cybernetics in Information Systems. Theory and Practice：Technological Issues*是1983年市場情況。

展，其目的也在於製造一種電子裝置，使它能接受信號，能感受外界條件，處理所得數據，以便轉動一種機械，來完成一種額定的符合外界條件或輸入信號需要的動作。

第五代電子計算機是當今科學界技術界努力研製的目標。它的真正力量已不在運算的速度，而在於它具有推理的能力——這就是具有人工智能。這設想中新的一代電子裝置，被稱為「知識信息處理系統」（Knowledge Information Processing Systems，簡稱Kips）①。如果這種電子裝置能不只收集和挑選信息，而且能了解和理解信息，那麼，知識信息處理系統就可以通過普遍的自然語言進行人機對話（甚至形成人機共生現象），存儲大量的專業知識（專家系統），並且把這些知識剪裁到適合任何一個用戶的需要，使他能夠通過機器的推理（智能！）做到想完成什麼就完成什麼的那種境界。也許這種境界就是本世紀新技術革命所追求的目標。有的專家對此表示信心不足，有的專家有充足的信心，但是認為要經過大量的勞動和相當長的時間②。無論如何，要使人工智能處理裝置達到或甚至超過人腦的推理水平，也許還要經過比較長期的努力或甚至只是一種「理想」，可是部分地超過人腦的推理成果也許是本世紀內可以達到的前景。

2 在信息化時代，語言扮演著什麼樣的角色呢？語言首先是信息載體，而且是非常重要的信息載體——信息載體不只語言，但語言是信息載體中最經常、最重要的載體。也許可以說，語言作為信息載體比一般的載體多一點什麼東西；照我看，就多一點社會性。其次，語言本身又是一種信息系統。語言作為信息

---

① 見E. A. Feigenbaum and P. McCorduck，*The Fifth Generation* 1983。
② 見Marvin Minsky，《人能思考，計算機為什麼不能？》，1984。中譯文《國外社會科學》1978（12）。

系統也比一般的信息系統多一點什麼東西——可以這樣認為，語言不只是一個物質系統，而且是一個觀念系統①。因此，所有傳送、存儲、處理、檢索信息等等的過程——按語言學者的角度看來，都圍繞著語義進行的。但無論如何，面對新技術革命的挑戰，語言學的研究不得不開闢新的天地；換句話說，這一場技術革命給語言學帶來了很多新的觀念——其中有些還未形成系統，可是絕不能忽略它們，否則在語言研究方面就會落後於現實的需要。

3 新技術革命給語言學帶來什麼新觀念呢？

我以為大致可以提出下面的幾點：

(1) 量的觀念；

(2) 規範的觀念；

(3) 系統的觀念；

(4) 符號的觀念；

(5) 集和場的觀念；

(6) 變異的觀念；

(7) 黑箱的觀念；

(8) 模型的觀念。

3.1 量

傳統語言學著重分析的是語言的微觀狀態、語言要素之間的關係等等，而很少或不太著重量的測定。發展到應用語言學，這才在很多方面著眼於量的測定，例如對語詞在日常交際場合出現的次數進行測定，得出詞頻（語詞出現頻率），分辨出一級常用

---

① 見B. M. Солнцев，*Язык как системно-структурное образование*，1983。

字（最常用的字），二級常用字，以及定出各級學校畢業時掌握的最低限度字表（詞表）等等。

信息論的理論系統建立後，認為信息量是可以測定的，並以比特（bit）作為信息的測量單位，由是有了平均信息量——熵、最大信息量、相對信息量①、冗餘度（多餘度），以及其他種種測定。語言作為信息系統，因此，也完全可能並應當進行量的測定。語言諸要素的量的測定，開闢了當代語言學研究的新天地，派生出數理語言學、計量語言學、語言控制論、控制論語言教育學等等多科交叉學科。社會語言學、語言教育學、以及語言規劃決策等等方面，其實也無一不需借助於語言的定量分析。語言的定量分析，實質上是用數學觀念來描述語言結構，因此，定量分析常常不是目的，量的測定往往導致對某種語言結構的深入理解和這種語言在信息交際中的實際應用。

對現代漢語要素作量的測定，最早和進行得最多的是單字（方塊漢字）在日常書面語中出現的次數（漢字頻率），測定的目標常常是教育學方面的，即確定常用字以進行漢語基礎教育。從陳鶴琴（1928）、莊澤宣（1930）到台灣編譯館（1967），抽樣的總字數都不超過10^6；北京（1972）用人工統計的字頻採用大於10^7的抽樣字數；但它是在特殊的社會語境（「文化大革命」）中進行的，帶有很大的特殊因素②。但不管那一種情況，在現代漢語日常書面語的單字頻率曲線（以字數為X軸，以頻率為Y軸）到了一千字覆蓋率為90.92%，即開始猛烈向X軸靠攏，大約到

---

① 見W. Weaver，*Recent Contribution to the Mathematical Theory of Communication*，1949。
② 參見周有光，《現代漢語用字的定量問題》，載《辭書研究》，1984（4）；又盧紹昌，《華語論集》，新加坡，1984。

2,400－3,800時，即趨於X軸的漸近線。這就是說，認得一千字，會讀日常文獻的九成，認得二千字，幾乎會讀九成五以上。注意這裡所謂「會讀」，完全不等於理解文意，因為這裡只研究作為離散原素的單字，而漢語的語詞卻常常是兩個單字組成的——這就是說，單字不過是語素——，會讀兩個單字，不等於能夠理解由這兩個單字合成的詞的意義，例如會讀「雷」和「達」。不等於理解「雷達」的詞義，會讀「矛」、「盾」兩字，不易說清「矛盾」一詞的詞義。個別作品的用字量統計，也間接證明漢字日常使用量不是如一般推理那麼大的[1]。漢字頻率（字頻）的測定和用字量的測定，加上語詞頻率（詞頻）的測定，可以導致一系列的決策——包括小學用最低限度字表，中學用最低限度字表，常用字盤，工商管理用打字機／電子計算機字庫，人名地名用字規範化建議等等，都對國計民生有直接關係的。

　　至於現代漢語的其他要素的測定，近年來已在展開，例如漢字熵的測定，漢語拼音音節的量的測定，音素信息量的測定，語素的量的測定，漢字冗餘度的測定，分布率和效用率[2]的綜合測定，日常漢語語言交際最大信息量和最佳社會效能的計算，都是信息化時代語言研究的重要數據，對語言規劃決策有重大關係。

3.2　規範

　　信息化時代的一切交際都要求規範化。沒有規範，就沒有自動化。控制論理論認為通過反饋修正實際演績到達預期演績——

---

① 指《毛澤東選集》一～四卷用字有兩個不同數據：2,975－3,002，是兩個來源用人工統計的。老舍的小說《駱駝祥子》，用電子計算機計算，得2,413字種（全文共107,360字）。

② 分布率——頻率高的漢字不等於常用字，因為字頻受語境的支配，受書面語和文體的影響。效用率——指有些字使用頻率不高，但一遇到需要就聯想起來。

這預期演繹在某種意義上說也就是一種「規範」境界。規範對於信息工程來說不啻是生命。而在信息化時代，科學技術首先要求表述的基本構成——術語——規範化，因之，遠在三〇年代即萌芽的術語學[1]，到六〇年代隨著信息技術的發展而日益成為一門十分重要的邊緣科學[2]。術語學，可以說是同當代語言學有著密切關係的學科。

在信息化時代的社會實踐中，要求制定各種國際標準和國家標準，而語言學對於有關語言交際（語言文字）和非語言交際（各形符號）的國際標準以及國家標準的制定，是責無旁貸的。例如普通話就是現代漢語的規範化口語，即全民族的通用交際工具，推廣普通話是國家現代化所必須的，同時它反過來又促進現代化過程。

3.3 系統

在信息化時代，系統觀念（systemic approach）和系統理論（theory of systems）得到廣泛的傳播和應用。系統論可溯來源至二〇年代貝塔朗菲從生物學開始的探索，目前系統論已成為科學的科學，而且應用到各個領域中去[3]。貝塔朗菲給「系統」下的定義是易懂的，他認為系統即「處於一定的相互關係中並與環境發生關係的各組成部分的總體」。

瑞士語言學家索緒爾早已把語言看做一種系統和結構[4]，但

---

[1] 指 Eugen Wüster，*Internationale Sprachnormung in der Technik，besonders in der Elektrotechnik，Die nationale Sprachnormung und ihre Verallgemeinerung*, 1931。

[2] 參看 Guy Rondeau, *Introduction á la terminologie*, deuxieme edition, 1983。Québec。

[3] 參看 P. K. M, Pherson, *System and Science Systems*, 1983。載 NewsLetter 2／1983, Cybernetics Academy Odobleja（Italy）。

[4] 參見 F. de Saussure, *Cours de linguistique generale*, 1916／1949（中譯本，1980）。

只有在信息化時代，把語言理解為一種有效的信息系統，才展開了對語言的宏觀研究——研究語言的單位不只是而且不再局限於符號、單字、詞語、短語、句子，而是一種「互相聯繫、互相依賴的多種構成部分或要素的綜合體」①，「這種綜合體具有一種特殊的互相關係的款式（模式），這款式（模式）就叫做（語言）結構」。語言工程即把語言這種信息系統，通過電子計算機進行人機對話或機機對話，轉化而為直接生產力。語言控制論是系統理論在當代語言學中的實際應用②。

3.4 符號

用圖形、聲音、顏色、動作……等等可變的要素作為標記（能指）來傳遞信息，這些要素標記叫做符號。自然，文字也是一種符號，不過這裡論述的，卻無寧是非語言交際的種種標記。由於遠距離、高速度的信息活動增加，所以非語言交際在信息化時代很多場合下占著重要的地位，因此特別發展了一門科學，叫做「人類非語言通訊理論」（human nonverbal communication theory）③和「非語言信息處理」（nonverbal information processing）。

和上述非語言性質的符號雖有相關，但可以說實質上不是一碼事的「符號學」（semiotics）也在近三十年中有了較顯著的發展。一般認為，符號學是由「結構學」（syntactics），「意義學」（semantics）和「語用學」（pragmatics）構成的，研究代碼

---

① 參看 Г. Л. Мелъников，*Системная лингвистика и его отношение к структурны*，1967。
② 參見 G. Frank 等編，*Sprachkybernetik*, 1982；又錢學森等，《論系統工程》，1982。
③ 參見 Mark L. Knapp, *Nonverbal Communication in Human Interaction*, 1978－1982。

（codes）理論和記號（sign）生長理論①，其中，結構學處理符號與符號之間的關係，意義學處理符號與所代表的意義之間的關係，而語用學則處理符號與使用者之間的關係。

3.5 集和場

集（集合）和場都是借用的數學術語。當代語言學借用這兩個術語來表達一定的語言現象。集是具有共同特性的諸組成部分（要素）的總匯；場是具有結構關係的諸組成部分（要素）的總匯。當代語言學認為語言是一種無窮集。把語言當作無窮集來研究和處理時，往往要導入集的概念和特徵。在扎德（Zadeh）的模糊集理論發表（1975）②以後，包括扎德在內的一些科學家發展了模糊語言集或模糊語言學。在現代物理學場論出現後，一些語義學家也發展了語義場論③。

3.6 變異

在信息化時代，比之過去任何一個時代，都顯得交際頻繁，進行的速度快，達到的距離遠，而且覆蓋的面積大，語言交際（通訊）的工具（媒介）也具有極高的功能，為前時代所不敢想像的，語言在社會中的作用和地位，語言的多方面接觸都達到前所未有的程度。因此，當代語言學不得不注意研究變異問題——而且往往是把語言當作一個非封閉型信息系統來探究它的變異——如果說傳統語言學也研究某些變異，那麼，可以說它常常局限於

---

① 參見Umberto Eco, *A Theory of Semiotics*, 1979。
② 參見L. A. Zadeh, *Fuzzy Sets*（Information and Control）1965。和 *The Concept of a Linguistic Variable and Its Application to Approximate Reasoning*, 1975。（中譯本，1982）。
③ 參見Lyon, *Semantics* vol. I（1978）─第八章語義場 'semantic fields' 一節。

封閉型的環境所引起的變異，（如地域方言，亦即日常所指的「方言」），和歷時的（而非共時的）語言變異，那麼，當代的社會語言學則著重研究語言和社會這兩個系統的共變[1]。

語言的變異可以概括為歷時的、空間的、語言群體的和語言接觸所引起的變異。除了歷時的和空間的以外，語言群體發生的變異有階級的、階層的、特定社會集團的、行業的、性別的、畸形的、乃至個人的變異，這樣就產生了行話、黑話、暗語、盲聾啞語、……如此等等。語言接觸的變異包括語言與語言之間的接觸，語言與新出現的新概念與新事物之間的接觸，以及不同語境所引起的語言諸要素的變異，除了社會語言學之外，還產生了心理語言學、行為語言學，以及語際語言學、密碼學和破譯學等等。

3.7 黑箱

輸入數據和輸出數據都知道，就是不知道輸入以後輸出以前的數據處理過程——這個過程發生的處所就叫做黑箱，人的大腦就是這樣一個黑箱。語言發生的機制、語言信息的處理和存儲、語言系統的形成，以及運用語言信息進行決策和指揮，無一不同大腦有關。人所共知，控制論是維納教授與神經生理學家A・羅森勃呂特共同研究的成果。但是對大腦的10^{10}～10^{11}個神經元的活動，以及語言信息如何通過這些神經網絡進行交際活動，現在還知道得很少。如果知道得更多一些，對於人工智能的開發，對語言習得都是極有裨益的。

由是出現了神經語言學、心理語言學、人工智能學、語言習

---

[1] 參見陳原，《社會語言學》，1983。

得學以及認知語言學[1]。

3.8 模型

在科學研究特別是在應用中,模型是一種用以思維的工具,它是對客觀範疇分析推理以及通過經驗實驗得出統計而後制定的。有人認為喬姆斯基的轉換語法也就是一種語言模型。海默斯(Hymes)六〇年代發展的信息交際模型也是一種語言交際模型[2]。模型一般由數學公式或圖解(diagram)來建立的。當代語言學在研究語言行動時,常常採取建立模型的方法來解決某些問題。

所有以上幾個新的觀念,都是滲透在當代語言學中,這裡看出的趨勢是:語言學不但同其他人文科學而且同自然科學相交叉,逐漸開拓一些新的研究領域。無論如何,我認為當今語言的研究者一定要打開自己的眼界,使自己的學科能跟上時代的步伐,對實際社會生活有所貢獻。

(《中南民族學院學報》1985年第二期。1985.01.25)

---

① 參見趙世開,《現代語言學》,1983。
② 參見南不二男編,《言語と行動》,1979。

5

〔*51*〕語言政策及其科學基礎＊

0. 概念

0.1 國家（統一的、多民族的、社會主義國家）。

0.2 民族（平等的五十六個民族，其中漢族是人數最多的；「中華民族」）。

0.3 民族語（漢語是漢民族的民族語；五十五個少數民族的民族語──其中二十個民族有書面語言，即文字）。

0.4 公用語〔語際語〕（「全國通用的普通話」；歷史上的「官話」mandarin和「國語」）。

0.5 方言（現代漢語七個方言區）。

0.6 民族區域自治（民族自治區：雙語或多語現象）。

1. 語言政策

1.1 國家語言政策

＊ 這是1986年9月在聖馬力諾國際科學院第三屆國際學術節上討論語言政策時介紹我
國語言政策的講話要點。

1.2 決策機關

A〔漢語〕國務院直屬機關——國家語言文字工作委員會。〔國家語委〕

B〔少數民族語〕中華人民共和國民族事務委員會。〔國家民委〕

C〔教學用語〕中華人民共和國國家教育委員會。〔國家教委〕

1.3 語言政策；語言平等，規範化，雙語區；公用語（語際語）；反對語言歧視。

1.4 適當的國家干預〔人工干預〕，「約定俗成」。

2. 法律根據

2.1 《中華人民共和國憲法》（1982）

2.2 《中華人民共和國民族區域自治法》（1984）

2.3 《中華人民共和國義務教育法》（1986）

2.4 《漢語拼音方案》（1958）

2.5 《簡化字總表》（重新發布1986）

3. 科學根據

3.1 全國人口普查

3.2 全國方言普查

3.3 漢字字頻測定

3.4 漢語詞頻測定

3.5 小學語文實驗（拼音識字，提前讀寫）

3.6 現代漢語其他要素的定量分析

3.7 姓氏抽樣測定

3.8 信息交換用字符集的制定

3.9 漢字系統在電子計算機的應用

4. 規範化

4.1 全國交際用語規範化的科學基礎

4.2 漢字使用規範化的科學基礎

4.3 用漢語拼音方案拼寫現代漢語的科學基礎

4.4 用漢語拼音方案拼寫中國人名地名的科學基礎

5. 附錄 — 文件摘要

5.10 《憲法》

5.11 第四條。「中華人民共和國各民族一律平等。」「各民族都有使用和發展自己的語言文字的自由。」

5.12 第十九條。「國家發展各種教育設施，掃除文盲……」 全國通用 「國家推廣全國通用的普通話。」

5.13 第一百二十一條。〔民族自治地方的自治機關〕 當地通用 「使用當地的一種或者幾種語言文字。」

5.14 第一百三十四條。「各民族公民都有用本民族語言 本民族 文字進行訴訟的權利。」

「人民法院和人民檢察院對於不通曉當地通用的語言 當地通用 文字的訴訟參與人，應當為他們翻譯。」

「在少數民族聚居或者多民族共同居住的地區，應當用當地通用的語言進行審理；起訴書、判決書、布告和其他文書應當根據實際需要使用當地通用的一種或者幾種文字。」

5.20 《民族區域自治法》

5.21 第十條。「保障本地方各民族都有使用和發展自己的

語言文字的自由。」

5.22 第二十一條。〔在執行職務的時候〕

境地通用 「使用當地通用的一種或幾種語言文字；同時使用幾種通用的語言文字執行職務的，可以實行區域自治的民族的語言文字為主。」

5.23 第三十六條。

教學用語 民族自治地方的自治機關決定本地方的「教學用語」。

5.24 第三十七條。「招收少數民族學生為主的學校，有條件的應當採用少數民族文字的課本，並用少數民族語言講課；小學高年級或者中學設漢文課程，推廣全國通用的普通話。」

5.25 第四十九條。「民族自治地方的自治機關教育和鼓勵各民族的幹部互相學習語言文字。」

互相學習 〔漢族學當地語言文字，少數民族學普通話和漢文〕。

當地通用 「民族自治地方的國家工作人員，能夠熟練使用兩種以上當地通用的語言文字的，應當予以獎勵。」

5.26 第五十三條。〔教育各民族的幹部群眾〕

互相尊重 「互相尊重語言文字」「共同維護國家的統一和民族團結。」

5.30 《義務教育法》

全國通用 5.31 第六條。「學校應當推廣使用全國通用的普通話。」

〔在以少數民族學生為主的學校〕可以用少數民族通用的
少數民族通用 語言文字教學。

（1986）

〔*52*〕信息化時代與語言文字規範化*

0. 在「信息化時代」要求傳遞信息做到

高速度

高精度

高真度

高效率

0.1 社會交際手段（通信手段）

a 說話，對話，電話，廣播，電視。

b 文字（手寫，油印，複印，鉛印，列印）電報，傳真，郵遞（信函），旗語，符號。

c 鼓聲，號音，警報，汽笛，喇叭。

d 烽火，燈語，信號。

e 樂聲，歌聲。

這就是布加勒斯特古雅舒教授在《信息論及其應用》一書第四章〈信息源〉中提到五個方面的信息手段，我補充了一些事例。可參看：

Silviu Guiasu（Bucharest）, *Information Theory with Applications*（1977）p.97。

0.2 高速度

——「信息爆炸」；知識更新周期短（三至五年）。

——高速傳遞、檢索。

---

* 這是1985年應邀在一個小型座談會上的講話要點。

——注意：社會節奏（tempo）高速化。

0.3 高精度

——準確度，精確度，帶有語義的信息。

0.4 高真度（＝高傳真度，Hi－Fi）

——不變音，不變調，無噪聲，無雜音，不變形，不變語（不變味——藝術學的：情感）

0.5 高效率

——橫向聯繫（而不是金字塔型）

——掌握簡易

1. 社會交際工具——語言文字

為適應「信息化」時代的需要，必須做到：規範化，標準化。

對一般商品只要求標準化；但對語言文字則除了標準化（如對科學術語）之外，很大部分要求規範化——「約定俗成」。因為語言文字有社會性。

2. 語言規範化

現代化國家為了滿足信息傳遞效率的需要，要求通行全國的統一的交際工具——在單一民族國家，常稱為「國語」；在學術界常稱為「標準語」；在多民族國家，稱為「公用語」、「正式語言」。中國稱為「普通話」——這是中國通用的，各民族都借此可以互相溝通的語際語（共通語）。

2.1 普通話與各民族語言。

2.2 普通話與方言。

民族語、方言都是現實，它們不因全國推廣普通話而失去光

輝，也不會受普通話排斥。

但在各民族間操各種方言的群體間，非常有必要推廣普通話，否則怎麼傳遞信息，交流思想呢？

3. 文字規範化

3.1　目前漢字在社會生活中的雜亂無章，這種「無序」現象標誌著的不是文明，而是不文明。

3.2　漢語拼音方案書寫普通話（不僅記錄漢字）要求規範化——正詞法的應用。

4. 規範化有關問題

——簡化字，繁體字

——方言字，外來詞（借詞）

——橫寫，豎寫

——拼音方案：漢字拼音，詞兒連寫。

——印刷體：異體字的淘汰

——名人題詞與書法藝術

——電子計算機屏幕顯示點陣規範化

（1985.04.06）

〔*53*〕國家現代化和語言文字規範化*

1　如果說科學技術現代化在國家現代化過程中起著決定性作用的話，那麼，語言文字規範化則貫穿在國家現代化的全過程。由於語言文字在社會交際中所起的重大作用，它觸及的方面是十分廣泛的，幾乎可以說關係到每一個社會成員，更不必說涉

及每一個社會分工部門了。作為社會交際最重要的工具的語言文字，是人類社會現代最重要的信息載體（同時它本身又是人類社會的信息系統），將在開放模式的社會中引起自身的深刻變化。

2　搞活經濟，改革開放：這是我們中國當前的基本國策。這意味著語言集團（信息載體的集合）之間必然進行十分廣泛的、經常的、頻繁的接觸，必須結束那種「老死不相往來」的封閉模式的習慣。大量信息必須進行記錄、傳輸、儲存、檢索和處理。語言文字要適應這個新局面，最關鍵的是什麼呢？就是語言文字的規範化和標準化：口語的規範化（中國通用的普通話）；書寫系統的規範化；科學術語的標準化；人名地名的寫法和拼法規範化；等等。

3　所謂語言規範化，在很大程度上意味著要推廣一種對內對外都通用的普通話（從前叫「國語」），而把千百年來一代傳一代的母語（方言）放到社會交際的次要地位。對這個爭議不多，但對其迫切性則認識程度有所不同。「國家推廣全國通用的普通話」（中華人民共和國《憲法》19），這意味著：A、推廣漢民族作為操不同方言之間的通用語；B、推廣作為操不同民族語的中國各民族（五十六個民族）之間的通用語；C、作為中華民族對操外國語的各國人民之間的通用語。推廣普通話是：①貫徹執行基本國策的需要；②適應國家現代化的需要；③滿足現代科學技術處理信息的需要。

4　普通話與方言。在方言地區推廣普通話往往會引起推廣普通話是不是要消滅方言的疑問。方言是一種社會現象，又是一種社會習慣，是特定的社會經濟形態下的產物。方言形成後，對

＊這是1985年在香港舉辦的第一屆中國書展學術報告會上所作報告要點。

於操方言的群體來說，自然而然產生了一定的語言感情，語言感情往往不是單純的語言問題，而是語言群體與生俱來、而在長時期社會生活中形成的一種微妙的凝聚因素，或者說是一種語言群體向心力和凝聚力的心理因素。正因為如此，方言絕對不能單純依靠一紙行政命令來消滅的，實際上發一百條行政命令也消滅不了的。

義大利的社會語言現象給我們提供了一種值得注意的或者可以說可取的語言政策範例——在當代義大利民族共通語與方言長期並存的局面，是文藝復興以來一直存在的。當代義大利由於社會經濟發展的需要，在某種程度上依靠全國性的電視播送，推廣統一的民族共通語卓有成效。

5 普通話與民族語言。在全國範圍內（包括在漢民族地區以外的其他五十五個少數民族地區）推廣全國通用的普通話，意味著在各民族地區形成一種雙語區——即該民族使用的語言和全國通用的普通話同時並存，互相尊重，相得益彰。對少數民族語言文字的尊重，是體現社會主義多民族國家的重要標誌。

有關的政策條文：

《中華人民共和國憲法》，第十九條，「國家推廣全國通用的普通話」，第一百二十一條，「民族自治地方自治機關在執行職務的時候……使用當地通用的一種或者幾種語言文字。」又第一百三十四條，規定訴訟用何種語言文字。

《中華人民共和國民族區域自治法》（1984年），第十條「各民族都有使用和發展自己的語言文字的自由」；第三十七條，「（學校）採用少數民族文字的課本，並用少數民族語言講課；小學高年級或者中學設漢文課程，推廣全國通用的普通話」；第四十九條，各民族的幹部互相學習的語言文字。

《中華人民共和國義務教育法》（1986）：第六條，「學校應當推廣全國通用的普通話」，「招收少數民族學生為主的學校，可以用少數民族通用的語言文字教學。」

6　文字規範化。書寫系統的規範化，比之口語規範化（推廣普通話）較為複雜些，而爭議也激烈得多。文字規範化包括漢字的整理，特別是字形的確定，字量的認定，現代漢語的拼音轉寫等等。爭議至少圍繞著這幾個問題展開的：

——漢字有可能「萬歲」嗎？有可能消滅漢字嗎？

——漢字簡化有必要嗎？漢字的整理的前景如何？

——漢字書寫規範化做得到嗎？

——有必要導入拼音系統嗎？漢語拼音方案的前景如何？

7　漢字　漢字在漫長的年代（幾千年）間由複雜的社會、民族、歷史、文化……等等條件制約而成的書寫系統，它曾長期成為我國團結統一的交際工具，即在當代，漢字系統仍然是我國主要的信息載體。漢字在具備很多優點的同時，也帶來不少缺點。把漢字說成是世上無雙的易學易懂的「寶貝」，或把漢字說成是阻礙科學文化發展的「禍首」，都是不科學的，從而是片面的。

漢字不可能消滅（即使不用這個書寫系統，漢字也不會消滅），更不可能依靠行政命令的手段被消滅。當然，現今實際上也沒有人企圖把它消滅。但漢字本身在發展，字形也在不斷的發展，因此，在系統研究整理漢字的基礎上對漢字進行有利於生產力的發展，是可能的，也是必要的。簡化漢字就是這樣的改革漢字的嘗試之一。簡化漢字總的原則是依據群眾約定俗成的力量，加上有意識的整理、規範，使漢字更加容易為群眾所掌握。在對待簡化字的問題上，心理的障礙大於技術的障礙——如果平心靜

氣考察一下簡化字，則可知道一些簡化字本來是民間俗字，或草書行書寫法，另一些是把幾個通用字（語義相近或相類似）合併為一個，有一些則依古代的簡字，少數是創造出來的。簡化系統需要穩定下來，不能每日每時不斷地進行，這樣才有利於信息的傳遞、存儲和檢索。

為了全面整理漢字──其目的之一，是確定常用漢字和通用漢字，這兩者對於中小學教育、漢語教學，以及社會交際都是極端重要的。我們這幾年運用現代技術（電子計算機）對現代漢語的字、詞，進行量的測定，獲得很有用的字頻、詞頻數據。

8　拼音　1958年中國大陸頒布的「漢語拼音方案」，是用拉丁字母拼寫普通話的規範（不僅拼寫漢字，而且拼寫普通話）；既是規範，則是不可動搖的；有不足或不完善之處可以逐步使它完善，例如規定正詞法，就可以比較完善地拼寫普通話。

國際標準化組織已經通過採納漢語拼音方案為拼寫中國專名（人名、地名）的唯一規範。由黑龍江教育部門開始的「拼音識字，提前讀寫」的大面積實驗，現在已經傳遍各省區，並且在很多地方取得令人驚奇的成效──這證明漢語拼音方案是目前最優的方案，它的生命力是強大的。在電子計算機和電子打字機上使用拼音輸入（全拼或雙拼）的成績是有目共睹的，這大大有利於電子計算機在中國的普及。

9　術語標準化　術語標準化是一個十分重大的問題，關係到國計民生的重大問題。這個問題今天不準備講了，我想提請諸位注意，海內外所用術語不統一，即國內所用術語也常常不統一。你們叫「的士」，我們叫「出租汽車」，上海叫「計程車」；你叫「電腦」，我叫「電子計算機」或簡稱「計算機」；我說的「麵包車」，你說是「小巴」；我說「航天飛機」，你說「穿梭

機」；同一個美國總統Reagan，海內外有幾種漢字寫法；同一個信息論創始者Shannon，在國內有十幾種漢字寫法，術語標準化是目前的急務，國內有兩個機構在研究、審訂、管理，但都不過開步走，要做的事還很多。

（1985.12.14）

〔54〕現代化和規範化*

1. 現代化

很難用幾句話來描述「現代化」。

但可以把現代化的情景要求，簡單地表述為：高技術、高速度、高效率。

為此，要在一切可能的方面加強規範化，有些方面還要求標準化。

因為構成現代化的一個最基本因素，是信息。信息的傳輸、儲存、檢索和處理，要求它的載體保持一種基本狀態，即規範化和標準化的狀態。

2. 信息載體

在當代社會（現代化社會）的交際活動中，語言文字是最重要的信息載體。

如果說印刷術的發明（在中國是畢昇，在歐洲是古騰堡）打破了語言信息傳遞的時、空限制，帶來了人類社會的第一次信息

---

* 這是1986年10月在一個小型座談會上發言要點。

革命的話;那麼,今日世界的電視帶來了人類社會的第二次信息革命;它能把信息在瞬時間(Within a moment)傳遍地球(覆蓋面積達到最大值),引導出共時的信息傳播。

如果語言文字圖像不進行規範化,上面的情景就不可能發生;即使發生了也不起預期的最大效果。

3. 開放模式

從社會語言學角度考慮,開放模式意味著社會上各個語言群體(Language Communities)之間必定進行廣泛的、經常的、頻繁的、迅速的接觸,打破封閉模式的那種僵化狀態,也因此必須在某種程度上逐漸(或突然)改變因封閉模式而形成的種種習慣。

語言群體之間的相互接觸,要求推行一種彼此可以了解的(比較準確地互相了解)的共通語,此時此地就是推廣普通話。

不過,要在語言的運用上採納新的東西,改變傳統的習慣是很難的。「買米一千克」,「走2.5千公尺路」,說起來不容易上口,聽起來不如買米兩斤、走五里路那麼容易接受。

4. 規範

講話要規範化。講普通話對於方言區的人也是很不容易的。何況還有聲調問題(有億〔yì〕萬讀者和有一〔yī〕萬讀者,就不易說得準;同調的同音詞更會引起歧義,如「全部投降」和「全不投降」,「部」、「不」都是[bù])。

用字要規範。社會用字很亂(濫用繁體字、亂造簡化字、隨便寫錯別字),都是不文明的行為;不能不使用輿論的力量以及社會心理的力量,甚至適度的行政力量去糾正。

術語要標準化。一個概念只能有一個正確表達這個概念的術
語。

5. 約定俗成

在規範化過程中，約定俗成應當是一條容易被語言群體接受
的規律。

審音——從古，從源呢？還是從今，從眾，從俗呢？後者就
是約定俗成。

約定俗成是語言文字最慣用的「規律」，語言文字在使用過
程中發生變異、自動調節和人工調節，達到一種有序的穩態。

借用生理學家坎農（Cannon）的定義；內穩態就是「可變的
但又相對穩定」，這也是語言文字生長和發展的「規律」。

（1986.10.25）

〔55〕語言文字規範化問題*

0 1986.09.28《人民日報》在頭版發表了新華社86.09.27的電
文，報導國務院轉發國家語委廢止「二簡」和糾正社會用字混亂
的報告時，在頭條地位發表了題為〈促進漢字規範化，消除社會
用字混亂〉的社論。

這篇社論提出了如下的論點：

(1) 語言文字的規範化，往往反映一個國家，一個民族或一
個地區的文明程度；

(2) 促進漢字規範化，消除社會用字混亂的現象——指的

＊ 這是給出版工作者做的一次報告要點。

是：

    a 濫用繁體字；

    b 亂造簡化字；

    c 隨便寫錯別字。

(3)漢字（形態）在一個時期內要保持相對的穩定；

(4)要消化和鞏固已公布的簡化字。

接著，《人民日報》在1986.10.15重新發表了《簡化字總表》，並加上國家語委的《說明》。

這裡附帶要說的是：

㈠廢止「二簡」（懸而未決的第二次簡化漢字草案）不等於說「二簡」所有的簡化字都不合理，也不能說六〇年代早已公布並實行的《簡化字總表》就沒有不合理的成分；不過就全局而論（也就是人們常說的從「宏觀」出發），第二次簡化字草案已公布了八九年，屢經討論，仍未取得一致意見，拖而未決；既沒有停止使用，又沒有決定使用，這就不能不造成一種混亂局面，並且引起了群眾搞不清哪些字是六〇年代早已通用的，哪些字是建議簡化而未得一致贊成的，這個局面對於信息交際甚為不利，所以領導上最終下決心廢止「二簡」，重新公布簡化字總表的辦法，看來這樣做對於促進漢字規範化有利。

㈡這次重新公布的《簡化字總表》，經過長時期多方面的研究探討，調整了七個字：

(1)迭不再是疊的簡化字。

(2)象不代替像。

(3)复為複、復二字的簡體，但不代替覆。

(4)罗為羅的簡化，但不是囉的簡化。

(5)了（瞭解的瞭作了），但瞭望的瞭仍用瞭，不簡化（讀音

liǎo 時不簡寫）。

(6) 在可能引起混淆時，作餘不作余。例：「餘年無多」不
　　寫作「余年無多」（引起歧義）。

(7) 讎用於校讎，不是「仇」的異體字。

1 現代化的前景必然是高技術、高速度、高效率，背景是開
放模式；為此，要求各方面加強規範化和標準化，因為信息的傳
輸、儲存、檢索和處理要求規範化和標準化這樣一種基本狀態，
所以，作為最重要的信息載體（同時又是信息系統）的語言文
字，不能不加強規範化和標準化，否則不能適應國家現代化的需
要。

也可以從社會交際開放模式的角度來探討這個問題。開放模
式意味著社會的語言集團（即信息載體集團）之間必然進行廣泛
的、經常的、頻繁的、迅速的接觸，打破那種「老死不相往來」
或緩慢的極有限度的封閉模式帶來的習慣。不言而喻，語言文字
的規範化和標準化成為開放模式社會交際的起碼要求。

2 語言文字規範化在現階段首先要求解決一種全國通用的語
言（普通話）的問題；要求解決漢字的形體穩定和數量的確定問
題，同時要求科學術語的標準化和人名地名的寫定問題。

3 語言的規範化（在目前中國來說，可以用《中華人民共和
國憲法》（1982）第十九條的一句話來概括，那就是：

「國家推廣全國通用的普通話」。

這裡給出了四個概念：

(1)「國家」：用行政力量（教育機關、文化機關、司法機關
等等）來進行這項規範化的工作；

(2)「推廣」：用說服、教育、示範等等方法，而不是用強制
的方法進行這項規範化的工作；

(3)「全國通用」：普通話不只是在漢語各種方言地區，而且要推廣到其他民族語地區，成為全國性的公用語；

(4)「普通話」：在某種意義上超出了民族語的範疇，成為全民的公用語。

這樣，這個命題牽涉到漢語方言和少數民族語言的問題。

3.1 普通話和方言

普通話也是一種方言。1955年現代漢語規範問題學術會議規定了普通話是「以北京語音為標準音，以北方話為基礎方言，以典範的現代白話文著作為語法規範」。

一般地說，根據方言普查（共1,822方言點）的結果，現代漢語可以分成七個方言區，而北方話（北方方言）使用的人數占漢族的70%，顯然是社會公眾承認，而且是在漢民族中三分之二的人聽得懂，已經全部或多少會用的語言。這個條件使北方話有資格成為「標準化」的方言，也就是我們現在說的普通話。普通話（北方方言）跟其他方言有語音（同字異音）、語彙（同義異詞）和語法上的差異。「書同文」（特別是用漢字系統書寫文言文）有它在社會交際中的優越作用，同時也拉開了語（口頭語）文（書面語）的差距，說得過分一點，凝固了方言和次方言的生命。

方言、次方言是一個地區社會成員一代傳一代的父母語，帶有濃厚的地方色彩和集團感情，封閉型社會的語言環境妨礙了語言接觸，因而形成方言區的更加封閉狀態。方言是不會自行消亡的，更不能用一紙法令加以消滅，但是現代化要求語言群體頻繁接觸，多少影響了方言的語音、語彙和語法。推廣普通話就是指語言群體在社會交際場合習慣於使用彼此能夠比較準確地了解的公用語。推廣普通話並不意味著排斥方言，更不等於消滅方言，

而是指明在公共交際場合不使用這種或大或小地區才通用的工具。

現代科學技術的發展大大縮短了交際場所的距離，比方說，語言信息倏忽之間就傳遍萬里，因此需要一種到處能聽得懂的公用語（普通話），而新技術應用（例如電視網的設立）將有力推動普通話的普及。我九月間在義大利同那裡幾個大學的語言學家談論這個問題時，他們不約而同地指出，在義大利過去十五年間由於電視的普及，促進了統一的民族語真正的普及，可見電視在推廣普通話中的重要和積極的作用。

完全不能忽視教育機關（特別是中小學）對推廣普通話的巨大作用，這個作用由《義務教育法》（1986）第六條規定：「學校應當推廣使用全國通用的普通話。」至於社會各部門（例如第三產業部門）對推廣普通話也是很有貢獻的，而且在很多地方已經顯示出成效。

3.2 普通話和少數民族語言

中國是一個由多民族組成的統一的社會主義國家。「中華民族」的概念就是漢民族加上蒙、藏、維等五十五個少數民族的統一體。各民族都有同等的政治權利，各民族的語言也有同等的權利。《憲法》（第121條）和《民族區域自治法》（1984）有關條文保證了各民族有使用自己的民族語言的權利，而各民族有互相學習彼此的語言文字的願望和需要；而在社會生活中這權利和願望也完全實現了。

請看一件小事。中國人民銀行發行的各種面額的紙幣除了用漢字和漢語拼音書寫之外，還印了蒙、藏、維和壯四種文字（壯文是唯一在1949年後新創的文字，現在有小修改），代表中國四個民族自治區主要語文。這是世界上少有的多語言社會的現象，

也可以說是範例。我見過加拿大用英、法兩種語言並列的紙幣，還沒有遇到五種文字並列的紙幣——因此，我在日本、聖馬力諾、義大利的國際學術會議上展示複印本時，引起了有關學者的關心和讚嘆。

在使用少數民族語言的地區，漢語〔普通話〕作為語際語（各民族公用語）起著有效的交際作用。因此，存在雙語或多語並存的局面。推廣普通話絕對不抹煞任何民族語言，只不過為了中華民族社會生活現代化的需要罷了。如果粗略地用百分比表示，漢語使用人數占全人口95%，五十五個少數民族（其中二十個有文字，三十五個只有口語而無文字）語言使用者只占全人口的5%。由於北方話占漢語使用者的70%，因此，可以估算出使用普通話的人數為全人口（五十六個民族）的66.5%，即占全人口的三分之二。

4 文字的規範化廣義地說就是用漢字書寫現代漢語的時候，要用社會公認、合乎語言習慣的寫法（寫拼音時還有正詞法），用約定俗成的語彙和語法；但此時此地文字的規範化特指這麼幾個問題：

(1) 漢字要不要簡化？能不能隨便造簡化字？

(2) 在五六萬個漢字中常用的漢字究竟有多少？借外來詞時可以不可以生造新的漢字？

(3) 漢語拼音方案僅僅能給漢字注音還是可以拼寫現代漢語？拼音方案在當代社會生活中的應用是不是在擴大中？

如果說語言規範化問題（推廣普通話）沒有碰到什麼阻力的話，那麼，在文字規範化問題上就完全是另外一種情況：爭議很多，而且爭議了好幾十年。

4.1 漢字要不要簡化？1977年「二簡」公布以後，由於種種

原因，部分由於這次方案比較求急求多，這個長期爭論的問題一下子激化了。

反對簡化的一方說，現在採取開放政策，海外華人社會都用繁體字，簡化字不合時宜，這是從政治上反對簡化的；也有人說簡化破壞了六書規律，破壞了原來的文字美感，八〇年代還有新的反對意見：電子計算機連最複雜的圖像都可以傳送，區區幾個漢字，難道有簡化的必要麼？

自然，贊成簡化的一方作了針鋒相對的反駁。

由於社會生活由簡到繁，節奏由慢到快，這就必然導致交際工具更方便更易操作。交際工具從它的結構來說，可能變得複雜化，但使用方法則必趨簡化。漢字的簡化是社會生活所提出的要求，其中一部分還演變成非語言符號。但文字形態需要穩定，或者說，在一定時期內不能天天變，月月變，年年變。這也是規律性的東西。所以廢止「二簡」，重新公布《簡化字總表》，並以此為書寫系統的規範，使漢字形態在一定時期穩定下來，是合乎時宜的。

4.2 把漢字作為一個系統而不是單個個體進行科學研究，是可能的、應當的和急需的。系統研究中的一項重要內容，就是對漢字和現代漢語中的「詞」進行定量分析。近十年來，在這方面依靠現代化手段（例如電子計算機）獲得了較多的數據。現代漢語的定量分析不只適應了高技術的需要，而且對教育、文化、新聞、出版以及其他社會交際各個方面有著重大的意義。

近年的成果舉其要者如下：

1972－76年字頻統計（手工進行）

1984年漢字部件統計（用計算機）

1985年字頻統計（用計算機）

1985年（中小學教材）詞頻統計（用手工加計算機）

1986年詞頻統計（用計算機）

這些測量數據給出了十分有趣的圖景。舉一個例來說，根據1977至1982年對11,873,029個漢字組成的語料輸入計算機後加以統計，發現這許多不同來源不同學科的語料，其實只用了7,745個漢字。按降頻排列，到序號為162個漢字時，覆蓋面積已達到49.99％，到序號為1,057個漢字時覆蓋面積達90％，到序號為2,851個漢字時，達到99％。這樣，利用這個數據，參考詞頻統計和各種參考數據，有可能制定一個有堅實科學基礎的「常用字表」。不言而喻，常用字表的制定，漢字的日常用量就有了規範或標準了。

這裡還應該提到1981年發布的《信息交換用漢字編碼字符集〔基本集〕》，列為國家標準GB2312－80號，規定了兩級漢字共6,763個作為計算機的基本字符，現在已得到信息界的廣泛應用。

4.3「漢語拼音方案」（1958）。這個用拉丁字母拼音來描寫漢語（漢字；語詞；句子）的拼音方案可看作是今日拼寫普通話的第二書寫系統，如果把漢字系統作為第一書寫系統的話。書寫系統不是文字。但是漢語拼音方案作為書寫系統，已顯示出它的強大生命力，但它還不是文字。從黑龍江開始的「注音識字，提前讀寫」的三年教學經驗獲得令人鼓舞的成就以後，漢語拼音方案在實踐上的意義已經不容懷疑了。這個方案已被國際標準化組織（ISO）確認為用羅馬字（拉丁字母）轉寫中國專名（包括人名地名）的唯一方案。中國人名和地名轉寫為拉丁系統文字，已有很多個國家採用了這個系統。這方面的實用價值遠遠超過原先的預想。拼音方案在信息檢索方面的應用，前景是極為樂觀的。

假如我們的出版物的索引（不幸，很多出版物還沒有注意這個問題）能推廣利用拼音方案檢索的話，那麼它的實用價值將會大大增加。

漢語拼音方案應用於現代化技術（例如計算機編碼、電報等等）方面有一個難題還未突破，那就是同音字、同音詞的問題。對這個問題進行大面積語料的研究，應當得到很好的結果，可惜現在還沒有令人折服的數據。也許起步晚了，要集中力量趕上去。現在我們手頭只有英國倫敦大學湯普森教授（Prof. P. Thompson）的統計，如果不標調，漢字單音詞平均有25個同音詞（字），雙音詞同音詞平均只有1.7個，三音詞1.2個，四音詞0個。我沒有看到他的全部測量數據，即使這幾個數據是可取的，也不能忘記另外一個參考數據，即在中小學課本高頻率的一千個詞中只有391個是雙音節的，還有10個以下是多於雙音節的，複音節合在一起不超過400個，這就表明，在常用詞中單音節的詞通常占60%左右（據我自己的測量，複音詞一般在50%左右，科學文章則複音詞的百分比還要增加）。

正是這個難題，使我們在適應現代化技術的要求方面發生了一點麻煩。海外有一個人叫李星可，五月間發表一篇文章，題目叫做〈中文電腦為什麼難產？〉根據新加坡《海峽時報》記者採訪我的談話記錄，斷定中文電腦之所以難產，就是因為像我這樣的研究人員「老朽無能」，死抱著漢字不放（因為我那次談話內容只介紹語用所對漢字進行科學研究的情況）；這位先生說，如果大陸的人不是這樣「不學無術」，如果大陸有魄力用拼音代替漢字，中文電腦早就誕生了。其實這位先生不知道，計算機的漢字輸入輸出問題，應當認為已經解決了，此刻面臨的是優選，而不是「老朽無能」，更不是「死抱著漢字不放」。

5 科學術語　科學術語要求做到標準化，即對一個概念必須這樣叫，而不能那樣叫，否則就亂了套。這就是術語學，這是一門新興的科學。我在這裡想提一提如何「引進」新術語的問題，引進新術語，歷來有三種處理辦法，一是按照近似讀音用漢字轉寫出來的（如「沙發」）；二是按照概念的意義翻譯成文字如（熵）；三是音譯一部分，外加一些表意的類名（如「愛滋病」）。現在海外有人提出第四種措施，即在漢字語句中夾寫拼音術語。

「夾寫」可以說是實行了很久了，不過過去都是不得已使用的，最常見的如「阿Q」、「X光」、「維生素K」。如果把新引進的術語都用拼音轉寫過來，夾在漢字寫成的文字裡面，那就是一個全新的問題。Aids也不叫「愛滋病」，也不叫「獲得性免疫缺陷綜合症」，就寫作「Aids病」（加個「病」字吧？）這樣做牽涉到很多方面的問題，要作審慎研究，才能得出可行不可行的結論。

（1986.10.30）

〔56〕現代漢語正詞法與信息交換*

0　現代漢語可以說有兩個書寫系統：第一書寫系統是利用幾千年沿用下來的漢字；第二書寫系統則利用漢語拼音方案。就第二書寫系統來說，正詞法有特別重要的意義，因為這一書寫系統有更多的人工性，所以更加要訂定大家都能接受的正詞法。也許講「人工性」有語病，因為所有的自然語言都帶有人工性，即都

---

* 這是1983.11.18在正詞法座談會上的發言。

是人所創造的，不是神示的，不是天掉下來的；就第一書寫系統（漢字系統）來說，最初也都是人創始的，可現在則更多的習慣因素起作用。現代語言學不大喜歡用「人工性」一詞，多半改稱「計畫性」，第二書寫系統帶有更多的「計畫」成分，因為它在社會上還沒有形成一種大家都能接受的，或者叫做社會習慣所形成的可遵循的規範，所以現在要創造一種規範，其中最重要的是研究和確定正詞法。

　　1　在講到正題之前，我想請大家注意一篇文章，那就是今年9月19日在《光明日報》上發表的關於中國文字優越性和信息處理的文章。九月底我從國外回來，就聽說對這篇文章有贊成的有反對的，還聽說好些搞科學的人支持這種論點。我連忙找來讀了，引起我很多想法。驟看似乎與我們這個正詞法座談會無關，其實不然，它是從根本上來同我們討論這個問題的。這篇文章實質上是反對現代漢語第二書寫方案的。我不想在這裡全面商榷文中許多論點（其中若干論點早在「五四」文白之爭和三〇年代拉丁化運動和大眾語論爭中爭論過，甚至有些已經解決了），我只想提一下，這文章使我想到兩個極端─兩個互相矛盾著的極端論點。一個極端是我們這些三〇年代搞拉丁化運動的青年們那時所信奉的「漢字不滅，中國必亡」的說法（這個極端在理論上和實踐上都被證明是錯誤的）；另一個極端則是認為漢字有極大的優越性，比世界上所有書寫符號都更能適合於信息交換（這個同頭一個論點絕對矛盾的論斷，也有它一定的片面性，不能說是絕對真理）。漢字不如所想像的那麼難，但也不是為論辯而立論的那麼易；學習漢語對於不以漢語為父母語的人來說，既不會比學習其他現代通常的民族語難或易──在這裡我願意提出語言共同性理論（linguistic universals）來解釋。至於說英語目前單字已達50

萬（即要學50萬個單字才能進行信息交換），而只要掌握3,755個常用漢字即能看懂現代漢語的99.9%——這種論斷似乎也過於輕率。至少，這裡混淆了字與詞的界限，有點危言聳聽。總之，不管你贊成還是反對，這篇文章提出了漢語不需要第二書寫系統的論點，從而得出漢字「在信息處理方面遠比西方的拉丁字母文字優越」的結論，所以研究文字改革或研究信息論語言學（或語言控制論）的同道們應當認真讀一讀，想一想的。

現在講到正題。老實說，我對正詞法並沒有作過深入的研究，遠不如在座的各位專門家。我是從社會語言學和應用語義學中關於精確、準確並迅速地傳遞和交換信息的角度接觸正詞法的。前不久，我為了社會語言學其他目的（而不單純為了研究正詞法的目的）分析了兩個任意選樣的語彙和語義。說「任意」，是就其隨手選來，未曾加以有意識的比較而選取的意思。一篇是冰心今年2月17日寫的散文，題為〈綠的歌〉（收在散文叢刊《綠》一書中），一篇是〈經濟參考〉（1983.11.02）上關於甘肅工業企業扭虧增盈成效顯著的通訊。前者是散文，文學作品，比較抽象，有情感，這篇散文較短（全文只480字），又是用（略帶文言味的）現代漢語寫成的，比較好懂；後者是新聞體文章，也短（只500多字），講物質建設方面的事。我在研究別的語言問題之外，試圖從正詞法的要求對這兩篇短文進行分析——我想，這是饒有趣味的，因為正詞法的一些基本規則要能適用到各種文體，從新聞報導（應用文）到文學作品，這樣才能夠解決信息交際的許多問題。我沒有按照現在這個草案去試驗，因為我研究時還沒有拿到這個經過修改的草案，我只是按照這樣的一條常識，即把比較能夠在信息交際中具有完整語義的單字系列（單字組合）當作一個獨立的詞——我說，這只能是常識性的嘗試，在正詞法研

究上不能算作科學試驗，只能說是一種初級「觀察」，而且這種「觀察」局限於我個人的理解甚至感覺，主觀成分較大。

1.1 照我這種原始式「觀察」的結果，冰心的散文〈綠的歌〉單音節（姑且借用這個術語）組成的詞約達35%（例如：是，在，之，我，以，這，去，來）雙音節組成的詞約達60%（例如：童年，大海，渡過，身後，對於，深遠，只是，還有，……），其他約占5% —— 在這裡多半是四個漢字組成的成語或慣用語，（如：一望無際，一抹淺黃，目迷五色，臨去秋波，層巒疊嶂，鋪天蓋地，社會主義）。有些三個雙音節組成的語詞多半是「××的」這一類的形容詞。

1.2 至於〈經濟參考〉那篇新聞報導，它的構成約為單音節17%，雙音節75%，其他5%。這篇報導中有不少語詞由三音節組成（如：虧損額，「老大難」，政策性，工業廳，責任制，責任書，虧損戶，「省經委」 —— 縮略語 ——，技措費〔一個很費解的「行話」〕，機床廠〔是「機床＋廠」還是「機床廠」？〕等等）。經這樣「原始」式觀察，發現這篇報導口語味道很不夠，八股氣加上行話較重。

2 從這兩篇任意選樣所作的極原始的分析來看，值得注意的有下列幾個推導出來的論點（這些論點也許不完全同正詞法有關，但在考慮訂定正詞法時或在將來實踐〔實驗〕時卻會有啟發的）：

2.1 冰心〈綠的歌〉給讀者展開了一個高尚的精神境界，全文只有480字，而實際上只利用了247個漢字。換句話說，凡認得這247個漢字的，應當可以讀出這篇文章，並且領會其大意；但不等於說只靠247個漢字就可以完全掌握由這247個符號組成的詞的語義。有些漢字構詞力特強，但構成的新詞是一個新的系統，

不能望文生義。這觀察結果可以聯繫到上面提到的那篇論文。

2.2 按照《漢字頻度表》（1975－1976）檢查，〈綠的歌〉中使用次數最多的幾個漢字同頻度表所列頻度高的漢字是符合的，可見這個頻度表雖然有時代及選樣的局限性，但基本上是符合現代漢語規律的。這篇散文用得最多的六個漢字為的（44次），是（14次），一（8次），在（7次），大（5次），了（4次），按頻度表次序為：的（No.1），一（No.2），是（No.3），在（No.4），了（No.5），大（No.6）。這篇短文用「綠」（11次）字次數較多，是特殊形態，不能按頻度檢查的，因為它的主題是綠的歌。

2.3 正詞法規則的訂定不能嚴格從語法出發，也不能嚴格從語義學出發，還要按照說話時的習慣（社會學的、心理學的）考慮。這裡有個「停頓」問題——詞與詞之間有個停頓，句與句之間也有個停頓，凡是能精確傳遞信息者，必講究停頓，停頓得恰當，受信者得到的信息語義就準確。正詞法某些規定，要聯繫到講話時的停頓（這停頓是十分短暫的，1/8秒或1/16秒……）；習慣停頓處最好分寫而不連寫。關於這一點要做些實驗，還可利用電氣機械設備來作測定——自然也不要機械地盲從測定的數據，因為語言是社會交際工具。

在實際工作中，當然會遇到困難。比方那篇報導中用的「扭虧增盈」，是我們現在天天可以聽到和看到的一句慣用語。如果嚴格按照語法學，那麼四個漢字都要分寫。扭什麼？扭虧。增什麼？增盈。一個是動詞，一個是動詞所作用的對象。如果按語義學，也許「扭虧」是一個概念，「增盈」又是一個概念，因此可以寫成兩個詞。如果按照信息交際的停頓來觀察，很可能是四個字連在一起——或者也是2×2要兩個字連在一起。成語還好辦

些，慣用語是天天在生長著，創造著的，是活的語言——因此，正詞法恐怕只能訂出一種在通常場合下適用的通則，遇到具體的新詞，它有適應性，可以經過一點努力得到解決。

2.4　冰心文章中文言味道濃了些，用漢語拼音改寫，無論正詞法多麼周到或完整，恐怕改寫後有些詞語人們還是看不懂，例如「一抹淺黃的」、「襯以遍地的萋萋的芳草」……，這不能怪漢語拼音方案，更不能怪正詞法。這裡引導出一個問題，根據正詞法用漢語拼音寫成的文章，其文體及用詞將來會有相當程度的改變。由此可見，正詞法對於現代漢語未來的發展會有影響的——而未來的拼音讀物恐怕不能滿足於把漢字改寫成拼音，而要從事一種創造性的勞動；這第二書寫系統將會對書面語繼而對口語發生影響的。

2.5　在實際書寫時，超過一半的語詞（不論是多少音節），可以毫無疑問被人接受為獨立的、有自己完整語義的單位，把這些音節組合在一起，基本上不會發生什麼分歧的意見（例如我、城市、蒼綠的、許許多多）；僅僅有一小半（大約40%左右吧），需要採取一些界說或帶若干程度強制性的規則來解決。在這比方說40%的不能一下子確定的語詞，大約有半數也可根據邏輯、習慣、語義來確定，所以正詞法的規定雖則可能會很冗長——因為作為一種「法」，當然要照顧到完整性和系統性——，但其實真正解決問題的不過是其中一小部分規則。既要完整，又要重點解決問題，這就是成功的要領。

3　今年夏天我為了其他目的取了好些個漢字作為生長點去構詞，並且將它試著用拼音連寫起來，接著我又把它譯成英語。現在從正詞法出發來看看兩個任意選樣。

3.1　一個漢字是「社」。我並沒有按照會上的草案來連寫或

分寫，因為我研究這些任意取樣時還沒有看到這份草案。我們的拼寫不能照抄外國文——德語喜歡將一些成分連在一起寫，英語則相反，利用前置詞或其他措施使許多成分不連在一起。我們要從我們的社會語言習慣的實際出發來拼寫。這樣，產生了下面的表：

社	shè	3	
	〔community〕	〔9〕	3/9
社會	shèhuì	6	
	〔society〕	〔7〕	6/7
社會黨	shèhuìdǎng	10	
	〔socialist party〕	〔9+5〕	10/14
社會主義	shèhuìzhǔyì	11	
	〔socialism〕	〔9〕	11/9
社會主義者	shèhuìzhǔyìzhě	14	
	〔socialist〕	〔9〕	14/9
社會主義革命	shèhuìzhǔyìgémìng	11+6	
	〔socialist revolution〕	〔9+10〕	17/19
社會主義工人黨	shèhuìzhǔyì		
	Gōngrén	11+7+4	
	Dǎng		
	〔Socialist Workers'	〔9+7+5〕	22/21
	Party〕		

3.2 另一個漢字是「紅」。可以產生下面的表：

紅	hóng	4	
	〔red〕	〔3〕	4/3
紅花	hónghuā	7	

	〔red flower〕	〔9〕	7/9
紅的花	h´ongdehuā	6+3	
	〔red flower〕	〔3+6〕	9/9
紅衣主教	h´ongyīzhǔjiào	6+7	
	〔cardinal〕	〔8〕	13/8
紅外線輻射	hóngwàixiàn fǔshè	11+5	
	〔infrared radiation〕	〔8+9〕	16/17
紅外線探測器	hóngwàixiàn tàncèqì	11+7	
	〔infrared detector〕	〔8+8〕	18/16
紅外線掃描裝置	hóngwàixiàn sǎomiáo	11+7	
	zhuāngzì	+9	
	〔infrared scanner〕	〔8+7〕	27/15

3.3 按「社」字的七個詞或詞組（從一個漢字到七個漢字構成），共用83個字母，分析為十個單字，每個單字平均長度8.3個字母；與之相應的英語七個詞（組），共用88個字母，分析為十個單字，每個單字平均長度為8.8。按「紅」字計算，七個詞或詞組共用 94個字母，寫成13個詞，平均每個詞長度為7.2個字母，與之相應的英語七個詞（組），共有77個字母，分析為11個單字，每個單詞長為7.0字母。照這兩個任意選樣來看，現代漢語作為一個詞的單位，平均擊鍵數略高於英語的相應詞（組）。證之香港樂秀章教授說，英語一般字長為6至7個字母，結果差不多。用樂秀章教授的輸入法在電子計算機上操作，漢字擊鍵數略短於英語。支秉彝博士的「見字識碼」法，每個漢字擊4下（用四個字母輸入），——（常用略語可以＜4），他認為漢語的字擊鍵比英語短些。這裡共同忽略的問題是以漢字（方塊字）為單位，而現代漢語的「詞」則常常用兩個漢字組成，因此得出微微＞7

（即比英語單詞略長）。

3.4 進行這樣的研究，著重於信息傳遞和現代化技術方面的最基本的問題（信息交換除了要求精確、準確之外，還要求迅速），由這裡出發去接觸正詞法，可以得出超過三音節的語詞就要注意分寫為有利。我看草案是注意到這一點的，我不過從另一角度說明其必要性罷了。

4 從信息論的角度看，假定常用四千個漢字，其信息量為12個比特（212＝4,096）；「社」字樣平均每個音節用3個字母，「紅」字樣平均用3.35個字母，兩個樣取平均值即每個音節用3.175個字母。每個字母的信息量為4.7個比特（26個字母，25＝32，247＝25,992），每個音節平均信息量為3.175×4.7，大約為15個比特（14.9225）。這樣，用拼音寫的現代漢語第二書寫系統同第一書寫系統的平均信息量大致相等。自然，按單詞來考察的結果略有不同。

5 第二書寫系統雖然也是一種符號系統，但是我認為在訂定正詞法時不能把難題用代碼（代用符號）來解決。當然，二十六個拉丁字母，十多個標點符號，還有表停頓的空格，就用這些原件構成一個書寫系統。如果發展特殊符號，或過多的使用代碼（簡寫自然也是一種代碼），這對於日常社會交際是不利的。過分地利用符號，將過多的字符限制為某一特殊意義的代碼，將使這樣的書面語脫離口語—而成為一種僵化的密碼。要知道正詞法不是發展密碼，而是使書寫系統更好地更有成效地記錄語言。

6 在制定正詞法的同時，必然要有大規模的實踐。正詞法只有在實踐中才能檢驗自己的正確性，才能修正自身的缺陷。因此，要大量出版用第二書寫系統寫成或由漢字系統譯成的書籍。在這些出版物中，允許在特定地方（比如成語）注上漢字，在特

定名詞（比如外國人名地名）注上原文。這是在很長期間內會存在的現象，值得接受的現象，因為有利於社會信息交際。

（1983）

〔57〕關於現代漢語正詞法的若干理論問題

每一種語言（書面語）都有自己的正詞法。從現代語言學的觀點看，正詞法不只是語言（書面語）規範化的問題，同時也是關係到精確地、準確地、迅速地傳遞和交換信息，使社會語言交際活動能夠收到最佳效能的問題。

印歐語系某些語言正詞法的一些規則，是千百年約定俗成的結果；其中某些規則成為規範，但它不一定能被稱為合理的或合邏輯的——例如英語中的代名詞第一人稱單數（「我」寫作「I」）在任何場合都必須大寫（現代主義的作家和詩人打破了這規範，如e. e. cummings的詩，不但「我」字不大寫，每段開頭，每一詩行開頭也不大寫）；德語中的任何名詞第一個字母都要大寫；法語寫書名時除頭一個詞第一個字母大寫外，其餘都小寫（如黑格爾的《精神現象學》一書，法語寫作 *Phénoménologique de L'esprit*，但英語書名卻每一個名詞第一個字母都大寫Phenomenology of Mind）；俄語代名詞第二人稱有 Вы 和 Ты （著名的VU－TU型）之分，而 Вы 在尊敬的場合第一個字母大寫作B（「您」）；西班牙語的「？」「！」符號在疑問句和感嘆句中除了句末正放之外，還要在句首倒放，如〔¡－！〕〔¿－？〕；等等。這些看來都不能說是很有理的，但不這樣寫，就叫做違反規範。

用方塊字記錄現代漢語時，表面上不發生正詞法的問題，不

管它是不是一個單詞，或一個詞組，反正有一個方塊字就占一個方格；而且漢字也沒有大寫小寫之分。在「五四」文白之爭以後採用了新式標點符號，詞句的表達就更清楚了，所以正詞法表面上幾乎縮小為正字法（錯別字），彷彿可以不考慮正詞法了。其實不然。有個盡人皆知的笑話，從側面提出了正詞法的重要性來。笑話說，同樣幾個漢字，因讀法不同，引起不同的意義：「落雨──天留客，天留──我不留。」（天雖然留我，我也決不留。）「落雨天──留客天──留我不留？」（變成疑問句了）這個笑話當然不是針對正詞法問題而發的，但如果從正詞法去考慮，也會有啟發。可是，任何人都知道使用方塊字不能很好地解決這問題（兩個單詞之間要有一個間隔，在漢字的書寫和排印、傳遞上是不便的），故在傳遞信息時會引起歧義。例如電視台有一次（1982.3.22晚）念作「冷彎型 ‖ 鋼機組 ‖」（‖ 表極短的停頓）的東西，實際上是「冷彎 ‖ 型鋼 ‖ 機組 ‖」（注意，型鋼是一種鋼材，是一個詞；不是「冷彎型」，而是「冷彎」那種「型鋼」），又有一次（1983.4.25）念作「某某共產黨 ‖ 馬列總書記 ‖」（注意，不是「馬列總書記」，是「共產黨〔馬列〕」）。

方塊字不是不可以按正詞法表達現代漢語，但會遇到一些技術上的或習慣上的難題；如果用拼音來記錄現代漢語，那就非講究正詞法不可。所以二〇年代國語羅馬字有「詞類連書」，三〇年代拉丁化新文字有「詞兒連寫」，都是正詞法的問題。實質上在社會語言交際中（不管寫出來不寫出來），都有正詞法的問題存在；解決現代漢語正詞法，對作為信息系統的語言交際活動將會發生積極的影響。

就漢字來說，字不完全等同於詞，這是常識；這同現代歐美語文有所不同。詞是表達一個基本的完整的信息的單位，即不可

分割的語言信息的最小構成部分。通常叫做「詞」的單位，總是表達一個客觀實體（它或者是事物的稱呼，或者是一種運動的表達，或者是對事物或動態的描寫，如名詞、動詞、形容詞、副詞等等），或表達客觀實體之間的語法關係或語義關係（如連詞、介詞等等），或表達一種感情信息（如感嘆詞）。如何將這樣的一種東西表達為一個獨立體，或用怎樣的方式（大寫？小寫？等）把它們寫在一起，這就是正詞法的任務。

在廣泛應用《漢語拼音方案》時確定正詞法的若干必要的規則，不僅對這個方案本身有重大意義；而且至少在下列幾個方面會產生長遠的影響：對於現代漢語語彙的整理、頻率的研究，以及漢語教育學的諸問題；新術語的吸收和制定；漢語語彙的社會意義；語法結構的進一步精確化；未來的拼音化現代漢語（書面語）的形成，等等。總之，正詞法在語言規範化和社會語言交際上是一件不可少的、刻不容緩的工作。

可不可以設想，在這項工作中有兩個重要的方面：一個方面是詞的確定，一個方面是確定詞以後用什麼方式把它固定下來。自然，這兩個方面的工作不能截然劃分，但是都要付出很大的勞動，還要經過長時期的實踐，才能夠取得令人滿意的效果。當然，在前人研究的基礎上，從《漢語拼音方案》出發，制定若干有關正詞法的規則，這是必須走的第一步。但是這樣做了，並不等於萬事大吉了，還須對詞的構成和表達方法這兩個方面進行艱苦的研究和實踐，才能把這個正詞法弄得完備些、精確些——完備和精確的目的，是為了更有效地傳遞和交換信息。

現代漢語有用一個漢字構成的詞（「我」），兩個漢字構成的詞（「我們」），三個漢字構成的詞（「電晶體」），四個漢字構成的詞（「帝國主義」），五個漢字構成的詞（「系統工程學」「負反饋

控制」），六個漢字構成的詞（「同步自整角機」），七個漢字構成的詞（「電傳打字電報機」），八個漢字構成的詞（「線性系統最佳控制」）。用一至三個漢字構成的帶有封閉性完整語義的詞，把這幾個漢字（二至三）連寫在一起幾乎可以說是沒有爭議的；四個漢字和超過四個漢字構成的詞就較多爭議了。也許可以把五個以上漢字組成的詞簡單歸入「詞組」（如「電傳─打字─電報機」），但四個漢字構成的詞是不是有很多應當可以不當作詞組，而可以確認為單詞呢？如「帝國主義」是一個單詞還是由「帝國」加「主義」構成的詞組呢？這就要求從理論上和實際上（所謂從「語用學」pragmatics的角度）加以探討。我傾向於把諸如「帝國主義」「修正主義」「資本主義」「社會主義」「共產主義」等詞看成一個單詞，把「主義」連寫在主題詞末。但有一些四個漢字組成的系列，把它當作單詞好呢？還是當作詞組好呢？是要進行研究的。例如「反饋電路」也許可以當作「反饋」＋「電路」的詞組，而「高傳真度」這四個字不好寫作「高─傳真─度」，也不好寫作「高傳真─度」。（有趣的是同一語族的現代英語和現代德語在構詞法﹝正詞法﹞上也常常相反，例如「自然科學」，英語是natural science，是「自然」＋「科學」，而德語卻寫成長長的一個複合詞Naturwissenschaft。）也許可以這樣認為：四個漢字組成的結構，按照一些初步訂定的規則，有些作為單詞（連寫），有些作為詞組（分寫）；五個以上漢字組成的結構，一般都拆開成為詞組，避免像現代德語的單字（詞），如「殺人工業」Menschenabschlachtungindustrie那樣，多達三十個字母，形成長長的一串（這個字見《馬克思恩格斯全集》卷三十一，236頁）。

現代漢語由兩個漢字組成的單詞，是為數很多的。在日常社會交際中，兩個漢字組成的單詞是不是同一個漢字組成的單詞一

樣多，還沒有統計結果，但至少可以說，很多概念和動作或狀態都是由兩個漢字組成的，這是一。這種雙音節（如果稱一個漢字為一個音節，可能不太科學，但是符合一般的習慣稱呼）的單詞，有很多是從古代漢語一個單字的詞演化來的，如常見的「童叟無欺」中的「童」演化為「孩子」「兒童」，「叟」演化為「老漢」「老頭」；也有一部分是新造的，甚至是音譯的如「邏輯」「雷達」「雷射」（音譯為「萊塞光」）「調頻」「電視」「腫瘤」「旅遊」「團伙」「幫派」，等等。這種造詞的趨勢（如果不說原則的話）是在繼續著。這種現象使漢語交際中同音（異義）詞減少，有許多連寫的雙音節詞甚至不標調也沒有混淆的可能（尤其是形成了社會習慣以後。）例如 xiàndài hànyǔ（現代 ‖ 漢語）這兩個詞，不標調（xiandai hanyu）也不致影響信息的精確性。自然，在詞典和教材中非標調不可。

　　越南語的拉丁化書面語的歷史不到一百年。因為採取一個字一個字（即每一個音節）分寫的辦法，所以每個「字」（有時是單詞，有時不是）都標調，如Dộalập、Tụdo（獨立、自由），幾乎上下都注了調號──不標調號即讀不準確，還會引起歧義，同時也不能避免過多的同音異義詞。但如果認真考察一下現代漢語由兩個漢字組成的單詞能有多少對同音（音調相同）異義詞，就可以知道不標調會引起多大的混亂。一般的常用單詞，如同縮略語一樣，只要不引起歧義，不標調也是可能的。正詞法可以規定用拼音方案寫的書面語原則上要標調，但其中某些常用詞彙是不是可以不標調？這也是要在深入研究和實踐中最終解決的。

　　從信息傳遞最佳效能的觀念出發，要求正詞法具備一些什麼條件呢？大約有這麼幾條：⑴它是在對現代漢語語彙進行廣泛和深入的研究基礎上制定的，可以在不斷研究和實踐中逐步完善

化；(2)它是易學易記的，不夾雜某些個人的愛好，而符合語言教學上的學習心理的；(3)它具備一定程度的彈性，以便遇到新情況時使用者可以斟酌定奪；(4)它大體上符合於我國語言交際的社會習慣，而不照搬照抄外國的正詞法；(5)它要穩定，不輕易改動，要經過一定時期實踐的考驗，經過深思熟慮才作出變更的決定。

制定一個在前人研究和實踐基礎上制定出來的正詞法，這是十分好的；它將為我們對漢語語彙的深入研究和拼音寫法的實踐開闢一條健康的道路。

（1983.7.）

〔58〕人民‧語言‧文化

在中國，隨處都可以看到龍的圖案，聽到龍的故事，讀到關於龍的記載。龍在中國是被人們尊崇景仰的超級動物。誰也沒有看見過龍。古書的記載也不曾證明古人見過龍。世界上恐怕從來沒有過龍這種動物。但是中國人直到現在還常常自豪地說，中國人是「龍的子孫」，「龍的傳人」。舊時代皇帝自比為龍。中國語言中有一句話：「龍顏大悅」，那就是說皇帝很高興了，而不是說真有一條龍在那裡高興。龍又是吉祥的生物，所以節日裡中國人習慣要舞龍——用布紮成一條大蟒蛇似的東西，幾十個人抬著它跳一種特殊的舞。總之，龍是想像中的生物，傳說中的有益動物，它降福於人間，像是一個救世主，而從來不把災難帶給人類。中國諺語說，「雲從龍，風從虎」——那就是說，只要龍一出現，它周圍必定是一團一團的雲，正如虎一出現就必定伴隨著一陣一陣狂風。所以古人說，龍其實是雲神。有些民族人類學家說，龍是中華民族原始部落的圖騰。

雖然從來沒有人見過龍，可是從出土文物的圖案中，以及中國最古的符號系統和文字系統——印在陶器上，刻在獸骨和龜背上的甲骨文和刻在青銅器上的圖案看，龍卻有被公認的形象，這種形象跟古書的記載相比較，也很有類似的地方。簡單地說，龍是蛇身人首的動物。這使我們記起了古埃及有名的司芬克斯，那可不是蛇身而是獅身。一個是人面蛇身，一個是人面獅身。東方和西方，有時會走到一處的。因為東方人和西方人都是人，而人的想像往往會類似或吻合的。

　　1921年在河南出土的新石器時代一個陶器花紋，就很明白地表示出人面蛇身的形象：

　　1971年在內蒙古出土的「玉龍」狀陶器，據測定是五千年前（新石器時代）的一種容器，它的形狀代表了陶器顯現的「龍」的符號：

現代漢字簡化了的「龙」字，已經看不出這種形象了，既看不出雲層，也看不出人面蛇身；不過為了小孩子容易掌握一個這麼筆劃繁多的字（它又代表這麼複雜的神祕的形象），雖然從這個簡化了的表意文字或象形文字看不出原來的形象也是值得的，因為我們尊重古代文化，繼承古代文化，但著眼於現代文化——只有這樣，我們中華民族才能進入現代化的時代。然而在古文字系統裡，我們看見的龍卻是一種可供人騎的獸。請看最後一個（王孫鐘）的「龍」字，活像有人騎著一條龍在飛翔：

後來轉化為小篆的

由此可知，漢字形態本身（特別是保存在古代文物和古文字系統中的漢字形態）及其演變的歷史，給後人提供了豐富的常常是形象的社會文化史材料。

同龍——雲的神——有密切關係的是太陽。

太陽恐怕是很多民族的崇拜對象。中華民族在遠古也崇拜太陽。歷代君主被認為出身於龍族，而他自比為「天子」——天的兒子，實際上自吹為太陽的化身。近來中國大陸有些學者從古文獻證明在中國也曾經有過崇拜太陽神的時代，並且論證古代傳說的君主就是原始民族崇拜的太陽神。

在中國遠古時代陶器的圖案中，出現了很多十字形的花紋，這些十字圖案同德爾維拉（D'Alviella）的書《符號的傳播》一書所記述的公元前三千年左右的古亞述人用以表示天神的圖案有著驚人的類似。學者認為這種十字形象徵太陽的光芒。不過近十多年來在我國發現的岩畫，太陽（或太陽神）卻表現而為甲骨文那樣的形狀。把1979年在連雲港將軍崖發現的一處岩畫的圖形，跟陶器上的圖案和甲骨上的古文字比較一下，發現驚人的類似。這就是太陽及其在符號、文字系統中的表現：

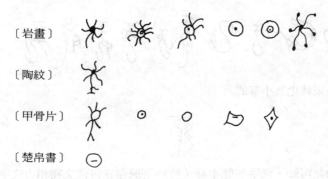

〔岩畫〕

〔陶紋〕

〔甲骨片〕

〔楚帛書〕

　　「日」就是太陽——從古代圖案看，「日」和太陽神不是一回事，太陽神是人格化了的太陽，他有著人的形象——人以自己的形象創造了神。比如岩畫中的圖像，被人們論證為太陽神。

（琪縣岩畫）　　（將軍崖岩畫）　　（陰山岩畫）

可惜的是，中國遠古的文字系統只保存著太陽的形象，而沒有演化出太陽神的形象。

在北京西南四十八公里處有一個地方叫「周口店」，1929年在那裡發現了有名的「北京人」頭蓋骨化石，經C_{14}測定，是生活在距今四十六萬年前的原始人。也許這是中國人的祖先，但在那裡沒有發掘出任何文字或圖像。人們說，「北京人」還沒進入美國人類學家摩根所說的「文明」時代。但是「北京人」的出土以及過去半個多世紀在中國大陸各地的各種文物證明：中華民族在自己的廣闊土地上發展了自己的文明，而不是西方有些人武斷的那樣，說什麼中國文明來自中東或歐洲。每個民族在一定的條件下都會毫無例外地發展自己的文明；不論劍橋的Daniel教授還是荷蘭的Frankfort教授，都認為文明的發源是多中心的——歸結起來就是近東、印度、歐洲一個系列，墨西哥、祕魯一個系列和中國及亞洲其他一些地方一個系列。我現在不打算論證這三個中心的理論是否經得起科學的檢驗，我只想證明：各民族文明都可能是獨立發展的，但又是互相接觸互相滲透的，中華民族的文明也不例外。

如果說文字是文化的最重要標誌，那是因為有了文字，語言才能傳之久遠，或者更進一步說，語言表達的思想才能保存、傳播、接觸和發展。漢語的書寫系統（文字）至少有三千五百多年的歷史，這是在河南開始發掘的甲骨經科學測定而得到的結論。新近在陝西出土的甲骨，經測定距今五千年。如果沒有發明紙，如果沒有發明印刷術，那麼，文字的作用還是很有局限性的。中國古代一個偉大的發明家蔡倫，用樹皮、破布和破魚網成功地造

出紙張，那是在二世紀初（公元105年），但新近出土發現公元前兩世紀的古代紙，比蔡倫的記錄早了三百年，也許那時還不能批量生產，是珍貴的稀有手工產品。據一些資料記載，棉紙是在七世紀由中國人傳到阿拉伯人那裡，九世紀由阿拉伯人傳入義大利，十三世紀從義大利傳到法國，而十四世紀在德國紐倫堡建立了歐洲第一座造紙工場。這個歷史事實只能證明一點，人民之間相互來往，相互接觸，激活了信息的傳播和生產的發展——因為每一個民族都有自己的長處，同時也有自己的不足。

紙出現以後七個世紀才有雕版印刷，九個世紀才有活版印刷——後者是古代一個偉大發明家畢昇用膠泥造活字而成功的，但使用鉛活字印刷又推後三個世紀，即十五六世紀，那正是古騰堡（Gutenburg）在歐洲發明活版印刷術的時候。這一歷史事實又證明，西方人並不特別聰明，東方人也並不特別愚蠢，只要有適當的條件，都能作出對人類有益的貢獻。

有了紙，有了印刷，在過去十個世紀中，給中國保存了數以萬計的書籍，也許這是世界上保存古籍最多的唯一地方，如果亞歷山大圖書館沒被焚毀，也許那裡能與中國比擬。眾多的古籍保存了中國古代文明，保存了人類文化的精華，但它也保存了一些舊思想，束縛中國人民；在現代化的過程中，如果處理不當，會成為「沉重的負擔」。中國文字也有著同樣的機能，它成了中國各族人民的共同交際工具。就漢民族而論，儘管存在幾千種方言，互相聽不懂，但只要寫出文字來，大家就默默地互相了解了，這就是中國文字在幾千年間起過的團結民族、傳播文化的重大作用——自然，它到了信息化時代也給現代社會生活帶來一些不便。但是中國人正在尋求一些途徑來逐步提高這種書寫系統對信息社會所起的作用，例如，在漢字書寫時加以簡化；又例如，

用漢語拼音方案來作輔助，以及在全國各族人民中間推廣普通話。不論如何，語言文字保持穩定，但又時刻在變化，看來，二十一世紀的文化還得主要依靠語言系統和書寫系統，因為思維離開不了語言文字，沒有思維就沒有文明，連機器人也得被教會「使用」語言文字。

（1986.07.20）

參考文獻：

何新：《諸神的起源》（1986）
夏鼐：《中國文明的起源》（1985）
張光直：《考古學專題六講》（1986）
陳正祥：《中國文化地理》（1983）
金克木：《比較文化論集》（1984）
杜石然等：《中國科學技術史稿》（1984）
茲拉特科夫斯卡婭：《歐洲文化的起源》（1984）

〔59〕 多語社會的公用語（語際語）與國際輔助語問題*

1

　　中國紙幣上印有多種語言文字，這一事實明確地向公眾顯示，中華人民共和國是一個多民族的國家，每一種民族語言都享

---

* 這是1986年在東京國際社會語言學科學討論會上的發言摘要。題目是討論會組織者建議的。

有同等的政治權利。當然紙幣上只能印幾種有代表性的文字；雖則我不能斷言這在世界貨幣史上是獨一無二的，但是可以認為人民幣是世界上具有社會語言學價值的紙幣。

人民幣的正面用漢字標明「中國人民銀行」和幣值（幣值附有用拉丁字母拼音），而人民幣的背面則有五種語言。除了其中一種仍然是用漢語，不過採用了拉丁字母拼出的「中國人民銀行」字樣外，用了四種少數民族文字拼寫「中國人民銀行」和幣值。這四種文字是：蒙文、藏文、維文、壯文；前三種是古老的文字，最後一種是人民共和國建立以後創造的用拉丁字母拼音的新文字。這四種民族文字是中華人民共和國境內四個民族自治區的民族語言。

蒙文（阿爾泰語系）有七八百年的歷史，用二十九個字母拼寫，行文從左到右直寫，分布在內蒙、西北、東北各地（約二百萬人）。

藏文（漢藏語系）更古老些，是七世紀時參照梵文創制的，用三十四個符號拼寫，行文從左到右橫寫，分布在西藏和西北、西南各地（約三百萬人）。

維文（阿爾泰語系），約有一千年的歷史，用阿拉伯字母拼寫，曾一度改用拉丁字母（1964年），現在恢復了阿拉伯字母，分布在新疆和西北各地（約四百萬人）。

壯文（漢藏語系），壯族原來有語言而無文字（曾借用過漢字），人民共和國建立後用拉丁字母創制文字，1982年修改定型，主要分布在廣西壯族自治區（約一千三百萬人）。

中華人民共和國是一個統一的多民族國家，因而又是一個多語言的國家。在這個社會主義民族大家庭中共有五十六個民族，除漢族外，其餘五十五個少數民族只占全人口的6.7%。如果以十

億人口計算，那麼，漢族有九億多人口，而五十五個少數民族只有不到七千萬人。

在五十五個少數民族中，二十個民族有自己的文字，而三十五個少數民族只有語言，沒有文字。在二十種書面語中，有五種（蒙、藏、維、朝、傣）有古典文獻，值得注意的有幾種文字（如景頗、苗）是外國傳教士創制的，還有納西族的文字則保存了很古很古的原始圖形文字，是世界上少數還在使用的圖形文字之一。

現代漢語顯然已經成為中國境內社會交際用的語際語；這是歷史和社會經濟發展的合理結果，不以人的意志為轉移的。

2

那麼，現代漢語——口頭語（普通話）和書面語——怎樣成為中國境內社會交際用的語際語呢？

首先應當指出：語言平等的基礎是民族平等。《中華人民共和國憲法》（1982）規定：各民族一律平等（第四條）——這一點，事實上在政治、經濟、文化、教育和社會權利等等方面已經做到了。《憲法》又保證了在各少數民族聚居的地方實行區域自治——這一點也實現了。現代漢語作為語際語，是從五十六個民族法律上和事實上平等的基礎出發的，沒有這樣的一個出發點，就會形成強迫性的語言霸權主義。

現代化的社會是開放性而不是封閉性的社會，在這樣的條件下，社會交際必須有一種大家認可的語言——從文化背景看，擁有豐富的古典文獻和現代文獻的漢語，在理論和實際上應當成為各民族互相交際的公用語或語際語。

《憲法》記錄了並且確認了這種語言現象（公用語現象），規

定了現代漢語的普通話應當是全國各民族社會交際的公用語，這表現在《憲法》第十九條：「國家推廣全國通用的普通話」。

從社會語言學上看，這一句話有三重意義：

(1) 現代漢語是各民族通用的交際用語（語際語）；

(2) 現代漢語是國家對外使用的正式（官方）語言；

(3) 現代漢語普通話應通過行政力量和社會力量予以提倡和推廣。

同這個條文相呼應的是1986年《中華人民共和國義務教育法》，其中第六條的規定：

「學校應當推廣使用全國通用的普通話」。

這樣，作為公用語或語際語的現代漢語普通話就必須迎接兩系列語言問題的挑戰：

(1) 少數民族語言的挑戰；

(2) 漢語方言的挑戰。

3

現代漢語作為全社會公用語（語際語）同少數民族文字享有完全平等的地位，這是由《憲法》和《中華人民共和國民族區域自治法》（1984）在法律上給予保障的。

《憲法》第一百二十一條規定：

「民族自治地方的自治機關在執行職務的時候使用當地通用的一種或者幾種語言文字。」

《民族區域自治法》第十條規定：

「民族自治地方的自治機關保障本地方各民族都有使用和發展自己的語言文字的自由。」

第四十九條又規定漢族和少數民族的幹部要互相學習對方的

語言文字。這體現了統一的多民族國家中民族之間和睦共處的情景。

而《義務教育法》第六條的規定同《民族區域自治法》第三十七條的規定，都指明在以少數民族學生為主的學校，「可以用少數民族通用的語言文字教學」（請注意可以一詞）；這就是說，「有條件的應當採用少數民族文字的課本，並用少數民族語言講課」（請注意有條件的一詞），但是「小學高年級或者中學設漢文課程，推廣全國通用的普通話。」

這意味著，少數民族語言（以及文字，假如有的話）在民族自治區域應當作為父母語存在、應用和發展，而同時在這些地區進行民族之間的社會交際時，需要推行一種全國通用的語際語，即現代漢語的普通話。

這是解決這個問題唯一可行和現實的方法。

4

由於社會‧歷史發展的複雜原因，在漢民族地區也存在著為數甚多（以千為單位）的方言。從1956至1958年進行了漢語方言普查，在全國調查了1,822個方言點，調查結果呈現出七個方言區：

⑴北方方言（占人口70%）

⑵吳　方言（8.5%）

⑶湘　方言（5%）

⑷贛　方言（2.5%）

⑸客家方言（4%）

⑹粵　方言（5.5%）

⑺閩　方言（4.5%）

普通話是以北方方言為基礎的，它覆蓋了70%的人口，因此，其餘六個方言區（占30%人口）就公認它是七個方言區溝通信息的語際語，它的書面語就是五四時代提倡並日臻完善的白話文。

推廣全國通用的普通話並不企圖（事實也不可能）消滅方言。方言作為父母語將長時期存在，但是社會經濟的發展和因此引起的開放性的頻繁社會交際，使所有方言使用者不得不謀求一種公用的語際語——這就是憲法規定的、人民認可的、實際上已經被廣泛應用的普通話。

5

六十年前，即本世紀二〇年代，新思潮傳入中國以後衝擊著一切傳統思想，那時就有人提出廢止漢語，推行人工國際輔助語即世界語。從那以後的半個世紀中，有不只一個帶著烏托邦主義的善良的知識分子，若斷若續地鼓吹用世界語作為各民族之間的公用語，而不必或不應借助漢語。他們的出發點是，用漢民族的語言來作為全國五十六個民族之間的交際公用語是不公平的，帶有以漢族為大民族的霸權味道。驟然一看，這似乎是有道理的；可是加以深入的探討，這種說法是站不住的，先不說它是不能實現的；不能實現的原因是，這個論點忽略了一個基本的但十分重要的事實：存在著一個統一的多民族國家。既然是一個統一的國家，它需要一種為構成這個國家的諸民族所公認的帶有這個國家的傳統文化的民族語言作為全社會交際用的公用語。在中國，自然而然選定了現代漢語，而不是同這個國家的社會傳統和文化傳統沒有血緣關係的世界語，這是很容易理解的。

當漢民族同其他少數民族——他們同屬於一個統一的民族國家的範疇——進入國際社會，要同世界各國人民進行交際的時

候，他們需要一種有效的語言交際工具。在五〇年代，人們廣泛使用了俄文；在八〇年代，英文占據了優先地位，但也不排除俄文、日文、法文、德文、西班牙文、阿拉伯文等等。當然，在世界語者看來，應當推行國際語──世界語。我本人也認為國際語──世界語是理想的國際社會交際工具，但是由於政治上的和文化上的種種原因，這種理想還必須經過長時間的努力，才能夠實現。認真的世界語者知道要耐心地去進行細緻工作。以為一個早上通過一紙命令就能使一種語言文字成為所有民族唯一合法的交際工具，那是不現實的，因而也是不可能的。從萊布尼茨（Leibniz）到柴門霍夫（Zamenhof），這個理想才發展成為現實，世界語一年比一年得到了更多的支持者，但離開被各國人民普遍接受還很遠很遠，雖然各國世界語者都有信心實現人類這個崇高的理想。

（1986.08.06）

6

〔*61*〕關於新語詞的出現及其社會意義
—— 一個社會語言學者在北京街頭所見所感

新語詞的生成

任何新語詞的生成（出現）都必然具有一定的社會意義。在由於社會語境（Social context）發生變化而引起的語言變異中，最容易被人覺察的就是新語詞的誕生。無論是社會因素的變化（例如社會結構、經濟基礎、生產關係、上層建築、風俗習慣等等），還是科技因素的變化（科學和技術發展中的新發現、新發明、新工藝、新突破等等），都必然反映到作為交際信息系統的語言，特別是最敏感地反映到語詞中。

我覺得保加利亞語言學家阿塔納索夫[①]對「新語詞」所下的通俗定義是可取的，雖然二十六年前我們見面討論「新語詞學」這個問題時，他的論點還不像現在那樣明確。他的論點是：

[①] 阿塔納索夫（Atanas Dancer Atanasov, 1892－1981），筆名阿達（Ada），從事語言學和經濟學研究，退休後任保加利亞語言研究所研究員，索非亞大學講師，是著名世界語理論家。著有《世界語的語言本質論》（*La Lingva Esenco de Esperanto, 1983*）。

「所謂新語詞（Neologismo），就是語言的使用者在常規的語彙庫中無法找到能確切表現他的思想、因而導入書面語或口頭語中的新語詞[1]。」

如果導入的新語詞符合下面四個條件——

(1) 它確實是必需的，無法用舊語詞代替；

(2) 它的構造符合語言規範和社會習慣；

(3) 它能準確地表達這種新的思想或概念；

(4) 它容易上口，能很快被人接受。

那麼，這個新出現的語詞就會「傳」開去，也就是所謂「流行」。經過一定時間的應用，有時在特殊語境中經過權威機構的認可，這個新語詞就進入通用語詞庫，甚至進入常用或基礎語詞庫。到了這時，新語詞就不是「新」的了。

社會語言學家對新語詞的出現應當給予極大的關心。即使出現了將來肯定被淘汰的新語詞，社會語言學家仍然要付出足夠的精力去搜集、比較和分析，並評定它的社會價值和社會意義。

因此，社會語言學家有必要採取種種方式的調查來感知新的語詞，並且確認或否定它的存在價值。視野不能局限於一般印刷品（書籍報刊），而應當擴大到街頭巷尾的文字或對話，擴大到人群（社會成員）中日常的語言交際活動。這就是說，不論是單向、雙向語言交際，也不論是雙人相互交際、特定群體之間的交際，還是整個社會層中間的交際，都會給社會語言學家提供豐富的新語詞資料（數據），而且啟發他們去分析研究產生這些新語詞的社會背景（場景）。[2]

---

[1] 見阿塔納索夫的《世界語的語言本質論》，頁88—89。此文原發表於1974年，題為 Neologisomoj en Esperanto。

[2] 參看愛爾文－特里普（Susan M. Ervin-Tripp）的《語言、場景和聽眾相互作用的分析》(*An Analysis of the Interaction of Language, Topic and Listener*, 1964)。

一次最簡單的新語詞調查

今年春節期間，我在北京的熱鬧街區（王府井、前門、東單、西單、崇文門、建國門一帶）進行了一次非常簡易的、饒有興味的新語詞調查。這次調查帶有極原始的性質，只觀察了視線所及的招牌、廣告牌、告示牌、門前張貼的小通知或電線桿上張貼的手寫招貼等等，得到五十七個可供研究的新語詞。這些新語詞可謂任意選樣（random sample）。它們是在形成中的新語詞——其中有些是有生命力的；雖然處在萌芽狀態，在數量上也許是微不足道的，但已經定型，並且已經或正在成為通用語詞；有些卻還未怎樣穩固，要麼成為穩固的語彙，要麼被淘汰，終於在不太長的一段時間後消失。在社會語言學者看來，這裡不應該用統計的方法評價新語詞。統計的方法當然有助於從數量方面研究客觀事物，但是在一些場合則不能得到確切的結論，例如研究在形成中的新語詞具有什麼社會意義。

(1)「自選商場」*

這個新語詞出現於現代漢語，不早於八〇年代。目前在北京熱鬧街區隨時可發現這種商場，規模不大，但它實際上就是西方各國盛行已久的「超級市場」（supermarket）。這個新語詞的出現，是由於北京市於八〇年代初開始試辦這種商場，這就是說，社會生活出現了新的事物。百貨公司是有售貨員的，而「自選商場」則任由顧客挑選，不設售貨員（雖則也有營業員，但只有供顧客隨時諮詢的作用），只設收款員（走出自選商場必須經由有收款員在場的出口）。最初創立「超級市場」時，以其占地面積

＊ 現在已通用「超級市場」；八〇年代初創造的「自選市場」一詞，一般已不使用了。（陳原注，1996）

大，貨色品種多，而又可以自助（selfservice），無以名之，稱為「超級」。香港也有譯作「自助商場」的。大抵最初的「超級市場」可以定義為「自助的大市場」——據法國《拉魯斯詞典》（1981）所下的定義，占地面積約為400至2,500平方米。日本三省堂的《外來語辭典》（1973）則以資本大為標誌（當時認為至少有一億日元的資金，才可稱「超級市場」）。稱為superstore（「超級店」）的，常常是專售衣物（而不是食品）的自選商場。

　　Supermarket一詞進入英語語詞庫不早於1938年，最初出現於美國[①]，也就是說，有半個世紀的歷史了。現代社會生活的很多新語詞都出自美國[②]，這大約因為這個國家歷史短，擺脫了歐洲或亞洲的種種封建性舊規的束縛，生產力發達，科技興旺，常常會創造一些古老大陸所沒有出現過的東西，隨之而來的即出現一些新語詞。這些新語詞或者是生造的，或者是利用舊詞而賦以新義，或者是借用別的語言的語詞而賦以不同的語義或語感[③]。

　　「超－」或「超級－」（Super－）在現代語言（包括現代漢語）中是很活躍的構詞成分。例如：

[①] 見兩卷本《牛津大詞典》補遺（第2664頁）。
[②] 美國的韋氏《新世界美語詞典》（*Webster's New World Dictionary of the American Language*, 1972, 第二版）收載了為數甚多的美國新語彙，並且在詞頭上加上符號☆。參看此書卷首瑪修士（Mitford M. Mathews）的論文〈美國語詞〉（Americanisms）。
[③] 在阿塔納索夫的上引論文中，列舉了西方語言創制新語彙的方法，即：
　　一、擴大原有語彙的語義，如「衛星」→「地球（人造）衛星」；
　　二、按新事物出現的國家、地區的語言習慣來使用語彙，如俄語спутник（同伴、同路的旅伴），英語轉寫為sputnik（現在已不常用）；
　　三、利用語根、前綴、後綴構成新詞，如「電話」（tele+phone）；
　　四、借用拉丁語或希臘語某些語彙或語素，如「控制論」（cybernetics希臘語「掌舵」之意）。

superpower	超級大國
supertanker	巨型油輪──→超級油輪
superman	超人
superego	超我（超自我）
supersonic	超音（超聲）
superstructure	上層建築
supernatural	超自然的
superphosphate	過磷酸鹽

可見由「超－」或「超級－」組成的政治性的、社會性的、科學技術性的新語詞，是為數不少的。「超級大國」是在六○年代開始流行的，也許這個新語詞在這之前已經出現了。「超人」卻不是政治性的語詞，而是社會性的語詞，甚至在特殊場合還是哲學語詞。它出自德國哲學家尼采（F. Nietzsche, 1844－1900），原文是supermensch。據說是蕭伯納（Bernard Shaw, 1856－1950）把它寫成superman而導入英語的，那是在本世紀初[1]。同「超人」相似的「超我」（superego），則是弗洛伊德（Sigmund Freud, 1856－1939）的精神分析學說的產物。「自我」（ego）是個老語條，1923年弗洛伊德使用了「超（自）我」來表示潛意識中的自我。至於「超自然（力）」，在現代漢語中還不多見。西方社會近年流行的神怪小說（mystery）就是描寫這種「超自然」的，也

---

[1] 蕭伯納於1903年將此詞導入英語，詳見兩卷本《牛津大詞典》卷下，第2193頁。參看安哲萊斯（Peter A. Angeles）主編的《哲學詞典》（*Dictionary of Philosophy*, 1981），頁284。有趣的是，superman進入當代俄語，寫成 супермен，轉化成帶有譏諷意味的詞，指自認為比別人「高超」的人。詳見奧惹哥夫（С. И. Ожегов）《俄語詞典》，第十四版（1982年）。

就是描寫人力所不能控制，或凡人所不能認識的力量①。這個語詞所表達的玄乎其玄的觀念，也許同近年國內流行的「特異功能」論有點相似。

　　值得注意的是「自選商場」這個新語詞的誕生，以及它誕生後很快被人接受這個事實。自然，如果中國大陸不是採取對外開放政策，如果北京不是在八○年代試著開辦幾個類似外國「超級市場」的商場，那麼，「自選商場」這個新語詞就不會誕生。可是，早在五○年代到七○年代，用現代漢語翻譯外國作品時，已碰到supermarket一詞，也曾經譯為「超級市場」，並且至今在翻譯文獻中一般也仍然採取這種譯法，為什麼流行的卻是「自選商場」這個新語詞呢？原來一旦實際社會生活中出現這種新事物時，人們自然會考慮給它一種適合中國社會習慣的稱謂；人們按照中國社會習慣和語言規範，恰如其分地稱之為「自選商場」，這個新語詞比直譯的「超級市場」更確切地反映了實際，因而不脛而走，成了有強大生命力的日常語詞，進入了現代漢語的通用語詞庫②。

(2)「叉車」

　　建國門附近有「叉車總廠」的廣告牌。「叉車」是七○年代現代漢語才普遍使用的新語詞。顯然，編寫《現代漢語詞典》試用本時期（五○至六○年代），「叉車」（即英語forklift）並沒有

---

① 「超自然」一詞有日常語義和哲學語義兩個義項。《現代漢語詞典》第126頁收了這個語彙。參看安哲萊斯的上引書第284頁詞目 "supernatural"（超自然的）和 "supernaturalism"（超自然論）。「超自然」的語義是「擴大到宇宙（universe）以外另一個世界（realm）的力量」。

② 本文用的「通用語彙庫」，即史達林的語言學論文中所用的「全民語彙」——我同意這樣的說法，即「全民」一詞是俄語誤用的。參看拙著《社會語言學》，頁29注⑮。

流行，因此，這部詞典試用本在「叉車」條下只注：見【鏟運車】。至於「鏟運車」條，則有如下的解釋：

> 「一種搬運機械。車前部裝有鋼叉，可以升降，用以搬運、裝卸貨物。也叫鏟運機。」

1978年第一版中，末尾一句「也叫鏟運機」修訂為「也叫叉車、鏟車」。為什麼要改呢？原來編者認為「鏟運機」是「鏟土機」的別名，「鏟運車」與「叉車」同指一物。顯然可見，「鏟運機」、「鏟運車」是容易混淆的①。「車前部裝有鋼叉」，故名「叉車」。這也是forklift得名的來由，現代漢語「叉車」的「叉」正是fork（叉子）的翻譯。《新英漢詞典》把forklift譯為「鏟車」，又名「叉式升降機」。值得注意的是：「叉式升降機」是照著forklift的語素直譯過來的，沒有錯（比較：鄭易里編《英華大辭典》時沒有收這個詞，雖則《牛津大詞典》1933年的補編已收）；但《漢語拼音詞彙》增訂稿（1964年）並未收「叉式升降機」、「鏟車」、「鏟運車」，只收了「叉車」；還注明是方言詞語（第53頁，第一欄）。最後確定下來的、公認的稱謂恰恰是「叉車」；現在建國門附近的「叉車總廠」的廣告牌，正說明這一點。這一例的微妙處，我們正應當用上述新語詞得以流行的四個條件來解釋。

(3)「立交」

有一個街名牌子，還有一個公共汽車站的站名牌子，都寫著「建國門立交」。「立交」是個新語彙。北京已有多處「立交」。二十年前，北京人的語彙庫中沒有「立交」，因為那時的社會生

---

① 參看杜登（Duden）的《德英圖解詞典》（1980年），叉車圖見運輸部分（§206），鏟運車圖見築路機械部分（§200）。另參看 *Roget's Thesaurus* （Longman, 1983年），叉車見§310 Elevation部分，鏟運車見§255 Concavity部分。

活沒有這種現象──那時北京人口沒有那麼多，城市交通並不像現在那麼頻繁，機車沒有那麼多，自行車沒有那麼多，外國遊客沒有那麼多，外地來人沒有那麼多。只有在目前這樣的城市交通情況下，才需要在車輛交通頻繁的兩條馬路（或馬路與鐵路）交叉的十字路口建造一個「立體交叉」式的交接口，使兩條路在不同的平面上同時暢通。「立交」即「立體交叉」的簡稱。

由於馬路上來往的機車、自行車那麼多，通常所謂「人行橫道」（英語形象地稱為zebra crossing，現代漢語不用「斑馬線」這種說法，而用了中國社會容易接受的「人行橫道」這樣的語詞）對於過馬路的人也不方便了，於是出現了兩個新語詞：

　　「地下過街道」

　　「過街天橋」

這兩個新語詞都在崇文門附近可以看到。「過街」即過馬路，即穿過行駛著機車、自行車的馬路。「街」、「路」、「道」在這裡是一個意思（在別的一些語境中，這幾個詞各有自己的語感和微小的語義差別①）。四十年前，北京只是故都，人很少，車更少，是個恬靜的城市，不需要「立交」、「過街天橋」、「地下過街道」這種種東西，那時北京人的口頭語中也就沒有這些語詞，街頭更見不到這些語詞。

(4)「收錄機」

到處都能見到出售「收錄機」的招貼。有一家店鋪出售的是「雙卡立體聲收錄機」。「收錄機」是近十年（僅僅十年！）才出現、卻已迅速進入通用語詞庫的新語詞，它反映了中國社會生活在近十年間起了急遽的變化：中國同外間世界接觸，並且迅速吸

---

① 通常以為「道」大於「路」，「路」大於「街」，「街」大於「巷」。但各地區也有特殊習慣。例如天津市就習用「道」。

收（接受）新的生產技術，收錄機以意想不到的速度普及民間。

「收錄機」即「收〔音〕（機）＋錄〔音〕機」，一物而有兩用，既可收無線電廣播，又可錄音。「收錄機」是約稱。這種約稱的構詞法，我在《社會語言學》中舉過例[1]。這種構詞法是現代漢語獨特的構詞法。現代漢語的語詞多半是由雙數（2個，2^2個）漢字組成，而這裡所舉的構詞法則是省略一個漢字（「收錄〔音〕機」），成了三個漢字組成的詞（2^2-1），反而更容易上口。

「立體聲」也是近十年流行（不是出現！）的新語詞。它是stereo（此詞進入英語在1958年！）的意譯，源出stereophonic（此詞也不過1927年才進入英語）[2]。它有時義同Hi－fi（1950年進入英語），即High－fidelity（1934年進入英語）[3]，義為「高傳真度」。在現代漢語口頭語中，「高傳真度」並不流行，雖則它在信息科學中是常用的術語。

「卡」進入現代漢語是一個饒有興味的社會現象。漢字「卡」以〔k'a〕這個讀音（漢語拼音字母寫作kǎ）來接受外來語，例如「卡車」（kǎchē，是借自英語的car，「卡片」（kǎpiàn）是借自英語的card，「卡路里」（kǎlùlǐ）是借自法語的calorie。在音譯借詞中，「卡」念kǎ而不念qiǎ——雖則長時期以來有少數人仍念作qiǎ，但現在則幾乎都念作kǎ了。「雙卡」是借自英語的double－cassette。一般地說，現代漢語中的借詞最初用音譯，後來卻往往排斥音譯，改為意譯[4]，最明顯的例子如「萊塞（光）」（laser）讓位於「激光」。這也許是由漢語和漢文（一個漢字就是一個音

---

① 見14.4節（頁331），書裡列舉了十例：「原材料，中小學，土特產，進出口，牛羊肉，節假日，青少年，工具夾，皮便鞋，指戰員。」
② 見兩卷本《牛津大詞典》補遺（頁2662）。
③ 同上引書（頁2634）。
④ 參看《社會語言學》13.3節（頁290－294）。

節）本身的結構特點導致的。可是在「盒式錄音機」這一場合卻正好相反：「盒式」讓位於「卡式」。「雙卡」中的「雙」是意譯，「卡」是音譯。

　　由於科學技術的迅速發展並導入日常社會生活，街頭上也出現了一連串的科學技術新語詞，如「離子交換樹脂」、「恆溫制冷」、「超紅外」等等。新術語如何寫定？術語學在當代應用語言學中是很重要的①。

(5)「中心」

　　「中國攝影中心」，赫然出現在最熱鬧的王府井大街南端，顯示近幾年「中心」這個新語詞進入了現代漢語的大陸通用語詞庫。

　　「中心」是英語center的意譯。本來，在西方近代社會，「中心」一詞的語義是某一類活動集中的地區（例如「商業中心」、「工業中心」、「陶瓷業中心」），有點類似現代語詞的「基地」的語義。大約在半個世紀內，「中心」的意義開始變化，也許是從美國社會開始的，那裡常常湧現一些有用的、新鮮的、有時是可笑的語詞。「中心」的語義縮小了，由地區縮成場所──一種活動的場所。美國人有所謂「購物中心」（a shopping center），也許像從前北京的東安市場那樣，由許多經營不同種類商品的小店鋪

---

① 在整理本文時，正好出現了一個耐人尋味的新語彙（新術語）例子。1984年4月27日華盛頓各通訊社傳出了AIDS病毒的新聞。AIDS是病名 "Acquired immune deficiency syndrome" 四個詞的詞首字母構成的縮略詞。當晚北京的中央電視台報導譯為「獲得性 免疫缺陷 綜合症」。幾乎可以說，大多數使用現代漢語的聽眾都不知這個新語彙作何解釋。第二天，新華社的譯文出現了，譯為「後天 免疫力缺乏 綜合症」。於是大家才懂得了「獲得性」是對「先天」而言，意譯即為「後天」。原來這種病有先天、後天之別，先天的幾乎是不可治的，「獲得性」（這也是照字直譯的新語彙）即後天的，也許還有可能治好。這一例，正說明術語學在當代應用語言學中是很重要的。

組合而成的一種場所，而不像現在北京的東風市場（在東安市場舊址）那樣的百貨公司。

從外表看，「中國攝影中心」只是一家店鋪，所以有人認為這是濫用「中心」這樣的語詞。也許「中國攝影中心」目前其實只是一家鋪子，一座樓房，一個商號，但也許它不只是一家鋪子，可能它是貿易指導、展覽或進行比賽之類活動的中心，即比做買賣多一點什麼的活動場所。不久以前，報章上有文章認為現代漢語「中心」一詞是譯錯了，說外國語原義只不過是一家店鋪，而漢譯者照字誤譯為「中心」。我則認為不能這樣說。即使在現代西方語言中，「中心」一詞在語義和語感方面也不完全等同於「店」、「鋪」[1]。一個語詞在社會生活中的出現、消亡和發展（變狹或變寬等）是一種集體實踐的結果，絕不是以某一個人或某一特定人群的主觀意志為轉移的。看來有跡象表明，越來越多的「中心」進入現代漢語的通用語詞庫。在本文調查的街區還多次出現「技術服務中心」的招牌。「中心」不等同於商店[2]。把「副食商店」改為「副食中心」，可以說是濫用「中心」一詞。

語詞的發展，可舉王府井大街南端的「北京飯店」為例。這

---

[1] 柏奇菲爾德（Robert Burchfield）主編的《牛津大詞典補編》（*A Supplement to The Oxford English Dictionary*），第一卷，頁468，"centre" 條補6.a，說此詞源出美國，指「某一場地或若干建築物群構成的某一市鎮或地區的中心點（central point），或某一特定活動、興味或諸如此類的主要場地，其前面常常有一狀語，如city centre（城市中心），shopping centre（購物中心），training centre（訓練中心），等等」。引自1843年起使用的例句。最後一例是1970年4月19日Sunday Times的：The new arts centre（新的藝術中心）would operate all year round with summer schools and special courses。

[2] 1984年4月24日《人民日報》出現了下面八個由「中心」構成的語條：「計算機軟件技術開發中心」，「農業技術開發中心」，「工業技術開發中心」，「能源技術開發中心」，「服務行業職業教育中心」，「建築建材職業教育中心」，「林業職業教育中心」，「畜牧業教育中心」。

個飯店是舊中國的產物，那時將hotel譯為「飯店」，「北京飯店」就是Peking Hotel的漢語寫法。這主要不是吃飯的地方，而是旅客居住的地方，雖則裡面一定有中西餐廳。現在北京很多新的高級旅館——相當於美國所謂五星旅館——都在名稱中沿用「飯店」一詞，如「建國飯店」、「燕京飯店」、「長城飯店」等等。舊上海也有「國際飯店」、「錦江飯店」之類。近三十多年則興起「賓館」（略帶有正式的、官方或半官方的色彩）和「招待所」（略帶有機關附設的色彩）。舊北京將吃飯的地方（restaurant）稱為「飯莊」（這個語詞近年已消亡了），不叫「飯店」；現代也叫「飯店」，更多的叫「餐廳」、「餐館」。港粵一帶小的吃飯地方稱為「餐室」。

(6)「一次性」

在上述街區中，不只一次看到這樣的新語詞：「一次性削價」、「一次性處理」。還在一張印刷品上看到「一次性投資」字樣。「一次性」是借詞呢？還是創造的新語詞？如果是借詞，出於哪種語言？目前的調查還不能圓滿解答這個問題。有人以為這新語詞首次出現於香港，我還不能下結論。

「一次性削價」或「一次性處理」表示這樣的兩種情況：（甲）這家店鋪將停止營業了，它將要關門了，現在來一次最後的處理，價格自然是減低了的，再不買就失去機會了，所以叫做「一次性」；（乙）這種貨物庫存太多，再不處理就會影響到資金周轉，為此要趕快處理，只處理這一次，下不為例。

至於「一次性投資」，則不好解釋。雖然也可以照字面解，但沒有特殊的意義，因而是不確切的。

值得注意的是，在北京、上海等地出現「一次性××」這樣的新語詞，表明這裡的商業工作做活了——從前是難得這樣處理

的。

(7)「公用電話」和「公共汽車」

這兩個語詞，到處可見。它們自然不能稱為新語詞，但是在十年動亂時期（1966－1976）它們被「人民電話」「人民汽車」代替了，現在又恢復了它們原來的面貌。這一新一舊（一改一復原）顯示了語言的靈物崇拜。那時紅衛兵認為電話是不能給社會每一成員（不論其階級成分）用的，電話必須有它的階級性，即電話屬於工農兵，只能為工農兵服務，而絕對不能為其他社會成員服務。因此，在紅衛兵看來，使用「公用電話」一詞即失掉正確的無產階級立場，而失掉這立場即將帶來嚴重的後果。因此，立即要把「公用電話」改為「人民電話」，彷彿這麼一改，電話這東西就被賦予無產階級性質，雖則任何人都知道，改了名稱的電話，它自身沒有辦法辨別打電話的人是屬於哪個階級，仍然是誰撥動它，誰接通了，誰就能進行信息交換。

同樣，儘管「公共汽車」是現代漢語使用已久（大約有近六、七十年或更長的歷史）的語詞，有別於「電車」或「私人汽車」，是社會成員都可以乘搭的交通工具。但在十年動亂中，紅衛兵認為交通工具也帶有階級性，它只能為工農兵服務，因此，這種工具的名稱不應當使用「中性」（即屬於全體社會成員）的字眼「公共」，而應當使用一個有特殊含義的「人民」——當時的「人民」，就是「工農兵」的同義詞。

把文字作為一種神物加以崇拜，在中國已有幾千年連綿不斷的歷史；連在中國短期講學（1936年）的控制論創始人之一的維納（N. Wiener）在他的著作中也提到過「敬惜字紙」的現象[1]。

---

[1] Norbert Wiener, *The Human Use of Human Being──Cybernetics and Society*, 1954，第四章。

上述「公用電話」、「公共汽車」兩個語詞的改動，又一次給這個古老國家根深柢固的語言靈物崇拜提供了現代活生生的例證。那時紅衛兵這樣做，實際是受了幾千年語言拜物教的殘餘思想侵蝕。如今他們長大成人了，他們回想一下，恐怕也會覺得這是頂可笑的。現代語言學中的某些假說，也竟然認為語言模式決定社會文化模式[1]，那不是同樣可笑嗎？

最後，應當附帶聲明，這不是一篇調查報告，只不過是一個社會語言學者在北京街頭漫步時所見所感的記錄，略略觸到社會語言學的方法論和現場調查問題。要處理這樣的論題，只能在另外的專門論文進行了。

（《語言研究》1984年第二期．1984.04.29）

〔62〕新語詞：社會語言學的考察*

0 新語詞〔＝新詞〕在一般語言學中並不受到重視，只是在語彙學中才得到相當位置。但若從社會語言學的角度對新語詞加以考察，則這個概念能引導出很豐富的甚至是很有興趣的內容。

任何一種語言的新詞，都是用原來有的語料（或語言要素）構成的，不論是①舊詞新義，還是②創制新詞都脫不出原來的語彙要素。

據我觀察，自從1984年底省長會議幾位中央領導同志講話以後，近年來在口語或文語（書面語）中經常出現「理順」一

---

① 參看《社會語言學》5.6節關於沃爾夫假說的論述（頁106－1）。
* 這是1986年4月22日在一所高等院校作的學術報告提綱。

詞。理順各種關係，理順財政收支，如此等等。「理順」這個動詞（有時轉為名詞），還沒有進入哪一部現代漢語詞典。《常用構詞字典》「理」字之㈠收二十六個詞和詞組，就沒有它；新出的《現代漢語詞表》收五十一個詞和詞組，也缺少它。而偏偏現實生活卻經常用到它。例如：

> 「整個價格體系正在朝著逐步理順的合理方向前進。」（1986.
> 01.06）

在社會語言學家看起來，「理順」不是憑空從天上掉下來的。不知道大家是否記得，《三國演義》第五十二回，魯肅見孔明時說：

> 「前者，操引百萬之眾，名下江南，實欲來圖皇叔；幸得東吳
> 殺退曹兵，救了皇叔，所有荊州九郡，合當歸於東吳。今皇叔用
> 詭計，奪占荊襄，使江東空費錢糧軍馬，而皇叔安受其利，恐
> 於理未順。」

《三國演義》成書於元末明初，作者羅貫中（約1330－約1400）是十四世紀的人，所以「理～順」這樣的模式已經有了近五百年的歷史。但是，至少在近百年中，「理順」一詞並沒有從「於理未順」中脫出來形成新的結構，而現在，可以預言這個構造將進入全民的普通語彙庫了。

　　1　新詞（neology初見1779年——→neologism初見1800年）英語或俄語的等義詞跟現代漢語「新詞」的構詞法是完全一樣的：

〔源出希臘〕　　neo＋logie

〔現代漢語〕　　新＋詞

近來有些同志認為英語每一個單詞都是一個封閉系統，而現代漢語每一個詞都是一個開放系統，因此英語的語詞都是單個存在的，而現代漢語則是可以造詞的，換句話說，英語要學四十萬個

孤立的詞，而現代漢語只要學二三千個漢字就可以組成四十萬個詞，這種說法如果不說是概念錯誤，至少可以說是不確切的，由以上簡單的分析即可明了，不必多費口舌。

再舉一個例。

「突破」——這個詞我們現在已常用了，它是從外語「引進」的，從何年起引進，因過去沒有記錄，已不可考，只知道它是直譯英語break－through一詞而來。英語有兩種寫法，大約最初出現在英國英語時，它的組成部分break和through兩個本來獨立的語詞之間加一短橫——英語造字法的習慣，某些合成字通常在兩個組成部分之間加這麼一個短劃，以示這個詞是合成的；後來使用多了，特別到了美國英語，這短橫不見了，省略了，成為breakthrough這樣一個詞（像德語的合成字一樣，寫成一串，各個組成部分之間不再標誌）。據說「突破」一詞最初出現於1918年，那時正是第一次世界大戰的尾聲，在報導戰事時特指「突破」敵人的防線時用的。這個詞三〇年代應用於描寫社會現象，五〇年代用於指市場的某種突破，1957年科技界也使用了這個新詞，指科學技術上一種重大的超過前此成就的成果，特指對某些「攻關」項目得到久未能獲得的結果。

其實英語breakthrough這個詞也不過是

break+through

而造成的，同現代漢語的借詞「突破」的造字法一致：

突＋破

可見英語的單詞同漢語的單詞一樣，都不能稱為本身就是一個封閉系統——也就是平常詞彙學所說的，單詞有構詞力（英語有時叫wordpower：直譯為「詞力」，實即構詞的能力，故我主張寫作「構詞力」。注意，這個字是由word跟power兩字合成的，它也是

一個可以望文生義的合成字）。

2　新詞現象是一個很重要的社會語言現象。「新詞的出現是社會生活變化的結果」。（《社會語言學》§102）與此同時，「科學技術的發展導入了很多新語彙。」（§103）後者成為術語，即術語學的研究對象。

保加利亞語言學家A. D. Atanasov（1983）關於新詞的表達是可取的。

> 「語言的使用者為了確切表達他的某種思想，而在這種語言的詞彙庫中又找不到合適的詞彙時，便在文語（書面語）或口語導入一種新的說法，這就是新詞，使用新詞在最初階段往往是個人的，他感到有必要作一種新的表達，這才導入新詞。」

另外還有種種定義，都可供參考：

> 「凡是新創的，還沒有被普遍接受的單詞或短語，都稱為新詞。」（R. R. Hartmann F. C. Stock, 1973）

注意「還沒有被普遍接受」一語，如果已被普遍接受，進入了全民的語詞庫，那就不成其為「新」了。

> 「為表達新事物或新概念而創造的單詞或短語。」（Д. Э. Розенталь，М. А. Теленкова, 1976）

注意，新詞表達新的東西（事物、概念……），即在社會生活中以前所沒有的物質或精神方面的東西。

> 「凡是還沒有進入通用詞彙，它本身尚未穩定，它本身傳遞新的東西的詞，都叫新詞。」（В. И. Торелов，1984）

〔新詞〕有新穎性，同平常不一樣，跟舊詞有細微差別。（Н. Щ. швиски，1972）

注意：新詞──過了時就消失了「新」的含義。

3　新詞的運動圖式

新詞的運動：指它的出現、應用、消失，或進入全民通用語詞庫的過程。（圖見下面）

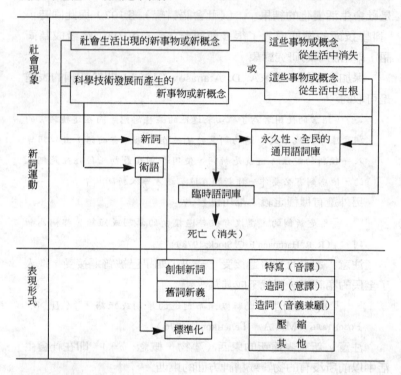

新詞運動的例子：
　　(1) 舊詞新義
　　　　愛人
　　　　檢討
　　　　狀元
　　(2) 創造新詞

郵差──→郵遞員

脫貧

(3) 引進新詞

A 音譯──迷你　巴士　的士

B 意譯──博士後　繼續工程教育

──超級市場──→自選市場（商場）、熱狗、叉車

C 音譯加指示類符──桑那浴、漢堡包、玻璃馬賽克

(4) 壓縮

字頻＝漢字在文本中出現的頻率

詞頻＝單詞在漢語中出現的頻率

三反＝ $\begin{cases}（1951）反貪污、反浪費、反官僚主義 \\ （1966）反黨、反社會主義、反毛澤東思想\end{cases}$

4　新詞規範化和術語標準化

規範化的要求──

① 符合〔或確切表達〕社會現象中的 $\left\{\begin{array}{l}新事物 \\ 新觀念 \\ 新概念\end{array}\right\}$ 的本質特徵。

② 符合〔使用者的〕語言文字的規律和習慣。

③ 符合〔社會交際活動的〕心理狀態和社會準則。

　　標準化的要求更加嚴格些：Ａ在制定時要對本質特徵作科學考察而不僅僅是符合語言習慣；Ｂ在發布時帶有更多的強制性；Ｃ還要考慮學科交叉的、臨近學科以及科學的系統性，包括層次。

　　為此，作為一個中國的社會語言學家，對新詞〔新術語〕的創造有下列的願望（只是願望）：

　　1. 不造新字（注意──指漢字，不是詞）；

2. 提倡造複音詞（即二個、三個、四個或更多單字的詞或詞組）；

3. 音譯（轉寫）的詞不發生字面上的歧義；

4. 不拗口（「印貼利根追亞」就很拗口）；

```
萊塞光──→雷射
汽犁──→拖拉機
```

5. 不迷信古人（如花旗、紅毛不用為宜）；

6. 不盲從海外（如迷你、穿梭機不用為宜）；

7. 不濫用方言（不用曲奇、士多）；

8. 不違反習慣（專門化、博士後亦可）；

9. 不背離社會心理（超級市場──→自選市場）。

　　5　規範化和標準化的途徑：

① 約定俗成；

② 字典詞典；

③「大眾媒介」mass media（報紙、廣播、電視……）；

④ 行政手段。

（1986）

〔*63*〕新語詞結構的若干特徵*

　　1　新詞彙是由於社會語境發生變化（社會生活的進展和科學技術的變革）而引起的語言新現象，這種新現象或者先在口語中出現，或者先在書面語中出現，而且往往是從個人或單位開

---

* 這是1986年1月19日在語言文字應用研究所年會上的學術報告提綱。

始，然後普及到整個社會成員的。新事物或新概念要求語言（口頭和書面的）有新的表現，因為在原來的詞彙庫中找不到這樣的詞彙，所以或者創造新形式的詞，或者給舊詞（原來的某一個相近或相似的詞彙）賦予新的詞義。在創造新詞彙時，無論採取什麼方式、模式，都應當力求規範化，這樣才有利於有效地準確地傳達必要的新信息。

2 所謂新詞彙的規範化，即要求①這個詞彙（在科學上是術語）應當符合或能準確表達新事物或新概念的本質特徵；②應當符合當代（即使用者所處的時代）語言文字的規律和習慣；③應當符合社會交際活動的心理狀態和社會準則。不符合這些要求的就被指為非規範化。現代社會生活中，應當使用輿論的、技術的乃至行政的手段，力求新詞彙達到規範化的境界。這需要語言學界和各種宣傳工具的密切合作，當然也要求有必要創造新詞彙的有關人士和機構的密切合作。

3 新語詞組成的若干特徵

(1) 舊詞新義

　　理順（理順各種關係）──→「於理未順」。

　　骨幹（骨幹企業）──→「骨幹分子」。

　　緊俏（緊俏物資）──→「緊缺物資」。

(2) 派生新詞（派生新義）

　　脫敏──→脫貧

　　錯誤──→失誤──→迷誤

　　助產士──→助劑廠

　　（飛機）起飛──→（經濟）起飛──→（人才）起飛

　　（〔具體現象〕──→〔抽象現象〕──→〔借喻〕）

（見85.01.30報）

(3) 縮略組合‧壓縮語詞

　　托幼園所（見85.06.12報）：托兒所、幼兒園的合稱。

　　離退人員：離休、退休人員的合稱。

　　收錄機：收音機、錄音機合而為一的機名。

　　字頻詞頻：漢字出現的頻率和單詞出現的頻率總稱。

　　立交：立體交叉（指公路、馬路）

(4)產生新語感的漢字組合（委婉語詞）

　　南北對話（指發展中國家與發達國家對話）

　　北南對話（朝鮮民主主義人民共和國與韓國之間的貿易）

（見85.09.26報）

　　〔參考〕南南合作（指發展中國家之間的合作）。

(5)漢字音譯

　　的士（──→出租汽車；計程汽車；出租車；計程車）。

　　巴士（公共汽車）。

　　小巴（小型公共汽車；麵包車）。

　　曲奇（方言音譯cooke）

(6)音譯+類詞

　　漢堡包

　　玻璃馬賽克

　　桑那浴（85.02.03）

　　阿特蘭第斯號（85.10.07）──→大西國號（85.10.06）

　　愛滋病──→艾滋病

(7)借用海外詞形

　　推出

　　搶手（85.11.23）

　　擴印

新潮

迷你（──→微型）

知名度
      ·

可讀性
   ·

（1986）

〔*64*〕在語詞的密林中漫步*

在語詞的密林中漫步，是舉步維艱的，常常會迷了途；但是在這樣的漫步中，卻可聽出時代的足音──時間在前進。它不但留下了自己的腳步聲，同時也留下了社會變革對這密林的撞擊聲。這漫步有時是很愉快的，可有時也免不了陷入困惑、憂慮和痛苦。

詩人愛略特（T. S. Elliot）說得真好，"Our language, or any civilised languages, is like the phoenix; it springs anew from its own ashes."這句話充滿了詩意：「我們的語言，跟所有文明的語言一樣，活像是鳳凰；它從自己的灰燼中得到了新生。」

語言中特別敏感的要素是「語彙」，這就是語詞的密林──它能迅速地反映出社會生活的最微小的變化。而語詞，像鳳凰那樣，變化著，有些消失了，有些卻形成了新的語義。在社會交際中，常常會遇見一些不確切的、模糊的甚至令人不可解的語詞，甚至不能說是生造的，但仍然使人迷誤。比方昨天我在此地的一張報紙上看到這樣的句子：

「創作只能是一個。」

---

* 這是根據1980.04.25在上海給一個雙語詞典編輯部講話的記錄稿，於1981. 03. 11改寫定稿的。

這句話是什麼意思？「一個」什麼？創作只能是一個「什麼」？是說創作只能是一種創造性的活動呢，還是說什麼呢？「一個」這樣的詞語，在這樣的句子中傳達出什麼意義呢？

昨天我又在另一張報上讀到這麼一句話：

「買火腿為她補傷口。」

按上下文可以知道，這是說一個青年為一個燒傷的女工買火腿，以使她得到補養，使燒傷的傷口早日癒合。然而這樣的句子表達不出如此的語義來。乍一看去，「火腿」怎麼能「補傷口」呢？

在詞語的密林中找出兩種語言的準確的等義詞，是一項很細緻的同時也是吃力不討好的工作。即使找到術語叫做「等義詞」的詞語了，卻常常因為這樣的等義詞在兩種語言中有語義上的寬狹之分，有時還帶有不同的感情色彩，而感到不知所措，或者有茫然之感。

我記得尼克森1972年第一次訪問中國時，報上有一條電訊說，這位美國總統最喜歡吃「葡萄柚」——這是什麼水果呢？是葡萄呢？還是柚子呢？究竟是什麼樣子的東西呢？我不懂。我那時在「五七幹校」，便去問在美國住了很長一個時期的司徒慧敏（他那時還在「中央專案組」管制下幹著挑糞的勞動），他說這水果英語叫grapefruit，狀似一種小柚子。我才恍然大悟：grape不是「葡萄」麼？fruit不是「水果」麼？不是形如「柚子」麼？這位電訊譯員很可能吃過這種水果，他在倉促的短暫中把這個字譯成「葡萄柚」，也真算得最佳翻譯了。第二年，即1973年，我在日本參加一次國際性的聚會，來自十幾個國家的與會者在龜岡的一間和式旅館「樂樂居」朝夕相處，有一次吃早餐時正好出現了這麼一種狀似柚子的水果。我請教坐在我身邊的美國人哈蒙夫人，她說這叫做"grapefruit"——唉唉，在詞語的密林中漫步真

不容易呀，我終於嘗到了這叫做 "grapefruit" 的味道了：其狀似柚，比柚子小，比橘子大，其酸無比。哈蒙夫人說，多加點白糖才好吃。幾年後，我住醫院時，《廣角鏡》的主人翟暖輝來看望，他是長住香港的「港客」，我請教他香港超級市場出售grapefruit時管它叫什麼？翟公說，叫「酸柚」——我頓時覺得這個名字譯得真妙，「酸」指其味，「柚」指其形，但與原來的名字 "grapefruit" 無多大關係了。

可見，遇到新事物或新概念的名稱，要在另一種語言中找出等義詞來，是何等的困難，有時「旬日躊躇」也還想不出確切的語詞來。甚至有時連這種事物在日常生活中稱作什麼，也不知道。文化大革命十年動亂以後，我從巴黎去倫敦——我在巴黎戴高樂機場頭一次看見叫做「衛星」的那種上下飛機的活動通道，可我不知英文叫什麼，法文叫什麼。牛津的柏奇菲爾德（Bunchfield）夫婦駕車接我去他家作客：我們三人在廚房裡邊吃邊談了一整晚，我請教這住在英語語詞密林中的字典權威，「衛星」的那通道叫什麼？他瞠目結舌，他說他也不知叫什麼。直到後來有名的《杜登》詞典（德英修訂版）在牛津印出，這位博士寄給我一部，我才在233頁上「按圖索驥」查到，這通道德語叫diefluggasltbrück，英語叫airbridge。我以後在很多國家的機場上，從未聽見外國人認真這樣叫，也許只有在機場工作人員中才有這叫法，一般旅客是不必使用這專名的。

語感是一個很有趣的，當然也是很複雜的問題。同樣表達一個概念或一種事物，有的語詞傾向於欣賞它，有的語詞傾向於責難它，我們的語言有「褒」「貶」兩字表述得很確切。「偵察員」是現在流行的叫法，白區在國民黨憲警機關叫「偵緝」——這個「緝」不是編輯的「輯」、而是緝捕的「緝」；字形不同，讀音卻

一樣。從前在某些場合也叫「偵探」，在警察署裡又叫「警探」，福爾摩斯是大偵探，他比蘇格蘭場的「警探」高明，他本人不是「警探」。偵察員在部隊中又稱「偵察兵」，偵察兵其實就是偵察員，不過著重了一個兵字，語感就不一樣了。同這個語詞有類似意義的是「特務」，有時則稱為「奸細」，古代漢語又稱「細作」，專以刺探祕密為己任的職業偵探。所以翻譯時要很留心，編雙語詞典就更加要細緻了，因為語感不對，會導致歧義。

至於特定集團一時流行的語詞，那就更加棘手——何況這些詞語只是流行一陣，要掌握它的確切語義（尤其帶有特定語感的語義）真不容易。記得三〇年代我從師學日文，看見日文報上多處有「イット」的外來語，我知道這幾個假名是It的音譯，但這是什麼東西，無從知曉。我請教老師，他說這是美國學生的流行語，表達招惹異性的那種媚態——後來我才知道It appeal即我們現在叫做「性感」的東西，現在這個詞已經消失了。六〇年代美國大學生流行一個詞叫NATO，男女學生要 "date"——「約會」，女的說：NATO！——人人皆知這個語詞是「北大西洋公約組織」的縮略詞，怎麼約會時會大叫NATO呢？原來六〇年代大學生的口中的NATO卻是

        No action, talk only

即表示：只許說話，不許動手動腳的意思。現在這個語詞也消亡了。一般地說學生流行語是消失得很快的，例如北京五〇年代學生中流行的「根本」，現在已經不大聽見了。

我很佩服《紐約時報雜誌》每周有一篇語言漫筆——十數年如一日，真不簡單，我從這裡吸取到不少有益的或有趣的養料：這也算是我在語詞的密林中漫步時的一點收穫。不久前有一篇漫筆說，你在美國不同的州裡吃飯，你要咖啡時吩咐 "regular coffee"，得來全不一樣，有加糖的，有加奶的，有都加的，有都不加的，作者說，不同的地方對同一個語詞作不同的釋義，可見語詞這密林真是常常令人昏頭轉向呀！

有些語詞是新創的，導入其他語言時會發生變異，尤其是寫成漢字常常五花八門，這也是很不好解決的。比方西方六〇年代以後，突起了一種叫做discotheque的跳舞——這個詞的詞根是disco，就是「唱片」的意思，那時這種舞是由唱片播音樂給舞者伴奏的。這個語詞是從法語bibliothéque（圖書館）一詞的構詞法，將biblio換上disco，成為discothéque。現代漢語早些時候稱為：

> 搖擺舞音樂夜總會（初見1978.10.17）

> 流行音樂夜總會（初見1978.12.31）

後來從香港報紙的語法，作：

> 的是夠格　（初見1979.05.29）

然後興起了目前到處都有用的

> 迪斯科〔舞會〕（初見1979.08.29）

這就是一種「時代的足音」——那非常的動亂十年，以及緊接而來的一段時期，給這個語詞的密林留下的腳步聲，像我這種年紀的人是永遠忘不了的，可是再過二三十年，作為「足音」的語詞有很多消亡了，未來的讀者非查詞典不知它的意思了。「牛棚」不是養牛的，而是非法囚禁幹部的處所；「非自然死亡」指的是「自殺」或「謀殺」；「四人幫」被粉碎以後，「凡是派」（英語叫Whate verism！）一度洋洋得意，而後人卻目之為僵化的代表者；「踩線人物」卻是「推一推就成黑幫，拉一拉就挽救過來」的人物，玄乎豈其玄乎？但我還是喜歡在這密林中漫步。

（1981）

〔*65*〕普通話的社會語言學考察

A 理論篇

中華人民共和國憲法第十九條規定：「國家推廣全國通用的普通話。」這條規定是根據中國大陸政治、經濟、教育、文化的發展形勢和國家現代化的需要和前景提出來的，它無疑是1956年國務院發出《關於推廣普通話的指示》的重大發展。

從理論上說，開放型的社會模式需要和要求一種通用的語言規範或規範語言。對內搞活經濟，對外實行開放，理所當然要求一種開放型的社會結構模式。無論理論還是實踐都已證明，必須打破自然經濟封閉性的束縛，才能解放生產力。在我們這個信息化的時代，為了迎接世界性新的技術革命的挑戰，也必須從封閉型結構轉變為開放型結構。

從社會語言學角度看，所謂開放性的社會模式，即意味著語言集團與語言集團之間必須進行廣泛的、經常的、頻繁的接觸——通俗地說，「老死不相往來」的習慣得完全改變，中國人非得同外國人接觸（這就是一個語言集團同若干個語言集團之間的接觸），漢民族同國內其他民族之間的接觸（這當然又是若干個語言集團之間的接觸），國境內五十五個非漢民族之間的接觸（這無疑也是語言集團的接觸），漢民族（或其他民族）內操一種方言的人同操另一種方言的人之間的接觸，甚至一個方言區（例如粵方言區、閩方言區）內操一種作為這一方言的地域變異的土語的人，跟同一方言另一地域變異即另一土語的人之間的接觸，比任何時期（特別是比實行封閉型模式的時期）都強烈地需要一

種全國通用的規範語言。不難想像：如果沒有這種全國通用的規範語言，這種交際就幾乎很難進行——你說你的方言，我說我的方言，對內對外都不能進行有效的交際，這種道理其實是不言自明的，雖則使用者本身也許不太明瞭這裡面含有深刻的社會語言學理論意義。

普通話就是這樣一種規範語言——它是在歷史的發展中即自然經濟日漸瓦解的過程中，在複雜的民族、社會、政治、經濟、文化、教育……種種條件制約下形成的，而在人民共和國成立以後又增加上政權的促進作用，即上面提到國家行政機關運用政權的力量予以推廣。單純依靠自然語言的發展過程來普及一種通用語，那是一個很慢很慢的過程；單純依靠行政力量來強制推廣一種語言為通用語，則幾乎是不可能的，或者是極其勉強引起反感的。現在我們以北京語音為標準音，以北方話為基礎方言，以典範的現代白話文著作為語法規範的普通話，則既有社會的自然形成的因素，同時又加上行政力量的因素，故而目前推廣普通話，使它成為開放型模式的對內對外規範語言，完全是順理成章、事半功倍的。

應當注意到普通話在人民共和國成立後的三十五年間，已經不僅僅是漢民族的通用語，它隨著社會生產力發展的需要，被認為是中華民族的通用語——即包括漢民族以及其他五十五個民族在內的中華民族對內對外使用的交際工具。距今二十八年前即1958年周恩來在《當前文字改革的任務》報告中說：「在我國漢族人民中努力推廣以北京語音為標準音的普通話就是一項重要的政治任務。」這裡提到的只是「在我國漢族人民中」推廣普通話。到1982年憲法規定「國家推廣全國通用的普通話」，那是一種歷史的發展，——這裡提到的「全國」是指「全國各族人民共

同締造的統一的多民族國家」（憲法《序言》）。在這個多民族國家中生活著和睦相處的五十六個民族。與此同時，還應注意到憲法第一百二十一條的規定，在民族自治地方「使用當地通用的一種或者幾種語言文字」，由此可見，在新的歷史條件下，為適應四化建設的需要，普通話不只是漢民族內部的通用語，而且是全國各族人民之間的通用語了。

由於國家現代化的進展，作為交際工具的語言文字必須適應新技術革命的需要。在這個意義上說，目前語言文字規範化比之過去任何時代都更顯得必要和緊迫。在這當中，普通話就是這麼一種規範語言。從社會語言學的角度來看，3A（即FA工廠自動化，OA辦公室自動化，HA家庭自動化）和C_3I系統（即C_1指揮，C_2控制，C_3通信，I情報）時代，越來越多的場合要求用語言（我在這裡使用的語言，其意義有點像索緒爾所說的「言語」，專指發聲的分音節的口頭語，而不是包括書面語即文字在內的廣義的「語言」）來直接進行控制，這也更加要求有全國通用的規範語言。由於信息工程的發展，遠距離或超遠距離高傳真度的通話，已經是家常便飯了，不論是通過電纜，或通過電波，即有線或無線通話，都是追求高效率的信息社會必不可少的。甚至在家庭生活中，家庭成員相隔幾千幾萬公里互相通話，也不是罕見的事了——住在北京的人同住在香港的人通話，以前幾乎是不可想像的，現在只要你花十六元五角便可以對講一分鐘。這就更加促使人們使用規範語言。各項活動的現場指揮也越來越多直接使用語言——載人的人造衛星與地面通話，飛機與地面通話，火車運行時與站上通話，汽車運行時與他人通話，救災、救火、碼頭裝卸、群眾活動……現實社會生活中很多現場都離不開無線報話機、對講機。所有這些對話活動，都要求一種規範語言，在此時此地就

是普通話。至於在可見的未來——比如說在本世紀末下世紀初，隨著第五代電子計算機的研製成功，電子計算機操縱的機器人的廣泛應用，聲控將越來越顯出它的重要性，而聲控在中國大陸，將更要求有標準的或接近標準的規範語言——即高標準的普通話。最近（85.05.23）英國貿易和工業部發言人說，英政府將投資十三萬英鎊發展能用中文「聽和說」的電子計算機——這就意味著，用漢語對機器講話，屏幕上就會出現漢字。這位英國官員甚至樂觀地表示，在英語聲控電子計算機出現之前，非常可能先突破漢語的聲控設備，據說因為英語音節多，而漢語則是「一種音調性語言」；這是通訊社解釋的，在理論上當然還可以商榷。我們的研究單位也正在研製用現代漢語進行聲控設備（比如語音輸入），不過在這上面遇到的四聲難題（正和上述電訊所傳達的意見相反），同音字難題，還需要有突破性的創造。但無論怎樣，按現在信息科學工藝的發展看，少則十五年（到本世紀末）、多則三十年（到下世紀初），聲控將會有重大突破，則是毫無疑義的。所以大面積普及普通話，特別是在目前五、六歲的兒童，到本世紀末下世紀初將為二十歲到三十歲上下的青壯年，如果他們都會像說父母語一樣流利地說普通話，而且用普通話進行思維，那麼將來更有利於適應新技術的發展。

應當著重指出，當中國大陸擁有自己的通信衛星以後，中國的中央廣播台和中央電視台的全國聯播節目，國內覆蓋面積幾乎達到100%了——像這樣的真正的全國性的信息傳遞，對國民經濟的發展，對各族人民的團結，對文化教育的普及，對「四化」建設的宣傳鼓舞，對愛國主義和振興中華思想的鞏固，一句話，對社會主義精神文明和物質文明建設的促進，現在和將來都起著巨大的作用。在這裡，信息的主要載體是規範語言，即普通話；

不可能是方言，只能是以北京語音為標準音、採用北方話和現代白話文著作典範的語彙、語調、語法系統的普通話。

因此，我們得出的簡短結論是，必須進一步更廣泛地深入地推廣普通話，是由於：

(1) 開放型的社會模式的需要；

(2) 社會主義兩個文明建設的需要；

(3) 信息時代科技發展的需要。

由此可見，推廣普通話，不是可有可無的工作，正相反，它是中國大陸社會主義建設的基礎工程和信息時代的基礎建設。中華人民共和國憲法第十九條的規定，其理論意義就在於此。

B 語彙篇

普通話（Pǔtōnghuà），在台灣稱「國語」在新加坡稱「華語」；在海外華人社會通稱「中文」，舊時代有稱「官話」的，源出 "Mandarin"，三〇年代拉丁化運動時期稱「北方話」。這許多不同的術語固然有微小的語義差別或語感差別，不過這許多大致不同的術語所指的，大致可以認為就是普通話。既然是語言交際工具，那麼，它就必然具備語音、語彙、語法、語調等等語言要素。普通話又是當代中國大陸信息交際的主要載體，那麼，它就必然具備作為信息傳遞、存儲、顯示等等的信息功能。在過去長時期內人們在推廣和研究普通話時，比較著重於它的語音要素——當然包括語音構成、聲調（指四聲，而不是指語句的語調），語音變異（當前後兩個音節連讀時所引起的某些變異），在方言區則著重注意到方言與普通話的語音對應關係或規律，這些當然都是十分必要的，也是頭等重要的。但在實際交際中，只考究語音還不能夠進行有效的信息傳遞。眼前有一個例子，即在北京電視

台播放香港電視連續劇《萬水千山總是情》時，把原片的粵方言（廣州話）改配成普通話，人們注意到這個電視劇的普通話配音有點彆扭，其所以彆扭，是直接「翻譯」了粵方言在句子末尾所慣用的助詞，使粵方言中的虛的要素成為普通話對話中實的要素，聽起來很不習慣。例如「係唔係㗎」配成「是不是呀？」同時把「呀」拖長到超過「是」「不」「是」的程度，在一般情況下，普通話只要「是不是？」就表達了原來「係唔係㗎」的全部信息——即使有女性近乎撒嬌的語調，加一個「呀」尾，這個「呀」的長度也只能為「是」的幾分之一。這些地方能引起彆扭的感覺，但不至於發生歧義。另外一個例子，「沒有哪一個比我熟行」（85.05.18）中的「熟行」，是粵方言詞彙，用北京語音「譯」過來，也頗叫人聽了彆扭，因為這個詞在普通話用的是「內行」（nèiháng）〔《漢語拼音詞彙》，頁351左，《現代漢語詞表》頁770；沒有shuhang這個詞彙〕，shuhang（熟行）就聽不懂了。儘管把「熟行」這個詞「讀」成標準的北京語音（普通話），也是沒有語義的——它不是普通語的詞彙，雖則在粵方言它是一個很通用的詞彙（《廣州話方言詞典》，1981，香港，頁208sug⁶hong⁴，譯為「內行」、「在行」、「熟練」；R. T. Cowles的《粵語詞彙》，1965，香港，頁948，shuk－hong注云：accustomed to；knowing a trade。）《廣州話普通話口語詞對譯手冊》（1982，香港）裡有不少句子簡單地「讀」成北京音是完全傳遞不了語義的，例如頁95所列：

△攞嚟頂嚇檔先（＝先拿來湊合著用）

△請個 工人 打理 細路（＝找一個 阿姨〔保姆〕（來）照顧小孩

用北京語音讀出來，連廣東人也聽不懂。這裡主要是語彙問題。

為了更有效地大面積推廣普通話，對現代漢語詞彙和對大方言區詞彙的研究和比較（當然，也要對現代化漢語詞彙和漢族以外諸民族語言詞彙的研究和比較），是過去研究得較少，也就是現今刻不容緩的工作。像饒秉才等三位作者所寫的《廣州話方言詞彙特點》（為《廣州話方言詞典》的附錄）理應引起推普積極分子的關注——這不是詞彙對照表，而是對方言詞彙作綜合分析的論述，有些論點是很值得注意的，作者舉例說明粵方言的某些單音節詞彙——有人認為這是保存古音或古詞的結果——在普通話中變成雙音節詞彙，如果只把單音節詞「讀」成北京語音，會使北方聽眾覺得彆扭，因而使信息傳遞的效能降低，或使接受的敏感度降低，例如：眼──→眼睛　蟻──→螞蟻　蔗──→甘蔗，廣東人說「食蔗」，讀成北京語音，對於粵方言區以外的聽者來說，識別度（接受度）顯然比之「吃甘蔗」低得多。

　　值得注意的是近年在方言區出現了一種新的語言現象，例如在操粵方言（廣州話）的地區（廣州），一方面由於中央廣播台和電視台每日每時以普通話播放，三十餘年沒有間斷；另一方面由於北方人到廣州長期工作、或短暫訪問，這兩種言語（普通話與廣州話）的互相接觸，導致廣州話語彙起了相當的變化——這種變化表現在用粵語音（廣州方言）讀出普通話語彙的情況增加，甚至連「的」字也經常以廣州語音出現在廣州方言的口頭語中，而不使用原來的「嘅」字。出現這種現象的社會因素是明顯的，因為北京是全國政治中心。對這種語言現象還沒有進行過大面積的調查研究，但無論如何，是一種值得歡迎的現象，因為這樣一來，普通話很多詞彙——特別是新詞彙——就原封不動地進入了方言詞彙（雖則失去了它原來的北京語音，披上了方言語音的外衣），大大有利於詞彙的規範化，縮短了詞彙規範化的過

程。可以預言，只要上面提到的語言接觸條件不變（實際上不是不變，而是接觸愈加頻繁，普通話的「魔力」愈加強大），再經過一個世代的交際，有些方言（例如粵方言）的固有詞彙將有百分之幾十被普通話詞彙所代替。也許這就是語言理論上所謂交融吧。

順便提出，對普通話詞彙的深入研究（比起對語音、語法來）也需要作更多的努力。現在我們只有一部包括五萬六千餘條語詞比較規範化的《現代漢語詞典》（1965、1978），一部收五萬九千一百條語詞的《漢語拼音詞彙》（1963），一部收詞約九萬條（但沒有定義）的《常用構詞字典》（1982）和一部號稱收詞十萬條（同樣沒有定義）的《現代漢語詞表》（1984）。由此可見，關係現代漢語詞彙的定型化，特定漢字的構詞力以及普通話詞彙同幾大方言詞彙的對應比較研究，為了推廣和普及普通話，都需要作很多工作。

C 交際篇

在一切社會交際場合，使用普通話作為語言交際工具，這是中華人民共和國憲法第十九條規定的具體化。所謂「交際」，是現代語言學和信息科學的術語——這裡所用「交際」一詞，實際上就是信息傳遞的意義，有時即認為「通訊」（Communication）。控制論創始人之一維納（N. Wiener）第一部著作《控制論》的副標題即為《關於在動物和機器中控制和通訊的科學》。所謂語言交際，即由一個人，一部機器（如電子計算機），一種裝備採取分音節的有聲語言將信息從一點或一個地方傳到另外一點或另外一個地方的過程（參照Dennis Longley and Michael Shain的《信息工學詞典》，1982，頁64）。所謂「社會交際」即是在社會中人

與人之間的接觸，特指語言接觸，當然也包括人與機構，機構與機構之間的接觸，即社會成員（或社會組織）之間的在公開場合的接觸。所謂「一切」，是指無一例外的交際場合（包括對話、廣播、電話，等等）。憲法規定用國家的力量來推廣全國各族人民所通用的普通話——普通話，對於漢族人民，一般地說是他們的父母語；對於中國境內非漢族人民，不是父母語，但它是語際語、通用語；對於外國人，普通話當然不是他們的父母語，而是我們國家公認的規範語言。同時要注意到，在漢族人民內部，還有相當數量的方言區人民，普通話就其語言結構來說是父母語，但就其實際口頭運用來說，同他們的父母語（方言）有或大或小的差異。即在北方話語音區，普通話與這些地區通行的土話（北方方言）也有語音、語調、語彙的差異。有了這樣複雜的情況，所以中國憲法規定要「國家推廣」，即適當運用政權的力量去倡導。也就是提倡在一切語言社會交際的場合使用普通話，因為這樣有利於民族的團結、國家的統一，也大大有利於信息交換傳遞的相互了解、準確性和高效率，大大減少歧義和誤解。

在一切社會語言交際場合，應當使用普通話；這就是說，在社會生活的日常語言交際中，起碼要應用聽上去使人覺得對話是平等的，彼此的關係是文明的，即有理性的，而不要使用污染語言的髒話。這一點在語言社會交際活動中顯示了文明與粗魯野蠻的分界。今年三月團中央號召全國青少年普及使用普通話的十個字（「文明禮貌用語十個字」），是很有意義的，而且不只對青少年有意義。如果全國包括方言區在內在一切社會交際場合廣泛使用這十個字，那麼，大大有利於社會主義精神文明的建設。

從社會語言學的角度要求，要認真普及這十個字，還必須根據應用語言學和控制論語言學的規律，作出相應的解釋和補充，

才能夠達到文明交際的目的。提「十個字」只是單向的，而一切語言社會交際都是雙向的（甚至是多向的）。以推廣普通話為己任的應用語言學工作者，還得編制出一些程序來使這十個基本字（或者準確地說，五個基本詞彙）有效地發揮它的社會交際作用。

　　您好。這個詞一般地說可以使用作雙向的目的，即：您好！⇄您好！兩朋友見面了，當第一個說一聲「您好！」時，另一個即報之以同樣的「您好！」這是互相表示問候。見了面，乾巴巴地，擦身而過，一言不發，那樣的場合是有的，但那應當只限於特殊情景，一般地需要表示一下彼此的關心，它不是一種問話，它不要求答話。有點像俄語的 здравствуйте 或美語（美國英語）的Hi！現在有些大飯店的電話總機在回答打進來的電話時，也說一聲「您好！」從社會語言學的角度看，這是很有禮貌的，特別是經歷過十年動亂，人與人的對話常常以穢語開始，以穢語結束，聽了一聲「您好！」簡直又回到了正常人身邊似的；只是從信息論的角度看，這是一種冗餘信息，因為打電話的人當時最想知道（也最不能確定）的信息是這個電話是否他所需要的地方，而不是需要友誼的問候。不過這是次要的，有了這麼一個開場白，總歸會引導出一種文明的使人愉快的氣氛來。

　　請。這個詞可以是雙向用詞，如請⇄請！當兩朋友互相謙讓著進屋時，頭一個說，「請！」，這時他作了一個讓別人先進去的身姿，這也是一種語言，不過是身勢語罷了。另一個可能也回一個「請！」字，還是請你先進去吧，有尊重對方的意思。有時卻是單向的，如

　　　請！⟶

　　　⟵謝謝！

頭一個詞表示很有禮貌地懇求你做一種動作或作出一種反應，第二個詞（謝謝！）則表示你很愉快地接受了他的懇求，並且對此表示有禮貌的敬意。自然，反饋語言（即逆向的「答語」），不只是「謝謝！」，還可以按照語言環境的需要作出反應。

　　謝謝。這個詞可以是雙向的，也可以是單向的。例如為了某一種原因，有人向你發出「謝謝」的招呼，這時，可能有種種不同的反應：

　　　　謝謝！──→

　　　　←──（不用謝。）（不謝不謝。）（不客氣。）

　　有時也可以用同樣的「謝謝！」來反應。比方在百貨大樓買東西，當售貨員包好了貨物遞給你，而從你手上接過鈔票時，文明的、有禮貌的售貨員對你微笑，說聲：「謝謝！」你從他手上接過你所買的貨物時，你很滿意了，也對售貨員告別，同樣說聲「謝謝！」謝謝 ⇆ 謝謝！售貨員說謝謝是因為你買了東西，他感謝你給他一個服務的機會；而你說謝謝是因為對方為你做了很好的服務，你表示由衷的謝意。在這樣的場合，人們就看到了文明的有教養的社會主義國家國民之間的真正平等關係對話了。

　　對不起。這個詞有兩個方面的語感，一個方面是有點小小的抱歉意味，比方碰了別人一下，而這完全是一種無心的（不在意的）偶然失誤，你得向那位被你冒犯的同志表示一種歉意，那麼，你就說：對不起；另外一方面，帶點懇求的味道，比方你想通過這一扇門，而門口恰恰站著一位同志擋著你的去路，那你就說：對不起──下面一句是說，請你稍稍讓開一點，我想走過去，但這話往往不說，當你向那位同志說聲對不起時，如果他也懂得文明禮貌，那麼，他立刻就察覺到是他擋著你的去路，他隨

即斜過身子把你讓過去了。在前一個場合，往往需要雙向的對話：

> 對不起！——→
>
> ←——（沒什麼。）（不要緊。）（沒關係。）

　　人家向你致歉，你反而瞪人一眼，那就太不文明了；人家致了歉意，那你得表示諒解，那就可以使用「沒關係」、「不要緊」等詞來回答。那就叫做文明交際。至於後一種場合，一般可以了解為單向對話，即：對不起！——→這種場合往往得到的是無聲的回答（用某種動作來回答）。這也就是文明。

　　再見。辦完一椿事，分手了，不論是熟朋友，還是「公事公辦」的素不相識的兩同志，都有責任說一句「再見」來表示這一次社會交際活動已告結束，或者至少暫時告一段落。無論面對面，還是打電話，都應當在結尾時說一聲「再見」。當然，這表示一種禮貌；其實，它還不只於一種禮貌，它表示語言交際活動告一段落了。「再見」是一種結束信號，它應當是雙向的，即它應當取得同樣一聲「再見」，才叫做圓滿地完成這次交際。再見⇄再見！「再見」有時表達為「再會！」不論是「再見」，還是「再會」，當然表示以後希望還有見面的機會，可是它常常是一種模糊語言，只表示語言交際結束因而分手了，並不真的希望同你再見一次面。這同「明天見！」（或「明兒見！」）的語感稍有不同，「明天見」常常是一種信號，或者約好了，或者不曾約好，總之明天會有重新見面的機會。

　　日常社會交際語言當然不只這五個詞，不過這五個詞顯然是用得最多的、經常出現的，我想，如果能編一部錄影帶，把普通話的交際詞彙和表現法用故事形式串起來，使人們不知不覺掌握了普通話的表現法，那將是一件很有益的工作；其意義的重大，

影響的深遠，將是無法估量的。

（《普通話》1986年第二期。1985.05.27）

〔66〕把漢字問題的研究推向新的高度*

在語用所成立兩周年的時候，我們有機會邀請到在座各位專家學者舉行這樣一個規模不大，但也許意義重大的「漢字問題學術討論會」，請允許我代表語用所向與會同志表示衷心的感謝。特別是呂叔湘同志和朱德熙同志今天都來了，他們要給我們講話，我們大家都很高興。現在我先講幾句開場白，這不過是照例的開場鑼鼓，好戲是由呂老、朱德熙同志開始，然後到會的同志們一起來唱的。

漢字問題是一個很古老的問題，也是一個很複雜的問題。對漢字問題進行認真的探討，這不僅是今年1月間舉行的全國語言文字工作會議上提出的一項方針任務，而且是同國家現代化和兩個文明建設有密切關係，成為各方面的同志十分關心的問題。因此，無論對漢字前途持有哪一種看法或設想，所有同志都認為系統地認真地研究漢字問題是完全必要的。

漢字的歷史如果從殷商時代算起，已經三千多年了。儘管漢字的形體在這三千年間有了很大的變化，但是這個書寫系統，作為封閉型社會的主要交際工具，本質上仍然是由數以千計或甚至萬計的方塊字組成的。漢字這種書寫系統是同漢語這種語言系統相適應而生存和發展的，有人認為，應當承認漢字系統和我們這個民族的思維模式、文化模式是在互相適應的過程中起作用的。

---

* 這是在1986年12月中國社會科學院語言文字應用研究所主辦的漢字問題學術討論會開幕式上的發言。

雖然漢字書寫系統從很久時候開始就已經或多或少脫離了口語，但它確實為民族團結，為文化積累，為信息傳播，為思想交流起過重大作用，有過不可磨滅的功績，而且直到現在以及可見的將來，都繼續在起重大作用——這一點是大家都承認的；不論對漢字前途有什麼想法，關於漢字系統過去的功績和現在的作用，都抱有積極的看法。但是隨著時間的推移，當信息革命席捲全球的時代，當中國正在進行現代化建設的時代，作為信息載體（在一定意義上又是信息系統）的語言文字，特別是表達語言信息的文字書寫系統，究竟怎樣改進、革新和完善，才能適應社會生產力發展的需要，這個問題就必然要提到議事日程上來。漢字系統能不能很好地擔負這項嚴重的任務？有人說，能！有人說，不能！有人說，如何如何就能，如何如何就不能。這就需要作認真深入的科學研究，並進行嚴肅認真的科學討論。我們這個學術討論會就是探討漢字問題的一個步驟。

回顧一下本世紀中國社會發展的歷史，人們就不難發現這樣一個事實，即每當發生重大的社會變革的時候，漢字問題就會突出地顯現出來，隨之而來的是圍繞著漢字問題進行一場爭論。這是完全不奇怪的，因為漢字系統是信息傳播、存儲、交換和加工的必要工具，而在社會變革即社會生產力重大發展時，人們格外需要重新檢驗這個工具是否適應，是否有效。

本世紀第一次關於漢字問題的爭論，是在「五四」前後展開的。「五四」運動是一場反帝反封建的新民主主義革命運動，這個運動在文化發展史上可以看成是一次近代啟蒙運動。漢字問題的爭論是在白話文與文言文之爭的背景上展開的。這場爭論以白話文的勝利而告終，隨之而來的是推行「國語」、創制和完善漢字的標音系統（1913年創制的注音字母到1918年由當時中國教育

部公布，1926年創制國語羅馬字）。

第二次爭論發生在三〇年代。面對嚴重的民族危機，形成了反侵略的民族民主統一戰線。漢字問題的爭論是在大眾語論爭和拉丁化新文字運動的背景上展開的。有過偏激的提法，我們不必拘泥於那些偏激的語句，也許這些偏激可以理解為一種對傳統勢力的衝擊，而不應把它當作科學的論證。這場爭論導致了最初在國統區、其後在根據地進行了相當大規模的群眾性的科學實驗（拉丁化實驗）。可惜由於戰爭環境以及方言語境的局限，這次實驗只能成為一次對改變漢字書寫系統的未完成的實驗。

當人民共和國進入社會主義建設的五〇年代，發生了第三次爭論。這是在文字改革（即信息載體的革新）的背景上展開的。那場爭論導致了：

① 創造一個統一民族語的環境，即推廣普通話；

② 改善這個交際工具，即公布規範化的簡化字；

③ 制定漢字的標音系統，即「漢語拼音方案」。這一場爭論留下了周恩來同志的名字（1958.01.10）。他說：

> 「至於漢字的前途，它是不是千秋萬歲永遠不變呢？還是要變呢？它是向著漢字自己的形體變化呢？還是被拼音文字所代替呢？它是為拉丁字母式的拼音文字所代替，還是為另一種形式的拼音文字所代替呢？這個問題我們現在還不忙作出結論。但是文字總是要變化的，拿漢字過去的變化就可以證明。將來總是要變化的。」

他又說：

> 「關於漢字的前途問題，大家有不同意見，可以爭鳴……」

但是實際上沒有可能爭鳴。從那個時候開始直到十一屆三中全會這個轉折點之間二十年左右，沒有可能對漢字問題進行大規

模的有成效的系統研討工作（有些工作因「階級鬥爭」的起伏而斷續進行），更不用說爭鳴了。這幾年，社會的現實、改革和開放，要求我們重新對這個爭論了幾十年甚至上百年的老問題（漢字問題）進行認真的討論。也許我們可以把它稱為本世紀關於漢字問題的第四次爭論。我們這次學術討論會自然是第四次爭論中的一個組成部分，雖然爭論完全不是從這個會議才開始的。

這幾年圍繞漢字問題的爭論，在座各位專家學者都很清楚。我現在想提一下，海外學者對這一問題也爭論得很熱鬧。這幾年，海外不但有學習漢語熱，而且對漢字問題的討論，也是一個「熱門」。

比方說今年5月間，在日本東京召開了一個「漢字文化的歷史和將來」國際學術討論會，是由朝日新聞社和大修館（即出版諸橋轍次《大漢和辭典》的出版社）主辦的，有來自中國、日本、韓國和越南等國家和地區的學者參加。（語用所的周有光教授和語言所李榮教授應邀參加了這次會）。從會議文件看，參加這次討論會的不只是語言學界人士，還有其他學科的專家，例如東京大學理學部的山田尚勇教授；這表明了漢字問題的研究已經跨出了語言學專業的圈子。

不久之後，美國《新聞周刊》根據參加會議的東京慶應大學鈴木孝夫教授的觀點，發表了專文，聲稱「古老的文字終於趕上電腦時代」，文章預言「古老的文字和硅世界的奇特的結合，將給亞洲的經濟和文化生活結構帶來巨大的變化。」6月間，美洲華裔學者吳文超在東亞地區經濟社會文化發展學術研討會上發表了題為〈中國語文政策芻議〉的論文，論證「古代傳聲技術差，在無法控制語言的古代社會裡，書同文的漢字在傳遞信息方面具有一定的優越性」，但時至今日，「人們不但可以把聲音記錄下

來和通過電信技術把它傳遍全球，而且語音控制能力也大大加強，使得各民族的語音趨於穩定。」他認真地斷言，如果現在不採用拼音書寫系統，則炎黃子孫後代將會因為無法迎頭趕上現代化而埋怨我們這一代人。

與此同時，巴黎出版了萬德密希（Léon Vandermeersch）的專著 *Le nouveau monde sinisé*——（《讀書》雜誌譯作《新漢文化圈》，似不確切；日本鈴木教授譯作《中國文化的新世界》）他從幾個使用漢字的國家和地區（所謂「漢字文化圈」）近年經濟發展突飛猛進或正在進行巨大的經濟改革這些現象出發，斷言所謂漢字文化傳統對現代化過程不是如一向所說的巨大的「障礙」，而是「具有巨大的功力」。這表明，海外有些學者對漢字系統的研究，大大跳出了漢字文字學的範疇，從文化學和社會學的角度對這個系統重新作出估價。

我還想提到一個有興味的事實：日本一位評論家——森本哲郎在紀念《大漢和辭典》修訂再版紀念冊上，甚至提出了這樣的說法：「漢字的信息量很大，它本身是一種IC（積體電路）！」

我在這裡隨便舉出今年發生的幾件事，足見漢字問題在海外現在也成為一個大家關心的問題。我收到一些海內外人士的來信，希望我們能在北京召開一次漢字問題國際學術討論會；我想在座的各位也會贊同的。如果有這樣的機會，讓中外學者在漢字的發源地對這個古老而又現實的惱人的問題，充分交換意見，這對於國家現代化建設將會是有益的。

近年來對漢字的研究，應當說是有進展的，甚至可以說有很大的進展。

我以為至少有下面三個新的特點值得注意：

首先，漢字的定量分析得到許多令人鼓舞的數據。這些數據大部分是用信息科學的計算和電子計算機的測量得到的。在字頻和詞頻方面，我們都獲得了比較有用的數據。字頻的人工測定（1975）和計算機測定（1985）得到的兩條字頻曲線，幾乎是吻合的，雖則在覆蓋率（分布面積）方面具體內容有差異，但兩者是可以互相印證和參照的。詞頻的測定比較困難些，其原因是切分現代漢語的「詞」還是一個沒有定論的問題。儘管如此，我們也獲得了兩項詞頻數據：一是小面積的詞頻統計（北京語言學院教育用書的詞頻統計，1985），一是大面積的詞頻統計（國家標準局和北航主持的，1986）。我們語用所正在利用這些數據，同二〇年代以來的常用字表相比較，再參照社會生活的其他因素，制定現代漢語的常用字表和通用字表。此外，在漢字的多餘度、信息量、詞素、構詞力、姓氏、構件以及其他方面也作了很多計算、測量，分別獲得了一些成果。所有這些，對於漢字發展的理論問題和漢字的實用問題都是很有用的基礎數據和參考數據。

　　其次，對漢字的研究分析已越出了傳統文學範疇，很多學科對漢字的研究作出了新的貢獻，自然，傳統文學也因為近年來考古的新發現而取得了新的成果。不少專家分別從心理學、教育學、人類學、社會學、社會語言學、神經生理學和神經心理學、信息論、控制論、系統論、電子學、機器人學（人工智能學）、群眾媒介學、音聲學，以及文字改革等領域出發，來考察漢字和漢字書寫系統，分別得出了很有啟發意義的成果。

　　第三，從適應實際應用的需要，對漢字規範化和漢字習得學打開了新的天地。特別是在電子計算機（漢字編碼輸入輸出）、遠距離或超遠距離數字通信方面，進行了很多卓有成效的工作，顯示出漢字能夠接受現代化信息技術的挑戰，但在適應程度上還

值得探討和改進。信息交換用漢字編碼字符集〔基本集〕（6,763個漢字）的編制和作為國家標準頒布（1980），在電子計算機應用上起了積極的作用，現在正在陸續頒布輔助集。在漢字教學方面通過種種途徑（例如「注音識字、提前讀寫」或「集中識字」）對漢語習得學作了大規模的群眾性實驗，取得了一些有理論價值和教育價值的數據；在科學術語的引進和譯寫（制定）中運用漢字的原則，正在進行開拓性的研究。

有充分理由可以相信，我們的討論會，有了以上提到和沒有提到的研究成果作基礎，一定能達到一個新的高度。

我希望我們的討論會能創造一種學術自由的氣氛，在民主的基礎上進行科學的探討。科學，意味著要講真話；民主，意味著能講真話。科學意味著實事求是，研究問題和分析問題採取客觀的科學態度和科學方法；而民主則保證在真理面前人人平等。我個人理解，學術民主這就意味著每一個學者都有發表自己學術觀點的自由；與此同時，每一個學者也有被別的學者批駁他的學術觀點的機會。固然自己的學術觀點絕不強加於人，但是在學術問題上也絕對不能採取少數服從多數的表決方法。有人說，科學界有一個值得驕傲的好傳統，那就是學者風度。冷靜、客觀、嚴謹、寬容——這都是學者風度。每一個認真的學者絕不會輕易放棄或改變自己的學術觀點，但他在令人折服的事實或邏輯面前，又能勇敢地接受別人的論點。為自己的論點辯護當然可以使用坦率的甚至尖銳的語言，但是真誠的學者不會使用帶刺的、尖刻的語言。學者之間的商討，採取和解的、辯論的、說服的態度是可取的；壓服和對抗的態度是不可取的。平心靜氣的爭論能使我們走近真理，過分的感情衝動妨礙我們自己智力的判斷。我們提倡對己嚴謹，對人寬容——說錯了也不要緊，科學實驗允許錯了改

正；聽到不恰當的話，也請不要介意。我建議我們這個會圍繞著漢字問題來展開爭論，不設框框；因為這次到會的學者不只有語言學和文字學家，而且還有教育學、心理學、神經科學和信息科學的專家，他們對漢字問題的探索必將開闊我們的眼界，同時也必將為漢字的討論打開思路。討論會的主題問題是不是可以定為漢字的性質、特點、功能、演變和前景？我們不可能在一次討論會中，一舉解決這個爭論了好幾十年的複雜問題；與會者也不會希望五天會議就能對這個重大問題得出一致的結論。但是無論如何，經過一次民主的科學討論，我們必將對漢字問題有進一步的認識，把漢字問題的研究推向一個新的高度。

（《語文建設》1987年第一期，1986.12.02）

〔67〕漢字和漢字問題的再認識

〔報告提要〕

1

　　漢字問題是一個很古老的問題，也是一個很複雜的問題，同時又是一個十分現實的問題。

　　——漢字的問題之所以古老，因為從甲骨文算起，一般認為漢字至少有三千年的歷史。不管漢字的形體有了多少變化，作為漢語的書寫系統，作為信息的載體，漢字系統始終保持著它的獨特形態。每到字體作重大更迭時，總會出現一些問題，需要使用行政的或社會的、文化的手段才能得到有效的解決。因此，漢字和漢字問題在今天所以受到各方面的關注，是完全可以理解的。

——漢字問題之所以複雜，不僅因為使用漢字作為信息傳播工具的人口達九億五千萬，而且因為漢字系統同中國的文明歷史、文化歷史、社會歷史甚至思維模式都有不可分割的密切關係。既然如此，漢字問題就不可能是一個簡單的問題。

——漢字問題之所以帶有強烈的現實感，這是因為世界上幾乎四分之一人口使用漢字，在某種意義上說，漢字系統甚至可以說是現代漢語唯一的書寫系統。中國正處在現代化過程中，作為信息載體的漢字系統應當如何革新和完善，才能更有效地適應生產力發展的需要，就是放在我們面前的嚴重任務。國家現代化必須迎接信息時代新技術革命的挑戰，而新技術革命則比任何時候都更需要標準和規範，其中包括語言文字的標準化和規範化。因此，漢字問題今天具有很強的現實感，這是不言而喻的。

2

漢字的功能是任何時候任何人都不能抹煞的；漢字作為書寫系統為中華民族立下的功績是絕不能磨滅的。漢字系統

——為民族團結，

——為文化積累，

——為信息傳播，

——為思想交流

所起過以及現在繼續起著的不可代替的重大的作用，是無可爭議的。但是回顧本世紀中國社會發展的歷史，不能不看到這樣的社會現象，即：每當發生重大的社會變革時，一定會爆發一場圍繞著漢字問題的爭論，爭論往往是波瀾壯闊的，聲勢浩大的，而且無例外地打動了整個知識界。

——「五四」運動（1919）前後爆發了近代史上第一次漢字

問題論爭。「五四」運動是一個反帝反封建的社會運動，「五四」運動導入了西方的民主（「德先生」）和科學（「賽先生」），衝破封建思想長期的禁錮，也許可以稱為中國近代史上某種意義的「文藝復興」，亦即近代史上第一次思想解放。這樣的社會思想變革引起了「文白之爭」，即文言文與白話文的爭論，也就是沿用幾千年來處在靜止狀態、並且脫離了生活和口語習慣的文言文作為交際工具呢，還是提倡接近口語的正在變異和發展的「俗語」──白話文──作為交際工具這樣的一場爭論。是在這樣的社會環境中爆發了圍繞漢字問題的一場爭論。簡單地說，用古語彙、古語法和盡可能用古字來傳遞信息，還是用人們日常應用的語彙和語法，並且盡可能用常見的今字來交流思想：這就是爭論的焦點。

隨著「文白之爭」白話文的徹底勝利，漢字問題表露出這世紀的第一次曝光。所謂「平民」的語彙（和用字）。製造了很少的新字──甚至可以說，只造了跟「他」區別的「她」和「牠」（後來又變為「它」），而現在測定十個最常用字（的、一、是、了、不、在、有、人、上、這）中的「的」、「是」、「了」、「這」，這樣的記錄口頭語的漢字，在過去幾千年冊籍中不占重地位，而在白話文裡卻又是常用字。

──三〇年代民族危機嚴重的時刻，爆發了一場關於大眾語的論爭，在這樣的論爭中，漢字問題不可避免地提到了議事日程。大眾語論爭以及它孕育著的漢字問題論爭隨後又誘發了漢語拉丁化運動。在這場圍繞著漢字問題的論爭中，甚至提出過非常偏激的口號，比如「漢字不滅，中國必亡」。如今看起來，與其在字面上去揣摩這種口號的意義，還不如把它理解為表達了那時在內外夾攻的煎熬中過日子的「先知先覺」者的苦惱與善良的願望。這次論爭因民族解放戰爭的全面爆發而中止，只有拉丁化運

動即用北方話拉丁化字母代替漢字的實驗，時斷時續地在一些地區進行。

——1949年人民共和國成立後，為謀求一種最有效的社會交際工具和信息傳播工具，以便在最短時間內，提高我們全民族的科學、教育、文化水平，建設一個社會主義的文明國家，而提出了文字改革的任務。是在文字改革的背景下又一次圍繞漢字問題進行過持續的論爭，這次論爭的規模比前兩次還要巨大：幾乎所有知識界（包括教育界、新聞出版界、科學界在內）人士都直接或間接地、自覺或不自覺地捲入這一場時隱時顯的論爭。

圍繞這場論爭，提出了或重複提出了一個世紀以來爭論過而沒有得到合理解決的問題，諸如：漢字在掃盲和啟發民智時還是有效的工具嗎？能不能或應不應用音素式的書寫系統來替換漢字系統？漢字系統是否必須讓位於漢語拼音系統？能不能在短期內實現這種替換？用什麼樣式的字母來記錄漢語拼音系統（用拉丁字母、斯拉夫字母，或脫胎於方塊字各種部件）？在實現替換的過程中是否要對現存的漢字系統進行變革性的整理（例如簡化字）？等等等等。

無庸諱言，這個時期的突出特點是比較傾向於認為在可見的將來，漢字系統將被拼音系統所代替——這種信念是多少代人，多少有識之士，多少先知先覺善良願望的化身；在這樣一種背景下，圍繞漢字問題的爭論（更確切地可以說是一些議論而不是爭論）不可避免地較多指責漢字系統的缺陷，較多誇大它對現代生活的不適應，這是自然而然的。

絕不能忽視五〇年代到六〇年代這場忽隱忽現的論爭以及革新家們辛勤的研究工作及其實踐；特別是實現了兩大變革，一個是簡化漢字（1956年開始，1964年再次擴充，1986年重新肯

定），一個是漢語拼音方案（1958年）。這兩大變革給漢字問題的妥善解決提供了很多有益的因素，給不只一個世代的公民提供了有效的信息載體。當然，漢字問題並不因此而最後解決了。

——八〇年代在改革、開放的形勢下，為了要在新的歷史時期重新評價漢字系統能不能成為信息時代有效的工具，而在意識形態領域內又打破了「輿論一律」的枷鎖，真正向著「百家爭鳴」那種理想境界邁進，為此，漢字問題又重新在知識界中提出。從心理學的角度，從神經生理學的角度，從教育實驗的角度，從信息處理的角度對漢字和漢字問題作了反思性的評論。這場爭論不如前面那幾場爭論那麼熱鬧，那麼轟轟烈烈，這場爭論比前幾次爭論顯得零散而且沉悶，甚至使人感到對手們並沒有針鋒相對地進行爭辯，但實質上卻迫使知識界對漢字和漢字問題進行深入的研究。可以認為。1986年12月語用所舉行的漢字問題學術討論會是這次爭論的小結——這不是指已經達到了一致的認識，而是各部門專家都從各自的學科出發，擺事實，講道理，企圖對這個困擾了人們一百幾十年的漢字和漢字問題作一次心平氣和的意見交換。

3

由於八〇年代中國採取了改革和開放的政策，社會生活起了很大的變化，加上世界性的新技術革命，對語言文字規範化提出了新的要求，因此，在這個歷史新時期中漢字問題的研究重現了一些新的趨勢，那就是：

——對漢字和漢字問題進行探討，不限於語言文字學領域；人們從多種學科的角度，重新評價了漢字在社會交際和信息交換的意義作用。至少可以認為，從心理學、神經生理學、教育學、

教育心理學、大眾傳播學、信息科學，乃至文藝理論和文藝批評等等角度，當然也從語言科學的新分支——例如社會語言學、心理語言學、數理語言學、文化語言學、語言信息學、機器翻譯學等等，對漢字和漢字問題進行新的考察。這種多科性的探討，是前所未有的；正因為如此，漢字和漢字問題的研究必將達到新的高度。

——從大規模教學實驗中對漢字和漢字問題作了深入的重新探索。這裡主要說的是從黑龍江開始（1982）的「注音識字、提前讀寫」的教學實驗，很快就發展到許多省市區。許多學校在不同的環境中進行同樣性質的實驗，特別是在粵閩方言區和少數民族語言地區（如湘西）取得了前景充滿信心的成果。進行規模如此巨大的教學實驗是前此未曾有過的。這項實驗所取得的數據，對於重新認識漢字和漢字問題，包括教學漢字、整理漢字以及關於漢字系統與思維活動等，都具有重大的現實意義和理論意義。

——對漢字系統進行了多方面的定量分析，彌補了過去這個研究領域的空白。漢字系統諸要素的定量分析不僅滿足了信息科學的迫切需要，而且對全面整理漢字邁出了極有意義的一步。比方說，對漢字的冗餘度（馮志偉），對漢字的平均信息量（馮志偉、林聯合），對現代漢語詞素（尹斌庸），對中國大陸姓名抽樣測定（語委漢字處、山西大學）、姓氏測定（遺傳所），對漢字構件和筆順（傅永和）都作過推算和測定。對一些代表性的著作，例如《論語》（文學所）、《史記》（吉林大學）、《紅樓夢》（深圳大學）、《駱駝祥子》（武漢大學）等等，進行了用字量及漢字出現頻率的測定。值得著重提到的是近幾年完成的幾項重要的語言工程，其中包括教育書刊現代漢語字頻和詞頻測定（1985，北京語言學院），一般出版物字頻測定（1985，北航、標準局、文

改會），詞頻測定（1986，北航、標準局），新聞用字頻率測定（1987，新華社），此外，還有用人工測定的現代漢語字頻（1976，北大，新華印刷廠）。現代漢語若干要素的定量分析中，在過去十年間上述幾項大規模語言工程，具有深遠的理論意義和實用價值。

4

應當提出，在漢字和漢字問題研究中，漢字出現頻率的測定具有普遍性的意義，字頻的測定是整理漢字中的基礎工程（當然，詞頻的測定會對字頻測定提供很有價值的補充信息）；中國大陸的字頻測定儘管已有六十年的歷史，最初是教育家陳鶴琴於1928年用手工進行的；但用大樣本語料、採取計算機方法測定，則是八〇年代完成的。如果把研究古漢語和近代漢語的數據暫且除外，現代漢語字頻（以及詞頻）數據對於語言研究、教學工作、信息交換、新聞出版、術語制定等教育、科學、文化各個領域都有現實的意義。比方這樣的一個問題，即現代漢語一切文本使用的漢字，究竟有多少？這是一個簡單的問題，也是一個很難準確答覆的問題，如果沒有數據，答案總是模糊的，不科學的。這樣就對掃盲標準、基礎教育認字標準、出版物用字標準等等都很難作出決策。「要認得多少漢字才能讀一般書刊呢？」「認得多少漢字才叫做脫盲呢？」這許多問題都要有數據做根據才能給出準確的答案。在上述幾個語言工程中得出了下面的數據：

> 4,574
>
> 7,745
>
> 6,001

這三個數據表明：即使在超過一千萬那樣的大樣本現代漢語語料

中，出現的字數（字種）是在4,600—7,800之間。1980年公布的供信息交換用的漢字數量為6,763個，就是在這個範圍之內。如果進一步考察一下高頻字，則可以有下面的結果（三個不同的測定）：

——教育用字：1,000個高頻字　覆蓋面91.3%；2,418字覆蓋99%

——一般用字：1,059個高頻字　覆蓋面90.12%；2,300字覆蓋98.08%

——新聞用字：843個高頻字　覆蓋面90%；2,127字覆蓋99%

　　這個數據揭示出這樣一個現象：掌握1,000個漢字，從理論上說，即可以讀出一切文本中的90%，但不等於能懂九成內容，只能說認得九成漢字；而要認得一切文本中的絕大部分漢字（例如99%），無需掌握4,600——7,800個漢字，只要掌握2,500個漢字就行了。

　　正是在字頻詞頻定量分析的基礎上經過一系列測試、論證和檢測工作，制定了並公布了現代漢語常用字表和通用的字表（1988）。這是關係重大的兩個字表。常用字表包括3,500個漢字（其中頭2,000個為常用字，其餘1,500個為次常用字）。通用字表包括7,000個漢字，根據實際狀況，對印刷通用漢字字形表6,196漢字（1965），信息交換用漢字縮碼字符6,763漢字（1981）有所增刪，這個通用字表將來可以替換信息交換用字符集的基本集。

　　常用字表的意義是重大的，序號1—2,000為小學教育所要掌握的，序號2,001—3,500則是完成義務教育後一階段（國中）所必需的。可以認為，一個受過基礎教育的、有文化教養的漢族公民，必須掌握這樣的常用字量。

常用字表是在字頻測定的基礎上依據下面的原則制定的：

第一，選取高頻漢字；

第二，頻率相同時選取分布廣、使用度高的漢字；

第三，同時考慮到儘量選取構詞能力強的漢字；

第四，取捨時注意到實際應用情況，即考慮到語言功能。

常用字的測定是語言文字規範化的一種基本措施。常用字是什麼意思呢？在某種意義上說，就是某一種語言文字進行信息交換所需要的最低限度的字彙。現代漢語的字不等於詞，因此常用字表不能稱作社會交際的最低限度的詞表——現代漢語的詞是由字構成的，常用字表所收的字則是能獨立成詞的以及能與其他單字聯合構成詞的單字。常用字表在社會生活的許多方面中具有重大意義：

——常用字表是測定掌握一種語言文字最基本的組成部分（字）的最低標準；

——常用字表可以成為脫盲標準的最重要的參考數據；

——常用字表應當成為信息交換最基礎的數據；

——常用字表是新聞出版必備的工具，尤其在編寫通俗讀物或供少年兒童閱讀的書刊，更是不可缺少的基礎數據；

——常用字表向學習漢語的外籍人士提供了一個有效的標準；

——常用字表也給出各項事業現代化過程所需要的語文基礎數據。

5

漢字簡化是幾千年來漢字字形變異的一種語言現象；從整個漢字系統來說，簡化是一種傾向，一種趨勢，而且連綿不斷，從

未停止。約定俗成的簡字，經過時間和社會應用上的考驗，往往就成為異體字而進入漢字總彙裡——在沒有進入所謂「正」字總彙時，往往被目為「俗」字，即非規範字。可以看到，即使在今天，這種變異運動即非規範化的衝擊也沒有停止。趙元任教授說得好：

> 「其實有史以來中國字是一直總在簡化著吶，只是有時快有時慢就是了。」（《通字方案》，1967；中英文對照本頁9，1983）。

人民共和國建國以後簡化字是全面系統整理漢字的一個組成部分，而在五〇年代當時則被認為是改革漢字的重大措施。從1956年公布第一批簡化漢字，到1964年公布簡化字總表，到1986年國務院批准重新公布這個總表（略加修訂），經歷了整整三十年。一個世代的經歷，使簡化漢字在人民生活中生了根；任何人都不能忽視簡化漢字在現實社會中已經成為幾代人的公共財產以及有效的交際工具。五〇年代和六〇年代的中小學生現在已長大成人，進入社會；七〇年代和八〇年代的中小學生也正在準備進入社會。簡化字在一切傳播媒介中和日常個人交際中廣泛使用，受到廣大群眾尤其是初學文字的兒童或成人的歡迎，這是事實。任何人都不能不看到如下的事實：

——一個世代（三十年）中小學教科書都用簡化字排印，從1956年為七歲兒童起，逐年累計，直到今天，在學校裡正式學會簡化字的人估計不會低於三億。

——整整一個世代的報刊書籍都用簡化字排印，只有少數古籍和新近幾張報紙例外。如果每年以一萬個品種新書計算（實際上不只此數），則已有三十萬個品種各門各類圖書都是用簡化字排印的。

——整整一個世代的法令、文書以及一切有效的文件都是使

用簡化字的，也許這在數量上不大，但是它在社會生活中起的作用是巨大的。

　　——簡化字對於已認識繁體字的人來說，絕對不是像外國文那樣難以掌握；之所以覺得難，很多場合是由心理因素形成的。簡化字總表實際上只有一二表才是真正的簡化（第三表可以類推出來），其數目不過350（第一表）加132（第二表）個漢字和14個簡化偏旁，一共只有496個單位，即不到500個；而這496個單位所造的漢字，只占極少分量。

（1990）

〔68〕論現代漢語若干不可抗拒的演變趨勢

　　1　今年7月1日，中國大陸最有影響的傳媒《人民日報》（海外版）改排簡化字，這意味著繁體字在傳媒中最後的「堡壘」終於悄然消失了，從而結束了長達七年傳媒繁簡並存並由此每年引起激烈爭辯的奇妙局面①。這個現象可以理解為現代漢語某些演變（變異）趨勢是不可抗拒的。

　　語言書寫系統（文字）的簡化，在現代化過程的社會生活中可能是一種不可抗拒的歷史潮流。土耳其和蒙古改用拉丁字母（後者由於大俄羅斯主義干預，又改用斯拉夫字母）記錄語言，是一個典型的成功例子；德國在二次大戰後全部印刷品把傳統的峨特字體轉換為拉丁字母，也是順應潮流而又成效卓著的另一個例子。

---

① 《人民日報》海外版創刊於1985年7月1日，從它創刊之日起，即以大陸早已不流行的繁體字排版吸引了海內外華人的注意。這種局面從1985持續到1992年，前後足足七年。

漢語書寫系統的簡化不自今日始。漢字的簡化自古以來就在進行著。從篆書到隸書／楷書的變化，是漢字簡化過程中的一個重大的飛躍。已故語言學大師趙元任（1892－1982）就說過：「其實有史以來中國字是一直總在簡化著吶，只是有時快有時慢就是了。」①

　　現代漢字（即記錄現代漢語的符號系列）的簡化，也不自今日始。從本世紀算起，至少有過三四次大潮流②。值得注意的是，1986年中國人民政府重新公布了二十二年前（1964）公布的《簡化字總表》，同時果斷地廢止爭論了九年（1977－1986）的「第二次漢字簡化方案」。從1949年到1992年，特別是從1964年至今這樣的長達四十多年的過程中，一方面，由於國家行政力量的干預，在教育系統和傳播媒介中廣泛推行和使用簡化字；另一方面，反對簡化的呼聲，年年都有，時起時伏，以前反對的理由最要緊的是不識繁體字，不能讀古書，因此不能繼承文化傳統；——隨著改革開放政策的逐步深化，反對的根源多了一個，即港台用的是繁體字，既要溝通，不如索性回到繁體字那裡去。可以提出各種各樣的理由反駁這個論點，但無論反對者還是反對反對者都不能無視這樣的事實：從六〇年代到九〇年代整整一個世代（三十年），在中國大陸上過小學的人，都已熟習簡化字，總人數少說也有四五億③，他們在激烈變動而節奏日益加快的社會生活

① 見趙元任：《通字方案》北京重印本（1983），頁9 —— 原文發表在美國哲學會年報1967年頁478－482。英文原文是：
Historically, the simplified characters has been going on all the time, though of varying speeds of various times.（*The American Philosophical Society,* Year Book 1967.）
② 至少可以舉出為民國以前即清末時期、民國時期、人民共和國時期這樣三個大潮流，每一次又可細分為若干階段。
③ 無需考證各年度入學人數，只要舉出《新華字典》從1977年至今已印行二百五十百萬（二點五億），加上六〇年代至七〇年代的印數，不難推斷出四五億這樣的約數，因為很多（不是全部）小學生都可以使用這部小字典。

中，從日常應用到科學研究，用的都是簡化字，在他們當中鑽研古書的只占很少數（這一部分專業人口，不只要識繁體字，還要懂得古代漢語，還要懂得古代書法），而所有的中國人（包括鑽研古書的以及完全不認識漢字卻有強烈華裔意識的炎黃子孫）不論他們使用什麼字體都不會抗拒甚至不會捨棄中國傳統文化，這是現實；何況古書還可以用現代漢語譯注，某些為多數人接受的古書（例如《唐詩三百首》）也可以用簡化字排印出版。總而言之，因此，在改革更加開放的時候，為了迎接現代化的挑戰，實現現代化的社會，漢字簡化的趨勢是不可抗拒的，實踐證明這趨勢已不可逆轉了。

2　非常有趣的是，與書寫符號簡化的同時，現代漢語（口語也好文語也好）卻出現了另外一個不可抗拒的發展趨勢，那就是由單音語詞（即由一個漢字組成的語詞）向複音語詞（即由兩個或三個漢字組成的語詞）轉化。不論是記錄具體還是抽象的事物或觀念的記號（名詞），不論是表達簡單或複雜動作的記號（動詞），不論是描寫名物或動作的記號（形容詞和副詞），現代漢語語彙上都出現這樣的趨勢。單音語詞與衍化出來的複音語詞同時並存，但各個表達了不同的語義，或者原來的單音詞表達一種總概念，而衍化出來的複音詞則各個表達分支概念（次概念、子概念）。例如「路」這樣一個單音語詞，派生出具體的複音語詞如「公路」、「鐵路」、「陸路」、「水路」、「馬路」，以及抽象的「大路」、「小路」、「生路」、「死路」、「出路」、「思路」直到「路線」這樣的抽象名詞。單音動詞「殺」，衍化出「自殺」、「他殺」、「暗殺」、「刺殺」、「謀殺」、「凶殺」、「仇殺」、「情殺」、「慘殺」、「虐殺」以及「殺害」、「殺頭」、「殺傷」、「殺敵」、「殺菌」、「殺價」那樣的一系列。這裡的複

音語詞是語言演變的長河中陸續出現的。但在現代漢語語彙的複音化加速了和擴大了。狀語也有同樣的情況，特別是在口語中表現得更明顯，例如由「紅」字衍化出「紅彤彤」、「紅豔豔」、「紅撲撲」，由光字衍化出「光禿禿」、「光閃閃」、「光溜溜」、「光亮亮」。還可舉出「水淋淋」、「濕淋淋」、「淚淋淋」、「汗淋淋」，「血淋淋」這樣的例子①。

　　這個趨勢之所以不可抗拒，因為社會生活不斷在變化，而國家圖謀現代化的努力，擴大了這種變化的面，也加速了這種變化的律動。事物和動作分析得更精細、更準確，而信息交際工具除了利用視覺之外還廣泛應用聽覺，（傳播工具不只有廣播還有電視），因此現代人寧願用複音漢字組成新語詞來擴大語彙，而不學古人那樣創制出新的漢字來②。

　　3　由於社會生活節奏加速和社會交際頻繁，近十多年產生了大量縮略語／壓縮語③。縮略語／壓縮語的發展，在社會生活發生激烈變革的條件下，或在社會現代化過程中，確實是不可抗拒的趨勢。如果說在過去幾十年自我禁閉的社會條件下，人們還不能不接受適應國際國內需要的縮略語／壓縮語的話；那麼，在

---

① 參考相原茂、韓秀英編的《現代中國語ABB型形容詞逆配列用例辭典》（1990，東京），此書有許多有趣的狀語用例。

② 參看作者的《關於漢字的社會語言學考察》一文（1990），載《漢語大字典論文集》。舉例說古人給各種各樣的「牛」（兩歲的牛、三歲的牛、四歲的牛、四至五歲的牛、八歲的牛，以及白牛、黃白牛、黑牛、白背牛…等等）都給「製造」一個漢字——現在這許多漢字都「消亡」了，讓位給複音語詞了。

③ 縮略語／壓縮語即abbreviation/acronym.關於壓縮語，伯奇菲爾德（Robert Burchfield）的《英語論》（*The English Language*, 1985），頁46－47有獨特的論述，認為它來源出政治上和軍事上的需要。也許是這樣；但現在壓縮語已擴大到社會生活的各個方面了。早些時候，另一學者法蘭西斯（W. N. Francis）在他的《英語導論》（*The English Language: An Introduction*, 1963）中認為壓縮語是略語（Clipping）中的「極端形式」（an extreme form）。

新的開放性社會裡，縮略語／壓縮語的大量湧現，就不足為怪了。過去，人們把冗長拗口的「蘇維埃社會主義共和國聯盟」壓縮成「蘇聯」，把「北大西洋公約」壓縮為「北約」，這同國際上的語言應用是一致的[①]；如今，人們寧用「愛滋病」（「艾滋病」）來代替那個用一連串科學性術語組成使平常人幾乎不可理解的「獲得性免疫缺乏綜合症」，這是不可抗拒的趨勢的一個表現；但是現代漢語術語學還不能順利地解決MIRV（「多彈頭分導重返大氣層運載工具」）的壓縮問題，因為漢語不具備拼音語言那種可以將每個語詞頭一個字母抽出來結合成新詞的習慣，比方說，人們總不能把這稱為「多分重運」吧？

在「壓縮」過程中，大眾傳媒（報刊、廣播、電視）起的作用最關重要，壓得好不好，能不能概括原義，易不易上口，合不合現代漢語的習慣，這很大部分依靠大眾傳媒的選擇、篩選和「創造」。現代漢語接受了「克格勃」（KGB）的音譯，而沒有創制CIA（中央情報局）的音譯，這是什麼原因呢？也許六〇年代到七〇年代熱衷於「反修」（反對蘇聯的所謂「修正主義」），常常以蘇聯這個特務機關為靶子，而放過美國同樣性質的CIA吧？在國際交往中，現代漢語不得不每日每時接受新的縮略語／壓縮語，例如「歐安會」（歐洲安全合作會議），「奧運村」（奧林匹克運動會的運動員居住村），還有「歐共體」、「獨聯體」，等等。應當說，更多的縮略語／壓縮語反映了國內急速湧現的新事物——例如「關停並轉」一詞反映了七〇年代整頓國民經濟，對於某些企業採取的四項措施：關閉、停產、兼併、轉產。也許這個語詞，並非嚴格意義的壓縮語；也許這是現代漢語一種獨特的

---

① 「蘇聯」俄語壓縮為CCCP，英語壓縮為USSR，「北約」英語壓縮為NATO。

構詞法。但是，八〇年代興起的「三資企業」中的「三資」，則是嚴格意義的壓縮語詞；釋作三種資本的壓縮，它卻是兩種資本中外資本的三種經營方式的壓縮（外資獨立經營、中外合資經營、中外合作經營）。

可知現代漢語的縮略語／壓縮語不能簡單按現代西方拼音文字的acronym來理解，它有自己的語言內在規律和語言使用習慣。現代漢語幾乎天天都出現新的縮略語／壓縮語，例如「一輕局」（第一輕工業管理局）、「二商局」（第二商業管理局）、「三機部」（第三機械工業部），這些壓縮語的語義，一望而知；也有略要費心想一想才明白的，如「森工局」（森林工業管理局）。在制成壓縮語時也有很巧妙地加減一個漢字來區別不同語義的，如「計委」（「計」指「計畫」）和「計生委」（「計生」指「計畫生育」），「體委」（「體」指「體育」）和「體改委」（「體」指「體制改革」）。

法國大革命①，十月革命和二次大戰中，分別在法、俄、英語中大量湧現新詞（或舊詞被賦以新義），其中包括許多縮略語／壓縮語，這不是偶然的，而是因為社會生活忽然發生巨大的激變，行為節奏又比平常快好幾倍，因而形成的一股不可抗拒的語言演變潮流。所以預言，九〇年代到世紀交替期間，現代漢語還會湧現出大量新詞特別是縮略語／壓縮語，這是不以人們的意志為轉移，卻又符合社會生活需要的不可抗拒的語言演變。

（1992年7月，北京。）

---

① 法國學者保爾‧拉法格（Paul Lafangue）著有《革命前後的法國語言》（*La langue fran çaise avant et aprés la réolution*, 1894）對這個時期語彙的演變作了很有趣的論述。

主要文獻：

P. Clark et al. *Language：Introductory Readings*（1985, New York）

趙元任，《通字方案》（1983，北京重版）

傅興嶺、陳章煥，《常用構詞字典》（1981，北京）

陳原，《在語詞的密林裡》（1991，北京）。

〔69〕從現代漢語幾個用例〔模型〕分析語言交際的最大信息量和最佳效能*

—— 一個社會語言學者的札記

　　信息是按照一定方式排列起來的信號序列。在社會語言交際活動中，這種信號序列還必須有一定的語義。

　　信息是可以計量的。信息論的創始者申農（C. E. Shannon）按照數學和技術科學的要求，給出了信息量的公式[1]；信息量的單位為比特[2]。在社會語言交際活動中，信息也是可以量度的，不過通常不必用數學的表述方式[3]，雖則可以而且應該導入和應

---

* 我在中國語言學會第二屆學術年會（1983. 5. 合肥）的小組會和大會上，分別就本題作了十多分鐘的發言，引起與會者很大興趣。會後季羨林教授為鼓勵後學，力促我就此寫一篇學術論文和一篇通俗介紹的文章，這裡就是通俗論述的一篇。文中有幾例見於拙著《社會語言學》（上海學林出版社出版）第4章，本文寫入時又略加引申。

[1] 申農的公式為 $H = -K \Sigma Pi \log Pi$，式中K為常數，Pi表一個系統處於它相空間中第 i 個元的概率。見《通信的數學理論》（*A Mathematical Theory of Communication*），附錄 II。這個式子同熱力學的熵（entropy）相似。

[2] 比特（bit）：傳遞消息用開、關、開、關……或通電、斷電、通電、斷電……即正、負、正、負……或是、否、是、否……等「笨」法子，實際上卻可以搞得很快很快。這種單位叫做 binary unit，簡稱為 binit 即 bit，比特為音譯。

[3] 申農也說過這樣的話：「信息的語義方面的問題與工程問題是沒有關係的。」見注[1]書的引言。

用信息量、最大信息量、多餘度①這些概念，並且派生出主要信息、次要信息、多餘信息等概念②。

社會語言學導入的信息量這個概念，是一種概括的，比較抽象的，甚至是模糊的概念。在日常交際中，說某人的話沒有信息——準確地說，是沒有信息量，或者說，某人講的話，信息量等於零。

如果你發出一個訊息，人家全知道你說些什麼，那麼，你發出的這個消息等於零——準確點說，這個消息的信息量等於零。在這種情況下，你完全可以不說③。

一切陳詞濫調、套話、廢話之所以不受人歡迎，有時甚至會誤事壞事，就是因為這些東西沒有一點點信息量，不能起一點點社會交際效能，甚至會引起相反的效應。

社會語言學研究信息交際同信息工程稍有不同。信息工程研究信息傳遞著重在如何能排除一切干擾，使信息具有最高傳真度和精確度，用最經濟的方式方法傳遞到接受信息的一方；社會語

---

① 多餘度（redundancy），我有時譯為「多餘信息」、「剩餘信息」或「冗餘信息」。「冗餘」和「多餘」在漢語裡的語義略有不同，前者是完全不必要的，後者則還不到完全不必要的程度。申農的多餘度公式

$$R = 1 - \frac{H_\infty}{H_0}$$

式中R為多餘度，H為熵，即「不肯定的程度」，H_0是理論上可能達到的最大信息量，H∞為實際可達的信息量。這個公式用文字表達就是信源的熵與其最大值的比值為相對熵，1減相對熵即為多餘度。參看申農書（1949）的第二部分Warren Weaver所著對信息論的最近發展（Recent Contributions）。哈特曼（R. R. Hartmann）和斯托克（F. C. Stock）在他們的詞典中的釋文為「指超過傳遞最少需要量的信息量」。

② 主要、次要、多餘信息等概念是我在作這方面的研究時導入的，在信息論系統論著作中並不著重探討。

③ 參看趙元任《語言問題》（北京，1979）第十四章〈一般的信號學〉，裡面有最通俗易懂的表述。

言信息交際活動不但要求在最經濟的條件下傳遞最大信息量，而且同時講求這個消息能引起最佳的社會效能。光有量不解決問題，而且講究效能——這樣，有時在特定語境中就不能夠機械地把多餘量（多餘信息）完全刪除①。

不論是從技術科學還是從社會語言學來看，信息量同概率成反比例。概率最高是100%，即等於1，我知道你要說什麼，你白說，這時概率就是最高的，而信息量是最小的，小到零。要是很難知道你要說什麼，很難猜到你要說的是什麼，有很多可能性，那麼，你一說，就給出了很多知識，也就是說，你說出來的可能性只猜到百分之若干，即概率並不達到100%，此時，你發出的信息就有一定的信息量。計算信息量是用概率的對數來算的，這個概率的對數越高就越沒有信息量，也越沒有價值。這時，也可以說越沒有社會效能。由此可見，最大信息量在特定條件下同社會效能是一致的。

為研究社會語言交際中的最大信息量和最佳社會效能，我在這裡導入並借用了控制論的某種方法——即建造「模型」的方法②；不過我不是採用數學模型而是採用語言的「用例」。下面的用例（或稱模型）有些是經過長時期觀察、錄音、整理、抽象、概括而成的，有些則是從書面語言（報刊書籍）中直接取樣的。為了使被論證的命題更容易為人接受，模型〔用例〕都是簡化了或朝著預定的目標簡化了的。應當指出，在實際的語言交際中，

---

① 在社會語言交際中常常不能完全排除多餘的話，中小學上課時更不能絕對排除，有時多餘的話（多餘信息）往往起著引橋的作用，所謂「引人入勝」。如果一句多餘的話不說，那麼，講話就十分乾巴，有時連感情也無法表達了。

② 參看 A. Я. 列爾涅爾（Лернер）的《控制論基礎》（1972）第三章〈模型〉。著者說：「建立性質相似於所研究的現象的模型」，這樣的模型概念，是控制論的一個有決定性的基本概念。

情況比這些模型〔用例〕要複雜得多。

模型1　在排球場地上，教練叫暫停的那幾十秒鐘，如果教練進場說了下面的話（作為開頭！）①：

> 「我們不遠萬里來到祕魯的首都利馬，本著『友誼第一、比賽第二』的精神向世界強隊學習。在國務院、國家體委和中國排協的具體領導下，經有關部門研究，這場球決定……」

大家都不難想像到，這位教練的「指導」套語還沒說完，暫停的時間已經過去，排球隊只得又進場去拼搏了。實際生活中沒有這樣的教練；如果真有這麼一個書呆子氣十足的教練，那麼，我們就甭希望有什麼好結果了。任何一個教練，不論他是高水平的或是水平不高的，在這種語境中，只能或指出失誤，或部署陣勢，或批評，或鼓勵，言簡意賅，對症下藥——這就是說，他只能用最經濟的方式和最能被球隊隊員們所理解和接受的方式，在最短暫的時間內，發出最必要的信息的最大信息量。半句廢話也是多餘的，一個不必要的單字也是浪費的。而上面舉的用例，則是由概率最高（100％）的消息所組成的，不說也知道的，所以其信息量等於零。它引不起任何效應。說套話的人是《紅樓夢》裡林黛玉屋檐下的鸚鵡，只有在特定的情景下才會把紫鵑、雪雁這兩個丫頭嚇一跳，一般場合這鸚鵡反反覆覆說的幾句話是沒有任何信息量，也引不起反應的。

模型2　打電話。當一個大飯店的總機值班員聽到電話鈴響，他（她）向對方發出的第一句話，有三種方式：

> A. 喂！要幾號？找誰？
>
> B. 您好。首都飯店。

---

① 引自《人民日報》1983年6月27日第八版〈「叫停」的聯想〉。

C. 首都飯店。

假如你向首都飯店打電話，你最初所最渴望得到的信息是這個電話號碼準確不，對方是不是你所要接觸的飯店。如果是，那麼，你接著就要找幾號房間。房間接通了，你所要知道的是：同你對話的人是不是你所要找的人。現在，如果你接通了電話，你不希望得到別的信息，只希望得到是否首都飯店的信息。所以，當你在聽筒裡聽見C式中那四個字時，你就完全滿足了，你已經取得了你所需要的消息的最大信息量。換句話說，對方發出的僅僅四個字引起了最佳的社會效能。在時間上說，C式只給出四個字，占的時間最少，這就表明，這是最經濟的反饋[1]。在節奏非常快的社會，即在最忙迫的社會交際活動中，C式這個答案一下子就「擊中要害」，完全滿足了對方的要求和希望，因而是最佳服務。最佳服務（最佳效能）有時並不在於說話很多，而在於給出了在特定語境[2]所需要的主要信息的最大值（最大信息量）。

那麼，怎麼看待B式呢？B式由兩個獨立的互不關聯的句子組成——上句是人人皆知的，因此可以說它是信息量等於零的禮貌語言，但是符合社會交際的要求，能在心理上給人以親切的感覺；下句給出的是主要信息，具有最大信息量，如上面分析C式時所說，光這麼四個字就完全能滿足對方的要求了。從純科學的觀點，即，從信息傳遞的科學理論上說，大飯店總機值班員的最

---

[1] 反饋是控制論中的另一個有決定性的基本概念。控制論的創始者之一維納（Norbert Wiener）通俗並幽默地說明了反饋的原始意義，他說：「下級在接受命令時必須把命令對上級複述一遍，說明他已經聽到了它並了解了它。信號手就必須根據這種複述的命令動作。」這種信息傳遞和返回過程即叫做反饋過程。見所著《控制論 —— 或關於在動物和機器中控制和通訊的科學》（1949）第四章。

[2] 語境（context）的初始意義是上下文的意思，這裡所用的語義比上下文要廣泛一些。

初反饋只要下句就夠了。但是，從社會語言學的角度看，在我們這裡的語言情景①（社會生活的節奏不是那麼急速）下，能夠引起令人覺得愉快的效果，這樣，上句還是可取的。到了將來，當社會禮貌已經普遍化時，可能上句就顯得不那麼必要了。

A式是由三個獨立句子組成的。除了第一句（喂！）是日常招呼語，也是禮貌語言（不過它的禮貌性少於「您好」）之外，第二、三句都是一種機械反饋，嚴格地說是沒有信息量的反饋，即不能滿足對方搖電話的最初需要。因為這個型式的對答可能是：

> X（外面）：……（鈴響）
>
> A（飯店）：喂！要幾號？找誰？
>
> *X：你是首都飯店嗎？
>
> *A：是。要幾號？
>
> X：請接5023號房間。

這表示這次語言交際多繞了一個圈，不像C式那麼「開門見山」。而我們講信息量和效能，最重要的因素是「開門見山」。

模型3 在副食店裡的對話。

> 〔顧客〕有啤酒嗎？
>
> 〔售貨員〕有。
>
> 〔顧客〕要空瓶（子）換嗎？
>
> 〔售貨員〕要。

售貨員的兩句答話，都只有一個字（「有」、「要」），卻回答了問者所最需要知道的事（主要信息），所以它具有最大信息量。而這答話又是在不卑不亢的情景中發出的；因為是面對面的對話，

---

① 情景（situation），這裡著重指的不是語言本身的狀況，而是進行通信或交流活動的場所、環境。

沒有噪聲，也沒有自然聲的干擾①，所以它沒有多餘信息。

在社會語言交際中，信息量是否最大，不在於語句多少或段落長短。如果表達的內容恰如其分，表達了所要表示的內容，那麼，即使一個字也能達到最大值。最大信息量同字句多少、長短無關。

假如在上述模型中售貨員對第一個問題的答話不是現在這個樣子，而是：

〔顧客〕有啤酒嗎？

〔售貨員〕同志，啤酒近來缺貨。好幾天沒賣了。每年夏天一到就這樣子，哪年夏天都缺啤酒。幸虧昨天我們去拉了一箱來，就給這麼一箱，今天一早拿出來，你瞧，已經賣得差不多了。可不是，只剩下兩瓶。同志你全要了？要了吧。

雖然答話顯得很親熱，很殷勤，說得全在理，又很週到，但它只抵得過一個「有」字，而且這串話至少有下面幾個缺點：（甲）一大堆人在排隊，這答話顯得太費時間，會引起多數人的不愉快。（乙）這段話不簡明扼要，主要信息淹沒在多餘信息和許多次要或完全不必要的信息中。（丙）乍看好像會取得最佳社會效能，有人還誤以為類似這樣的嘮叨才叫做服務態度好。其實不然，因為信息量很低很低的發話（消息）只能引起膩煩，絕不能導致最佳效能。

這裡涉及社會語言交際和服務態度之間的關係。從處理信息

---

① 噪聲和干擾是在信道上發生的一種影響信息量的重要因素，噪聲是外界環境發出的，干擾常指信道上本身發生的。排除（或減低）噪聲和干擾一直是信息工程中著力要解決的問題。注意：本文研究的課題不去探討這方面的技術措施。同時也假定了這樣一個前提：傳遞消息所用的語言是符合語言規範的，即語音、語義、語法都是完善的。

傳遞的角度看，社會服務的態度好同語言的嘮叨（冗長）不成正比例，絕不能認為愈能嘮叨，服務態度就愈好。在很多場合下，這兩者成反比例，尤其是次要信息和冗餘（多餘）信息太多淹沒了主要信息的話。

在社會交際中，禮貌是需要的。適當的恰如其分的禮貌語言雖然信息量很小甚至等於零，但是它能引起好的社會效果。語言交際同信息工程不同，信息工程只要精確和準確就夠了，而人類社會的語言交際卻還要求有一點符合社會準則的東西，即比純技術要求多一點的東西。這就是說，社會語言交際要求的不僅是物理效應，而且是社會效果。

這裡還想指出，多餘度、冗餘度、剩餘信息這一連串概念，我們不需要完全依據信息論所規定的公式。社會語言學認為超過了必需的信息量的信息就叫做多餘信息。多餘信息在一般情況下是要避免的，在特定情況下卻非要不可，而且有了它才能保證信息量達到最大值，下面的模型就是這個論點的例證。

模型4 電報。

　　A. 29日到。

　　B. 代表團10人29日1001班機到達。

　　C. 代表團10人29日星期六1001班機13時到達派車接。

A、B、C三式電文是根據不同需要傳遞同一信息的模型。發電報是要求高速度的，如果速度不求高，那麼，盡可以發信。高速度要求電文簡明扼要，不講廢話，也就是說，電文必須突出主要信息，用最經濟的方法傳遞這個信息，並且由於時間因素非常強烈，所以特別要求信息的準確和精確，不致引起歧義。為此，有時還須用次要信息和多餘信息加以襯托，在積極意義上加強主要信息的效能，在消極意義上減少或消除引起歧義的種種因素。

A式用於這樣的情景，即發報和收報雙方都已經知道了要傳達信息的內容（什麼團，多少人，什麼交通工具，幹什麼事），只缺少一個主要信息——哪一天到達，所以發報一方只需要把這個信息傳達給收報一方，就能完成信息交際的任務。這個包括四個字（照電碼算，只有兩個符號，因為「29日」有一專碼，「到」字一專碼）的信息，具有最大信息量。在發報技術上，可能要重複一次數字（29），怕引起可能發生的歧義（估計到信道上發生噪聲干擾或自然干擾而引起模糊不清），但是在發報人來說，他沒有必要重複任何一部分。

　　通常B式是較多被接受的方式。注意這裡「代表團」與「10人」本來是一個東西，但「10人」這個次要信息補足了或加強了「代表團」這個信息的信息量，也補足了語義。如果這個代表團是由10人組成的，這就是說「全」來了；如果多於10人，那就是這一批只來10人。至於班機到達時間，則請收報的一方去查找，因為有航班的序列（1001），在航班的表上是很容易找到的，沒有必要在電文裡注明。

　　但在實際生活中，人們寧願使用C式。注意C式中「團」與人數本是同一的，重複了一次；29日和星期六也是同一事物，重複了一次；給出了班機序列，又給出了到達時間（13時），實際上也重複了一次；最後還給出了一個新的信息（「派車接」）。為什麼要重複呢？這就是上面說過的在必要場合下應當利用多餘信息來加強主要信息的信息量，以便得到最佳的社會效能。

　　為了加強一個信息的信息量——在社會心理學和社會語言學上就是加深受信一方對所接收的主要信息的印象、感受或（語義）理解，在語言交際中常常採用下列的方法：（ｉ）將主要信息的關鍵部分重複一次或多次；（ｉｉ）將主要信息的關鍵部分加

大音量（重讀，或延長時間），或印成黑體（或其他字體）；
（iii）將容易引起歧義的構成部分重複一次或多次；（iv）將主要
信息的同義詞或補足的多餘信息加上去；（v）將一些可以補充
主要信息語義的次要信息加上去。無論哪一種辦法都是為了效果
可以更好一些。

模型5 電車（公共汽車）售票員的獨白。

下一站是前門車站[a]。前門車站到了[b]，要在前門車站下車的乘
客請準備下車[c]。沒有票的請買票[d]，下車的請打開（月）票嘚[e]。

這樣的一段獨白可以分析為a、b、c、d、e五個組成部分，
它們在信息傳遞上的任務如下面所示：

a 前門車站——主要信息。

b 前門車站——重複一次主要信息。

c 前門車站——（甲）再重複一次主要信息。準備下車——

（乙）給出一個多餘信息。

d 沒有票的買票——給出次要信息。

e 打開月票——給出另一個次要信息。

公共汽（電）車的售票員報站名，是為了給乘客們提供一個
通常情況下乘客所最需要的主要信息。對於外地來的乘客，因為
他完全不熟悉這個城市，自然更需要站名的信息，以便能及時下
車，不至於過了站或不到站便下來。對於雖然居住在本城但從來
沒有或很少搭乘這一路車的乘客，站名信息自然也是他所需要
的。天天搭乘這路車的乘客，理論上不需要報站名，他一看車外
的地形地物，便知道他要到達的站是否馬上到了；但提示站名信
息在很多情況下也是他所切盼的，例如1.車上太擠，他看不見車
外地形地物；2.夜裡太黑，外面幾乎分辨不清；3.他打瞌睡或太
疲倦了；4.跟別人談話，沒有注意到地形地物；等等。

站名在售票員的獨白中是主要信息。上例重複了三次這個主要信息（「前門車站」），達到了信息交換的最佳效能。主要信息在給出時還可以加大音量，延長時值，就更加鞏固了它的最大信息量和最佳效能。可惜在實際生活中，並不是所有的人都能理解加強主要信息印象的意義。在很多場合下，站名常常是一下子滑過去了——聽眾還沒有捕捉住它的聲音時，信息已經逝去了。聰明的售票員抓住機會多次著重給出站名這一信息，是引起最佳社會效能的關鍵。

　　至於c（乙）、d、e這三個次要信息和多餘信息，從純信息理論的觀點看，完全可以不給出來。也就是說，就報站名（對乘客而言）來說，c（乙）、d、e三者的信息量都是極小的。「請準備下車」（c乙），你說了等於不說，你不說也無礙於事，說了也無補於事，因為坐電車跟坐火車長途旅行不一樣，乘客不需要收拾行李才下車的——當然，有必要向車門「運動」過去，但你不說，乘客也會「運動」的。在乘客捕捉到「前門車站」這個他所最需要的主要信息後，他的大腦指揮機制立即向機體發出了指令：挪動！向車門靠過去！包括向前面擋著他去路的乘客低聲詢問：「同志，你下車嗎？」如對方給出了肯定的答覆，神經中樞就指令他：別挪動了！站在此人後面！一下車就跟上！如對方給出了否定的答覆，那麼，神經中樞就會發出指令：跟這個人換換位置，站到他的前面，以便及時下車。凡此種種，都不需要外間提示的，所以「請準備」這個信息超過了必需的最小的信息量，屬於冗餘（多餘）信息。「沒有票的請買票。」（d）——這句話的信息量等於零，因為這是一句誰都知道的，誰都能說出來的社會公理。沒有票自然要買票，這是社會準則。不論什麼制度的社會，沒有票是不能乘車的。「下車的請打開（月）票。」（e）

——「打開（月）票」是北京時下講的，即「出示月票」之意。這句話的信息量也等於零，因為按照交通規則，凡持有月票的乘客要出示月票。持月票而不出示，那就違犯了交通規則，而這種交通規則已經變成人人所遵從的一種社會習慣，社會準則，你不說也知道的。

所以純粹從信息量的角度看，d、e兩句都是可以刪去的；但從社會語言學的角度看，d、e兩句話反映了十年動亂之後一個時期的社會風尚，即上車不買票或下車不出示月票那種不文明的、沒有教養的社會風尚。在這種情景下，售票員反覆說是有道理的，是必要的。社會語言學注意到這兩句話的必要性，但它們的必要意義不是信息學上的，而是社會學上的。

模型6 新聞。下面是兩條表達同一內容的新聞：

(a)〔新華社82年7月9日1時10分電〕

馬德里消息：參加第十二屆世界杯足球賽半決賽的義大利隊同波蘭隊的角逐已結束，剛才收到的結果，義大利隊以2：0（上半時1：0）戰勝波蘭隊。

8日半決賽的另一場比賽將由西德隊同法國隊對陣，誰能進入決賽，取決於它們於北京時間9日凌晨3時角逐結果。（1982年7月9日《人民日報》）

排印面積：12×3＝36平方釐米

(b)〔新華社轉發路透社巴塞隆那電〕

星期四此間舉行世界杯半決賽中，義大利隊以2：0勝波蘭隊。義大利隊上半時以1：0領先。進球手——羅西（21分鐘、72分鐘各進一球）。

星期日在馬德里決賽中，義大利將與西德或法國對陣，波蘭將於星期六在阿里康特角逐第三名。（1982年7月9日《中國日報》，原電係英文，這裡用漢譯）

排印面積：4.6×5.7＝26.2平方釐米

1982年7月間第十二屆世界杯足球賽，是全世界的球迷都關心的事件。由於現代技術的發展，利用了人造衛星進行信息傳遞，理論上各國的球迷都可以當時收看到實況轉播，這就更增加了人們關注的熱情。這個模型所引的兩條電文，就是傳遞這次半決賽結果的。從版面的經濟程度（占面積小，或，所用字數少）來看，b式顯然優於a式；如果結合著信息內容（信息量）來分析，b式總的說也比a式優越。

應該放在這樣的一個社會語言環境來考察這個問題：那些日子全世界的宣傳媒介每天（或每天幾次）都在報導第十二屆世界杯足球賽，幾乎接觸到報導的人，無不知道這個消息。所以一提足球賽，人們用不著思索，就會聯想到第十二屆世界杯足球賽。在每天一次或幾次的報導中，在所有宣傳媒介（報紙、廣播、電視）一天不缺的報導中，（甲）「第十二屆」、（乙）「世界杯」、（丙）「足球賽」這三個東西，不知重複了多少次，它們已失去了信息量。這三者成為盡人皆知的冗餘（多餘）信息。a式列舉了（甲）、（乙）、（丙）三者，是不必要的，至少（甲）項在第一次出現之後就完全是冗餘信息（這條電文不是第一次報導）；在（乙）項和（丙）項兩者之中，選用其中一項，或稱「世界杯」，或稱「足球賽」，便能使接受信息的一方知道整個信息的內容——得到了最大信息量。故b式只提（乙），而不重複（甲）、（丙），是捨棄了（刪除了）冗餘信息引起最佳效果的做法。

a式缺少兩個人人都想知道的消息，即誰踢進了？在什麼時候踢進了？這說明這條電文的信息量並沒有達到最大值。b式則給出了這樣的信息（進球手是羅西，在21分鐘、72分鐘時各進一球），滿足了受信人的需要。這條電文在這個問題上達到了最佳效能。

第二段的表述，a式同b式所傳遞的主要信息是：西德同法國在另一場半決賽中角逐，勝利者將與義大利決賽。但a式的表達方式更符合中國人接受信息的習慣，因此，社會效能比b式要好些。如上面指出過的，語言交際的最佳效能不只從純信息理論的角度來考察，還要考慮多方面的社會因素——思維習慣、社會準則、心理狀態以及接受能力等等。

模型7　一個術語的定義——「烏托邦」

「烏托邦是一個希臘字，按照希臘文的意思，『烏』是『沒有』，『托邦斯』是地方。烏托邦是一個沒有的地方，是一種空想、虛構和童話。

政治上的烏托邦就是無論現在和將來都決不能實現的一種願望，是不依靠社會力量，也不依靠階級政治力量的成長和發展的一種願望。」[①]

這是列寧給出的釋義——注意，列寧是在一篇短文中而不是在詞典中給出這釋義來的，不能以對詞典釋文的要求來要求它。我這裡是為了表述信息量和效能來引用的。

這條釋義用經濟的字數，通俗的筆調，給出了有關「烏托邦」這個概念很多的信息，即：1.它的希臘字源，2.它的語義，3.它的引申義，4.它的政治、社會意義。同許多詞書的定義比較起來，它只沒有提到初次使用這個詞的作者（英國莫爾）及其著作（《烏托邦》）。耐人尋味的是，詞書所給的簡明釋義幾乎都沒有超過上舉釋文所包含的信息。詞書的釋文是特別要講究最大信息量和最佳效能的，它要求用最經濟的字數，傳遞最多的信息，盡量使信息達到最大值，並且收到最佳的社會效果。

---

① 列寧《兩種烏托邦》（1912），見《列寧全集》第十八卷。

模型8 廣告（在北京某食品店門口的廣告）

　　本店出售散裝牛奶粉

　　每斤×元×角

先說明這個廣告出現時的社會語境①：北京市牛奶供應不足，對很多老訂戶除了三歲以下兒童、七十歲以上老人之外都不再供應了，尋求營養的人們向市場找求奶粉；而在市面上這一時期經常出現的是很多人不愛吃的羊奶粉。如果食品店像過去一樣只標明「奶粉」，那就必然引起一場如下的對話：

　　A 有奶粉（賣）嗎？

　　B 有。

　　A 牛奶粉還是羊奶粉？

　　B 是牛奶粉。（或「不知道是牛奶粉還是羊奶粉」，或「大約是羊奶粉」等等。）

這種煩人的對話每天每時不知重複多少遍。聰明的經營者才想出一個辦法，在門口大字標明「牛奶粉」，從而使這個信息達到最大值。一般情況下「奶粉」就夠了，特定情況下，還必須加一個「牛」字。否則將引起上舉的對話，也就證明社會效能不佳了。

模型9 一段文章。

　　「杜哈切夫斯基在衛國戰爭前夜猝然"悲慘地"停止了生命'。」

　　這句話出自1983年2月17日蘇聯報刊紀念這位紅軍將領（1893－1937）九十壽辰的文章，帶有平反的性質，傳達了含蓄

---

① 社會語境（social context）包含發信人與受信人之間的關係，發信人在進行交際活動時所處的環境（包括語言環境），發信人在他所處的社會環境中的地位和作用等等，比「語境」一詞具有更多的社會因素。參看《語言與社會語境》（*Language and Social Context,* 1972）論文集。

的潛信息^①，使信息傳遞到達了帶感情的飽和狀態。由於使用了a、b、c三個委婉語詞（利用了這些詞的委婉語義），這條消息雖未正面傳達信息內容，可是它的潛信息卻收到最佳的社會效果。

a 猝然傳達了意想不到的、突然發生的信息（可能是車禍，可能是心臟病突然發作，可能是腦溢血，可能是失足跌下懸崖，可能是被殺，可能是自殺，總之，這個詞所引起的概率是很小很小的）。

b 悲慘地——表達了惋惜的感情，同情的感情，哀悼的感情，甚至立即排除了正常病死的可能性，只能引導出某些可能的悲慘局面，即本來不應當在這個人身上發生的局面。感情是社會交際的一種極為有效的信息，有時連語言也無法表達的信息（古詩所謂「此時無聲勝有聲」的境界），而且感情因素在潛信息（即不在字面上直接表達出來但受信者必然能夠感受到的那種信息）傳遞中起著特別重要的作用，即會得出最佳的效能或反應來。

c 停止了生命——典型的委婉語詞，這是「死」的代碼。在人類社會中，在任何一種語言中，「死」一詞有很多很多的代碼，每一個代碼表達出的語義是一樣的，但語感是不同的。

a＋b＋c合起來傳達了這個潛信息的最大值——即：這個紅軍將領不幸在肅反擴大化中被錯誤地處決了。

模型10 符號。

這個符號沒有使用一個字。它幾乎是國際社會都理解的通用符號，語義是：這條路封閉——不許機動車輛通過。原因可能有多種：例如，這

---

① 「潛信息」是作者導入的術語，指字面上尋不到，但又為受信者一方所默默認可或理解的信息。社會心理學中有所謂「類語言」（paralanguage），在某種程度上有點類似。

是單行線；這是步行線；前面有臨時障礙。在現代高速社會裡，社會交際在某種特定語境裡不能滿足於使用語言文字，而要使用符號。譬如一輛高速行駛的汽車開到這條路口，看見了這個符號，它不到一秒鐘就獲得了信息，立即轉到別的路上去了。這個完全不用文字的符號，發出的信息於是達到了最大值。如果不用這個醒目的符號，而用通常的社會交際工具（文字），那麼，密密麻麻的幾行字不能立即把信息傳遞給高速的受信者，結果反而會引起災難——也就是說，社會效能非但不佳，甚至會導向反面。這個模型說明，在現代化高速社會或國際交往頻繁的社會中，一個消息要獲得最大信息量和最佳效能，往往會利用語言文字以外的交際工具。這種情況看來還有日益增長的趨勢。

從上面舉出的十個用例（「模型」）可以得出以下幾個論斷：

第一，傳遞一個消息，力求達到這個消息的最大信息量。在社會交際中的最大信息量同在信息工程所表述和要求的因素並不完全一樣，雖則本質上是一致的。

第二，在社會交際中消息的傳遞還講求最佳效能，即能引起最好的效果。為取得最佳效能，必須符合社會準則、思維習慣、語言習慣、心理狀態等等社會因素，不光是純技術的因素。

第三，為使主要信息達到最大值，同時取得最佳社會效果，有時要排除冗餘（多餘）信息，減少次要信息，有時卻要有意識地增加冗餘（多餘）信息，適當地輔助以次要信息，這都要按照特定的社會語境而定。

第四，排除（減少）或增加冗餘（多餘）信息和次要信息的方式是多種多樣的，有時還須加上感情的因素，特別是在處理潛信息的場合。

（1983年7月）

7

〔71〕術語和術語學：通俗論述*

1. 術語

1.1　在某一專門學科（在一定的主題範圍內）表示一個專門概念的單詞或詞組，就稱為術語；在術語學中，由單詞形成的術語稱作簡單術語（simple term），由詞組形成的術語則為複合術語（complex term）。在現代漢語，單詞可以由一個漢字組成，也可以由兩個或三個以上的漢字組成；現代漢語的術語（尤其是科學術語）在比較多的場合是由兩個漢字組成的。

〔例〕

①癌———一個漢字組成的術語，即cancer。

②信息———兩個漢字組成的術語，即information。

③信息論———三個漢字組成的術語，即information theory或informatique（信息學———這個單詞在英語中不流行）。也可看作詞組，即由「信息」＋「論」構成的複合術語。

---

* 本文係根據1980年10－12月在幾個座談會、報告會上的發言記錄整理而成。

④ 信息科學──四個漢字組成的術語，即 information science，這是一個由兩個單詞（每個單詞分別有兩個漢字）構成的複合術語，它是：〔信息〕＋〔科學〕＝〔信息科學〕

⑤ 生風尼
⑥ 交響樂 } 三個漢字組成的單詞（不能看作「交響」＋
⑦ 交響曲 「樂」的詞組）即symphony。

⑧ 交響樂隊 } 四個漢字組成的詞組（「交響樂」或「管弦樂」＋「隊」），即 orchestra 或 simphonic
⑨ 管弦樂隊 orchestra，前者在英語是簡單術語，後者為複合術語。

⑩ 反饋──兩個漢字組成的單詞，即feedback。

⑪ 反饋‖信息──兩個單詞（四個漢字）組成的詞組，即feedback information。

⑫ 獲得性‖免疫‖缺陷‖綜合症（1984.04.27中央電視台）[①]，──由四個單詞構成的詞組（共十個漢字），複合術語，即acquired（獲得性）

+immune（免疫）
+deficiency（缺陷）
+syndrome（綜合症）

⑬ 後天‖免疫力‖缺乏綜合症‖（1984.04.29新華社）──

⑭ 愛滋病〔艾滋病〕──借用海外譯名，即Aids（縮略語）的音譯「愛滋」或「艾滋」＋「病」。

---

① 這裡和下例的年月日，表示這個術語在某處出現的日期，但不一定是在現代漢語中初次出現的日期。

1.2 術語所表述的概念是固定的，單一的；而普通詞彙中的詞語所表達的概念常常可以視上下文（語境Context）而不同；這就是說，一般詞語的語義可以變化，而術語的語義是不變的。但有的術語是從一般語詞演變來的，它由一般變成專門；有的專門術語卻進入了通用的詞彙庫，一般化了。在這種場合，同一個文字符號（即同一個詞）用作術語時，它是單義的；用作普通詞彙時，它的語義可按上下文而變動，可稱多義的。

〔例〕信息（information）──無論現在現代漢語或現代英語，這個詞既可以用作術語，也可用作普通語詞。用作術語時，它只能表達信息論或信息學中的專門概念，是單義的；但這個詞卻已進入了社會生活，成為人人都會說，且樂於說的一個流行詞，卻是多義的。

《現代漢語詞典》在「信息」詞目項下，有兩個義項，第①個義項是多義概念（音信；消息）；第②個義項是單義概念，（「指用符號傳送的報導，報導的內容是接收符號者預先不知道的」。）作為普通語詞的「信息」，在《英華大詞典》的釋義中，可以充分顯示它的可變語義：（頁706）①通知，通報，報告。②報導，消息，情報。③資料，知識，學識。

1.3 同一個詞，作為術語，它比之作為普通語詞，語義更固定，更準確。

例如「死亡」這一個單詞，在現代漢語是由兩個漢字組成的，作為日常用語，它表達的是──「失去生命」（《現代漢語詞典》），「機體生命活動和新陳代謝的終止」（《辭海》），而作為神經生理學的術語，它表述這樣一個特定概念：「腦電圖（EEC）零線位置，即鐵血皮質和腦幹已受到不可逆的損害；儘管用現代復甦方法進行循環和呼吸，也不能使病人恢復知覺，這種情況稱

為死亡。」①

1.4 術語同其他語言符號不同的若干特徵:

① 術語的語義內涵比一般語詞更確切地表達概念,更精確地表達概念的本質;

② 術語語義是單一的,但術語不是孤立的,它是一個科學系統中的有機組成部分;

③ 任何一個概念都應當有一個相應的術語,而且只能有一個術語;

④ 術語在專門學科是表述特定概念的特定語言形式;

⑤ 同樣形式的術語,在不同的專門學科可以有不同的語義,但在一個學科中只能有獨一無二的定義,而不能有多義。不同學科用的詞形相同,這應區別於術語的多義性——術語在理論上排斥並否定多義性。

1.5 術語在現代術語學②中可以用下面的公式來表達:

$$T\,(\text{術語}) = \frac{\text{n}\,(\text{名稱})}{\text{c}\,(\text{概念})} \;\text{即}\; \frac{[\text{表達方式;形式}]\,\text{語形}}{[\text{一種實體的意義}]\,\text{語義}}$$

而

一個名稱只能給出一個特定的概念,

一個概念只能有一個特定的名稱。

用單詞或詞組來表達這個名稱,就稱為術語。

---

① 見R. F. Schmidt等主編《神經生理學基礎》(*Grundriss der Neurophysiologie*, Heidelberg, 1979)一書中Schmidt所著第九章,〈中樞神經系統的整合機能〉。

② 見G. Rondeau的《術語學概論》(*Introduction á la terminology*,第二版,Quebec, 1983)。

2. 術語學

2.1　現代術語學的興起，一般認為是從本世紀三○年代開始的。這門科學的創始人，公認為奧地利的工程師兼工廠主維于斯脫（E. Wüster, 1898－1977），他又是著名的世界語學者，多種雙語詞典、百科詞典的編纂者①。

2.2　《爾雅》被稱為百科詞典的始祖，成書早於公元三、四世紀，因為後世流傳的郭璞注解本，已是公元三、四世紀的事——郭璞（東晉人，公元276－324）。這部古典著作給社會生活中很多概念下定義，從這一點上說，有點類似現代的術語庫。《爾雅》顯示了我國學者在十六、七個世紀以前具有的一種比較原始的術語學活動——這部書雖然不能等同於現代術語學，但它給出的定義是簡潔的，在當時的科學水平看來是精確的。

試舉《爾雅》卷上「釋地第九」的例：

> 邑外謂之　郊，
>
> 郊外謂之　牧，
>
> 牧外謂之　野，
>
> 野外謂之　林，
>
> 林外謂之　坰，
>
> 下濕曰　隰，
>
> 大野曰　平，
>
> 廣平曰　原，
>
> 高平曰　陸，

---

① 維于斯脫從1923年開始編印《世界語德語百科詞典》（*Enzyklopädisches Wörterbuch Esperanto－Deutsch*, Leipzig, 1923）只印了A至K（未完）詞目，其餘未出版，據說有原稿。

大陸曰　阜，

　　　大阜曰　陵，

　　　大陵曰　阿，

　　　可食者曰　原，

　　　陂者曰　阪，

　　　下者曰　隰。

　　2.3　維于斯脫的博士論文，是1931年寫成的，現在被稱為術語學的頭一部系統的經典著作，其名為《術語學特別是電工學中的國際語言標準化》，副標題為《民族語言標準化及其概括》[①]，他在七十五歲時（1973.10.03）寫了一篇回憶錄性質的文章，發表在《母語83》（*Muttersprache 83*）上[②]，其中敘述到此書產生的經過，可以看作現代術語學作為獨立學科產生的過程。這篇短文很有趣，也很有意思，大家可以參看。他這部書是難產的，但是出版以後立即引起公眾極大的注意。

　　2.4　維于斯脫認為他所創立的有關術語的理論（那時還沒有「術語學」這樣一個術語），是一門多科性交叉學科；他認為術語理論關係到下面的四個學科：

　　　語言學

　　　邏輯學

　　　本體論（命名學）

　　　情報學（分類學）

────────────

① 此書1931年在柏林印行初版，名為 *Internationale Sprachnormung in der Technik,Besonders in der Klektrotechnik－Die nationale Sprachnormung und ihre Verallgemeinetung* 俄文譯本，1935。

② 這篇回憶錄性質的東西，原名為：《標準化原則和詞典編纂原則──以及它們在德國的創始記》（有Reinhard Haupenthal的世界語譯本，名為*Normigaj kaj vortaraj principoj──ilia genezo en Germanujo*，見氏所編維斯于脫的紀念文集：*Esperantologiaj Studoj, Memor－Ko'ekto*, Antverpen, 1978, 頁243－254。）

這是他的卓見①。他注重的是方法論問題，即如何實現命名的問題。他認為首先有建立在慣用法基礎（「約定俗成」）上的「記述性標準」，然後才能進一步達到「規範化標準」——即現在所謂術語標準化。他追求術語的國際化，而且有專章建議用柴門霍夫博士創始的（1887）「世界語」（Esperanto）作為術語國際化的工具。與他同時代的蘇聯學者德列仁（E. Drezen）也是力主術語標準化時應當著重國際化的——他留下一部術語學著作，從書名就可知他的主張。他的書叫做《科學技術術語國際化問題：歷史，現狀及前景》②。

2.5 現代意義的術語學，是人類社會生產力第三次革命即所謂「電工技術革命」的結果。這次電工技術革命經過十九世紀

---

① 見維于斯脫1972.05.25在維也納大學所作的一次報告寫成的論文：〈術語學作為語言學、邏輯學、本體論、信息科學以及現實科學的交叉學科的研究〉（*L'étude scientifique générale de la terminologie, gone frontaliere entre la linguistique, la logique, l'ontologie. l'informatique et les sciences des choses*），1972，第2、3、4、5四節論述這四個學科與術語學的關係。此文收在——隆多與費伯教授主編的《術語學文選》（*Textes choisis de terminologie*, Québec, 1981第一卷，《術語學理論基礎》（*Fondaments théoriques de la terminologie*），頁55－14。

維爾納（G. Werner，不是萊比錫卡爾·馬克思大學的F. C. Werner，兩人都是術語學者）的《術語學教程》（*Terminologia Kurso*, 1986）§1.1論述術語學在科學系統中的地位，也闡述了維于斯脫這個論點。

② 德列仁（Ernest Drezen）是當時蘇聯科學院技術術語委員會的主任，又是蘇聯世界語聯盟（SEU，1937年因肅反擴大化被解散，至今未恢復）總書記。他這部論文是1934年提交給瑞典斯德哥爾摩舉行的國際標準化協會（ISA）大會的，俄文版及世界語版相繼在1935年印行，德列仁專門就世界語譯本的出版寫了後記，世界語版本名為：*Pri Problemo de Internaciigo de Science－teknika Terminaro：Historio, Nuna Stato kaj Perspektivoj*, 莫斯科——阿姆斯特丹，1935。約半個世紀以後（1983年），聯邦德國Saarbrücken重印出版，有Darmstadt工業大學博士、工程師瓦爾納（Alfred Warner）寫的後記：「關於科學技術術語學的國際同化」（La internacia asimilado de science-teknika terminologio）補充該書的論點的新近發展。

維于斯脫在他的回憶文章中提到他如何結識德列仁的，德列仁的結局是悲劇性的，他在蘇聯肅反擴大化中被處決，故後來的術語學文獻很少提到他，隆多教授上揭書三處提到他，列為蘇聯術語學的先驅。

下半葉的準備，在二十世紀初開始實現；其特徵就是以電作為動力代替了蒸汽，電動機的興起導致了機器工業和化學工業的巨大發展，所有這些技術進步都是以電工學的創立為其標誌的。（在這一點上，列寧也看得很清楚，1920年列寧有一句名言：「共產主義就是蘇維埃政權加上全國電氣化。」蘇維埃政權指的是生產關係，全國電氣化意味著生產力的極大提高。）

「電工」一詞，是1880年（十九世紀下半葉）第一次在德國開始使用："Elektrotechnik" 被轉寫為歐洲各國現代語言。二十七年（1907）後德國史洛曼（Schlohman）編電工詞典（第一版）時，收錄了13,600個現在叫做「術語」的名詞，過了二十年（1928）這部詞典的新版本收了21,000個電工術語—— 這就是說，電工術語在最初的二十年間增加了約半倍。新興學科的術語是以驚人的速度增長的，例如化工名詞（術語）在本世紀最初二十五年間，由70,000個增加到250,000個。科學技術各個專門領域的術語與時俱增，結果引起了一定程度的混亂，所以在本世紀三〇年代，迫切地產生了術語標準化的問題。

2.6 應當看到這個時期另外一個社會背景，那就是在第一次世界大戰之後，經過十月社會主義革命，民族意識在歐洲和亞洲的一些國家抬頭——在某些場合，這種民族覺醒有其積極的一面，但是在當時作為戰敗國的德國，同時又是生產力高度發展的德國，納粹主義利用了這個時代潮流的民族意識，引導到民族沙文主義，這種倒退的思想在科學技術各個部門命名時，提倡所謂術語民族化，排斥國際化的術語。提倡使用符合本民族語言習慣和心理特徵的術語，本來是術語學的一條正路，但是過分的強調民族特性而排斥國際化，尤其是在可轉寫的現代歐洲語言文字中，是一種對科學技術的國際理解和交流起了阻礙作用的傾向。

現代術語學的先驅，如奧地利的維于斯脫和蘇聯的德列仁之所以著重提出術語國際化問題，就是以這樣的社會思潮為背景產生的。

無疑，這是一個牽涉到民族意識、社會心理和語言習慣的微妙問題。本世紀初科學技術的跨國發展，使世人認為採用轉寫的名詞術語並不是一個政治問題，當然也沒有扯到民族問題。1910年在比利時布魯塞爾召開的一次國際性的科學會議上，德國人寧願用幾個國家習慣用的R（源出英語resistance）來表「電阻」，而不用德國人那時慣用的W（源出德語Widerstand）；英國人寧願用當時國際間通用的技術符號I來表「電流」，而不用英語的C（源出英語current）。

到1929年，即納粹上台前四年，德國戰敗後十一年，儘管當時德國工人運動蓬勃發展，儘管德國工人階級以國際主義精神支援十月革命後的艱難困苦的俄羅斯，但是在德國，一種反動的思潮，即民族沙文主義的逆流，已經甚至在術語上露了頭角。這一年（1929），德國航空詞典排除了幾個歷來通用的、照德語習慣轉寫的國際航空術語，改用了新創的民族化的術語。比如：

〔航空港〕不用當時轉寫的Aerostation，而用Luftschife thaven；

〔飛機〕不用Aeroplan，而用Flugjeug；

〔飛機庫〕不用Aerodrom，而用Flugplat；

〔氣球〕不用Aerostat，而用Luftballon。

如果說這僅僅是術語民族化（這裡指的是排斥國際化，而不是由於照顧民族語習慣）的萌芽狀態，那麼，1933年納粹黨上台，把這種萌芽傾向注入了政治的內容，即民族沙文主義的內容[1]。就在這一年（1933），德國技術協會發表一個文件，廢除459個德語

---

[1] 參看德列仁上揭書頁65的論述。

習慣轉寫的國際通用科學技術術語，公布了459個新創的民族化科學技術術語，例如：

〔電動機〕不用Generator，改用Erjeuger；

〔變壓器〕不用Transtormator，而用Umspanner；

〔絕緣體〕不用Isolator，而用Nichtleiter；

〔汽車〕不用Automobile，而用Krabtwagen；

〔電話〕不用Telephone，而用Fernsprecher。

使社會語言學者感到興趣的是：這些新創的術語中，有些在其後幾十年的活動中流行了（有些稍稍改變了字形），或者同國際化的術語同時並存，或者在某些場合恢復了舊日的國際化寫法。

2.7　請大家注意國際化術語跟民族化術語的並存局面。比如「電話」，Telephone跟Fernsprecher並存，有時也不能截然劃分前者（國際化術語）出現在文件中，後者（民族化術語）出現在社會生活或口語交際中；「公用電話」現在叫offentliches Telephone（用的是Telephone）「投幣電話」卻叫Münzfernsprecher（卻不用Telephone）；更有趣的是「電話」的派生詞——「無線電話」，也沿著這麼兩種傾向派生出兩個截然不同的術語：

Funkfernsprecher（用的是由後者構成的複合詞），drahtloses Telephone（用的是由前者構成的詞組）。「變壓器」也是Transformator（多在文語）和Umspanne（多在口語）兩個術語並用，例如「三相變壓器」是用前者構成的複合詞，即Dreiphasentransformator（其中drei為三，phasen為相）。「汽車」也是Auto和wagen（或Krabtwagen）並用的；Auto是轉寫的國際化術語Automobile的國際化縮寫，近三四十年已通行了；派生詞「汽車工業」為Automobilirndustrie，引用了前者（國際化術語）構成的複合詞，而「吊車」（「汽吊」）則同時派生了兩個術語

Autokran（注意：用Auto，接在複合詞的開頭）和Kranwagen（注意：用Wagen，接在複合詞的末尾）。

這自然是標準化所不能容忍的狀況，但是社會生活卻容忍了。術語的標準化與習慣用法發生了矛盾，有時一方戰勝了另一方，有時卻勢均力敵，在不同場合並存一個很長的時期。我們這裡也同樣出現這樣的一種情況：「計算機」（Computer這個國際化術語的直譯）和「電腦」（英語世界中，現在已不大使用的非科學術語electric brain）並存的局面現在已經出現了，請比較一下德語中Computer（轉寫的國際化術語）和Elektrohenrechner（用民族語直譯「電子」「計算」「機」的術語）也曾經並存過一陣，而現在則在報刊上通用Computer一詞了。同樣情況發生在「的士」（Taxi的音譯）和「計程（汽）車」、「出租汽車」（Taxi的意譯）這個術語那裡。我舉這幾個顯而易見的例子，使大家更容易明了術語問題的複雜性。

2.8 二次大戰後，術語學有了長足發展。這是以第四次生產力革命（即所謂信息革命）為背景的。魁北克學派的隆多教授認為，當今的術語學是與信息科學同步發展的——由於計算機的普及，由於應用語言學的發展，由於國際標準化組織（ISO）這個官方機構代替了國際標準化協會（ISA）這個學術團體，術語學在今日世界有四個學派並駕齊驅，即維也納學派（以費伯教授為代表；注意，術語學的先驅，維于斯脫也是奧地利學者），魁北克學派（以隆多教授為代表），莫斯科學派（以洛脫教授為代表）和布拉格學派（以德羅茲德教授為代表）。

隆多教授認為現代意義的術語學發展的八個社會條件是[①]：

----

① 此處及下面論點見隆多教授上揭書。

① 科學進步
② 技術發展
③ 傳播技術
④ 國際關係
⑤ 國際貿易
⑥ 跨國公司
⑦ 標準化組織
⑧ 國家干預

頭三者意味著社會正在進行一次信息革命，以信息為中心的新技術革命席捲全球，術語的制定和術語標準化提上了議事日程；第④至第⑥三條說明國際交往日益頻繁，封閉型社會幾乎不能存在，為了國際社會交際活動的準確和有效，比任何時代更加要求術語的標準化和國際化；第⑦條指明有一個「官」方組織，可以有效地進行術語的國際合作，這個組織（即ISO）的第三十七委員會即術語委員會；第⑧條意味著語言文字（特別是發展中國家的語言文字）得到了政權力量的支持、調整和規劃，這就更加有利於術語的標準化和國際化。

3. 方法

3.1 術語學的方法，可以簡單地概括為：

定義 —— （C）

定名 —— （T）

定形 —— （N）

定義即用已知的概念給一個新概念作出綜合描述；這個綜合描述要滿足內涵和外延的範圍，同時要給出準確的（而不是含混的，不是模糊的）、簡潔的（而不是拖泥帶水的，或者說排除盡

可能多的冗餘信息的）、周全的（而不是片面的，孤立的）本質特徵（而不是推導或表面特徵）；給出的定義不是循環性的。

由於術語不是孤立現象，它是學科系統中的一個概念，故定名要採取符合這個術語所屬的整個系統的要求。而不是相互矛盾的，互不關聯的，按照個人意志隨便訂定的名稱。

定形就是要使用符號，使用這個術語的社會集團的心理狀態和語言習慣的，最確切和最富有表現力和容易被接受的單詞或詞組來定名。

3.2 維于斯脫的古典表述，對進行術語定義、定名、定形工作是很有意義的。他的表述是：———一個概念在 A 語言中有了名稱（術語），那麼，在B語言中也應當有一個相應的名詞（術語）；

凡是新出現的概念，在語言中都應當給它創造一個與這個新概念相適應，並且只表達這一概念的名稱（術語）。在進行這項工作時，也離不開德列仁所表述的，要避免不確切，避免多義，避免不周全。

3.3 在定義、定名、定形時要考慮術語結構，下面是術語結構的幾種古典形式；

① 複合結構。例：「印歐語言」（印語言＋歐語言）

　　「裝甲運兵車」（裝甲車＋運兵車）

② 重疊結構。例：「工人工程師」（工人＝工程師，指同一個人），「叉車」（forklift，又是「叉」，又是「車」，合成一個）。

③ 從屬結構。例：「手扶拖拉機」（手扶的⌒→拖拉機）

「三相電動機」（三相的⌒→電動機）

「超導體」（超⌒→導體）

④ 引申結構。例：「石竹」（不是「石」＋「竹」；不是

「石」＝「竹」；不是「石」⌒→「竹」；而是一個單一概念，同石無關。

（1984.10.09）

〔72〕加拿大的術語數據庫*

根據文化協定，我接受加拿大政府邀請，去訪問了首都渥太華的加拿大術語數據庫（BTC－The Canadian Goverment Terminology〔Data〕Bank），其後又被邀請去法語區訪問了魁北克術語數據庫（BTQ－la Banque de terminologie du Quebec）。這是世界上比較大的術語數據庫。我是中國第一位學者來訪問的，除了官方接待外，由魁北克學派的隆多教授（Prof. A Rondeau）做我的「嚮導」，教授還陪我訪問了魁北克市拉瓦爾大學的術語教研室，據說這個大學是世界上最初設有術語學教授講座的高等學府。加拿大是用英語和法語作為同等效力的官方語言的；按照法令，凡是聯邦政府工作人員（公務員），即我們這裡說的機關工作人員，都必須通曉英、法兩種語言。法律規定兩種語言都是正式公用語，在一切場合都有同等的權利，而且一切公共設施都必須同時使用英、法兩種文字說明。路牌也像比利時那樣寫兩種文字——我看見英語區的城市大多如此，但一入法語區（中心是魁北克），情況就有點兩樣，只見法文，不見英文；而且常常只講法文，不講英文。英法兩個語言群體在歷史上常常發生衝突，當然，這種現象表面上看，是語言問題，實質上並非單純語言問題，而是歷史的、民族的、社會的因素交織在一起的政治問題。

---

* 這是1984年10月在一個座談會上的發言。

去渥太華以前，我在西岸的溫哥華見了加拿大語言專員（commissioner）雅爾頓博士（Dr. Max Yalden），他說過一句令人深思的話：「（英法）語言的關係緊張是加拿大（社會）生活的基本特徵。」他還說過一句意味深長的話：「在加拿大，語言常常比之有效的交際工具更多一點什麼。」這就是我常說的，語言作為信息載體或交際工具，比之其他信息載體或交際工具，多一點社會性。在加拿大，特別是六〇年代以後兩種語言失去了平衡，這就導致了1977年8月26日起生效的法令，規定 "Le fran caise est la langue officielle du Quebec"（法語是魁北克的官方語言）。這就是為什麼在加拿大要建立兩個旗鼓相當的術語數據庫的社會背景，一個以英語為主，譯成法語（BTC）；一個以法語為主，譯成英語（BTQ）。

加拿大政府的術語數據庫（BTC）是1974年成立的，其任務為實現一切文書檔案的英、法文術語的標準化；它的上級是國務委員（語言專員）直接領導的翻譯局（Translation Bureau of Secretary of State Department）。這個術語數據檔是根據單一概念原則（single－concept principle）制定的，即：每一數據記錄（record）只能有一個概念，而每一個概念只處理一個記錄。數據檔分成三個子系統，A檔是主檔（master file），這一檔所存數據是可信的，英法文術語是等義的，用戶直接即可使用；B檔稱為參考檔（transitional file），這裡所存英法文術語的等義仍未被所有的術語學專家所公認，同時要加以鑑別；至於那些還沒有找到適當等義詞的數據記錄，則入C檔，稱為工作檔（working file），用這一檔的數據時還須進行研究。

主檔提供的信息必須是準確的，下面是Cajun這個詞條的例子（在必要的地方，我加上中文）：

*** TERMINOLOGIE：MAITRE ***（主術語）

En（英文）　　　Cajun / MORAM, 1970, ,,187 /〔這是來源、
　　　　　　　　年份；書頁碼；下同〕

CORRECT（正確）

DEF（定義）　　〔美〕路易斯安納州的居民（native），據信是
　　　　　　　　由Acadia移來的法國血統人士。/ MORAM,
　　　　　　　　1970, ,,187 /

　　　　　　　　Fr（法文）Cujun / BELNO, 1979, ,,126〕/

CORRECT（正確）

DEF（定義）　　Nom donné par les Américains aux Acadiens
　　　　　　　　installés en Louisiane uprés la Dépor-tation. /
　　　　　　　　BELNO, 1979, ,,126 /

GHA 2FV　　　　810720 A En 02876885

En（英文）　　　Caijan / MORAM, 1970, ,,187 / SYN（同義詞）

CORRECT

En（英文）　　　Caijan / MORAM, 1970, ,,187 / SYN（同義詞）

CORRECT

B檔為參考數據，即不能十分確定的數據。舉一例如下：

*** TERMINOCOGIE：TRANSIT ***（有疑術語）

En（英文）　　　master of science / WEBIN, 1976, ,,1390 /（碩士）

CORRECT（正確）

DEF（定義）　　碩士學位即表示得此學位的學者已通過該學
　　　　　　　　科或密切關聯的學科若干課程的考試及格
　　　　　　　　者。/ WEBN, 1976, ,,1390 /

NOTE（附注）　根據韋氏《新國際字典》第三版，碩士一詞常用
　　　　　　　　大寫字母開頭，如Master of Science / 2Pg, 1979, ,, /

Fr(法文)NAM   maitre ès sciences / HASTA, 1975 2, 752 /
              NEEDV, 1976, ,,75 /

SANS   POND

JC   maitre ès arts：En Amérique（…）, titre dún
              universitaire quià obtenu une maitrise, grade qui
              fart suite au baccalaurêat et précède celui de
              docteur. / BEGEN, 1974, ,,734 /（次於博士的
              學位, 美國）

RCC−RCK−RCL   2PG 790709 B Fr 02679189

En（英文）   Master of science / MORAM, 1970,,,804 /
              RADIC, 1973, ,,882 / VAr（變體）

CORRECT   ABR（縮寫）

En   M. S. / WEBIN, 1976, ,,1390 / MORAM, 1970,
              ,,804) / RADIC, 1973, ,,882 /

En   S. M. / RADIC, 1973, ,,882 /

CORRECT   ABR（縮寫）

En   M. SC, / WEBIN, 1976, ,,1390 / RADIC, 1973, ,,882 /

CORRECT   ABR（縮寫）

Fr(法文)NAM   M. SC. / NEEDU, 1976, ,,75 /

SANS POND   TR   ABR（縮寫）

C檔為工作檔，舉一例如下：

      ＊＊＊ TERMINOLOGIE：TRAVAIL ＊＊＊ （工作檔）

                              〔活動區？〕

En（英文）   activity   zone / AIEA−405, 1975, ,,589 /

                              〔反應區？〕

      NO   RATING （未測定）TR

Ex（例）	（…）the reactions spread like a fire by destruction of the most neutron－capturing nuclei at the edge of the activity zone. / AIEA －405, 1975, ,,589 /
	（一種像大火蔓延似的反應，摧毀了活動區邊緣幾乎所有的圍禁中子的原子核。）
Fr （法文）	foyer en activité / (AIEA－405, 1975, ,, 589 /
CORRECT	
Ex（例）	（…）les réactions se sont propagées à la manière dún feu, par destruction des nogaux les plus capturcoüts sur la bordure clu foyer en activité. / AIEA－405, 1975,,,589 /

〔語義同上〕

SDC　　　　2kp　780727　C　En　02663161

這個數據庫設一個專名檔（專名術語庫），即W一檔。W檔包括下列的專名：

(1) 商用名（商標、註冊名，等等）。

(2) 法人名（公、私）。

——包括團體、公司、會社、基金會、行會，以及公用設施（醫院、博物館、教學機構等等）。

(3) 行政機關，單位名（政府機關或事業企業）。

——包括各級機關、服務處所、分部、處、室、科、委員會、專門委員會。

(4) 文件名。

——包括各種職務名稱、職銜、文件、目錄、推廣品等等。

(5) 榮譽

──包括獎章、勳章，大獎各種名稱。

(6) 地名。

(7) 民族名，種族名。

(8) 其他所有經常用大寫字母開頭的各種專名。

舉例如下：

*** APPELLATIONS　OFFICIELLES *** （專名檔）

En（英文）　　The prime Minister／GBT－52－3, 1978, 3,,16
　　　　　　　　／〔總理〕

Fr（法文）　　Le premier ministre／GBT－52－3, 1978, 3,,16
　　　　　　　　／

WBA──791218W　02700859

下面是另一例：

*** APPELLATIONS　OFFICIELLES*** （專名檔）

En（英文）　　Treasuru Board（legal title）／GBT－52－3,
　　　　　　　　1978, 3,,5／

　　　　　　　　　　　　　　〔財政部（法定名稱）〕

Fr（法文）　　Conseil du Trésor（appellation lègale）／GBT
　　　　　　　　－52－3, 1978, 3,, 5／－791127W 02681879

En（英文）　　Treasury Board Canada（applied title）／BGT
　　　　　　　　－52－3, 1978, 3,, 5／

　　　　　　　　〔加拿大財政部（專用名）〕SYN（同義詞）

En（英文）　　TB／ORGCA－E, 1976,,, －／

　　　　　　　　　　　　　　ABR（縮寫）

Fr（法文）　　Conseil du Trésor Canada（title cl' usage）／

　　　　　　　　GBT－52－3, 1978, 3,,5／

〔同上條〕　SYN（同義詞）

BTC還設有一個電子計算機字庫（computerised dictionary file），所存的雙語（英、法）信息可供用戶使用。BTC的研究資料庫稱為RECHERCHE（B. T.），即BTUM庫——原來這個國家術語庫是接收蒙特里爾（Montréal）大學的術語庫擴建而成的，故採用這幾個語詞頭一個字母稱為B（庫）T（術語）U（大學）M（蒙特里爾）。蒙特里爾在法語區，隆多教授陪我去了。這個BTUM庫有一套特別的分類法，據認為26項分類法符合處理術語的活動，將每一項又可分為26類，每種可分為26種，即26×26×26＝17,576部門。魁北克術語庫還出了一部《信息學術語彙編》（*Terminologie de l' iuforma -tique, Québec, 1983.*），收詞3,875個，英、法對照（一般用等義詞；如無等義詞，用近義詞，加注釋說明），對信息科學很有用。這兩個術語庫，用戶都可聯機檢索，方便得很；而政府規定，一切正式文書都必須用這裡的術語。

（1984年10月）

〔73〕當代術語學在科學技術現代化過程中的作用和意義*

1 現代意義的術語學，是本世紀初電工技術革命的結果，三〇年代奧地利學派維于斯脫（Wüster）把它系統化。二次大戰後，由於信息科學的重大發展和突破，在各國建立術語數據庫的過程中，加上國際標準化組織（ISO）的倡導，術語學越來越顯出它的重要意義。魁北克學派隆多教授（Rondeau）認為術語學

---

* 這是在全國自然科學名詞審定委員會成立大會上散發的講話提綱，後來沒有照這個提綱的內容講。

的發展有八個因素，即科學進展，技術發展，信息傳播，國際關係，國際貿易，跨國公司，標準化，國家干預。我在《社會語言學》中歸結為兩條，即⑴科學技術的進展提出了許多新概念；⑵國際社會的交往日益頻繁，需要一種規範性的標準。為了信息的收集、存儲、傳播、交換、分析、處理的準確，精確和有效〔無論是國內的還是國際的，無論是一門科學的還是多科交叉的〕，都需要有表達同一內容的標準術語。

2　術語就是在一定的主題範圍內（某一學科），為標示一個特定的專門的概念而確定的一個單詞或詞組（一般術語和複合術語）。術語所表達的概念是固定的、單一的，同時又是準確的。通常表達術語的公式是

$$T = N / C$$

式中T為術語，N為名稱，C為概念。理論上，一個名稱（N）只能給予一個特定的概念，一個概念只能有一個特定的名稱。

3　術語同一般語詞（語言符號）相比較，⑴術語的語義內涵比一般名稱更精確地表達這個概念；⑵術語在一個系統中（例如在一個學科）不是孤立的、隨機的，而是一個合乎分類學的有機組成部分；⑶術語是單一的、專用的，理論上任何一個概念只能有一個專門的固定的術語；⑷同一個術語（即同一語言符號）可能有多義性，但在特定知識部門則只能有單一的語義，而不應有模糊語義；⑸術語表達形式應當是準確、精密的。

4　術語工作可分為三個步驟，即定義，定名，定形。古典術語學（如Wüster）所表述的出發點至今還是可取的，即：⑴每一個概念在A語言中有了名稱，則在B語言中也應當有相應的名稱；⑵凡是新產生的概念，都應當給它創造出一個與此相適應而且只能表達這個概念的名稱。

定義工作即用已知概念給新的概念作出綜合性的恰當表述，給出內涵和外延的範圍（內涵愈豐富則特徵愈多，不同的事物就愈少，而這就引導到外延愈小），給出的定義應當是準確的、周全的、本質特徵的（不是推導特徵）、非循環的。定名要符合整個系統（集合）的條件而不是任意的、偶發的、互不相關的命名。定形要用符合語言習慣的、最精確的、最有表現力的簡明易懂的方法來表達，排除不確切性、多義性，或引起歧義的表達方式。定名和定形常常是重合的，但有時定形還須經過優選的抉擇。

　　5　術語的標準化和語言規範問題是關係到「四化」建設的一個重大問題，當前要加以考慮的矛盾有如下幾點：音譯與意譯、新定與習用、造新字與借用舊字、學名與社會用名、民族化與國際化、簡潔與繁雜，等等。必須加以恰如其分的處理，才能使術語工作更有效地為「四化」建設服務。

（1985）

〔74〕與術語學有關的幾個問題*

　　今天，我不想講原來的那個問題，而想從嚴老（濟慈）在他的講話裡提到的那篇文章〈論公分公分公分〉出發，講幾個有關的問題。

　　嚴老那篇文章是半個世紀之前即1935年發表在《東方雜誌》上的。我昨天夜裡找出來讀了兩遍，覺得這篇文章很值得我們這些後學認真讀一讀。這篇文章在五十年前提出來的許多問題，有

＊　這是在全國自然科學名詞審定委員會成立大會上的講話記錄稿，可參閱本集下一篇——那是後來根據記錄稿寫成的文章。

些已經解決了，有些還沒有很好解決。所以，我今天不想講原來提綱裡寫的全部內容，只講原來提綱裡第五段，結合介紹嚴老的這篇文章以及就讀這篇文章後我想到的一些意見。

嚴老在這篇文章裡講了一個笑話，這個笑話是很有啟發意義的。原文說：

> 「今有長方形銅版一片，長50公分，闊40公分，面積0.02公分，厚0.5公分，重8,930公分，故其密度為每一立方公分為8.93公分。」

這段文章非常幽默，什麼單位都是公分，滿紙公分公分，因為當時長度、面積、重量的單位都定為公分。1932年2月，國民黨政府公布了度量衡法。從1932年至1935年各個科學單位都在研究這個問題，並對此發表了一系列度量衡名詞問題的文章。嚴老的〈論公分公分公分〉就是其中的一篇。這篇文章邏輯嚴密，立論精闢，確實切中要害。他講了上引的笑話後，認真地聲稱：

> 「用中華民國度量衡法所定名稱以寫就之文章一段，其中長若干公分也，面積若干公分也，重若干公分也，密度每一立方公分若干公分也，固極正確而明瞭；其如滿紙公分，令人望而生厭何！以我國四千餘年悠久之歷史，及豐富之文字，吾人於言長言重言地，尚不能得數個較適宜之度量衡名詞而使用之，其將何以慰祖先而對來茲耶！實則採用任何三個不同之名詞，如雞犬豕或牛馬羊，殆皆比公分公分公分略勝一籌。」

作者沉痛地指出，以我國文明開化如此之早，語言文字如此之豐富，即使隨便拿「馬、牛、羊」或「雞、犬、豕」來代表三個不同的概念，都要比用一個術語代表三個不同的概念好得多。這裡提出了現代術語學中一條重要的原則，即一個術語代表一個概念，並且一個術語在一個學科內只能代表一個概念。

文章附帶指出，照中國舊時的語言文字的習慣，分、釐、毫都是不名數，即指量小單位的十分之一、百分之一、千分之一。科學進步了，度量非常精密了，就更不能把分、釐、毫都當做名數來使用。這裡雖然是附帶提出了一個小問題，但它的立論符合現代術語學關於尊重語言文字使用習慣的原理——這同時也是社會語言學中一條重要的原則，如果不顧社會語言使用的習慣，常常會受到社會成員的抵制。

　　接著作者提出了一個在當時來講是非常卓越的意見。他寫道：「而同冠以無大意義之公字，……致有一名數義之失者。」什麼都叫公，因為當時我國採用公制（C. G. S. system）所以凡是名詞都加個公字，造成一個公字有三個意義。他指出，民國初年曾搞過公分、公釐、公毫，後來在長度單位中就改為粉、糎、熵，重量單位中就改為尅、尲、尵。文章指出，與其採用公分公釐公毫還不如用粉、尅這類字。後來在實踐中卻沒有使用這些新造的方塊字，卻尊重中國語文古時的習慣，以分、釐、毫作為不名數去形容這些具體名數，就變成「分米」、「釐米」、「毫米」，「分克」、「釐克」、「毫克」等，這樣既顯得系統化，又比較好念。文章提出了一個現在看來也是非常重要的意見，叫做「約定俗成」。他是這樣寫的：「固非一二人強立之名，特經十餘年千百萬人試用修正後，應有之結果，大勢所趨，孰能禁之！」文章中又提出了我們現在常常碰到的問題：「全國度量衡局近亦確有感悟。故特提倡凡長度面積重量小數之同名者，加偏旁以資識別：長度之公分，書作公厈；面積之公分，書作公坋；重量之公分，書作公份，其他仿此。此種頭痛醫頭，腳痛醫腳之辦法，決非善策。」文章對新造的方塊字厈、坋、份，持否定態度，這是值得我們後學深思的。

總之，嚴老在這篇文章裡提出了很多到現在為止還是很有創見的論點。我想，大家如果有興趣，不妨拿出來認真讀一讀。我昨夜讀了，得到不少啟發。因此，我按原來提綱第五段提出幾點意見，向在座專家們請教：

　　1　首先，我想到1935年嚴老發表這篇文章的時候，當代術語學的創始人維于斯脫（Eugen Wüster, 1898－1977）發表了他的第一部術語學著作。維于斯脫認為，術語學是處於語言學、邏輯學、本體論和分類學四門學科之間的一門交叉學科。在命名時，首先要建立習慣基礎上的技術標準，然後從這個技術標準出發，發展到規範化的標準，最後才照顧到國際化的標準。從習慣標準到規範標準，再從規範標準到國際化標準。這種分階段的命名思想是有見地的，當然在實際工作中這三個階段不一定劃分得那麼明確，階段之間的距離也不一定很長。他還認為，術語的制定，其概念內涵要非常準確，同時要照顧到系統性即分類，以及單一性，即在單一學科內一個概念只能用一個術語來表達，一個術語只能表達一個概念。但在多學科中共用同一個術語時可以稱這術語為多義術語。

　　2　我們現在所說的「自然科學名詞」，不是語法意義上的名詞，而是當代信息科學中提到的術語。因為它不是語法上的名詞，所以實際上包括了語法中的動詞、名詞、形容詞等等。比如「反饋」 feedback，六〇至七〇年代香港出版的書刊譯為「回授」，因此，biofeedback譯為「生物回授」，現在我們用「反饋」，近來海外也用「反饋」了。「反饋」通常是一個名詞，但有時卻也可以當動詞用。但它是一個術語，那是絲毫不用懷疑的。這裡順帶牽涉到一個問題，即海外華人所用名詞術語，常常同我們所用的不同，舉一個最常見的例，computer海外通稱「電

腦」，我們則用「電子計算機」。是遷就即照抄海外譯法還是根據我們的原則，科學地加以訂定，這是個原則問題。我以為我們應當根據科學內涵、外延和中國語言習慣加以審定，而不是簡單的照抄和拒絕。

　　3　名詞術語採取音譯還是採取意譯的問題，是多少年來爭論比較大的問題。例如，是「維他命」還是「維生素」？「維他命」是音譯，「維生素」是意譯。有人說，「維他命」只維他人的命不維自己的命，這就是望文生義，近乎詭辯了。又比如「雷達」，是望文而不能生義的。「雷達」（radar）是一種叫做acronym的縮略語，即把拼音文字幾個字（詞）的第一個字母合起來形成的一個新詞——Laser（萊塞→激光）也是這一類詞。在非拼音化的現代漢語書面語中，只能意譯或音譯，而不能抽取每一個詞的頭一個漢字形成一個新的術語，我舉出過典型的四例子，即MIRV，我們用漢字表達，只能是一大串：「多彈頭　分導　重返大氣層　運載工具」，絕不能略作「多分重運」。「萊塞」（laser）近來已習用「激光」了，這個是意譯，好像還比較可取。此外，也有極少數名詞術語，以音譯傳世，例如logic作「邏輯」，Hertz作「赫茲」——後者因為係人名轉化而來，又當別論。有些術語半音譯半意譯，例如「分貝」（decibel）「分」是意譯，「貝」是音譯。那麼究竟是譯音容易望文生義，還是譯意容易望文生義呢？看來兩者都能望文生義。因為漢字同拼音文字不一樣，所以我們搞名詞術語工作比別的國家困難，別的國家拼音文字只要轉寫就行了，我們就不行。比如「控制論」（cybernetics），各國的文字如果是拼音的，轉寫過去就行了，如俄文、法文、德文都是這樣。我們不行，只能用「控制論」，我在外國碰到一個台灣學者，他說他認為應該譯成「制御學」，這

也是道理，因為控制論這個詞是從希臘文來的，原來有開船掌舵的意思。上海有個科學家寫信給我，說不要用「控制論」這個詞，因為容易同「自動控制」混淆。最近有同志發表文章，主張將cybernetics譯成「賽博學」，這是音譯了。由於我國還是一個以使用漢字為主要交際工具（甚至在目前是唯一的交際工具）的國家，除了人名、地名可以直接音譯（轉寫）過來（最好初見時附原名），還有很多名詞術語存在意譯還是音譯的問題。這個問題是一個比較大的問題。我以為：一、用漢字音譯，是吃力不討好的工作，而且常常會導致「望文生義」。因此，用漢字音譯方法來引進新術語，一般地說是不可取的，尤其是某一學科的一級術語（即通用的基本術語）更不可取。二、如果用漢語拼音（拉丁字母）轉寫，比如二級以下的內涵十分細小的術語，是可能的。三、已經在社會上習用的音譯術語，一般不宜改動，即使有缺點，除非會引起歧義，否則以沿用舊譯為宜。

4　是造新字還是用舊字的問題。如剛才一位同志提到因為事物發展了，《康熙字典》幾萬個字中沒有一個字能表示這種新事物或新概念，就應該造一個新的符號來表達這個事物或概念。——這個符號究竟是創造一個新漢字好還是利用幾個漢字組成一個新詞好，值得考慮。據已故王竹溪教授統計，《康熙字典》共47,073個字，一般講是42,174個字（因為有重字、複字和其他原因，所以總字數有出入）。現在郵電部頒布的標準電碼本是從0001到9,999，中間有空字，所以不多於10,000字。國家標準GB2312－80中，第一級收入3,755字，第二級收入3,008字，共6,763字，這是輸入電子計算機的信息交換基本字符。按照七〇年代的字頻統計，採用2,163萬字的材料，共使用了6,374個不同的漢字（有稱為「字種」的）。最近，國家標準局和中國文字改革委員會

委託北航電子計算機系抽查了1,380萬字的材料（包括科技材料），使用漢字超過了七○年代統計。我舉出這許多數字來。說明作為一種符號，方塊漢字的數量已不少了，它們可以構成一個音節（即一個漢字），兩個音節（即兩個漢字）以至三四個音節的詞，不造新字也能形成新詞表達新的概念。如果承認這一點（即可以利用多個漢字組成一個詞），那麼，我以為不造新字更有利。過去已被社會公認並廣泛流行的，如気、氘、氚、熵等當然也不必去動它，今後我以為不必在造字上下功夫為宜。可以採取複合漢字組成新詞來表達新的概念。例如kilowatt，過去造了一個新漢字：「瓩」，有人讀做「千瓦」，有人讀做「瓦千」，這個字究竟應該怎麼讀，舊字典裡也查不到，現在好了，分寫成兩個字，即「千瓦」，兩個漢字組成一個詞，對應原文的kilowatt，我們把kilo譯做「千」，把watt譯做「瓦」，合造一個詞「千瓦」，這不是很聰明麼？

　　5　約定俗成的問題。我不贊成改變已經習慣使用而在表達上沒有重大缺陷的名詞術語。例如，我不贊成用「賽博學」來代替「控制論」；即使「控制論」這樣一個名詞不能完全符合cybernetics這門科學的內涵，可是這些年這個詞已經用開了，就不必改。再如「信息論」這樣的詞，也有不同意見，我看既已通行，就以不改為有利。當然，任何名詞術語的使用，還有一個優選的過程，必要時會發生自然淘汰，最初創的不一定最後被採用。舉個例子，去年美國突然流行AIDS，中央電視台1984年4月27日的國際新聞採用了衛星通訊的一段報導，AIDS譯成：「獲得性免疫缺乏綜合症」。第二天，新華社發布的消息中改譯成「後天免疫力缺乏綜合症」。對我們一般人來說，「後天」比之「獲得性」更好理解。這是個非常長的詞組，不能用兩三個字來

表達，海外用音譯。將來優選，或在優選過程中加以人工干預，這都是可能的。碰到這種情況，使用拼音文字的國家就很容易辦，如法文雜誌把AIDS直接搬過去就行了。我想可能要經過一段時間的使用優選，再加上人工干預（討論審定）把它確定下來。

    6   一個術語可能有不同概念的問題，特別在不同學科裡使用的時候會發生多義現象。比如information，信息論上譯做「信息」，它至少還有下列幾種意思：「消息」、「情報」、「問訊」、「資料」、「通知」、「報告」、「見聞」等等。因此，一個術語在不同學科，不同語言環境中可能有不同的意思、不同的翻譯方法。是不是都要統一呢？拼音文字很容易，直接轉寫就可以了（日文也不成問題，用假名譯音）。我們漢語用多個術語對應一個，就比較困難。還有一個問題，特定概念在特定時間裡的術語的翻譯方法可能有特殊的考慮。如軍事科學中俄文 военное искусство，以前譯成「戰爭藝術」，六〇年代譯成「戰爭學術」，八〇年代爭論這一問題，認為還是作「藝術」對，這不是學術，而是藝術，和領導藝術一樣的「藝術」。在特定環境下的特定學科中有特定含義的概念，內涵是否清楚，如果清楚了，定名也許就比較好一些。

    拜讀了嚴老的文章，使我想到了好些個問題，以上把我個人不成熟的想法同大家講一講，不一定對，供大家考慮問題時參考。謝謝。

（1985）

〔75〕關於科學術語規範化和語言文字問題*

0. 舊文新意

　　嚴老（濟慈）在開幕式上提到他五十年前寫的一篇文章：〈論公分公分公分〉。這篇文章發表於商務印書館出版的《東方雜誌》1935年2月1日第三十二卷第三號上。文章雖作於半世紀前，但現在讀來仍然有很多啟發，對於我們進行科學術語規範化的工作很有裨益。文章是針對國民黨政府頒發的《度量衡法》（1929）和國民黨政府教育部改訂的《度量衡命名法》（1934）而作的，可謂語語中的，因為這些規範文件將公制（CGS—System）中的長度、重量和面積的基本單位都規定譯作「公分」，引起了混亂。

1. 幽默

　　寫論辯文章最忌刻板——刻板則不能使人獲得深刻的印象。發表在半世紀前的這篇文章，卻生動活潑，文風很好，沒有一句廢話套話，而且論證確切，有說服力，同時也不缺少幽默感，很值得我們這些從事語言規範化工作的晚輩學習。作者用當時官方規定的名稱寫成一段文章，讀時令人捧腹。文章寫道：

　　　　「今有長方形銅版一片，長50公分，闊40公分，面積0.02公分。厚0.5公分，重8,930公分，故其密度為每一立方公分8.93公分。」

---

* 這是在全國自然科學名詞審定委員會成立大會講話以後，根據講話記錄稿改寫的文章，載《語文建設》雜誌。

簡直不知所云，或者如文章所謂：「滿紙公分」，「令人生厭」！作者說，與其用同一個漢語名詞來表達三個不同的事物（表示三種不同的概念），倒不如用任何三個不同的詞語來表達更為清晰，作者不無諷刺地說，甚至用「雞、犬、豕」或「馬、牛、羊」這樣幾個風馬牛不相及的名詞，來分別表達度量衡中三個不同概念，也比全用「公分－公分－公分」好。

作者第二條幽默論證是：

> 「譬如有桿於此，吾人欲同時表明此桿物質之密度，及其粗細之大概，往往言每生的米突二克蘭姆，或每克蘭姆二生的米突，依據度量衡法規定，則同為每公分二公分，吾人將不知其為每長一公分重二公分乎，抑為每重一公分長二公分乎？」

作者提到假如分子用公分表重量，分母用公分表面積，則公分／公分又將變成壓力單位。

這種不合理的「規範化」，「是誠五花八門，變幻莫測，妙哉，洋洋大觀也！」

2. 推導和聯想

拜讀此文時我聯想並印證當代術語學的一些基本原則，推導出下面的幾個論點：

2.1　一詞一義（或稱術語的單一語義原則）

一個概念，一種現象，一種事物……只應當用一個（特定的）詞語表述──這個詞語即稱為「術語」。術語是語詞專門化的結果，也是規範化的結果。一個概念（現象、事物……）原則上（至少在本學科這一特定範疇中）應當只有一個術語，一個（特定）術語也應當只代表一個概念。一個概念有幾個術語，或一個術語代表（同一學科的）幾個概念，都會引起混亂，在信息社會

中會造成更大的損失，因此，都是不可取的。

〔印證〕文章提到了這一原則的實際內容，它說：「凡百工作，著重定名；每舉其名，即知其事，斯為上矣。」這句話表明了術語學中所規定的，凡在A語言出現新語詞用以表達新概念時，必定在B語言中產生相應的新語詞。有這麼兩種情況，一是幾個語詞表達一個事物，二是一個語詞表達幾個事物，都是違反術語單義性原則的，文章則比較傾向於認為前一種情況（多詞表一義）是可以容忍的。確實在現實生活中，一義數詞的現象屢見不鮮。例如四〇年代出現了computer一字，因為造成了破天荒第一座這樣的「怪物」，這「怪物」，海外譯為「電腦」（從computer的民間通俗稱呼：electric brain），海內則譯為「電子計算機」（從原字的本義electronic computer和最初的用途——計算——而直譯）。又如八〇年代出現的「怪病」Aids，譯作「獲得性‖免疫‖缺陷‖綜合症」（1984.4.27中央電視台）或作「後天‖免疫力‖缺乏‖綜合症」（均從acquired immune deficiency syndrome四字直譯或半意譯；注意，詞中分隔符‖是我加的。海外則音譯為「愛滋」（或「艾知」）加上一個「病」字；中國報刊很快就採用了。

2.2 新詞≠新字

科學技術出現了新事物、新概念，就應當賦予表示這個新事物或新概念的新詞。在科學領域，就是創造新術語。新術語應當是一個新詞，而不是一個新字（詞同字在現代漢語是不一致的）——提倡造詞，而不提倡造字。

漢字已經夠多了，《康熙字典》收47,073（從故王竹溪教授說），郵電碼編排由0001至9,999（中間有空缺），故＜10,000字。國家標準GB－2312－80（信息交換用漢字編碼字符集——基本

集）共收6,763個漢字（其中一級3,755，二級3,008）。七〇年代字頻人工統計共得出使用的漢字為6,374個，八〇年代用計算機作字頻統計出現的漢字（或稱字種）超過七〇年代的數目。即使有這麼多漢字，確實有些新概念還不能用單一的漢字表達，解決辦法是造詞（用兩個以上的漢字構成一個新詞），而不是造字。

〔印證〕文章認為，以下兩組詞：

(a)分米　釐米　毫米　分克　釐克　毫克

(b)粉　粿　熵　殼　翹　毟

「兩兩比較」，顯然是(a)優於(b)，因為不致於「生硬難讀」。

文章認為當時官方倡議長度作公厛，面積作公坋，重量作公份——這就是造字（漢字從來沒有這麼三個字），是不可取的，理由是只能看不能讀：「蓋既加偏旁，筆之於紙者，固可目察，誦之於口者，奚克耳辨？」

在科學術語方面，我們現在倒也用慣了好些個新造的漢字，例如熵（entropy），气、氘、氚、……等等。

造字有好處麼？一個好處是適應漢字的形狀——一方塊一方塊，看起來似乎挺順眼，而且寫在一個一個方格內，同原來幾千幾萬個漢字也協調。另一個好處是利用漢字的偏旁，大致使人知道這個新造的字屬於什麼「類」。比如上面的「熵」，從「火」旁，必在熱力學範圍了；上面有三個字都從「气」，可見是一種氣體，望文生「類」（不能望文生「義」），造得巧，有時還可以有系統性——比如所有氣體幾乎都可以從「气」，一望便知其「類」。有人說，還有第三個長處，漢字本來就多，再加那麼幾個不算一回事。不過，造新字也帶來一些缺點，比如說你初見就讀不出，而且只能望文生類，其實沒有太大的好處。還有一點不可不注意，古代漢語轉化為現代漢語是一種歷史必然，這轉化的過

程大約有那麼兩個趨勢，一是字形簡化，從甲骨——金文到大篆，小篆，隸書，楷書，行書且不說草書——，到簡體字〔舊時每每稱為「俗」字，即流行於民間，而不許登大雅之堂〕，正如趙元任教授所說，無時不在簡化中。二是語彙結構趨於複音化，一個音節的（即由一個漢字構成的）詞，在日常應用中趨向於〔不是一定，也不是所有〕增加音節，往往是雙音節（即由兩個漢字構成），古人叫「童」，今人叫「兒童」；文言稱「液」，白話叫「液體」，古人稱「父」，今人叫「爸爸」（也有稱「爸」一個字，類似拉丁語的呼格，稱呼用的）。廣州方言保存了較多的古漢語結構——所以廣州人稱「桔子」為「桔」，「桔子汁」為「桔汁」，口語詞彙有雙音節化的趨向，原因當然很多，其中一種重要因素是否可以認為這樣「化」的過程，是提高信息交際的準確性和有效性？

　　西方許多術語也是新造的。但造來造去，還是用那麼二十幾三十多個字母，還沒見過造新字母——西方語言中的新詞彙新術語多半借用希臘拉丁文的字根，再就是加上由希臘或拉丁文來的前綴（接頭語）或後綴（接尾語），偶然也有借用的字（同原義無關），如夸克（quark），甚至真的造一個新字（還要重新提醒，這個新造的字等於我們說的詞，還是用字母表中那幾個字母組合而成）。因此不能說外國人也天天造字（其實是詞），我們也非天天造字不可——而按照現代漢語的結構出發，完全可以而且應當用常用常見的漢字組合成新詞，那樣，新詞的讀音不成其為問題了，又因為是字的系列，好認好記，易於為人所接受——既能為本學科的「定名者」專家所容忍，又能為友鄰學科甚至與之無關的學科的專家所易於接受，同時也有優越的條件：為一般使用者所「喜聞樂見」。

2.3　用漢字音譯不可取

海禁一開，我們就不可避免地必然同「西方」文化接觸。從移植術語的歷史看，最初一個時期以音譯為主。（「五四」時期引進新名詞，其初也以音譯為大宗）。這是無需多講便可以理解的——因為這些新事物和新概念究竟是什麼東西，在我們的祖先那裡曾經出現過沒有，一時弄不清楚，先把它的發音記錄下來，介紹給國人，這是未可厚非的。我們用的書寫系統是漢字，以漢字標音，故稱音譯。在使用拼音文字的民族，要引進他們所不知道或從未接觸過的事物時，也是用記音的辦法吸收的，這不叫音譯，只稱為轉寫。同一種字母體系的文字（如英語和法語都使用拉丁字母）可以按自己的拼寫系統（或逕用原文系統）來轉寫，就是不同字母體系的文字（如英語和俄語，前者使用拉丁字母，後者使用九世紀創造的西里爾字母）也可以根據「約定俗成」的對應規則加以轉寫。轉寫是不難的，而漢語的音譯卻不是轉寫，麻煩多了，引起的後果也不那麼理想。因為漢字不是標音的，每一個漢字都有自己的字義，兩個或不止兩個漢字組合成一個音譯語詞時，更會產生意想不到的「望文生義」。還有一層麻煩，因為漢字不是音素符號，所以音譯就不可能準確，而且讀起來同原來的發音相差很遠，有時還能喚起一種滑稽的感覺。日本文字現在吸收了大量的外來詞，如果它不用假名這種標音字母的話，它的轉寫可能也會遇到像漢字音譯所遇到的那種麻煩；不過日語轉寫的外來詞，讀起來往往也有點滑稽感，而且顯得囉嗦。

最初的也可能是最極端的〔漢字〕音譯名詞，可以舉出前清第一任駐英公使郭嵩燾（1818－1891）為例。下面是從他的日記摘抄的：

耶爾科里治（Yale College，耶魯大學）

哈爾窪得科里治（Harvard College，哈佛大學）

　　羅亞爾敏特（Royal Mint，皇家造幣廠）

　　波里得克尼克英斯諦土申（Polytechnic Institution，工藝協會）

　　武里癡阿色拉爾（Woolwich Arsenal，烏里治兵工廠）

　　盤喀阿甫英蘭（Bank of England，英格蘭銀行）

　　布利來斯妙西阿姆（British Museum，大英博物院）

　　羅亞爾阿伯色爾法多里（Royal Observatory，皇家天文館）。

　　最妙的是用二十個漢字來音譯一個輪船公司的名字，簡直是任何以漢語為母語的人都讀不斷的：伯 寧 蘇 拉 安 得 窩 里 恩 達 斯 諦 默 那 維 喀 申 鏗 白 尼（Peninsula and Oriental Steam Navigation Company）。這是一個最極端的例子，幾乎可以斷言任何人都不能一眼就分得出哪幾個字為一組，更不必說記憶了。因為漢字的詞與詞之間沒有空檔（space），而字與字的組合產生與預期相反的語義。

　　「五四」至今已有半個世紀了，在這期間內最初用漢字音譯的術語總是往意譯的方向轉移：

　　維他命（vitamin）──→ 維生素〔維生＋素〕

　　萊塞（laser）──→ 激光〔激＋光〕

　　開麥拉（camera）──→ 照相機〔照相＋機〕

　　但是不可不注意到，有些基本單位，有些習用或無法不音譯的名詞（如人名地名），有些日用的飲料食品，仍然採用音譯的漢字，例如：

　　⑴ 米，克，瓦，伏，安，歐，分貝，噸，赫(茲)，巴，卡；

　　⑵ 雷達，夸克，芭蕾，愛克斯射線，摩爾斯電碼，阿爾法粒子，邏輯；

　　⑶ 咖啡，可可，可口可樂，咖哩，布丁。

當然也不能忽略有些術語從頭就採用了古漢語中相應（即同表一個概念）的漢字，自始沒有用漢字音譯的，如若干星座名或星名（金星、木星……摩羯星座……）。

如果說在一個長時期內我們的主要書面語仍然使用或不得不沿用漢字的話，術語的引進就不可能全部或大部採取音譯的方法，或者說，除了上舉三種條件（可能還會不時增加一些）之外，一般的術語只好採用意譯，這是不得已的辦法，因為意譯至少使使用者（特別是當他們有機會同外國接觸的時候）肩負雙重擔子，他要記憶意譯的術語和國際通用的原名，不能像拼音文字那樣只有一重負擔。如果在將來能夠有這樣的條件，即產生利用《漢語拼音方案》作為輔助工具（或成為與漢字系統並存的輔助書寫系統）的局面，這時，至少人名、地名或帶有人、地名的專名，是否可以直接在漢字中嵌入拉丁字轉寫的名詞？——不言而喻，轉寫必須有規則可循，不完全是照字形搬過來（有人以為可照原字形寫，用括弧注明讀音）。那樣，接受術語的能力就一定大為提高了。

2.4　約定俗成

由於術語除了首先要求準確和精確地表述概念之外，其次（但不是不重要）要求明瞭易記，切忌「生硬難讀」，即要盡量照顧到社會性、群眾性，這就是盡量照顧到本國語言習慣。這當然不是很容易的事，因而科學術語的制定不能僅僅了解為專家坐在屋裡冥思苦想地移植的過程，而在很大程度上要充分運用約定俗成的條件，這是事半功倍的條件。

〔印證〕文章揭示了兩個論點是很有啟發性的。一則說，「以我國四千餘年悠久之歷史，及豐富之文字，吾人於言長言重言地，尚不能得數個較適當之度量衡名詞而使用之，其將何以慰

祖先而對來茲耶！」二則說，「是分米、釐米、毫米、分克、釐
克、毫克等，固非一二人強立之名，特經十餘年千百萬人試用修
正後，應有之結果耳，大勢所趨，孰能禁之！」（重點是引用者
加的）

這就是說，現代化過程要求科學名詞術語的規範化，而社會
生活則進一步要求規範化要符合民族習慣和語言文字習慣。既要
精確，又要清晰；既要創新，又要發揚民族傳統，同時不主張復
古。

（1985）

〔76〕術語學與標準化*

術語學的興起

現代意義的術語學（terminology）的興起，是社會生產力新
一次革命即電工技術革命的結果。電工技術革命經過十九世紀下
半期的準備，在二十世紀初開始實現，其特徵是以電能代替蒸汽
作為動力，由是引起了機械工業和化學工業的巨大發展。1920年
列寧提出著名的公式：共產主義＝蘇維埃政權＋全國電氣化。這
裡所說的「電氣化」，就是指這個電工技術革命。奧地利工程師
和學者維于斯脫（E. Wüster, 1898－1977）出版了他的第一部關
於技術術語標準化的著作（1931），奠定了現代意義的術語學的
基礎。維于斯脫當時還沒有使用「術語學」這一術語，他沒有預
計到會產生一門新的多科性交叉學科。他只認為術語標準化的原

---

* 這是根據在全國術語標準化技術委員會第一次會議上的專題發言改寫的。

理原則，牽涉到四個學科，即語言學（命名的語言規範）、邏輯學（分類的系統）、本體論（給概念命名的方法論）和情報學（或信息學）。維于斯脫的這一論點，直到現在還是眾所公認的奠基性理論。他在七十五歲生日時寫過一篇回憶錄式的短文，其中說到他那時正在編一部百科詞典，這意味著「必須處理各種學科的概念和術語」，他舉例說當時的百科詞典收錄各種動植物名詞時，各個加上一個拉丁文的屬名和種名了事，他認為這是沒有意義的，因為拉丁文的分類系統與普通語言中的術語不是一回事。他的話很樸素，也很簡短，可還是給術語學研究者很實在的啟發──這段話至少引導人們注意到術語所表達的概念必須是準確無誤的，而不是系統表上的圖式，還必須同日常語言習慣相符合。

現代意義的術語學在第二次世界大戰後有長足的發展，一方面由於科學技術特別是信息工程有突破性的成就，另一方面由於國際社會的接觸比歷史上任何時期都更頻繁和密切。因此，戰前維于斯脫所參加創始的「國際標準化協會」（ISA）改組而成為「國際標準化組織」（ISO），而術語學也成為一門獨立的多科性交叉學科，並且逐漸形成維也納、莫斯科、布拉格、魁北克四個學派。

術語標準化

在整個世界進行新技術革命即信息革命時代，術語學是與信息科學同步發展的，它的目標是要達到術語標準化──這就是說，每一個術語只代表一個概念，而且往往是在國際範圍內代表這個概念。所以術語標準化派生出一個國際化問題。與此同時，如上面所說，術語標準化還不能脫離民族語的習慣用法。

舉一個極為淺顯的例子。比如世界各國都有漢堡包這樣一種

快餐食品。漢堡包是一個國際壟斷組織的產品，代表一種特定的快餐食品，用的原料材料，炮製的方法，分量，都是根據同一的規定作的——這就是說，漢堡包無論就質量或數量來說，都是標準化的。正因為這樣，在巴黎買到的漢堡包，和在莫斯科買到的，其大小及其味道應當是一樣的（不因社會制度不同而異）；在巴西買到的和在東京買到的，也沒有什麼不同（不因發展中國家和發達國家而異）；在紐約買到的和在漢堡買到的，自然也是一樣的（不因地理位置不同而異）。無論何時何地出售的漢堡包，都是標準化的。實物既是標準化的，代表實物的概念——術語，應當也是標準化的。術語標準化的重大作用，是使接觸到這個術語的人（在信息論中稱為受信者）獲得相同的信息，或者，換句話說，所有受信者都獲得發信者（即這個術語的命名者）對這個術語所賦予的信息語義，消除歧義和誤解。

當前術語使用上的混亂

由於中國現時採取了對外開放政策，新事物和隨之而來的新概念大量湧現，以至於目前社會上使用術語的狀況發生一定程度的混亂，這是完全可以理解，毫不稀奇，而且是必然會產生的現象。那裡說「電腦」，這裡說「電子計算機」；那邊說「積體電路」，這邊說「集成電路」；國內流行「人工智能」，海外卻稱「人工智慧」；習慣說「控制論」，有人倡議作「賽博論」，海外則用「制御術」；從前稱「維他命」，現在叫「維生素」，最近報上又出現了「維他命」；一家電視台稱「獲得性免疫缺陷綜合症」，一家通訊社叫「後天免疫力缺乏綜合症」，報紙則索性移來海外稱呼「愛滋病」；街上奔馳著「的士」（出租汽車），即從前上海叫做「計程汽車」的東西；「小臥車」和「小轎車」不是兩

種車，「小巴」跟「麵包車」是一樣的。一家報紙同一天（85.02.08）同一版登三張廣告：「麗都飯店」、「廣信酒店」、「白天鵝賓館」，好像分別是吃飯的，飲酒的，住客人的，其實英文名稱都用HOTEL一字——這個字在字典中可釋作「旅店」、「旅館」、「客店」。

術語的混亂促使人們注意到術語標準化。無論是在社會生活中，無論是在科學技術工作中，使用混亂的術語將導致理解的混亂，時常會給生活或工作帶來不必要的損失，這是不言而喻的，也是不可容忍的。

「古已有之」

其實對概念的命名，或者說是初級狀態的術語標準化，是「古已有之」的；不過古人沒有發展術語學，這是因為從前社會的節奏比較慢，群體與群體之間的接觸也不像現在那麼快，那麼多，積累的信息知識也沒有達到當代的規模，所以這門交叉學科就沒有成為獨立學科。

世界上對概念命名最早的著作，現在隨時可以看到的最古的一部，也許是《爾雅》。西方詞典學家推崇《爾雅》是最古的「百科全書」。世人可以看到的《爾雅》，是由郭璞加注的，其實也可以說是編定的，郭璞是三世紀的東晉人。這部書成書無疑在這之前，有人說約成書於公元前十二世紀，距今已有三十個世紀了！現存《爾雅》共十九篇，除頭三篇外，從第四篇開始，可以稱為初始狀態的術語彙編，很多「術語」還有精確簡明的定義。例如第九篇《釋地》，有這麼幾個術語和定義：

> 「邑外謂之郊，郊外謂之牧，牧外謂之野，
>
> 野外謂之林，林外謂之坰。」

這裡把「郊」、「牧」、「野」、「林」、「坰」五個術語都下了再簡潔沒有的定義，在兩三千年前也許是很科學的定義了。再看同一篇：

> 「下濕曰隰，大野曰平，廣平曰原，高平
> 曰陸，大陸曰阜，大阜曰陵，大陵曰阿。」

這裡邊將「隰」、「平」、「原」、「陸」、「阜」、「陵」、「阿」下了定義——現在都不這樣命名了，也就是說，對同樣的概念，現代使用了現代習慣用的名稱，比方上舉的術語和定義，都代之以科學地精確地反映這些概念的現代術語，並給每一個術語下了當代科學所能達到的最確切的定義。這說明，隨著社會生活的變化，隨著科學技術的發展，表達一定概念的術語也會改變，而術語的定義自然也隨之而改變。

科學術語和日用語詞

科學術語和日用語詞（社會通用的事物和概念的名稱）沒有截然的界線，有時科學術語會進入社會的通用語彙，成為日用語詞的一個（例如「信息」這樣的一個專門術語已經為當代日常社會交際頻繁使用的語詞），有時通用語詞卻又被賦予準確的科學定義，成為某一學科的專門術語（例如「死亡」或「死」這樣的一個通用語詞，在法醫學上被賦予十分準確的涵義）。

一般地說，科學術語比起日用語詞來，有下面的幾個特點：

1. 術語的內涵能確切地並嚴格地表達特定的概念（而通用語詞不一定表達得如此精確和嚴格）；

2. 術語不是孤立的，而是一個科學系統中的一個有機組成部分（而通用語詞可能是按習慣形成的，不一定有系統性）；

3. 理論上任何一個概念必定有一個相應的術語，而且只能有

一個相應的術語，這就是術語學上所說的術語的單義性（而通用語詞可能一個詞在不同的語境中表達不同的概念，或不同程度的概念，或者反過來說，一個特定概念可能有幾種不同的表達方式）。

4. 術語是在某一特定部門表達一特定概念的特定語言符號，它在不同學科中可以表達不同的概念（而通用語詞有更多的模糊性）。

術語標準化的形成過程

術語標準化的形成過程，也可以說是術語工作的步驟。通常可以表達為定義、定名和定形（在創造新的書寫符號時，還要定音，或定讀法）。

定義是已知概念對新的概念作出綜合性的恰當表達，給出內涵和外延的範圍——內涵愈豐富，則特徵愈多，它所代表的不同事物就愈少，而這就引導到外延愈小。對任何術語所給的定義應當是準確的、周全的、本質特徵的（不是推導特徵的），非循環的。循環定義是不解決問題的，可也是「古已有之」了，例如上舉的《爾雅》，第五篇《彩宮》，頭一句即「宮謂之室，室謂之宮。」宮就是室，室就是宮，古代有的注文說這是古今異名，即某個時代叫做宮，某個時代叫做室。從定義的角度看，則是循環定義，不解決問題。現代也往往有循環定義的例子，「紡織品」被定義為「紡織工業所生產的東西」；而「紡織工業」則被定義為「生產紡織品的工業稱為紡織工業」，這就是循環定義，始終沒能使人確切理解這兩個術語的內涵和外延。

定名要符合整個系統（集合）的條件，而不是任意的、偶發的，同這個系統其他術語互不相關甚至互相排斥的。

定形指的是用符合社會語言習慣的，最精確的，最有表現力的簡明易懂的表達方式。

　　定名和定形兩個步驟往往是重合的，但有時卻要經過優選或選擇。

語言規範化

　　術語標準化的定名和定形兩個（往往是重合的）步驟，關係到語言規範化的問題。在當代中國，用現代漢語這樣的工具來進行術語工作時，必須考慮到現代漢語語言規範化。這裡，我想提出幾點可供考慮的意見：

　　寧可用兩個（或三至四）漢字組成一個雙音節（多音節）的術語，而不要用構成漢字的部件製造一個單音節術語（即新的漢字）。用多種構件製造漢字，技術上是容易解決的，電子計算機毫不困難就能造出誰也不認得的漢字，但這是沒有必要的——用已知的（甚至可以說，利用常用的）漢字來組成新詞（術語），是現代漢語可取的造詞趨勢，不僅能達到定名（定形）的精確，而且易於普遍推廣（包括口語推廣和印刷推廣）。

　　在引進外國新術語時，利用漢字譯音是可能的，但往往是不可取的，其主要的原因也許因為漢字是表意符號，常會引起「望文生義」的歧義。但也不排除音譯的方法。可能在制定術語時要注意術語系統（即這一部門學科系統）的層次，在最低的（即最常用的，最基本的）層次不用表意符號音譯，也許是對的；在制定高層次術語時，當然不排除音譯方法。

　　海內外術語的統一工作是理想的境界，但不可能通過強制的方法（目前也不存在這樣的強制條件）加以統一，而只能用互相影響的方法，取人之所長，捨己之所短。另外一種傾向——完全

採取海外命名的傾向，例如捨棄社會習慣用的「出租汽車」，「麵包車」而採用「的士」，「小巴」應是不必要的。

　　一般術語（即最低層次的，比較最通用的，最基本的）要照顧到「約定俗成」的原則，如果不是明顯違反科學的命名，「約定俗成」是有利於社會交際的。

　　制定高層次的術語時，是否可以利用漢語拼音方案將外來的新術語索性轉寫呢，這個問題可以研究。所謂轉寫就是將外來術語按本國書寫系統「抄」過來，如「控制論」cybernetics是由希臘文轉寫為英語的，德語轉寫為Kybernetik（注音c→k），法語轉寫為cybernétique（注意ics→ique），俄語轉寫為 кибернетика ，塞爾維亞文轉寫為kibernetika，西班牙文轉寫為cibernética，日語轉寫為サイバネテイシクス，可否利用漢語拼音方案轉寫為cibernetik或kibernetik或其他形式？當然，這是一個關係重大並且有爭論的問題，不能輕易予以肯定或否定，要經過深入的研究和優選，才好決策。

　　術語學的原則和方法，如何能適合於中國的科學技術術語標準化的工作，同時照顧到現代漢語的規範，這是當前我國術語學界一個重要課題，是一個關係到四化建設的重要課題，應當在比較短的期間內制定一個能為各方面接受的方案，這是必要的，也是可能的。

（1985年12月作）

8

〔*81*〕《語言與社會生活》日譯本前言

　　日本東京學藝大學、日中學院、愛知大學的松岡榮志、陳立人、白井啟介、刈間夕俊四位講師把我的《語言與社會生活》譯成日文，快要出版了。當四位素未謀面的學者給我來信希望我為日譯本寫幾句話時，我是又高興、又惶恐的。高興的是，我這本小書只不過是我研究社會語言學、語義學和語彙學的札記，其實沒有多少學術價值的，而現在居然能夠有機會就正於日本的讀書界，對於我真可算是一種鼓勵；惶恐的是，我的研究很膚淺，充其量不過是對這門新興的邊緣科學向國人做一點通俗介紹，也許只能算是一種個人感想，這又怎能同外國朋友見面呢？然而四位先生既已花力氣做了翻譯工作，那麼，我也只能為譯本的出版寫幾句告罪的話了。

　　社會語言學是六○年代以後才興起的邊緣科學，連研究對象也是人言言殊的；這門科學在歐美和蘇聯這二十多年間發展得比較快，而且所涉及的問題的深度和廣度都越來越擴大。很多學者從傳統的描寫語言學解放出來，把語言當作一種社會現象，放在社會環境中加以考察，因為著重點不相同，所以在各國形成了好

些派別。我這本小書所涉及的問題，有些是外國社會語言學著作所涉及過的，有些則還沒有。例如，我在這裡提出了語言靈物崇拜（語言拜物教）問題和語言污染問題，又從社會生活的角度研究了一些語言現象——例如委婉語詞問題，這一類問題在歐美的社會語言學論著中很少涉及。不少外國社會語言學家是著重研究語音與社會諸因素的相互影響，我這本小書則著重在語彙（語義）的研究，這也可以說是它的特色。我企圖用歷史唯物主義和辯證唯物主義的觀點來研究語言和社會生活的相互關係，但是遺憾的是，我還沒有達到應有的深度。以上是我想向讀者告罪的第一點。

告罪的第二點是這本小書並沒有系統地介紹社會語言學，因此它並沒有觸及社會語言學中的某些重要課題——例如語言與思維的問題。我正在準備印行的專著《社會語言學》，闡述了諸如語言與社會、語言與思維、語言與迷信、語言與符號、語言與文化等等基本問題，我想，將來這部書的出版可以彌補這本小書的不足。

一般都認為語言學是一門枯燥無味的學科，但我以為，如果把語言當作一種社會現象來研究，那將是很引人入勝的——呂叔湘教授（中國社會科學院語言研究所所長）對這本小書寫過一篇很長的評介，他也是這樣認為的，雖則他對本書和作者是過譽了。我希望讀者有機會把呂教授的論文讀一遍，他本人也是以通俗闡述語言科學的複雜問題著稱的，當然他的論述比本書的作者是深入多了，高明多了。

最後，我衷心向不辭勞苦將我這不成熟的小書介紹給日本讀書界的四位學者表示感謝。

（1981.03.20）

〔*82*〕《辭書和信息》前記

　　1980年的春節，我把自己關在八米斗室中整理自己的筆記本；其時忽發「豪興」，窮一日一夜之力，把那幾年積累下來對詞書編纂和語彙學的零碎意見寫下來，那就成了一篇三不像的文章：〈釋「一」〉。說它是雜文吧，行文既不雋永又不潑辣；說它是學術論文吧，卻沒有嚴謹的系統性，且別提獨到的創見了；說它是工作報告吧，又加添了不少抒情筆調。創刊不久的《辭書研究》卻不管它多麼不倫不類，居然把它登出來了——譽之者說是「別開生面的學術文章」，毀之者斥為「不知所云的胡言亂語」。至於我，在其後四年的春節都自討苦吃把自己關起來，每年寫一篇這種「不知所云」的隨感錄。今年春節寫成〈釋「九」〉，共得五篇，似乎「黔驢技窮」，感想都寫完了，故集結成冊，公之於眾，就教於勤奮地默默地埋頭詞書編纂工作的學人們。

　　編入本書的另外五篇文章，是我涉獵語言信息論和語言控制論時有關現代漢語和信息交換問題的一些札記，稱不上學術文章，只不過是一時的心得體會。語言是信息的載體，而語言本身又是社會的信息系統——由於這些內容不是專業論文，且又同編纂詞書的理論與實踐息息相關，因此也彙編在這裡。

　　附錄九篇，大都是發言、演講、報告、彙報的記錄或草稿，其中有一兩篇是「釋」文的「原型」（例如第二篇與〈釋「典」〉一文），另一部分則是帶有史料性質的材料（例如第九篇是劫後倖存的1959年為一個小會寫的討論材料；第八篇是1975年為準備詞典規劃會議所作的「彙報提綱」）。凡是史料性質的材料，都不作任何修改，照原樣收錄，以存其真——它們反映了當時的社會

思潮和我自己當時的見解（有對的，有錯的，有模模糊糊和故意說得猜謎語似的），正所謂刻下了時代的烙印。最後一篇附錄〈抒懷〉，描述了和表達了四卷本《辭源》出齊之時我的感激心情。我沒有能力參加《辭源》的實際編纂工作，但我作為一個熱心的鼓吹者和責無旁貸的組織者，同千百位無名英雄共甘苦，走完這九年「艱苦的歷程」──從不尋常的1975年開始，共經歷過多少風風雨雨，跋涉過多少絕壁險灘，然而畢竟走過來了，到達了終點，真不容易呀，不由得不百感交集──這就是「抒懷」。寫完〈抒懷〉，我鬆了一口氣，也許康莊大道就展現在面前了，故把它放在書末──算做結束自己的一個「時期」吧。

（1984.02.25）

〔83〕《社會語言學論叢》序

這裡收錄了作者近六年（1981－1986）所寫的大部分專題論文以及演講記錄、報告提綱、研習札記共四十二篇，其中只有十二篇在報刊上發表過，有三篇原文係外文，曾在國外的論文集中印行（收入本集改寫為現代漢語時，作了較多刪改），其餘大部分篇章都沒有機會同讀者見面。

這四十二篇不同體裁的文稿，記錄了或者說概括了作者近年從事研究的幾個方面；大體上按照內容分成五輯，即語言與社會、詞語與詞彙學、現代化和規範化、語言與信息、術語和術語學──簡括地說就是語言、詞彙、規範、信息、術語這樣五個主題。另外有些文章也是這幾年所寫，題材也不出這個範圍，但已分別收錄在作者以前出版的兩本文集（即《書林漫步‧續篇》，1984；《辭書和信息》，1985）中，故不再收錄──我指的是

〈語言與動物〉（1980），〈人類語言的相互接觸和相互影響〉（1981），〈語言的社會功能和社會規範〉（1981），〈釋「一」〉（1980），〈釋「大」〉（1981），〈釋「鬼」〉（1982），〈釋「典」〉（1983），〈釋「九」〉（1984）這幾篇。它們表達了同本書各篇相類似的觀點，其中有些論點雖不很相同，可仍然經過作者一番思考，而與本集各篇相互發明。

　　我在《語言與社會生活》（1979）的前記中說過，「我對語言學本無研究，只不過是個門外漢和愛好者」。在《社會語言學》的序言中，我又說過自己不過是「一個業餘研究者」。但從1985年迄今，我已不得不專門從事這項我自己雖還不太能駕馭卻有著重大社會意義的應用語言科學的工作。我已變成「職業」的語言工作者。一個「職業」的語言工作者，只能得出這麼一點點東西，實在是汗顏的。

　　回過頭來，才發覺1981年對於我是多麼的重要，甚至可以說，從這一年開始我重新找到了科學生活的道路。就在這一年，我到北美和南美作了幾次學術旅行，結識了幾位外國研究信息與語言的學者，接觸了不少新觀念、新學科、新方法和新技術，我的視野突然擴大了，思路頓時開朗了：我發現了一個新天地。這本集子的文稿就是從那一年起收錄的。可以理解像我這樣的一個「書迷」，在書林漫步了幾十年，卻忽然找到一個十分寬闊的充滿陽光的林間空地時那種喜悅。

　　第一輯《語言與社會》共收論文和提綱九篇，其中只有三篇分別在《中國語文》、《中國語文天地》和《普通話》發表過。這一輯以及其他各輯所收錄的演講或報告提綱，本來應當改寫為文章，但作者以為按照提綱原文發表，可以讓讀者更多地了解作者的思路，故不加改動公諸於世了。這一輯中的一篇短論（〈語

言文字，歷史的負擔和美學價值〉〉，其實是應邀在國外介紹中國語言文化的幾次講話和即興談話的摘要——西班牙古語文學家勒古洛教授（Prof. Régulo Perez）在溫哥華聽過我的演講，又看到我在維也納的演講記錄，堅邀我為慶祝他的學術活動而出版的紀念文集寫一篇類似的文字，我為老教授的真誠和熱熾的心所感動了——他在法西斯統治時坐過牢，他和我一樣當年都是西班牙著名的世界語雜誌《人民陣線》（*Popola Fronto*, 1936）的支持者，他和我一樣也從事過幾十年的出版工作；我沒有別的選擇，我只能答應他，我的長文刊在西班牙拉貢納大學（La Laguna）出版的紀念文集（Serta Gratvlatoria In Honorem Juan Régulo）第一卷《語文學》（*Filologia*）中。收入本集時，主要根據這篇論文改寫為現代漢語，把只對外國人有用的常識性敘說大量地刪掉了。

收在第二輯的論文僅五篇。我有一段時間對詞彙學有很大的興趣（見我為日譯本《語言與社會生活》所寫的前記），但大部分有關詞彙學的文章已收錄在《辭書和信息》一書中，所以只留下這麼幾篇。其中一篇原發表在華中工學院出版的《語言研究》上，後來日本學者感到興趣，他們請我改寫為同一題材的論文，納入林四郎先生主編的《應用言語學講座》第三卷《社會言語學の探究》中。此處所錄，係原來在國內發表的一篇。

第三輯各篇幾乎都是演講紀錄和報告提綱——其中〔15〕是在聖馬力諾國際科學院主辦的學術講座（1986）上講的，引起與會學者對語言政策的熱烈興趣；一篇是在香港舉辦的第一屆中國書展學術講座（1985）上講的，會上聽眾對簡化字和拼音化的前途特別關注；還有一篇是在匈牙利布達佩斯召開的一次國際控制論會議上（1985）講的；再一篇是語用所在北京西山舉行的漢字問題學術討論會上的講話記錄稿。在信息化時代，語言文字規範

化的問題是頭等重要的課題，應當是現代應用語言學所要著重研究的重大課題，我這些文稿，只好當作對這個課題探索的最初一步。

在過去幾年間，我一直探索著語言信息的問題。特別是我以觀察員的身分出席在墨西哥召開的國際出版家大會時，聽到了圍繞著大會主題「新技術革命向出版工作的挑戰」所作的多次報告（包括日本新力Sony公司董事長關於信息工程前景的主題報告），受到頗多啟發，回來後斷斷續續在各地作了好幾次演講，有講出版工作的，有講語言學的，內容大抵是如何迎接新技術革命的挑戰。這裡只收錄了有關語言學的幾篇。這一輯的末尾也收錄了作者關於控制論、信息論和悖論的一部分札記；作者之所以注意到悖論，是由於觀察到計算機停機不能現象而引起興趣的。《語言信息學引論》這一篇是作者關於語言信息學這樣一種交叉學科的概括介紹，可能是很原始的而且很粗糙的一系列觀點，我想在成書以前在這裡印出可以得到有識之士的指教。

最後一輯是關於術語和術語學的文稿──術語學是一門新興的學問，在中國現代化過程中很有作用的。作者早在三○年代接觸到這個問題，近年也參與了一些實際工作，前三年應加拿大政府邀請，看了世界上兩個較大的術語庫，斷續寫成收在這一輯的幾篇文章，只能看作通俗的宣傳文字了。

這部小書其實是一部演講實錄，不論是整理成文還是仍保持提綱的式樣，都是為特定的對象講的。這些講話大抵都是皮毛之論，最多也不過是通俗介紹，不能登「大雅」之堂，作者有這樣的自知之明。但是作為演講者，我卻在每一次報告中得到很多很多來自一般聽眾的啟發。發表文章只能是單向的信息流，而演講卻是雙向的信息活動。聽眾的表情，聽眾的眼神，聽眾的掌聲，

聽眾的厭倦，聽眾的笑聲，聽眾的竊竊私語，聽眾的提問，甚至使報告人多少感到困惑的提問，所有從聽眾發出的聲音、姿態和語言，都是非常有益的、非常感動人的、非常有啟發性的信息反饋。每一次報告，都使我受到了鼓舞——因為聽眾的反應批准了或者認可了我的科學工作的成果。這是一個科學工作者所能得到的最高獎賞。

在編集成書的過程中，眼前展現出一張張熟悉的和更多不熟識的臉，我感謝他們，我把這部文集獻給他們。

（1987.10.22）

〔84〕《交際語言學叢書》序

語言是人類社會最重要的交際工具。沒有交際，就不會有語言。正因為人與人之間、群體與群體之間有交際的需要，人類社會才產生了語言。語言是與勞動同時產生的，因為勞動需要協調，協調不能沒有交際，而人類交際的最重要工具不是別的，而是語言。語言又與思維同時產生，只有語言才是思想的直接現實。所以語義學家沙夫認為，語言——思想——勞動是人類社會不可分割的「三位一體」。

語言在不同的交際環境中有它獨特的規律或特徵。交際語言學就是研究在各種語境中實現語言交際的特點、方法和規律的學科。也許這也是一種多科性交叉學科，也許這是某一較大領域的學科（例如社會語言學）所延伸的部分——不論如何了解，總之，需要研究這樣的學問。探討這門學科的目的在於使交際（各種語境的交際）具有最大的效能，並且最大限度地減少差錯或歧義。因此，交際語言學的各個層面是根據實踐的需要而進行活動

的，在這個意義上說，它又是廣義的應用語言學的一個分支。

值得高興的是有這麼一些語言學生徒，孜孜不倦地對這門學科進行探索，很可能其中一些探索是成功的，也很可能有些探索是不成功的。這不要緊，只要扎扎實實花力氣去研討，總會對社會語言交際產生積極的影響，這就夠了；對於一個真正的語言學生徒來說，這就是最高的獎賞。

（1990.07.15）

〔85〕日文版《中國語言與中國社會》序

在近年來所寫有關社會語言學的論文中，我比較喜歡〈釋「一」〉（1980）、〈釋「大」〉（1981）、〈釋「鬼」〉（1982）、〈釋「典」〉（1983）、〈釋「九」〉（1984）這五篇「釋」文，外加一篇〈語言與動物〉（1980）。這幾篇論文集中研究了現代漢語的語彙問題——更準確地說，不是純粹從一般語彙學出發而是從社會語言學出發去進行研究的。我曾經在不只一個地方表達過我的觀點，即晚近社會語言學者比較注意語音的變異（這當然是十分重要和十分必要的），卻較少考察語彙的變異，但是人們都知道，語彙是人類語言中最敏感的成分，或者說是最迅速地反映社會變化的成分。我很想從現代漢語的語彙中挑選出一百幾十個單字或單詞（「字」和「詞」在現代西方語文中大體上是一致的，可在現代漢語它們卻完全不是同義詞），進行社會語言學的考察，揭示出它們所反映的現代中國社會生活的變化，以及當代漢語語言現象的變化。我以為這樣的研究不僅對語言學有益，而且對社會學、社會心理學，以及精神文明建設都是有用的。前些年我沒有能安排時間去做這項研究工作，現在則因為自然規律，正所謂人

到黃昏，恐怕再也沒有精力做了。不過近兩年我在搜集現代漢語出現的新語詞（neologism）時，卻寫下了201條隨感式的短文，那就是近日出版的小書《在語詞的密林裡》（1991）；這些隨感其實牽涉到社會語言學的很多範疇，同時也鞭撻了社會生活中不健康的發展因素，包括其中某些不足為訓的語言現象。這部小書的頭一百條在《讀書》雜誌連載時，出乎意料地得到海內外讀者的熱情反應，正如一個教授讀者寫信來說，語言本來是同人類社會密切相關的，語言學絕非令人頭昏眼花的玄妙深奧的學科，由此得到證明。他的話擊中要害。我這部小書就是在每日每時變化中的社會生活中，汲取一些語言現象來闡明某些哲理、信條、社會習慣和風土民情的，可惜的是我這枝沒有足夠才華的禿筆，還未能確切表達出要闡明的東西，這主要是因為作者的學力不夠。現在把上述兩部分獻給日本的讀書界，我希望得到更多的教益。

至於《社會語言學專題四講》，是給碩士研究生做啟發報告的記錄稿，講話的目的有二，一是補足拙著《社會語言學》（1983）闡發不足的範疇，一是啟發青年學者進入廣闊的社會語言學新天地。也許這部《四講》要跟拙著《社會語言學》合起來讀，才能體會出作者為什麼要引導研究者深入變異、文化、交際（信息）和計量這幾個領域去的道理。

感謝松岡榮志副教授和他的學人朋友們，沒有他們積年累月的努力，我的著作決不能就正於日本的讀書界。當然，還要感謝大修館的主持者慷慨地把拙著列入他們的出書計畫。總之，我的書能在這一家專出語言學的出版社印行，在我是很光榮的。

（1991）

〔86〕《中華新詞典》代序

　　字典辭書是人的一生不可或缺的工具。一部好詞典，往往成為學人畢生的師友。凡稱得上好詞典的，除了在翻檢查閱過程中能給使用者提供準確和精確的信息外，一定要具有自己的顯著特點。特點愈顯著，則它的使用價值就愈高。沒有特點或特點不很顯著的詞書，當然也有可能在市場上暢銷，但它決不能成為學人一刻也離不開的師友。

　　眼前這部詞典應當說是有特點的。它的顯著特點有三。頭一點，它解決了使用漢字時所遇到的讀音和寫法上的困擾。一般地說，凡是字典詞典，都會對所收的字詞注上準確的讀音，這是一切字典最起碼的條件；但並不是每一部字典都會引導使用者注意誤讀的字音——而這正是學語文的人極想解決而又很難解決的問題，因為由於傳統習慣或心理因素，錯讀字音是常會發生的。至於字形，也常常難為了初學者——漢字經過幾千年的演化，字形的變異隨時可見，即使沒有變異，寫法也常令初學者大傷腦筋——比方「刊」字頭一筆是「一」（橫）呢還是「丿」（撇）呢，人們往往弄不清楚。在這些地方，本書常加說明，指出應當這樣寫，不應當那樣寫。正音和正形，是學好中文的第一步。可以說，本書頭一個特點就是耐心地引導讀者走出這一步。

　　本書第二個特點，是在不少的單字下，匯集了由這個單字組成的一些語詞。中文的「字」和「詞」不是完全一致的，有的一個字就是一個詞（例如：「我」、「書」、「寫」、「大」），有的詞卻由兩個或不只兩個字組成（例如：「我們」、「辭書」、「寫字」、「大學」；「幼兒園」、「小學生」）。凡是能組成很多語詞

的字，在語言學上稱它「構詞力強」；反之，即構詞力弱或構詞力不強。本書在構詞力強的單字下列舉了一些由這個字組成的語詞，有助於學人擴大自己擁有的詞彙量，有了豐富的詞彙量，講話和作文就方便多了。比如在「演」字下開列了演化、演進、演說、演講、演戲、演奏、表演、演習、演算等語詞，學人查一個「演」字，卻意外得到這一連串語詞——其中有些可能是熟悉的，也有些顯然是陌生的，這時，他會悟到中文的構詞法是如此巧妙，語詞的活動天地是如此廣闊，這對於學通中文，實在是大有裨益。

最後一個亦即最重要的一個特點，是對詞義相近、相似或相同的語詞，進行分析比較，指明詞義的微小差別（例如：強、弱；輕、重；褒、貶……等等），使學人能夠對這些語詞有深一步的理解，做到得心應手，運用自如。詞義辨析，不是每一本字典都重視的，甚至可以說常常略而不詳。本書在辨析文字之外，還引舉例句，對分析說明作形象的描寫。語言學家常說，沒有例句的詞典，正如一個人只有骨骼而無血肉。本書所舉例句，大都摘自規範的時文，不是編字典的人隨意杜撰的。譬如在辨析「彷彿」、「似乎」、「好像」這三個語詞時，舉出了一個令人吟味的句子：

「他的臉色彷彿有些悲哀，似乎想說點什麼，但又好像憋著一肚子冤氣，結果一句話也沒有說。」

讀者讀到這樣的例句，參照辨析說明，一定會得到不少啟發。

這部小書既有這樣三個顯著的特點，我想，它應當受到讀者的歡迎。可以想見，編者在這上面是作過認真的研究，花了很大功夫的。自然，也不能說這部詞典已經十分完善了，它一定存在這樣或那樣的疏漏或失誤，只有在廣大學人使用過程中發現並提

出它的缺點錯誤或不足之處，才可以不斷使它完善——任何時代任何比較完美的工具書都是群策群力、千錘百煉的結果。

（1993年春）

〔87〕《世界名言大辭典》代序

1

　　名言、警句、箴言、嘉言、格言、諺語、引語……所有這些具有微小語義差別的稱呼，在社會語言學某一層面上，卻通通表達了同一種語言現象——那就是一種濃縮了的思想片段，一種純化了或結晶了的論點，或者一種具有普遍意義普遍價值的超時空信念：這種思考、意識、信念，不是用千言萬語，不是用浩繁的卷帙來表述，而是用極其精練的語言，用社會公眾最容易理解或接受的語言（亦即「喜聞樂見」語言）表達出來，傳之久遠。這些名言或警句往往都不是孤立地存在的，它們有具體的語境，通常還會有聯結在一起的上下文（context），而在傳播的過程中，經歷了時間的考驗和社會公眾的篩選，這就是為什麼人們把這許多語言材料通稱為「引語」的緣由。名言、警句——所有稱之為引語的——這些語言材料，是一種語言結晶體。我曾經描述過這些語言結晶體的意義和作用：

> 「在人類文明發展的長河中，流過了同時沉積了許許多多發人深省的、或者激動心弦的話語——一個詞組、一個句子、一節詩詞、一段文章，其中有些是說理的，有些是抒情的，但不論是說理的還是抒情的，都是前人在實踐中，在生活中，甚至在坎坷道路中得出的結晶。這些透明的晶體經歷幾個世代，幾十個世代，

流傳下來而沒有絲毫磨損，正相反，這些結晶在社會交際活動和人類思維活動中仍然閃閃發光。舊時的信息喚起了新鮮的感覺，激活了人們的思想和行動。」①

換句話說，這些語言晶體都蘊藏著很深刻的智慧或哲理，反映了創始人的精神面貌和時代特徵。因此，社會公眾願意引用這些語言晶體來表達與這個晶體所傳遞的信息相同或相類似的情感；不必說社會公眾在接觸到這些引語時，他們也會受到某種薰陶，某種啟發，某種激勵，某種警悟，引發某種聯想或推斷，從而在自己當時或此後長時期的思想或行動中受到某種程度的影響——正面的或負面的影響。正因為這樣，社會語言學研究者對這一特殊的語言現象發生濃厚的興趣——儘管在一些語言學專著中幾乎不太注意到名言或警句這類引語的存在價值，即在社會交際中所獲得的價值。

引語不受時空的限制，其理自明，因此，社會公眾不但喜歡引用土生土長的、本民族（「母語」）的名言或警句，而且常常喜歡學習並引用異國異地的其他人群（其他民族和其他語言）的名言或警句。只要合適，人們就毫不遲疑地「拿」來，古今中外，一概不問——自然也不去查問那創始人（即最初傳播這片言隻語的人）姓甚名誰，更不去考究此人屬於哪個階級，哪個階層，哪個社會群體。這符合語言的功能法則，也符合語言的經濟法則。不只是有教養的所謂文明人（即受過較多教育的人），在合適的場合引用這些結晶，就是沒有讀過多少書本的人，他們也會從世代相傳的口頭語言中獲得並接受這些結晶，也會在合適的場合，不失時機地引用它們。名言或警句這種語言結晶是到處都有的，

---

① 〈關於名言、引語的隨想〉，收在《語言和人》論文集（1993）中。

正如一個哲人所謂：「世間常常有很多很好的嘉言，只不過我們沒有去運用罷了。」①

2

可以認為，名言或警句是思想的結晶，閃現了思想的「火花」，加上社會習俗（社會倫理）和時代特徵的「火花」。現實的火花是一閃即逝的，但思想的「火花」卻在它迸發出來以後很長很長的歲月中起著社會效益作用。甚至萬民唾棄的「惡人」也留下了邪惡的「火花」，那儘管是鬼火，卻也能對善良的人們起著警惕的作用，比如人們還記得三〇年代納粹的狂人戈林「元帥」那邪惡鬼火：「大炮使我們強盛，而奶油不過使我們發胖」——演變而成「大炮代替奶油」那樣簡潔的「名言」；或者另一個納粹造謠專家戈培爾所謂「謠言重複一千次就成為真理」這樣的邪惡鬼火，也給後人留下很有益處的「啟發」。

非常有興味的語言現象是，儘管名言或警句不是孤立地「制」出來的，甚至以《思想錄》著名的帕斯卡爾，他那部代表作也並非孤立地「創制」出來的警句彙編。但是也有些思想家的製造物，幾乎可以說完全由警句組成。首先想到的，是那位有爭議的哲學家尼采說的一段話：

> 「我的奢望就是，把別人要用多少部書才能說的話，僅僅用十個句子表達出來——甚至連別人在那許多部書中沒有說到的話也說出來。」②

---

① 這是法國哲學家帕斯卡爾（B. Pascal, 1623－1662）在《思想錄》（*Pensées*, 1670）中的話，有何兆武中譯本（1986）——這部書充滿箴言或警句。

② 此語出自德國哲學家尼采（F. Nietzsche, 1844－1900）所著《偶像的黃昏》（英譯作*Twilight of the Idols*, 1888）。

尼采的書幾乎充滿了互不連貫的警句——其難於理解或不易準確地理解的原由，也正因為這些警句沒有上文下理。也許維特根斯坦①這位奧地利人引為驕傲而英國人稱為當代最偉大的英國哲學家，他那名噪一時的《邏輯哲學論》以及他晚年的代表作《哲學研究》，完全是由警句組成。特別是前一部書，耐人尋味，而且不言自明是各人有各人不完全相同理解的書。儘管他有這麼一句警句：「凡是可以講述的東西，應當可以清楚地講述。」但他所有的警句，卻不都使我能夠清楚理解。這部書的最後一章，只有一句警句，倒是極有啟發性的——「凡人不能說的，就該保持沉默。」饒有興味的是，一家有名的出版社編引語詞典時，竟得不到他的代理人許可，無法編入維特根斯坦許多「思想的火花」。

　　其實孔子的言行，有許多也是後人傳誦的警句所構成或所表現的。「有教無類」，這是其中的一句。我懷疑孔丘當時是否說得如此文縐縐，他說話時沒有錄音機，只好認為他說的話——特別是留給世人的話——就是這樣簡練、精闢的。有教無類者，是指進行教育工作的對象應當不分貴賤一視同仁——兩千年後，中國近代思想界前驅之一的張元濟②演繹而成「無良無賤，無智無愚，無長無幼，無城無鄉」都應當有受教育的權利，就是「有教無類」的意思。時間是最好的試劑。歷兩千年而仍然被人所信奉，可見這一警句是帶有普遍性的哲理。或者可以說，這是中國古代教育思想中所表現出的人民性。五〇年代初一位哲人指出過

---

① 維特根斯坦（L. Wittgenstein, 1889－1951）所著《邏輯哲學論》（1922）和《哲學研究》兩本代表作都已有中譯本。下文所引分別見§4.116及§7。
② 張元濟（1867－1959），通常稱為中國近代出版事業的先驅，商務印書館創辦者之一。在中國近代文化思想史上，張元濟為先驅者之一。

這種「人民性」。可惜不久以後人民性概念受到批判，說人民性是同階級性對立的，因而引申而為「人民性」一詞帶有否定階級性的味道，被劃入修正主義思想範疇；到了那荒唐的十年間，即絕滅文化的「文化大革命」中，特別是批林批孔時，這一警句成為抹殺階級鬥爭的「反動」言論的代表。批林批孔運動登場，這一警句就成了毒草——可見在特定社會環境和特定政治氣氛下，引用警句是一種「靈魂的冒險」。不過現代人確信：實踐是檢驗真理的唯一標準。「有教無類」這一名言，將是對提高全民族文化科學水平很有啟發的思想「火花」。

但毫無疑問，大量（如果不是全部的話）名言或警句都會自覺或不自覺地表現出創始人的鮮明個性、立場和觀點。不如是，就不能成為語言「結晶體」，也就不會成為後人所樂於引用的名言。比如說，人所熟知的「朕即國家」[1]，是法國國王路易十四於1655年不可一世地如此宣稱的——時人稱這個國王為「嗜血的老虎」。這句「名言」活生生地描繪出這個封建君主的專橫心態：什麼國家，什麼政權，什麼法制，什麼百姓，一切都是微不足道的東西。我，只有我就是一切。一切我說了算。「朕即國家」是十七世紀法蘭西革命前歐洲封建主義鼎盛時期最好的寫照。這句「名言」恰恰同東方古老封建帝國不當權的哲人另一句名言「民貴君輕」形成鮮明的對照。兩句引語對社會思想史和對中西思想比較研究都會有很大的啟示。

還有一句許多人都知道的名言：「我思故我在。」我之所以存在，我之所以有我，因為我在想著我存在，假若我不這樣想，

<hr>

[1] 路易十四（Louis XIV, 1638－1715），此語原文為法文，即 "L'éat" c'est moi. 英譯作 I am the State.

那我就不存在了。這是典型的唯心論——哲學家笛卡兒①留下來經常被人引用的警句。不論你持什麼觀點，是唯心論觀點，還是唯物論觀點；不論你贊成還是反對這觀點，作為現代文明人，作為有教養的當代公民，你應當知道曾經有過這麼一句簡潔到無可再簡潔的典型的名言。正如人們同時也應當記得鑴刻在馬克思②墓碑下方的銘文（銘文往往也是一種警句）：「哲學家們只是用不同的方式解釋世界，而問題在於改變世界。」你是否一個馬克思主義者，在這裡無關重要，重要的是現代文明人應當知道這句名言，應當知道這是一百多年來世間一切馬克思主義思想家或實行家的不可或缺的「信條」——所有的「信條」，都會成為我們所議論的「名言」或「警句」，這一點也是毫無疑義的。

革命者常常喜歡引用歌德③在《浮士德》裡借魔鬼梅菲斯特之口說過的一句「名言」，那就是：「一切理論都是灰色的，唯有生命之樹常青。」真正的革命者都著重目前的現實——這是「生命之樹」，而不拘泥於過時的教條——這是灰色的東西。比起活生生的現實來，一切教條都是黯淡無光或者說不值一文錢的。生活，唯有生活，唯有作為生活的象徵的「生命之樹」才是富有生命力的源泉———一切理論的源泉，所有運動的基礎。

常有帶著諷諭的名言在人世間流傳——往往是對於荒唐的統治者的諷刺。比如：「何不食點心？」（直譯是：「讓他們吃點心呀！」）這樣一句，據說是十八世紀瑪麗・安東妮女皇④聽了大

---

① 笛卡兒（R. Descartes, 1596－1650），法國哲學家。此語原文為拉丁文，即Cogito, ergo sum. 法文作Je pense, donc je suis. 英譯作 I think, therefore I am.
② 馬克思（K. Marx, 1818－1883），語見《關於費爾巴哈的提綱》。
③ 歌德（W. von Goethe, 1749－1832），德國文學家。引語見詩劇《浮士德》。
④ 瑪麗・安東妮（Marie－Antoinette, 1755－1793），原文為法文，即Qu'ils mangent de la brioche. 英譯作Let them eat cake.

臣彙報她的子民已陷入饑餓時所發的一句令人啼笑皆非的「上諭」。高高在上的統治者認為沒飯吃了，那有什麼要緊，吃點心不是更美味麼？活龍活現的一句諷諭，同我們代代相傳的晉惠帝司馬衷的「名言」：「何不食肉糜？」一樣，真是「異曲同工」，或者說「天下烏鴉一般黑」呵。

在那「史無前例」的荒唐歲月裡，造反英雄時常唱在嘴邊的一段「咒語」是：「敵人不投降，就叫他滅亡。」此語出自高爾基一篇雜文。這在當時是很豪壯的，很適合那時的語境——此時卻令人想起了西方傳下來的另一句名言：「上帝讓人滅亡，首先叫他瘋狂。」——這句話在古希臘文和古拉丁文中都記載了，雖用詞微有不同，但其意則一。其實這句名言用在那荒唐的年代，比之高爾基的引語還更適合些。

流傳人世的口頭名言，有一部分是前人彌留時說出的[1]也許是模糊不清的音節，但是親人們卻聽得清楚，而後人聽了記錄下來，卻也帶有無窮的感染力。例如古羅馬凱撒大將戰功顯赫，驕橫跋扈，以致被他的親信部將群起刺殺——據說他臨終前看見刺殺者中竟有同他一起南征北戰的「親密戰友」布魯托斯時，他在震驚之餘說了最後一句話：「你也來，布魯托斯？」此語原為拉丁文，希臘文的記錄略有不同，他說的是：「（是）你呀，我的孩子！」這句名言也有很深刻的諷諭意義。歌德最後一句遺言是著名的：「（給我）更多的光亮呀！」而貝多芬的遺言卻是悲涼的：「我在天國將能聽見了。」——一個偉大的音樂家在年華正茂時失去了聽覺，以致於同死神握手時作出如此感人的充滿希望的箴言。相傳納粹劊子手、特務頭子希姆萊自殺前還是那麼傲慢

---

① 關於彌留時的語言，參見Martin Manser, *the Guinness Book of Words*, 1988，第五章。

地大吼：「我是希姆萊！」

難怪狄德羅[1]說：「一句不恰當的話，一個奇怪的詞兒，有時比十個漂亮句子使我學到更多的東西！」

3

把某種民族語的名言或警句移植到另一種民族語，又是一番「靈魂的冒險」，——常常因為移植失去了原作的那股神氣，那種力度。比較相近的語言文字互譯時，也許困難的程度可以減少些，例如拉丁羅馬語系的語言之間移譯，比較容易獲得傳神的效果。

現今西方文獻中常常引用的凱撒那一句："Veni, vidi, vici！"就是一例。相傳這位將軍在一次戰役中速戰速決，正如迅雷閃電般贏得了戰爭，他在致友人信中使用了由三個詞構成的句子。在原文拉丁文中，三個詞都是雙音節的，重音都在頭一音節，並且都以i音結尾，聲調鏗鏘、明快，有一種雷霆萬鈞之力。詞意是明白的，來了，見了，勝了；譯成英文卻必須加上一個I（我）字，成為：

I came, I saw, I conquered！

已失去原文那種磅礴之氣——拉丁文這三個動詞卻是表達了第一人稱、單數過去式這一連串因素的；移植為法文，則嫌更加囉唆了（Je suis venu，Jái vu jái vaincu），雖則法語同拉丁語的血緣關係比英語同拉丁語還要親一些。在這個例子中，倒是移植到俄語時還保持了原來那種不可一世的雄姿。俄文作 Пришел，увидел，

---

① 狄德羅（D. Diderot, 1713－1784），法國「百科全書」派思想家，語出他所寫的畫評。

ｐｏъеяил！聽起來——如果按斯拉夫語系的氣勢來說，倒也還有力度。這樣說幾乎推翻了我上面提到語言系統相近的場合移植容易傳神一說。但這是一個例外。比如這句名言移植到不同語系的漢語來，雖有多種譯法，卻都不那麼理想。有人譯為「來了，見了，勝了」——簡則簡矣，卻少了「我」，不像凱撒說話的神氣。有作「我來了，我見到了，我征服了！」——這裡有「我」了，可是聽起來失去了活躍在語音中那種豪邁的神態。至於有譯為「我來了，見而勝了」——意思都有了，卻因譯者未曾深究，豪言壯語成為日常講話了。

至於莎士比亞筆下那個悲劇性人物哈姆雷特說過的一句名言：To be or not to be,／That is the question，則苦了天下英雄，使他們大傷腦筋，移植者絞盡腦汁要傳遞丹麥王子那種猶疑不決的性格——從文言到白話，半個世紀中出現了不下十幾種譯文，直至今日還有種種創新。「然耶？否耶？」「是耶？非耶？」「活還是不活？」「生存還是毀滅？」「存在乎，不存在乎！」……如此等等。我這裡不想評論各家的得失、優劣，我只想說明：名言的移植是多麼艱難多麼吃力不討好的工作。

還有莎士比亞。他創造的悲劇人物朱麗葉突然發現她的戀人羅密歐正是世仇家族的成員時，幾乎絕望地嘆出了那句話：

O Romeo, Romeo！wherefore art thou Romeo？

羅密歐呀羅密歐，幹嗎你是羅密歐呢？用舊式「言情小說」的寫法，說是「吾愛呀吾愛，為何出自仇門呀！」感情的傳遞可真難呀。

也許從日文移植到漢文來比較省力些——日語跟漢語在語言系統方面並不太近，但因為日文借用了一些漢字，所以顯得有點近親味。我說，比較省力些（因為原文用了一些漢字），並不說

容易些。廚川白村論文藝是「苦悶的象徵」——因為有魯迅的名譯而顯得既通俗又傳神了。《蟹工船》的作者——日本的普羅文學家小林多喜二有一句話是很可愛的，那就是：

「從黑暗中走出來的人，最懂得光明的可貴。」

比起原作來，也還略嫌囉唆，不如從英文譯的雪萊名句，「冬天到了，春天還會遠嗎」，那麼使人感到很自然，感到人間充滿了希望。這一名句在長期受壓抑的中國人中傳誦很廣，奇怪的或者不奇怪的是西方很多名言錄裡卻沒有選取它。

4

在浩如煙海的文獻中找尋各個時代各個民族各種語言所表達的「思想的火花」，然後把它們準確無誤地移植到我們的民族語中來，可想而知是一項十分嚴肅的十分艱巨的語言工程。如果不解放思想，碰到的第一個難關就很難攻克——這就是長期在「左」的氣氛感染下，編選者常常會被一些長於挑剔、短於求實的君子們責難。為什麼選這一句？為什麼不選那一句？這一句太消極，那一句又過於感傷。這一句引導讀者到哪裡去呀？那一句帶領人群奔向何方？一言以蔽之，責難者忘記了名言或警句的編集，本身不是政治教科書，也不是馬克思主義教程——不能要求每一句名言都能起到適合我們這個時代要求的「導向」作用。不，沒有這樣的辭典，把名言警句編集成書，只不過給讀者提供一個閃耀著思想的「火花」的信息庫，其最初的或者最基本的作用是打開讀者的眼界，讓廣大的讀者同編選者一道，去遨遊世界文明的寶藏，從而開闊視野，溝通各族人民之間的心態。如果在這當中能得到某些啟發，那就更好了。書的作用不是萬能的，這樣一部書也只能在讀者的文化積累和文化素養上增加微小的一點點什麼。

在討論這個問題時，不要低估了九〇年代中國普通讀者的自信心和判斷力。

　　用名言或警句編集成書，大約有兩種方式，一種力求面廣些，數量多些，名之曰詞典；一種力求精湛些，數量少些，名之曰名言錄。詞典的社會功用首先是備查考用的——某一類主題，某個時代某個民族某個名人或學人，曾經說過什麼，有過什麼精闢的論點；或者有過能啟發時人思想的有益的論點；或者有過與當代精神完全相悖的論點（某種場合甚至可以說是反動的論點）；或者某人曾經留下過哪些值得思考的語言片斷；或者某一為人熟知的名句出自何「典」——何種語言，何種語境，何種冊籍——有著怎麼樣的時代背景或社會背景。為了要了解諸如此類的問題，人們就需要有這樣一部書去檢索———般地說，詞典是供人「翻、檢、查、閱」的。這樣的詞典如果編選得精確，而移植時又經過盡可能審慎的推敲，設若在需要說明的地方還加以必要的畫龍點睛式的注釋，那麼，讀者就會通過檢索，毫不費力地取得他所需要的信息、知識，以及原先意想不到或設想不周的啟發。

　　當然，這樣的一部書也可以供人閱讀——也許比看無聊的低級讀物得到更多的樂趣。但我寧願看到在這部大書基礎上精選而成的名言錄。名言錄是供人吟味的，宛如不時有個哲人或有個智者在你耳邊細語。也許這樣的名言錄應當選得更加令人鼓舞些，充滿了誘導人們向上，向著美好的人生邁進的那種激情。有這麼一部名言錄，可以放在口袋裡時時翻看，人的精神生活不僅可以說是健康，而且是豐滿了。

　　攻克難關的人們是可敬的。他們——參加詞典工作的人們，不怕艱險，不怕伴隨著成果必然出現的缺陷、疏漏或錯誤，更不

怕某些不負責任的流言蜚語。他們憑著對人民負責的精神，夜以繼日地認真勞動，千方百計要把這項語言工程做好。我跟這部詞典以及名言錄的主將們相處了短短一段時光，我承認他們的工作熱情和工作態度都是值得尊敬的。正因為如此，我把這部書介紹給社會公眾：請你們也來參與這項遠未完成的事業，提意見，正疏漏，使這部書更加完善。這都是你們和我們和我的共同責任。

（1993年春節在香港）

9

〔*91*〕信息與語言信息學論綱札記

(1) 在外國文獻中使用的「控制論語言學」或「語言控制論」這個術語，我也使用過（Namur, 1983）；經過幾年的探索，我以為可以創立「語言信息學」這個術語，雖則在外國控制論和信息論學界至今還沒有使用這個術語。

(2) 信息學（informatique）這個術語是法語系統約二十年前開始用的；電子計算機比較發達的英語系統不願意接受這個詞，寧願用一個比較廣義的「計算機科學」（computer science）。蘇聯人在俄語系統也不採用這個術語（參見A. A. Дородницин，1985論文），「是由於我們對待新術語學的看法總持有一種莫名其妙的固執的保守思想。」（《自然》1985／2）。俄語寧用「計算科學」（вычислительные науки）這個術語。

(3) 加拿大魁北克政府法語局印行的《信息學術語集》（*Terminologie de l'informatique*, Québec, 1983）中序號為1707的術語，即「信息學」（informatique n. f.），其對等英語應為informatics，這本集子在這個術語的附注欄中注明：「這個詞英語不通用。」

（4）信息學與「信息論」不是完全同義的。「信息論」這一理論的創立者申農（E. C. Shannon）最初使用的是「通信的數學理論」（見所著 *A Mathematical Theory of Communication*, 1948），注意 communication 一字，在日用（全民）語彙庫中的語義為「通信」、「交際」，申農用這個字特指信息的交換、傳遞。同申農有密切關係的維納（N. Wiener），最初發表的著作《控制論》（*Cybernetics*, 1948）用的副標題為「或關於在動物和機器中控制和通信的科學」（Or Control and Communication in the Animal and the Machine），他也使用了「通信」一詞，指的恰恰就是信息交換。當申農和維納的學說一傳開，應用到其他學科時，興起了「信息論」這樣的一個術語〔作 Theory of Information 或 Informational Theory，但也有作 Communication Theory 的，見 Jackson 主編《信息論（論文集）》（1953）。〕

（5）五〇年代法語系統的學者曼德爾布羅（B. Mandelbrot）將信息論應用到語言學來，他在一次研究「通信理論」即「信息論」的國際會議上，提出了一篇論文，題目就是〈語言的統計結構信息論〉（*An Informational Theory of the Statistical Structure of Language*, 1952）。

（6）法國血統的系統論科學家布里淵（Leon Brilloin）將信息論同科學結合起來，發表了一部題為《科學與信息論》（*Science and Information Theory*, 1956）的著作，他使用的術語是 Information Theory（信息理論或信息論）。

（7）申農「信息論」是關於「控制信息系統設計的數學定律」（見 D. Kahn, *The Codebreakers*, 1966）。「信息學」的涵義比信息論廣泛，它理應是一門應用了人文科學若干原理的信息理論。

（8）我以為宜用「語言信息學」（Linguistic Informatics 或

Informatique of Language）來代替「控制論語言學」或「語言控制論」。〔此詞最初出自德語Sprachkybernetik，後來出現了相應的英語language cybernetics或cybernetical linguistics；法語作cybernétique linguistique，分別見*Cybernetica*（比利時）和*Humankybernetik*（聯邦德國）兩雜誌。又，德語的「控制論語言學」，第一部專著為*Lingvokibernetiko／Sprachkybernetik,*1981，由H. G. Frank, Yashovardhan及B. Frank-Böhringer合編的論文集。〕

(9) 語言信息學的研究內容可以參考義大利彭納基厄蒂教授（Prof. F. A. Pennacchietti）關於控制論語言學的定義。他說：

> 「（語言控制論）研究自然語言（也包括計畫語言）的信息狀態（informaj aspektoj），採用信息分析和模型的方法，闡明人類如何能更好地傳輸或理解口語或文語所給出的信息；實現以機器代替語言活動所需要的智能工作。」

他又說，

> 「此外，這門學科還研究如何簡化人機對話的問題。」〔見他在第十屆國際控制論大會，Namur，1983第七組（語言控制論）的發言，後收入大會論文集語言學分篇，1984.〕這裡說，控制論語言學研究①語言信息；②最優傳遞或理解；③人工智能；㈣人機對話（──→機器翻譯）。

1986年我在他家作客，同他討論這個問題。我們一致認為在研究語言信息一般狀態時，應著重作語言要素的定量分析（quantitative analysis）。前此，1985年我在布達佩斯一次國際控制論、信息論、系統論（TAKIS）的會議中，闡明了語言信息定量分析在理論上與實踐上的意義，引起了廣泛的興趣，這個內容也許可以作為語言信息學的一個重要組成部分。

(10) 語言信息學所研究和處理的自然語言信息系統，比之信

息科學（信息論）所處理的信息系統要複雜得多；之所以複雜是因為自然語言信息系統具有社會性——它所表達、傳遞、交流、存儲的信息帶有人類思想和感情的特徵；因此，語言信息學可以看作社會語言學、信息論、控制論、術語學以及情報學的多科交叉學科。

⑾ 信息。語言信息學所定義的信息為：

——受信者（信宿）在從發信者（信源）接收到他以前不知其內容的具有語義的數據（data）；

——這些數據首先是原來沒有預想到的（unexpected），同時又是準確的（accurate）、適時的（timely）和實質性即切題的（relevant）的語義（semantic）數據（而不是不確定的、過時的和非實質性的數據）；

——數據的語義是由受信者與發信者雙方預先的協議（「約定俗成」）來理解的；

——不知道的成分愈大（即信息論中說的事件出現的可能性愈少），則信息的量愈大。

——設事件x出現的概率為P(x)，則其信息量I(x)用申農公式表示：$I(x) = -\log P(x)$。

式中P(x)愈小，則I(x)愈大。

⑿ 信息量基本公式$I(x) = -\log P(x)$的推導：參看韋弗（W. Weaver）：《對通信的數學理論的新貢獻》（*Recent Contribution to the Mathematical Theory of Communication,* 1949）。

⒀ 信息量的單位採用「比特」（bit），這個詞即二進制數字（binary digit）的縮寫。電子計算機的活動是建立在「一開一關」（通電—斷電）這樣的二進制記數法基礎上展開的。

⒁ 二百年前德國哲學家萊布尼茨（G. W. Leibniz）對二進制

著了迷，他讚嘆說：

"omnibus ex nihil ducendis sufficit unum."（用一，從無，可生萬物。）

萊布尼茨認為：

「通過把單位的觀念加以重複以及把它和另一單位結合起來，我們就造成一個集合觀念，稱之為二。而不論是誰，只要能夠這樣做，並且永遠能在他給了一個特殊名稱的最後一個集合觀念上再加一個，當他有了一串名稱並有足夠的記憶力來記得它時，他就能計數。」（見萊布尼茨，《人類理解新論》，第十六章，《論數》）

因此他對中國的《易經》很感興趣，知道有關中國的許多事。

⒂ 從萊布尼茨到電子計算機經歷了一個很長的時期，到了馮紐曼（Neumann）計算機的出現，才標誌人類處理信息過程有了飛躍。

⒃ 自然語言信息量的數學測定。——英語使用26個字母，每個字母的信息量為4.70比特。如果把空位（space）計算在內，則為27個單位。如果每個字母作等概率出現時，則可以簡單算出每個字母（26＋1＝27）的信息量為4.75比特。按上引自〔$\log_{10}26$＝1.4149，折合成以2為底的對數即為信息量，用$\log_2 N=3.322\times \log_{10}N$公式，$\log_2 26=4.70$。（參看Ashby，《控制論導論》*An Introduction to Cybernetics*, 1956.§7－7）.〕。

⒄ 自然語言平均信息量的問題，在電訊傳遞上已經是一個複雜的問題，而在社會交際中，這個問題顯得更加複雜。現代漢語的這方面問題，已有人作過一些研究。有人計算出現代漢語書面語文句中的漢字（注意這裡的幾個定詞：「現代漢語」、「書面語」、「文句中的」）字種擴大到12,370個時，包含在一個漢字中的平均信息量（熵）H_1＝9.65比特；從實踐上和理論上都

可以證明，這個熵值是極限值，再也不會增加了。現代歐洲通用語言文句中的字母熵值一般在4左右，而每一個漢字所包含的信息量同每一個字母所包含的信息量之間的關係，也還有待探索。（參看馮志偉：《數理語言學》，上海，1985，第三章；Edgar N. Gilbert，《信息論》，見*McGraw Hill Encyclopacdie of Science and Technology*, 1977。）

⒅ 從純粹工程技術的觀點看，所處理的信息是不涉及語義的，所以申農才說：「通訊的語義（方面）對於工程來說是毫不相干的。」假定有兩條消息，其中一條消息有很豐富的內容，另一條消息純粹是胡扯，如果從信息技術的觀點看，它所傳送的這兩條消息是完全相等的——只要快、準，那就達到目的。不待說明，這樣兩條消息在社會交際上所傳遞的信息是不相等的。

⒆ 所以，在社會語言交際中還要探究例如下面的問題：

——套話、空話、廢話有沒有信息量？（注意，這裡用的這個術語「信息量」已經不能完全看作信息數學理論上的平均信息量即純粹的熵值了。）

——重複出現的消息如何計算其信息量？

——虛假的內容所傳遞的信息如何計量？等等。

⒇ 語言信息在社會交際中的有效性問題。設想下面六種信息容器：

1. 一份英文*New York Times*；

2. 一份中文《人民日報》；

3. 一部法文的《信息論》；

4. 一部日文小說；

5. 一部中文《信息論》；

6. 一堆離散的、互不相涉的、印有幾種語文寫成各種字句的

廢紙。

對於各種不同的社會成員來說，這六種信息容器所傳遞的信息效應（有效性）是完全不同的。比如對於一個沒有受過教育的文盲來說，上舉六種信息容器都是完全無意義的，無價值的，對於這個人來說，它們中任何一種都沒有可能提供任何信息。最令人發笑——同時也最令人深省的是，對於這樣一個沒有受過基礎教育的文盲來說，前五種信息容器跟最後一種（廢紙）都是一樣沒有價值的。

(21) 對於其他種種不同的社會成員來說，這六個信息容器的意義和價值——它們分別傳送了或不傳送信息——都是不同的。像這樣的問題，是語言信息學所需要探究的內容。

(22) 多餘信息〔冗餘信息〕在語言信息學中是一個很重要的問題。測量多餘信息的單位是通常說的多餘度（Redundancy）或譯作冗餘度。計算多餘度的公式：

$$R = 1 - \frac{H_{\infty}}{H_0}$$

式中R為多餘度（H_0為語言的極限熵，H_{∞}為語言的熵）即1減去相對熵（relative entropy），英語的多餘度一般認為在60～80%上下，有人從英語的多餘度估算出現代漢語書面語的多餘度為56～pu74%。

(23) 也可以用比較簡單的但是對一般社會成員饒有興味的方法來粗略估算語言在一種文本中的多餘度。方法是將一個文本中的一些字隱去，而讀者又可以了解文本的準確意義，則這被刪的字數除以文本的字數可以簡單稱為多餘度——簡而言之，就是不必要的信息。

(24) 在社會語言交際中多餘信息減少到最必要的程度，一般

的說是可以使所傳送的信息有著最佳的社會效能。在語言交際的實踐中（例如授課）不能完全不要多餘信息，有時多餘信息能夠使主要信息的語義更加明確。因此，在語言交際中多餘度的探索也是極有意義的。

㉕ 人們打電報時，往往把多餘信息刪去，即刪去這些字（多半是虛詞）一點也不妨礙了解原來的準確語義，這就是處理多餘信息的一個很有成效的例子。在語言交際實踐中，多餘度的探索是很重要的（哪些可以刪？哪些不能刪？哪些還要反覆？等等）。（D. Kahn的《破譯者》一書關於多餘度的一個注很有趣，可參看。）

㉖ 語言信息學中關於語言要素的計量，其中最重要的、最基本的是語言要素（字母；字；詞）在文本中出現的次數——稱頻率。現代漢語的頻率問題比當代歐美文字複雜，至少應當研究漢字的出現頻率（字頻）和由一個或多個漢字組成的詞出現頻率（詞頻），字頻同詞頻分別測定和分析，是現代漢語語言計量上一個有中國特色的措施。

㉗ 語言（文字）要素的頻率是現代應用（實用）語言學研究中的基礎。它牽涉到多方面的學科，對社會實踐起著很重要的決策性的作用。

例如：

——在編碼學（Coding Theory）和密碼學（Cryptology）以至破譯（codebreaking）都需要語言（文字）基本要素的頻率表。

——在教育學甚至控制論教育學關於語言文字學習「（語言獲得學）」最佳方案的建立，也需要頻率表以及在頻率及分布的基礎上制定的常用字表或最低標準字表（wordlist minimum）。

——在電子計算機特別是語詞處理（word processing）上，

如果撇開字（詞）頻，將會使輸入輸出效果降低，在控制及自動控制方面，也有類似的需要。

——在研究人腦信息處理時，有很多驗證需要頻率作參考；在進一步研究人工智能（AI）時（在某些部分的機器人學robotics）也不能不考慮到語言要素的頻率。

——眾所周知在詞典編纂學上的應用。

(28) 頻率的一般公式：$f = \dfrac{n}{N}$

式中f為頻率，n是要素出現的實際次數，N是條件組實現的總次數。

(29) 世界上第一部關於語言頻率（詞頻）的統計詞典是德國人凱定（F. W. Kaeding）於1898年出版的（名為《德語頻率詞典》 *Häufigkeitswörterbuch der Deutschen Sprache*），所用的語料（corpus）為包含110萬個詞的樣本。英語世界有著名的美國教育學家桑迪克（E. L. Thorndike）的三萬詞表（1944）。在英語世界中，比較新的成果為根據美國基礎教育用詞所作的英語詞頻統計是AHI（American Heritage Intermediate）語料在1969年完成的數據——所用語料（corpus）包含5,088,721單詞（tokens），是從1,045種書面語（文本texts）中各抽樣500詞，結果取得86,741個詞種（types）。（見John B. Carroll等合編的*Word Frequency Book,* 1971。）

(30) 對現代漢語從1928年（陳鶴琴）首次進行字頻統計以後，到近幾年才將現代技術實施到字頻詞頻上。一共有幾次大規模的成果：

a.（1972/76年手工進行的字頻統計）新華印刷廠

b.（1985年用計算機進行的字頻統計）國家標準局文改會

c.（1985年用計算機進行的詞頻統計）語言學院

d.（1986年用計算機進行的詞頻統計）國家標準局文改會

e.（1986年用計算機進行的詞頻統計）新華社

(31) 值得注意的現代漢語書面語字頻曲線。曲線表明，到序號為162時，覆蓋面達50%；到序號為1052時，覆蓋面達90%，到序號為5016時，覆蓋面達99.9%。

(32) 儘管信息與物質（材料）能量通常被稱為現代科學的三大支柱，但信息與其他兩者不同，它是可以分配的，而且是共享的，但信息的運動不是無償的，它是以消費能量為其運動的基礎的，這也就是麥克斯威爾（Maxwell Demon）之謎的解決方法。語言信息學所探究的語言信息是從無序到有序，從而又產生無序，然後又由無序到達有序的這樣一個運動過程，這是一個辯證的過程。語言決策必須探究並適應於這種運動規律。

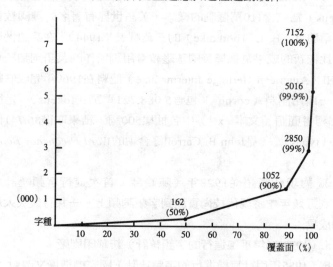

（1986年）

452 ｜ 語言與語言學論叢

〔92〕語言信息學引論稿

本世紀六〇年代信息科學的重大突破，猛烈地衝擊了許多傳統學科，迫使其中某些學科交叉發展，成為一門又一門的「新科學」——或者稱為邊緣學科，或者稱為交叉學科。新學科在形成過程中，導入了信息觀念，從而產生了許多新的概念，由於採取了新的研究方法，將新形成的交叉學科推進到過去從所未到的新高度。

語言學是最古老的學科之一；就是這樣一門古老的、曾經被定義為一種描寫科學的領地，也無可避免地受到「信息革命」或信息化時代精神的衝擊。語言學那一片經院牧歌式的一向平靜的領地，也不能不勇敢地去迎接「信息」觀念的「入侵」。由此，創始了並且成長了一連串多科性交叉學科，其中包括社會語言學、心理語言學、神經語言學、文化語言學、認知語言學、計量語言學、計算機語言學以及晚近偶爾出現卻還未被學界普遍認可的控制論語言學①或信息論語言學，或我現在稱之為語言信息

---

① 「控制論語言學」或「語言控制論」這個術語最初出現在德語世界。
Sprachkybernetik（語言控制論）一書1982年在聯邦德國Tübingen一個出版社（Gunter Navi Verlag）出版。這個術語1983年比利時那慕爾（Namur）召開的第十屆國際控制論大會第七組（語言學）中被廣泛應用。義大利吐靈（Turino）大學的閃語學教授彭納基厄蒂（Prof. F. A. Pennachietti）作了題為「語言控制論」（Lingvo-Kibernetiko）的學術報告，作者也在全體大會上作了題為「現代漢語與語言控制論」的學術報告，都使用了「語言控制論」這個術語。其後1985年在匈牙利布達佩斯舉行的第一屆國際控制論、信息論、系統論科學討論會上，許多論文也經常使用「語言控制論」這樣的術語，見這個會議的論文彙編（匈牙利馮紐曼計算機科學學會NJSZT出版），第一部；使用著
     language cybernetics
     lingvokibernetiko
     cybernétique de la langue
這樣三種語文（英語、世界語、法語）的同一術語。

學①這樣的邊緣科學。

可以認為，語言信息學是傳統語言學受到「信息革命」或「新技術革命」②的衝擊後產生的一門還沒有定型——換句話說，「疆界」尚未完全劃清的多科性交叉學科。但無論如何，它是由於時代的需要，社會的需要，解決新的時代社會交際的需要而產生的，它將有效地服務於這個信息化的新時代。

很可能語言學家不承認有所謂語言信息學，更不承認語言信息學是一門獨立的學科；同時，很可能信息科學家也看不起並且不承認這麼一門學科。這都是完全可能的。這樣的情況在科學發展史上是屢屢發生的，絕不是獨一無二的。所有邊緣學科在它最初出現時往往會受到這樣的對待；或者說得文雅些，多科性交叉學科的命運往往是在兩門或多門傳統學科的擠壓或夾縫中生長的。這不稀奇。它也許會闖出一條有寬闊前景的康莊大道；也許——在實踐的無情考驗面前——它衝不出去，只能退回到傳統的古老的「磨坊」中去，而它自己不久也就銷聲匿跡了。

語言信息學完全不排斥，更不否定任何一門傳統的語言學——

---

① 「語言信息學」這個術語是從「語言」＋「信息學」得來的，在西方有關文獻中沒有出現過，作者認為可作language informatics, lingvo-informadiko, informatique de la langue或Sprachinformatik。

② 關於信息革命或新技術革命的論著多極了，就是中譯本也多得看不完。作者推薦下面這兩部著作，作為關於這個問題的基本讀物——讀者盡可以不同意書中某些論點，但這兩本書將向讀者提供這場「革命」（如果你願意稱之為「革命」的話）發生的時代背景和發展前景，使讀者對這個問題有個基本的認識。一本是美國人寫的，一本是法國人寫的，那就是：
——艾文‧托佛勒：《第三波》
(A. Toffler, *The Third Wave*, New York, 1980)
——塞爾旺‧施賴貝爾：《世界面臨挑戰》
(Jean-Jacques Servan-Schreiber, *Le défi mondial*, Paris, 1980)，兩書都有中譯本（前者，三聯1983；後者，人民1982。）

這裡所謂「傳統」，既包括古典的也包括現代的，既包括理論的也包括應用的，既包括單科性的也包括多科交叉性的；正如社會語言學的興起完全不排斥、更不否定或抹煞描寫語言學在人類社會交際活動中有過的功績和現在還繼續擁有的功能一樣。語言信息學的興起，為自身開闢了一個新天地，它要探索的是語言信息在社會交際中傳遞、編碼、解碼、存儲、檢索等等方面的作用問題。

一般語言學對待靜態的語言現象和語言結構——正如生理學和解剖學對待同樣是靜態的有機體（已經停止了生命的人體）進行探索，發現它們內在的規律，從而對社會交際起著規範的作用；社會語言學這門交叉學科則對待開放性的、動態的社會語言現象，探索和研究語言和社會這兩個變量之間相互制約、相互影響的規律，從而闡明語言如何才能對社會交際起著更為有效的作用。社會語言學絕不能代替一般語言學——當然更談不到排斥語言學、語彙學、語法學、修辭學。

當人們認識到：語言是一個包含著信息（語義信息）的系統①——語言是人類社會交際中最重要的信息載體同時又是信息系統——，而這個系統是由許多子系統所構成（這些子系統即形成這個系統的許多要素，例如語音、語義、語法、音素、語素、語感……等等），語言這個系統又隨著一個比它更複雜，更經常在運動著的

---

① 參看蘇聯學者宋且夫的《語言作為一個系統和一種結構》一書。此書原版出於1978年，В. М. Солнцев，*Язык как системно-структурное Образование*，英文書名作 *Language—a System and a Structure*（1983，莫斯科）。此書第一章為「語言在其他系統和結構中」，第二章「語言系統」。作者在這裡提出了並且論證了現代語言學特別關於語言系統的許多理論問題。作者充分論述了「記號」在語言活動中的機能——這裡所說的「記號」，同語言信息密切相關，有時即等於一種「語言信息」。

系統——社會——發生變化和變異，這就使人們不能不開拓一種探索作為信息系統和社會交際之間的許多關係的學科。語言信息學正是這樣的一門交叉學科，它要探索的是這樣的信息載體（本身又是信息系統）怎樣才能最有效地、最準確地服務於社會交際活動。社會成員之間的交際、交流或通訊①活動，人類本身的一切思維活動，這些活動跟信息之間的相互關係，這些活動所顯示出來的社會性（而且這些活動所常常包含著語義的同時，還包含著某種感情②），又如何能正視並利用語言信息系統的特徵，使社會交際成為最優化的交際活動：所有這些都是語言信息學要進行探索和解決的課題。

「語言信息學」這個術語突出了信息同語言之間不可分割的關係，並且突出作為「語言信息」不同於一般意義上的信息這樣一個概念。至於信息學這個術語，由於它在英語世界（英國和美國）中沒有流行，因此這個源出法語而沒有被導入英語和俄語世

---

① 我這裡使用的三個術語「交際」、「交流」、「通訊」，幾乎可以說是同義詞，都是從英語的communication一詞譯過來的，但這三個語詞（且不說它們是術語）在現代漢語的語義是不完全等值的，特別是在語感方面是不同的。在《信息工學詞典》（Dennis Longley and Michael Shain, *Dictionary of Information Technology*, 1982）中有Communication一條，釋義為：

「通訊——將信息在各種媒介中從一點、一個人或一種機件傳遞給另一點、另一個人或另一種機件的過程，稱為通訊。」（頁64）

現代漢語所用的「信息論」一詞，是指申農（E. C. Shannon）的「通訊理論」（theory of communication），後來在英語世界這個詞組發展為「信息理論」即theory of information。

加拿大魁北克術語數據庫出版的《信息學術語彙編》（*Terminologie de l'informatique*, 1983）沒有收單獨的詞目（communication），只有第685條 "communication theory"，法語為 "théorie des communications."（頁45）

② 關於語言感情，我推薦瑞士的柏里華（Edmond Privat）半個世紀以前出版的一部小冊子，《論世界語的表情》（*Esprimo de sentojen Esperanto*, Geneva, 1931）。這是一部非常引人入勝的通俗語言學著作，它的書名雖顯示只講世界語，其實他是從比較語言學（比較語彙學）的角度去分析語言如何表現感情的問題的。

界的術語，在我們的文獻中也幾乎沒有使用過。現代漢語常用的語詞「信息論」，特指申農的信息論，或照字面直譯為「通訊的理論」，同這裡所用的「信息學」語義不是全等的。英語用「計算機科學」來表達法語「信息學」的內容，正如俄語習慣於使用「計算科學」這個術語一樣①。這裡採用的「語言信息學」，其語義比計算科學要寬闊，通俗地說，語言信息學所要處理的不是數學意義上的信息，而是有語義的帶有社會因子甚至還帶有感情因子的語義信息，但在一定程度上卻又應該恰當地注意到它的數學因子。

　　語言信息學的研究對象到現在為止還沒有可能進行精確的表述，因為這門交叉學科還處在生長的過程中，甚至可以說還沒有完全定型。我想借用義大利彭納基厄蒂教授給控制論語言學下的定義②來給語言信息學定出一個模糊的範圍。他說，這門科學（在他是「控制論語言學」，在這裡是「語言信息學」）是「研究自然語言（包括計畫語言）的諸信息特徵，採用信息分析和模型的方法，闡明人類如何能更好地傳輸或理解口語或文語所給出的信息，實現以機器代替語言活動所需要的智能工作」。他接著又

---

① 蘇聯科學院計算中心主任杜羅德尼岑院士（А. А. **Дородницин**）的論文《信息學：對象和任務》（1985）中說道：「信息學informatique這個術語，是法國人大約十五年前開始使用，並且不久就得到公認的。只有美國人、英國人和我們（＝蘇聯人，引用者注）遲遲不肯接受。操英語者迴避此詞，是因為他們早在法國人之前就已在使用Computer Science這個術語。按其含義而論，它同法語的informatique可謂等義詞。至於我們〔蘇聯人〕不肯接受這一術語的理由，是由於我們對待新術語學的看法總持有一種莫名其妙的固執的保守思想。」
前頁注①所引《信息學術語彙編》第1707條為
　　informatics　　　　　　　　　　〔信息學〕
　　類同義語computer science　　〔計算機科學〕
　　法語informatique　　　　　　　〔信息學〕（頁94）
② 引文見第十屆國際控制論大會的論文集第七集《語言控制論》，國際控制論學會（Association Internationale de Cybernétique, 1984）。

補充說，「此外，這門學科還研究如何能使人機對話更加簡便。」這裡的「簡便」，據我後來同這位教授面對面切磋時的理解，他指的是「更易於被普通人（不是專業人員）掌握」的意思。

從上面這個借來的遠非完整的定義中，可以意識到語言信息學所要研究的是：

——自然語言和計畫語言的信息特徵，即語言作為一種帶有語義的信息系統的各種特徵；

——不僅使用記錄、描寫和調查這些傳統語言學的方法，而且要導入信息處理、定量分析、數學模型的方法；

——探索在人類社會交際中如何能更有效地、更準確地傳輸和理解口語或文語所給出的、帶有語義並帶有情感的語言信息；利用語言信息來加強密碼學和破譯學的能力；

——研究語言信息在人機對話中所起的重大作用，以便擴大人工智能在社會生活中的應用。

所有以上的課題，都是很有意義的，甚至是很有興味的。語言信息學所要研究探索的也許主要就是這些課題。

語言信息學的前景是寬闊的，因為我們面臨的時代是一個信息化的時代，是一個正在進行全球性新技術革命即所謂信息革命的時代。恩格斯曾把文藝復興稱為一個偉大的時代，是一個「需要巨人而又產生了巨人的時代」[1]。我們現在所處的信息化時代是無可比倫的，並且可以毫不誇張地說，我們的時代——只要人的理智戰勝了人的瘋狂，只要人民和社會主義的力量超過了暴君和黑暗勢力，只要保持和平的環境而捨棄戰爭的選擇，那麼，現時

----

① 見恩格斯《自然辯證法》，中文本，頁172。

代——信息化的時代將比文藝復興時代更加偉大，更需要巨人，更能產生巨人。在文藝復興及其後以蒸汽機為標誌的工業革命，只不過革了「陰暗的魔鬼的磨坊」①的命，導致了手的貶值；現今這場信息「革命」將導致腦的貶值。我在這裡套用了五〇年代西方一些學者的說法，使用了「貶值」這樣的字眼，並不意味著我順從那時西方流行的熵增加導致世界熱寂論的悲觀論點②。熱寂說現在連西方的哲學家或科學家也不再信奉了，或者說，不公開倡議了。我這裡用腦的貶值只不過表明，腦的機械性的、繁重而煩人的包括某些記憶系統，將交給人所創造的智能機器去做，而人腦將要處理更有創造性的更複雜的自然現象和社會現象，解開困擾社會的許多難題，使人生活得更像真正的人，使人生活得更加如人所應當那樣生活的樣子。

上面提到人工智能、熱寂論、腦的貶值等等一連串的問題，使我不得不聯想到近二十年來國際學術界的爭論——這種爭論在近年的國際控制論信息論討論會時時發生，幾乎每次激烈的爭辯都圍繞著人和機（指電子計算機亦即海外稱為電腦的新技術革命成果）之間的關係進行；爭辯的熱烈幾乎可以同二十年前「愛麗

---

① 此語出自英國詩人布列依卡，為控制論創始者維納（Norbert Wiener）的著作所多次引用。

② 可以在維納的第二本關於控制論的著作，即《人有人的用途——控制論和社會》（*The Human Use of Human Beings*——*Cybernetics and Society*, 1950年初版，1954年修訂）中找到幾句典型的熱寂悲觀論的話——

「我們遲早要死亡，而且非常可能的是，我們周圍的整個宇宙得死於熱寂。那時世界將退化成為無邊無際的熱平衡狀態，在其中永遠不會再產生任何真正的新東西。」（見第二章）

到了八〇年代，即在西方也聽不到這樣的話了，看來「熱寂論」已經不再吸引世人了。

莎程式」①出現時那種令人神往的程度相比擬：人坐在編了愛麗莎程式的電子計算機前用普通語言同計算機對話，計算機也用自然語言的普通寫法與人娓娓交談，彷彿它就是一個精神分析醫生。這場人・機問題的爭辯還在繼續著。我可以用兩個權威的論文題目（書名）來形象化地概括這一國際性的沒完沒了的爭論。

---

① 「愛麗莎程式」（ELIZA-Program），指美國著名的人工智能學者威珍包姆（Joseph
Weigenbaum）1966年發表的《愛麗莎程式——人機用自然語言通訊研究》（*ELIZA
—A Computer Program For the Study of Natural Language Communication Between Man
and Machine*），作者云，「愛麗莎是一個使計算機用自然語言交談變成可能的程式」
（引見CACM，1966年第九卷第一期36頁）。關於這個程式，雖然它已出現了二十
年，但仍然經常被提及，可參看《人工智能手冊》（Bavi Avnon, E. A. Feigenbaum合
編，*The Handbook of Artificial Intelligence*, 1981），第Ⅳ章，「自然語言理解」，F-6。
這個程式的對話舉例如下（第一行是人用自然語言輸入計算機的話，第二行是計
算機用自然語言在屏幕回答的話）：

〔人〕Men are all alike.	男人全一個樣。
〔機〕IN WHAT WAYS.	這怎麼說呢？
〔人〕They're always bugging us about something or else.	他們總是這樣那樣煩人。
〔機〕CAN YOU THINK OF A SPECIFIC EXAMPLE.	你能說個具體例子不？
〔人〕Well, my boyfriend made me come here.	好吧，我的男朋友叫我來這裡。
〔機〕YOUR BOYFRIEND MADE YOU COME HERE	你的男朋友叫你來這裡？
〔人〕He say s I'm depressed much of the time.	他說我近來情緒很壞。
〔機〕I AM SORRY TO HEAR THAT YOU ARE DEPRESSED.	我聽說你情緒很壞，很難過。
〔人〕It's true. I'm unhappy.	真的，我心裡不高興。
〔機〕DO YOU THINK COMING HERE WILL HELP YOU NOT TO BE UNHAPPY	你以為來這裡可以幫助你使你不再不高興麼？
〔人〕I need some help, that much seems certain.	我需要一點幫助，這是肯定的。
〔機〕WHAT WOULD IT MEAN TO YOU IF YOU GOT SOME HELP？	如果你得到幫助，那對你會怎樣？

—— （下略）——

一方是人工智能的權威明斯基教授①的題目：

「人能思維，為什麼機器不能？」

另一方是哲學家德雷福斯②的題目：

「計算機不能做什麼？——人工智能的極限。」

像這兩個標題所展現的爭論一定還會繼續下去③，其結果也正如 $\frac{\infty}{X}$ 的值要看不同情態而異一樣。我所要說的是，語言信息學的任務之一，正是要探究在人機關係上語言信息會起什麼作用？能起什麼作用？起作用時如何才能作出最優選擇？作用將在那一點上達到極限？等等。

語言信息學的內容，是從語言信息的分析開始，探索語言信息的科學基礎和社會職能，最後注意力將集中到現代科學和現代哲學的交叉點④——人工智能上。

（1987年）

---

① 明斯基（M. Minsky），公認為美國人工智能的權威，他這篇論文表明了他的樂觀態度。

② Hubeit L. Dieyfus, *What Computer Can't Do*，修訂版1979年，有中譯本（三聯，1986）。

③ 作者近年參加的幾個國際信息論會議都發生過這樣的爭論，去年（1986）作者在東京時應日本《AI》（人工智能）雜誌之邀，同外國三個教授一起辯論這個問題——他們是：日本的人類學教授田中克彥，瑞士的心理學教授裴隆（Prof. Peron），聯邦德國的教育控制論教授弗朗克（Prof. Frank）。瑞士教授與我為一方（否定），聯邦德國教授為一方（肯定），日本教授中立。

④ 美國社會語言學家海默斯（A. Hymes）有一篇重要的論文〈信息的人種志研究導論〉（Introduction: Forward Ethographies of Communication, 1964）雖發表在二十幾年前，但亦很值一看。他提出的四個特徵中第3和第4就是信息論和控制論的特徵。這一段話原文為：

「信息論（information theory）是同交際〔或譯通訊〕密切相關的一個學科；另外一個密切相關的學科是控制論。在我們論述的範圍內，應把信息論中的數量觀念（quantitative sense）作為第三個特徵，而把控制論作為第四個特徵。利用信息論的理論來研究人種志的信息系統的著作，幾乎沒有，利用控制論來研究也可以說是同樣情況。」

他舉出John Roberts當時即將出版的著作*Four Southwestern Men*一書涉及這兩方面的問題——此書我迄今未見，它不知已否出版了。

〔*93*〕走向語言信息學——札記

揚　雄

有這麼一句成語：「言為心聲。」——此語源出西漢時期一個學者揚雄（公元前53－公元18）。他在所著《法言》一書中有兩句話：

> 「言，心聲也；書，心畫也。」

如果按照當代人的理解用現代術語翻譯出來，大約可以寫成如下一段文字：

> 「人們所說的有聲語言，是表達人的思想、意識的聲音符號系列；而人們用以記錄語言的文字，則是表達人的思想、意識的書寫符號系列。」

把兩千年前古人的觀念用現代化的術語加以表述，可能是一種冒險的嘗試，也許會失真，或者被認為牽強附會。但在上引的表述中，我想還不至於陷入不可理解的迷津。

西漢時期在中華大地已經形成了一個統一的國家，在經濟上經歷了若干年動亂，也進入了比較穩定發展的階段，生產力有了很大提高，在思想上則經歷了春秋戰國時期光輝燦爛的「百家爭鳴」，而書寫符號則從甲骨文、金文，演變到大篆到小篆以及雛形隸書了——書寫工具也從硬筆（如竹刀）到軟筆（毛筆），而值得注意的是已經著手記錄和探究各地的方言，社會環境和技術條件孕育著一種民族統一語（或至少形成著一種民族群體之間可以互相溝通的公用語）。是在這樣的一種社會語境中產生了上面所引用的「言，心聲也；書，心畫也」的思想。

言，書。公元前一世紀這位學者便以簡潔明了的方式提出了這樣的命題——富有語言信息學內容的命題。用現代語表述，即人們在信息社會中經常遇到的兩個字（兩個方面）：

audio——video

這就是信息學（語言信息學）所著重研究的「聽」和「視」。（現代漢語作「視——聽」。電視機的視頻、聽頻；多媒體的演示包含著這兩個方面：視——聽。）

語言學：古老的學科

語言學是一門古老的學科，因為語言是人類用以傳遞思想、交流思想、協調勞動、指揮生產所不可缺少的社會交際工具。這種工具是從人類組成社會（甚至在有文字記錄以前的社會）時起就被人們每時每刻在應用著的。在不同時期許多學者花費了大量勞動去探究人類語言的起源，他們的工作當然是可敬的，雖則到現在還沒有得出一致公認的見解。我以為不必太著力去討論這個困擾人們多少個世紀的老問題，也不必太過用力去探究先有思想還是先有語言這樣一個兩難問題；是否可以聽從一種模糊的說法，那就是恩格斯的說法：

> 「語言是從勞動中並和勞動一起產生出來的，這是唯一正確的解釋。」

他接著又說：

> 「首先是勞動，然後是語言和勞動一起，成了兩個最主要的推動力，在它們的影響下（注：即在語言和勞動的影響下），猿的腦髓就逐漸地變成人的腦髓；……」

而正由於腦髓這種發展，必然使得

> 「愈來愈清楚的意識以及抽象能力和推理能力的發展，又反過

來對勞動和語言起作用。」

難怪波蘭語義學家沙夫（Adam Schaff）認為勞動、思想、語言
這三者是不可分的「三位一體」。

但丁——《俗語論》

既然語言和意識有著同樣長久的歷史，既然「語言也和意識
一樣，只是由於需要，由於和他人交往的迫切需要才產生的」，
這樣的表述自然令人想到文藝復興時期的巨人之一——但丁
（alighieri Dante, 1265—1321）來。但丁在他的著作《俗語論》
（*De Vulgari Eloquentia*）中對這個問題作了側面的、令人發笑的
論斷。他寫道：

> 「在所有存在物當中，只有人被賦予語言，因為只有人才有此
> 需要。對天使來說，或對下等動物來說，語言都不是必要的，就
> 算把語言給了他們也是無為的，正如我們所知道的那樣，大自然
> 就收起來不給了。」

但丁說，人總要把自己的思想向他人表達，而天使和動物卻不。
為什麼天使可以不使用語言呢，因為——

> 「至於天使們為了表達他們的光輝思想，看來並不需要使用語
> 言這種外在的表現，因為天使們的智能是十分完善而且無可言狀
> 那麼豐厚，他們之間盡能彼此互相了解，或者自身洞察一切，或
> 者至少可以依靠那面光輝燦爛的明鏡——他們誰都急於照照這面
> 明鏡，因為它會反映出他們的一切善美。」

天使不需要語言，因為它們自己有洞察力，不必通過語言這樣一
種工具便能洞察一切；那麼，魔鬼需不需要語言呢？——但丁
說，魔鬼也不需要語言，有兩種答案：一是這些傢伙都是「怙惡
不悛」的東西，「悍然拒絕上蒼的關懷」；一是這些傢伙互相傾

軋，只需知道自己的存在和權力的大小就足夠了，用不著交換思想。

至於動物呢──

「下等動物只能被天然的本能所指引，它們也無需乎被賦予說話的力量，因為同種同屬的動物，都會有同樣的動作和同樣的情感；因此他們可以根據他們那些動作和情感，彼此早有了解。至於那些不同種屬的動物，則語言不僅是不必要的，而且往往是有害的，因為它們彼此之間從來不會有友好的交往。」

但丁的表述現在乍看上去似乎很可笑，但在文藝復興時期這種表述是很大膽的，今天至少可以認識到，但丁認為只有社會的人才需要語言，因為作為社會成員，人在任何環境中都需要語言作為一種控制自己和他人活動的極其重要的工具。

索緒爾

按照本世紀最有影響的西方語言學家索緒爾（Ferdinand de Saussure, 1857─1913）的說法，「語言是一種表達觀念的符號系統」。語言是符號系統，這提法使我們很快接近到信息和信息系統，即接近到擬議中的語言信息學。索緒爾在他畢生的講學和研究中，創造了兩個術語，即法文的langue和langage，當代的漢譯通常作「語言」和「言語」──雖則langage一詞也譯作「言語活動」，但通常在現代漢語人們都反覆用「語言」和「言語」來表達索緒爾這兩個概念。語言是社會行為，言語則是個人行為；語言是言語活動的事實的規範，他說，「語言不是說話者的一種功能，它是個人被動地記錄下來的產物」；而「言語卻是個人的意志和智能的行為。」所以索緒爾說：

「語言和言語是互相依存的；語言既是言語的工具，又是言語

的產物。」

由這裡出發，索緒爾認為「要有語言，必須有說話的大眾」，語言不能離開社會事實而存在。而「要是只考慮說話的大眾，沒有時間，我們就將看不見社會力量對語言發生作用的效果。」這樣，索緒爾發展了他的共時語言學和歷時語言學。

關於「言語」和「語言」

巴黎出版的《語言科學百科詞書》（*Dictionnaire encyclopédique des sciences du langage*）對索緒爾學說有這樣的表述——

「他把語言學的主體事物（subject matter）同語言學的客體〔事物〕（object〔matter〕）分開，所謂語言學的主體事物即語言學家調查研究的領域，包括同語言使用（language use）密切相關或離得很遠的整個現象；而客觀〔事物〕即能引起語言學家關切的這些現象的部分（sector）或特徵（aspect）。為什麼要這樣劃分呢？按照索緒爾的說法，有雙重作用。首先，這個客體必須做到『本身就是一個整體』（a whole in itself），這就是說，它是一個本身就能理解的封閉系統。其次，客體必須是『一個分類原則』：它必須成為更好理解主體事物的基礎，它必須使實驗數據能讀懂……索緒爾把這客體稱為語言（英language，法la langue），把主體稱為言語（英speech，法la parole）。儘管大多數現代語言學家同意這種劃分，認為這種劃分在方法論上是有必要的，但他們在用什麼樣的範疇來確認語言和言語這兩者的問題上有很多分歧。」

請注意：當代語言學家對於語言和言語的理解，各有自己的一套。注意到這一點是很重要的——這樣就使我們的探討不至於陷入某些局限。獨立思考對於研究工作是極端重要的。

洛西・蘭地的詮釋

　　當代義大利語言學家洛西・蘭地（Ferruccio Rossi—Landi）對索緒爾觀點的理解和詮釋——對索緒爾劃分出「語言」和「言語」這兩個術語有一種特別的見解。洛西・蘭地本身是別具一格的語言學家，他把《資本論》和唯物史觀經濟學的範疇，諸如資本、生產、交換、消費、商品、價值、財產、私有財產等等直接應用到語言學上，即把語言現象當作經濟現象加以分析研究，寫成一部《語言學和經濟學》（*Linguistics and Economics*）——這部書可能是迄今為止最奇特的一部語言學研究著作——，他在正文§1.3及其注解中對索緒爾創始的「語言」和「言語」兩個術語作了一些簡短的分析；他指出語言一詞在各種不同的文字中，有不同的語義，即使語義相類似，語感也不一樣。他說英語language（現代漢語通常譯作「語言」）一詞，在《牛津》字典中和在《蘭登》字典中各有十四個義項——人們發現這十四個義項卻不是全等的。法文langue和langage（即上述現代漢語譯作語言和言語的語詞），義大利文在不同的場合可以譯成linguaggio, lingua, favella, parola, idioma——。揣摩他的意思，英語的language和Speech並不在任何場合都與索緒爾所定義的langue和langage相等同。他說：

> 「英語language可以用義語linguaggio（即法語的langage）來翻譯，而義語lingua（即法語的langue）譯成英語卻是 'a language' 或 'the language'。」

也就是說，加上不定冠詞a或定冠詞the的language就是語言（langue），而不加冠詞的language則為言語（langage）。作者風趣地引用莎士比亞的一句台詞：

"Ther's a language in her eye, her cheake, her lip."

這裡所說她的眼睛，她的面頰，她的唇，都有一種什麼呢？正所謂「眉目傳情」，而這種非語言卻又勝過千言萬語，這裡該用語言呢，還是該用言語呢？——我寧願廣泛使用語言這樣一個術語，來指人類的有聲語言符號（以及由此派生的書寫語言符號），因此，我也贊成用語言和非語言這樣一對術語，來移譯英文中的verbal和nonverbal。

洛西‧蘭地把符號分成兩類，自然符號（natural sign），和社會符號（social sign），前者指自然界發生的，沒有經過人類意識所控制的體系，後者則指人類勞動（取其最廣闊的語義）所生成和創造的符號，即語言符號系統和非語言符號系統。語言符號系統包括聲音符號系統（即人類的「說話」）和書寫符號系統（即人類用以記錄「說話」的文字）。在現代漢語把語言和文字分開，但又常常把這兩個語詞串在一起使用（「語言文字」）；現代漢語使用的「語言文字」包括口頭語言和書面語言，但這個複合詞在很多場合下往往是西方冊籍中使用的language（語言）的意義。

書面語言即文字是一種值得語言學研究的符號系列。有趣的是，連索緒爾的語言學教程中也闢了專章討論文字問題，雖則他認為語言學的對象不是文字，他認為語言（應當指口頭語言）「有一種不依賴於文字的口耳相傳的傳統」，而文字「唯一的存在理由是在於表現」語言；但是也鄭重其事的聲稱：「我們也不能不重視這種經常用來表現語言的手段；我們必須認識它的效用、缺點和危險。」

索緒爾把文字體系分成表意的和表音的兩種，他把漢字定為表意體系的經典範式——但是當他把漢字定為表意系統時，卻同

他所下的定義相矛盾，他定義說表意符號系統「與詞賴以構成的聲音無關」。漢字這種書寫符號系統難道真的「與詞賴以構成的聲音無關」麼？如果是這樣，則占漢字中很大比重的形聲字又作何解釋呢？這位西方語言學家把自己的研究「只限於表音體系」，這是不無遺憾的。不過索緒爾對文字為什麼如此重要，也作過精闢的闡述，照他的說法：

——書面語言（文字）使人「突出地感到它是永恆的和穩固的，比語音更適宜於經久構成語言的統一性。」

在漢語的語言環境中，「書同文」（用統一的書寫符號系統表述語言）在過去兩千年社會生活中被證明是十分重要的統一紐帶，而不是索緒爾所認為的「完全虛假」的統一。

——在大多數人的腦子裡，視覺印象比音響印象更為明晰和持久。

這一點也說得十分正確，而且被現代神經生理學和語言信息學所證明了。

——文學語言使人們更加感覺到文字的份量，文字成了「頭等重要」的符號系統。

——當語言和正字法之間發生矛盾的時候，文字（書面語言）就成為無上權威。

這後面的兩點表明文字超越了時間、空間的限制，對社會生活起著口頭語言所不能起的作用。這也是完全合理的。

可見從現代漢語出發研究語言信息學的時候，不只要探討語言符號和非語言符號，而且同時要探討聲音符號和書寫符號。

語言符號

把語言看作有序的符號系統——其中包括音聲符號系統和文

字符號系統，亦即揚雄所謂「言，心聲也；書，心畫也」這樣兩個系統——，這就向信息學接近了大大的一步。

語言學家宋且夫（V. M. Solntsev）是對語言符號（linguistic sign）闡述得比較透徹的一位蘇聯學者。語言符號是由任意形狀加上它所代表的（記錄的）實物概念兩部分構成的；符號的任意性，表明最初記錄某一概念時是任意選擇的形狀，而不是指約定俗成之後還可以任意擺布。例如「書」這樣一個字代表了書這樣一種實體，寫成這麼一個形狀，讀作〔ʃu〕這麼一種聲音，那是在很古很古的時候任意制定——這就是語言符號的任意性，而這種任意性不能解釋為現在可以任憑什麼人把「書」這個概念不念作「書」，不寫成「書」，那樣的任意符號在語言交際中是不存在的，如果那樣做，語言交際就變成不可能。

看來，宋且夫在很大程度上贊同符號學的創始人之一皮爾斯（Ch. S. Pierce）給「符號」所下的定義，那就是——

【符號】是某種對某人來說在某一方面或以某種能力代表某一事物的東西。

這一句是時下對原文something which stands to somebody for something in some respect or capacity的中譯文，也許不是十分令人滿意的譯文，但它基本上表達了皮爾斯對符號所作的釋義。驟看似乎有點玄，但它給出了符號有製作者、解釋者、接受者，有它所代表的事物或概念，還有製作——解釋——接受時的場所或境地。這樣就又一步接近了信息學。

如上面所說，語言符號必須有語義，但這是語義，不是語義所代表的概念或實物，知道這符號，不能說就知道這符號所代表的實體的本質——正如馬克思說過的：「一件東西的名字是同這個東西的本質不一樣的。我只知道某人的名字叫做雅各，我對這

個人卻是一無所知的。」名字是任意安排的符號（這裡的「任意」如上文所述是有一定含義的），這個符號並不能揭示它所代表的事物的本質。

宋且夫說，事物、思維（意義）和聲音的相互關係引起古代許多哲學家的興趣，因為這也許是語言最基本的本體論的問題，也是現代語言科學所要探討的問題。

這樣，我們不僅一步一步走向信息論，而且一步一步接近語言信息學了。

人工智能學者論語言

人工智能學家溫諾格拉格（T. Winograd）關於語言說過一段饒有興味的話。他說——

> 「語言開始工作的頭一個條件就是必須有一個聽者準備跟那個說話者對話。如果沒有人聽，一大堆合乎邏輯的、美麗的或者是激動人心的語言也是毫無意義的。如果說話者和聽話者的背景太懸殊，不足以創造出一種公開的認真的聽話環境，講話是一點用處也沒有的——即使一字一句的念了，對這些字句的了解也是很不相同的。」

人們可以從不同的角度去解釋或了解這一段文字，例如可以從語言的起源，語言與思維的關係，語言與社會的相互作用等等方面去引申這段話的意義，但是讓我們言歸正傳——從語言信息學的角度看，這段話表明：

> 「發生語言行為必須有說話者，
>
> 還必須同時有聽話者，」

當然還需要有一種說話聽話的語境和條件。這樣一來，對語言的解釋就非常接近信息學了。

信息學

　　信息學是一門年輕的，正在生長著的學科，是一門牽涉到很多部門科學的學科，是一門推動很多學科向前發展的多種交叉性邊緣學科；而信息學在其形成的過程中也已經產生了若干專門化分支——例如語言信息學就是其中之一。

　　甚至信息學（informatics）這樣一個術語也還沒有被英語國家所接受，連1988年修訂增補的《牛津微型字典》（這部字典打破了牛津字典系列的老傳統，從第一版起就收錄了很多紳士們還沒有確認的新字）也沒有收。按照一位信息學家的說法，「信息學一詞是在歐洲的大學圈子裡發展起來，作為美國大學圈子裡所用的計算機科學（computer science）一詞的對應術語而存在。不過，信息學這個術語的語義後來卻日漸擴大了。」

　　「信息學」一詞沒有被牛津字典系列所收載，這一點也不奇怪。英美廣泛應用的一部《信息工程詞典》第一版（1982）也沒有收這個語詞，只是三年後在第二版（1985）中才收載這個字，有兩個義項：

　　①有關信息收集、傳送、儲存、處理和展示的科學。

　　②譯自法語術語informatique，一段認為是數據處理的等義詞。

前蘇聯科學院計算中心主任杜羅德尼岑院士（A. A. Dorodnitsin）的論文（1985）的有關段落是很有興趣的：

　　　　「信息學informatique一詞是法國人大約在十五年前開始使用，在那以後不久便得到公認的。只有美國人、英國人和我們（＝蘇聯人，——引用者）遲遲不肯接受。操英語者迴避這個語詞，是因為他們早在法國人之前已經使用『計算科學』computer science這樣一個術語，按這個術語的含義來說，它同法語的 informatique可說是等義詞。至於我們（＝蘇聯人）不肯接受這一術語的理由，是因為我們（＝蘇聯人）對待新術語的看法總持有一種莫名其妙的固執的保守思想。」

南斯拉夫信息學家澤倫茲尼卡爾（Anton P. Zeleznikar）給信息學下的定義是同上引詞典下的第一個義項相近似的——（見 Cybernetica 1988/#3，頁194）

「信息學是研究信息系統以及這些系統在人機相互關係中如何作為一種活生生的和工程上支持的信息系統而存在的學科。信息系統不再是孤立於人及其生命過程的一種計算機系統。正因為未來的計算機將會變成信息機，因此計算機科學將會愈來愈為信息科學（information science）所代替。」

這位科學家甚至認為信息學在現在與未來的信息科學中的位置正如數學在過去、現在和未來的數理科學中的位置那麼顯赫，那麼重要。

也許著名的加拿大魁北克數據庫給信息學下的定義以及所列舉的這門學科的內涵，是關於這個術語最完整的詮釋了。這個數據庫所編印的《信息學術語彙編》（*Terminologie de l'informatique*）第1707條informatics，——它稱之為與英「計算科學」（computer science）的「準同義語」，即等於法語的 informatique（信息學），這個術語的內涵是——（見後表）

按照羅馬尼亞一個控制論學者的說法（引自S. Bajureanu的論文《決定論和信息》，1987）信息學就是研究信息的發生、感受、準備、傳送、處理、存儲和顯示的科學，而且包括了從人與自然的物體、過程、現象所能發生的所有信息。他指出信息學的基礎是申農應用概率論所創立的信息傳送理論。這樣的表述是可

以接受的，同上面所分析的沒有本質的區別。

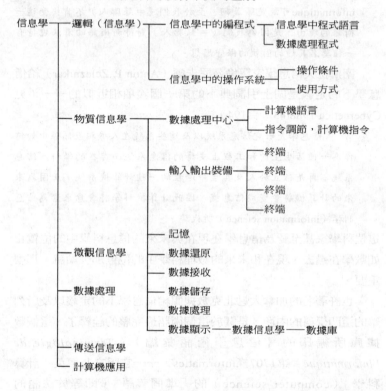

語言信息學

　　1983年在第十屆國際控制論大會上，義大利的F. A. Pennacchietti教授稱「語言信息學」或「控制論語言學」是一門邊緣科學，它：

　　　「研究自然語言（以及計畫語言）的信息特徵（informational aspects），採取信息分析和模型的方法，闡明人類如何能夠更好地

傳送或理解口語或文語所給出的信息，實現以機器代替語言活動所需要的智能工作。……同時還研究如何能使人機對話更加簡易。」

從以上這些表述，可以把語言信息學的對象粗略地界定為：

「它將研究語言信息（廣義的即包括語言符號系統和非語言符號系統在內）在人類社會交際活動中（包括雙向、多向以及人機對話等等）如何能夠取得最佳效能。」

（1992）

〔94〕語言信息與概率論札記

概率論起源於賭博

在研究語言信息時，處處都會遇到概率的問題，處處都要應用概率論的定理和方法。

也許下面的說法是對的：概率的研究起源於賭博。據說在文藝復興時期，歐洲的富人們賭博成風，他們為著贏得賭局，往往使用威迫利誘的手段，強令那時的數學家（往往兼而為哲學家）研究出一種致勝的方法。像伽利略那樣的顯赫科學家，據說也被當時一批嗜賭如命的權貴們迫著去研究賭博致勝的法術——也就是後來發展而成為概率論的原則原理。現在都認為數學家兼哲學家帕斯卡爾是概率論的始祖——其人也是因為接受賭徒權貴的委託，才同他的數學家朋友通訊研究概率的問題。帕斯卡爾留下一部未完成的手稿，經後人編集起來題名《思想錄》，其中也收錄了這位數理科學家對概率論的原始而精闢的論述，這部書的第三編題為〈必須打賭〉（§184—241），中間有不少概率論思想，雖

則這裡著重解決的不是打牌的輸贏問題，而是哲學——形而上學的某些問題。

帕斯卡爾說得十分有趣——不過在這有趣的論述中，卻使讀者頓時領悟到賭徒的心理，也就是領悟到概率問題最簡單又最精髓的東西。他說：

「讓我們說：『上帝存在，或者是不存在。』然而，我們將傾向哪一邊呢？在這上面，理智是不能決定什麼的；有一種無限的混沌把我們隔離開了。這裡進行的是一場賭博，在那無限距離的極端，正負是要見分曉的。你要賭什麼呢？根據理智，你就既不能得出其一，也不能得出另一；根據理智，你就不能辯護雙方中的任何一方。……讓我們權衡一下賭上帝存在這一方面的得失吧。讓我們估價這兩種情況：假如你贏了，你就贏得了一切；假如你輸了，你卻一無所失。因此，你就不必遲疑去賭上帝的存在吧。……既然得與失是同樣的機遇，所以假如你以一生而只贏得兩次生命的話，你還是應該打這個賭；然而假如有三次生命可以贏得的話，那就非得賭不可了——何況你有必要非賭不可；並且當你被迫不得不賭的時候而不肯冒你的生命以求贏得一場一本三利而得失的機遇相等的賭博，那你就是有欠深謀熟算了。」

帕斯卡爾提出了概率論的基本點，即確定性和不確定性問題。他寫道：

「……所有的賭徒都是以確定性為賭注以求贏得不確定；然而他卻一定得以有限為賭注以求不一定贏得有限，這並不違反理智。說我們付出的這種確定性與贏局的不確定性之間並不存在無限的距離，這種說法是錯誤的。事實上，在贏局的確定性與輸局的確定性之間存在著無限。但是贏局的不確定性則依輸贏機遇的比例而與我們所賭的確定性成比例。由此可見，如果一方與另一

方有著同等的機遇，那末所賭的局勢便是一比一；而這時我們付出的確定性就等於贏局的不確定性；其間絕不是有著無限的距離。因此在一場得失機遇相等的博弈中，當所賭是有限而所贏是無限的時候，我們的命題便有無限的力量。」

用確定性與不確定性這種觀念來解決認知的問題，應當說是從帕斯卡爾開始的，他寫道：

「如果除了確定的東西之外，就不應該做任何事情，那末我們對宗教就只好什麼事情都不做了；因為宗教並不是確定的。然而我們所作所為又有多少是不確定的啊，例如航海、戰爭。因此我說那就只好什麼事情都不要做了，因為沒有任何事情是確定的；可是比起我們會不會看見明天到來，宗教卻還有著更多的確定性呢；因為我們會不會看到明天，並不是確定的，而且確實很有可能我們不會看到明天。但我們對於宗教卻不能也這樣說。宗教存在並不是確定的；可是誰又敢說宗教不存在乃是確實可能的呢？因而，當我們為著明天與為著不確定的東西而努力的時候，我們的行為就是有道理的；因為根據以上所證明的機遇規則，我們就應該為著不定的東西而努力。」

伽利略和其他概率論先驅

①伽利略（Galileo Galilei,1564—1642），就是那個被異教裁判所判定他的地球繞著太陽運行的學說為異端邪說時，說了一句不朽的名言的伽利略——那句名言是他跪著聽了判決後站起來說的第一句話「可它還是轉動著的呀」（E pur si muove），這句話表明一個科學家所信奉的真理不是異教裁判所所能推翻的。伽利略寫過一篇短文提出概率論的基本原理，後人譽之為「奠定整個統計科學的基礎」（說見美國阿爾德和羅斯勒合著《概率與統計導論》

第一章引言，原書名：Henry L. Alder & Edward B. Roessler, *Introduction to Probability and Statistics*, San Francisco, 1976）。

　　從概率論的先驅者們的著作名稱，也可以看到這門學科是從賭博的研究出發的。荷蘭數學家惠更斯（Christian Huygens, 1629—1695）於1657年發表〈關於賭博遊戲中的推論〉（*De Ratiociniis in Ludo Aleae*）可能是關於賭博概率的最初一篇較為系統的論文，此文發表後在歐洲引起了對概率論的廣泛興趣。同一世紀著名的數學家貝努里家族九人都對數學有所發明創造，至少有兩人都對概率論有貢獻，包括詹姆士·貝努里（James或Jakob Bernoulli, 1654—1705，按這個姓的正確讀法應為貝努葉）著有《猜測的藝術》（*Ars Conjectandi*, 1713），這部著作把概率論建立在牢固的數學基礎上，尤有貢獻的是關於大數定律原則的發現和闡述，他本人為這個發現很自豪，他寫道：「這個問題我壓了二十年沒有發表，現在打算把它公諸於世了。它又難又新奇，但它有極大用處，以致在這門學問的所有其他分支中都有其高度價值和位置。」根據他的發現，為了使事件發生的次數與試驗總數之比介於 $\frac{31}{50}$ 和 $\frac{29}{50}$ 之間，假若事件發生的可能性等於一千分之一（$\frac{1}{1000}$），那末，作25,550次試驗就夠了；假若事件發生的可能性等於一萬分之一（$\frac{1}{10000}$），那末，作31,258次試驗就夠了；假若事件發生的可能性等於十萬分之一（$\frac{1}{100000}$），那末，作36,966次試驗就夠了。（參看托德亨脫，《概率論的數學史》，Todhunter, *The History of the Mathematical Theory of Probability*, 1865）這個家族中的尼古拉·貝努里（Nikolaus Bernoulli, 1687—1759）和丹尼爾·貝努里（Daniel Bernoulli, 1700—1782）也都對概率論在其他學科的應用作出了貢獻；丹尼爾有兩部著作，即《賭博法新論》（*Specimen Theoriae Novae de Mensura Sortis*, 1730—

31）和《關於猜測的新問題的分析研究》(*Disquisitiones Analyticae de novo Problemate Conjecturali*, 1759)。

帕斯卡爾（Blaise Pascal, 1623—1662）是十七世紀法國著名數理科學和哲學家，他的理論精華集中在他的未完成著作、經後人整理出版的《思想錄》(*Les Pensées-sur la religion et sur quelques autres sujets*, 1670)。這裡引用的見《思想錄》中文版（1986）頁184—241，第三編。

據說一個叫做安東尼・貢包爾德（Antoine Gombauld）的法國貴族，嗜賭如命，曾把他如何贏得賭局的問題請教年輕的數學家帕斯卡爾，帕斯卡爾同數學家費瑪用信件討論過計算方法，其後又同從荷蘭旅行到巴黎的數學家惠更斯交換過意見，由此發展了概率論的數學理論（參看克爾比《當代思想詞典》，David Kirby, *Dictionary of Contemporary Thought*, 1984，頁90）。所以當代美國數學家韋弗（Warren Weaver）說，「機遇小姐（Lady Luck）是在賭場（賭博沙龍）的非常時髦而名聲不太好的氣氛中，在十七世紀幾位法國名人的通信中誕生了。」（參見上揭書，頁90）

費瑪（Pierre Fermat, 1601—1665），法國數學家。收在帕斯卡爾全集中有1654年給費瑪的信三封。據說有一個賭徒在賭博中遇到一個難題，他立即去請教帕斯卡爾，帕氏立刻把它轉給費瑪——後來兩人都得到正確的答案，由是開始了關於概率的研究。第一次也是討論概率論問題的最初的嘗試，就是關於兩個賭徒以擲硬幣為賭博，看其中一人在什麼時候先破產的問題——通常這叫做「賭徒的破產」難題，其解決公式則是概率論最基本的公式。

在斯科特的《數學史》(J. F. Scott, *A History of Mathematics*,

1958）中，對帕斯卡爾和費瑪有如下的評述：

> 「對概率論進行最早的科學探索，應歸功於費瑪和帕斯卡爾二人。大家記得，卡爾丹曾對機會對策中產生的一些問題感到過興趣，但首先試圖把這些問題歸結為一種法則的，則應歸功於費瑪和帕斯卡爾。
>
> 鼓舞這兩個人認真對待這項研究的問題可以陳述如下：兩個賭手A和B坐下來玩一場碰運氣的賭博，先得n點為獲勝者。他們的技術相等。當A獲得x點，B獲得y點時，賭博結束了。底碼應該按怎樣的比例攤派呢？這個後來稱為『點的問題』其實是一個很古老的問題；當一個輕率的賭徒希凡利・狄・米爾（Chevalier de Mére）向帕斯卡爾提出這個問題，而帕斯卡爾又立刻把它轉給費瑪時，它就開始引起人們的重視了。他們兩人都得到了正確的答案，但所用的方法不同。關於概率的研究就是這樣開始的，這一研究經過了漫長的歷史，在十八世紀與十九世紀中，它吸引了許多著名數學家的注意力，直到今天仍是如此。」（見該書中文本，1981，頁158）。這裡稱為「希凡利」的即指當時的貴族。

從帕斯卡爾到馮紐曼

從帕斯卡爾經過費瑪和惠更斯，到建立博弈論的馮紐曼，其間經過了三百年——可以明顯地看到概率論的發展是從賭博的實際出發的。馮紐曼運用概率論將人間的許多活動歸結為一種抽象意義的「賭博」，他用數學方法歸納而為這樣一種集合，即彼此雙方在對抗過程中各採取一些戰略措施，來加強自己一方的優勢，造成對方的劣勢。博弈論最初在經濟領域中應用，其後又在其他領域包括軍事領域應用，這些實際應用概率論原理的學科後來又發展成為決策論。

馮紐曼（John von Neumann, 1903—1957），匈牙利血統美國數學家。他為高速數字電子計算機的創制，奠定了理論基礎。他的母國匈牙利也高度評價這些貢獻，為此設立了「馮紐曼學會」（這個學會的英文全名是馮紐曼計算機科學學會John von Neumann Society for Computing Sciences，法文名字為馮紐曼信息學學會Société de l'Informatique John von Neumann）。馮紐曼在1955—1956年為作一系列演講準備了一份關於計算機和人腦思維手稿，這份手稿因作者於1957年逝世，未能完成，翌年（1958）以《計算機和人腦》（*The Computer and the Brain*）出版。他有一個時期與維納（Norbert Wiener, 1894—1964）過從，對控制論的創立有過貢獻。他在二次大戰期間與經濟學家莫根施特恩（Oscar Morgenstern）合著《博弈論和經濟行為》（*Theory of Games and Economic Behavior*, 1944；又1953年修訂第三版），提出了「博弈論」（theory of games）這樣的學科。「博弈論」說得粗野些就是「賭博學」，這是從帕斯卡爾以來借用賭博輸贏來闡明概率論應用問題的學問。時人不喜用「博弈」字眼，將Theory of games譯為「競賽論」（《競賽論與經濟行為》），或譯為「對策論」（《對策論與經濟行為》，1986《簡明不列顛百科全書》中文版第六卷），按語源學和歷史語言學的觀點是不確切的，賭博是一種遊戲，而不是一種按字面解釋的競賽，也不是目前發展為「決策論」（theory of decision）的決策。我主張老老實實譯為「博弈論」（或甚至「賭博學」）不但無傷大雅，而且顯得更確切些。

　　決策論研究決策的信息流程和信息處理，其信息流程圖大致如下所示：

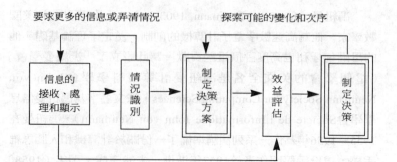

要求更多的信息或弄清情況　　　　　　　探索可能的變化和次序

```
信息的        情
接收、處  →  況    →  制定    →  效益    →  制定
理和顯示      識        決策          評        決策
              別        方案          估
```

參看德齊寧和康托羅夫合著《決策與自動化》（1972，中文版
1983）。

概率論的通俗表述

如果要用最簡單的表述方法，可以把概率的含義詮釋為研究
可能的機會的學科——因此，人們通常認為概率就是表達可能出
現的機會（機遇），可能發生的機會。比方擲一枚硬幣，落下來
時可能正面朝天，也可能背面朝天——無非兩種可能的機會。不
是這一種機會，就是另一種機會。這是最簡單不過的說明概率的
例子。

即使是像擲硬幣那樣簡單的例子，也能說明很多問題，涉及
有關概率的主要問題。首先，擲一枚硬幣落下來哪一面朝上，只
有兩種可能的機會；而這出現的機會卻又不是完全沒有規律可尋
的——這就是說，擲一百次，這兩種出現的機會會均等嗎？擲一
千次，擲一萬次，又會怎麼樣？兩種可能的機會是不是會有一種
規律，還是完全不可捉摸？自然，不言而喻，投擲的這枚硬幣應
當是均質的，即每個點的質量都是均衡的，而不是某一邊特重，
另一邊特輕，也不是某一角比其他地方重得多，否則，就會出現

完全可以猜測得出的情況，而不是出現某一種機遇——例如，質量較重的一方總是沉在一邊，導致某一面總是向上。

　　這就正好說明有兩種截然相反的情況，一種是確定性現象，一種是不確定性現象，恰如帕斯卡爾三百年前所表述的那樣。在不確定性現象中，從表面上看，出現哪一種機會似乎沒有規律可尋，其實不然，如果在相同條件下，反覆進行同樣的試驗，其結果卻出現某種規律性，這就是說不確定性在人間實踐中也不是雜亂無章的。

　　就以剛才提出的最簡單的擲硬幣的試驗而論，即使這枚硬幣質地絕對均勻，誰也不能準確斷言這枚硬幣落下來是正面朝上還是朝下。但如果在同樣條件下擲多次（幾百次、幾千次、幾萬次），正面朝上的機會會接近於半數，背面朝上的機會也將接近半數。這裡說的是接近，而不是全等於半數（當然也有很湊巧的情況，出現的結果偶爾等於0.5）。大量重複試驗的現象即稱為隨機現象，研究隨機現象的統計規律性就是概率論這門學科的對象。

　　據說十七世紀的賭徒向帕斯卡爾提出請教的第一個的問題，就是擲硬幣的問題，史書稱為「賭徒的破產」問題。傳說有兩個賭徒（一般稱為彼得和保爾）以擲硬幣的方法進行賭博，比方說正面向上則賭徒甲給賭徒乙一塊錢，正面向下則乙給甲一塊錢，而甲的財產為s元，乙的財產為f元，試問何人先破產？兩人賭到什麼時候才有一人破產？帕斯卡爾同數學家費瑪通信討論，各人都分別解答了這個問題，得出了概率論最基本的公式，即：

$$P = \frac{s}{s+f}$$

s為賭徒甲的財產，s+f為兩個賭徒的財產之和，而二者的商即為

甲成功的概率。如果兩人財產相等，則經歷了無數次（甚至無限次）擲幣的行動，兩人的財產只換了一個個兒，而不發生破產問題。如果兩人的財產懸殊，則情況會發生變化。至於擲幣所得的結果（正面朝上的機會），卻是相等的。很多人做過這樣簡單的試驗，結果是很有趣的，本來這樣一個簡單問題，完全用不著做實驗就可以得出結論；機會是相等的──詳細點說，即正面朝上的機會與正面朝下的機會各半，但是科學不能單憑推理，即使這樣簡單的問題，也應該用一連串實驗來檢驗這個推理。很多學者對擲硬幣這個最簡單的概率問題做了一連串枯燥的實驗，取得了很有趣的數據，本書作者也做過規模很小的實驗，這些實驗結果按實驗次數多少為序，排列如下：

	擲的次數 n	正面朝上的次數 （頻數）f	正面朝上的頻率 （％）
羅曼諾夫斯基	80640	39699	0.4923
皮爾遜(第二次)	24000	12012	0.5005
述萬斯	20480	10379	0.5068
皮爾遜(第一次)	12000	6019	0.5016
費勒	10000	4979	0.4979
隸莫庚	4092	2048	0.5005
蒲豐	4040	2048	0.5069
作者	380	186	0.4894

　　這個實驗結果表明，像擲硬幣這種只有兩種（＝2）出現機會的隨機事件，重複發生的次數很多很多的時候，其結果往往接近於半數，即接近於兩個機會中的任一個機會出現接近於另一個。但是在接受這個概念時，應當清醒地看到這並不意味著擲的

次數愈多，則愈接近半數；反過來說，也許擲最初五次，全是正
面出現，接著五次，則全是背面出現，一下子就發生了0.5～0.5
的局面，這也是完全可能的。

　　上表揭示的頻率，如果反覆進行多次，得出了一個系列，而
其數值逼近於一個極限值，這就是概率。但因為擲硬幣只有兩個
事件，而這兩個事件的出現是同等可能的，因此0.5這個極限值
可稱為概率。

　　這樣，引導出古典概率公式，即事件A的：

$$概率 = \frac{出現預期事件數}{事件總數}$$

古典概率公式

　　上式被稱為古典概率公式。用代碼表示可作：

$$P_A = \frac{m}{n}$$

式中n為基本事件的總數，m為A事件包含可能出現的事件，則A
事件出現的概率為P_A，即m與n之比。

　　一個任意事件有s種情況出現，有f種情況不出現，出現的和
不出現的總數則為s+f，如果事件的出現（s）和不出現（f）的發
生有著同等的機會，則在一次試驗中事件出現的概率為：

$$P = \frac{s}{s+f}$$

而事件不出現的概率則為：

$$q = \frac{s}{s+f}$$

這古典概率公式的基本性質如下所示：

(1) 任一事件出現的概率不是負數，應當是大於0而小於1（或分別等於0和等於1）：

$$0 \leqq P \leqq 1$$

式中P為任一事件的概率。

(2) 任一事件必然出現的概率等於1，即：

$$P_\Omega = 1$$

式中P_Ω為必然出現概率。

(3) 如果A事件和B事件不相容，彼此沒有邏輯關係，則這兩個事件的概率為：

$$P_{AB} = P_A + P_B$$

式中P_{AB}為兩個事件出現的概率。

(4) 如果事件完全不可能發生，則概率等於0，即：

$$P_0 = 0$$

式中P_0為事件完全不出現的概率。

(5) 如果兩個或多於兩個事件，在一次試驗中出現的只有1個即不多於1個時，則在一次試驗中這些事件中任一個將出現概率p為：

$$P = P_1 + P_2 + P_3 + \cdots\cdots P_r$$

式中P_1，P_2，P_3……至P_r為r個互斥事件中的一個事件出現的概率，P為這些事件中任一個出現的概率。

(6) 如果兩個或多於兩個事件，任何一個事件出現不受其他事件出現的影響，即這兩個或多於兩個的事件為獨立事件，則在一次試驗中，所有這些事件出現的概率：

$$P = P_1 \cdot P_2 \cdot P_3 \cdots\cdots P_r$$

式中P為所有這些事件出現的概率，而P_1，P_2，P_3……P_r為r個獨立事件出現的概率。

此外，在概率論或信息論中經常使用的一個表示總和的符號（希臘文字母 Σ，讀作sigma），是瑞士數學家歐勒（Leonard Euler, 1707—83）導入的，例如：

$$\sum_{i=1}^{N} X_i$$

即等於$X_1+X_2+X_3+\cdots\cdots+X_N$，即i取下限為1（i＝1），上限為N（在Σ的上端）的全部數值。

例：設$X_1＝1$，$X_2＝2$，$X_3＝3$，求

$$\sum_{i=1}^{3} X_i$$

的值。解：

$$\sum_{i=1}^{3} X_i＝X_1+X_2+X_3＝1+2+3＝6$$

由此引導出概率論另一個基本概念，即很多獨立事件，各有各的出現概率，而在一次包括這許多獨立事件在內的試驗中，所有這些事件出現的概率為各個獨立事件出現概率的乘積，即：

$$P＝P_1 \cdot P_2 \cdot P_3$$

還是用擲硬幣這樣簡單的例子來說明。這時擲的不是一枚硬幣，而是三枚硬幣，每枚硬幣都構成一個獨立隨機事件，同時擲三枚硬幣，正面朝上的概率是三枚硬幣概率的乘積。每擲一枚硬幣，正面出現的概率為0.5，那麼，同時擲三枚硬幣，正面出現的概率應為：

$$P＝0.5×0.5×0.5＝0.125$$

$$（或P＝\frac{1}{2}×\frac{1}{2}×\frac{1}{2}＝\frac{1}{8}）$$

天氣預報——認識概率

紐約州立大學的特魯克薩爾教授（John G. Truxal）為美國《科學年鑑》（William H. Nault, *Science Year*, 1982）寫了一篇通俗論文〈認識概率〉。假定天氣預報說：「今日晴轉陰，陣雨概率為30%。」論文解說：

> 「天氣預報者的意思是，在過去的相同天氣條件下，每一百天就有三十天下雨。這一天既可能是一百天裡七十個不下雨天中的一天，也可能是三十個下雨天中的一天。」

假定一個小學生臨出門上學時聽到這麼一個天氣信息預報，他往外面瞧了一眼，陰天，沒有陽光，像要下雨似的，但他聽了預報，作出判斷——他自己對自己說，下雨的機會才只有30%，可能性不大；此時，他把手裡的雨衣扔下，一溜煙跑出去了。還沒走到車站，大雨便傾盆而下，好容易等到上車，衣服都濕透了。這個小朋友心裡真彆扭，他詛咒那該死的天氣信息預報。幹嗎說下雨只有30%呢？還說只有30%的機會——可一出門就碰上了。真該死！他喃喃自語，我真弄不懂這個30%是什麼意思！是說城裡30%的街區有下雨的機會呢？還是說一天裡有30%的時間碰到下雨天氣呢？他彆扭極了，就像一個輸了的賭徒一樣。

其實怨不得天氣信息預報——可這「30%」倒不如「有時」來得明白些，或者說，少彆扭些。是這位小朋友把概率的意義理解得不正確了。「陣雨概率為30%」，既不意味著城裡有30%的街區下雨，也不意味著這一天30%的時間下雨，只是表明在像今天這樣的氣候條件下（即在今日的風向、濕度、溫度、氣壓……等等條件下），每一百次有三十次會下雨。如果今天是這30%即三十次的一次，那麼，它就會下雨。但這裡並沒有表明何時下雨和

在城裡何處下雨。所以，預報中的30％這樣的概率，只能說明，今日下雨的機會只有30％，而不說明其他。如果這個概率不是30％而是95％，那麼，今天下雨的機會就大得多。也許，在這樣的場合，製作天氣信息預報的值班員就會「冒險」斷定，「今日為下雨天氣」。可是這樣的斷定，有時也會「不準確」，因為概率不是100％，而只是95％；這個斷定對於日常生活來說是比較能說明問題的，可它並不是100％符合科學。

色盲——生物工程中的概率

也許用生物工程中色盲問題來說明生物信息的概率是比較有趣而且好懂的例子，或者可以說可以加深對概率的理解。

色盲是十九世紀初由英國化學家道爾頓（John Dalton, 1766—1844）首先研究的，他本人就是一個色盲病患者，故在法國稱色盲為道爾頓氏病。

色盲是從遺傳基因來傳遞的，去氧核醣核酸（DNA）在細胞核中組成桿狀，這就是染色體。從母親那裡繼承一個X染色體，從父親那裡繼承一個Y染色體，這就形成了男性。女性則是兩個X染色體構成，分別來自父親和母親。根據實驗表明，Y染色體缺少控制顏色視覺的基因——它好比一座黑白電視機，而不是彩色電視機；而X染色體卻是具有控制顏色視覺的基因，——它就不是黑白電視機了。X染色體既有控制顏色視覺的基因，那麼，是否色盲，就要看X染色體都帶不帶色盲基因。男性是否色盲，同他的Y染色體無關，要看他繼承來的X染色體有無色盲基因，女性則因為有兩個X染色體，如果X染色體都帶有色盲基因，那麼這個人就是色盲患者。男性的X染色體如果有色盲基因，他就是色盲患者；女性則有兩個X染色體，只要其中一個X

染色體有色盲基因，另一個X染色體卻不帶有色盲基因，那麼，她本人就不是色盲患者，但她能將帶有色盲基因的X染色體傳給子女，因此，她是色盲基因的傳播者。

根據美國的統計，男性的色盲患者為12%，這就是，在男性X染色體中帶有色盲基因者只有12%，而其餘88%的男性X染色體卻是正常的，即不帶色盲基因的。如果某一個美國小孩的父親不是色盲患者，這個小孩是否色盲，那就要看這個小孩的母親了。如果確定這位母親是視覺正常的，那也不能排除她的小孩色盲的可能性，因為這位母親的另一個X染色體可能帶有色盲基因，即這位母親可能是色盲基因攜帶者（或者如上面提到的：色盲基因的傳播者）。這就可以運用概率來計算小孩有多少可能成為色盲患者。

語言與概率

在語言工程中運用概率來研究語言現象最通常遇到的是字母或單詞在一定場合（一個文本、一種信息載體，等等）中出現的頻率。所謂頻率，就是事件實際出現次數與產生這個事件的條件組實際出現次數之比。

多年來對多種自然語（民族語）所用的字母（假如這種自然語是用拼音字母的話）或所用的單詞（表示語義的最小語言符號單位）在一定場合下出現的次數，進行了廣泛的研究；晚近對現代漢語（它的文字不是用拼音字母書寫的，而是用獨立的「字」和由「字」組成的「詞」構成的）字頻和詞頻的統計，無一不利用了概率的方法來分析的。

對現代英語書面語中拉丁字母出現的概率有過統計，按照統計，一般認為26個拉丁字母照降頻次序排列是：

（第1至第10）　E T A O N I S R H L
（第11至第20）　D C U M G F P W B Y
（第21至第26）　V K X J Q Z

這項研究見羅馬尼亞學者古雅舒《信息論及其應用》（Silviu Guiasu, *Information Theory with Applications*, 1977）§ 6.3.3《自然語言和人工語言》（*Natural and Artificial Languages*），頁129。這裡略去了「空白」（占一字母地位）的問題。

有趣的是，在很多西方語言中，n出現的頻率，常常大於m出現的頻率。英語n與m出現的頻率之比為：

$$7.24：2.78$$

而在法語，則為：

$$3.19：2.56$$

俄語H與M之比是：

$$5.13：3.12$$

說見齊普夫《語言的心理生物學》（G. K. Zipf, *The Psycho-Biology of Language*, 1935）頁79，表。

對俄語的分析表明，在80,000字母的文本中字母 "O" 出現概率為0.09，而字母 "a"，則為0.06。說見莎巴琳娜《我們中間的控制論》（Елена Сапарина, *Кибернетика Внутри Нас*（1962），英文版，頁272。）

對英語字母出現頻率的研究，認為出現頻率最高的三個字母為E、T、A，而以E出現得最多；而最罕用的字母則為Z。

字母E出現的次數多，這樣的語言現象使人們可以利用概率來估算社會生活中某些事件，例如對某些暗碼的破譯，就必須利用概率。柯南道爾筆下的大偵探福爾摩斯破譯跳舞小人的密碼，就是利用了英文字母出現的概率來推理的。

歹徒利用不同形狀的跳舞小人圖像，作為信息符號（密碼）傳遞消息，福爾摩斯破譯了密碼，小說中這位大偵探的自白：

「在交給我的第一張紙條上那句話很短，我只能稍有把握假定✗代表E，你們也知道，在英文字母中E最常見，它出現的次數多到即使在一個短的句子中也是最常見的。第一張紙條上的十五個符號，其中有四個完全一樣，因此把它估計為E，是合乎道理的。」

確實，字母E在現代英文中出現的頻率測定為132／1000，或0.132──這就是說，在由1,000個字母組成的文本（其中還包括空位）中，遇見字母E達132次。反過來說，在1,000－132＝868次中，不會有E。但大偵探福爾摩斯要是碰上作家賴特（E. V. Wright）的小說《蓋德斯比》（*Gadsby*）時，他就算倒了楣──因為這部小說共有五萬個單詞，其中連一個E都沒有。這幾乎叫人不能相信，可是白紙黑字，這部小說就沒有一個字母E。作者是故意這樣做的，這部小說本算不得一部了不起的名著，但是在不出現E這種反常狀態來說，它可以算得上一部奇妙的作品。搞密碼通信的人往往會利用種種反常的辦法，或者增加所謂「密鑰」的方法使他的密碼不易為別人所破譯，其實也是利用了概率的原理，不過是「反其道而行之」罷了。

在語言工程上，概率應用於很多方面，例如計算信息量、測定語言多餘度、抽樣、計算語言要素和語言現象的分布（正態分布和布德松分布）等等，都要涉及概率論。

（1988）

〔95〕語言信息與神經生理學札記

人腦是奇妙的自動機

　　人腦是一座十分精確和非常奇妙的自動機；當然，人腦還是體積最小，功率最大，效能最高，而且能同時處理平行出現的幾個信息系統的信息處理機。迄今為止，人所創造出來的一切自動機以及最高速的、甚至在本世紀中可以見到的第五代電子計算機，在可見的未來，都無法超越過人腦的功能，也就是說，所有自動機和電子計算機都無法同人腦平起平坐，但是以電子計算機為標誌的信息化革命，起碼能夠代替人腦的某些功能——特別是反覆運動的某種機械功能，在這方面，很多場合甚至比人腦還要有效些，當然還可以發展成為代表人腦另一些高級機能。

　　△第一至第四代電子計算機

　　一般認為，第一代電子計算機是用真空管裝成的數字計算機，其代表為1943—1946年美國科學家研製的「電子數字積分機和計算機」（Electronic Numerical Integrator and Calculator，用每個詞的第一個字母組成縮寫ENIAC，以此稱呼命名人類有史以來第一台電子計算機。這座計算機是為了反法西斯戰爭的需要而研製的，但只在二次大戰結束後即1946年2月才正式交付使用。組成ENIAC的元件是電子（真空）管，共用了一萬六千多只；重量一百三十噸，占地一百七十平方米，每秒作五千次加法運算。第一代電子計算機體積大、功耗大、速度慢，可靠性差，價格昂貴。

　　第二代用電晶體代替真空管，這樣，使上面提到第一代電子

計算機的缺陷得以大大改善。研製時間約在1956到1962年。

第三代用積體電路（1962—1970），第四代用大規模積體電路（1970迄今）。

從第一代到第四代電子計算機通稱馮紐曼（John von Neumann）式計算機，都是用中央處理機、存儲器、運算器和輸入輸出裝置。第五代計算機則不採用這種方式，故被稱為「知識信息處理系統」（knowledge information processing systems，簡稱KIPS），這表明歷來的電子計算機只具有數據處理（data processing）的功能，新的一代即第五代計算機則具有知識的智能處理（intelligent processing of knowledge）功能，也可以說，它將具有人工智能（artificial intelligence）。

參看費根鮑姆和麥科達克合著的《第五代——人工智能和日本對世界的挑戰》(Eoluard A. Feigenbaum and Pamela MeCorduck, *The Fifth Generation. Artificial Intellig ence and Japanese Challenge to the World*, 1983)，中文本，1985。

計算機能否超越人腦？

關於電子計算機能否超越人腦的問題，也就是未來的電子計算機的思維是否能比得上人腦，或甚至超過人腦的問題，是近年來信息科學界反覆爭論而沒有得到一致認識的問題。科學實驗和社會實踐將在未來的歲月中進一步檢驗哪一種答案是正確的。

參看美國研究人工智能的權威明斯基（Minsky）的論文〈人能思維，為什麼機器不能思維？〉，他是持肯定態度的；又參看德雷福斯《計算機不能做什麼——人工智能的極限》(Hubert L. Dreyfus, *What computers Can't Do—The Limits of Artificial Intelligence*, New York, Rev.ed., 1979，有中文版。) 他是持否定態度的。

人腦進行信息處理的元件——神經元

人腦作為信息處理機來看，最基本的元件是神經元（Neuron）。神經元是神經系統的基本結構，也稱為神經細胞，亦稱神經節細胞，現在則普遍稱為神經元。

神經元的基本結構有一個胞體（soma）和從胞體發生的多個突起部，即一個軸突（neurit）和多個樹突（dendriten）。一個軸突末梢和另一個細胞相連接的部位，稱為突觸（synapse），絕大多數神經元是通過突觸與其他神經元相連繫的，並且通過突觸構成神經回路。

人腦究竟有多少個神經元，各家說法不一，而且各家數字出入很大，我一直沿用10^{10}（一百億）這個數字，我認為迄今還沒有可信的科學方法證明哪一個數字是最準確的。馮紐曼認為人腦中約有10^{10}個神經元，每個神經元的能量消耗約為10^{-9}瓦（見所著《計算機和人腦》，1958）；阿爾貝勃（M. A. Arbib）也採用這個數字（見所著《大腦·機器和數學》Brains, *Machines and Mathematics*, 1964）；《信使》雜誌（*Courier*）1982/4發表H.布拉賓〈母語和腦的發展〉一文也採用這個數字（中文版誤譯為「十億」）；美國麻省理工學院（MIT）幾位語言學家則採用1.2×10^{10}，即一百二十億的數字（見《語言學：語言和通訊導論》*Linguistics: An Introduction to Language and Communication*, 1980）；德國神經生理學家史密特（R. F. Schmidt）則估計為2.5×10^{10}，即二百五十億（見所編《神經生理學基礎》*Grundriss der Neurophysiologie*, 1979，第一章）；胡寄南教授用10^{10}（一千億）數字（見《論信息是從物理過程到神經過程又到心理過程的轉化物》，載《自然雜誌》，1982）。信息由人體的各種感受器傳輸入

大腦以後，便由這 10^{10} 多個神經元組成的神經網絡（神經系統）所接收、存儲、處理和輸出，當然包括對這些接收到的信息，加上原來存儲的信息，綜合比較加工，而作出決策，成為行為的指令。

信息的傳送和接收——關於「五官」

我國先人把人體的感受器簡單概括為「五官」。五官的說法不一，但大致可以認為指的是視覺、聽覺、味覺、嗅覺和觸覺，按順序使用的器官是眼睛、耳朵、舌頭、鼻子和雙手。外界信息經過人體的感受器進入大腦。從語言信息的角度看，主要的感受器是耳朵和眼睛，前者只能管輸入，後者除了輸入之外有時還可以管輸出——所謂「眉目傳神」，就是傳輸信息（無聲的語言）給別人的意思；當然，在傳輸語言信息來說，還要喉頭（聲帶）、舌頭、和口腔（共鳴器）。人腦的有關神經元，對感覺器接收的外界信息（在一定意義上稱為「刺激」）作出反應，傳送給神經中樞，在這裡對所接受的信息作出比較、判斷和決策，有的存儲起來——這些信息進入了大腦的臨時記憶庫，其中一部分經過篩選進入永久記憶庫；有的立刻作出反應，輸出了反饋信息；有的臨時存儲之後又被「釋放」了——用日常生活的語言來說，忘記了；有的卻保藏起來，以備日後檢索，等到某種特定情況發生時，能夠據此作出迅速的反應。

耳朵所感受到的是聲音——包括無意義的噪聲，或近乎無意義的自然界聲響（不一定是惱人的噪聲）例如所謂「天籟」，更多時候是有意義的聲音，即語言信息系統。此時，構成口語這種有意義的聲音鏈，既有聲音，又有語義，有時還加上語感。語言信息的執行是依循這樣的路線的：

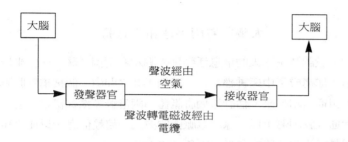

大腦　　　　　　　　　　　　　　大腦

聲波經由
空氣

發聲器官　　　　　　接收器官

聲波轉電磁波經由
電纜

當人類發明了代表語言信息即有語義的聲音序列符號時——也就是說，當人類使用文字時，其傳輸進人腦則不是用發聲器官和接收聲音的器官，而是用接收符號的器官（眼睛）。

看書，是由眼睛作為接收器官，把書上的文字符號所表達的語義信息，傳輸到大腦去。一般地說，看書是默不作聲的。即使是不作聲讀書，眼睛接收的文字符號是不是同時被大腦譯成有聲語言信號，再傳輸到神經中樞去？如果看書時暗暗發出別人甚至察覺不出來的聲音，與此同時，又由眼睛接收文字符號，也許會使語義信息更加深化（即通常所謂「加深印象」），這是心理學、生理學和神經語言學所探索的問題。朗誦則是一個明白的過程，即經由眼睛感受文字符號，然後轉變為聲音序列，再把這聲音序列傳送到神經中樞，或傳送給聽眾——前者是傳給自己，後者是傳給別人。

本世紀以來，一方面由於神經生理學和對裂腦病人（以及借助於新技術）的深入研究，另一方面由於信息科學對人腦機能的探索，人腦這個「黑箱」好像不那麼神秘了。換句話說，當代對人腦這個神妙的信息處理機的機制，了解得很多，甚至可以說，在某些方面的知識已經接近實際了。

大腦左右兩半球和胼胝體

　　一般認為主宰人的信息活動是大腦左右兩個半球——左半球和右半球構成了中樞神經系統，兩個半球之間由一個被稱為胼胝體的組織連結起來。估計這個胼胝體由兩億神經纖維組成，它負責溝通大腦兩個半球，採取電脈衝的方式，傳輸信息，以便專司某種職能的左半球或右半球去負責加工處理。

　　△胼胝體（corpus callosum）大約由兩億個神經元所組成，每個神經元每秒可發20次電脈衝，因此這裡發出的電脈衝能到達一個天文數字，即每秒$20 \times 2 \times 10^8$約四十億次（這是神經生理學家愛克列斯J. C. Eccles的說法，引見《語言學：語言和通訊導論》）。

　　如果把這個連結大腦兩個半球的胼胝體切斷。那麼，大腦的左右兩個半球就不再能互相溝通了，信息流就不能有效地由這一個半球傳送到另一個半球。這樣，被切斷大腦左右兩個半球的人就叫做「裂腦人」。不消說，是為了治療大腦某種疾病的需要才切斷這胼胝體的。第一次這樣的腦外科手術是六〇年代下半期（1967）由美國神經外科醫生斯佩里和喀贊尼加做成功的；現在在中國也能進行這樣的腦外科手術，並且獲得成功。

　　裂腦人能正常思維，但導致若干在正常人所沒有發生的現象——這些現象，至少部分地證明原來對大腦兩個半球職能的假設是在某種程度上符合實際的；但這些現象同時又向業已公認為合理的假設，提出了一些挑戰性的問題。

信息處理在大腦皮質（皮層）進行

　　處理信息是在大腦皮質（皮層）進行的。大腦皮質是一層薄

薄的神經元組織，其表面積約有47×47cm²（平方釐米），而厚度則因位置不同而異，約在1.3到4.5mm（毫米）之間；其體積約為600cm²（立方釐米）。如前所述，這裡積聚了至少10¹⁰（一百億）個神經元，和大量尚未知道確切數目的膠質細胞。典型的大腦皮質可以分為六層，皮質表面的一至四層主要是用來接收和處理傳送到這裡來的信息。

　　△此說見史密特的《中樞神經系統的整合機能》（見所編《神經生理學基礎》第九章）。

　　從人體左邊的各種感受器官（包括眼睛和耳朵）接收來的信息，被傳送到大腦右半球；而從右邊感受器接收的信息，則傳送到與它相對的另一半球——左半球。經過種種生理學的和心理學的試驗，以及上面提到過六〇年代後期實施的腦外科手術結果，都證明這種微妙的傳送信息的通道是存在的，而且原來的假設也基本上符合實際。大腦左右兩個半球所司的功能，按照公認的說法，有如下圖所示：

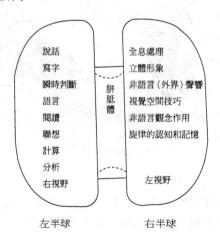

說話	全息處理
寫字	立體形象
瞬時判斷	非語言（外界）聲響
語言	視覺空間技巧
閱讀	非語言觀念作用
聯想	旋律的認知和記憶
計算	
分析	
右視野	左視野

胼胝體

左半球　　　　　右半球

簡單地說，大腦左半球處理語言信息和邏輯思維，右半球處理圖像信息和形象思維。有些學者甚至帶幾分假想認為，凡是左半球的功用占優勢的人，總是一種不富於感情的、具有冷靜的邏輯分析能力的人；而右半球功能占優勢的人，卻是一種帶有「藝術家脾氣」的、感情豐富的人。這自然只是帶有想像力的假設，社會生活中確實也有些人善於推理，另一些人富於感情，至於是不是因為大腦左半球或右半球特別發達所致，還是因為在後天環境的影響下形成的「性格」，或者兼而有之，這都還不是定論。

　　也許現在有種種實驗可以證明大腦這個「黑箱」的左半球，確實是人的語言中心，或叫人的語言神經活動中心。科學家提供了下面這樣一張左半球的語言神經活動中心的設想圖：

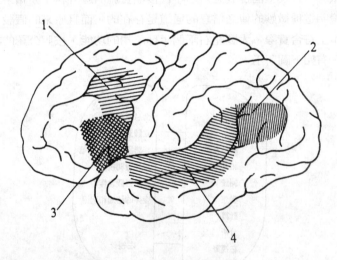

　　圖中1是寫字功能中心；2是認讀功能中心；3是說話功能中心；4是理解說話的中心。如果大腦左半球受到損害，在一般情

況下這個人就失掉了語言活動能力，用通常的語言來說，他「忘記了」說話，「忘記了」寫讀，「忘記了」計數等等，因此人們常常把大腦左半球稱為主導半球——所謂主導，是從這樣的意味說的，即它對社會交際活動（主要著眼於語言）起著主導作用。

根據國外的實驗表明，凡是「左撇子」（習慣使用左手代替右手）有65%的大腦左半球是主導半球，而非「左撇子」（即習慣用右手寫字、吃飯、幹活等）的人中有95%以左半球為主導半球。不能說用右手寫字是「正常的」，而「左撇子」是非正常的。也許舊時可以這樣說，現在則認為都是正常的。值得注意的是「左撇子」中有35%是以大腦右半球為主導半球，而非「左撇子」則有5%也是以右半球為主導半球的。

△這裡的圖和數字採自匈牙利柯蘇特大學動物學和人類學教研室的密薩羅斯博士的論文〈人腦機能非對稱性及其在教育上的後果〉（Dr. Meszáros Béla, "La funkcia asimitrio de la homa cerebro kaj ĝiaj konsekvencoj en la edukado", 見《科學通訊》（Sciencaj Komunikaĵoj）1985年7月，頁70—71。

內穩態（homeostasis）

大腦雖然分為左右兩個半球，但它終究是一個統一體；因為左右兩半球之間有胼胝體連結，這個統一體大腦就必然要取得自己的平衡——或者叫做內穩態。左右兩個半球既然有神經纖維聯繫，存在著一種反饋的機制，因此完全有必要並且有可能取得這種內穩態。

內穩態（homeostasis）——最初由生理學創始的術語，後來在控制論（cybernetics）中經常應用。美國生理學家坎農（W. B. Cannon, 1871—1945）的《軀體的智慧》（*The Wisdom of the*

Body, 1932）是對內穩態進行系統研究的經典著作。他寫道：

「在物體內部保持恆定的狀態可以叫做平衡（equilibria）。這個詞應用於相對簡單的物理化學狀態時，意思是表示在一個閉合系統〔按：封閉系統〕中已知諸力處於平衡。保持生命體內大多數穩定狀態的協調一致的生理學過程，對於生物來說，如此之複雜，如此之專門化——包括腦、神經、心臟、肺、腎、脾等器官都要協調一致地工作著——以致促使我提出表示這些狀態的專門名稱：穩態〔按：即本書用的「內穩態」〕。這個詞不是表示某種固定不變的事物，表示一種停滯狀態。它表示這樣一種情況——一種可變的而又保持相對恆定的情況。」（重點是引用者加的）。（見《引言》III）

早在十九世紀，法國生理學家貝納德（Claude Bernard, 1813—1878）於1859—60年時提出對於複雜的生物來說，存在兩種環境，一種是與無生物一樣的環境，大體上說就是機體周圍的環境，另一就是內環境，他使用了這樣兩個術語：milieu externe（外環境），milieu interne（內環境），內環境即由血漿和淋巴組成的循環液體的總體。他寫道：「內環境的穩定性乃是自由和獨立生命的條件」；他說，「一切生命機制不管它們怎樣變化，只有一個目的，即在內環境中保持生活條件的穩定。」英國生理學家海登（John Scott Haldane, 1860—1936）稱「這是由一個生理學家提出的，意義深長的格言。」按，這個海登是當代遺傳學家何登（G. B. S. Haldane, 1892—1964）的父親；小海登因強烈反對李森科的學說而脫離當時英國共產黨的報紙《工人日報》。

後來控制論的一個創始人維納（Norbert Wiener, 1894—1964）在他的著作《控制論》（Cybernetics, 1948；修訂版，1961）和《人有人的用途》（The Human Use of Human Beings—Cybernetics *and Society*, 1950；修訂版，1954）一直導入內穩態的概念，並把它同反饋（feedback）合起來考慮。其實早在維納1943年發表的有關控制論的第一篇論文《行為、目的和目的論》（與A. 羅森勃呂特和J‧畢格羅合作）中就應用了這個學說。維納在1952年發表的演講《醫學中的內穩態概念》比較扼要地闡明了內穩態的意義。他說：

> 「軀體中有許多化學物質必須保持在狹窄的界限之內才能使生命延續下去。如果個體要活下去的話，那就不能讓環境的意外變化打破這些界限。
>
> 「對於這些情況的每一種結合，事實上是對於這些情況的全部結合，必須存在著一個有效的機制，使得對任何正常狀態的嚴重偏離都會產生一個把種種條件恢復正常的過程。這個過程所選用的名稱叫做〔內〕穩態。這個〔內〕穩態不限定在有機體中的任何一個或為數不多的幾個地方，而是屬於整個有機體的。」

他又說：

> 「〔內〕穩態控制在我們身體中不限於通常叫做生命功能的那種調節。我們的站立姿態或步行姿態都是由相似的機制調節著，這一切機制的演繹一開始失效，就會自身產生消除這種失效的傾向。這種機制叫做負反饋機制；它之所以叫做負的，是因為它在演繹中會產生一個可以消除原先誤差的效應。」

裂腦人和半腦人之謎

近年對裂腦人（即由於某種疾病需要把聯結兩個半球的胼胝體切斷而成）和半腦人（即由於某種疾病需要，進行了腦外科手術，術後只留下大腦的一個半球，摘除了一個半球的人）的研究，給我們提示了這樣一種事實，即大腦左右兩個半球可以獨立

活動，但同時也可以對同一目標進行工作。

　　△按：參看邱仁宗：〈裂腦人和心身之謎〉，載《社會科學評論》1975年。這是近年中國論述裂腦病人（Split Bnain Patient）最詳盡的文章；作者從哲學出發探討這個問題，但對語言信息學還是很有啟發性的。

　　將胼胝體切斷以後，從右半球到左半球的信道不通了，這時，作為語言活動中心的大腦左半球會怎麼樣呢？信息通路有如下圖：（圖見下頁）

　　裂腦人康復以後，他的智力在日常生活中並沒有顯得多大變化，對某些裂腦人進行一些有針對性的實驗，還證實了大腦左右兩個半球的功能確實有所不同——實驗還表明，如果將物象投射在裂腦人的右視野，這個裂腦人就能正確地說出這個物象的名稱（例如小刀、鉛筆等等），或者能用右手從許多事物中找出這個東西來；同樣，如果將這個物象的名稱寫成文字，放在病人的右視野，則這個病人可以用言語講出這是個什麼東西。如果將這物體放在病人的右手中，他就能講出或寫出這個東西的名稱。所有這些跡象說明，這個裂腦人的語言活動與正常人無異。

　　但假如將這物象投射在裂腦人的左視野，他就不能講出這個物象的名稱；他可以根據指令用左手從許多事物中找出這個東西，可是經過多次努力，他還是說不出這個事物的名稱。如果將這個事物的名稱用文字寫出，並投射到這個病人的左視野，他也不能讀出這個名稱來。假如這是一個日常生活中常見的名稱（例如小刀、鉛筆），病人可以用左手找出表示這個概念的實物來，但他總是說不出這個實物的名稱。就是指令他說出或寫出這個名稱來，也不成功。

　　根據國外這樣的簡單實驗，證明大腦左半球的功能確實有如

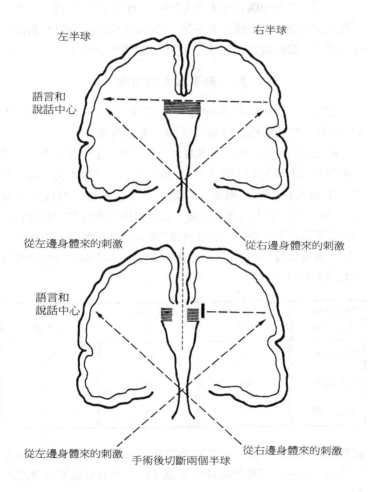

左半球　　　　　　　　右半球

語言和
說話中心

從左邊身體來的刺激　　　　　　從右邊身體來的刺激

語言和
說話中心

從左邊身體來的刺激　　從右邊身體來的刺激
手術後切斷兩個半球

一向所假設的那樣：大腦左半球是主導半球。

中國近年對裂腦人或半腦人認知漢字的觀察和研究，也在某種程度上說明了歷來關於大腦左半球功能的假設，同時也對漢字在人腦中引起的信息流提出了一些值得注意的論點。

對三個半腦人的研究

七〇年代兩個美國神經外科醫生（即 M. Dennis 和 H. Whitaker）對三個半腦人的研究結果，是饒有興味的。

有三個病人幼年時患了某種綜合症，進行了腦外科手術，其中兩個人的大腦左半球切除了，只剩下大腦右半球；另一個人則切除了大腦右半球，剩下左半球。所以這三個都叫做「半腦人」。這三個半腦人長成到十歲，人們對他們進行了一系列心理學和心理語言學的測驗，並且對這三個半腦人的智力進行比較。美國人喜歡搞智力商數（IQ）測驗；對這三個半腦人智力商數測驗的結果有如下表：

智力商數 (IQ) 測驗	A (大腦只有右半球)	B (大腦只有右半球)	C (大腦只有左半球)
語言方面	94	91	96
形象方面	87	108	92
綜合方面	90	99	93

儘管對智力商數（IQ）這種測驗究竟能否100%的表達出人的真正智能，還存在著種種紛歧的意見，但上面的結果至少可以說明：

——兩個切除了大腦左半球（只剩下右半球）的半腦孩子，對語言信息的反應低於只剩下大腦左半球的孩子（94／91≦96）；

　　——有著大腦右半球的兩個孩子中的一個，對形象信息的反應特別突出，不但大於切除了大腦右半球的那個孩子（108＞92），而且大於另一個只有大腦右半球的孩子（108＞87）；

　　——但是，另一個保留大腦右半球的孩子，對形象信息的反應卻低於那一個切除了大腦右半球的孩子（87＜92）；

　　——保留大腦左半球的那個孩子，在語言、形象和綜合方面的智力商數大致得到平均發展。

　　對裂腦人的研究也得出了很有興味的結果。自從進行切開大腦兩個半球的手術成功以後，這個世界已經存在了幾百名（！）裂腦人。把大腦胼胝體切開以後，大腦的兩個半球就不復連在一起了。值得注意的現象是，把胼胝體切開以後，不相聯接的左右兩個半球能夠在新的條件下各自獨立發展，因此，觀察的結果表明大腦右半球在這種情況下也可以發展語言能力。諾貝爾獎金獲得者艾克里斯（Sir J. C. Eccles）關於大腦右半球是「無意識的」所謂「啞」半球的論點，遇到了嚴重的挑戰。曾經認為大腦右半球不過是一部「計算機」，它的任務不過是把來自感覺器官的信息進行「計算」——正如人使用電子計算機一樣——然後把「計算」結果傳送到大腦左半球（所謂的主導半球），左半球發出指令後，再由這部「計算機」將這指令傳遞到對側肌肉。現在這個論點遭到裂腦人現象的衝擊，這位科學家在八〇年代稍微修改了自己的結論，承認大腦右半球不是完完全全的啞半球，而具有有限的自我意識；科學家還不能取得足夠的令人信服的證據，得出即使大腦右半球，在特殊情況下（即把胼胝體切開以後）獨立發

展時會具備完全的自我意識。另一個諾貝爾獎金獲得者斯佩里認為，使這樣一個半獨立的系統轉化為一個準獨立系統是有可能的，因為人是一個有機的整體。他的實驗簡單地說就是：讓一個裂腦人用左手取回一件他曾經拿過的東西時，出現了如下的情況：

　　——他看到一只掛鐘後，會選取一只玩具手錶；

　　——他看到一把鎚子後，會選取一枚釘子；

　　——他看到一個美元符號後，會選取一枚硬幣。

所以他認為大腦右半球不能稱為啞半球，至少是具有半意識的半球。

　　中國科學家近年也開展了對腦缺陷患者的語言機制研究，並且取得了關於人腦對漢字認知的情況和數據（就中神經心理學家郭可敬得到的數據是值得注意的）。

研究正常人的大腦

　　但是對裂腦人或半腦人的研究絕不能代替對大腦正常的人在語言信息處理的觀察、假設、推理和立論；當然，人腦迄今為止還只能說是一個「黑箱」，僅僅可以從輸入和輸出信息去推斷信息的處理過程。現代水平的腦電圖也幫不了很大的忙。因為絕不能把活人的大腦打開，直接測量信息的運動；真把人腦剖開了，人就死亡了，活的有機體也就不存在了。

　　在研究活著的正常人大腦處理信息的過程，比較有成效的是對學習和記憶的探索——學習和記憶是獲得知識，存儲知識，檢索知識和加工決策的一系列過程。對這一系列過程，還不能說是十分清楚的，但有一件事實恐怕得到各方面的公認，那就是：在人所能接收到的信息流總量中，只有很少的一部分（比方說：

1%）信息能夠長期存儲，也就是說，只有極少一部分的信息能被記憶起來，即存放在大腦的信息記憶庫中──至於這種過程是採取代碼形式存放呢，還是採取語言編碼形式存放呢，或者採取一種現在還說不出來的形式存放呢，此刻還沒有一個清晰可信的證據。人所接收的大部分信息被「釋放」了，用社會生活的日常用語來說，那就是大部分信息被忘記了。大約1%的信息存儲起來（記憶），99%的信息忘記了。根據神經生理學和神經心理學家的觀察和推理，信息流的流程圖是下面的樣子（據史密特）：（圖見下頁）

圖中「順行性遺忘症」指不能獲得和保持新學到的信息那種病態，也就是不能將信息由第一級記憶轉為第二級記憶那種現象。「逆行性遺忘症」指的是喪失了腦功能正常時期的記憶那種現象，是由腦震盪或腦溢血引起的。

記憶和學習

人的感覺器官從外界獲得的信息（刺激），首先是作為感覺性信息進入人腦的，它只存在了很短暫的時間，一般地說，還存在不到一秒鐘，經過大腦這一部微妙而精緻的「機器」的分析，大部分信息（上文說過，幾乎可以說99%）都一閃而過，湮沒掉了。用社會日常語言來表述，「忘記了」，或者如人們通常所謂：「左耳進，右耳出」，根本沒有留存在大腦皮質上。這種選擇是神奇而微妙的，而且選擇的標準在很多場合是一致的，只是在個別場合有所不同。如果不是這樣，凡是從外間接收到的所有信息都不分彼此地存儲下來，那麼，盡管大腦有10^{10}或更多的神經元，也是不夠用的。經過必要的選擇以後，只有很少的一部分（如上文所說，約莫1%）信息進入第一級記憶庫──這個記憶庫

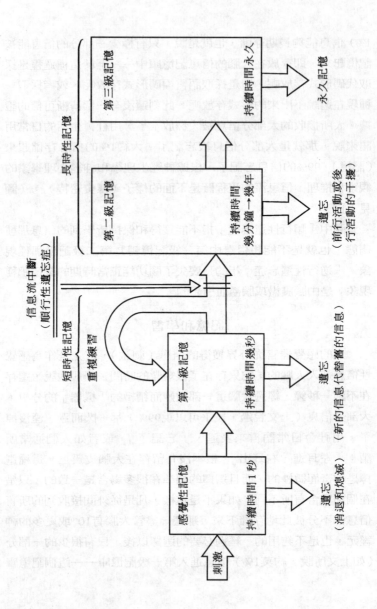

自然是由人的設想而存在的，實際上在大腦裡找不到所謂庫的實體。這種選擇是必要的，否則人腦的負擔過重，但這種選擇有時是不合理的，或者是後來證明為錯誤的，用通常的語言來說，那就是「該記下來的記不住，或沒有記住；不必下來的卻記住了。」進入第一級記憶庫的信息，大部分只持續了幾秒鐘，根據國外一些學者的測試和推論，最高不超過二十秒鐘，然後就自行消滅了——也就是「忘記了」。其中有一小部分信息，經過有意識的「滯留」（有意識的重複或溫習，甚至下意識的復習），就比較容易進入第二級記憶庫。經過特別篩選的信息在第二級記憶庫中持續了一段時間——有時長達幾個月甚至幾年——又「忘記」了一大部分，或者「衰變」了；只有其中小部分進入第三級記憶庫，也就是稱為「永久記憶庫」的地方存儲起來，以備日後的檢索、比較、加工和處理應用。如上面所說，這三級記憶庫並非日常生活所見到的實體（「庫房」），而不過是科學假設。也可以把記憶庫分成兩種，即暫時性記憶庫和永久性記憶庫，因此也可以簡單地表述為：記憶可以分為短時記憶和永久記憶。比方某人的電話號碼，如果你不用電話本記下來，你打過一次，就遺忘了，因為這個電話號碼信息只在第一級記憶庫中停留了幾秒鐘。你下次要打這號碼——糟了，忘記了，得查電話號碼本。電話號碼本是為了記錄短時記憶即不準備進入第二、三級記憶庫的信息而設置的。但如果你有必要天天打這個電話，也就是說，你有意識地做重複動作，這個號碼就進入了長時記憶庫或永久記憶庫——例如自己辦公室或你家中的電話號碼，一個正常人是不會忘記的。進入永久記憶庫後，要這號碼就不必去查電話號碼本，你自然而然可以按照記憶發出的指令，準確撥出你所需要的號碼。如果隔了很長時間不使用這個號碼，這個信息也會「溜走」的。由此可

知，學習時常常強調復習的重要；復習就是用有意識重複多次的方法，迫使獲得的信息進入長時或永久記憶庫。至於是否只能採取重複信息的辦法來鞏固記憶（使獲得的信息進入永久記憶庫），還沒有公認的答案。一般認為，在兒童和少年時期學習的東西——特別是語言——是容易進入永久記憶裡的。

上面提到信息在人腦中的衰變（decay）。這是由一些神經語言學家和心理語言學家提出來的術語，指信息停留了一個短時間，而停留的時間越長，則它的強度愈弱，也就是說，隨著時間的增加，信息逐漸變弱，最後這衰變的信息就漸近於零，用通常的語言來說，那就是「忘記了」。

近來義大利那不勒斯大學的一個教普通生理學的科學家認為：記憶和理解的機制，跟大腦神經細胞中的去氧核糖核酸（DNA）有關係。他提出的新學說簡而言之即：進入大腦的任何信息都會使大腦神經的某一部分合成（產生）去氧核糖核酸鏈。他發現了家鼠大腦去氧核糖核酸處於新陳代謝狀態，即處於不斷再生的狀態後發展這個學說的。他提出大腦中合成新的去氧核糖核酸鏈的假設，說明凡是同無用的信息相聯繫的鏈是通過新陳代謝的手段被消滅的。

人腦接收信息的極限

既然外界信息如此之多，那末，人腦接收的信息量有沒有一個極限？按邏輯推理，這樣一種極限是可能存在的，但實際上（或者在實踐應用上）可能了解為無限。也可以換一個方式來提問，即人腦的記憶容量有多大？根據現今科學所能得到或比較一致同意的數據或說法，假定大腦有 10^{10} 個（一百億）神經元，每個神經元作為一個接收器計算（實質上神經元具有比接收器多得

多的功能），而每一個標準的接收器每秒大約可以接收14個比特的信息內容，那麼，大腦一百億接收器每秒可以接收14×10^{10}比特的信息量。假如人的壽命為六十年，即等於2×10^9秒的時間，從出生到死亡一共過了2×10^9秒，大腦每秒接收14×10^{10}比特的信息，則人的一生總的記憶容量可達：

$$（14 \times 10^{10}）\times（2 \times 10^9）= 2.8 \times 10^{20} 比特。$$

這當然是一個天文數字，自然，它不過是一個假想數字。而接收的信息有很大一部分被「遺忘」了，即自行消失了。所以大腦的記憶容量雖然可能有一個有限值，但在實際上幾乎可以說是無限的；或者就人的活動來說，大腦記憶容量是無限的。考慮到人的生命是有限的這個條件，人腦既然在存儲信息上面顯得幾乎是無限的，因此人腦的威力是無窮的，仿生學的應用也是前景豐碩的。

語言信息和知識信息被接收和「消化」（即所謂學習或獲得），都要等這些信息進入記憶庫然後才產生效果。直到如今，在學習過程中神經網絡進行怎麼樣的活動，還沒有弄得很清楚。最簡單的設想是，信息先以循環著的興奮方式，按一定排列的時空模式成為動力學的印跡存儲下來。這種興奮隨後使參與活動的神經元突觸發生結構性變化而得到鞏固，成為結構性印跡。此時，意識需要對存儲的信息印跡進行判斷，判斷的結果大致有三種情況，即：

——立即作出必要的反應。反應必須使用適合這種信息處理的方法輸出反饋信息，用有聲語言，或不用語言而用非語言（手勢、身勢、眼神、……等等）都行。在輸出反饋信息（即等於作出反應）的同時，被處理的信息（數據）通常都進入第一級記憶庫中作短期的存儲。

——沒有必要作出立時的反應；這時，接收到的信息被存到第二或第三級記憶庫中，以備未來檢索使用。

　　——在接收信息後的一瞬間，對原來存儲的信息進行檢索，將有關數據與新接收到的數據進行比較分析，最後將「計算」結果輸出反饋信息。

　　三種場合都離不開對信息的開始、協調和終止這些過程發出指令——也就是進行控制，以便人體的各個部分去執行。

　　有人認為，大腦記憶容量這個有限值是因人而異的，可能這同先天性的、遺傳性的結構有關。但如果因為種種原因導致大腦某些神經元減少數量或消失作用，則記憶容量的有限值顯然會減少，這就是功能衰退或減弱。如果有限值降到最低值甚至接近於零時，這就叫做失去記憶。失去記憶經過治理有可能全部恢復或部分恢復，也有可能完全不能恢復。有時失語症伴隨著失去記憶來的，有時則不一定。

失語症和多語症

　　失語症（aphasia）。常見的有下列幾種因大腦不同部位受損害而引起的症狀：

　　一、布洛克氏失語症（Broca's aphasia），因布洛克（Paul Broca, 1824—1880）首次發現而得名，有時亦稱為表現性失語症（expressive aphasia），症狀是講話十分不流暢。

　　二、威尼克氏失語症（Wernicke's aphasia），症狀是不能了解口頭語和書面語。

　　三、傳導失語症（conduction aphasia），了解口語或文語，朗誦感到困難，重複更困難。

　　四、語言混亂症（Anomia），患者不是完全失去講話能力，

而是難於找到他想說的語詞。

　　△我在香港中文大學做客席研究時，對二十多個六十五歲以上的老齡人觀察，得到三種狀態：

　　一、正常的（該講話即講，不必講即不講）。

　　二、多語症（喋喋不休，重複多遍，說個沒有完）。

　　三、少語症（難得開一次口，沉默寡言）。

　　在我研究的對象中，老齡人多語症呈現的症狀是較多的。

東方人的大腦特殊論

　　日本學者角田忠信經過長期研究，提出了東方人（特指日本人）因為語言母音與子音配置同西方人不同，大腦左右兩半球的功能同西方科學界傳統的說法不一樣。他主要是說，西方人處理語言和邏輯是在大腦左半球，而處理感情方面（即通常所謂的形象思維）是由右半球執行，而東方人（特別是日本人）的大腦左半球，也有支配情感的機能。他認為情感的單側性，是通過母語的特殊結構獲得的。

　　△角田忠信（1926－　　），1949年畢業於東京牙科醫學院。現在東京牙科醫科大學醫學研究所主持聽覺紊亂部的研究工作。他經過二十年的觀察研究，提出了東方人（他指的主要是日本人）的大腦機能與西方人不同的學說，未能得到國際上公認。他著有《腦的發現》、《日本人的腦》等書闡述他的學說，1985年出版了英文版*The Japanese Brain: Uniqueness and Universality*（《日本人的大腦：特殊性和普遍性》）一書，把他的論點更廣泛地介紹給西方讀者。下面是從這部書的《前記》中摘譯的：

　　　「讀者將發現我在這部著作介紹的研究成果，與西方腦科學和語言科學的主流有所不同。斯佩里博士和西方其他研究者，對於

說明大腦左右兩個半球不同的職能，作了重大的貢獻。我相信我
的研究成果並沒有同西方這些發現發生矛盾，也許可以說我的成
果提出了對一般論點新的看法和新的方面，將補充對大腦非對稱
性的了解。

「我進行人腦與語言環境之間的關係的研究工作，可以上溯到
1971年在美國同哈斯金斯實驗室（Haskins Laboratories）里伯曼教
授（Professor A. M. Liberman）的一次會晤。我在他家裡作客的日
子至今還留下新鮮而愉快的記憶；至於訪問他的實驗室則更是值
得紀念的，因為在那裡經常使用計算機合成的人造實驗聲，這給
我留下深刻的印象。美國的研究人員似乎認為在聽覺試驗中用合
成語音完全代替人聲是理所當然的事。

「然而有一部分人聲卻不能由計算機合成的，也許這一部分人
聲可以稱為言語前聲或半言語聲（pre-verbal or semi-verbal
sounds）。我曾深入研究了人腦對這些鮮為人知的人聲，用的是正
常的題材和自然界與我們每日接觸的環境中存在的各種音聲。作
為研究結果，我發現正常的人腦有著一個巧妙的下意識機制，這
種機制能在物理特性的基礎上，在下意識認知（subcognitive）的
層面上分辨這些音聲。通過研究人對穩態母音（steady-state vowels）
的感知，發現了『c轉換機制』（switching mechanism）——這
種穩態母音是一種半言語音聲，這是過去西方科學家很少關注
的。

「我的發現似乎可以闡明日本文化的特性和共性。

「為什麼日本人民按照他們的性格特徵（characteristic manner）
行事？日本文化如何發展了它的顯著的特徵？我認為要解答這些
問題，緣由在於日本語言。這就是說，日本人之所以為日本人，
因為他們講日本語（The Japanese are Japanese because they speak

Japanese）。我的研究成果認為，是日本語言造成了日本人的大腦機能模式，而這個模式反過來又作為形成日本文化的基礎。

「已經知道主要有兩種人腦機能模式——一種是日本人和玻里尼西亞人式，另外一種是其他各族人式。由於這些發現，很多人其中包括西方人曾問我哪一個模式較好，因為人們以為凡是有差異的東西，必須其中有一個較為優越。我的發現卻並沒有對這種有價值的判斷作出說明，卻只是指出了解和尊重另一種文化是十分重要的。

「在通訊技術迅速向世界範圍內擴展，因而學習一種『世界』語言——比方說英語和法語——的興趣愈來愈多的時刻，人們講自己的語言，培植自己的文化顯得尤其重要。在曾經淪為殖民地的國家，人民實際上正在開始重新評價他們的土語和文化的重要性。

「儘管在過去幾十年中，種族歧視的問題曾經吸引我們的注意，我相信我們此刻必須轉而注意到文化歧視的問題。要改正這種偏見的方法之一，在我看來就是充分認識我們作為人類一部分的那種共性（univeral quality）。我提出的轉換機制其實也指出了地球上各族人民的大腦的基本共性。」（見Tadanobu Tsunoda, *The Japanese Brain: Uniqueness and Universality*, Tokyo, 1985，頁v-vii.）

角田的大腦模式

角田提出的大腦兩半球職能模式：（見下圖）

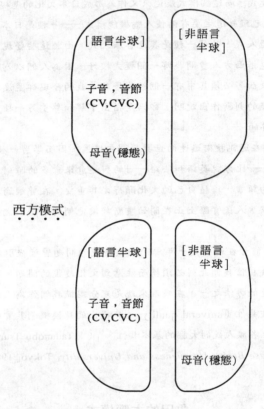

日本模式

[語言半球]　　[非語言半球]

子音，音節
(CV,CVC)

母音(穩態)

西方模式

[語言半球]　　[非語言半球]

子音，音節
(CV,CVC)

母音(穩態)

本圖採取角田忠信上揭書，頁45。

圖題：日本人和非日本人語言音聲和非語言音聲模式

圖解：日本模式和西方模式主要的差別是在母音的一側。日
　　　本人腦處理母音是在左半球，把它作為語言音聲；西
　　　方人腦處理母音是在右半球，把它作為非語言音聲。

在日僑（「二世」和「三世」）中的實驗

角田還在日本血統第二代和第三代外籍人（日僑）中作過實驗，得出的結果是他們絕大部分都發出西方模式的A音，是在大腦右半球處理的，只有第9人和第16人卻有日本模式，主要因為這兩人直到九歲上下還以日語為母語。下面的表採自上揭書頁47。

國籍	順序號	姓氏	性別	年齡	左右手撇子	左半球主導 40	30	20	10	0	右半球主導 10	20	30	40分貝
秘魯	1	T	♂	23	右						AP			
	2	N	♀	20	右							A P		
	3	S	♂	40	右						A P			
	4	H	♂	19	右						PA			
	5	I	♂	19	右						AP			
	6	K	♂	20	右						AP			
	7	K	♂	23	右								PA	
	8	E	♂	45	右								PA	
	9	M	♂	28	右			A			P			
巴西	10	E	♀	24	左						AP			
	11	O	♂	28	右							A P		
	12	A	♂	24	右						AP			
	13	U	♂	25	右							A P		
	14	Y	♀	26	右							A P		
	15	Y	♀	24	右				AP					
	16	S	♀	27	右				A		P			

美國	17	K	♀	23	右		AP
	18	H	♀	19	右		AP
	19	E	♀	45	右		PA
哥倫比亞	20	S	♀	22	右	PA	

A：母音／a／　P：1010赫芝（純音）

（1988）

〔*96*〕術語學札記

術語學的創始

維于斯脫：《標準化原則和詞典編纂原則：在德國的創始》〔原載*Muttersprache* 83（《母語》83）雜誌1973年第六期，頁434—404〕。

據豪本達爾（Reinhard Hautpenthal）世界語譯本，印在維于斯脫《世界語學研究論文集》（*Esperantologiaj Studoj*）附錄，頁243—254。摘譯如下：

我想從我的《回憶錄》中抽出一些篇章，用彷彿是軼事的形式講講我們的工作在德國是怎樣開步走的。我無法提供文獻式的報告，因為那是良知研究的科學成果。

我把我的記述局限在我自己經歷過的事，因此也就是局限在

各種標準化委員會所意味著的標準化的活動。至於前此化學家們、植物學家們、動物學家們和醫生們編寫的卷帙浩繁的著作，此處將略而不談。

1. 阿弗烈·史洛曼（Alfred Schlomann）

我頭一個要記述的是史洛曼，他是技術詞典領域中的先驅。自從1906年起，他就首次大規模地實現詞書編纂原則，這些原則其後移用到國際標準化組織（ISO）和德國標準化組織（DIN）制定的各種方案中，作為一些基本原則，這就是多語詞典首先按主題排列，其次分科排列的原則。

我只是在1928年遇見過史洛曼。在那以後我沒有再見到他。

2. 華爾脫·波特曼（Walter Portmann）

「組織者面對著語文學者，語言創造者面對著語言研究者……

「交通、文字、印刷、人文主義、語文學、人工語言都成為語言組織者的工具。它們都是漫長路途中的標誌。最後一個放在未來那裡。」

以上見波特曼1920年在VDI出版社印行的題名為《語言和文字》（*Sprache und Schrift*）一書第31頁——這是總名為《組織的基礎》叢書中的第一本。波特曼是德國標準化事業的創立者之一，他永遠都是毫不動搖而且頭腦清醒。今日被術語學家認為是自然規律的語言約定俗成，他就是不肯接受。他以計量標準化、版本標準化和創造行書而聞名。他衷心的志願是純淨的德語。

我只是1924年讀到波特曼的書，1931年才認識他。關於這一點我下面還要談到。

波特曼的論點在某種意義上可能導致怪想。我還記得——雖然已經模糊了——在柏林召開的一次術語學會議上，會議主席津

仁（Zinzen）教授按捺不住，怒罵波特曼。因為他不肯承認分部的命名（parta nocio）——即整體中某一部分的記述——與下屬命名（subordigita nocio）不是一回事，雖經與會者多人耐心解釋，他還是不同意。但是許多老一輩的工程師都傾向於認為，假若這些都屬於語言問題，那麼就不必那麼認真處理。

3. 百科詞典

我對術語學和詞彙學的認識根源，我能清楚地記得是距今（1967）準確地五十年前發生的。

3.1 合同

1917年我在哈爾希堡（西里西亞）的文科中學畢業前的一學期。

一位沒有遠見的出版家跟我訂一個合同，要我為他編纂一本世界語小詞典。我的尋根問底的性格，使這個意圖迅即擴充而為編一本百科詞典，這事超過了我那位出版家的能力。

那時——正如我一生中後來所屢次遇到的那樣——忽然來了原先預想不到的助力：有人撮合萊比錫十分有名的出版社哈特公司（Ferdinud Hirt）跟我訂了這麼一個合約。這就意味著給我這個剛剛成年的人的工作投入十萬馬克的資金，同時給我一筆可觀的稿費。

1918年我移居柏林，並在那裡就讀，1923年出版了我這部詞典的第一分冊，約200頁。

3.2 術語學

《百科詞典》——這意味著必須處理各科的名物和術語。詞典是按字母表順序編印的。為此，我必須編出為數很大的系統名物表，以便命名前後一致。這種工作雖然十分繁重，使我產生了一種強烈的願望完成這項有趣味的工作，但這只有在系統論的基

礎上才能完成。

　　我給這部詞典寫下了某種關於術語學原則的詳盡的導論。這篇論述關係到例如在百科詞典中大量存在的動植物名詞。我用很多例子說明很多百科詞書（例如Sachs－Villatte）慣用的那種毫無意義的辦法，即給每一個動植物名詞加上一個拉丁文的屬名和種名，因為這樣的命名在很多場合下根本無法同公用語言的術語命名相一致。

　　對術語學的認識，歸功於我同兩位同事長期談論——一位是動物學家兌赫勒博士（Dro Döhler），一位是植物學家延齊博士（Dro Jentsch）——這種認識後來愈益傳播開來——首先是1953年在倫敦召開的國際語言學大會，我作了關於語言術語處理的學術報告，又一次強調上述誤用生物學系統例。這次報告引起了預料不到的效果，即1961年在東柏林出版的《現代德語詞典》（*Wörterbuch der deutschen Gegenwartssprache*）取消了原定加上拉丁文名詞的意圖。這部詞典的共同編纂者克臘本巴哈（Klappenbach）利用了我的學術報告使主編海恩尼茲教授（Prof Heinitz）避免了因使用拉丁文調節系統引起的誤用。

　　此外，我1958年在奧斯陸召開的一次國際語言學大會上結識了海恩尼茲教授本人。他對我的術語學工作很感興趣，有一次竟去威倫堡訪我，而且無疑必定有助於使德國術語學家與DNA的合作活動。後來不幸的政治發展使他不可能這樣做。

　3.3 新朋友

　　讓我們回到1923年，那一年出版了我的詞典第一部分。我感謝許多朋友，他們對此書的反應來自世界各處，後來是他們鋪平了通向術語標準化的道路。可以舉出德語區兩個例子來說明這反應：《柏林日報》（*Berliner Tagebratt*）——那時發行量最大的德

語報紙──以整版副刊的篇幅介紹了這書的第一部。人們在介紹中特別激賞若干術語的好處。此是由克里姆刻（Ernst Kliemke）署名的，那時他出了幾本書如《無冕王子》（*Fursten ohne Krone*）和《文化與語言》（*Kultur und Sprache*）而聞名於世。另一方面在《印度日耳曼語研究》（*Indogermanische foischungen*）上發表了一篇著名語言學家寫的詳盡的評介；自然這是發表在這部傳統專門雜誌上關於世界語詞書的唯一文章。

那時我得到的朋友中還有哈璐愛（Julius Hanauer），他是德國十進分類法（DK）和微型文獻的先驅。我最初見到他時，因為他的衣著關係，我還以為是個天主教神父。但他的職業是AFG圖書館長。他對十進分類法著了迷，以致他的名片都用十進分類法列舉了他從事的工作和愛好（如音樂）等等。

3.4 中斷

1929年出版了我的《百科詞典》第四分冊。後來納粹上台，便不能再出版了。已出的600頁不過是原計畫中的上冊。其餘原稿還保存著。

4. 關於語言標準化的書

早在1927年我通過了柏林高等工業學校的畢業考試。

我利用了我那世界範圍的百科詞書工作所得到的知識和資料寫成我的論文。（這篇文章後來用了 Internationale Sprachnormung in der Technik為書名。）

4.1 柏林

我的導師克洛斯教授（Prof. Kloss）──當時是夏洛頓堡高等工業學校的電機製造學教授──表示，如果大學有一位語言學家參加，他可以當作主考之一。我拜訪了英語學家白蘭德勒教授（Prof. Brandl），經過很長的談話，他終於接受了這請求。

對我現在開始的工作，德國標準化委員會給我很大的支持，經常提供給我各種資料。

我還設法與史洛曼訂合同。他請我在達爾俱樂部共進午餐，飯後作了長談。後來他寄給我一份鉛印的給他的詞書編輯們的指示。這份東西簡直像一部詞書技術的教科書。

那時，有一個相當年輕的、機靈的俄國人來訪，頭戴一頂鴨舌帽——後來知道他祖籍是波羅的沿海地區，前沙皇軍官。這人就是德列仁（Ennest Drezen），後來他獻身於國際術語標準化事業的發展。

兩年後，論文寫成了。原稿有十捆。我送給白蘭德勒教授。一星期後，我收到他的回信：

「取回這一堆紙吧！根本不能付印。此外我無法找到應附的簡要說明。」

這裡先說一下：後來白蘭德勒補救了這缺陷，當此書印出後，他在《新語言資料集》中寫了很好的書評。但此時他不肯做我的導師，正因為這樣，我就不敢指望克洛斯了，因為他的條件是要有一個語言學家支持。

4.2 斯圖加特

很快我找到了一位導師接替，那就是在斯圖加特高等工業學校任校長的小說家奧特（Ott），後來他做了我口試的第二主持人。另外兩位教授——數學家梅姆刻（Mehmke）和電力工程師赫爾曼（Hermann）——讀了我的《百科詞典》，對我很欣賞，不久就答應做我的導師。

4.3 印行

現在要解決兩個問題：誰資助這本大書的印刷費？哪一家出版社肯接受？

在我因百科詞典結交的朋友中有一個叫做愛勒貝克（Leopold Ellerbeck）的，是皇家交通部的部務顧問。他建議我向普魯士建築科學院申請補助。這個機關批准了我的申請。

現在只缺出版社了。如前所述，我為了取得資料，經常與德國標準化委員會接觸。這個委員會的主任何爾米赫（Waldemar Hellmich），同時兼任VDI出版社社長。他宣稱VDI出版社可以出版我這本書，只要有兩個人表示贊同──一個是波特曼，另一個是斯特萊赫（Oskar Streicher）教授──《母語》雜誌主編，曾任一家中學的校長。一星期後這兩位先生都同意了。然而波特曼認為我魄力不夠，受語言束縛太多。但他隻眼開隻眼閉地放過了。

這本書以打破記錄的速度，一個月印成並裝訂好（1931）；446頁的大書可難排呀。後來我永遠找不到如此有力量的印刷廠。關於何爾米赫，我先前已在術語委員會中回憶過。他是德國標準化事業的一位精力勃勃的、一往無前的組織者，魁梧的身材，為人精練，帶有哲學家頭腦，帶著一顆熱誠的心，有著詩人一樣的纖細感情。

5. 關於標準化的著作得到的反應

1931年當我的書印成後，我回到奧地利。

5.1 語言學

到了奧地利，我驚訝地看到我的書在科技界和語言學界的名人中引起的反應。關於此事的細節，見該書第二第三版（1956和1970年）。最初一批書評摘要作為該書的附錄。在語言學界首先是宛斯格伯（Weisgerber）教授──他的歲數與我相彷彿──贊成我在科技界所作的語言學工作。從那時開始他多次在語言學界強調我們這項工作的意義。

我的書出版後不久，1931年在日內瓦召開了一次國際語言學大會。人們在大會上也重視我這本書的內容，德布倫納（Debrunner）教授強調指出這一點。這是德國來的有名的印度日耳曼語言學家，只是六年後我才同他認識。這位先生精明能幹，且能豁達處理困難問題。

5.2 德國科技協會聯合會

現在回頭再說科技界。1932年德國科技協會聯合會是很有權威的團體，當時約有十萬會員。

聯合會把我的書中幾章作為1932年年會的報告主題。讓我講關於「語言與技術結合」的題目，讓史洛曼講關於「專科詞書」的問題。

史洛曼的報告，放得開，而且熱情奔放，給人印象深刻，他是個很感人的人物。這次大會我是第二次亦即最後一次遇見他。幾年後我收到史洛曼的一封使人震驚的信。原來他是猶太人——先前我從他的相貌和發音都沒有發覺他是猶太人；他想遷居到奧地利，請求我協助。後來他沒有來奧地利，卻走得更遠。前些年維爾納（Werner）博士從史洛曼的女兒那裡得到更準確的情況。

從那次大會開始，聯合會主席德蒂里教授（de Thierry）和他的常務理事弗來塔（Freytag）盡力加速國內和國際術語的組織工作。我很高興，前幾年在法蘭克福DKW會上同弗來塔重逢。

5.3 世界電工大會

同年（1932）在巴黎召開了世界電工大會。我向國際電工學會（IEC）的奧地利分會提出要求，想在大會上作關於術語學問題的報告，但遭到奧地利分會的拒絕。這個分會幾乎完全是由高等工業學校的教授所組成。

那時法國分會接受了我的請求和請我作報告。此後我到了巴

黎，法國四位「不朽者」（人們稱法蘭西學士院的院士為「不朽者」）為我舉行宴會，作陪的有物理學家戈東（Cotton）。

5.4 國際電工委員會（IEC）

我的報告所得到的待遇在國際電工委員會引起了重大的後果。奧地利分會改變了主意，派我為國際電工學會名詞審訂委員會的常駐代表（第二次世界大戰後派我為國際電工委員會理事會理事）。那時名詞審訂委員會的委員都是一些電工界的大理論家，例如義大利學者喬治（Giorgi）。他的計量系統在一次會上被通過為國際標準系統。

瓦洛特（Wallot）教授代表德國參加名詞審訂委員會，卡普（Kapp）教授代表英國，查脫蘭（Chatelain）代表蘇聯。最要緊的是我得到了該委員會主席——義大利郎巴底（Lombardi）教授（當時任國際電工委員會主席）的完全信任。

在國際電工委員會名詞審訂委員會所作的許多深刻的方法論的研究，現在被應用於國際標準化組織（ISO）的章程規則中。國際詞彙中的術語及其定義的分歧，也造成了特別的困難。

終於在1936年郎巴底授我全權處理校樣上這方面的問題。推我來解決問題只能挑起一國的矛盾。這是對的。只有戰後國際標準化組織才能圓滿地解決這個問題。

郎巴底是一個偉人，又是超凡的演說家。他的這份才華遺傳給他的一個兒子（傳教師）。有一回他在維也納講道，人們竟塞滿了好幾條路。為了對付蘇聯1935年提出的號召，名詞審訂委員會靠他的個人威信解決了問題。

6. 國際標準化學會

6.1 蘇聯的建議

為說明此事，我得回述那位來訪我的戴鴨舌帽的俄國人德列

仁。

我那本書1931年出版後不久，德列仁告訴我，在查脫蘭教授的支持下蘇聯科學院批准出版譯本。俄譯本由五人負責，出版於1935年。

之後不久，蘇聯標準化委員會向國際標準化協會（ISA，即國際標準化組織ISO的前身）提議設立術語總委員會，同時提到了我的那本書。

通信表決的結果，成立了術語委員會，並命名為國際標準化學會第三十七委員會。

6.2 德國秘書處

俄國人同意秘書處不設在建議單位所在國，而設在德國，這是異乎尋常的。大家推選愛勒貝克為主席，奧托·弗蘭克（Otto Frank）為幹事。

大會於1936年在布達佩斯舉行。大會開會前一個月在維也納開了一個國際預備會。冬刻·杜維斯（Donker－Duyvis）代表荷蘭出席；他曾創制第一部十進分類法，並在1927／29年印行。他之所以到會，是因為當時認為國際標準化學會第三十七委員會將採納這種系統編寫詞書。

冬刻·杜維斯是個異乎尋常的人物。雖則他的知識面甚廣，又是一個有能力的組織者，可是他說話聲音很小，而且很謙遜，簡直使人不能相信。他的相貌不揚，衣著隨便，眼神常常眺望遠方——人們認為這個偉人與其說是術語學家還不如說是一個詩人。

弗蘭克也採用十進法。他被推選為幹事也由於他運氣好。當意見分歧，似乎無法一致時，他卻有能力以理智和清醒的頭腦作出使人驚嘆的協商方法。

6.3 主席

愛勒貝克一下子就同意就任國際標準化學會第三十七委員會主席一職，是因為他以為這個委員會可以推進世界語事業。但布達佩斯會議表明，與會者多數不贊成這樣來解決術語國際化問題，而無寧採用一種所謂「術語鑰」的辦法。國際電工學會的名詞審訂委員會差不多也採取了同樣的態度。

對愛勒貝克來說，這真是一次沉重的失望，所以布達佩斯會後他就辭去第三十七委員會主席一職。

瓦洛特繼任主席。他主持了翌年（1937）在巴黎開的年會。

愛勒貝克沒有參加巴黎年會。但再過一年，他出席了柏林年會。

6.4 愛勒貝克

愛勒貝克是名副其實的普魯士官員；同時他也是一個眼光敏銳，且充滿了理想主義進步色彩的人物。他因為內心鬥爭，在布達佩斯會後，他相信他非得辭職。只有同他十分接近的人才能感覺到他的性格，否則絕不會了解他，因為他從來不出一句怨言。

其後歲月愛勒貝克遁入數學研究中。有時我給他提供一些數學思考題。他不以解題為滿足。他年復一年尋求抽象的概括，最後他完全搞純理論了。

不久之後，愛勒貝克有更多的機會逃避到純精神領域中去。這就是他的無條件忠誠於總理跟新的老爺們所奉行的政策之間的衝突。直到最後他仍居柏林，據說他於1945年餓死在地窖中。

戰後德國重新開始術語工作，但這項工作幾乎是完全與戰前工作毫無聯繫。在津真教授的領導下，新理事會完成了術語工作。關於這一點，我於1967年曾在《母語》雜誌上（1967年第六集，頁169以下）更詳細的報導過。

國際標準化組織第三十七委員會（ISO／TC37）的復活（作為ISA的繼承者），是靠戰前術語工作先驅者之一的冬刻·杜維斯的勞作。

　　荷蘭標準化委員會連同奧地利委員會根據他的建議，提出要成立第三十七委員會。

　　那時人們取得了很多國家支持這個提案，否則是不能通過的。

《關於科技術語國際化問題》

　　（Ennest Drezen: *Pri problemo de internaciigo de science－teknika terminaro*, 1935, Moskvo, Amsterdam.）

　　關於各種技術術語制定工作中的民族主義傾向

　　多數國家在制定科技術語符號時，特別著重的只是本國或本國語言的情況（見該書§63）。

　　有些國際組織倡議在必要時民族利益稍稍讓步於國際術語統一的利益，這種倡議沒有取得成效。

　　國際電工委員會（IEC）1910年召開的布魯塞爾大會，德國代表寧願接受英語、拉丁語系的符號R（即英語Resistance的縮寫）表「電阻」，而放棄了德語的縮寫W（Widerstand的縮寫）；英國代表也放棄了用C這個符號（英語Curent的縮寫）表示「電流」，採納了國際通用的符號I。

　　但這是在戰前（按：指第一次世界大戰前——引用者）。1914年開始的戰爭中及戰後，各國都產生了強烈的民族主義傾向。

　　這種傾向在德國表現得特別明顯，很多國際科技術語都用民族術語代替了。

1929年出版的德國航空字典，有很多國際化的術語不用了：Aerodrom不用了，代之以德語的Flugplatz；Aerostation代之以Luftschiffhaven；Aeroplan代之以Flugzeug；Aerostat代之以Lufballon。到1933年德國科技協會聯合會出版了一本小冊子，對已在德國通行的459個國際化術語，改用德國化的寫法。

這本小冊子從德語中消滅了如下的術語：

Generator（電動機）——改用Erzeuger，

Transformator（變壓器）——改用Umspanner，

Impuls（脈衝）——改用Anstoss，Stoss，

Isolator（絕緣體）——改用Nichtleiter，

Kalkulator（計算器）——改用Berechner等等。

反對科技術語國際化是在一種不真實的「淨化語言」口號下進行的，儘管這些國際化術語能準確地表示一定的觀念，而用某種民族語重新制定的術語表示同樣的內容並不太合適。

所謂術語國際化的結果常常導致語言更加複雜化。

例如德國取代了國際化術語Automobil（汽車）、Telefon（電話），而代之以德語組成的Kraftwagen和Fernsprecher（分別是強力運載工具和遠程通話器之意）。然而從國際化術語Telefon派生了動詞telefonieren（打電話），卻沒有從Fernsprecher派生一個新字；因此在德語裡同時存在Fernsprecher和telefonieren這樣的兩個字。

試舉另一個例子。德語的單字Draht（金屬線）現在在德國也用作「電報」解，同國際化術語Telegraph並用。從telegraph一字派生出動詞telegraphieren（打電報）和形容詞telegraphisch（電報的），但是沒有從Draht一字派生出相應的詞來。

維于斯脫的《國際術語標準化》一書中曾經試圖解釋過凡是先前已經通過的民族化術語，很不容易代之以國際化的術語。然

而我們在上面舉出了另外的事實，即國際化術語更大程度上由於民族、經濟上的原因而不是由於語言上的原因棄而不用。要全部消除這種國際化術語同「祖國的」民族化術語之間的對立，只有在各國各民族之間完全平等的時代中才能實現。

所以目前關於科技術語國際統一化的工作，一般地說無法逾越編制用民族語解釋的科技術語詞典的工作。但即使如此，術語的統一化還是收效甚微，而且常常不能達到準確的地步，因為各國語言還沒有對系統的術語統一化進行過多少工作。

《術語學基礎理論》內容目錄

〔—— 見G. Rondeau和H. Felber合編 *Textes choisis de terminologie* 第一卷：Fondements théoriques de la terminologie, (Universite Laval, Québec).〕

加拿大隆多教授（Prof. G. Rondeau）和奧地利費伯教授（Prof. H. Felber）聯合編輯的《術語學文選》，由GIRSTERM（術語學理論與實際多學科研究組織）印行，共分六卷：

卷一　術語學基礎理論

卷二　術語學中的語言學問題

卷三　術語學、文獻和數據分類

卷四　術語學方法論問題

卷五　計算術語學（自動檢索詞典，術語庫，計量詞彙學等）

卷六　術語規範化

第一卷於1981年在魁北克拉瓦爾大學印行，由蘇聯科學院通訊院士、科技術語委員會主席西福羅夫（V. I. Siforov）主編，共334頁。主要內容有：

——〔蘇聯〕洛特教授（Prof. D. S. Lotte），
《科技術語制定的原則》；
——〔奧地利〕維于斯脫（Prof. E. Wüster），
《術語學的科學研究——作為語言學，邏輯學，本體論和信息科學的交叉學科》；
——〔捷克〕德羅茲德教授（Prof. L. Drozd），
《術語科學：對象和方法》；
——〔蘇聯〕堪德拉基（T. L. Kandelaki）
《術語的語義和科技術語的語義系統》；
——基爾伯特（L. Guilbert），
《語詞的術語學特徵和語言學特徵》；
《術語學與語言學》；
——達爾伯格（I. Dahlberg），
《物，名稱，定義和術語》；
——韋西希（G. Wersig），
《術語學研究程序》；
——西福羅夫（V. I. Siforov），
《科學術語問題》；
——貝爾格（M. G. Berger），
《術語學作為一種科學》；
——福蒂耶夫（A. M. Fouiev），
《科學技術進步與理解手段：獨立的學科術語學》。

（1985）

〔*97*〕語言與悖論札記

社會交際中常常出現各種各式的悖論。這些奇怪的命題使人困惑，人們很難理解這些命題因何產生，又將如何解決，更不知它有何實際用處。

報載一位領導作報告，理直氣壯地宣稱：

「我們的產品質量必須達到國際水平；只有這樣我們的產品才能夠打進國際市場。

「要使我們的產品質量達到國際水平，那就必須引進先進的技術和設備。

「為了取得先進技術和設備，首先必須有充足的外匯；因此我們必須把我們的產品質量提高到國際水平，才能銷售出去，換取裝備自己的外匯。」

說到這裡，可能我們這位同志已經發覺他陷入了一個無法自拔的陷阱——這就是「自我涉及」（self—reference）悖論的陷阱。因為他知道，他接下去講的第四句只能回到第一句，第五句不能不等同於第二句，然後第六句也只好重複第三句。每三句一個循環，如是進行不已，直到無限。

既入了陷阱，報告人只得趕緊收場：「總而言之，統而言之，無論如何，不管怎麼樣，必須提高產品的質量——這是頭等大事，這是最重要、最根本的大事。」他只能用這樣的套話來結束他的已經無法開展的論題，捨此別無他途。

外國也有令人啞然失笑的悖論，例如有名的「第二十二條軍規」（Catch 22）悖論就是。這是被稱為「黑色幽默」派的美國小說家海勒（Joseph Heller）在同名小說裡「發明」的。這部小說

說，根據美國空軍第二十二條軍規，如果神經失常，自己提出申請就可以被批准停飛。但如果你自己提出申請，那就證明你神志清醒，絕非神經失常，當然就不能被批准。瘋了，自己提出申請就可以停飛；自己提出申請，證明沒有瘋，也就不能停飛。

這種「自我涉及」的悖論陷阱，有點類似爭論了多少年的先有雞還是先有蛋的兩難問題？說先有雞，則雞從何來？——因為雞應當是由雞蛋孵化的；應該先有蛋。那麼蛋從何來？眾所周知，蛋是雞生的，沒有雞，何來蛋？如此循環往復，爭論無已。

語言和思維的難題也是類似的陷阱。在人類交際活動中，先有語言還是先有思維？如果先有語言，那麼，必定存在一種沒有思維（因為沒有語義）的語言，而那種語言是無法存在的，因為那只是一種聲音，而不是語言。如果先有思維，那麼，人類思維必須使用語言材料，不用語言材料的思維必是空洞無物，無意義，無內容，無概念，無所傳遞，那就不成其為思維。這樣，它自己否定了自己——而問題形成了惡性循環。

簡而言之，用邏輯語言來說，所謂悖論一般地可以表述如下：

如果肯定命題A，就推導出非A；如果肯定非A，則推導出A。

假如用日常語言來表述，則悖論的基本點可以歸結為更簡單的八個字：

如真，即假；如假，則真。

悖論在社會生活中出現，可以追溯到希臘文明的黃金時代，即公元前四世紀（也就是中國古代文化的燦爛時期——春秋戰國）。當時出現了歐布里德斯（Eubulides）悖論——歐布里德斯是米萊土斯（Miletus）人，與亞里士多德同時代，為麥加拉

（Megara）學派的大數學家歐幾里德（Euclid）的後繼者，故這個悖論又稱為麥加拉悖論。

歐布里德斯或麥加拉悖論在西方被稱為古典悖論，它有多種表述方式。最普通的一種表述是：

「我在說謊。」

如果這句話是真的——那麼，說這句話的人是在說謊，亦即可以說，這句話是謊話，這樣，這句話就是假話，是假的；如果這句話是假的——那麼，說話的人並非說謊，那它就是真話，這句話是真的。如果這句話是真的，那麼說的話就是假的；如果這句話是假的，它就是真的。如此循環往復，沒完沒了。

這個古典悖論另外一種表述方式是：

「我現在說的是謊話。」

如果這句話是真的，那它本來就是假的；如果這句話是假的，那它不能不是真的。

還有第三種表述方式：

「如果我在說謊，那麼，我剛剛說的這句話是假話。」

也可以照此類推，無窮反覆。

比這個悖論還古一點的，有公元前六世紀（中國周朝）的愛辟米尼德斯（Epimenides）悖論——據說這是個克里特人，故又稱克里特人悖論，這個悖論說：

「所有克里特人毫無例外都是說謊者。」

既然「毫無例外」，則說這句話的愛辟米尼德斯也是一個說謊者；他既然是說謊者；他說的這句話就是謊話，即假話；這句話是假的，那麼他說的是真話，他既然說的是真話，那他就是個說謊者；他是說謊者，他這句話就是假話。又是這麼個公式：如真，即假；如假，則真。

上面這兩個悖論，都是關係到「說謊者」的題材，因此人稱說謊者悖論。

　　西班牙小說家塞萬提斯（Cervantes Mide, 1547—1616）即著名的《唐·吉訶德》作者，也「推出」過這樣一個悖論：據說從前有一個國王立下一條法令，每個旅遊者都要回答「你來這裡做什麼？」回答對了，一切都好辦，回答錯了，即被絞死。有一個旅遊者回答：「我來這裡是要被絞死。」這個答案算對還是算錯，誰也拿不準，只好去問國王。說他回答對，那就一切好辦，不被絞死，──那他的話就錯了。說他回答錯了，那就要被絞死，一被絞死，他這句話就證明是真的。同這種悖論相類似的是這樣的一個命題：「我現在說的話是無意義的。」如果判定這句話是真，那麼這句話就顯得有意義，因而這個命題是假的；如果確認這句話是假，那麼，這句話就變成有意義，而你又說它無意義？你能隨心所欲地「證明」它的真或假。

　　直到本世紀初（1903年）出現了羅素（B. Russell）悖論──如果用日常語言來表述這個悖論，或者叫做羅素悖論的通俗說法，那就是：「鄉村裡唯一一個理髮師聲稱：我只為本村所有不給自己理髮的人理髮。」究竟這個理髮師給不給自己理髮呢？假如他不給自己理髮，那他本人就成為「所有不給自己理髮的人」中的一個，照他自己的聲稱，就應當給他自己理髮。假如他給自己理髮，那他就違反了自己的諾言，因為他只給那些不給自己理髮的人理髮，此刻他自己給自己理髮了，那他說的話就是假的。到了這時候，他陷入了無法自拔的陷阱了，正所謂：給自己理髮也不是，不給自己理髮也不是。

　　這個悖論有時被稱為「理髮師悖論」，因為用形象化的語言，因此比用邏輯語言──數學語言表達好懂多了。在這個悖論

中，羅素導入了「一切不包含自身的集的總集」的概念。

不包含自身的集可表達為$x \in x$，總集k的定義是$x \in k \longleftrightarrow x \in x$。問題：總集k屬不屬於k？假如k屬於k（$k \in k$），根據上面$x \in x$，即屬於k的集都不包含自身的集，故$k \in k$。假如k不屬於k（$k \in k$），即k不包含自身的集，那麼k必定屬於k（$k \in k$），從$k \in k$推導出$k \in k$，然後可從$k \in k$推導出$k \in k$，這是邏輯語言的表述，不消說，對於普通讀者來說，難懂多了。

同這一類型的悖論相似的有「編目悖論」。這個悖論的基本內容是：假如把目錄分成兩類，第一類是把自己的名稱（本目錄名稱）列入同一本身目錄；第二類則自己的名稱（本目錄名稱）不列入目錄。假如要編第二類目錄，如果這部目錄，自己的名稱不列入該目錄，則這部目錄屬於第二類（即自身名稱不列入的目錄）那麼就應當把它列入；假如列入，則這部目錄就變成第一類（自身名稱列入自身目錄）的目錄，它就喪失了作為第二類目錄的資格，因此不能列入。如不列入，又出現了以上的情況，又是一個惡性循環。

由「編目悖論」不免使人聯想到一連串的「自我涉及」悖論。例如有名的「概括悖論」即其中之一。這個悖論說：

　　「所有概括都是假的。」

如果這個陳述是真的，那麼，它本身便是假的——因為它本身就是一種概括；如果它是假的，那就證明並非所有概括都是假的，甚至導出這樣的表述，概括都是真的。如果說它是真的，那就是假的；……如此類推，永無停息。

另外一個悖論是：

　　「根本沒有東西存在（nothing at all exists）。」

或者用佛法語言，稱之為：

「色色皆空」

「不存在」就是「空」，「一切」就是「色色」「根本沒有東西」
（「菩提本無樹，何處染塵埃？」）。如果這句話是真的，那麼，連
這句話都成「空」了，這句話不存在了，因此這句話是假的；如
果這句話是假的，那就是說「一切存在」，而這句話是真的——
要是真的，那就壓根兒不存在。

　　過去人們查詞典，最怕遇見類似這種「自我涉及」的循環——
雖則在性質上可以不稱為悖論。當代術語學也提醒人們，下定義
時千萬避免這種循環——比方說：「紡織品」這個術語定義為
「紡織工業所生產的東西」；而術語「紡織工業」則定義為「凡
生產紡織品的工業稱為紡織工業。」繞過來，繞過去，誰也不知
道「紡織品」或「紡織工業」的確切內涵是什麼。遺憾的是簡單
的字典也常常出現類似（而實非）悖論的循環釋義，例如：

　　　〔美〕即漂亮。

　　　〔漂亮〕即美。

「美」和「漂亮」是同義詞，互相詮釋，實際上是「自我涉及」
的一套循環，不解決任何問題。

　　關於上帝的悖論，可以說是社會生活中出現的最令人捧腹
的，同時又表現出群眾的幽默和機智的語言現象。

　　有一個關於上帝無所不能（萬能，omnipotence或all-powerful）
的悖論是這樣的兩句話：

　　　上帝無所不能＝萬能。

　　　上帝能造一座他搬不動的大山嗎？

如果上帝是萬能的，那他就能造任何一座山，包括下句所說的那
一座山；他果真造了那麼一座山（他所不能搬動的大山），那就
證明他不是萬能。如首句是真的，則次句即證明它是假的。

類似的悖論還有：上帝是萬能的，那麼(a)他能畫出一個四方的圓圈麼？(b)他能發明他不能解答的難題麼？(c)他能消滅自己以至於永無上帝麼？……等等。

　　在社會生活中常會出現這樣互相關聯的兩句話？例如：

　　　「下面那句話是真的：

　　　　上面那句話是假的。」

如果上一句話是真的，那麼，就是說下面那句話（「上面那句話是假的」）是真的，既然下面那句話是真的——它的內涵是指明上面那句話是假的。既然上面一句話是假的，那麼下面那句話就走到了反面——它原來陳述上面是假的，必定變成上面是真的。如果上面一句話是真的，則證明它是假的。又進入了一個惡性循環。

　　近年出現了叫做「非自狀悖論」的悖論，雖則出現於本世紀初，卻引起了人們愈來愈多的關注。這個悖論是格雷靈（Grelling）提出的，故又稱為「格雷靈悖論」。這個悖論的前提把形容詞分為兩類，一類是「自狀的」，即能用來形容自身的；另一類是「非自狀的」，即不能用以形容自身的。例如「漢語的」這個形容詞本身就是用漢語表達的，所以是「自狀的」詞語；「英語的」這個形容詞，本身不是英語，它是用漢語寫成的，故稱為「非自狀」語詞。這個悖論的表述是：

　　　「非自狀」這個語詞是否非自狀？

如果說它是「非自狀」，那麼，它卻正好是拿來形容自身的；如果說它不是「非自狀」，其結果表明它不用來形容自身。

　　波柏（K. R. Popper）在他著名的《猜想與反駁——科學知識的增長》（*Conjectures and Rebuttals: The Growth of Scientific Knowledge*, 1968）一書說，用歸謬法（reductio）可以解決悖

論。書中第十四章有這麼一段：

> ……「我們總可以從我們的分類中看出兩條規則。（i）從『X是無意義的』的真，我們可以推出『X是真的』的假，還可以推出『X是假的』的假。（ii）從任何話語y的假，我們可以推斷y是有意義的。按照這兩條規則，我們發現，從我們的假說『u是無意義的』的真，我們可根據（i）推出『u是假的』的假；從而根據（ii）推斷『u是假的』是有意義的。但是，由於『u是假的』只不過就是u本身，所以我們表明了（還是根據（ii））：u是有意義的，這就是reductio〔歸謬法〕的結論。」

歸謬法原文為reductio ad absurdum，拉丁文譯成英語即reduction to absurdity或reducing to absurdity，這歸謬法又使人想起了芝諾悖論。芝諾是公元前五世紀的希臘哲學家，他的悖論是被稱為阿基利斯（Achilles）與烏龜悖論——這不是龜兔賽跑，而是阿基利斯與烏龜賽跑。阿是希臘神話中的人物，一個勇士，跑得挺快，而世界上古往今來的烏龜都爬得很慢。如果這兩者賽跑時，阿基利斯讓烏龜在稍稍前一點出發，儘管烏龜跑得慢，但是阿基利斯將永遠追不上烏龜，因為他為到達烏龜出發點所用去的那段時間裡，烏龜又已前進到另一處地方。如此類推。烏龜永遠在運動中，因此，阿基利斯將永遠追不上烏龜，因為兩者之間的距離是無限的（without limit）。

悖論反映了人類認識中某些尚未能清晰地理解，或雖有所理解而未能合理解決的，或某些推理尚未能完善的命題；也許這些命題最早是在社會交際活動中偶然碰到的，但在幾十個世紀中不斷產生新的悖論，都是不好用常理解決的。是不是社會生活中出現的悖論反映了某些概念具有二重性，而現實生活又不允許將這二重性截然分割為二？是不是反映了社會生活的某些現象，具有

辯證的統一性，只用一維或二維的表述，往往流於詭辯（其實卻並非詭辯）？是不是某些命題是形式邏輯所不能解決？

當悖論在數學分析和數理邏輯中出現時，就更加證明它自己是一種對思維活動和思維科學具有重大作用的命題。學術領域中的種種悖論，例如康托爾（Cantor）悖論、布拉里福爾蒂（Buralè—Forti）悖論、理查德（Richard）悖論、培里（Perry）悖論，等等，仍然是當今饒有興味的問題。在人工智能和計算機科學中，晚近也出現了類似悖論的現象（「停機問題不可解」的證明）。

悖論是社會交際中的一個古老的難題，同時又是當今哲學和科學中的新難題。

（1985.05.12）

〔98〕語言與信息論札記

信息是一種容量

信息是什麼？

信息的定義很難滿足不同學科的需要。

信息（information）——能量（energy）——物質（matter）三者之間的關係；科學技術的三大支柱。

信息的不可分讓性（nondividable），信息的共享性（能量和物質都可以分讓，唯獨信息不能；但信息卻有一種特徵：共享性。這注定信息社會必然是開放型的）。

信息的收集、存儲、處理、傳遞、轉換、交換以及如此等等的特徵。

「信息是一種容量」（information is a capacity）——L. L. Gatlin。

信息為存儲和傳遞意義（meaning）或知識（knowledge）的容器。而不是意義（可否為語義？）或知識本身！

信息既是容量，那就可以進行量的測定，即對這個概念進行量的描述或定量（qualification formulation）。

假如有兩本書，其信息內容（information contents）相同，但一本為英文，一本為中文，雖然英文書只對懂英文的人傳遞內容（meaning），中文書只對懂中文的人傳遞內容——注意：兩者所存儲和傳遞的容量（capacity）則是一樣的，即信息〔容量〕是一樣的。故要把「信息」的科學定義與日常語義嚴格分開。換句話說，上例兩者的信息是一樣的（科學）兩者只分別對其特定接受者有意義（日常），所以申農（E. C. Shannon）——就技術的觀點——說得完全正確：

"the semantic aspects of communication are inrelevant to the engineering aspects"

（見Weaver p. 99）

所以韋弗（Weaver）說，在信息論中所說的「信息」不要同日常使用的「意義」混同〔must not he confused with meaning〕。

如果去測算這個容量（計量），那麼，「信息」就是科學定義的語義。

如何去測算「信息」容量？申農在1948年建議用「熵」（entropy）去量度（entropy in the measure of this capacity），並發展了一系列的專門函數公式。

熵

熵即表示一個系統的無序程度。

（entropy means the degree of randomness of a system）

因此，要定義熵，首先定義無序，這就牽涉到概率（probability）。

假如有一堆寫了字母的紙牌放在桌上，把它們搞亂了，不按任何次序放在那裡，我們稱這種狀態為：

任意的（random）

無序的（disordered）

混合的（mixed）

同構的（homogeneous）

這就表明熵很大。

如果把每一張牌都明擺在桌子上（你可以看見每一張牌上的字母），則熵減低了。

熵愈低，則系統就愈高　　非任意的（nonrandom）

有序的（ordered）

有組織的（organized）

分離的（separated）

非同構的（inhomogeneous）

下面是（熵）概念的表：

熵〔大，高〕	熵〔小，低〕
任意的	非任意的
無序的	有序的
無組織的	有組織的
混合的	分離的

等概率事件	D₁（等概率離散）
（equiprobable events）	divergence form
獨立事件	D₂（獨立離散）
（independent events）	independent form
（配置）	
構造異體	有限配置
（configurational variety）	（restricted arrangement）
自由選擇（free choice）	有約束的（constraint）
不確定性（uncertainty）	確定性（reliability）
高錯誤概率	保真性
（high error probability）	（fidelity）
潛信息	存儲信息
（potential information）	（stored information）

可以給最大熵狀態（maximum entropy state）表述為等概率的、獨立的基本事件（elementary events）。

關於定義熵的數學準備

任意現象（random phenomenon）———一組互有關聯（relate）但並非等同的（not identical）事件（occurance），其個別結果（outcome）不能預測也不能預定，而是碰巧出現的，但如出現大量的任意現象，卻能適合一種模式（pattern），且能準確地預測。

任意事件（random event）係上述任意現象中的一個單獨的事件，但其出現的相對頻率（relative frequency）接近大量可能出現的事件的一個穩定有限值（stabile limiting value）。

概率（probability）———這個有限值（limiting value）即稱為

任意事件的概率。〔因此，概率的概念所包括的不只是出現的相對頻率，它還包括無窮系列及其有限值的觀念（idea of an infinite series into limiting value）。〕例：擲一次錢幣，絕不能預定能出現陰面或陽面，但如果擲一百萬次，則出現陰面或陽面的相對頻率標準接近於$\frac{1}{2}$，擲的次數愈益增加，則概率愈益接近於$\frac{1}{2}$。

集（集合set）——要研究的各個物體或觀念（object or idea）的總和（collection），用{ }表示。例如：

$\{1，2，3\}，\{1，3，2\}$，或$\{1，1，2，3\}$。都為同一集，因為都是同樣的個體（individual entities）1、2、3的集合。

熵增加

熵增加：熱力學第二定律。

〔古典氣體例證〕。設有兩種可以分離的氣體A和B，分別裝在一個容器的兩個半部內，中間用一道可以移動的不導熱體的柵門相隔。如果把中間的隔板移開，則氣體A和氣體B的分子立即互相滲透，到達一種單一的同構（homogenous）狀態。此時熵在增加。注意，絕不會自發地分別集合為氣體A和氣體B——即不會發生可逆的狀態。這樣就得到熱力學第二定律，即，一個獨立系統的熵永不減少；它只能增加或成為常數。所以有時人們說一個獨立系統（an isolated system）的熵達到最大值。

兩種溶液的狀況亦同上面的情景。A與B互相滲和（擴散）而形成一種單一的均勻溶液，可是從未見過這個滲和了的溶液自發地分離成具有不同濃度的兩部分（即不可逆）。

當兩個物體處於熱接觸時，熱量總是發生由高熱走向低熱的物體，這就是熱力學第二定律，經典的表述如下：

「在不做外功的情況下，熱量由較冷的物體淨流入較熱的物體

是不可能的。」

按照系統的觀念，則熱力學第二定律可以表述如下：

「在任何自發的變化中，封閉系統的熵將增加或保持不變，但絕不會減少。」

熵函數只是狀態的函數。

最古典的表述式為克勞修斯（R. Claussius）早在1850年的論證（假設），其最簡單的形式是：他認為在理想熱機中發生的過程如圖所示：

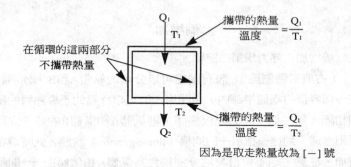

$$因為 \frac{Q_1}{Q_2} = \frac{T_1}{T_2} \qquad 故 \frac{Q_1}{Q_2} - \frac{T_1}{T_2} = 0$$

克勞修斯引進一種函數S，證明這個函數只與系統的參數有關（例如，對於蒸氣機來說，S只與壓力及溫度有關，但與為達到這種溫度和壓力的數值而使用的方式無關）。他得出結論，在任意點a和b之間計算出的是：

$$\mathop{\varepsilon}_{\text{a和b之間}} \quad \frac{攜帶的熱量}{溫度}$$

的數值只取決於a、b的位置，他稱這個只與a及b的狀態有關的函數為熵。

　　克勞修斯選希臘文的 $\varepsilon \upsilon + \tau \rho o \kappa \pi$ 為熵。正如維納在1948年取希臘文而成「控制論」（cybernetics）的意義是一樣有趣的。他寫道：

　　　　「在確定一些重要的科學量的名稱時，我寧願求助於古代的文字，這樣做的目的是為了使這些名稱能在現有各種文字中表示同樣的意思。因此，我建議把S叫做物體的熵，熵在希臘文裡表示『表化』。我們挑選了『熵』這個詞，是為了使它與『能量』（energy）詞在發音上有相同之處。因為按照它們的物理涵義這兩個量很相似，我認為，使它們的名稱在發音上也相似是有益的。」

　　正如維納所說：

　　　　「……為了要用一個單詞來概括這一整個領域，我懂得非去創造一個新詞不可。於是，有了 "Cybern etics"（控制論）一詞，它是我從希臘字 $\kappa \upsilon \beta \varepsilon \acute{\eta} \eta \eta \varepsilon$ 或舵手推究出來的。」

　　克勞修斯的論斷：

對於一個封閉系統，

　⑴ 可以確定一個函數S（熵），

　⑵ 在任何物理過程中，這個函數值是增長的，

　　可用公式表述為：

$$\triangle S \geqq 0$$

其後著名的玻茲曼統計力學公式可以說是從概率觀點看的熵：

$$S＝KlnW＋C$$

S為熵，W為概率，K、C為常數，ln為以自然數e為底的對數。這個公式同信息論大有關係──公式刻在玻茲曼的墓碑上。

刻在墓碑上的玻茲曼公式

通常表熵的公式可以寫作：

$$S=KW$$

式中S為熵，W為事件出現概率，K為常數。這個公式不是完備的（complete）甚至遠不是準確的（not yet correct）。由於熵為概率的遞增函數，因此A系統的熵加B系統的熵為綜合系統（Composite System）AB的熵。

$$S_A＋S_B＝S_{AB}$$

例如A系統的熵增加了2個單位，B系統的熵增加了3個單位，則全部熵將增加5個單位。玻茲曼解決了這個問題（十八世紀上半期）──When numbers exposed as powers of the same base are multiplicative，their exponent are additive（同底的冪數相乘時，則其指數相加）指數即為對數。故上式可表作：

$$S＝KlogW$$

此時系統A的熵可寫作：

$$S_A＝KlogW_A$$

系統B則為：

$$S_B＝KlogW_B$$

兩熵相加，即得綜合系統的熵：

$$S_{AB}＝KlogW_A+KlogW_B$$

按上理可得：

$$S_{AB} = K \log W_A W_B$$

或

$$S_{AB} = K \log W_{AB}$$

在考慮語言文字所包含的符號的線性序列的熵時，配製（構造）異體的概念，意味著更大的語詞字句變異。

信息熵

處理熱力學第二定律即熱力熵時，首先假定所有狀況（microstates）都是等概率的。這就是說，每一個別狀況的概率P_i，只能看作全部情況的概率W中的一個，即：

$$P_i = \frac{1}{W}$$

或
$$W = \frac{1}{P_i}$$

將W值代入公式S＝KlogW，可得

$$S = K \log \frac{1}{P_i}$$

因為log1＝0，故

$$S = -K \log P_i$$

這就是著名的申農（Shannon）熵公式的出發點。值得注意的有兩點，頭一點是假定所有概率的出現都是相等的；其次的一點，熵已不用全部事件的概率W來表示（W是難以確定的），而代之以一個事件的概率P_i了。

假定有一個具有數值的任意現象（a numerical—valued random phenomenon），例如擲骰子，朝上的一面的點出現的概率如何算呢？這是所有可能出現的數值之和——每一個乘以它自己出現的數值。那就是$\frac{1}{6}(1)+\frac{1}{6}(2)+\frac{1}{6}(3)+\frac{1}{6}(4)+\frac{1}{6}(5)+\frac{1}{6}(6)=3\frac{1}{2}$這就

是說，如果骰子每一面的出現是等概率的（各 $\frac{1}{6}$），那麼多次擲骰子的結果必在1與6中間——即 $3\frac{1}{2}$。如果骰子每面不是等重的，例如6占 $\frac{2}{3}$ 時，1只占 $\frac{1}{3}$ 時，則結果的平均值比 $3\frac{1}{2}$ 高，即：

$$\frac{2}{3}(6)+\frac{1}{3}(1)=4\frac{1}{3}$$

一個有數值的任意現象的期望值（expected value or expectation value）為每一個出現概率的全部可能結果乘以這一個個別出現的數值，用公式表示即為 $E_x = \sum_i P_i n_i$

把這個公式同—$K\log P_i$ 聯繫起來，則有數值的任意現象的期望值H即為：

$$H = -K_i \sum P_i \log P_i$$

這就是著名的申農公式，它就是玻茲曼變數—$K\log P_i$ 的期望值。這個公式是用概率來表示一個系統的熵，在這個系統的所有microstates是等概率時適用，甚至在不等概率時也可適用。這個公式是將熱力學的熵概念提高到信息論的熵概念。

申農公式還可以用其他數學方法推導出來。這個公式的所有 P_i 都相等時（只有此時），則達到最大值（Khinchin, 1957）。

當K為1，對數用2為底，則熵的單位稱為哈特萊（Hartley）。1哈＝3.3219比特。比特為熵最常用的單位。

對數轉換採用下面的公式：

$$\log_b N = \frac{\log_a N}{\log_a b}$$

式中N為數，a、b為對數的底

$$\log_2 N = 3.322 \times \log_{10} N$$

（見Ashby書）。

申農公式

申農公式適用於一切方面。既適用於生物學，也適用於語言學。以生物學為例，任意現象抽樣S_1的系統：

$$S_1 = \{A, T, C, G\}$$

式中A＝腺嘌呤（base adenine）

T＝胸腺嘧啶（thymine）

C＝胞（核）嘧啶（cytosine）

G＝鳥嘌呤（guanine）

則這個系統的熵為：

$$H_1 = -K_i \sum P_i log P_i$$

式中P_i是已知數。這是DNA（去氧核糖核酸）的基礎構造。

故對Micrococcus lysodeikticus為：

$$P(C) = P(G) = 0.355$$

$$P(A) = P(T) = 0.145$$

以此代入，

$$H_1 = -(0.355log0.355 + 0.355log0.355$$

$$+ 0.145log0.145 + 0.145log0.145)$$

$$= 1.87 比特$$

如採$\varepsilon_1$coli的DNA為例，系統中各數都是等概率的，即：

$$P(A) = P(T) = P(C) = P(G) = \frac{1}{4}$$

代入公式，

$$H_1 = -log\frac{1}{4} = log4$$

$$H_1 = 2 比特 \quad 這是最大值$$

以語言學為例：

設a＝字母表中的字母數（DNA中的a為4），如各字母都是等概率

的，則：

$$Pi = \frac{1}{a}$$

代入公式，

$$H_1 = -\log P_1 = -\log \frac{1}{a} = \log a$$

$\log a$為H_1的最大值：

$$H_1^{max} = \log a$$
$$D_1 = H_1^{max} - H_1 = \log a - H_1$$

以DNA而論，

$$\varepsilon_1 coli為H_1 = H_1^{max}$$

但$M_1 lysodeikticus$則為

$$D_1 = \log a - 1.87 = 2.00 - 1.87 = 0.13比特$$

（見Lila L. Gatlin書1972）

假定面前有三份東西，

1. 紐約時報（一份）
2. 信息論（書一冊）　　　重量都相等
3. 人民日報（一份）
4. 廢紙（同重量的書）

那麼，這四者是否有同樣的熵？

按照熱力學熵的定義，回答是肯定的。

按照信息論熵的定義，回答也是肯定的。

按照社會語言學的理解，回答是否定的——即這四者的熵不一樣。或者，更明確地說——如果按三者的價值（value）來說，則：

　(1) 對於沒有受過教育的人，四者都是沒有價值的。

　(2) 對於不懂英文的人，則1是完全沒有價值的。

(3) 術對於懂英文的人，則1是有價值的。

可得下表

	重量	價值 (+有價值；-沒有價值；×不確定)						
		沒有受過教育的人	不懂英文的	懂英文的	不懂漢語的	不懂信息論的	一般讀者懂漢語的	查找的人
1 紐約時報	1	—	—	+	×	×	×	—
2 信息論	1	—	×	×	—	×	×	—
3 人民日報	1	—	×	×	—	×	+	—
4 廢紙	1	—	—	—	—	—	—	+

價值是什麼？是廣義的負熵。
‧‧‧‧‧

　　正如馮紐曼（J. von Neumann）指出的，申農信息論是源出玻茲曼關於統計物理學的觀察（1894）——玻茲曼認為熵就是「失去了的信息」（missing information），也就是所能記錄的宏觀可觀察的一切信息中可供選擇的數（L. Szilard, 1925）。申農發展了二〇年代奈魁斯特（H. Nyquist）和哈特萊（R. L. Hantley）的理論，認為他的理論受維納（N. Wiener）的啟發。而維納則指出申農早期關於數理邏輯的理論對他的研究大有裨益。

韋弗的詮釋

　　韋弗（W. Weaver）對申農公式的詮釋是權威的而且通俗易懂的。他的詮釋如下：

　　設有一個由幾個獨立符號（independent symbols）組成的

集，其選擇概率為P_1，P_2，……P_n。則信息〔量〕——熵——為：

$$H = -\left[P_1\log P_1 + P_2\log P_2 + \cdots\cdots + P_n\log P_n\right],$$

或：

$$H = -\sum P_i\log P_i$$

式中符號$\sum$為$P_i\log P_i$類似各項之和。而這裡的負號什麼意思呢？所有概率都小於1或等於1（≤ 1），而小於1的數的對數則是負數。因此這裡的負號是必要的，如此則H事實上為正數。

舉例證明。設有兩個消息，第一個出現的概率為P_1，第二個出現的概率為$P_2 = 1 - P_1$，如果這兩個消息出現的概率是相等的，即$P_1 = P_2 = \frac{1}{2}$此時H達到最大值。這就是說，人們完全自由地在兩個消息中選擇一個。如果一個消息比另一個消息出現得更有可能（即P_1大於P_2），則H的值減小。如果其中一個消息非常可能出現——這就是說概率P_1幾乎等於1，而P_2幾乎接近於0時，H的值是最小的（漸近於0）。

在最極端的例子中，如果一個消息的概率為1（已確定）其他消息的概率為0（不可能出現），則H為0（完全沒有不確定性，沒有選擇自由，即無信息量）——用語言表達，即人人都知道，信息量等於0。

兩個信息出現的概率相等時，H為最大值。

一個信息出現確定時，H為最小值，等於0。

如果不只兩種選擇（多於2），而各種出現的概率又相等時，則H為最大值。不能選擇，沒有選擇自由，則信息量最低。總而言之，從五十個消息（等概率）選擇比從二十五個消息選擇，前者的H的值比後者大。

熵與負熵

熱力學第二定律表明熵（S）不斷增加（或等於一個常數），而熱能（energy）等於負熵（−S），則不斷減小。這是卡諾（Carnot）定律。

設有一系統得熱量為 $\triangle q$，則

$$\because \triangle S = \frac{T}{\triangle q} \qquad \therefore \triangle q = \frac{T}{\triangle S}$$

$\triangle S$ 為該系統的熵的變化──T為絕對溫度，$\triangle q$ 為熱量的變化。若將絕對溫標（T°）轉為開氏溫標（K），兩者之間的換算公式如下：〔開氏即 kelvin（1824─1907），他對熱力學第二定律提出了補充意見〕

$$T°K = t°C + 273.15$$

設有A及B兩個系統，能交換功和熱。設系統A、B與其周圍隔絕，其時：

系　統	溫　度	功（輸出）	熱（輸入）	熵（輸入）
A	T_A	W_A	q_A	$\triangle S_A = \dfrac{q_A}{T_A}$
B	T_B	W_B	q_B	$\triangle S_B = \dfrac{q_B}{T_B}$

第一定理：

$$W_A - q_A + W_B - q_B = 0 \left.\vphantom{\begin{matrix}a\\b\end{matrix}}\right\}$$

第二定理：$\triangle S_A + \triangle S_B \geqq 0$

故在系統AB中的全部能量無變化。

不可逆變化的兩個例證：

㈠熱流由熱體流至冷體：$T_A > T_B$

沒有作功：$W_A = 0$，$W_B = 0$；

熱轉變：$q_A = -q_B$　$q_B > 0$

$$\triangle S_A + \triangle S_B = q_B \left(\frac{1}{T_B} - \frac{1}{T_A} \right) > 0$$

結果熵增加。

㈡摩擦，黏性衰減。

$T_A = T_B = T$無溫度差。A作功，B生熱：

$$W_A > 0，q_A = 0，W_B = 0，q_B > 0$$

$$W_A - q_B = 0，$$

$$\triangle S_A + \triangle S_B = \frac{q_B}{T} = \frac{W_A}{T} > 0$$

結果熵增加。

負熵（negentropy $N = -S$）表示能量的質或度（the quality or grade of energy）不斷減小。這就是Kelvin的「能量漸減原理」（principle of degradation energy），Kelvin（1824—1907）概括為：

下述現象不可能存在：一個孤立的熱體，失去一定數量的熱能，又產生了相等數量的機械能，同時又沒有發生任何其他變化。

總之，概率增加，熵也隨之增加——玻茲曼‧普朗克公式（Boltzmann—Planck formula）：

$$S = K \ln P$$

S為一系統的熵，K為玻茲曼常數（$= 1.38 \times 10^{-16}$愛格／1℃）P為「基本複合」（elementary complexions）的數目。

見（Brillouin）

漢明的表述

漢明（R. W. Hamming）在他的著作《編碼和信息論》（*Code and Information Theory*, 1980）中簡要地表述了語言文字信息和熵的意義。

設有一個信源符號集，由9個字母組成，每個字母出現的概率各為p_1，p_2……p_q，若$p_1 = 1$，則其他$p_n = 0$，那麼我們只能收到一個符號（p_1），那就是說預先知道這只是一個符號，收到的信息＝0。

由於兩個獨立符號得到的信息，是分別從各個符號所得的信息的和。而複合事件的概率〔舉例〕，則是兩個獨立事件概率的乘積，故信息量定義為

$$I（Si）=\log_2(\frac{1}{p_i})$$

複合事件：

$$I（S_1）+I（S_2）=\log_2(\frac{1}{p_1p_2})=I（S_1，S_2）$$

對　數

不同底的對數相互間有一定的比例關係，

如a數等於b數的n次冪，即$a = b^n$，則n稱為a的b底對數，即$\log_b a = n$，凡數的乘除可以用對數簡化為對數的加減。自然對數（natural logarithm）又稱納皮爾對數（Napitrian logarithm），這是e底對數，e的值為2.71828，故$\log_e a = 2.303 \times \log_{10} a$。

對數的關係式：

$$\log_a X = \frac{\log_b X}{\log_b a}$$

以2底對數所得的值為比特（bit），在信息論中用。

以e底對數所得的值為奈特（nat），在微積分運算時用。

以10底對數所得的值為哈特（R. V. L. Hartley）。

換算數字——

$\log_{10} 2 = 0.30103\cdots$

$\log_{10} e = 0.43429\cdots$

$\log_e 2 = 0.69315\cdots$

$\log_2 10 = 3.32193\cdots$

$\log_e 10 = 2.30259\cdots$

$\log_2 e = 1.44270\cdots$

信息與熵的關係

設初始狀態事件以等概率出現，概率為P_0；初始狀態的信息為I_0；終止狀態時分別為P_1、I_1，按信息定義I_1，使用P_0 / P_1的對數表達：

$$I = K\ln N^G = KG\ln N \quad （G為指數）$$

現可表述如下：

初始狀態：$I_0 = 0$，P_0可能性

終止狀態：$I_1 > 0$，P_1可能性

$$而 I_1 = k\ln \left(\frac{P_0}{P_1} \right)$$

式中k為常數 K＝k＝玻茲曼常數。

在討論信息與熵的關係時，有些學者（如Brillouin）認為應

先分開兩種信息：

①自由信息（free information）I_f，無特殊物理意義。

②耦合信息（bound information）I_b，為自由信息的一種特例，可釋為一種物理系統的複合事件（complexions）——這是Planck氏的定義。

可看下表：

	耦合信息	複合數	熵
初始狀態	$I_{b0}=0$	p_0	$S_0=k\ln p_0$
終止狀態	$I_{b1}\neq 0$	$p_1 < p_0$	$S_1=k\ln p_1$

顯而易見，在上表中的系統不是孤立的；當信息獲得後，將減少複合數，而熵減小，此時應由增熵外在媒介（external agent）提供信息。

$$I_{b1}=k\,(\ln p_0 - \ln p_1)=S_1-S_1$$

或$S_1=S_0-I_{b1}$

而耦合信息為負熵，

$$耦合信息＝熵S減少$$
$$＝負熵N增加$$

這就是信息負熵原理（negentropy principle of information）

信息為何轉為負熵，或負熵為何轉化為信息？

假設有一個人擁有信息，如果信息一直藏在他心裡，那就是（只能是）自由信息，因為它沒有跟任何物理系統直接連結在一起。如果這個人把信息傳遞給另外一個人，那麼這信息就有所損失，其間每一步損失如下：

A. 一個人擁有信息，記在心裡，這是自由信息。

B. 這個人（例如用英語）把信息告訴他的朋友，這信息就是耦合信息：因為它轉變為聲波，或電脈衝，或其他用作信息交換的手段。在傳遞時要編碼，編碼可能出現錯誤。這使自由信息受到損失，因為這是在轉為物理干擾之前發生的。

C. 通信系統的干擾和熱噪聲，可以損失一些信息。這就是耦合信息的損失。

D. 他那位朋友耳朵不靈，所以沒聽見幾個字。這裡的損失也是耦合信息的損失，但那朋友所得到的信息藏在心裡——這信息又變成自由信息了。

E. 不久，這朋友忘掉了一點，這種損失卻又是自由信息的損失。

從A——E，每一步都損失一點信息。最優狀態是沒有一點兒損失。人說股票掮客從股票交易所裡打電話報告行情時是一點兒信息損失都沒有的——如有，他就要失敗了!!

總而言之，關於熱力學和信息論的關係，可歸結如下：

1. 負熵（Negentropy）N相對應於信息 I。

2. 溫度T為在信息傳送時的熱噪聲干擾。

3. 能量保持它的通常涵義。

4. $\triangle Q = T \triangle S$表在一定處理過程的熱量。

5. $\triangle W = T \triangle N = T \triangle I$表示所作的功。

6. 如溫度愈高，則所需傳送信息的功愈大，因為要克服背景噪聲。

獲得信息

根據以上所述情況，歸結出以下若干有趣味的論點：

所謂獲得信息（acquisition of information），〔對於一個物體

系統而言〕相應於這個系統的低熵狀態（a lower state of entropy for system）。

低熵即表示一種不易穩定的情況，或遲或早按它自己的運動規律會走向穩定（stability）和高熵。

注意：內穩態（homeostasis）

　　增熵趨勢──→穩態

　　熱寂

熱力學第二定律並沒有告訴我們所需的時間，因此不能算出這個系統能把信息記憶多久。解決這個問題，要從分子模型或原子模型，借助於動力學理論（kinetic theory），那就是：

各種波的衰減率（rate of attenuation），擴散率（rate of diffusion），化學反應的速度（speed of chemical reaction）等都能用合適的模型計算出來，其結果可由一秒的若干分之一到若干年到若干世紀。

這種衰減可應用於各個方面：如脈衝的系統（代表點和橫）經由電線傳遞，則衰減和忘記所經歷的時間不會太長，但即使這樣短暫的時間，也足以傳遞到長距離，這樣就使遠程通訊（telecommunication）成為可能。

能將信息保持若干時間的系統，可以在計算機中用作記憶裝置。這裡所討論的不只是在理論上有興味的問題，而且在各方面有廣泛的實際應用。

熵通常都被當作測量一個物理系統的無序程度。

更準確的說法應當是：

熵所測量的是有關系統的實在構造（the actual structure of the system）中所缺少的信息量。信息的缺少與事實的無序程度相適應。

關於熵與信息的現代觀念，源出Szilard的一篇舊論文（1929），但他雖開拓了這一門學問，當時他都不能透徹理解這裡的意義。直到申農（1949）重又發現這個問題，但他用負號來代表信息熵，即負熵。這可見於他的書中兩例（頁27和頁61）。申農在那裡證明了在若干不可逆的過程中他的信息熵是減少的。Rothstein（1952）論文所闡明的觀點與上文一樣。

麥克斯威妖

關於熵與信息之間的關係，關於信息論的實際應用，最有趣的例證莫過於「麥克斯威妖」了。

「麥克斯威妖」（Maxwell's Demon）「生於」1871年，最初出現在英國（蘇格蘭）物理學家麥克斯威（Games Clerk Maxwell, 1831—1879）的著作《熱理論》（*Theory of Heat*, p.328）他寫道：

> 這個妖精「是一個如此神通廣大的生物，以致他能夠跟蹤每一個分子的行程，他所能做的絕不是我們目前所能做的⋯⋯讓我們設想有一個分隔成兩個部分A和B的容器，隔板上有一個小洞，而這個能夠看見各個別分子（the individual molecules）的妖精，負責開關這個門洞，他讓運動得較快的分子由A進入B，而讓運動得較慢的分子由B進入A。這樣一來，他就無需作功就提高了B的溫度，降低了A的溫度，與熱力學第二定律發生矛盾。」

「麥克斯威妖」在過去幾個世代中困擾了很多物理學家。他們推想種種方法和公式來解決這個難題。科學家斯摩魯邱夫斯基（M. von Smoluchowski）在本世紀初（1912）最先察覺到這一個門洞（或門閥）可能產生一種布朗氏運動（Brownian agitation），其結果門洞隨意開關，因而嚴重干擾這項作業。

按布朗（Brown）乃十九世紀初的一位植物學家，他於1827

年在顯微鏡下觀察到液體中懸浮的小質點有不規則的運動。這些運動是完全無規則的，故不可能是由於液體的對流而來。布朗發現這些質點的速度，由液體黏性減小而增高；又發現質點愈小，則其速度愈大。布朗對這現象的解釋是：這些質點受了液體分子的碰撞而作的運動。這個解釋，後來由愛因斯坦（1905）和皮林（1908）的實驗，以及上述斯摩魯邱夫斯基（1912）的研究，證實它是正確的。皮林的實驗：第一實驗，在顯微鏡下，以時間T的間距，觀察 ΔX總值。

第二實驗：以顯微鏡觀察懸浮粒子在液體中垂直方向的分子。

注意到這種運動，對於任何自動化裝置具有特別重要的意義。斯摩魯邱夫斯基結論說，布朗氏運動只對熱力學第二定律構成一種表面的破壞，這是因為在短暫的運動過程中，它們具有隨意的不可逆的性質。任何系統的永久運動是不可能的，而第二類「永動機」（perpetual mobile）是不可能存在的，這至今還是確定不移的：一個系統可以活動，但只能不規則活動，不可能按照系統的方式（有序）活動。

關於在隔板上裝一個彈簧閥門（a spring valve）的問題是一個有趣的問題：如果這個彈簧閥門不是為了對付布朗氏運動，那麼它就會產生一種兩邊相連的容器的壓力差。這情況恰如整流器的情況一樣。一個理想的整流器，在對各別的電子作用時，將整治電子的激活活動（agitation），並且將違反熱力學第二定律。可是世界上根本不存在什麼理想的整流器，所能得到的唯一的結果只是非對稱性的熱活動。

Szilard最重要的貢獻（1929）是，他解釋說，這個妖精施作用於氣體運動的信息，妖精把信息轉變為負熵。

Lewis（1930）討論這些問題時注意了氣體的分離擴散（gas separation and diffusion），他認為熵與氣體的混合（mixture）或分離（separation）相關聯，達到了同我們一樣的結論〔注意：起伏散逸關係fluctuation—dissipation theorem〕。

後來Slater（1939）提出：測不準原理是否在這個問題中起作用。麥克斯威妖必須同時測定一個原子的位置和運動速度。而這兩個量是不能同時無限準確（with infinite accurcy）測定的，因為有如下著名的局限：

$$\Delta p \cdot \Delta q \geq h,$$

式中p＝mv。

測不準性對輕原子（小質量m）和高壓有作用，其時原子的位置應作準確的測定。但是不確定性限制對重原子和低壓則不顯得重要——這一點經德莫斯（P. Demers, 1944, 1945）予以證實。

最主要的問題是由Demers（1944, 1945）和Brillouin（1949, 1950）提出來的，這個問題是更加基本的問題。

問題是：這個妖精確實可能看到所有個別的原子嗎？（Is it actually possible for the demon to see the individual atoms？）

假設整個系統是孤立系統，初始溫度為T_0，這個妖精是處在密閉在常溫的平衡狀態，在這種情況下必然是黑體輻射，而在一個黑體（black body）的內部不可能看見任何東西。即使提高溫度也無濟於事。在「赤」溫時，輻射是在紅光中達到最大值，不論密閉器中有沒有分子或有多少分子，其密度都是一樣的。不僅密度一樣，起伏（fluctuation）也是一樣的。這個妖精可能看見熱輻射及其起伏，但他絕不能看見所有的分子。

麥克斯威並沒有想到在溫度T的平衡狀態下系統中的輻射問題，這不奇怪。因為1871年還沒有懂得什麼叫做黑體輻射，而那

還是在輻射熱力學被清楚理解以及普朗克理論發展前三十年。

既然這妖精看不見那些分子，那他就不能管開門關門，也就不可能違反熱力學第二定律。妖精雖看不見那些分子，但是他也許可能用其他方法去偵察它們：他也許去測定Vanderwaals力，或測定因磁距引起的場。在這裡的答案是不同的：所有這些場都是短距離場。因此這妖精可能偵察到非常接近門洞或箱壁的分子。這時，就很不容易不做任何功而打開或關閉門閥。妖精信賴來偵察分子的那些力，也能作用於門或閥。這時，要作功才能開關，而問題就變得更複雜了。主要的是，按麥克斯威設想，每當分子運動到箱壁之前很久，就應被偵察出來，要保持這樣的距離即所有短距離的場都能不予考慮。

這只能依靠若干輻射來完成，因此，利用光則是最簡單的辦法。

通俗描述

用普通語言來描述這個「麥克斯威妖」的活動。

有一個容器，中間用隔板隔開，分為A和B兩個部分，隔板上裝有一個閥門，打開閥門時，單個氣體分子可以從容器的一邊（設為A）走到另一邊（即B）去。

假設這個容器充滿了一定溫度的氣體。按照熱動力學理論：

一定的溫度同分子的一定的平均速度相對應（或者稱為：成一定的比例）。

因為氣體分子運動帶有隨機性質，有的分子的速度將大於平均值，有的則小於平均值。那麼，通過閥門，妖精就能讓快速運動的分子從A到達B，慢的分子由B到達A（如這個妖精原先所設想的），結果如何呢？

結果是：B的溫度上升（這是因為快速運動的分子集中到這裡來了）

A的溫度下降（同上原理，慢運動分子）。

但是必須注意到，妖精怎樣才能知道在什麼時候打開閥門呢？換句話說，就是守在閥門那裡、宣稱要把快速運動的分子放到A箱去的妖精，怎樣才能知道他該在什麼時候打開閥門呢？——也就是說，他怎麼知道來了一個快速的分子呢？

必須得到關於分子運動〔運動速度〕的信息。要得到這種信息，就要消耗一定的能量，它將比把分子分成「快」和「慢」分子後所得到的能量還大。

如果我們把容器＋

氣體＋

隔板＋

和妖精所組成的系統，看作是處在熱運動平衡的狀態中，即不存在能量轉換過程或從系統的一部分到另一部分的能量傳遞過程，那麼，原則上跟蹤分子運動是不可能的，因為這種平衡不含有可作為軌道和速度的信息源的信號。

為了妖精能夠跟蹤分子運動，講得簡單一些，或者說，設想最簡單的條件，必須提供亮光，以使妖精能看到分子運動。當然，這種簡單的「設想」也只是一種比喻，實際上就是提供了亮光，這個妖精也「看」不見分子運動——不過假定這妖精神通廣大，可是他也不至於沒有亮光能看到東西。這真好比一種可笑的悖論了。

要亮光（記住：這是最最簡單的設計），就意味著消耗能量——因為光源是一個不處於平衡狀態的系統，不消耗能量，它是不能工作的。為了獲得信息所需的能量，將超過因利用這一信息而

吸收的能量——這樣，符合熱力學第二定律。

可以認為，即使把運動「快」的氣體分子同活動「慢」的氣體分子分離開的這種原始的有序系統，也要求有信息；假如沒有信息，這也是不可能的。

而要獲得信息，就必須把負熵引入系統。

對於更複雜的系統，這一點也是成立的，即在這種系統中要增長組織化的程度就需要從環境媒介引入負熵。

信息和能量之間有什麼直接的物理關係呢？

已經證明，有可能計算出為得到每一單位信息所必需的最小負熵量。

設　S＝熵（單位：愛格／度）

　　I＝信息（單位：比特）

系統狀態的信息增量$\triangle$I所引起該系統熵的增量$\triangle$S約為

$$\triangle S \approx -10^{-16} \triangle I 愛格／度$$

如果系統中的所有元件具有1愛格／度的熵變化，那麼為了對系統的能量平衡施加可觀的影響，信息量就必須達到巨大數字，10^{16}比特的數量信息。

信息的測量（摘自Klaus Weltner論文）

信息論是統計的、數學的理論。申農和韋弗（1949）跟維納（1948）為了測定消息交換系統傳遞的量而發展了信息論。信息論的基礎是對信號序列的信息量有可能進行測定，而且這種測定同編碼無關，在信號轉換中也是不變的。信號形式不論是否離散，信息量都是相同的，而且可以互換（樣本公理）。

此外，對每一個轉換系統，可以給出每秒信息轉換的上限（信道容量）。重要的應用則是對有干擾（噪聲）時工程系統轉換

性質的分析，以及對排除了干擾信號的原來信號序列的區別分析（Meyer—Eppler, 1969）。

符號序列的信息，等於這些單個符號的信息量之和。符號的信息按照符號出現的頻率或量來量度的。人們可以將任何符號序列當作二進制符號的序列加以編碼，而不至於失去它的信息量。這時，符號序列的信息（量）以比特計算，等於符號序列最優化二進編碼的最小碼長。因此信息量的測定即是對編碼價值的測量。

在心理學中人們了解感覺過程和刺激反應是一種可記錄的過程。人們採用測定信息的方法，來斷定感覺過程的性質，並且用以解釋實驗心理學的成果。在感覺心理學的領域裡，這種量的測定顯得特別有用；對於分析視覺刺激和聽覺刺激的反應時間來說，也顯得特別有用（請比較Quastler, 1955, Atteneaue, 1959）。

通過各種感覺渠道（感覺器）接受的信息有種種不同的尺寸（視覺器官　每秒10^7比特；聽覺器官　每秒10^4比特）。與此相較，不能接收的信息迅速減小，約每秒10至20比特。人們發現記憶的記憶器容量有著更小的量，記憶容量視記憶存儲的力量（是暫時記憶還是永久記憶）而定，約莫等於每秒0.1至1比特。

（1986）

〔99〕語言與控制論札記

維　納

維納：《控制論──或關於在動物和機器中控制和通訊的科學》（Norbert Wiener, *Cybernetics—or Control and Communication in The Animal and The Machine*）初版1948，再版（修訂）1961。

Communication

此處作「通訊」，有的譯文作「交流」（如《結構主義和符號學》，瞿鐵鵬譯），我則常寫作「交際」（見《社會語言學》），又Knapp的書*Nonverbal Communication In Human Interaction*（《人類互相接觸中的非語言交際》）中的nonverbal communication，我作「非語言交際」，有人作「非語言交流」，實為不用發聲的言語進行信息交換之意，在這裡我把「語言」看成口講的，我看沒有必要（在這裡）區分為「言語」。又，列寧稱「語言是社會的最重要的交際工具」，有人作「交流手段」，其義一也。可見術語標準化有很重要的意義。

邊緣科學

摘自《導言》

「在科學發展上可以得到最大收穫的領域是各種已建立起來的部門之間的被忽視的無人區。」

好一個「無人區」；即「邊緣科學」、「交叉科學」。幾門學科之間的鄰接部分，往往是被人忽視的，但又是新學科的生長點。蘇聯科學院有一個時期曾強調這種生長點，但那時只強調各學科本身有自己的生長點，而沒有強調學科之間的鄰接部位往往是在發展上很有希望的，即生長點。

「正是這些科學的邊緣區域，給有修養的研究者提供了最豐富的機會。」

作者舉的例看上去很幽默，但意義深刻——

「如果一個生理學問題的困難實質上是數學的困難，那麼，十個不懂數學的生理學家的研究成績會和一個不懂數學的生理學家

的研究成績完全一樣，不會更多。」

注意：10＝1

怎麼辦？那就要求一個不懂數學的生理學家和一個不懂生理學的數學家合作，但是每人對於鄰近領域都有十分正確和熟練的知識。這樣一群「自由」科學家，在一塊科學處女地上共同工作，結合時不是一群下屬圍繞著一個司令官，而是互相取長補短的同志關係。

這時：1+1＞2

維納最初一篇三人合作的論文，往往被人忽略，而這論文孕育了控制論的萌芽思想，文題為：

Rosenbluth, Wiener and Bigelow,

"Behaviour, purpose and Teleology"（1943）.

此文發表後五年，維納的專書（第一部取名為《控制論》的書）在巴黎──其後在美國──印行。此文發表後約二十年，即六〇年代初，有中譯本，名《行為、目的和目的論》，見《控制論哲學問題譯文集》第一輯第一篇（1965，北京商務印書館）。

科學家

導言提到的重要科學家有──A. 羅森勃呂特博士（墨西哥國立心臟學研究所生理研究室主任）。

在早期控制論理論的形成上，他是一個重要的角色。上引論文是以他作為第一個署名的。

──W. P. 坎農博士

是羅的「同事和合作者」，有一部非常著名的專書《軀體的智慧》（*The Wisdom of The Body*, 1932）。這部書已有中譯本（1982，北京商務印書館），並收入「漢譯世界名著叢書」中──

現在已是這一部門的經典性著作了。

此書研究了「內穩態」或譯「穩態」（homeostasis），後來為維納控制論廣泛應用。他提出了「內環境」（milieu interne）說，即通常生理學所說的液床。貝納德（Claude Bernard）認為內環境的穩定性乃是自由和獨立生命的條件。「一切生命機制不管它們怎樣變化，只有一個目的，即在內環境中保持生活條件的穩定。」海登（J. B. S. Haldane）推崇為「這是由一個生理學家提出的、意義深長的格言。」

——別格羅

研究隨意活動（即經過大腦皮層反射的，有意識的活動）中的一個極端重要的因素，即反饋作用。

維納控制論最重要的觀念即反饋——他是利用反饋作用進行控制的。

——麥考爾（McColl L. A）

研究伺服機制，寫了一部書叫《伺服機制的基礎理論》（*Fundamental Theory of Servomechanisms*, New York, 1946），詳細闡述反饋所起的有利作用和破壞作用。

——申農博士（C. E. Shannon）

從信息編碼出發研究信息論問題，他的著作《通訊的數學理論》（*The Mathematical Theory of Communication*, Urbana, 1949），為信息論的開山作或奠基作。

——哥爾莫戈洛夫（Колмоголов , А. Н）

蘇聯學派信息論的創始者之一，他關於概率論的著名論文初版於1941年。他的《概率論基本概念》有中譯本（1952，商務印書館）。

——圖靈（A. M. Turing）

第一個把機器的邏輯可能性作為一種智力實驗來研究的人，電子計算機的早期設計者之一，著有*On Computable Number, with an application to Entscheidungsproblem*, London, 1936.

——馮紐曼博士（J. von Neumann）

匈牙利血統的美籍數學家——前年去布達佩斯，知匈牙利設有馮紐曼計算機研究所，我即住在該研究所的招待所。第一至第四代電子計算機稱為馮紐曼式計算機。創始了ENIAC（電子數字積分器和自動計算器）和EDVAC（離散變數電子自動計算機），這是世界上第一部和第二部電子計算機。馮紐曼是博弈論（Theory of games）的創始者，他將自然科學的理論應用到社會上——他與摩根斯騰（O. Morgenstern）合著的*Theory of Games and Economic Behaviour*（《博弈論與經濟行為》），（Princeton, 1943）是這方面的經典著作。

維納書中表明，他認為在科學史上萊布尼茨（Leibniz）是控制論的「守護神」——萊布尼茨的哲學思想集中表現在兩個密切聯繫著的概念上，即①普遍符號論的概念和②推理演算的概念；由此導致數學記號與符號邏輯。

——萊布尼茨（G. W. Leibniz）

代表作《人類理智新論》（*Nouveaux Esseis sur l'entendement human*）等於他的學術觀點的百科全書（中譯本，陳修齋譯，1982）。

工業革命與信息革命

維納關於工業革命和信息革命的著名論斷。

摘要：

「如果我說，第一次工業革命是革『陰暗的魔鬼的磨坊』的

命，是人手由於和機器競爭而貶值；

　　　那麼，現在的工業革命便在於人腦的貶值，至少人腦所起的較簡單的較具有常規性質的判斷作用將要貶值。」

〔如果使用鏟和鎬的美國掘土工同一台也可以算作掘土工的汽鏟競爭，他的工資將低至無可再低，以致不能活下去。〕

可否這樣表述──

工業革命──革陰暗的魔鬼的磨坊的命──人手貶值；

信息革命──革機器的命──人腦貶值。又「陰暗的魔鬼的磨坊」一詞出自十九世紀初工業革命時期（舊時歷史書通稱英國產業革命）英國詩人布列伊卡的詩。布列伊卡生平未詳。

「牛頓時間和柏格森時間」

（《控制論》第一章）

其中說到天文學時間是可逆的，氣象學時間是不可逆的。這兩者在歷史進程中，也許都是不可逆的？

語言行為（語言活動；或簡直可稱為語言運動）是否完全不可逆呢？句子的字序（在現代漢語）一般地是不可逆的，但以句子為單位的結構是可逆的，至少部分可逆。就是字序，在某些特殊場合也是可逆的。

可逆與不可逆，也許是現代語言學一個值得探索的問題。

有趣的是錄影帶──錄影帶逆轉時是很有意思的，也是很有啟發性的。對可逆現象，可從錄影帶倒帶時的屏幕顯示中領會。

第一章提到：

巴林覺密（palindrome）──漢語詞不知如何產生的──指詞和句從後往前讀時仍保持原義。《金色紐帶》一書（即為D. R. Hofstadter, *Gödel, Escher, Bach: An Eternal Golden Braid*, 1979）。

曾舉出幾部音樂作品，有所謂「未來總是以某種形式重複著過去」，或稱「蟹行」逆轉。最明顯的作品為巴哈（Bach）的《音樂的奉獻》——這是音樂，聽了好多遍，有一種特殊的感覺，也許這就是palindrome的味道？

時 代

維納關於時代的論斷。

頁39云：

「如果十七世紀和十八世紀初葉是鐘錶時代，十八世紀末葉和十九世紀是蒸汽機時代，那麼現在就是通訊和控制的時代。」

自動機與信息傳遞和存儲。笛卡兒把低級動物看成自動機；萊布尼茨則按照鐘機的模式來考察他所構成的自動機世界。

又云：

「現代的時代真是伺服機械的時代，就像十九世紀是蒸汽機時代而十八世紀是鐘錶時代一樣。」

「現代自動機是通過印象的接受和動作的完成和外界聯
〔信息存入〕　〔信息傳遞〕
繫起來的。」

「近代自動機跟生命體一樣。」

生命體（living organism）

反 饋

第四章講反饋和振盪，並討論了內穩態（homeostasis），介紹了兩部書，一部是坎農的《軀體的智慧》，一部為韓得孫的《環境的適應》——前者已有中譯本，後者為L. J. Henderson, *The Fitness of the Environment,*（1913），未見譯本。文中的基礎公式是從f（t）推導出來的，t為時間，從負無窮（－∞）到無窮大

（∞）；即是說t的函數意味著對每一個時刻t都有數值的量。在任何一個時刻t，如果s≦t時，則f（s）的值可以求得；但當s＞t時，（注意，t為－∞到∞），則不能求值。如果有些裝置（電的或機械的）其輸出延遲了一個固定時間（令這個時間為J），則對於輸入f（t），得到的輸出為f（t－J）。以下線性反饋和非線性反饋的一系列公式都是從這裡出發推導出來的。

信息傳遞和返回的過程，就是反饋過程。

（軍隊中，下級接受上級命令時，必須對上級複述一遍，表明他已準確無誤地聽到了，今後的行動必須按照他所複述的去做。這就是反饋。這個例子很能說明問題。因為打仗是一個嚴重的運動過程，所以必須在推廣命令之前作出反饋，以便驗證所發和所收的信息準確無誤。）

如果反饋傾向於反抗系統正在進行的動作，那就叫做負反饋——例如恆溫裝置。

看來對反饋的研究是從人體活動開始的（如小腦震盪引起的疾病、帕金森氏震顫等等）。在人的軀體中，手的運動和手指的運動都是一個包括很多關節的系統的運動。整個輸出是所有這些關節的輸出的矢量和。

在人體有隨意反饋（對於表示運動尚未完成的量的觀察來調節一個動作）和姿勢反饋。

預報反饋：防空砲火系統——槍的位置跟目標的實際位置的誤差，不是我們需要的數據。我們需要的反饋是槍的位置與目標預期的位置之間的誤差。這就是信息反饋控制。

在人的軀體中，一定形式的反饋固然是生理常見的現象，而且是對生命的延續絕對必要，即內穩態。體溫只要 $\pm\frac{1}{2}$℃的變化，就是病的症候。如果長時間有 ±5℃的變化，就不能維持生

命，即破壞了內穩態。穩態反饋進行得比較緩慢，不同於上面所說的反饋。

在社會語言學中，對話（包括非語言反應）是一種反饋形式。還有其他。

計算機和神經系統

第五章

下面是我過去忽略了的論點：

——「整個系統的時間常數的數量由最緩慢的一種來決定。」

〔注意：在語言教學上，進度往往是由學得最慢的學生來決定。〕

——神經元或神經細胞的通常生理活動極其符合all or nothing（全或無）原理。即：

或者處在休止狀態；

或者處在「激發」（fire）時的興奮狀態。

〔注意：作者用fire，譯為激發；不是激話——activate〕——一個興奮從神經元的一端以確定速度傳遞到另一端，接著就是不應期，在不應期中，神經元或者不能再被刺激，或者至少不被任何正常生理過程所刺激。在不應期終止後，神經元仍然保持休止狀態，但可以再被刺激而動作起來。

——每個神經元得到的消息都是由其他神經元從它們的接觸點輸入的，即從突觸（synapse）輸入的。一根神經元的突觸數目，可達幾個至幾百個。

——神經系統一個很重要的功能是記憶，即存儲信息。在運動過程中間的記憶應記得快，讀得快，清除得快，還有一種是永

久記憶，不消除的記憶——有點兒類似計算機的內存。

——人在出生以後，再不產生新的神經元（據說此點已證實），也許亦不再生新的突觸（據說此點有待證實）。

——「我們的全部生命就是按照巴爾扎克《驢皮記》裡描寫的那種方式進行的：在生命自身消費掉我們生命力的積蓄以前，學習和記憶過程本身就耗盡了我們的學習能力和記憶力。」

〔這可以解釋衰老。但衰老是一種非常複雜的生理現象，不能只用一種因素來解釋。〕

〔注意：又是巴爾扎克《驢皮記》，可參看。〕

〔高爾基說這部作品寫得人聲嘈雜，活龍活現，如聞其聲，如見其人。〕

悖論

——「讓我們來考慮由所有的自身不是自身的元的類構成的類。〔康托爾和羅素的悖論〕這個類是不是自身的元呢？如果是，那麼肯定它不是自身的一個元；如果不是，那麼同樣又可以肯定它是自身的一個元。

計算機在回答這個問題時，會不斷作出相間的答案：「是」，「不是」，「是」，「不是」；不能穩定下來。（頁127）

——比較高級的人類特徵，即學習能力。計算機能學習麼？能。

——在條件反射中一定參與了某些東西，可稱之為情調（affective tone），情調是某種尺度，從負值（痛苦）到正值（快樂）變化，情調增加或減少對神經系統進行的全部過程有所激發或抑制。

——從生物學上說，較大的情調主要應當在有利於種族繁殖的場合，雖然這對個體不一定有利，而較少的情調主要應當出現

在不利於種族繁殖的場合，對個人卻未必有害。

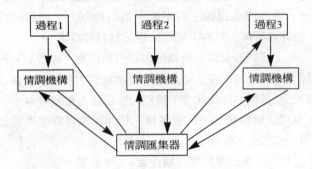

〔圖解〕

——發生緊急狀態時，信息不由通常的渠道傳送；正如礦區發生緊急狀態時，雖有電話系統，人們卻不依靠電話系統來命令緊急疏散，卻是靠打破通風入口處的硫醇管來使人們獲得消息的。

〔俄譯本注云：硫醇是一種以硫代氧的醇，有惡臭氣味，本身係液體。〕

〔注意：非常信道與通常信道〕

人：在緊急狀態時用荷爾蒙傳送信息。

弗洛伊德把記憶和性活動聯結在一起。

——大腦本身在處理信息時要浪費掉大量功率，所有這些功率都被廢棄掉了，並且都逸散為熱：從大腦流出的血液，要比進入大腦的血液溫度高出幾分之幾度。「沒有任何一種計算機的能量消耗接近大腦這樣經濟的程度。」

聽覺與視覺

第六章。「格式塔〔完形〕和普通觀念」

第七章。「控制論和精神病理學」

講反饋與心理及生理的一些關係。

說明為什麼看人的正面，

　　　　　看人的側面，

　　　　甚至看人的背面，

都能從輪廓來掌握全貌：認出是什麼人。

某一損壞了的器官原來傳遞的信息，由另一個健康的器官代替傳遞。

下面是關於視覺和聽覺的重要論點：

「判定用聽覺代替視覺是否可能，至少部分地是與皮質各層上可以加以區別的視覺模型和聽覺模型的數量之間的比較有關。這是信息量的比較。鑑於感覺皮層的不同部分具有組織上的某些類似，大腦皮質的兩個不同區域之間的面積比較作為判定的根據可能不會相距很遠。

視覺與聽覺面積之間的比例大約是100：1。

如果聽覺皮質全部用於視覺，我們可以期望得到的信息接受量大約相當於眼睛得到的信息量的百分之一。」

用這個論點可以說明聽錄音（沒有使用視覺）所能接受的信息量，要比聽報告（同時使用了視覺和聽覺）所獲得的信息量少得多（嚴格地說只有1/100）。

也可以說明從電視新聞所能接受的信息量要比從廣播新聞所能接受的信息量多得多。視聽（Video/Audio）之重要由此可見（這不單純是大腦兩個半球的分工問題）。

關於精神病理學的幾個重要論點：

——死亡本來是完全清洗（AC, all clear）大腦中的一切過去的印象〔記憶〕唯一最完善的過程；但死亡以後，就不能再把大

腦開動起來。

——睡眠倒是對過去印象〔獲取的信息〕進行非病理清洗的最好方法。

「要擺脫一種惱人的焦慮或是思想混亂，睡眠一下是最好的方法!」

但睡眠不能洗掉較深的記憶（即存儲在大腦永久記憶庫中的記憶），所以有時要用激烈手段（例如做手術）去破壞這種記憶系統。各種休克療法也起著破壞循環性記憶的作用，而不企圖傷害或破壞大腦組織。還有用精神分析法去「發掘和解釋這些潛伏的記憶，使病人實事求是地承認它們，並且通過這種承認去糾正它們，縱然不糾正它們的內容，至少也糾正它們所帶的情調，從而減輕它們的危害程度。」

——神經元鏈過度負荷〔即超負荷〕。

其原因：

(1) 或由於必須傳送的信號量過多；

(2) 或由於傳導信號的經路在物理上被減少；

(3) 或由於不需要的信號系統（如病理性憂慮的循環性記憶過多占用通道）。

以上的原因都會突然地導致神經錯亂〔即沒有給正常的信號留出足夠的傳導通道〕。

香港口語：搭錯線 } 可能就是信道阻塞的意思。
　　　　　竊　線

——大腦功能不是平均地分布於兩個半球，而其中一個半球為優勢腦半球，它執行著絕大部分比較高級的功能。

頁153舉出一個非常有趣的例子：

巴士特（Pasteur）在少年時期患過右側腦溢血，得了中度的

一側麻痺，即半身不遂。在他死後剖驗他的腦子時，才發現他的右腦損害是如此廣泛，以致有人說，在他患了腦溢血後，「他只有半個腦子」。在他的顳頂和顳顆區肯定有廣泛的損傷。然而他在受到這種傷害以後，仍然完成了幾件最好的研究工作。

注意：在出生後頭六個月中，如果優勢半球受到廣泛的損傷，會迫使正常的劣勢半球去替它工作。但年齡稍大，遇到這種情況，則不容易做到。

信息，語言和社會

第八章雜亂，尤其講到社會，沒有譜。

關於語言和信息的論點，值得注意的有：

——萊布尼茨認為生命機體其實是充滿了其他生命機體（例如血球）的綜合體，因此，他是細胞說的先驅。

——群體（如蜂群）的一致行動而富於變化、富於適應性和組織性的秘密，在於它的成員之間有相互的通訊〔信息傳遞〕。

此處用「通訊」一詞，

即我常用的「交際」。

——螞蟻這類動物的唯一通訊方法就像體內的荷爾蒙通訊系統一樣，是一般性和擴散性的，卻沒有方向性。

——麝香等具有性吸引力的物質可以認為是社會性的，即外部通訊〔注意：即我常用的「交際」〕用的一種外部荷爾蒙。

——在原始森林中遇見一個「聰明的野蠻人」，彼此不能通話，但仍可以通過觀察來交流信息。「這不是由於他用語言把那些東西告訴了我，而是因為我自己觀察到那些東西。」「他能發現我對某些事物特別注意的那個瞬間，這種發現能力本身就是語言，它就像我們兩人能夠得到的印象範圍那樣具有多種多樣的可

能性。因此，社會動物在產生語言以前，也許早就有一種活潑生動的、能懂的、富於變化的通訊方式。」（頁157）

這個論點對思維先於語言還是語言先於思維這個長久沒有公認的解答可能有啟發性。

──「社會政治組織中極度缺乏有效的內穩定（即homeostasis我作「內穩態」）過程。任何組織所以能夠保持自身的內穩定性，是由於它具有取得、使用、保持和傳遞信息的方法。」（頁160）

關於馮紐曼的博弈論：

──「這個理論的基礎是假定每個參加博弈的人在每一階段上根據他當時得到的信息，使用一種完全理智的策略〔注意：不是使用狡詐的、偽裝的、欺騙的手段〕來進行博弈。」

馮紐曼把博弈者看作完全理智的人，這不過是一種純理論的抽象，維納說這「也是對事實的歪曲」，因為現實生活中恐怕沒有這樣的博弈者。

雖然如此，這個理論還是很有研究價值的。

學習機

維納在1961年《控制論》再版時補寫了兩章（這兩章是在他的《人有人的用途》出版之後寫成的），即：

第九章。論學習機和自生殖機。

第十章。論腦電波與自行組織系統。

關於學習機的論點有啟發性。

──學習的能力和生殖自己的能力，是作為生命系統的特徵的兩種現象。

——學習就是對〔$\genfrac{}{}{0pt}{}{對方的習慣}{自己的習慣}$〕的認識。

孫子曰，知己知彼，百戰不殆。

——開拓性的、創造性的活動會打敗一切循規蹈矩的模式。

戰爭史的例子。

——拿破崙在義大利大敗奧軍，就是採用了法國革命的士兵發展出來新的decision－compelling〔果斷迫人〕的打法，所謂兩強相遇勇者勝，勇者就是打破成規。

——納爾遜打敗歐洲艦隊的Trafalgar之戰，是靠「一種機器導艦來取勝的」，而且是敵人——雖則一樣強大——所不能用的。

蛇貓搏鬥的例子。

——貓鼬（皮膚上有硬毛，蛇不易咬進去的一種動物）和眼鏡蛇（有劇毒）的搏鬥〔見Kipling Rikki－Tikki－Tavi〕，常常是貓鼬殺死蛇而自己不受傷〔一受傷就會死去，因為被蛇咬過即受劇毒〕。

貓鼬誘蛇進攻，使它攻到筋疲力竭，然後對準蛇頭咬它一口。

——鬥牛士與牛的搏鬥也有類似之處。鬥牛士使牛耗盡自己的精力，然後將鬥牛刀刺進牛的心臟。

學習機

△哥德的魔術師的徒弟的故事。徒弟只學會了讓掃帚打水的咒語，而忘記了學會讓掃帚停止不動的咒語。因此，「我召喚來的精靈，成為擺脫不掉的魔影。」掃帚打水打個不停，即使將掃帚折為兩段，兩段仍然不停打水。

△天方夜譚中漁夫和妖魔的故事。

△英國W. W. Jacobs的猴掌寓言。

所有魔術的動作機構都是木頭腦瓜式的；

學習機的動作機構也是木頭腦瓜式？

弈棋機能學習，所以有可能打敗它的設計者。

《人有人的用途》

維納：《人有人的用途》（另譯為《人當作人來使用》或《人當人用》）Norbert Wiener, *The Human Use Of Human Beings*（初版1950；修訂版1954。中譯本1978，商務；另一譯本，上海譯文。）

熱寂論

維納自稱為了「使控制論思想能為一般公眾所接受」，所以撰寫本書，因為涉及許多社會現象，此書比《控制論》一書廢話多，水分多，胡言亂語也多。作者寫此書時，東西方之間的戰雲密布，核戰爭的毀滅性打擊能使許多人陷入恐怖和悲觀的境地。作者寫此書的情緒是悲觀的，他說：

> 「我們遲早要死亡，而且非常可能的是，我們周圍的整個宇宙將死於熱寂（著重點是我加的——引用者）。那時世界將退化成為無邊無際的熱平衡狀態，在其中永遠不會再產生任何真正的東西。」
>
> （第二章）

他認為熱寂就是熵增加的必然結果——熵增加是「規律」，不能遏止的——最後趨於平衡，即一切回復於無。

作者說，「本書大部分討論個體內部和個體之間的通訊問題。」支配世界（環境）的命令就是給它一種信息。

作者的悲觀論：

達到熱寂境界的世界，「除了單調的無差別狀態以外，不再有任何東西，我們所能期望的僅僅是毫不足道的局部的微小波動而已。」

學習與反饋

「在十九世紀物理學中，信息的取得似乎不消耗任何能量。因此在麥克斯威看來，沒有任何東西能阻礙他的小妖為自己提供能源。但現代物理學認為，小妖只能通過某種類似於感官（這裡就是眼睛）的器官獲得信息，並根據這些信息來打開小門或關閉小門。」

《人有人的用途》第三章講通訊行為的兩種模式——呆板和學習。

學習是一種模式；但何以「呆板」也是一種模式？「呆板」是否「停滯」（＝不學習）？

比較高級的生命機體，能根據過去的經驗來修改自己的行為模式，達到特定的反熵目的〔即反對熵增加？〕。有機體的現在不同於過去，而未來又不同於現在。在宇宙（以及一切生命機體）中完全重複是絕對不可能的。學習就像反饋的較初級的形式〔注意：Ashby的重大貢獻〕。會學習的創造物從已知的過去進入未知的將來——將來與過去是不可互換的。

雙向通訊流〔雙向信息流——或信息的雙向活動〕非常正確的論點：「對一個演講者來說，再沒有什麼事比向毫無表情的聽眾講話更困難了。」「在劇院裡喝采鼓掌的根本目的，就是要在演員的思想中建立起一點雙向通訊聯繫。」

〔在演員⟷觀眾之間建立雙向信息流〕

「從控制論的觀點來看，機器或機體的結構本身是預定它能

完成什麼任務的一個指標。」

「從理論上說，如果我們能造出一部機器使其機械結構和人體的生理構造一樣，那麼我們就能得到和人具有同等智力的機器。」

「螞蟻的行為主要是本能，而不是智力」。

「通常人要花一生的40%的時間學習。」

（據說，認為人在二十一歲前是不成熟的〔受教育會延續到三十歲左右〕，這是由於人的體質結構所造成的結果。）

「人類社會要以學習為基礎，而螞蟻社會要以遺傳模式為基礎，這同樣是非常自然的。」

人——靠智力通訊〔交際〕。

螞蟻——靠本能通訊〔交際〕。

反饋是控制系統的一種方法，即將系統的以往操作結果再送入系統中去。

簡單反饋：如這些結果只用作評定系統及其調節情況的數據，這就是控制工程中的簡單反饋。

如果在操作過程中返回的信息能改變系統操作的總的方法和總的模式，這就是一種完全可以稱之為學習的過程。

就處理各種不同的通訊控制問題來說，數字機有極大的優越性。特別是由於它在「是」和「非」之間明確的決定，可以把信息儲存起來，並能區別儲存的大量信息之間的細微差異。

數字機是一種控制帶，它決定機器應當執行的操作順序，按照過去的經驗改變控制帶，就相當於學習過程。

在腦子裡同控制帶最為相似的是突觸閥值的決定，以及與輸出神經元相連並使它激發的各輸入神經元的精細組合。

控制帶的變化——例如通向反應的突觸通路原來是關閉的，

現在開放了（或相反的情況）。

一個方向不定的消息，不斷地向外擴散，碰到一個接收者時，就對他發生作用。——例如火警警報；例如在礦井中，一旦出現了沼氣時，可以在通風口打破一個乙基硫醇（C_2H_2SH）器，（只要少量硫醇就能使大塊地方聞到惡臭）作為警報，坑道中的人全都被叫出來。

如果要製造一部一般類型的學習機，可用 "to whom it may concern" 的普遍擴散的消息同具有特定通道的消息相結合的方法。

語言和學習

語言必須經過學習。

黑猩猩發出聲音，生來就有，往往不經過學習。

但是任何語言都是學習得到的。

如果讓一群兒童在學習講話的關鍵性年齡離開大人的話，他們會出現什麼情況呢？

「講話不是天賦的，講話的能力才是天賦的。」

講話則是靠講話的能力進行學習得到的。

「人類的全部社會生活，在正常情況下是以語言為中心的，要是不在適當的時間學會講話，這個人的全部社會性都不能得到發展。」

第四章。「語言的機制和歷史。」

（維納作為語言學家的兒子——他的父親是語言學家——論述作為信息系統的語言問題，值得注意。）

——「任何一種通訊理論〔即關於信息的學問〕都不能不研究語言。」

——「語言，在一定程度上是通訊〔信息交際〕本身的別

名，同時這個詞又描繪了通訊所用的代碼。」

——「編碼消息和譯碼消息的使用，不僅對於人是重要的，而且對於（其他生命機體以及）也是重要的。」
（人使用的）機器

——「同其他多數動物的通訊相比，人的通訊有兩個特點：

㈠ 使用精巧複雜的代碼，

㈡ 這種代碼具有高度的隨意性。

——〔高度的隨意性←—任意性？——指什麼呢？應當是指這種代碼產生時有很大的任意性；而不是使用代碼時。在使用時得依約定俗成——這就不是隨意性，但有模糊性（日文叫曖昧性）。〕

——「我們只要在所有可能消息的系統中決定這個消息的概率，然後取概率的負對數，就能算出消息所攜帶的信息量。」（這不是線路所攜帶的實際信息，而只是在送入適當的終端設備時所能攜帶的最大信息量。）

〔注意：語言可懂度即語言理解度（intelligibility）、言語清晰度（articulation）〕

〔參見鄧斯和平森：《言語鏈》（P. D. Denes and P. N. Piason, *The Speech Chain*, 1973）〕

——「作為終端機器的人，有一個通訊網絡，這個網絡可以從三個不同級別來研究。」

第一個級別：語音

第二個級別：語義

第三個級別：行為

〔據說行為即「有意識或無意識地將個體經驗翻譯成外部的可見動作」。〕

我以為非。

可分語言行為和非語言行為。〕

奧多布萊扎《協調心理學與控制論》

（Stefan Odobleja, *Psihologia Consonantistǎ si Cibernetica* Craiova, 1978）

以下是該書265—267頁《本書概要》的譯文：

這部書的第一個企圖，就是確定控制論這個概念的內容；第二個企圖，就是對這門現代科學的創立和發展歷史作出若干新的貢獻。

鑑於出現了對控制論有局限性、片面性和獨占性理解的某些傾向，必須盡可能明確地確定控制論這個概念的內涵。由於控制論是在種種不同的條件下孕育出來的，所以各種定義只不過描述或繪製出它的若干方面，某種專有的或孤立的因素——也就是說只不過描述了這門科學的若干特徵。這些定義不是相互對立的，也不是相互排斥的，無寧是相互補充，並且是在一個綜合的、寬廣的理解框架之下和諧地並存的。正因為這樣，就不能滿足於這許多定義中的任何一個，絕不能隨意挑選出其中任何一個定義或者其中一個適合個人偏愛或主觀愛好的定義加以認可。比較適宜的辦法是接受所有這些定義，並且把它們熔冶於一個綜合和統一的概念中。

出現了若干貶低控制論意義，使它僅僅局限於反射作用（reflex）和自動化（automation）的傾向——這有點像本世紀初貶低心理學意義的同樣過程。我們可以綜合各種各樣只表達部分特徵的定義，得到一個關於控制論的經過深思熟慮的高級綜合概念。作為統一的觀念，我們提出管理（management）這個前此已

在應用的概念。因此，控制論是一門管理的科學（The science of the management），為字面所表述的以及為創始這個名目的人們所思考的意義。

各個方面的管理科學（The science of the management of all kinds）：即關於動物的、個人的、社會的種種方面。這是一門包括低級反射型的管理科學以及高級智能型的管理科學。

關於這個綜合概念，也可以提出另外一種不同的表述——一種更為具體的表述，一種同這個概念的起源有聯繫的表述。由於人腦及其高級機能是建立控制論的模型，所以控制論可以被認為是某種類型的心理學（邏輯的、工程的、循環的、二元的、類比的統一體）以及特定層面的心理學（延伸到機器去的，然後又到達機器以外的層面），連同由這個概念所導致的一切應用的、理論的和實際的措施，包括方法論和工藝學的措施。

至於講到創造性這一點，我們同意維納（N. Wiener）的說法，他認為控制論是由觀念的綜合而產生的，是對中樞系統的研究導致的——在這個場合即是從高級人腦生理學、心理學的研究產生的。正因為如此，我們認為我們的著作《協調心理學》（*Psychologie Consonantiste*）兩卷本，884頁，巴黎瑪洛瓦恩出版社，1938—1939，不僅僅是一部心理學，也不僅僅是一部心理控制論，——就其推理和概括來說——不愧是一部真正的控制論，一部普通理論控制論（a general theoretical cybernetics）。

《協調心理學》一書描述了控制論創立以前的歷史中的微小和孤立的若干方面，籲請完全掌握所有這些特點。因此，這是一部統一的控制論。這部著作把先前存在的、不走運的各種控制論因素糅合在一起。我們可以達到這樣的結論，即此書是初次獲得的完整結構的控制論。這不是指它的名稱，而是指它的本質和觀

念的內容。我們的結論是：控制論是從1925到1938年之間創立的，而不是從1938到1948這期間創立的，控制論的出現是《協調心理學》印行那一年即1938年。這是在羅馬尼亞誕生，在醫學和心理生理學的領域中形成和完善的學科，而不是在工程界，更不是在數學領域內產生的，它是作為工程技術心理學——即心理控制論——創始，而不是作為心理學技術創始的。它是從思維（thinking）——從思維到思維——而不是從言語（speech）、會話（conversations）和辯論（debates）中生成的。它的產生是企圖將心理學重新放置在物理學和力學的基礎上所導致的結果，同時也是與廣泛概括相關聯的廣泛推理以及廣泛應用（實踐和理論）的結果。它是物理學吸收心理學以及心理學吸收技術學、物理學和其他各門學科的結果。正因為控制論是由心理學產生的，所以今天它還在嚴格意義上保持著邏輯、心理源泉這種標誌。

指出並概括出反饋原理是1938年的事，而不是1948或1949年的事。控制論的初始制導觀念，把控制論其他各種觀念黏合起來的催化劑，不是反饋觀念，而是思維的機理作用（mechanization of thinking），反饋只不過是達到這個目標的一種方法。

由於重新發現這一歷史的真實，可以引導出一系列重要的結論。這絕不是將若干已經過去了的、已經消失的以及可以略而不談的東西重新組合起來；正相反，如果我們能精確地知道控制論誕生的種種條件，那我們就會準確地理解這門科學的本質。除此之外，這樣的立場將給它建立目前的地位以及通向未來的康莊大道。也許控制論不是靠什麼詩意，而是更多靠真理而誕生的。

控制論及其發現者

——摘自奧多布萊扎控制論研究院《通訊》

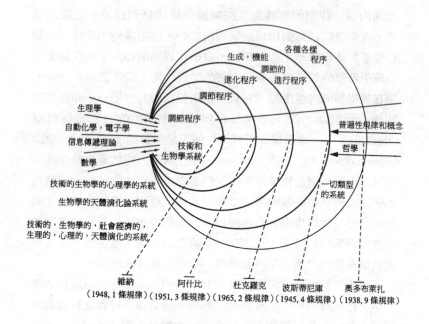

生成，機能

各種各樣程序

調節的進行程序

進化程序

調節程序

生理學

調節程序

普遍性規律和概念

自動化學，電子學

信息傳遞理論

技術和生物學系統

哲學

數學

一切類型的系統

技術的生物學的心理學的系統

生物學的天體演化論系統

技術的，生物學的，社會經濟的，生理的，心理的，天體演化的系統

維納　　　　阿什比　　　　杜克羅克　　　　波斯蒂尼庫　　　　奧多布萊扎

（1948, 1 條規律）（1951, 3 條規律）（1965, 2 條規律）（1945, 4 條規律）（1938, 9 條規律）

協調心理學和控制論、系統論

　　提交1982年10月奧多布萊扎國際控制論科學討論會上一篇論文（作者為波斯蒂尼庫Postelnicu）指出，奧多布萊扎發展的一般控制論，即他稱為「協調心理學」者，是四○年代至七○年代控制論的高峰。他認為不論在數學方面還是在邏輯方面，這門學科都可以認為是能夠實際應用於所有思維領域的一門普遍性學科。首先因為，它提供了系統的思維方法和具有強大哲學基礎的方法論，能夠適用於各種科學。奧多布萊扎的《協調心理學》是第一部應用了多種交叉性的思維方式和方法論的著作。（見D. Székely書，1982；又V. Isac書，1982）

＊　　　　　＊　　　　　＊

在維納（1948）後出現的一般控制論，引導出目前的一般系統論，簡稱GTS，即General Theory of Systems。

奧多布萊扎的一般控制論，由於它擁有大量的概念和原理，由於它打開了寬闊的前景，非常接近於目前的GTS；特別是聯繫到物質（substance）、本質（essence）和概念（conception）時更是如此。

＊　　　　　＊　　　　　＊

在史密特（H. Schmidtl, 1964）和基烏庫列斯庫（A. Giuculescu, 1981）的著作中，可以找到對控制論思想發展比較完備的考察。根據這兩部著作，人們可以對協調的「統一綜合」的若干有重要意義的階段或契機看得比較明白。

＊　　　　　＊　　　　　＊

書目

△奧多布萊扎：《協調心理學與控制論》，一般控制論的第一部著作。〔Stefan Odobleja, *Psihologia Consonantista si Cibernetica*（1978）.〕（中譯本：柳鳳運、蔣本良譯，商務印書館。）

△史密特：《調節技術》，控制論中心觀念的形成。〔Hermann Schmidt, *Pegelungstechnik*（1941）.〕

△波斯蒂尼庫：《反饋系統理論》，關於發生、進行、自我發展和自我組織的控制論。〔Paul Postelnicu, *Teoria sistemelor où feedback*（1945）.〕

△維納：《控制論》，或關於在動物和機器中控制和通訊的控制論。〔Norbert Wiener, Cybernetics（1948）.〕

△阿什比：《控制論導論》，廣義控制論，一般控制論。〔W. Ross Ashby, *An Introduction to Cybernetics*（1956）.〕

△杜克羅克：《控制論與宇宙》，關於有機系統和宇宙系統的進化過程的一般控制論。〔Albert Ducrocq, *Cybernètique et univers*（1963）.〕

下面是一般系統論GST（1965—1980）的幾部重要著作：

△貝塔朗菲：《一般系統論》〔Ludwig von Bertallanffy, *General System Theory.*〕

△扎德等：《系統論》〔L. A. Zadeh et al, *System Theory.*〕

△盧巴斯柯：《一般系統學》〔Stéphan Lupasco, *Systémologie générale.*〕

△曼茲：《系統學——以系統的內在邏輯為基礎的學科》。〔Robert Mantz, *Systemology, A Discipline Based on the Intrinsic Logic of Systems.*〕

弗朗克：《控制論語言學》
〔Frank H. G. Sprachkybernetik（1982）〕

——關於控制論

關於控制論的概念，幾乎可以說比關於哲學的概念存在得還要早些。不論是在哲學還是在控制論，有些人喜歡給出十分嚴的定義；與此相反，另外一些人喜歡盡可能下一個很寬的定義，去描述它的主題、目的和方法。此外，不論哲學還是控制論都派生出專門的學科（例如哲學派生出邏輯學，控制論派生出信息論），然而這些派生學科是否還屬於它的原生學科，都是很可疑的（請看圖1）。作者無寧認為給控制論下定義時，在主題方面應當寬些，在目標方面應當嚴些，而在方法方面應當不寬不嚴（請看圖2，左）。

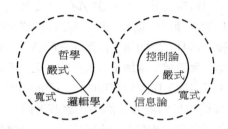

圖1　控制論的定義正如哲學的定義一樣，有些科學家下得很嚴，有些科學家則下得很寬。

按：至少在原則上語際語言學具體完成著控制論所定義的範疇，因此語際語言學可以成為控制論的一個分支。

	控 制 論	語際語言學
主題	現象的信息特徵（例如：反饋） N. 維納	諸語言的信息特徵（可比的）自然語言和計畫語言
目標	預見（A.孔德！）特別是「物化」智力勞動的功能 H. 史密特	通過有效的語言代碼預見人與人之間通訊的成功；語言（特指計畫語言）處理的「物化」
方法	分析（R. 笛卡兒、伽利略）和模型（數學模型或電子計算機通過模擬）	人類語言的通訊機能模型，以這些語言的（比較）為基礎

圖2　控制論和語際語言學的主題、目標和方法

控制論的主題常常是信息（不是物質，不是能量）特徵，根
據信息特徵可以對各種現象進行分析。關於這一點維納（1948）
表述得比史密特（1941）要明確。但是作者的意見與兩位科學家
不同，作者認為，反饋現象當然是很重要的，但是反饋現象並非
控制論（因而：信息論）研究和實現的中心目的；因為凡是現象
的信息方面是顯得重要的地方（而不是體積方面，不是重量方
面，也不是例如電子計算機能量消耗方面），常會發生但不是一
定存在反饋信息渠道。至少可以說，關於控制論的德語（哲學）
文獻通常喜歡把關於信息，通訊和信息處理的（模型化和數學化）
科學跟控制論聯結起來，甚至合而為一。（例如Gott Hard
Günther, 1957; Georg Klaus, 1961, 1966; Herbert Stachowisk, 1965;
Helmar Frank, 1966.）德國哲學家海德格（Mantin Heideggar）甚
至論證控制論將可以代替哲學。按主題而論，控制論這門科學成
為自然科學的一門輔助科學——尤其是成為一門人文科學，但不
僅僅是一門人文科學。

　　控制論的目標一般可用孔德（A. Comte）關於一切科學（一
切闡述事實的科學）的意義：「求知為了預見。」但由於控制論
科學大部分是工學，因此這裡主要是指值得建造的系統（例如計
算科學）既定機能的預見，在這一意義上這些機能可以用「物化」
的智力勞動來代替人（的勞動）。關於控制論這種工程學目標，
則史密特（1941）表述得比維納更明確些。與所有自然科學和在
這之上建立的工程學相似，控制論科學處理對象時，常常做到能
預見並能主宰它的未來。歷史進展的追溯性分析以及目的在理解
和評價研究對象的表述，這是文化科學的特徵，或者說是感覺表
述科學的特徵。按控制論科學的目標來說，它因此就成為文化科
學的認識論補充科學：控制論是預見性的又是可以計算到的，而

文化科學則是追溯性的和感覺表達性的。

　　控制論採用的方法應當是能達到與信息有關的目標的，採用（現象學的）文化科學歷史評價性的或感覺描述性的方法（常常是綜合性和說服性的，而不是分析性的和邏輯上必然達到的方法）。在另一方面，按照實證主義的程式將孤立觀察得來的結果集中起來的方法，也不能滿足需要。在控制論確實有效的方法，笛卡兒的方法，即通過分解困難，分析研究對象的方法，在解釋現象時，即由簡單問題進到複雜問題的方法。準確的解釋，即適應預知和支配的目標的詮釋，需要將現象和關係的本質要素進行圖解，而將這些要素轉變為符號、量、數和數學的關係；換句話說：控制論適應後伽利略時期自然科學的數理方法，也就是通過計算模型接近實際的方法。然而，物理模型的觀察，尤其是用計算機進行模擬，常常能避免數學計算（至少部分避免），但不能避免笛卡兒方法，即首先加以分析，然後由各組成部分進到它們之間的相互關係，最後研處各組成部分相互交錯的整體。至於將各種現象加以圖解，達到能有意識地加以控制的數學模型，再進而由這些模型的圖解（或模擬）轉換為可以自動操作的物理（例如計算機內存）模型，將使我們不能看到原始現象，或者換句話說：我們不可能直接了解這原始現象。按照控制論的適應目標的方法，這種方法重新顯示為感覺表達的人文科學的補充。

語際語言學

　　關於語際語言學（Interlinguistics），至今還沒有一個公認的明確定義。有些學者甚至堅持認為，語際語言學只不過是把各種不同的自然語言加以比較，以便認識它們的共通結構的學科。（對語際語言學作如此嚴的理解，有點像維納對控制論的理解，

那就是要求「動物和機器」之間的不變量——儘管機器是人造的，換句話說，它預先規定了工藝條件）。但是根據大多數專門人員的意見，語際語言學意味著採用盡可能有效的通訊工具促使說各種語言的人們互相了解的科學。本質上這是合適的通用代碼，但不如自然語言那樣具有單一民族或同文化層的群體那樣的特徵。顯而易見，語際語言學的目標是建立或改進最優化的語際語言；這種語言被稱為「計畫語言」。正如控制論科學一樣，語際語言學大部分也是一種工程，雖則這種工程是建立在描寫（部分是表述）事實科學的語際語言學基礎上的，就是說建立在歷史上進化的各自然語言的比較分析和目前已經存在的計畫語言（包括各種方案，現在還活著的以及已經死了的）的比較分析基礎上的。作者認為廣義的語際語言學應包括：

　　——比較語言學；

　　——描述（和表述）的經驗的計畫語言學；

　　——將要建設的語際語言學（語言規劃）。

但不包括「規範化」或「調節化」的語言學（因為自然語言的有效的規範化，是最優化的語際語言的狹義的專門化，即只為了說各種方言的人群所使用的）。然而，比較完全的語際語言學的主要目標即是建設性的語際語言學的目標。（請看圖2右欄）

　　一般地說，語言學包括它的分支語際語言學，主要反映語言的信息方面（而不反映言語中聲學能量方面）。語際語言學的主題因此屬於控制論的主題——更準確地說，屬於語言控制論的主題。

　　自動化言語分析、言語綜合、語言翻譯、語言教學和文件檢索顯然同控制論的「物化」目標一致的（照上述定義）。在計畫語言的場合，上述任務比之在傳播甚廣的自然語言的場合，更容

易完成，之所以如此是由於笛卡兒方法是在計畫語言的場合處理這些問題比較好辦些。自動化處理的難易程度，將來可能成為種種計畫語言相對適應性的範疇，也成為使自然語言規範化和加以調節的種種可能，因此，通訊代碼的最優化，不僅在人與人之間適用，而且在人機之間也適用。這種語言工程顯然是通過多少有效的語言代碼，在人與人通訊的預見性的基礎上實現的。

語際語言學還很少採用數學方法。數學方法也許對語言模型（即計畫語言那種模型！）比之對自然語言更為容易應用。因此，研究（和教學）計畫語言在未來的語言學中，將採用對自然語言的分析和模型化來實現──自然語言不消說是比計畫語言複雜得多。

語譜和語言的作用

已經發展的，並且在社會裡生根的語言，保存了它們歷史進化的痕跡。這些痕跡（例如英語名詞"man"、"woman"、"foot"等的複數形有特殊變化）常常並沒有增加語言作為交際工具的效果，換句話說，並沒有增加語言作為共同代碼的適合程度。因此，這些痕跡愈少，則這種語言將處於有意識調節的情況，即處於語言計畫的情況。這樣，人們就可以把許多語言列為「語譜」，語譜的兩極是兩種觀念典型：

──非標準化的方言，過去和現在的進展不受任何計畫意圖所影響；

──無歷史性的代碼，有意識地建立起來以便使信息傳遞達到最優化，而不跟任何傳統妥協。

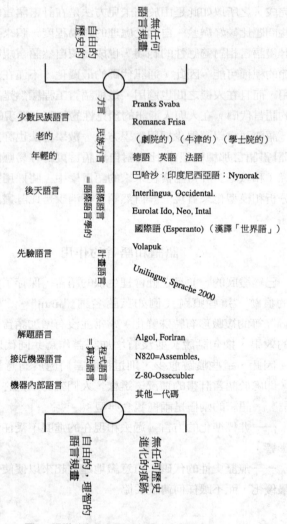

図3 語譜（上半部顯示各種人工語言）

圖4：語言四種主要職能的相對重要性隨著有關語言在語譜中的
　　地位而起變化。

　　顯而易見，語際語言學中的計畫語言處在這樣的一種位置，
即一方面是高度調節的自然語言（例如Bahasa Indonesia），另一
方面是程式語言（計算語言）。這些計畫語言——例如ALGOL語
言——是專門為計算機編制程式服務的，這就是說，為人機對話
服務的，可是它也常常為人與人之間的通訊用。人們使用語際語
言學所稱的計畫語言，其目的則是使人與人之間的交際更方便
些，可以免除母語的障礙；不僅如此，這些語言也愈來愈顯得有
這種可能性，即使用它也可以作為人機對話；國際語（世界語）
的PROGRESO語言證明了這一點——這種語言是A. Münnich於
1979年創制的程序語言。圖3的下半部反映了語言的各種職能相
對重要性隨著所處語譜的地位而起變化。

1. 控制論職能

　　凡是人們用以迫使計算機完成某種信息處理任務的那種交際
工具的職能，即通過計算機「物化」的工具職能，稱為控制論職
能。這種職能最重要的是在機器內部和機器專用的語言（通常用

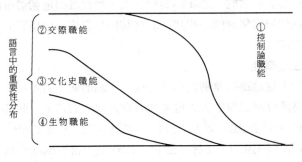

圖4　語言的四種職能——隨著在語譜中的地位而變化

以編制計算機程式），它本身能翻譯在語譜最右面的程式語言所生成的程式。自然，人與人之間交際用的語言原來並沒有這種控制論職能，有時方言會有這種職能。

2. 交際職能

這是所有語言都具備的主要職能，不論是歷史上發展過的語言、計畫語言、人間語言、程序語言，都有這種職能。凡是對事實、方法要求、允許或禁止等等交際，都使用一種語言作為代碼，這就是以這種語言的交際職能為基礎的。只有當交際職能不變的時候，翻譯成另一種語言才能做到準確──原則上被翻譯的那種語文（書面語或口語）的聯想特徵和美學特徵的變化是不重要的。

3. 文化史職能

聯想起源於上面提到過的歷史語言進化的痕跡。人的歷史經驗，某個時期的風俗習慣，特殊的思想方法都以隱喻、歇後語、或詳或簡的特別詞彙（例如有關雪、船或駱駝的詞彙！）、或長或短的詞語，以及其他德行（balasto）保存在某種語言中。這些殘跡的反饋，影響了思想方式：「思想流」在譯義上也是依靠人們用以思想的語言的，恰如編制程式的人也受其處理習慣所影響一樣。我們把這種職能即賴語言的殘跡保存歷史的這種職能，稱為文化史職能。

4. 生物職能

由於上述殘跡的差別性和偶然性，言語的使用者差別很大，所以常常能分辨出說話人的地區或社會差異（方言）：此時人們所注意的不是表現什麼（語言作為符號系列），而是如何表現（語言作為「所指」）。這樣，語言（特別是方言）也就成為分辨不同人群甚至分辨本國人和外國人（「野蠻人」）的工具──好比

某些動物用氣味來分辨它的巢穴一樣。這種生物職能對於白癡學習大有用處，正因為這樣，它可以為同族的人「開門」，而拒絕異族人「進入」。圖3顯示語譜由左到右生物職能的相對重要性逐漸減弱。

控制論和國際語（即「世界語」）的歷史關係

在國際語的歷史來源和控制論的來源之間，偶然存在著非常奇怪的交織（Golden，1979所發現）——參看圖5。世界語（Esperanto）的創始人，眼科醫生柴門霍夫（Ludoviko Lazaro Zamenhof），生於1859年，比他的同國人——後來是語言學家（日耳曼語、拉丁語、斯拉夫語）萊奧·維納（Leo Wiener）大三歲。柴門霍夫於1873年移居華沙，在這裡同萊奧·維納結識，雖則他們不是在同一間中學裡讀書。萊奧是柴門霍夫那一班學會國際語（世界語）早期方案的朋友之一，這方案稱為"Lingwe Universala"，誕生於12月17日——這一天十九歲的柴門霍夫跟他的家人和六、七個同學慶祝國際語的誕生。第二年柴門霍夫就讀莫斯科大學，萊奧則於二年後在華沙大學學醫，其後在柏林學工程。

萊奧於1892年到美國新奧爾良州，1896年開始在哈佛大學教斯拉夫語。他發表許多論文，不只論述印歐語問題，而且研究其他語言及文化，甚至還有關於數學的論文。萊奧於1894年生一兒子，即數學家後又為控制論家維納。維納於1949年出版的著作名為「控制論」，次年出版的著作《人有人的用途》，都是寫明「獻給我的父親萊奧·維納——曾任哈佛大學斯拉夫語言學教授，我最親密的諍友和摯愛的論敵」。第一屆國際控制論學術會議於1956年在那慕爾舉行。布朗乍（Georgeo R. Boulanger）教授博士

於1957年創立國際控制論學會，這個學會是後來舉行國際控制論會議的基地。

其間，1887年華沙出版了題為《希望者博士的國際語》的小冊子，「希望者」（Espeianto）為作者的筆名，但不幸以後就成為這種國際語的別名，而且用得比「國際語」更多了。1905年柴門霍夫在華沙印行了《世界語基礎》一書。同年在布朗城（Boulogne-sur-mer）舉行國際大會，這是以後歷屆國際大會的伊始。1930年在國際語發展上可說是一個里程碑，當年在巴黎出版了

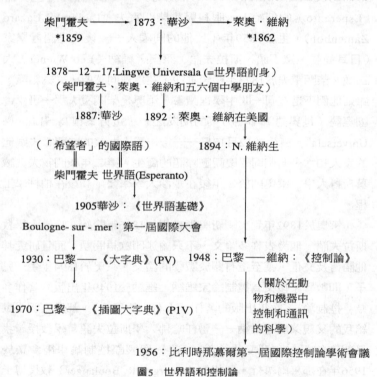

圖5　世界語和控制論

《大字典》（*Plena Vortaro*），1970年增補而成《插圖大字典》（*Plena Ilustrità Vortaro*），收錄了柴門霍夫創始的現在還活著的計畫語言（世界語）的15,250個字根（日常詞彙和專門詞彙）。人們完全不知道萊奧‧維納和柴門霍夫在1887年以後是否接觸過，更不知道諾爾伯‧維納跟國際語（世界語）之間可能存在的關係。但是第九屆國際控制論學術會議（1981.09.08至13）實現了控制論和國際語交溶一起，也許這個日子對兩者的未來歷史都是十分重要的。在這次會議上，世界語不僅成為語言控制論若干學術演講的題材，而且它第一次成為國際會議的法定語言，成為除了英語和法語之外第三種公用語。

現象學與控制論

（摘自Wolfgang Schmidt論文）

現象學和控制論之間的關係，是隨著哲學和教育學研究而產生的。哲學和教育學的共同對象是對思維的描述，也就是「認識動作」（與「行為」不可分）所賴以實現的一種過程。

因此，哲學和教育學預先制定了「認識」的條件——亦即人類行動所由產生的條件，例如

——教，學

——感覺，思維

——問，答

等等。有些哲學家（例如費希特、謝林格、黑格爾和尼采）甚至認為，認識的進展就是西方的歷史。不錯，人們可以根據這個目標來描述和解釋人類過去的事件。人們也可以把西方歷史歸結為三個時期：

1. 神話時期——宗教統治（從遠古到愛奧尼亞自然哲學時

代）

2. 邏輯時期——哲學思維統治（從愛奧尼亞自然哲學到控制論創立）

3. 工藝時期——控制論思維統治。

德國一個哲學家馬丁·海德格（Mantin Heidegger）在一次訪談中（他聲稱要死後才發表）竟聲稱控制論將取代哲學的角色。海德格是在一般系統論的意義上這樣認為的。

當然，是否應把西方的歷史分為1.神話，2.邏輯，3.工藝這樣三個時期，這很難說。但是尋求在現象學與控制論之間的相互聯繫和相互作用倒是必要的，因為這是人類認識的目前狀況要求這樣做的。當控制論教育學創立時候，現象學與控制論之間的關係更是不能避而不論。人們也可以說，作為教育控制論，它需要現象學作它的支柱。

（1986）

10

〔*101*〕現代漢語若干要素的定量分析綜述*

0. 導論

0.1 現代漢語

現代漢語是當代中國社會的交際工具（通訊工具、對話工具）。

大約有十億人每天使用這個工具；不能不認為現代漢語是當今世界使用最多的語言。

其中約有九億五千萬人（漢族）以它為母語；中華人民共和國境內漢族以外的各平等民族五十五個，約五千萬人以它為溝通各族人民之間思想和感情的工具，即所謂「語際語」。此外，還有海外僑胞以及華裔人士數千萬人或者仍舊以它為母語，或者雖不是母語，卻作為炎黃子孫思念故土、振興中華而來尋「根」（「落葉歸根」）的媒介。

0.2 普通話

普通話是現代漢語的規範化口頭語，它是以北京方言為發音

---

* 本文為應聯邦德國*Humankyberntik*（《人文科學控制論》）雜誌寫的綜合報導，改寫成中文時作了一些增減。

標準，以北方話詞彙為主要詞彙庫來源，以典範的現代白話文學作品為語法及文體依據的一種既是具體又是抽象（概括）的日常用語。

普通話被賦予法定的地位，是由《中華人民共和國憲法》（1982）確定下來的。憲法第十九條規定：「國家推廣全國通用的普通話。」

0.3 漢字

現代漢語書面語以漢字構成書寫系統。漢字系統是現今世界最古老的象形～表意符號系統之一，它的原始形態可以上溯到公元前十四世紀（或更古）的甲骨文。上個世紀末才第一次被發現為文字系統的甲骨文，使用C_{14}測定年代，最古的為公元前十三、十四世紀。

現代漢語書寫系統已由甲骨文／金文／大篆／小篆／隸書／行書／楷書發展到擁有大量簡化字的系統。從形體上看，可得出結論，漢字系統作為整體而言，其書寫方式是趨向簡化的（這裡不指個別的單字，也不指因社會生活的複雜化而引起的變異），但這個系統本質上仍然保存著單一、孤立、圖形、表意、形聲兼備符號的複合系統，而且仍然是方塊字與方塊字之間不留空際，詞與詞沒有視覺界緣的書寫系統。

0.4 拼音

大陸當局於1958年發布了「漢語拼音方案」（1958.02.11，第一屆全國人民代表大會第五次會議通過），這是「中國人民文化生活中的一件大事」（周恩來語）。漢語拼音方案是現代漢語的輔助書寫系統，它可以給漢字注音，可以用來拼寫普通話，可以作為各少數民族創造和改革文字的共同基礎，還可以在信息處理（漢字應用在電子計算機中）、出版、教學、社會交際（人名地名）

等領域廣泛應用，也有利於國際交往。國際標準化組織確認這個方案是世界文獻中拼寫有關中國的專門名詞和詞語的唯一的國際標準（1982.08.01，ISO－7098號文件）。

0.5 定量

對現代漢語若干要素進行量的測定和分析，由於計算機的應用以及新科學（如信息論、概率論、抽樣論、數理統計、計量語言學）的發展，近十年間有了多種成果，這些成果是過去長時期所沒有得到的。量的測定有利於本質的描述和探索，這是不言而喻的。

1. 概念

1.1 字

漢字是現代漢語書寫系統的基本單位。漢字本身不是表音符號，其實也不是完全的表意符號，而是孤立的單個圖形～表意符號，有時也標音（如形聲字）。

單個漢字可以是一個詞；也可以不是一個詞，只是一個詞的組成部分。無論橫寫或直寫，漢字與漢字之間沒有空位，是連續的系統。在現代漢語一般字典中，漢字作為詞目存在，由這個字組成的詞往往附在詞目那裡編排。

1.2 詞

現代漢語的「詞」，即表達完整語義的基本單位（不可再分割的單位）同現代西方語言文字中的「字」（word, mot, wort,слово）相等——在那些語言中，字和詞是一個含義，在現代漢語中，「字」和「詞」有時是一致的，有時不是一致的。

現代漢語的「詞」，常常由一個漢字或兩個漢字組成，也有用三個或三個以上的漢字組成。根據作者自己在現代漢語小面積

文本的測試，一個漢字組成的詞約占41—47%，平均可能接近45%，不到一半。兩個漢字組成的詞約占40%，最多不超過45%。其餘很少部分是由三個或不只三個漢字組成的詞。

按照其他測試，單一漢字組成的詞占52.9%或66.89%；雙漢字組成的詞占43.8%，或31.69%。這些數據同作者測量的結果比較，作者測定的單漢字組成的詞占的百分比偏低（少於半數），而其他兩個來源則偏高（略多於半數）。不論如何，兩個漢字組成的詞占三成、四成、五成弱。這是說明問題的數據。

1.3 調

調是現代漢語的獨特要素，不等同於現代西方語言的重音。調比重音更多一點信息，有時還帶有樂音的美學價值，在某種場合還存儲了一種感情信息。在現代漢語的普通話中，理論上漢字都有四個調——即「四聲」。現代漢語中的一些方言，有許多超過四個調，例如粵方音有九個調，即「九聲」。

1.4 音節

在現代漢語中，每個漢字可視作一個音節，但在現代漢語普通話裡有些字念輕聲，輕聲可不認為是一個獨特的音節。

據統計，現代漢語實際上有1,333個帶聲調的音節——趙元任教授認為只有1,279個音節。現代漢語的音節比古代漢語的音節少——《廣韻》（宋代，公元十一世紀）有3,877個音節，遠比現代漢語的音節多。

如果以1,333個音節算，則現代漢語每個音節的平均信息量為$\log_2 1333 = 10.33$比特。

在1,333個音節中，以母音結尾的音節782個，即66.26%，約占三分之二。以鼻音〔n〕〔ŋ〕結尾的音節551個，合33.74%，約占三分之一。這樣的音節結尾，同現代西方語言有很大的不同。

2. 計量

2.1 漢字的總量

沒有人能說出漢字確切的總量是多少。

漢語最初的「字」書，《說文解字》，收錄了漢字9,353個（其中重文1,163個）。

著名的漢語字書，《康熙字典》（1716年）收錄了漢字42,174個（王竹溪教授的統計為47,073個），其中包括許多俗字、異體字、罕用字。

日本諸橋轍次《大漢和詞典》（1960年），收錄了49,964個漢字，包括日本語言中獨有的漢字（在現代漢語不存在這樣的字）。

現代漢語中小型詞典一般收錄10,000±2,000個漢字。

由四個數字任意編碼的《郵電編碼》，即電報用漢字，不多於10,000字（編碼由0001至9999，其中有若干空碼，即有碼無字）。

作為國家標準的信息交換字符集（基本集，即0集，編號為GB2312－80），收錄了一級漢字3,755個和二級漢字3,008個，共計6,763個漢字。

國家標準的字符集輔助集（2集、4集）將在1985／86年完成，預計還可補充約16,000個漢字。字符集0集、2集、4集合計，漢字的總量可達24,000個左右，這裡排除了異體字。

正在測算現代漢語的常用字表和通用字表。常用字表預計有3,000字上下；通用字表包括了常用字表，也許在七千至八千字上下，將可以跟字符集（基本集）統一起來。

2.2 字種

一部十萬字的文本（text）只用了2,000個不同的漢字，其中有些漢字只用一次，有些則用多次。文本所用的漢字總量，在語

言測量中通常稱為語料（corpus），出現的不同字根，借用日本國語研究所用的術語，稱為字種（type）。

對個別著作進行測量，分別得出不同的語料用字數和字種數目，這字種數對於應用語言學以及有關的學科，都有很重要的意義。

已經對例如《毛澤東選集》1－4卷，老舍的小說《駱駝祥子》，曹雪芹的小說《紅樓夢》和司馬遷的《史記》，進行這樣的測定，當然還不只得到字種的數據，還需要對報紙、文件和其他文本進行字種測定。

2.3 部件

漢字是由部件組成的，也許可以認為帶有語義的部件進行數量測定。部件的測定有助於現代技術使用漢字，因為測定了部件之後，可以達到標準化。

2.4 熵

利用信息論公式測定，當漢字容量從5,221增長到12,370時，漢字的熵由9.64比特增加到9.65比特。漢字的容量繼續增加，漢字的熵沒有顯著的增加。因此，可以認為，包含在現代漢語書面語文本中漢字的熵為9.65比特。這個數字比現代西方語言的熵大，但應注意，如前面所指出，漢字並不時常等於單詞（大約有一半場合為單詞）。

2.5 詞素

詞素是語音＋語義的基本單位。就一定意義說，現代漢語中的一個漢字就是一個詞素。

2.6 多餘度（冗餘度，羨餘度）

利用信息論關於多餘度的算法，現代漢語書面語的多餘度為56—74%，可能比英語低。

如果以漢語24個音位，加上四聲[1]共得28個音位計算，則現代漢語的多餘度高達79.2%。

現代漢語的多餘度比現代西方語言的多餘度低，即表示語言精練些，講話的速度慢些。

2.7 字頻

對現代漢語字頻的測定，具有重大的科學價值和實用價值。這項工作是從1928年陳鶴琴開始的。海內外在半個世紀中做了不少工作。其特點是語料規模小，手工操作。在1972－76年進行大面積語料的字頻測定，也是手工操作的。1984－85年進行的大面積語料字頻測定，則是用計算機進行的。儘管這兩次大面積測定中的頭一次是在特殊語境（「文化大革命」）中進行的，但測定數據在總的傾向上同第二次是一致的，兩次字頻曲線到覆蓋面50%以上時幾乎是吻合的；尤其特別的是兩次字頻測定，按降頻排列序號為162時，覆蓋面均到達50%，即是說，高頻字162個占了現代漢語書面語的文本用字種的一半。

兩次測定的重要數據如下：

	第一次（1972－1976）	第二次（1984－1985）
語料	21,660,000	11,873,029
字種	6,374	7,749
覆蓋面	〔50%〕162	162
（降頻字序）	〔90%〕950	1052
	〔99%〕2,400	2,850
	〔99.9%〕3,804	5,015
	〔99.99%〕5,265	6,580

---

[1] 有人認為四聲不應算作音位；若果不算音位，則多餘度比這個百分數低。

2.8 詞頻

由於現代漢語關於「詞」的定義迄今還沒有一個公認的標準，或者說，儘管有這樣那樣的界說，在實際上切分現代漢語書面語的「詞」仍困難。近幾年對現代漢語的詞頻有過至少三次的測定，都是用電子計算機工作的——其中對現行中小學課本的詞頻測定是饒有興味的。據測定有18,177個詞累計出現374,654次；其中有1,000個常用詞（出現在50次以上），覆蓋語料面積達74.32%；5,000詞覆蓋92.76%。

2.9 音節長度

這裡指的用漢語拼音方案拼寫漢字所用拉丁字母的數目。漢字用拉丁字母書寫最短為1個字母，最長為6個字母（只有3個音節用6個字母）。根據測量，平均每個音節（漢字）使用3.2個拉丁字母（英語測試每個音節平均使用4.08個拉丁字母）。

3. 展望

——對現代漢語要素進行量的測定，關係到很多學科以及實踐應用，特別是在大眾傳播媒介的規範化、語文教學以及其他基本學科的教學、信息處理等等。

——對智力開發和人工智能的研究，現代漢語要素的定量分析將提供有益的數據。

——為建立國家級的現代漢語語料庫和現代漢語術語庫提供必要的基礎。

——對某些不盡完善或薄弱環節（如詞頻、同音詞）的數據測定，要集中必要的力量進行。

（1985.07）

參考文獻：

《現代漢語詞典》（1978）

趙元任：《語言問題》（1979）

尹斌庸：〈漢語語素的定量分析〉（《中國語文》，1984年第五期）

文改會、武漢大學：《利用計算機對漢字結構及其構成成分的分析統
　計》

馮志偉：〈漢字的熵〉（《文字改革》，1984年第四期）

林聯合：〈關於漢字統計特徵的幾個問題〉（《語文現代化》，1980年第
　一期）

周有光：〈現代漢語用字的定量問題〉（《學術研究》，1984年第四期）

盧紹昌：《華語論集》（1984，新加坡）

常寶：《現代漢語詞彙統計問題的初步成果》（1984，論文）

1972－76字頻測定數據

1984－85字頻測定數據

1983－84詞頻測定數據

〔102〕現代漢語字頻測定與常用字表的制定*

　　單字在書面語一定篇幅（稱語料）中出現的次數，稱為字
頻。所用的測試語料愈大，則測得的字頻愈準確。字頻的測定始
於德國人凱定（F. W. Kaeding）。他在上個世紀末用手工方法對
包含10,910,777個單詞的德文語料進行字頻測量，因為那時還沒
有計算機，利用好幾百人做了好幾年才完成這項工作。手工測定
字頻是煩人的機械活動，常常因為人的關係而得出不夠準確的數
據。對現代漢語的字頻測定，始於1927年，由教育家陳鶴琴對包

＊ 根據作者在海外一次座談會上發言的錄音整理。

含550,000漢字的語料進行手工測定；1928年發表數據。這個數量的語料對現代漢語來說是太小了。大規模進行字頻測定是從七〇年代開始的。1972－76年對包含21,629,372個漢字的語料進行手工測量，得出了很有意義的數據。其不足之處有二，一是所用語料主要是一個特定時期（「文化大革命」）產品，某些字（例如批林批孔時期的「林」、「孔」等字）出現的頻率大；二是動員成千人進行手工測量，不可避免地要出現一定的誤差。其後於1984－85年利用計算機進行的字頻測定，用的是有11,873,029個漢字的語料（包括1977－1982這六個正常年頭出版的報刊、文學、科學各個方面），這是用現代化工具對大面積語料進行的字頻測定，其數據應當說是比較可靠的。根據這兩次測定數據製成的字頻曲線，雖則小處犬牙交錯，但總的走向幾乎是吻合的，而且都在降頻字序162處表明覆蓋面積為50%，前者測出所用字種為6,374個，後者為7,754個。

下面是這兩條字頻曲線圖。注意兩條曲線，到降頻字序為5,000時，幾乎形成一條漸近線（asymptote）（虛線為手工測定曲線）。

從理論上說，在正常語境中人們只要認得162個漢字，便等於認得文本中半數的漢字，甚至推論說，只要認得162個漢字，便可認識這個文本的半數含義。但實際上不然，不能得出這樣的推論。但是，可以認為，根據後一次字頻測定的數據，認得序號1到序號2,850的這兩千八百五十個漢字，即等於認得文本中漢字的90%；掌握了這個數量的漢字，大致可以讀懂現代漢語的各種文本。我這裡說的「大致可以」，因為還有很多因素使人不能「完全」讀懂。從理論上說，這2,850個漢字便可構成現代漢語的常用字表，但實際上不然，不能簡單採取這樣的方法制定常用字表。

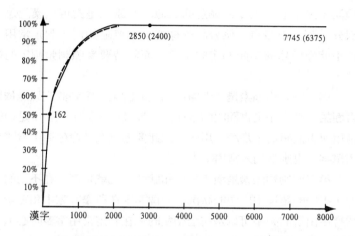

　　第一個制約因素是「字」和「詞」在現代漢語有著不同的概念，而在現代西方語言，無論羅馬語系還是斯拉夫語系，字和詞的概念是一致的。「字」有時是詞，有時只是詞素；詞在很多場合（粗略的說，約有50％場合）由一個漢字構成，這時叫做詞的其實就是字（例如「我」、「你」、「他」、「大」、「小」、「父」、「母」、「男」、「女」），但在其他場合卻是由兩個或不只兩個單字構成的，有些詞可從這組成的漢字「望字生義」，有些詞卻完全不能把組成這個詞的兩個或不只兩個漢字的字義之和作為這個詞的語義。例如「大學」，不是很大的學校或很大的學問，而是一個小學中學之後的高等教育機構，這個詞的語義不是「大」＋「學」，而「大學」兩個單詞結合取得了新的語義。自然也有可「望字生義」的。至於音譯借詞，那就更不能從各個單字的字義來推斷詞的語義了。例如「的士」，怎樣也推論不出它是出租汽車。所以在現代漢語，除了測量字頻之外，還要測量詞頻──詞頻的測定這幾年有了初步的結果，但對大面積語料的詞

頻測定還不能提供令人滿意的數據，其原因是對現代漢語怎樣劃分「詞」還沒有一個公認的標準。但無論如何，制定常用字表不能僅僅依據字頻測定的字序，而同時要參照詞頻測定的數據。

第二個制約因素是要考慮口頭語的因素。字頻測定只能依據書面語，其字序是書面語的字序，可是社會生活中很多字是口頭常用而書面語並不那麼常用的。因此要考慮在社會生活中實際常用單字，也應當列入常用字表。

第三個制約因素是漢字的分布狀態，也就是漢字在不同的文體，不同的語境中出現的狀況。一個漢字在科學文獻中和在新聞報導中出現的頻率可以是完全相左的。在制定常用字表時必須考慮這話的分布狀態，當然要照顧到各個領域的常用程度。

也許可以認為，現代漢語常用字表在理論上應當是在2,850與5,015之間（即覆蓋面積在99%至99.9%之間）；如果著重常用的因素，則可以認為現代漢語的常用字表所收漢字在2,580（覆蓋面積為99%）加20%左右即3,420個左右，可能是富有實用價值的。

常用字表的制定，在社會生活中一定發生重大的作用，例如：

——確定基礎教育階段各個學科所用的漢字數量；

——確定一般公文用字的數量（特殊專業部門當然可以補充）；

——確定掃除文盲的測試識字量；

——確定（作為第二語言）學習現代漢語的識字量；

——確定大眾傳播媒介用字量；

——提供人名用字的參考字表；

——提供地名用字的參考字表；

——提供信息處理用字的基礎數據；

——提供制定新術語的用字規範參考數據；

——為進行拼音書寫的各項試驗提供參考數據。

（1986.09.04）

〔103〕《現代漢語定量分析》導論

這部書

這是一部集體著作。這是一部由一些有實際經驗的語文研究者，圍繞著一個主題寫成的集體著作。嚴格地說，它還不能稱為專門的學術著作，但它也不是一部這個學科的教本，更不是資料彙編。這部書忠實地記錄了或者說掃描了近十年來現代漢語諸要素定量分析的若干方面的成果，它在一定意義上充實了這一分支學科（如果可以稱之為「現代漢語計量學」的話），充實了這一薄弱環節的內容。這部集體著作也許可以稱為這個語言文字應用新學科近年發展的概觀。

這是一種嘗試。這種嘗試企圖將還未系統化的分支學科，從各個不同的角度將初步探索成果公之於世——這種嘗試也許對學術發展是有益的，因而會受到語文學界、教育界以及讀書界的歡迎。

來 由

三年前的冬夜，我從海外歸來，回味著在異國接觸到的眾多的人和書，翻看著隨身帶回的一些學術論著——一種願望油然而

生：我想編一套應用（實用）語言學講座①，這套講座應當是集體著作，參加的主要寫作人員盡可能是既有專業理論修養，又有專業實踐經驗的研究者。這種強烈的願望之所以產生，是因為：

——國際上凡是新的學科，特別是多科性交叉學科，在它還沒有產生系統的研究專著以前，常常用集體著作的方式，把有關獨立研究成果發布出來；看來這樣做對學科的發展是很有利的。我手頭有一大堆這樣的集體著作：聯邦德國版《語言控制論》（*Sprachkybernetik*），是語言信息學的第一部研究著作，由十四位專家寫成；荷蘭版《當今的非語言交際》（*Nonverbal Communication Today*），是由二十多位學者對這個既屬於語言學

---

① 最初計畫為《應用語言學講座》，當時擬訂的編撰方針是：
——實用語言學是研究語言文字在社會生活中實際應用的學科，也可稱為廣義的應用語言學；
——這套講座是一部理論聯繫實際的集體著作，各章均由專門從事這項主題研究和應用的學者撰寫；
——這套講座既提供基礎知識，又闡明有關理論；行文力求深入淺出，避免套語浮言；
——這套講座以現代漢語為探索的出發點，但內容亦不嚴格局限於現代漢語。
——這套講座的讀者對象為語文工作者、教育工作者、新聞出版工作者，以及對語言文字及其應用感興趣的一般人士。
按原定計畫，《現代漢語定量分析》卷的擬目如下：
——語言要素的定量分析—數學基礎和分析方法；
——語言統計的理論基礎—概率和分布；
——齊普夫定律在語言定量分析中的意義和應用；
——頻率測定的歷史、方法及其意義；
——現代漢語字頻測定數據及分析；
——現代漢語詞頻測定數據及分析；
——現代漢語語素定量分析；
——現代漢語用字部件測定及分析；
——現代漢語的熵；
——現代漢語多餘度的測定及分析。
在編集本書時，刪去了原理原則方面即基礎知識方面的論述，因為這些論述可以在一般語言學或語言科學有關著作中找到。

又跨越了語言學的專題進行研究的新成果；蘇聯版《語言和大眾傳播》(*Язык и массовая коммуникация*)，參加寫作的專門研究者超過三十人[①]。採取集體著作的方式有它的長處，即利用分支部門從各個角度圍繞著一個研究課題進行論證，往往能夠擴大視野，達到全息掃描的目的。一個集合總比組成這個集合的各個成分之和要有力得多。也許主要就是這個原因，使集體著作成為六○年代以後國際科學出版物一種值得仿效的做法。

——日本語言學家林四郎主編一套六卷本《應用言語學講座》[②]，約請我參加為其第三卷《社會言語學の探求》提供一篇關於新詞語（neologism）的形成及其社會意義的研究論文。這套講座使我對集體著作的科學論產生了新的認識，並且有了如何進行的實際經驗。

——中國語言文字的應用研究需要一種良好的環境，使各方面各層次的調查和研究成果，能夠在比較短的時間內得到交流；有效的方法之一就是印行集體寫成的出版物；這種著作當然也不失為鼓勵青年一代研究者們在完成系統專著以前公布學術成果的一種手段。

---

① 這樣的集體著作經常出現。再舉兩本有名的著作如下：一本是美國出版的《語言現狀》(*The State of the Language*, 1980)，這是集合英美兩國研究英語的幾十位專家，關於八○年代初英語狀況的論文集；另一本是法國出版的《語言科學百科詞書》(*Dictionnaire encyclopedique des sciences du langage*, 1972)，雖然主要是兩位學者編著的，其實參加工作的有好幾位。
② 林四郎主編《應用言語學講座》全六卷（日本，東京，明治書院）目錄：
　　卷一　日本語教育
　　卷二　外國語與日本語
　　卷三　社會語言學探索
　　卷四　認知與情意的語言學
　　卷五　計算機與語言
　　卷六　語言之林
　　每卷都由十幾位學者參加寫作。

因此，我在三年前那個冬天，擬出了《應用語言學講座》的目錄；曾經想約請這一方面的學者來研究如何實現這樣一個「計畫」。這個擬目只複印了幾份，只有很少幾位同道偶然看見（不料也被敏感的出版社編輯看到了）；步子還沒邁出去，實際上我已沒有可能去實現這個設想：因為不久我就不得不花了大半年時間去籌劃一個大型國際會議，幾乎消耗了我全部精力，所有研究工作都只能停頓下來，且不說擬議中的講座計畫了。其後是舊疾復發，我不得不躺在病床上繼續消耗我剩餘的精力。其後是「世事紛煩」（是紛煩而不是通常所說的紛繁），我也不得不在煩人的崗位上繼續消耗我本來就不多的「餘熱」。但值得慶幸的是，在過去幾年間，我若斷若續參與了一些有關現代漢語定量分析的活動。我說「參與了」，這也許是誇大了的說法，其實我只不過接觸了有關的調查研究工作，不時發表過自己的意見。這些調查研究，就是本書所探討的大部分或主要部分的內容。在接觸當中，我曾鼓勵有關同志把他們的成果變成文字論述，這樣，這些方面的論述自然而然成為我擬議中的講座中的一卷。這些論文，有較深入而且頗有創見的，有研究成果極為有效而論述卻平平的，也有探索得很淺，或者表達得不如人意的。集體寫成的學術文集，恐怕只能如此，在這裡用不上「一刀切」的方法。

　　這就是本書的來由。

主　題

　　這部集體著作是圍繞著現代漢語諸要素進行量的測定和分析這樣一個主題展開的。

　　從定性到定量，然後又從定量回到定性——即從量的測定結果，經過分析研究，深化對本質的理解。這也許是晚近某些學科

（如果不說一切學科）的發展所經由之路。特別是近幾十年信息科學體系的創立（其中包括控制論、信息論、系統論以及早些時候形成的概率論、抽樣論以及其後的耗散結構理論），高技術的導入和應用（其中包括電子信息技術以及第二次世界大戰後廣泛應用的電子計算機），使語言學這樣古老的學科，也逐漸注意到量的測定；即不僅著重在描述或結構分析，而且以語料（corpus 語言材料）為原料進行各種量的測定。像社會語言學這樣的新興學科，帶有很濃厚的實用意義的學科，也自然而然地逐漸注意到量的測定[①]。對語言諸要素進行量的測定不是目的；分析這些測定數據，對語言理論提出新的觀念或作出新的解釋；對語言文字的實際應用作出新的設想，亦即深化定性分析，這才有利於學科的發展。比方對漢字在各種文本[②]中出現的次數進行量的測定，求得其頻率，這只是一種達到目標的中間過程，根據字頻數據，再利用其他制約數據或參考數據，制定常用字表，這才完成了調查研究的一個循環；自然這只是許多循環中的一個。定性分析——量的測定——深化認識或有效應用：這就是上述循環的最簡單的圖式。特別是在本世紀六〇年代電子技術長足發展以後，對語言諸要素的定量分析方便多了，容易多了，準確多了；這當然不能推論說在電子技術發展以前就不能進行量的測定——例如在西方世界，第一部字頻統計詞典是德國語言學家凱定（F. W. Kaeding）

---

① 西方近年出版的社會語言學著作，如赫德孫（R. A. Hudson, 1980）的著作，整個第五部分為《言語的量的研究》，法蘇爾德（R. Fasold, 1984）的著作第五章為《定量分析》。就連早些年出版的加羅爾（John B. Carroll）的《語言與思想》（*Language and Thought*,1964），也有專門一節論述從統計的觀點看語言行為。此節第53頁有一個很有趣的圖解，分析字長與字頻的關係，證明由三個字母組成的英文單字頻率最高。
② 文本（text），或譯作話語、語段；可用以進行各種語言學分析的基礎。

在1898年利用人工統計完成的，就連測頻工作常常引用的齊普夫定率（Zipfs' Law），即有名的F・R＝C也是1936年公布的，至於常被人引用的曼德布洛德（B. Mandelbrot）修正公式也是在五〇年代初推導出來的[1]。至於在中國，第一個進行現代意義的字頻測定，是教育家陳鶴琴在1928年完成的。他同幾名助手用人工方法統計了近六十萬字的語料。甚至在七〇年代中國仍只用人工完成了語料為二千一百多萬字的字頻統計──即通常所稱「748工程」。所有這些先行者的例子表明，即使在電子計算機和信息科學導入以前，對語言諸要素進行量的測定已經被認為是必要的，而且實際上證明是可能的。

一點也用不著懷疑，電子計算機開闢了語言定量研究的新時代。從前要花幾倍幾十倍甚至幾百倍人力和時間測定某種語言要素的工作，現在利用電子計算機去做，既省時間，省人力而又能得到更為準確的數據。近年中國語言文字應用領域在短短幾年間取得如此可觀的成果──這些成果中相當一部分已經表述在這部論文集中──，是導入電子計算機以及其他新技術的直接結果。

本節開宗明義已指出，這部集體著作是圍繞著現代漢語某幾方面進行定量分析這個主題，進行探索性研究的實錄；它接觸到的字頻、詞頻，也揭示了制定各種規範字表的經過（原則和實際工作），它還深入到一些特殊領域如方言親屬關係、專名學（姓

---

[1] 關於齊普夫定律和曼德布洛德修正公式，中文圖書可看馮志偉：《數理語言學》（上海，1985）第三章〈統計語言學〉；馮志偉：《現代語言學流派》（陝西，1987）第十三章〈數理語言學〉。
原文可看齊普夫（G. K. Zipf）的《語言心理生物學》（*The Psycho-Biology of Language*, 1936）；曼德布洛德（B. Mandelbrot）的《語言統計構造的信息理論》（*An Informational Theory of the Statistical Structure of Language*），見傑克遜（W. Jackson）主編《信息理論》（Communication Theory, 1953）一書頁486—502。

氏）的計量及分析，所有這些都統一在這個主題下面。因此，這部集體著作可以說是一種有意識編集起來的專門講座，而不是一般性的論文集。

字頻／詞頻

統計單字在文本中出現的次數（頻率），這是對所有語言進行定量分析的基本點；也可以說，字頻數據是研究語言結構和語言應用的基礎。所以各種語言文字的量的測定總是以此為出發點的。漢語的一個特點是字和詞不是任何時候都一致的——一個方塊字或者稱之為一個「字符」，可能是一個有獨立完整語義的詞，也可能只是一個詞的構成部分（詞素）；所以對現代漢語量的測定，同時要有字頻和詞頻兩種數據，缺少其中一種就不完全，不能據此論述現代漢語的全貌。

本卷頭五篇論文所統計和分析的正是字頻和詞頻這兩個（一個）基本點，以及由此產生極有社會效益的常用字／詞表。五篇論文的作者都分別參與了四個不同的實際測量工作，這項工作或者可以簡稱為「語言工程」[①]，表述並分析了四項統計結果。這四項成果都分別印製專門的數據集，可供各方面利用。這五篇論文簡明扼要地提供了進行這幾項工程的方法和程序，並進而就所獲得的字頻、詞頻數據做了初步分析。語文學者當然可以根據所得數據做其他有專門目的的分析，這裡提供的只是一般性的定量分析。

---

① 「語言工程」（Language engineering）是晚近在一些信息科學文獻中使用的術語，可能仿照費根包姆（E. A. Feigenbaum）教授倡議的「知識工程」（knowledge engineering）一詞而用開的。知識工程是在專門領域解決特殊問題的電子計算機程式的簡稱；仿此，也許語言工程可以解釋為對語言問題進行分析處理的專門程式（不一定是計算機程式）。

把〈現代漢語頻率詞典的研制〉一文放在這一組論文之首，因為它的論述不只提供了編製漢語詞頻詞典的研製過程（原則和方法），而且闡述了字頻測定和詞頻測定的一般性原理——本文提出並且回答了樣本數量的「最佳」選擇問題，通俗地說，即在進行字頻詞頻測定選取的語料究竟達到多大的數量為最優的問題。語料數量過少，統計結果不能符合語言應用的客觀實際，這是可以想像到的；而語料數量又不能擴大到無窮，數量過多，費時失事。能不能說數量愈大愈好呢？這篇論文根據概率論的大數定理，認為常用字詞出現頻率不低於10^{-5}（即在十萬次場合至少有一次出現機會）為適度的，為此，還可以增加一個數量級，即在一百萬次語料中出現一次為適度。本文所述的這一項語言工程又增加了「保險」係數，實際取樣為200萬字符（不算標點符號為181萬字元，131萬詞次），以此來統計單個漢字出現的次數（頻率）以便進行選取常用詞，作者認為是可取的。用這種規模測量的結果是：1,000個高頻單字，覆蓋了所用語料的91.3%；8,000個高頻詞，覆蓋了所用語料的95%。這裡給出的幾個數字對於研究並制定常用字表和常用詞表是很有參考價值的。

順便說一下，對語言要素進行量的測定，語料數量超過了必要的最優值，那可能導致浪費。換句話說，所用語料適度就可以得出可靠的結果。例如測定現代漢語的平均信息量（熵）時，馮志偉[1]採用了逐漸增大漢字容量的方法，計算出當漢語書面語句

---

[1] 馮志偉：《漢字的熵》一文，是論述測量現代漢語書面語文本中漢字的平均信息量（熵）最簡明扼要的論文；為便於讀者參考，編在本書裡。

作者經過實測，得出結論為：當漢字容量達到12,366個字時，包含在一個漢字中的熵就不再增加，都等於9.65比特。以《康熙字典》收漢字47,035個，用以計算的最大容量值12,366個，占漢字總數的26.3%，其餘34,669個漢字（占總字數73.7%）對於測試漢字中的熵已沒有什麼影響，完全沒有必要再繼續擴大漢字容量進行測定。再擴大容量，就意味著浪費。

中的漢字容量擴大到12,370個單字時，包含在一個漢字中的平均信息量（熵）為9.65比特——如果漢字容量繼續增大，所求得的熵值不會增加。熵和字頻當然不是一碼事，這裡只是順便說明，測量用的語料數量應求得最優量。

　　對字頻測定所用語料的最優量，目前還有不同的意見。從實際的幾個語言工程看來，樣本數量遠比本文所提出的最優量為大。試與英語字頻測量比較一下。最近一次英語詞頻測量（1971年）用了5,088,721個字的語料，共出現86,741個單詞（即單字）。中國七〇年代中期「748工程」用人工進行現代漢語字頻測定用了21,629,372個字符，而字種（對應於上例中的單詞）只有6,374個；而另一個工程，即本書所論述的那一次工程，用計算機進行現代漢語字頻測定，則只用了一半數量，即11,873,029個字符，共得字種7,745個。

　　本書各篇在闡述現代漢語頻率測量及分析時，採用了如下的術語：

　　⑴語料（corpus）——所用的語言材料，即印出的文字材料，以字數（詞數）為單位；

　　⑵樣本（text）——有時同「語料」同義，有時指抽樣用的特定文本；

　　⑶字符（token）——指在語料中出現的總字數（總詞數），包括重複出現的字數（詞數）；

　　⑷字種（type）——指在語料中出現的不同的單字，文中也有作「不同詞」的。

　　⑸頻率〔頻度〕（frequency）——單字在文本中出現的次數與所用語料所含總字數之比。

　　對漢語的定量分析必須分別處理字（方塊字）和詞，這是由

漢語的特別構造決定的，如上所述，漢語的字有時是詞，有時只是詞素。因此，有字頻（frequency of characters）和詞頻（frequency of words）之分，接著即有常用字和常用詞之分，定量分析時，必須絕對區別這兩者；本書頭一篇論文正好把測量字頻和詞頻的不同點扼要闡明了。作者說：

> 「統計漢字的頻度，有一個字算一個字，不存在詞語單位的切分問題。使用拼音文字的外語，單詞之間有空白間隔，統計詞數也不太困難。統計漢語詞頻則難度要大得多。無明顯形態界限作為劃分詞的依據，這是主要困難。語素和詞，詞和詞組的界限劃分以及詞的分類問題，在理論上和實踐上都尚未妥善解決。」

在同一組論文中，還有一篇闡述另外一個語言工程（詞頻測量工程），對「詞」的定義和劃分方法，提出了另外一種見解，並根據這種觀點利用電子計算機進行自動切分——關於這個問題的爭議，留待下文討論。

現在回到《現代漢語頻率詞典》所取得的幾個關鍵性數據。根據測量結果，在這項工程選擇的「最優」語料數量範圍內，共測得4,574個字種。在最優量語料（如前所述，約200萬字符）中出現245次以上的一千個高頻漢字，覆蓋面（即占全部語料字符的百分比）達91.3%；如果把出現30次以上的2,418個高頻及次高頻漢字測算，則覆蓋面達到99%強。在整個語料中出現的4,574個字種中，減去這部分高頻和次高頻漢字（即4,574－2,418），得2,156個字種——這二千多個低頻漢字只覆蓋全部語料的1%。論文認為這個部分的漢字（低頻漢字）每一個出現的平均機會只有千萬分之五（5／10,000,000）。

論文對1,000個高頻漢字進行的語音分析和語義分析是饒有興味的，其結果對於應用語言學、語言教育學、社會語言

學、心理語言學、語言信息學以及其他學科都有啟發性的意義。

語音分析的結果提供了這樣的一個事實，即以Z和S子音開始的漢字（這裡用的當然是漢語拼音方案）占絕對優勢，僅"shi"這個音節在1,000個高頻漢字中即占有24個（2.4%）。為此，文中引用著名語言學家趙元任「編造」過一個〈施氏食獅史〉的繞口令，就是從這樣的事實出發的。〈施氏食獅史〉從旁證明在現代漢語口語裡頭，複音詞出現較多，不常發生因使用同音詞而語義不清的情況；但如古文（文言文）今讀（注意：以今音來讀古文），則因為單音詞多，使語義分辨發生困難。這個極端例子見於趙氏關於語言問題的演講錄（《語言問題》第十講，〈語言跟文字〉），如果用漢語拼音轉寫，即使加注調號，讀來也是頗為費解的。這篇拗口令原文如下：

> 石室詩士施氏，嗜獅，誓食十獅。氏時時適市視獅。十時，適十獅適市。是時，適施氏適市。氏視是十獅，恃矢勢，使是十獅逝世。氏拾是十獅屍，適石室。石室濕，氏使侍拭石室。石室拭，氏始試食是十獅屍。食時，始識是十獅屍，實十石獅屍。試釋是事。

對1,000個高頻漢字進行語義分析時，作者提出了漢字的構詞能力（外國有些學者稱為「詞力」word power）問題。現代漢字在執行交際功能時最本質的屬性是它的構詞能力，而過去很少對詞力進行定量分析，正是這個語言工程，彌補了這樣的一個極有意義的空白。測量結果是：構詞能力在100條以上，出現字次在1,000以上共有70個漢字——這70個漢字在這項語言工程中構成了所列詞條11,133條之多，占35.7%。在這七十個字中占頭十個的是「子、不、大、心、人、一、頭、氣、無、水」。

在確定一個字或一個詞是否是常用字或常用詞，不能單純依靠頻率，這是很容易理解的。在進行語言定量分析，特別是進行常用字常用詞測定時，要考慮到字／詞的分布狀態；因此導入了「使用度」（usage）這樣的觀念——這個語言工程推導了現代漢語詞的使用度公式（後來在制定現代漢語常用字表這項語言工程中也試著推導一個使用度公式）。在現代漢語定量分析工作中，這是有重大意義的實驗。

另外一個語言工程，即本組論文第二篇《現代漢語字頻測定數據及分析》所論述的一項工程，也是在1985年完成的。這個工程可以說是「748工程」（用人工進行的大規模字頻測定）的繼續，它所用的測定樣本共11,873,029字符（比「748工程」少一半），論文說這是從1977－1982年問世的社會科學和自然科學文獻一億三千八百萬字（138,000,000）中抽出的樣本。遺憾的是，不論是這篇論文，還是別的有關論文，都沒有對所選樣本作過詳細分析；例如這裡只提到樣本分為四個方面（報刊、教材、專著、通俗讀物）以及每個方面下面分成若干類別，這是很不夠的。數量這樣巨大的語料（超過一億漢字字符，或者說，五千萬上下獨立詞），當然不是隨意選樣的；這項語言工程和其他語言工程一樣，在進行之初即由專家組根據一定的原則選定樣本。我認為在公布每一項語言工程的全部資料時，應當首先發表全部專家組討論選樣原則和在實際上如何選樣的系統意見或不同意見，然後附列選樣目錄。樣本在定量分析中有重大意義，甚至可以說有著決定意義。看來，所抽取的一千多萬字樣本（如「748工程」所抽取的二千多萬字樣本一樣），都是全部輸入計算機加以統計的。這當然是一種方法；其實也可以考慮減少樣本數量，對每一個樣本採取等距離抽樣——例如「美國傳統中級語料字（詞）頻

統計」（AHI Corpus）即採取這樣的方法，對每個選出的樣本抽取其最初500字（如句子未完，抽到句子完了為止）輸入計算機，這項工程在確定抽取每個樣本最初500字為最優值之前，曾作過包括100,000字符的抽樣試驗，每個樣本抽取最初500個字為一組，抽取最初2,000個字為另一組，結果認為每個樣本抽取最初500字已可以給出「適當的彈性」（adequate flexibility），這項工程還推導了各類語料應抽取多少種樣本，每種樣本應抽取多少文本的公式①。對現代漢語的測量，將來可以參考這些數據推導出自己的公式。

《現代漢語字頻測定及分析》這篇論文寫得簡明扼要，提供了該項語言工程的基本數據，同時也對兩項先前進行的字頻測定工程進行了比較分析；此外還對分布度作了闡述。儘管「748工程」是在特殊語境（「文化大革命」後期）下用人工方法測量的，但是它與這一次在普通語境（1977－1982）下使用電子計算機測量的結果很相似，這從兩項工程的字頻曲線圖可以看得很清楚。兩條曲線所用的最基本數字是：

	語料	所得字種數
「748工程」	21,629,372	6,374
85年字頻測定	11,873,029	7,745

論文作者對兩項字頻測定工程對比研究後，提出了這樣的論點：兩者的函數曲線大致相仿，只是「748工程」的曲線在字序3,000以前略高於其他一個工程的字頻函數曲線。兩條函數曲線在字序

---

① 見《美國傳統——字頻測定》（*THE AMERICAN HERITAGE ——Word Frequency Book*, 1971），美國傳統出版公司詞典部主任編輯里芝門（Barry Richman）所寫的〈語料的發展〉（The Development of the Corpus）一文第二節「選樣」（頁xv－xviii）。

號3,000處相交，而3,000號以後的點列極其相似。

　　檢驗兩項工程的字頻數據還可以發現，按降頻序到161、162號時，兩者覆蓋全部語料（儘管兩項工程的語料數量不同）都同時達到50％（「748工程」162號為49.97％，後者161號為49.93％）。也就是說，現代漢語中使用頻率最高的161－162個字，在實際應用中已覆蓋了文本的一半——但這絕不意味著掌握這161／162個漢字便可以了解文本語義的半數，因為理解語義這個問題比較複雜，字和詞、詞與詞組、上下文等等，都會對理解度發生不同程度的影響。

　　這篇論文揭示了這麼一個例子：序號為1的漢字（兩項結果都是「的」字）的出現次數並不隨著樣本容量的增大而持續增大。此外，樣本容量的增大並不意味著常用漢字出現次數按比例增加。某字在一千萬字樣本中出現一次，在二千萬字樣本中不一定出現二次。這項研究也同上一篇論文一樣，也注意到分布率，推導了一個分布公式。儘管兩個公式不完全相同，我認為將來可以通過無數次的實踐加以檢驗和修正。作者指出：「如果今後的漢字頻度統計將把漢字的分布篇數這個數據統計上，綜合漢字的頻率、分布類數和分布篇數這三方面的因素，就有可能對漢字作出更加準確的描述。」

　　與上面兩個語言工程幾乎同時進行的第三個語言工程，即現代漢語詞頻測定，也在1986年取得了初步成果。

　　正如上面指出過的，現代漢語詞頻測定比字頻測定複雜得多，主要的原因是現代漢語的詞與詞之間沒有像西方拼音文字那樣留下空格（space），而詞的定義（或者說對什麼是詞的理解）又至今未能統一起來——況且就算定義被大家接受了，在實踐上仍然存在很多難以決斷的因素。因此，詞頻測量工程的結果，有

很多值得商榷之處；但就全體而論，它總歸是一種開拓性的實驗。收入本書的這篇論文，揭示出這項工程存在下列幾個可爭議的論點：

——收詞不嚴格按照從語言學角度出發，只要它是存在的、可行的，從統計角度看是可數的，就切分為一個「詞」；它可以是語言學中的詞、詞素、詞組和短語。

從這個論點出發，這個詞頻測量的數據有很多不是在語言學或公眾心目中所定型的詞，這項工程認為這樣切分出來的詞，特別對於信息處理來說，更確切，更實用。

——不收單字詞，因而這個詞頻統計只是二個或二個以上漢字組成的詞或詞組的統計；這同通常公眾理解的是不能吻合的。例如「人」這樣一個詞沒有列入詞的範圍，因而「人」只有字頻數據，而沒有詞頻數據。

——據統計，不包括單字詞，大約用8,000個常用詞（兩個以上音節）的覆蓋率已達90％，如果收9,500個詞（兩個以上音節），則覆蓋率提高到92％，以後每增加1,000個詞，覆蓋率提高不到0.8％，故提出「通用詞」（實質上應理解為常用詞）以7,000個（這裡的詞指兩個以上音節的漢字組合）為適度。

——如收60,000個詞，覆蓋率可達99.8188％。但六萬詞的詞表作為一般計算機的普通常備詞表，規模顯得過大了，實用上必會造成計算機負擔過重，降低了系統的處理與使用效率。

以上幾點可能是有爭議的論點。把一個音節的詞（即單字詞）排除在詞頻統計之外，這是爭議的焦點。無疑在計算機應用方面，因為已經輸入了6,763個交換字符（單字），可以不再理會這些單字——不論它成為一個詞或不成為一個詞——，但是稱為現

代漢語詞頻測定，那就不能不引起人們的議論了。

上述第一個語言工程（《現代漢語頻率詞典》）則持與此完全不同的見解：這裡的詞頻測定包括了單音節的詞（即單個漢字）。這個工程的實施者，用隨機抽樣的方法，挑選50,000字符的語料，來檢驗測定數據（《頻率詞典》）由序號1至序號5,000的高頻詞，其覆蓋率達88.5%；如果把5,000擴展到8,000，則覆蓋面達95%。這個數據同現在議論的詞頻測定數據最主要的不同點是在單音節的詞上面。

如果說電子計算機內存除了6,763個單字之外，存入60,000個詞條（單字詞不計在內）嫌太大的話，那麼，前景十分寬闊的中文電子打字機[1]內存字／詞的規模究竟以什麼數字為最優量，這就更加值得商討了。

中文電子打字機（不論是日制Casio或Sharp；還是中國的四通）都一無例外地內存6,763個漢字——將來可以用現代漢語通用字表[2]7,000個漢字代替，這是不必討論的；至於內存詞目，卡西歐聲稱有6,000條（不包括單音節詞在內），夏普聲稱有60,000條，四通聲稱也有幾萬條。根據我在電子打字機（Casio CW-700）實踐的結果，認為6,000詞條是不能滿足日常

---

① 中文電子打字機的前景是十分寬廣的，這是辦公自動化最基礎的一步；用電子打字機處理文件，比之用電子計算機來處理，功能自然遜色，但電子打字機價格較低，攜帶方便，使用容易，效果顯著——符合當前的國情。究竟是用拼音輸入漢字輸出還是用其他方法輸入為優越，現在還不能遽然下最後結論。

② 《現代漢語通用字表》指1988年3月由國家語委和新聞出版署共同發布的通用字表。字表共收漢字7,000個，包括《現代漢語常用字表》收入的3,500字，並根據實際需要，刪去《印刷通用漢字字形表》中的50字，增收854字。這個字表實質上可以成為交換字符基本集6,763個漢字的代用表，換句話說，可以認為這個包含7,000個字的通用字表是字符集基本集的修正本。

應用的需要的。在這6,000詞條中，二字詞占4,466條，三字詞361條，四字詞606條，多字詞141條，這裡最要講究的不是多少條，而是挑選哪些條。假如選擇的詞條都是最常用詞條，而不是隨機選用，也許在實際應用中會很有效。在3－4字詞中，有一部分不是傳統語言心理所「公認」的詞條，亦即這一工程所主張的實用「詞條」（或詞組），往往是隨人而異，或者需要運用大腦記憶系統去強記，才能得心應手去實用。這就是語言心理與理想機制之間的不協調，如何解決這個矛盾，還須從頻率和使用度著手。

本書所論述的第四個語言工程，是在新聞傳播中使用漢字的頻率測定，論文取名為《新聞信息漢字流通頻度統計》，這裡所謂「漢字流通頻度」，實即漢字在新聞中出現的頻率。作者在論文中對「流通頻度」下了定義，實質上與上面幾項工程所用的字頻是一個意思。這項工程所用的語料是新華社國內通稿一年（1986. 01. 01至1986. 12. 31）所發90,627篇稿件，共四千萬字符（40,632,472字）。統計結果表明；全年新聞通稿使用漢字為6,001個字種。檢驗所得數據提出按降頻序號843個字的覆蓋率達90%，2,127個字覆蓋率達99%，3,606個字覆蓋率達99.9%，換句話說，新聞通稿頻繁使用的漢字為2,000個上下。這對於制定新聞信息常用字表（新聞規範字表）是一個統計基礎；對於制定教育用的常用字表（一般規範字表）是一個重要的參考數據。

常用字

對現代漢語常用字的測量，如果從陳鶴琴的《語體文應用字彙》（1928年）算起，到國家語委和國家教委聯合公布的《現代

漢語常用字表》（1988年）①，前後經歷了整整六十年。陳鶴琴和助理九人用手工操作，費了兩三年功夫，使用六類語料554,498個字符，得出4,261個字種——其中出現300次以上的計569個，出現100次以上的計1,193個。直到現在，陳鶴琴的統計數字還有很大對比參考價值。

《現代漢語常用字表的研制》所描述的是近年第五個大規模的語言工程。這個工程利用了所有能收集到的二十種用字資料，其中包括六種統計數據（本篇作者稱為「動態資料」，以別於字典詞典等沒有數據的「靜態資料」）。六種統計是：

(1)《語體文應用字彙》（1928），語料554,498個字符，得字種4,261個。

---

① 陳鶴琴《語體文應用字彙》，商務印書館1928年出版，為中華教育改進社叢刊第五種。書前有陶知行（按：後改稱陶行知）1925年5月寫的序。陶序說：
「他們（指『近代教育家』）對於一門一門的功課，甚至於一篇文章，一個算題，一項運動，都要依據目標去問他們的效用。他們的主張是要所學的，即是所用的。……到了後來他們要連學生學的字也要審查起來了。學生現在所學的字，個個字都是有用的字嗎？自從這個問題發生就有好幾位學者開始研究應用字彙。我國方面也有幾位先生研究這個問題，其中以陳鶴琴先生的研究為最有系統。他和他的助理九人先後費了二三年工夫，檢查了幾十萬字的語體文，編成這冊《語體文應用字彙》。這冊報告未付印以前已經做了《平民千字課》用字的根據。將來小學課本用字當然也可以拿他來做一種很好的根據。雖然不能十分完備，但我想這本字彙對於成人及國民教育一定是有很大的貢獻的。」
陳書前有《緒論》，敘述「中文應用字彙」曾有多種，其中包括Pastor P. Kronz根據Southhill的研究，和他編造的《常用四千字錄》。陳氏做過兩次測量，第一次使用六種材料包含554,478個漢字的語料，得4,261個字種；第二次使用348,180個漢字的語料，得與4,261字不同的458個漢字。第二次成果毀於火，故印出的只是第一次成果。
陳氏所用語料分六類，即(1)兒童用書，127,293字；(2)報刊（通俗報刊為主），153,344字；(3)婦女雜誌，90,142字；(4)小學生課外著作，51,807字；(5)古今小說，71,267字；(6)雜類，60,625字。
陳氏自稱這個成果有兩個缺點，一即「所搜集的材料不廣」；二為「所彙集的字數不足」。用現在通行的術語敘述，就是語料分布面不廣，語料用字數量不足。
書末附有「字數次數對照表」，即按字頻次序排列的字表（沒有字頻統計）。

⑵《常用字選》（1952），根據陳鶴琴上述數據和杜佐周、蔣成塑的數據，語料共計775,832個字符，得字種2,000個。

⑶《漢字頻度表》（1976），即本論文提到的「748工程」，語料總字數21,629,372個，得字種6,374個。

⑷《現代漢語字頻統計》（1985），使用語料11,873,029個字符，得字種7,745個。

⑸《現代漢語頻率詞典字頻統計》（1985），使用語料1,807,398個字符，得字種4,574個。

⑹《新聞信息漢字流通頻度》（1986），使用語料40,632,472個字符，得字種6,001個。

這六種統計數據加上字典、字表等被稱為「靜態資料」的數據，共得出漢字8,938個；然後計算這些字符在多少個資料中出現，其分布狀況和使用狀況，根據研制公式逐一計算，抽取了其中頻率高、使用度大的單字2,500個定為常用字，由2,501至3,500共一千個定為次常用字，《現代漢語常用字表》即由3,500個漢字組成（2,500＋1,000＝3,500）。為了檢驗測試及計算結果，將隨機選取的連續一個月的《人民日報》，連續一個月的《北京科技報》和文學刊物《當代》一冊正文輸入計算機，共輸入二百多萬字的語料（2,011,076個漢字），出現了5,141個漢字──包括《現代漢語常用字表》3,500字中的3,464個，其中包括常用字2,500個中的2,499個，次常用字表1,000字中的965個。測試結果表明，常用字表的這3,500字在檢驗語料中的覆蓋率達到99.48％，其餘（5,141－3,465）1,677字只覆蓋了全部語料的0.52％，簡直可以說微不足道。這證明選擇的常用字（包括次常用字）是合理的，反過來也證實了原來預定的四條選字原則是可行的。四條原則是：

第一，選取高頻率的字；

第二，頻率相同時選取分布廣、使用度高的字；

第三，同時考慮到盡量選取構詞能力強的字；

第四，取捨時注意到實際應用（語義功能）的情況。

常用字表的制定和公布，具有重大意義。這個字表是在前人研究的基礎上加以科學分析而制定的，它在理論上符合語詞規律，在實踐上能夠在很大程度滿足教育，特別是漢語教育的需要（常用字2,500應在小學畢業時掌握，次常用字1,000應在初中畢業時掌握），同時也提供一個基本數據，以滿足大眾傳播媒介（廣播、電視、新聞、出版）的基本需要；這應當看作近年來系統整理漢字的一個重要里程碑。

如果把各次測量出來頻率最高的漢字加以比較研究，是很有意義，很有啟發的。請看下面的十個最高頻漢字的比較表——表中最後一行採自台灣的測量數據。另外附載美國*AHL*測定的英語十個最高頻字作為對比：

	1	2	3	4	5	6	7	8	9	10
《語體文應用字彙》(1928)	的	不	一	了	是	我	上	他	有	人
《台灣省國民學校常用字》(1967)	的	一	是	我	了	有	國	不	在	他
《748工程漢字頻率表》(1977)	的	一	是	在	了	不	和	有	大	這
《文改會漢字處測定》(1985)	的	一	是	在	不	了	有	和	人	這
《新聞信息漢字流通頻度》(1986)	的	國	一	十	中	在	和	了	人	年
《頻率詞典：漢字頻率表》(1986)	的	一	了	是	不	我	在	有	人	這
《現代漢語常用字表》(1988)	的	一	是	了	不	在	有	人	上	這
香港：安子介測定	的	一	是	人	不	在	有	大	十	二
新加坡：《聯合早報》測定	的	不	到	在	一	是	出	大	會	被
比較——AHL(1971)	the,	of,	and,	a,	to,	in,	is,	you,	that,	it

方　言

　　對漢語方言進行分區的數量測定，是現代漢語諸要素定量分析的一項新的探索。這項測量，「概括地說，就是通過對一系列較能說明方言差異的項目或特徵進行統計，把方言之間的異同『綜合』成數量的指標，然後利用這些數量指標去找出方言分區的條理來。」

　　本書《漢語方言定量分析的理論模型》描述了這樣一種新嘗試。我認為定量分析是研究漢語方言的一條新途徑，也許是一種新的挑戰；在這場挑戰中，不利用電子計算機那簡直等於「紙上談兵」。作者指出，方言中的音變是通過詞彙擴散的方式來實現的；在一般典型的音變中，有些詞變得較快，有些變得較慢，故可分為未變、變化中、已變三類，如下表所示：

詞　＼　階段	未變	變化中	已變
W_1			W_1
W_2		$W_2 \sim \overline{W}_2$	
W_3		$W_3 \sim \overline{W}_3$	
W_4	W_4		
⋮	⋮	⋮	⋮

　　從這裡出發，在方言研究中，就可以突破傳統框架單純的語音特徵範疇的比較，進而深入到語音特徵形成或變化過程中的量的比較上去。這就是這個新嘗試所努力去做的。作者創立了可概括為「共時——歷時——系統」或「地域——歷時——系統」這樣的理論模型，從這個理論模型出發，作者設計了十七個方言點的語

音資料，對這些方言之間的親疏關係作出數量的描寫。從數量描寫深化對方言性質或方言之間親疏關係的認識，初步勾出了漢語方言親疏關係及其分區的基本輪廓。

收在本書的這一篇論文①，是對方言作數量測定的初步嘗試，也許能對傳統研究起一種促進作用。

其他測量

這一組論文共有六篇。

頭一篇《漢字屬性字典的編制》，是編制漢字屬性字典的原理分析。《漢字屬性字典》也可稱為《漢字信息詞典》，雖則「屬性」、「信息」這兩個術語實際上不能十分確切地表達它的內涵。這項研究把漢字的「屬性」規定為在形、音、義這三個「固有」屬性之外，還有部首、筆畫（筆順）、檢索編碼（四角碼）、電報編碼（任意碼）、計算機交換碼、頻率、部件（構件）等等。《漢字屬性字典》將信息交換用漢字編碼字符集基本集收入的6,763個字符的各種屬性的基本數據，編成可供檢索的類書。

第二篇論文《漢字結構及其構成成分的統計及分析》，是關於這個專題的系統分析，也許可以說是首次進行統計者測量的結果；這些數據填補了過去這方面研究的空白。這項規模不大的語言工程將16,296個漢字（參考信息交換用字符集基本集的6,763字）輸入計算機，測量漢字的筆畫數，起筆分類，部件分級，得出絕對值和頻率，從而測量了漢字結構方式的頻率等等。總之，這篇研究論文提供了有關漢字結構的很多有用信息和數據，這些數據

---

① 這篇論文是陸致極的研究著作（暫名為《漢語方言的定量分析》）中的一章，應本書編者之約單獨發表的。

對廣大語文應用領域和研究領域的工作者都是很有啟發的。

　　例如根據統計，在16,296個漢字中，十二畫的占1,553個，頻率為9.505%；加上十畫和十一畫（頻率分別為8.391%和8.893%），以及十三畫（8.354%）的漢字，即從十畫到十三畫的漢字，占所測試漢字中的5,742個，頻率累計為35.143%，即三分之一強。而一畫到九畫的漢字總計只占測試漢字的25.528%，即四分之一。由此也可以從另一方面論證簡化漢字，減少筆畫的迫切需要。

　　可以認為這篇論文所提供的數據和由此推導的論點是很值得注意的。

　　關於研制信息交換用漢字編碼字符集的論文兩篇，其中一篇講基本集的研制，一篇講基本集的點陣字模集——因為基本集已經在八〇年代初作為國家標準頒布，而點陣字模集亦已作為國家標準付諸實施，這兩篇論文的內容已為語文應用領域的讀者所熟悉，但直到現在還沒有發表過系統論述其研制過程、根據和這項研制工作的特點的論文，收入本卷的《信息交換用漢字編碼字符集的研制》和《信息交換用漢字點陣字模集的研制》正好填補了這方面的空白。

　　《姓氏人名用字的統計及分析》和《中國漢族常見姓氏分布》這兩篇，是首次發表關於姓氏分布及人名用字統計的系統論文。這兩篇論文的出發點不同（前一篇是從語言文字應用的角度出發的，後一篇是從遺傳學的角度出發的），樣本不同：前一篇由六個大區各選一個省（市），即北京、上海、遼寧、陝西、四川、廣東，考慮到南方方言區的複雜性，增加了福建，共七個單位，每個單位隨機抽樣25,000人，共計175,000人；後一篇分省（市、區）、縣、鄉三級按累計人數等距抽選若干百分比的樣本，共抽

取537,429人），因此所得的結果不完全相同。試以頻率最高的五個姓在北京（北方地區）和廣東省為例：

第一篇	〔北 京〕 王張劉李楊	〔廣東省〕 李陳佘梁吳[1]
第二篇	〔北方地區〕 王李張劉陳	〔廣東省〕 陳李黃張林

第一篇還有人名的統計和分析，第二篇由於出發點不同，對人名沒有統計。

按照中國人口狀況，樣本數量是否合理，是值得商榷的；至少可以認為第一個統計數據所根據的樣本數量過小，也沒有考慮到例如分層等距取樣等等，其統計結果可能是同現實有距離的。但是無論如何，這兩篇論文確實給我們提供了不易得到的數據，可供初步分析論證。

姓氏的數量測定將給多門學科以直接或間接的提示、提供數據，有利於諸如社會學、社會史學、遺傳學、優生學、歷史學、民族學、民俗學等等學科的發展。人名的數量測定將有助於在取得更充分的數據基礎上編制一個建議性的人名參考用字表。

---

① 這個統計數字說明抽樣的絕對重要，特別是在語料數量沒有達到最優量時，抽樣含有極大的傾向性。這裡測試廣東的數據可能同實際情況有很大距離，其所以如此，是因為在潮汕地區抽樣而不是在珠江三角洲抽樣，潮汕地區同「四邑」或「五邑」地區不同。

又第一種測試廣東姓氏頻率最高五個為「李陳佘梁吳」恐怕與現實情況很不相同，我傾向於認為第二種測試同現實相接近。本世紀初廣東流行的《百家姓》（木刻印本）首五個姓氏為「陳、李、張、黃、何」，與第二個測量數據近似。

附　論

　　附論三篇。附論一概述了漢字文本橫排的沿革，附論二概述了漢字查字法的狀況，附論三是對漢字的平均信息量測定的方法和數據。

　　橫排的問題在現代漢語出版物似乎已經解決了，甚至柏楊十年前在海峽那邊就已經一針見血地論證了凡是左右結合的漢字是從左到右寫的（例如「明」字總是先寫「日」後寫「月」，而不是相反；「江」字總是先寫「氵」後寫「工」，絕對不會是先「工」後「氵」的），因而漢字文本都應當是橫排的；但由於時下各種社會思潮的影響和誘導，也許會引起某種程度的逆反心理，當然報刊書籍橫排總的狀況是不會改變的。可惜的是本卷這篇論文沒有從多方面對橫排進行量的測定，從中國人的眼球神經活動，讀書習慣和速度，以及諸如此類的角度去取得令人信服的、不可動搖的數據，但它把問題提出了，並且考察了這幾十年的變化，對於研究者還是有用的。

　　附論二描述的中文查字法（實際上就是檢索漢字的方法）是一個近幾十年來最惱人的問題之一。《康熙字典》出來以後，查字法的趨向是採取「部首」分類檢索，但是由於漢字字形的變化（異體字、簡體字，等等），給部首檢索帶來了一些困難，更何況編字典或編檢索工具者大都不滿意於《康熙字典》所規定的部首分類（它本身也確實存在很多缺陷），各自按照自己的研究觀念「改革」了部首，這就使檢索者遇到更大的困難，經常必須重新熟悉一套部首檢索方法。這是各國文字檢索中罕見的困擾。新近提出了201部首的建議，也許能夠為公眾所接受，從而打開了這種困擾的局面。查字法同文字方案一樣，每一個受過中等教育的

人都可以創造出與別人不同的方案，每一個方案都各有利弊，也許很難定出一個絕對優劣的標準來。本書附論二不足之處也是沒有提供測定數據——從各個角度進行測定的數據，例如從不同知識層次的檢索者對不同檢索方法進行查字時的速度、偏離、誤查等等的數據。

附論三是一篇很有說服力的研究論文——其實也可以說是對漢字某種要素的量的測定。「熵」是運用信息論理論探索語言文字深層奧秘的一種信息量參數，以比特（bit）計算，也就是平常人們說的平均信息量。根據作者用逐漸擴大漢字容量測試漢字的「熵」，結果到12,366個字時，熵為9.65比特；再擴大漢字容量，熵的數值也不能再增加了。如果把現代漢語書面語中漢字的熵同印歐語系諸現代語言書面語包含在一個字母中的熵加以比較[1]，則漢字的熵比英法德俄語的熵（按大小順序：俄4.35，德4.10，英4.03，法3.95比特）大得多——根據申農信息論的信道編碼定理：漢字的熵值大，通信碼字的平均長度也增大，這對於現代通訊技術和中文信息處理工作都不利。這同普通人所認為漢字所含的信息量大所以優越的說法是大相徑庭的。

前　景

對現代漢語諸要素的定量分析前景是寬闊的，還有很多很多事情要做；已經做過的項目或者需要補充和完善，或者經過一段時間（例如五年或十年）需要重做。本卷所收各篇實質上只不過是圍繞漢字字形和字頻所進行的一系列統計分析；就是這方面的

---

[1] 將一個漢字的熵與一個字母的熵作比較，可能是不夠科學的。下面提到認為漢字信息量大的說法，可能也是同樣不夠科學的。

分析也還有待於深入，儘管這些統計及分析，從某種意義來說，多半可以說是開拓性的工作，可它既然是開拓性的，就免不了有缺陷和不足。

上面說過，對漢字和漢語還需要從很多方面做很多統計工作。例如本書就沒有收入關於現代漢字冗餘度，關於現代漢語詞素等等的測定或推算。一部書不能包括所有問題，雖則上文列舉的以及還沒有列舉的項目都有重要的意義。對於現代漢語或擴大到漢語著名作品或有代表性的作品，進行用字測定（字頻計量）、用詞測定、句型結構測定、語義變化測定等等，只是開了個頭，這起點是很令人鼓舞的——例如對現代作品《駱駝祥子》的字頻測定（武漢大學，全書使用107,360個漢字字符，共出現2,413個字種——其中有621個反覆出現的漢字，覆蓋面達文本的90%），對古代作品《論語》的字頻測定（文研所，全書使用字符15,921個，出現字種1,353個）；此外還有近代作品《紅樓夢》（深圳大學）和古代作品《史記》（吉林大學）的字頻測定，還有其他作品的定量分析，都給漢字研究和漢語研究開闢了一條新路。當然這一條從定量分析到定性深化的路子，不能概括，也不能代替，更不能抹煞其他的研究路子，這是不言而喻的，但這條路確實是前景寬闊的路。如果能對當代作家的作品，例如對王蒙、諶容、張潔、高曉聲以及其他在題材方面和語言方面有自己獨特風格的作家的主要作品，進行定量分析，將會大有益於現代漢語研究，也必將大有益於現代漢語規範化的工作。

原先設計多卷本的講座，現在改為叢書的形式分冊出版。本書是這套叢書的第一部集體著作。這部著作花費了不少同志的許多精力，但仍不免有這樣或那樣的不足。好在它不是語言定量分析教科書，所以體系不嚴，文風不一，都在意料之中，甚至有些

術語我都不強求統一——例如本卷中「頻率」和「頻度」這樣兩個術語同時並存。要把這裡出現的「頻率」都改為「頻度」或把「頻度」通通改為「頻率」，那是很容易的，但是使用這兩個術語的研究者，分別有他自己的想法和見解，在集體著作中不應當強求「定於一」。這樣做是否妨礙術語標準化呢？——我認為不會。考察了近代各國術語發展的歷史，在某種場合下一個概念同時有兩個術語並存的例子，不是個別的，當然也不是大量的。有時兩個並存的同義術語作分層應用（有的用於正式文本，有的用於通俗書刊），有時各家用起來各有見地。極少數科學術語發生不同字形的情況，我認為是可以允許的，不至於妨礙術語標準化這總的趨向。例如「電腦」和「電子計算機」這兩個術語，現在已在我們的出版物中並存，可能還要並存一個時期，然後進入「分層」應用。因此，本書用得十分頻繁的兩個術語「頻率」或「頻度」，我在編集時一仍其舊，何況以這兩個同義術語命名的專著也都以自己的形式問世了。

這部書是一種嘗試，在編集過程中得到各研究者和有關單位的支持和協助，我代表本書集體著作者表示極大的感謝。這個集體也等待著同道們和讀者們對本書缺點和論點提出批評或爭辯意見。

（1987）

文獻舉要

《漢語詞彙的統計與分析》，北京語言學院語言教學研究所，1985，外語教學與研究出版社。
《現代漢語頻率詞典》，北京語言學院語言教學研究所，1986，北京語言學院出版社。

《現代漢語字頻統計》，將出，語文出版社。

《漢字頻度表》，1980。

《一九八六年度新聞信息漢字流通頻度》，新華通訊社技術研究所，
　1987。

《現代漢語常用字表》，1988，語文出版社。

《信息交換漢字編碼字符集・基本集》（GB2312－80），1981，技術標準
　出版社。

《現代漢語通用字表》，1988，國家語言文字工作委員會。

《漢字屬性詞典》，將出，語文出版社。

《漢語方言的定量分析》，陸致極，將出，語文出版社。

《姓名人名用字統計》，將出，語文出版社。

《論語數據庫》，文研所，1987，人民日報出版社。

《語體文應用字彙》，陳鶴琴，1928，商務印書館。

Word Frequency Book, John B. Carroll et al,1971, American Heritage
　Publishing Co,.

〔*104*〕《現代漢語用字信息分析》導論
——沒有今日的基礎研究就沒有明日的開拓和應用

漢字的基礎研究

　　沒有今日的基礎研究，就沒有明日的開拓和應用。我確信
這樣的論斷。正是從這樣的認識出發，我和我可敬的同道，在
研究語言文字的應用過程中，從來沒有忘記進行語言文字基礎
問題的探索。這部集體著作《現代漢語用字信息分析》，正如
1989年出版的第一部集體著作《現代漢語定量分析》[①]一樣，

---

① 《現代漢語定量分析》1989，上海教育出版社。

在很大程度上幾乎可以說，也是一種對現代漢語的基礎研究結果。

六年前我在語言文字應用研究所主辦的漢字問題學術討論會[①]上曾經說過，對漢字的研究分析已經越出了傳統文字學範疇，很多學科對漢字的研究作出了新的貢獻，其中包括心理學、教育學、人類學、社會學、社會語言學、神經生理學和神經心理學、信息論、控制論、系統論、電子學、機器人學（人工智能學）、群眾媒介學、音聲學以及文字改革等領域的許多專家，在考察和研究漢字和漢字書寫系統中，不斷獲得新的成果。

這些新成果部分地記錄在上面提到過的《現代漢語定量分析》一書中。這些成果主要是八〇年代對現代漢語若干要素進行的數量測定，即在這期間進行的多次規模巨大的語言工程。毫無疑義，對現代漢語書寫系統進行的基礎研究對此後的語言工作是很有意義的。

此書出版後三年間，對現代漢語用字——漢字——的研究繼續深化，進一步取得了一些基礎數據和作了有效應用。目前這部取名為《現代漢語用字信息分析》記錄了這些基礎研究的若干成果。簡言之，它力圖從信息科學的角度出發，分析漢字和漢字書寫系統一些基礎特徵。自然，這只不過是小小的局部成果，但儘管如此，公之於世還是有益處的。這部小書可以認為是我在上一部集體著作《序論》中所提到的「應用（實用）語言學講座」中的第二種。我當時使用的術語「應用（實用）語言學」是不確切的，前年我在海外作研究工作時發現，不如使用「應用社會語言

---

① 這次學術討論會的講話和學術論文，結集為《漢字問題學術討論會論文集》1988，語文出版社。論文前有陳原、呂叔湘和朱德熙的三個長篇講話。

學」①這個早已存在的術語更為確切。

應用社會語言學的內涵，簡單地說，就是對一些語言現象或語言文字要素進行社會語言學的考察和分析，從而將分析的結果應用到語言規劃上來——也就是對某一特定社會群體使用的語言文字進行一番整理，使它更加有效適應社會信息交際的需要。這裡說的「語言規劃」是廣義的，當然也包括我們中國讀者幾十年來日日接觸的「文字改革」在內。西方一個著名的社會語言學家費希曼（J. Fishman）②帶著感情說過以下的一段話：

> 「語言規劃作為一個理性的和技術的進程，事先有符合實際的數據，事後在進行中又有反饋，這當然至今還是一個夢想，但是無論如何，這個夢現在已不是十年前那樣可望而不可即的了。」

他說得真好。因為我國有多少可敬的專業和業餘語言文字工作者在長達半個世紀甚至一個世紀的不疲倦的奮鬥中，進行過很多基礎研究和實際應用，為的就是實現這個「夢」。換句話說，就是要使我們民族習用的傳播媒介（其中特別指文字），能夠更加有效地適應信息社會的挑戰和需要。

---

① 可能是美國學者費希曼（Joshua A. Fishman）在他的《社會語言學：簡明的導論》（*Sociolinguistics：A Brief Introduction*, 1970）一書中第一次提出，見該書修訂本第IX部分，標題為〈應用社會語言學〉（Applied Sociolinguistics）。後來英國學者特魯吉爾（P. Trudgill）主編了一部集體著作，取名為《應用社會語言學》（*Applied Sociolinguistics*, 1984），為克賴斯達爾（Crystal）「應用語言學叢書」中的一種。德國（原聯邦德國）學者狄特瑪爾（N. Dittmar）所著《社會語言學：理解與應用的批判考察》（*Sozialinguistik：examplarische und Kritische Darstellung über Theorie, Empirie und Ancoendung*, 1976）第七章講應用社會語言學在美國：應變力概念及其「特區」專門家。而他編的書目解題中有這樣一句話：「應用社會語言學：將社會語言學的調查研究應用於語言規劃、學校教育、語言學習等等方面的學科。」

② 見注①。

拓撲學與漢字研究

把拓撲學理論導入漢字研究（特別是對字形的研究）中去，這是本書《漢字拓撲結構分析》一文的主題。

拓撲學雖然是上個世紀創立的一個數學分支，但是隨著近年信息科學的發展，它被賦予了新的生命，打開了新的前景[1]。拓撲學研究幾何圖形在連續變形（continuous transformation，例如在彎曲、伸縮，卻又不致破裂或黏合的變形）中保持不變的性質（invariant properties）。幾何圖形這種不變性質，稱為拓撲性質；使幾何圖形保持拓撲性質的種種變形，稱為拓撲變換；在拓撲變換下的種種變形，稱為同胚變形（homeomorphism）。社會日常生活中容易看到很有趣味的拓撲變換——最簡單的例子是在一塊擦字橡皮上，隨便畫一個幾何圖形，然後用手將這塊橡皮扭曲，橡皮上的幾何圖形隨之而變形——如果這個幾何圖形是圓形，扭曲之後它會變成橢圓或不規則的封閉線圈，但是無論變得多利害，這個圖像儘管已變成不是通常的圓圈，但它卻仍然是封閉的，它的線條絕不會因變形而開口。這種不變性質就是拓撲性質。人在哈哈鏡前變形，長了，胖了，矮了，瘦了，但是人的兩隻耳朵絕不會黏合在一起，而人的一個鼻子總不會撕成兩個。

---

[1] 拓撲學（Topology）是數學的一個分支。為了了解這門學科的內容，我不想列舉作為數學專門學科的拓撲學專著，我想，可以推薦對此有興趣的讀者（特別是研究語言問題而又具有一定數學知識的讀者）翻閱兩部很有趣味的書。一部是美國著名數學家柯朗（Richard Courant）和羅賓斯（H. Robins）合寫的《數學是什麼？》（*What is Mathematics*, 1941，有新修改版的中譯本，1985），其中第五章《拓撲學》的講述是高級入門書，從平面幾何圖形的拓撲性質和拓撲定理講到曲面的拓撲分類，對歐拉（Euler）和麥比烏斯（Möbius）等人的論據有簡明的介紹。另一部是美國英裔數學教授貝爾（E. T. Bell）的極其獨特和有趣的書，*Man of Mathematics*（1931？）——中譯本（1991）取名為《數學精英》。此書關於高斯（C. F. Gauss）和黎曼（G. F. Riemann）各章都涉及拓撲學。

漢字也有這樣的拓撲性質。當一個漢字變成長仿宋或變成扁楷體時，它總保持著某些不變性質，比方說洁字的「氵」旁永遠是在「吉」的另一邊，它不會跳到「吉」的「口」字當中去。這就是最簡單的拓撲性質的例子。由這種不變性質所規定的結構，就是拓撲結構——應用這種理論來分析、整理漢字，漢字的這種不變性質就是漢字的拓撲結構。作者在這篇簡明的入門論文中，介紹了漢字概念的三個層次，即圖形、字形和字符這樣三個層次，由是研究分析各個層次的同胚或不同胚，這樣就可以在認讀、書寫、理解（認知）漢字過程中採取有效的方法來達到預期的目的甚至加強效果。隨著計算機文字技術的發展，產生了所謂字形信息處理的許多理論和實際問題，拓撲學應用在漢字研究上已經被提上日程了。它將愈來愈顯得重要。

論文沒有使用艱深的數學分析，語言學工作者都能很快就熟悉它所討論的內容。

漢字屬性／形聲字研究

漢字屬性問題在八〇年代初曾經困擾過我們的讀書界，人們帶著迷惘的眼光問道：漢字屬性是什麼？從本質上說，漢字屬性問題就是對漢字本身所蘊藏的信息以及漢字對它週邊延伸引導的信息運動進行質的和量的分析問題——正因為這樣，漢字屬性問題是語言信息學或信息論語言學所要考察的一個重要問題。過去十年間圍繞這個問題所得到的數據，引起許多語言文字工作者和信息科學工作者的廣泛注意；八〇年代末期先後出版了兩部篇幅浩繁的漢字信息（漢字屬性）詞典①，就是一個證明。

---

① 我這裡指的是《漢字信息字典》（李公宜等，1988）和《漢字屬性字典》（傅永和等，1989），這兩部字典各自分頭平行作業，先後在1988－1989年印行。

《現代漢語定量分析》收錄的〈漢字屬性字典的編制〉一文，對這個問題作過初步的探討；收在本卷中的〈論漢字屬性〉則把這個問題引導到深入的境界，從而補足了前一篇所缺少的理論概括。這篇論文第二節和第三節，對漢字字形因素（筆畫）和字音因素（音節和聲調）進行的定量分析，是饒有興味的，而且是很有啟發意義的。這裡給出的數據是基礎數據，值得注意。前人對此曾經做過一些分析，這裡公布的調查結果也許可以說是前人研究的繼續。由於這些研究主要以八〇年代幾次大規模的語言工程所得數據為依據，因而具有切合實際的科學價值。

　　論文作者對三種高頻字表作了調查統計，得出的結論是：最常用的高頻漢字有一半以上都分布在六畫（六筆）到九畫（九筆）這四個筆畫範圍內。而在字數更多的字表中——例如在1988年公布的《現代漢語通用字表》7,000字中，有2,355個是在四至九筆的區域內，換言之，即四至九筆的漢字在七千字的大範圍內占到33.64%。這兩個數據說明了，六到九畫的漢字在常用（高頻）漢字中占一半強，在通用（一般）漢字中占三分之一。這個結論同齊普夫對現代拼音文字所做的論斷——即最常用的詞是由很少幾個字母組成的單音詞——本質上是近似的。這個數據對實現漢字教學、認知、記憶和重現過程，有重要的啟發作用，因此對於語文教育學、社會語言學和心理語言學的研究都很有用。

　　對漢字音節和聲調的調查研究結果表明了一個饒有興味的事實。對七〇年代以來大陸銷行最廣、幾乎達到家家戶戶都存有的《現代漢語詞典》進行分析的結果，在一萬個漢字（10,567）中讀第四聲的漢字有3,453個，占32.67%，約為三分之一——依次遞減為第一聲、第三聲、第二聲。

　　對3,500字的《現代漢語常用字表》作的調查結果，也得出

了與上面數據相近似的結果。3,500個漢字中有469個是同形異音字。因此從語音角度出發，這裡共有3,969（而不是3,500）個「漢字」，分布在405個不帶調音節和1,183個帶調音節中——其中讀第四聲的有1,339個（包括324個音節），約占29.8%，不到三分之一。

僅僅舉出上面的數據，就可以明了：作這樣的基礎研究，對於許多有關學科和語文教育實踐都具有可資利用的價值（而這篇論文當然還不只這一項數據）。

從這裡出發，論文對通用漢字的發展趨勢作了推斷——這實際上是現代漢語用字趨繁還是趨簡的推斷。在眾多的論述中，作者引用了當代外國語言學家提出的語言「經濟原則」和「省力性原則」，（可惜文中沒有展開理論探討）認為用字簡化符合社會生活的發展。時至今日，也許已經很少人抗拒這個論點，但是確實還有少數人堅持不同的意見，這不要緊，學術問題能（而且只能）通過心平氣和的爭辯來解決——或者永遠得不到解決。但現實生活卻在前進，這是不以個人的主觀意志為轉移的。正如我最近為外國一家語言學雜誌所寫的論文所說[1]：

> 「今年（按：1992）7月1日，中國大陸最有影響的傳媒《人民日報》（海外版）改排簡化字，這意味著繁體字在傳媒中最後的『堡壘』終於悄然消失了，從而結束了長達七年傳媒繁簡並存並由此每年引起激烈爭辯的奇妙局面。這個現象可以理解為現代漢語某些演變（變異）趨勢是不可抗拒的。」

我把這稱為「不可抗拒的趨勢」——這是本書不曾闡明的，而在客觀世界中確實存在的「規律性」的東西。[2]

---

[1] 我的論文題為《論現代漢語若干不可抗拒的演變趨勢》。
[2] 值得注意的是新聞出版署和國家語言文字工作委員會1992年7月7日發出關於使用規範漢字的通知（8月1日生效），是通過人工干預強化這一趨勢的措施。

在對漢字進行信息分析的過程中，最能吸引注意的語言現象——在某一種角度上說——是漢字的形聲字。形聲字是漢字所具有的獨特性質（甚至可以稱為一種很特別的拓撲性質，雖然這裡牽涉到的並不完全是兩維的平面幾何圖形）。本書所收關於形聲字信息分析的兩篇論文，重新確定了「形聲字」的範圍和確認原則，據此，在7,000個現代漢語通用字當中，屬於形聲結構的有5,631個，約占通用字總數的80.5%。這裡導入「形聲結構」的概念，同時導入「聲符」、「形符」的概念。根據這些概念統計的結果，在7,000個通用漢字中總共有246個形符，而其中54個構字力很強的形符構成了4,898個形聲結構，約占形聲結構總數的87%。在5,631個形聲結構中共包含了1,325個不同的聲符。從這些基礎數據出發，論文分析了聲符表音度和形符表義度，這正是我在《現代漢語定量分析》序論中所論述的，由定量分析回到定性分析的過程。這樣，我們到達了前人（例如《現代漢字形聲字字彙》一書①）所未曾詳盡探索過的領域。

幾年前我在奧地利的維特根斯坦國際學術討論會以及其他會議上②，曾就漢字的這種形符加聲符的語言現象作過分析——歐美一些語義哲學家聽了這個分析，頓時對漢字發生濃厚的興趣。我把某些形符稱為「類別標誌」（我用了可以釋為「指示器」的indicator一詞），我把聲符稱為「音聲標誌」，並認為「類別標誌」

---

① 這裡指的是倪海曙早在1965年編成，後來歷經改訂才付梓的《現代漢字形聲字字彙》1982，語文出版社。此書使用了「現代漢字」這個有爭議的術語——有些學者寧用「現代（當代）通用漢字」這樣的命名，避免把漢字劃分為古代、近代、現代幾個「階段」。

② 遺憾的是只在討論中詳細闡述了我的見解，而在會議論文集中只能有最簡略的提及，如Proceedings of the 8th International Wittgenstein Symposium，Aesthetics，Part I.在慶祝西班牙語言學家Juan Régulo七十壽辰論文集（第一卷）中我的一篇論文，觸到這個問題（1984／85，西班牙La Laguna大學）。

（形符）帶有某種語義信息，而「音聲標誌」（聲符）則蘊藏著更多的語義信息，當這兩部分語義信息密切融合到一起時，就顯示出這個漢字的語義。

不過我的概括分析並沒有達到本卷收錄的兩篇論文（〈現代漢語形聲字形符研究〉和〈現代漢語形聲字聲符研究〉）的深度——看來，這項研究還可以進一步深入的。

一個實驗報告

〈視覺因素在兒童書寫漢字中的作用〔實驗報告〕〉一文把我們引入另外一個領域，這個領域是前人研究漢字時常常接觸到而又沒有「登堂入室」的地方。視覺、動覺對於接受信息的作用，是近年來信息科學家所確認的——這關係到心理學、實驗心理學、神經生理學以及其他週邊學科，看來是一個很複雜的研究對象。

這是一個樸實無華的實驗報告——這個實驗設計了非常簡單卻又很有趣的五種條件，在北京城區一所小學的中年級隨機挑選了七十名在學兒童作為這項實驗的被試，取得了很有啟發性的數據，這些數據以及實驗方法本身，都給語言文字工作者，特別是語言教育學研究者提示了富有教益的猜想、設想和聯想。實驗結果表明，在特定條件下，當視覺信息傳入大腦發生障礙時——這障礙不是由生理因素而是由於環境因素產生的——，大腦接收到的信息不全面，於是產生了這樣的後果，即大腦神經中樞對臂、腕、指發出的指令也就遇到一些困難。實驗表明，在漢字書寫過程中對視覺的剝奪程度每加深一步，書寫的準確性就隨之下降一步。因此，可以得出這樣的推斷：在書寫漢字過程中視覺的參與非常重要，訓練兒童書寫漢字，不僅要讓他們學會對臂、腕、指

大小肌肉的控制，還要注意訓練手眼的協調和配合。

　　晚近信息科學的進展，已經注意到視覺神經和聽覺神經在接受語言信息中所起的作用，耳眼並用能收受最大信息量，已經得到理論上和實驗上的證明。"video－tape"（錄影帶，包含著視覺信息和聽覺信息的工具）遠比錄音帶的效果好，早已進入人們的日常生活；新近的CD－ROM CDV或CD－I①一類的傳媒就向傳統的書報（即印在平面上的單憑視覺而不能給出聽覺信息和動覺信息的傳播工具）提出最有力的挑戰。從電視新聞所能接受到的信息量比之從廣播新聞所能接受的信息量要多得多。多年前控制論創始人維納早已說過，在大腦的感覺皮層中，視覺與聽覺面積之間的比例約為100：1。換句話說，如果將聽覺皮層全部用於視覺，則信息的接收量約「相當於眼睛得到的信息量的百分之一」②。

　　從信息角度對兒童用字、寫字和識字的研究，是一個大可拓展的領域，所得結果必定大大有助於語文教育；同時也必定很有益於計算機的人工智能研究。

漢字的結構和構造成分

　　漢字構造形態的研究，是用計算機進行漢字信息處理的一項重要的基礎研究。沒有對這方面認真細緻的基礎研究，就不可能

---

① 這些都是近年興起的「多媒體」（multimedia），即綜合聲音、圖像、動感等等而成的傳媒——CD為Compact Disc的簡稱。

② 我在《控制論札記》中引用過維納（N. Wiener）《控制論》（1948）所作的論述，見《社會語言學論叢》（1991）第333—334頁。維納還說過如下一句很有趣的話：「僅僅用百分之一的視力就可以代替聽覺去識別全部聽覺的細微差異」，見《控制論》第二版中譯本（1985）第143頁。參看亨妮（Jeanine Heny）教授在她的《人腦與語言》（*Brain and Language*, 1985）的描述，她的觀點摘要見克拉克（V. P. Clark）等人合編的《語言：入門選讀》（*Language：Introductory Readings*, 1985）第三部分第一章。

滿足高技術的需要。

　　根據信息學和拓撲學原理，現在可以認為：漢字是由一個一個部件構成的，不同的部件構成不同的漢字，而相同的部件出現在方框內不同的部位，也形成不同的漢字。部件是由筆畫形成的，構成部件的筆畫，按照約定俗成的慣例，在書寫時有先後之分，這就是通常所說的筆順——筆順的約定俗成不是絕對隨意的，它服從書寫時的心理狀態和書寫時的技術方便。因此，對漢字的結構、部件、筆畫、筆順這幾個要素的研究，是適應新技術需要的基礎研究。

　　本書收載的一組研究成果，總名為〈漢字結構和構造成分的基礎研究〉，是名實相符的。「漢字的結構」一節給出了迄今最詳盡的合體字構造成分（結構成分）組合方式，繪製了最簡明的合體字構造框圖（結構框圖）——其中包括由兩個部件構成的九種結構方式，由三個部件構成的二十一種結構方式，由四個部件構成的二十種結構方式，由五個部件構成的二十種結構方式，由六個部件構成的十種結構方式，以及由七、八、九個部件構成的三，一，一種結構方式。這一節還採用層次分析法概括出十三種結構方式。這裡給出的成果對於生成漢字有重大的理論意義和實用價值。第二節和第三節研究部件和部件的結構部位（即在結構框圖中出現的部位），應當認為這裡提出的論點和給出的數據都是很有用的，其中論述部件的名稱和對部件名稱規範化的論點很值得注意，這無疑對語言文字教學和漢字信息處理、語音移入和口語（oral）通訊方面都有特殊的實踐意義，第四節和第五節是對漢字筆畫和筆順最詳盡的基礎研究，也是綜合了前人研究成果得出的概括，例如第四節提出漢字筆畫的排序規則和第五節提出的筆順規則，都是有創見的概括。這些概括可能在不同學者間產

生不同意見，但即使有若干分歧意見，這裡給出的數據和論點至少是有啟發性的——不只對語文教學方面，而且對計算機文字處理方面。

字形和人名用字的規範化

作為本書最後的部分，是兩篇關於規範化的論述和設想——即關於漢字的字形規範的綜合論述和關於人名用字規範的設想（創制「人名用字表」的建議），這裡的論述都是建立在嚴謹認真的調查統計基礎上的，對於進行漢字信息分析不啻是兩項基礎工程。

《漢字的字形規範》是近四十年來漢字規範化過程的歷史概括，它的範圍包括漢字歷史形態變異的規範化，地理名詞用字的規範化；計量用字的歷史演變和規範；漢字本身演變過程中的規範化活動（包含自然演變的調節和人工干預即漢字簡化活動）。人們常說，沒有規範化就不能有現代化，或者換句話說，社會生活包括科學技術進步愈來愈要求規範化，沒有規範化即達不到高速度和高效率的要求。在這個意思上對漢字在中國大陸近四十年的規範化過程作一次綜合考察，是完全必要和急需的。

在社會用字規範化過程中，似乎人名用字比地名用字更複雜些①——也許因為人的命名比地的命名更富有社會意義，更富有情感信息的原故。為了避免與別人雷同，或者說，為了突出自己特有的個性，人在命名時往往喜歡選用一些生僻字。這是可以理解的。我記得二次大戰後我在英國遇見一對夫婦，男的原是英國人，戰爭時期空降到法國去同地下抵抗運動聯繫，女的原是法國

---

① 地名用字也有很複雜的社會性，但我以為人的命名牽涉到構成社會的所有成員的思想感情以及社會群體的習慣風尚，故我認為人的命名比地的命名更複雜些。

人，是地下抵抗運動的活躍分子，他倆因此結識並結成夫婦，他們兩人各取了一個其「怪」無比卻又無比「普通」的「姓名」——男的叫「英國人」（Englishman），女的叫「法國人」（Frenchman），他們現在就使用這個地下時期所用的「隱名」或「假名」。這個極端的例子使我深深感到命名的社會性。在《現代漢語定量分析》一書中提到過在那「史無前例」的「文革」十年中，人名用字大量採用了「東」、「彪」、「向」、「衛」這樣的字眼，而不願或不敢採用花花草草那些歷來認為美麗的字眼，也就是命名社會性的生動例子。

《人名用字調查和規範化設想》是以第三次人口普查的抽樣作為研究基礎的。兩次抽樣調查得到人名用字共計4,542個（自然只限於漢族的人名用字），這4,542個漢字在《現代漢語通用字表》中只見3,913個，其餘629個字不見於通用字表——即七千通用字以外的漢字（也可以稱為生僻字），而通用字表中有3,087字沒有機會使用，可見即使以通用字表為依據，也還有很大的利用潛力。（當然，這個研究結果有若干局限性，局限性在於抽取的樣本太小，比起整個漢族人口來只占很小的百分比，因此只能看出命名用字的傾向性，而不能認為是全面的科學分析。）這篇研究論文提出了制定人名用字表的建議，並且提出一些設想，這些設想一旦實現了，對於很多社會部門的信息存儲和提取將會是很有益的。

漢字研究展望

寫了以上的六節，傳來了朱德熙教授[1]今年7月19日在美國加州史坦福大學醫院辭世的消息，引起我無限的惆悵。在1989年我

---

① 朱德熙（1920－1992），以下所引參見《漢字問題學術討論會論文集》第11—16頁。

和他曾約好年底去新加坡參加一個漢語學術討論會。他早去了美國，便由美國直接去目的地了──而我卻沒有成行。沒有成行的原因是眾所周知的。但我為此始終感到遺憾，失掉向他請教的最後一次機會。幸而1986年底朱德熙同呂老（叔湘）一起參加那年在北京舉辦的第一屆漢字問題學術討論會，應我們的請求在開幕式上發表了有關漢字問題的長篇精闢講話──現在留下來的這篇講話，提及漢字問題的好幾個方面的狀況和前景。他在那裡講過，漢字可以說是一種語素文字──當然有極少數漢字不代表語素，只代表音節，但絕大部分漢字都是代表語素的；就漢字本身的構造看，漢字是由表意、表音的偏旁（形旁、聲旁）和既不表意也不表音的記號組成的文字體系。他還指出，如果字形本身既不表音，也不表義，變成了抽象的記號時，那漢字可以說是一種純記號文字；不過事實上並非如此，只有獨體字才是純粹的記號文字；合體字是由獨體字組合而成的，組成合體字的獨體字本身雖然也是記號，可是當它作為合體字的組成成分時，它是以有音有義的「字」的身分參加的。──這些精闢的意見，對於從事漢字信息分析的後人來說，是很有啟發的。也是在那次講話中，他指出過去研究文字學的人只講字形、講六書，對語言不感興趣，這是傳統文字學很大的弱點。他說我們研究漢字學，要突破這個框框。字形當然要研究，但尤其要研究漢字和漢語的關係。說得好極了。此刻，我想補充說，即使研究字形，也要突破傳統的框框，例如需要從信息學、傳播學和實驗心理學等角度來探究漢字蘊藏的信息，這不只對語言學研究有益，而且對整個社會現代化有益的。

　　本書就是進行這樣的研究的一種嘗試。一定會有弱點、缺點甚至錯誤的，但這是最初踏出的一步時所不能避免的。我們期待

更多信息學界研究者來參加——我們期待著。

（1992）

〔*105*〕《漢語語言文字信息處理》序言

我很高興為這一系列集體著作的第三卷《漢語語言文字信息處理》寫序言。這一個系列的設想，發端於1986年初，那時正當中國文字改革委員會改組為國家語言文字工作委員會，而我既在語委會工作，同時又主持著中國社會科學院語言文字應用研究所。為著推進語言學跟信息學在實踐中的結合，我計畫組織所內外的專家學者編寫一套叢書，取名為《應用語言學講座》，目的在把這個方面的研究成果，哪怕其中還不太成熟的成果，能夠及時公諸於世；編寫方法則採用當今外國學術界通常採用的集體著作方式，即：每篇論文都由專攻這個主題的理論工作者或實際工作者執筆。各篇專著既有理論分析，又有實踐記錄或描述。這就是我在第二卷《導論》中所揭示的想法：「沒有今日的基礎理論就沒有明日的開拓和應用。」

＊　　　　＊　　　　＊

這個系列的第一卷《現代漢語定量分析》，出版於1989年；第二卷《現代漢語用字信息分析》，出版於1993年；這部《漢語語言文字信息處理》則是這個系列的第三卷。在這三卷集體著作中，我們試圖對現代漢語的各個要素進行科學的分析，或者更準確點說，進行信息科學的初步分析，或者稱語言學跟信息學相結合的分析。我們從最基礎的「字」和「詞」出發研究問題。（正如大家所知道的，現代漢語的「字」和「詞」不是同一個事物；字不等於詞；一個字有時是一個詞，但有時只是一個詞的構成部

分即詞素。本卷論文用「詞語」表達一個獨立的「詞」的概念，而我過去在我的語言學著作中則用「語詞」來表達。）

第一第二兩卷，從字和詞在現代漢語文本中出現的頻率開始，作了一系列的定量分析；包括字和詞本身以及構件（部件）、形符、聲符、熵（平均信息量）（到第三卷還測定了漢語的冗餘量），然後進入本卷漢語語言文字信息處理這個目標。人們都會同意我的說法：信息處理是語言文字在信息時代最重要的和最有成效的實際應用。

這一卷所論述的就是這個問題。當然它所研究的只限於漢語，研究的是漢語語言文字信息處理的理論、方法、難點、現狀和趨勢。如果你願意，甚至可以簡化為通俗的說法：漢字和漢語輸入和輸出電子計算機的問題。本卷所論述的重點不在大家都已熟悉的鍵入漢字的編碼問題（例如拼音輸入、形碼、形音碼，等等），而是著重在研究文字識別（印刷體和手寫體；脫機和聯機識別）、語音識別（即本卷所稱「言語識別」）。本卷第七篇論文則進而論證了研制現代漢語語料庫的理論、方法和現狀。最後一篇可以認為是本卷所處理的問題的概括或總結。

各文的作者都是這個領域的專家，所論述的內容都是他們的研究或研製成果；因此，完全可以說，本卷內容大體上反映了和記錄了這門科學在開放改革中的中國近十多年來走過的道路，所遇到的困難，和所達到的高度。

＊　　　　＊　　　　＊

我個人接觸現代漢語語言文字信息處理，是從「748」工程開始的。但我沒有可能參與這項開拓性的研究工作，因為我那時處在一種非常特殊的工作環境下──即由於我建議印行《現代漢語詞典》（現今大家公認為現代漢語的規範性工具書），遭受到

「四人幫」大棒的討伐，我什麼都不能做，我只能張大眼睛，注視著這項工程的進展和所取得的成果。直到七〇年代末，我才有機會進入這個領域。

當時在漢語語音文字信息處理問題上，最困擾人的就是漢字能不能輸入計算機，如果能，它如何有效地輸入和輸出。那時還不可能著眼於文字和語音識別問題，雖然已經有學者和機構開始研究這些問題；那時要首先解決高效地鍵入編碼的難題。從理論上說，電子計算機能高效地解決十分複雜的數學計算，能夠處理十分奇妙的圖形，區區漢字，有何難哉！話是這麼說，可漢字少說有幾千個，多說有幾萬個，個個不同形，同音的倒不少，同音同調的也不少。西文（無論是拉丁系統的或是斯拉夫系統的文字）無非二三十個字母，大寫小寫一起算，充其量只不過七八十個字母，怎樣也好辦；而漢字則成千上萬，夠煩人的！為解決這個難題，七〇年代後期到八〇年代初期，許許多多有識之士都投入漢字編碼方案的研究工作，創制出成千種編碼方案，形成了一個聲勢浩大的「運動」！這真是一個群眾運動，它不是過去那種可怕的政治運動，而是創造性的群眾自己發動的學術活動。在西方，信息處理領域中從未發生過也不可能發生的群眾性研究工作。這顯示了偉大的中華民族，有志氣有能力有決心克服種種困難，實現我們祖國現代化。這個艱苦但壯觀的歷程，這些業績已經部分地記錄在我們這三卷書中。

＊　　　　＊　　　　＊

1979年以後的十多年間，我有機會參加了許多國際學術會議。我在歐洲、美洲和亞洲出席過社會語言學、音樂語言學、控制論和信息論的討論會；人們在八〇年代初期所關心的就是漢字跟計算機「聯親」的問題。這裡我想記下的一件事，是很有趣味

而又很有意義的。1979年夏天，我初訪英國。倫敦一家很有名的印刷器材公司邀請我去參觀他們研製的中文電子排印機。我去了。那是他們跟一個華裔教授研製成功的機器。有一個很大的鍵盤，分左右上下中五個部位，每個部位設置了許多標明漢字部件的鍵，這就是說，它的輸入法是將漢字分解為一些部件，然後按照部件的不同位置，組合成字。比如說，要輸入一個「陳」字，先擊左邊的部件「阝」鍵，再擊右邊的「東」鍵，然後擊合成鍵，前後共擊三次，便可輸入一個「陳」字。這不算慢。但拆字比較麻煩。尤其在「想打」狀態下，分解漢字的部件是很吃力的並非簡單的機械動作。但是在當時來說，這不失為一種聰明的辦法。主人和教授笑迷迷地徵求我的「評價」。我只好用外交辭令說，這是一個比較聰明的輸入方法；可能也不太費勁，但在實際排印時好用不好用，省力不省力，高效不高效，要在實踐中檢驗才能得到正確的答案。後來聽說果然造了一台，又聽說用起來性能不怎麼理想，效率太低，不好使。

從那時到現在，已經過去了十六年，漢字與計算機「聯親」問題大體上已經不困擾人了。這些年對編碼方案優選的結果，大約有那麼三四種或五六種（至多不超過十種）編碼方法得到不同程度的應用。至於是否可以說這個問題已最終解決，那就有不同的看法。本卷的論文有好幾處接觸到，讀者可以參看。

在這個方面，不能不注意到新近的一個現象：去年上海對七八萬個電子計算機用戶進行過輸入方法的調查，得到的結果顯示有百分之九十七使用了拼音輸入法，只有百分之三的操作者使用其他輸入法。這個數據使我大吃一驚！這個數字表明：由於電子計算機的快速普及，非專業性（非職業性）計算機操作者大幅度增加得很快，因而使用的輸入法也會發生變化。

這個現實提醒人們注意電子計算機在中國社會生活的前景和漢語語言文字信息處理的前景。這意味著，我們的社會生活在未來的十年將會向現代化邁進一大步。

　　這三卷書是這個領域的研究人員在最近的十五到二十年間勤奮工作的記錄。它同時也記錄了一個時代，一個充滿希望的時代，當然也是一個要我們去奮力解決許多困難的時代。現在，我們可以把這三卷書重新命名為《語言文字與信息處理集刊》。我希望出版社把一二兩卷連同這第三卷再印一次，並冠以集刊的總名和卷號。如果出版社有足夠的資金和遠見，我建議在出版三卷書的同時，把這個時期有關的重要數據資料一併印行，那就對這個領域的研究者和後來人造福不淺了。

（1995. 11. 26）

附錄一

語言學和跟語言學有關的重要術語漢英對照表

語言學	linguistics
語音學	phonetics
語義學	semantics
語用學	pragmatics
語彙學	lexicology
語源學	etymology
方言學	dialectology
拓撲學	topology
符號學	semiotics
術語學	terminology
句型學	typology
修辭學	rhetorics
社會語言學	sociolinguistics
語言的社會學	sociology of language
心理語言學	psycholinguistics
神經語言學	neurolinguistics

應用語言學	applied linguistics
應用社會語言學	applied sociolinguistics
文化語言學	cultural linguistics
人類學語言學	anthropological linguistics
比較語言學	comparative linguistics
計算語言學	computational linguistics
地域語言學	areal linguistics
共時語言學	synchronic linguistics
歷時語言學	daichronic linguistics
宏觀語言學	macrolinguistics
微觀語言學	microlinguistics
系統語言學	systemic linguistics
生物語言學	biological linguistics
普通語言學	general linguistics
數理語言學	mathmatical linguistics
統計語言學	statistical linguistics
理論語言學	theoretical linguistics
歷史語言學	historical linguistics
語文學（即比較歷史語言學）	philology
機能語音學	functional linguistics
構造語言學	structural linguistics
描寫語言學	descriptive linguistics
語言信息學	language informatics
信息語言學	information linguistics
控制論語言學	cybernetic linguistics
語際語言學	interlinguistics

詞典編纂學	lexigraphy
語言教育學	linguistic pedagology
言語	speech
語言	language
非語言	nonverbal
非語言交際	nonverbal communication
語言接觸	language contact
語言污染	language pollution
語言功能	language function
語言習得	language acquisition
語言規劃	language planning
語言科學	linguistic sciences
語言工程	language engineering
知識工程	knowledge engineering
語言群體	language community
言語群體	speech community
語言政策	language policy
語言藝術	language arts
語言歧視	language discrimination
語言調查	language investigation（survey）
語言普遍性	（language）universals
〔語言〕共性	universals
語言實驗室	language laboratory
語音實驗室	phonetic laboratory
語言拜物教	language fetishism
語言靈物崇拜	language cult

語言帝國主義	language imperialism
語言沙文主義	language chauvinism
語言烏托邦主義	language utopiism （utopianism）
（語言）馬賽克現象	（language） mosaic phenomenom
委婉語言	ephemism
粗野語言	dysphemism
模糊語言	fuzzy language
群體語言	community language
體態語言	body language
手勢語言	sign language
交際語言	communication language
見面語言（見面語）	address （language）
人工語言	artificial language
電報語言	telegraphic language
法定語言	official language
官方語言	official language
工作語言	working language
通用語言	universal language
第二語言	second language
書寫系統	writing system
符號系統	semiotic systems
世界語	Esperanto
國際語	international language
國際輔助語	international auxiliary language
方法論	methodology
言	speech

書	written language
文	text
視	video
聽	audio
文字	written language
象形字	ideogram
字序	word order
單字	word
漢字	character＝Hanzi
語詞	word
詞語	word
根詞（字根，詞根）	root word
母語	mother language
口語	oral language
文語（書面語）	written language
語法	grammar
語彙（字彙，詞彙）	vocabulary
語義學	semantics
語義場	semantic field
語境～上下文	context
社會語境	social context
語感	nuance
借詞	loan words
新詞（新語詞）	new words
	neologism
詞力（構詞力）	word power

方言	dialect
雙方言	diaglossia
雙語	bilingual；bilingualism
字母	letter
拉丁字母	Latin
羅馬字母	Roman
西里爾字母	Syril
斯拉夫字母	Slavian
哥特字母	Gothic
阿拉伯字母	Arabian
諺文字母	Hangul
假名	Kana
字母表	alphabet
洋涇濱	pidgin
克里奧爾（混合語）	creole
成語	proverb
熟語	idiom
音節	syllable
多音節	multisyllable
單音節	monosyllable
停頓	stop／pouse
對話	discourse；dialogue
語料	corpus
字種	type
字符	token
字頻	frequency of characters

詞頻	frequency of words
覆蓋	coverage
定量分析	quantitative analysis
社會分層	social stratification
深層結構	deeper structure
變異	variation／variety
變化	change
變量	variables
共變	co-variance
標準化	standardization
失語症	aphasia（dysphasia）
多語症	multiphasia
語言混亂症	anormia
信息	information
信息論	theory of information
信息學	informatics
博弈學	theory of games
控制論	cybernetics
系統論	systematics
信息科學	information sciences
人工智能	artificial intelligence
通訊（交際）	communication
信道	channel
信宿（受信者）	receiver
信源（發信者）	sender
二進制	binary system

比特	bit
熵	entropy
衰變	decay
反饋	feedback
內穩態	homeostasis
冗餘度（多餘度）	redundancy
大腦	brain
神經元	neuros
計算機	computer
～電子計算機	electronic computer
～電腦	electronic brain＝computer
數位化	digital
多媒體	multimedia
信息高速公路	information superhighway
互聯網絡	internet
國際網絡	internet
傳真（文傳）	fax
傳媒	media
大眾傳媒	mass media
光碟	CD
唯讀光碟	CD-ROM
掃描	scanning
掃讀	browse／scan
聯機	on line
隨機	random
抽樣	sample

隨機抽樣	random sample
硬體	hardware
軟體	software
輸入（錄入）	input
輸出	output
編碼	coding
同化	assimilation
異化	alienization
視聽	video-audio
模型	model
自動翻譯	automatic translation
機器翻譯	machine translation
編碼	code；coding
解碼	decode；decoding
編碼學	coding theory
密碼	code；coding
密碼學	cryptology
破譯（密碼）	code-breaking

附錄二

對話錄：走過的路

柳鳳運　陳　原

最後修訂稿

【柳】1979年春，你在《語言與社會生活》前記中說，你本來是語言學的門外漢，只因被「四人幫」姚文元打了一棍子，這才「一頭扎進語言現象和語言學的海洋」，彷彿你從那時開始才去搞語言學的。我看並非這樣，你說的是氣話吧？

【陳】你說得不錯，但也不全對。我對語言和語言學發生興趣，確實不從「四人幫」打棍子時開始，可以說是在學校讀書的時候，甚至是在讀中學以前，我就對語言現象感到極大的興趣，但這興趣又常常被別的興趣壓抑著；姚文元那一棍子卻「激活」了我，激活了我對語言學深入研究的興奮點。我說不全對，是指我不是科班出身，中學時讀的是理科，大學上的是工學院。我從來

【注】鳳運幫我校讀編輯這三卷文稿時，常有機會泛談古今中外，談論得較多的是關於語言和語言學的各種問題，特別談及我作為一個社會語言學者走過的路。鳳運根據她的記憶和偶爾的簡短記錄，把最後一部分對話整理成文，現經我們兩人加以修訂潤色，作為本書的附錄。

　　　　　　　　　　　　　　　　　　　　　　　　　　　—陳　原記

沒有好好地專一地研究過語言學。我這個人不過是一盒萬金油，什麼也沾上一點，正是齊燕銘同志說的「淺嚐輒止」那種人。

【柳】你說「萬金油」，我看應該說是多面手，這大約得益於你常常說的liberal education（通才教育）。這些年我有一個奇怪的印象，好像你一生都在文明和文化大廈裡遨遊。你走進大廈中的一個房間，細心地張望張望，留下一點什麼，或者不留下一點什麼，走出來了；然後走進另外一個房間，又細心地張望張望，留下一點什麼，或者不留下一點什麼，然後又走出來，再走進另一個房間。就這樣，不停地走呀走的……

【陳】你的印象很形象，很有意思，也很確切；我本人從沒這樣認識我自己。解放前，我工作了整整十年。由於現實的需要，我在那十年中頻繁改變我研習的對象。我的第一本正式著作是地理書。這確實連我自己也意想不到。從1939年算起，到解放初，我居然寫譯了十幾本地理書，中國的，世界的，自然地理，經濟地理，政治地理，都有。頭一本《中國地理基礎教程》，是新知書店在桂林印的，後來出了上海版，重慶版，在延安也印過一版，因此很多根據地也翻印了。現在回想起來，實在慚愧。

【柳】好像你那時也並沒有專心致志地做地理學的研究工作？

【陳】確實如此。我進入地理學領域的同時，卻不得不從事時事和形勢的分析，曾不得不寫了很多很多國際問題評論的文章，這個勢頭一直延續到解放後，參與了《世界知識》雜誌的編輯工作，前後有十年左右。在那個領域，我大約寫譯了五六本專書，至於在不同的時期，用各種筆名寫的國際評論文章，那就數不勝數了。

【柳】為什麼說「不得不」？

【陳】是的。不得不。比方說，抗戰初，在第四戰區民眾動員委

員會工作時，要給派出去的戰時工作隊員通報時事信息，我被安排做這項工作，需要每週寫一篇國際大事述評之類。不想寫也得寫，後來越寫越多，越頻繁，人家把我當成什麼國際問題專家了。解放初還被拉去到處做國際問題報告。只因為現實有這樣的需要，總得有人去做；派到我頭上，我就不得不硬著頭皮去完成任務。

【柳】你在這個「房間」來回「張望」，似乎一直延續到六〇年代，持續了二十多年。其中會有寫得稱心的時候吧？

【陳】寫得比較稱心的一段，是1947年在上海為《時代日報》用「觀察家」名義寫的每週國際評論——這個報紙是以蘇聯商人名義主辦的，可以略為擺脫國民黨的新聞控制；總編輯是姜椿芳。那年這家報紙設三個專欄，每週一次或兩次。除了我的國際述評之外，還有「秦上校」（姚溱的筆名，他解放後當過中宣部副部長）的軍事述評，楊培新的經濟述評，似乎都很受讀者歡迎，尤其軍事述評。受歡迎的秘密在於文章大量引用塔斯社的和延安的材料，這些東西那時在白區不容易看到。後來在六〇年代初，我為《紅旗》雜誌每期寫一篇抨擊美國霸權主義的小評論，斷斷續續搞了一兩年，一心只想著如何巧妙地完成揭露美帝的任務，就無所謂稱心不稱心了。

【柳】你不是在文學藝術的「房間」裡也「張望」過好長一段時間嗎？

【陳】那也是在解放前，解放後我多半做行政工作，很少可能到處「張望」了。解放前，我是個所謂的「文學青年」，寫過好些散文、雜文、書評、新詩，都不知去向了，當然都是一些廢料，不值一提。那些年我還翻譯了好幾部文學作品；英國的、美國的、法國的、俄國的、蘇聯的，都有。現今我想起來都汗顏；少

年時真是天不怕地不怕。我在一篇文章中說過，我的翻譯從蘇聯的電影文學腳本開始（《列寧在一九一八》，1939），到蘇聯的一部話劇（《莫斯科性格》，1949）終結。從蘇聯到蘇聯，從劇到劇本，真是鬼使神差，怪有趣的。

【柳】說到文學，我就想到你對藝術也有很深的修養。可見你在藝術這個「房間」裡也細細地「張望」過，是在讀大學還是讀中學的時候？

【陳】我對美術和音樂發生濃厚的興趣，是在讀初中那三年。我和兩個同班同學，都熱衷於繪畫，初中畢業以後，那兩位同學都上美術學校去專攻繪畫了，一個讀西洋畫，一個入圖案系；只有我告別了美術，考入理科。當年迷醉繪畫的時候，我的一個舅舅送給我全套油畫工具——他就是嶺南畫派中有點名氣的李硯山。他原來是學西洋畫的，後來改畫中國山水畫，還當過美術專門學校的校長。我學過炭筆素描，畫石膏像、畫靜物、畫風景（只是沒有畫過人體），學過水彩畫、粉筆畫、油畫。記得我有一幅野外風景寫生的油畫，很得舅舅稱讚，不過他批評我不該把茅屋屋頂畫成紅色，說這是西洋的房子，不是中國那時的鄉村圖景。

與此同時，我和另外兩三個同學，又迷上了音樂，學琴，搞合唱，學樂理、作曲，瘋極了。長大成人後，我竟然在這個「房間」裡流連忘返。翻譯了柴科夫斯基與梅克夫人的通信集，取名為《我的音樂生活》。解放後出版社多次想重印這部書，都被我阻止了，我怕被戴上小資產階級情調的帽子；直到改革開放時期才把它「開放」了。到九〇年代，我的「資產階級音樂情調」死灰復燃，又譯了羅曼‧羅蘭的兩部音樂書（《柏遼茲》和《貝多芬：偉大的創造性年代》，後者是跟陳實合譯的）。由此可見，我不是看完一個「房間」，出來後再去看另外一個房間的——那樣

倒好——往往是飛輪似的在許多「房間」裡穿來穿去。有時如你所說，不曾留下一點什麼就走開了。例如六○年代初，我住過大半年醫院，那時我讀了很多中外文的近代史專著和資料，現在還留下好幾十本筆記。那時「心懷壯志」，想寫一部有聲有色的鴉片戰爭史；甚至還想用這題材寫一部長篇歷史小說，歌頌林則徐和廣東的反侵略英雄們，後來這想法沒有實現。

【柳】人們常說，編輯是「雜家」。我想，如果把你學理工這一點算上去，真夠雜的；這不僅指你做過多年的編輯，而且在科學研究領域你也夠得上一個貨真價實的雜家。我想，這多學科性的經歷，也許對你後來研究社會語言學有很多好處。

【陳】可不是嘛！我從前曾經有點迷茫，懷疑我虛度了此生，但是愈到後來愈不這樣想了。當我步入社會語言學的領域以後，我才知道幾十年涉獵過許多學科，確實給我的研究打下基礎。其實在所有學科中，研究方法上往往是相通的。這一點大家都知道。我還深深地體會到，如果對社會現象和自然現象沒有廣泛和深刻的觀察和理解，就很難得心應手地研究社會語言學。也許研究傳統的描寫語言學，可以滿足於探討語言本身的現狀、結構和發展，較少關心社會條件，而社會語言學研究的不是語言這樣一個變量，而是語言和社會兩個變量，必須具備多學科的知識。直到八○年代中期，當我寫完《社會語言學》一書後，我才領會到這一點，這樣，回顧我一生走過的路，就無怨無悔了。

【柳】我發現你在語言和語言學這個「房間」進出多次，最後就索性呆在那裡不出來了。我想知道最初吸引你對語言學發生興趣的是什麼——什麼人，什麼書，或什麼場合？

【陳】我自己也很難相信，我接觸的第一本語言學書籍竟是《文字蒙求》。

【柳】就是清代王筠那本？

【陳】正是。那是在我入初中之前，六七歲左右，我寄居在我的二叔公家。二叔公就是我爺爺的二弟，早年留學日本，跟章太炎等人邊研習邊革命，參加過推翻滿清王朝的活動。我在他家住時，他已不從政，卻在大學裡教中國文字學。他非常喜歡我；他有個書房，全是書，好幾十個書櫃。別人不許進他這書房，我卻例外。他把我送到附近一家「私塾」去讀書——一個老學究教一群娃娃讀四書五經，外加一點詩詞歌賦。我讀那些正經書興趣不大，一放學回家就躲在書房裡偷看大人看的書，似懂非懂，亂看一氣。我的萬金油可能是從那時開始煉就的。晚上，二叔公回家，就給我講解《文字蒙求》。第二天早起，他就逼我背書，背了書，還得講意思。做完這項功課，他就逼我喝一杯冰冷的牛奶——在那時來說，真可謂「全盤西化」了。實際上我對《文字蒙求》這部書，根本讀不懂。二叔公講的什麼「天者顛也」、「從一從大」，我哪裡懂？不過後來我讀《說文解字》時，卻好像「似曾相識」，大約打了一點基礎之故。

【柳】這太有趣了。我沒想到你還這樣「正統」。如果你二叔公知道你現在研究語言學，他一定很高興。

【陳】是的，他會很高興的。我從他家出來，就跟我的老祖母住。二叔公介紹我到他的基督教朋友新開辦的明遠初級中學讀書，後來考上中山大學預科改成的高中部乙部（理科）。二叔公知道後，十分生氣，他原指望我讀文科，將來直升大學讀文字學。我上高中後不久他就病故了，要是他知道我上大學念的是工科，更要把他氣壞啦。

【柳】現今很多搞語言學的名家，都是念理工的，趙元任讀物理和數學，喬姆斯基也是學數學的。朱德熙也是學數學的⋯⋯

【陳】據說數學和語言學都用大腦的同一個半球，處理的是邏輯思維，而不是形象思維，因此容易溝通。不過，語言跟形象其實也處處相通。記得我在《在語詞的密林裡》的〈後記〉裡說的話嗎？我說，「我一向認為語言、樂音、雕塑、繪畫、建築，其實彼此是相通的──都是傳遞信息的媒介。《長恨歌》、《木蘭辭》、《命運》敲門那四個音符，《思想者》的姿態，甲骨片上的卜辭，還有銅刻、碑刻和岩畫上的形象，常常在我的大腦中渾成一體──這是語義信息和感情信息的混合……

【柳】這是從信息論的角度來看語言和跟語言相關的東西。趙元任的《語言問題》講過語言學從頭就跟許多學科相連；特別是你搞的社會語言學，真是一個「互連網絡」。

【陳】也許是這樣的罷。記得1939年夏天，我躲在粵北一個小地方寫《中國地理基礎教程》，秦咢生（廣東書法家協會會長，前幾年去世了）也在那裡工作，常常來看我。他還提起當年我們之間進行過的一段對話。那時他問我寫什麼書，我說寫一部地理書；他問我下一步寫什麼書，我回答寫一部中國歷史。他又問，寫完歷史，再寫什麼？我那時毫不遲疑地回答，寫一部關於中國社會生活的書，然後寫一部關於中國語言的書。這可以看到我少年時多麼狂妄。我那時還不知道什麼社會語言學，也許那時世界上根本就沒有這樣一個學科；但我那幼稚的理智卻讓我模糊地認識到，先研究地理環境，歷史發展，社會生活，然後再去探索一個民族的語言。經秦咢生一回憶，我倒覺得我走過的路很特別，也很有意思。歷史書沒有寫成，只作了幾十本筆記，寫了十多篇文章。至於對社會生活的研究，那就全靠幾十年的社會實踐，根本沒有考慮寫什麼了。但是四十年後終於研究起社會語言學來，少年時的狂妄變成現實，在我是多少有點出乎意料的。

【柳】也許不算意外，因為你在少年時對語言學就發生興趣了。

【陳】談不上對語言學發生興趣，倒是對語言——漢語、文字、方言、外國語，都產生濃厚的興趣。我記得讀中學時就搞過拼音漢字，搞過漢字速記，自己創制了一套漢語速記方案，簡直不知天高地厚。至於對語言學真正發生興趣，那是在三〇年代參加拉丁化新文字運動的時候。

【柳】我發覺近代中國的知識分子都熱衷於漢語的文字改革，這不是偶然的，這是一種歷史現象，當然也是一個很有意義甚至很重要的社會運動。我以為後人著書立說時，對這個現象重視得不夠。有很多講中國近代現代歷史進程的書，很少著重討論這個問題，即為什麼從上個世紀下半期到本世紀頭三四十年大半個世紀中，先進的愛國知識分子，總是花很大的精力去搞漢語的文字改革。

【陳】你說得很對。這個問題很重要。近來新一輩的學者已經注意到了。比如香港的陳萬雄博士，北京的汪暉博士，先後向我提起這個問題。文字改革應當是中國近代史上一個非常重要的社會活動，是中國現代化過程中不能忽視的因素。遠的不去說，稍微看看本世紀初以來的大學者，誰沒有搞過文字改革？——我說的自然是廣泛意義的文字改革。近代史上著名的思想界先驅，大都涉獵或參與過廣泛意義的文字改革運動。大家都知道蔡元培、魯迅、瞿秋白、吳玉章曾多麼熱心地參加這個運動。就是五四時代的聞人學者，胡適、錢玄同、陳獨秀、趙元任、劉半農、黎錦熙……無不是廣泛意義的文字改革運動的先驅。五四時期的文白之爭，是一次規模宏大的具有深遠歷史意義的運動；這個運動派生出來的國語運動（現在是不是可以理解為推廣普通話運動？），以至創制注音符號和國語羅馬字，都是中國現代化過程中值得大書特

書的、卓有成效的舉措。恩格斯說，但丁是標誌著封建的中世紀的終結和現代資本主義紀元的開端的偉大人物。「他是中世紀的最後一位詩人，同時又是新時代最初的一位詩人。」但丁是一個文字改革先驅。他用當時義大利的一種方言寫作，結束了中世紀以來用拉丁文作為社會傳播媒介的歷史。這是一次偉大的成功的文字改革，有點像我們五四時期白話文代替文言文的歷史過程。不可不提的是，中國的文字改革是同挽救民族危亡的偉大行動結合得緊緊的。文字改革運動雄辯地表明了中國知識分子的優秀傳統——就是憂國憂民，以救國救民為己任。這一點同外國某些語文運動是有很大不同的。現代中國歷史上最大規模的一次文字改革運動就是三〇年代席捲全國的拉丁化新文字運動。正是在1934到1937年前後，正是中華民族到了生死存亡最危險的時候。拉丁化新文字運動與當時文化界熱烈討論的大眾語問題緊密地結合在一起，其最終的目的不是別的，不是學術，而是救亡，救亡就是我們在那個時代最神聖的任務。我那時正讀高中和大學，我被捲進這個運動了。

【柳】我很想知道你是怎樣被捲進這個波瀾壯闊的運動的。是自發的還是有什麼誘因？

【陳】我上面說過，我對學習語言——各種語言——發生濃厚的興趣，1931年秋冬，我讀了《中學生》雜誌上一篇介紹世界語的文章，頓時愛上世界語，花了五塊錢報名參加了廣州世界語師範講習所，每天晚上上兩小時課，半年畢業。學了世界語，使我的視野大大的展開，理想的火燄燃燒著我的心，這誘導我後來走上革命的道路。世界語是一種人工語言，即不是某個民族的自然語言，而是根據或依靠許多自然語言創制的語言；它不僅給世人帶來了朦朦朧朧的大同理想，同時也誘導人們熱心研究各民族的自

然語言。我從1932年起，參與當時在我國蓬勃開展的進步世界語運動──就是在中共的領導下由胡愈之、葉籟士等文化人推進的世界語運動，這個運動，不消說也是與民族解放運動緊密地結合在一起的。1934年，靠了世界語作為媒介，焦風（方善境）引進了中國北方話拉丁化書寫方案──那就是瞿秋白和吳玉章他們為旅居蘇聯遠東區的華僑（華工）設計的。列寧說，文盲是建不成共產主義的；所以二〇年代末期到三〇年代初期，全蘇聯掀起了為只有語言沒有文字的少數民族制定文字的高潮。華僑當然有文字，那是用漢字組成的，從山東和東北去俄國的華工，大部分都是文盲，全不認識漢字。五四時代以還，即爆發了關於漢字問題的大論戰之後，多數知識分子都認為漢字難學，非改革不可。改革漢字目的是為了救亡，也就是平常說的，「開發民智，拯救中華」。改革的方法不外乎簡化漢字或廢棄漢字，所謂廢棄，就是要用拼音字母（各種各樣的字母，不光是拉丁字母）來代替漢字。北方話寫法拉丁化就是根據這種思想產生的。企圖用二十六個拉丁字母來拼寫漢語，認為只要認識二十六個字母就能寫出一切你想寫的東西，比之要認識幾千個漢字才能讀書或寫作來，真可算是一條捷徑了。

【柳】你認為用拉丁字母代替漢字是可能的和明智的麼？世界上是否有過用拉丁字母來代替舊拼寫法的成功範例？

【陳】用拉丁字母代替漢字的可能性是有的，儘管有著這樣那樣的困難，如果真值得做，是可以做到的。歷史上也的確有過使用拉丁字母代替舊寫法的成功例子。近的如二次大戰後，德文採用拉丁字母代替原來比較難寫的條頓式哥特字母（俗稱花字），不過那是在二戰末期一種非常特殊的環境下進行的。遠的如土耳其1928年進行的文字改革，也是一次成功的改革，用拉丁字母代替

了舊日的阿拉伯字母，直到今天，七十年過去了，土耳其現在還是使用著這種新的寫法。

【柳】土耳其文字改革，我也聽說過，這次文字改革獲得成功，一定有其特殊的社會條件。

【陳】正是。過去在搞拉丁化新文字運動時，我們只看見改革的結果，沒有去探究改革成功的原因，尤其沒有注意到社會因素。後來才慢慢地知道一些。直到十年前，我在維也納遇見一位土耳其的語言學教授，就這個問題請教了他，才知道當時當地的特殊因素；後來我在日本又遇見一個熟悉土耳其歷史情況的學者，他的說法也同那位土耳其學者差不多。現在我才明白土耳其文字改革成功的奧秘。如果六十年前就明白了這些，該多好。

【柳】我很想知道他們說的成功條件是什麼。

【陳】歸納起來，大約有四條：一是土耳其的文字改革是在革命勝利後立刻進行的，那時群眾的革命熱情很高，一聲號召，說這是革命的組成部分，大家便踴躍執行。二是革命領袖凱末爾的威信極高，經他簽署的法令，沒有行不通的。第三是這個國家的文盲率很高，達到百分之九十幾，十個人中竟有九個根本沒接觸過文字，舊的新的通通不知道。第四，據說用舊文字寫成的古文獻經典只有很少幾部，不必擔心文化遺產翻譯成新文字的問題。這幾個社會因素都同我們中國大大不同。此外，我還得加上最後的一條，在土耳其，新的寫法跟舊的寫法都是拼音的，不過用不同的字母或比較簡易的拼法去實現而已。再有就是，據說用阿拉伯字母不能準確地拼寫土耳其語：土耳其語的輔音較少，阿拉伯字母則輔音較多；土耳其語元音較多，阿拉伯語卻少元音字母。只因為十三世紀土耳其人信奉伊斯蘭教，就採用阿拉伯字母來記錄語言。革命後改用拉丁字母，正好能準確地拼寫土耳其語。從語

言學和社會語言學的觀點看，這是很重要很重要的因素，這如同隸書代替篆書一樣，容易成功。德文的改革只不過是用新的字母（拉丁字母）去代替舊的字母，並不是用拼音文字符號系統去代替表意符號系統。

【柳】那麼你現在認為漢字不必廢棄了？

【陳】是的。現在看來，漢字不但沒有廢棄的必要；而且不應當廢棄。在順利地解決了漢字輸入計算機問題後的今天，更不必去考慮什麼廢棄漢字的問題。可是三〇年代當時，大多數進步的知識分子，以及所有的愛國智者，對這個問題的答案都是肯定的。那時我們這些青年人，誰也沒有懷疑過當時魯迅的名言：「漢字不滅，中國必亡。」前幾年有人論證說，魯迅這句話是別人說的，不是魯迅本人的意思。這種說法恐怕站不住。難道魯迅這樣的巨人，那麼容易被別人的論點欺騙嗎？我以為當時魯迅確實這樣想的。《門外文談》一書，是魯迅在世時發表的，這是歷史。這句話出自這部小書，並非後人或時人為了某種需要捏造出來的。一百多年來，中國受盡列強壓迫，知識分子憂國憂民，千方百計去提高人民的文化科學水平。那時人人都覺得教育素質之所以不能很快提高，就是因為漢字難學；如果用拼音字母來代替漢字，收效必定很快。在拉丁化運動之前就有過種種拼音方案出現，其中包括我們這一代人熟悉的注音字母和國語羅馬字，但是都沒有普及，也就是說，沒有大規模推廣。其所以不能大規模推廣，不單純是拼音字母或拼音方案的優劣問題，還受制約於各種複雜的社會因素，這些社會因素是不以語文工作者的主觀意志為轉移的。只有北方話拉丁化新文字這種方案，因為它跟廣大群眾的救亡運動結合在一起，才能迅速地在全國各地展開，形成一個巨大的運動。

【柳】我想，你是被捲進這個運動，而誘發了研習語言學的興趣罷？

【陳】簡單地說，就是這樣。1932年，葉籟士在上海主編一個世界語刊物《世界》，我給這個刊物投稿，由是跟老葉通信，可以說是老葉和三〇年代的世界語運動把我導進拉丁化運動的。再說得確切一點，我是同時被捲進世界語運動和拉丁化運動的。因為開展運動和領導運動的需要，我曾不得不拼命鑽研語言學。

【柳】又是一個「不得不」。也許可以說，你是從三〇年代開始認真自覺地鑽研語言學的；不過不是在學院裡，而是在實踐中。

【陳】是的。要參加運動，領導運動，沒有足夠的語言學知識不成；所以只好去鑽研語言學。那時我把所有能夠找到的中文語言學書籍都讀遍了，結果雖然不理想，卻總算稍為懂得一點皮毛了。研究西方語言學的中文書不太多，我只好去啃英文的語言學書籍，我囫圇吞棗地啃，又是似懂非懂，有時自己覺得某些問題解決了，其實並沒有真的解決。苦得很。比如鑽研語音學和國際音標，就遇到很大的困難：沒有老師呀！記得我花了很大的力氣研讀法國P. Passy的《比較語音學概要》（那時商務印書館剛剛出版劉半農即劉復的中譯本）和英國D. Jones的《英語語音學》（那時還沒有中譯本），這兩人都是國際語音學界的權威，讀了真獲益不淺。還寫了幾篇關於世界語語法和語彙學的論文，發表在《世界》上（我的這些文章同老葉的同類文章，加上剛才提到過的方善境的文章一起，1936年曾由上海綠葉書店結集出版，書名為《世界語文法修辭講話》）。

【柳】這是你在語言學方面的「處女作」了？

【陳】不，這本書不是我個人的著作，也稱不上是我在這個領域的著作。我在語言科學方面第一本書，是同拉丁化運動結合在一

起的。那是在1937年。現在看起來，拉丁化新文字運動在理論上有一個致命的缺點或錯誤，那就是提倡你怎樣講，就怎樣寫；那必然引導到方言拉丁化。想想看，怎樣講就怎樣寫，在三○年代的中國，只能照方言來寫；因為國語（現在叫普通話）不普及，方言很多很多。在這個錯誤的理論指引下，各種方言拉丁化寫法方案就如雨後春筍一樣遍地開花。一時出現了上海話拉丁化方案、廣州話方案、蘇州話方案、潮州話方案……不過也有頭腦清醒的，如胡愈之，他寫文章警告過我們這些狂熱分子，他說，這樣搞下去，可能出現一個各地人們不能互通信息的局面，所以搞方言拉丁化要很慎重。我們一點也聽不進去。我們那時熱衷於搞廣州話拉丁化方案，認為胡愈之的說法是違反語言規律，政治上是右傾。其實我們真是幼稚得可笑。我們好幾個人日日夜夜研究廣州話的音素和語法，終於搞成一個為大家都能接受的統一方案來。在這過程中，剛從法國修語言學歸國的岑麒祥教授給我們很多指點。我「奉命」（應當是奉領導新文字運動的地下黨員之命）編寫第一本廣州話拉丁化寫法教程或讀本。這是一本正正經經的書，如何籌款印出的，我一點也記不得了；那是地下黨員黃煥秋操辦的（解放後黃曾任中山大學黨委書記兼副校長）。早一年，即1936年，我寫了一篇學術論文，專門研究廣州話的九聲，也可說是我的學習研究成果。這篇論文曾發表在上海某個雜誌上，現在找不到了。

【柳】你早年（1935）給厲厂樵先生主編的《讀書周報》寫的幾篇關於拉丁化新文字的理論文章，居然能找到，真不簡單，這組文章寫於六○年前，確實帶著濃厚的時代色彩。

【陳】是的。當年我們這些烏托邦分子的「理論」全反映在那幾篇幼稚的文章裡了。與此同時，我又鑽研術語學。為什麼搞術語

學？我是學理工的，當時用的大都是英文課本，很多科學技術術語不知道中文譯名，或者根本就沒有譯名，所以我要研究術語學。碰巧術語學的兩個鼻祖，一個是奧地利的維于斯脫（E. Wüster），另一個是蘇聯的德列仁（E. Drezen），都是世界語學者，我便寫信去請教。德列仁很快給我回信，並寄來他的那部有名的術語國際化理論著作，兩年後，我去信被退回，說是「無此人」。原來1937年蘇聯肅反擴大化把他「化」了。此後我對術語學的研究也中斷了。

【柳】這段經歷很不一般。是戰爭中斷了你的語言學研究吧？

【陳】正是。打仗了。遍地烽煙。拉丁化運動讓位給生死存亡的鬥爭了。聽說抗日戰爭開始後，延安還搞過一陣拉丁化運動；在白區，這個運動除了一些有心人（如陳鶴琴）在上海難民營中利用拉丁化新文字掃盲之外，幾乎消失了。我也就只好暫時壓下我的語言學興趣了。

【柳】使我驚異的是，你青年時期在語言學方面的研究，可以說已頗具規模了：語言學、語音學、術語學、文字改革、拼音方案、世界語……

【陳】這算不了什麼研究，總的說，不過是一種學習，在實踐中學習。整個戰爭時期，前後有十一年之久，我對語言學的興趣被壓下了，但並未消失；也寫過幾篇有關語言現象的文章，直到解放初也是這種情況。1951年，史達林發表了他那一系列語言學論文，曾一度燃起了我的語言學興趣——不過幸虧當時我的專業不是語言工作，否則也要「對照檢查」。

【柳】你雖沒有檢查，也一定學習過這一系列「經典」吧？

【陳】那當然。解放，認為蘇聯什麼東西都是好的，對那裡的一切，都羨慕得很，對蘇聯的所有理論，都是心悅誠服的。那時我

們這一代人，對蘇聯，對列寧，對史達林，盲目崇拜到了現在難以相信的程度。不是裝裝樣的，至少我不是。凡是蘇聯批判的東西，不論人或事，我們這一代青年人都認為是壞的，該批的，從不深入去想一想批判得對不對。史達林把馬爾的語言學理論批得一無是處……

【柳】你先前知道馬爾和他的學說嗎？

【陳】三〇年代我們搞拉丁化新文字運動的青年，都知道馬爾（N. Marr）的「新」語言理論，「耶非底特學說」，並且奉之為神明，也讀過一些評介馬爾學說的專書或論文（例如日本語言學家高木弘的《語言學》——東京岩波文庫或新潮文庫的一種——，蘇聯Andreev的論文，載《世界》雜誌副刊《言語科學》等），只是一知半解，沒有系統地研究過馬爾的學說。可悲的是，史達林的著作一發表，就被說成是一切學術研究的典範，後來又誇大成為一切工作的指針。

【柳】不過在「文革」中掀起那股批《現代漢語詞典》的風波時，我真心擁護史達林批判馬爾的語言有階級性學說，我把它看成這部挨批的詞典的護身符。

【陳】但是史達林把馬爾學說批得一無是處，一棍子打死，是不能服人的。難道他的語言理論就沒有一點可討論或可參考的東西？

【柳】遺憾的是我們誰也沒有機會讀到馬爾的書，……

【陳】應當翻譯出版馬爾的代表作，讓人們好好地系統地研究一下，他錯在哪裡，還有什麼可取的東西。

【柳】你在《社會語言學》一書中也提到馬爾的學說。照你看，他主要錯在什麼地方？

【陳】我以為最大的錯誤，就是論斷語言有階級性。

【柳】這一點史達林批得很明白，也很能說服人。

【陳】可是三〇年代時我們這些青年人，「左」得可笑，都認為語言是社會的上層建築，因此必定有階級性。語言是上層建築一說，最初並非由馬爾首創的，被列寧稱讚過的理論家波格達諾夫以及當時的許多人，都這樣說。馬爾不過是其中的一個。雖然盲從，有時卻也不那麼信服，我寫過一篇〈垂死時代的語言渣滓〉，就表現出又信服又不完全信服的思想狀態，幾十年後重新看看，也頂好玩。

【柳】你認為馬爾語言理論中可取的是什麼？

【陳】在我多年的實踐中，我認為馬爾的語言理論最可取的，是他提出語言的人工性這種論點。語言如果絕對是自然的創造物，不能加以人工的改造的話，文字改革或語言規劃就無法進行；如果沒有語言人工性這種論點做基礎，那麼，二戰後許多相繼獨立的殖民地制定自己的文字（因為好多民族有語言而沒有文字，即是說，有口頭語而沒有書面語）的工作，就無法進行，即無法進行西方社會語言學稱為「語言規劃」的這項富有意義的工作了。

【柳】我第一次聽到語言的人工性理論，近來好像沒有人論述過。

【陳】史達林批判馬爾以後，馬爾的所有論點都不提了。

【柳】你在《社會語言學》中講史達林的語言學著作時，曾提到拉法格的《革命前後的法國語言》，你當時讀過這部書嗎？

【陳】我只找到法文原本，那時還沒有中文譯本。羅大岡的譯本，是在1964年才印行的，那時史達林的語言學著作熱，已大大降溫了。拉法格實際上也是主張語言有階級性的，不過沒有明說罷了。儘管如此，這本小書（其實是一篇論文）是很值得一讀的。這裡面還有個術語的翻譯問題。我指的是俄文的翻譯：把

「世俗語言」或「俗語」（相對於神職人員或上流社會使用的拉丁語）翻譯成「全民」語言，於是史達林也據此論證「全民」語言，我在《社會語言學》中引用並贊同伍鐵平的意見。我現在仍然這樣認為。

【柳】可不可以說，史達林語言學論文，實際上並沒有引發你研究語言學的新的熱情？

【陳】是的。那時我忙於別的工作，顧不上。直到五六年後，即1956—1957年，才又引起我研究語言學的第二次高潮。

【柳】1956年？赫魯雪夫做了秘密報告，揭開了史達林的「蓋子」那一年？

【陳】對。那年我聽了秘密報告之後，有機會到蘇聯，又到了北歐，接觸了好幾個國家的語言學家，其中包括蘇聯科學院語言研究所副所長布卡略夫（Bokarev—他是研究閃語語系的專家，也是老資格的世界語學者，編過世界語俄文詞典和俄文世界語詞典），呼吸了一些新鮮空氣；對語言學的興趣突然大增。加上解放後我收羅了不少各種外國語文的詞典，有些是蘇聯出的，有些是從舊書店買到的——開放初期北京和上海的舊書賣得很便宜，我收羅到的語言詞典、課本足足裝滿一個大書櫃。這中間還有一大批各地方言翻譯的聖經，是各國傳教士採用他們自己創制的各地方言拉丁化寫法翻譯的，蔚為大觀，記得是周達甫教授抗戰時期去印度前留給我的。

【柳】很有趣！特別是各種方言的聖經譯本。這些書都還在？

【陳】通通沒有了。下「五七」幹校前。軍宣隊的一個頭頭找我，說，你是黑幫，家裡的書都是黑書，你住的房子要收回（那時叫做「掃地出門」），你的黑書都交給我們處理。我說，不交成不成？他說，不交你自己處理，但是房子得馬上交出，我只好找

到一個打小鼓的（北京收破爛的人），把一萬幾千本書通通賣給他，據說他都給送到造紙廠去了。

【柳】多可惜！

【陳】不覺得可惜。下幹校時還能享受到無書一身輕的「幸福」呢。

【柳】可你現在又四壁皆書了。

【陳】不過那些寶貝卻一去不復返了。這當中只留下我最中意的一本，那就是基輔大學庫寧教授（A. Koonin）的講義《英語語彙學》（*Lexicology of English Language*），二次大戰初期出版的。在我歷年接觸過的英語語彙學和英語史這類書中，無論是英文的、俄文的、日文的，以這一本為最好。我那時熱衷於研究語彙問題，想以現代漢語為基礎，對英文俄文日文法文有關的語彙進行比較研究。我著了迷。特別迷上借詞，就是外來詞。

【柳】從你的語言實踐中很難理解你會迷上借詞。

【陳】說起來也奇怪，我對借詞感興趣，最初是由少年時讀過的《歌謠論集》（好像是鍾敬文教授編的，上海北新書局出版）一篇文章引發的。兒童少年時期讀過的書或文章，往往會對成年後的研究工作發生影響。本來1957年初我曾被調到文改會去工作，如果真的調去，也許能對漢語借詞作一點研究。1956年底1957年初，文改事業蓬勃發展，文改會正要招兵買馬，吳玉章、胡愈之，還有葉籟士（他們那時分別擔任文改會的正副主任和秘書長）這些老前輩，知道我三〇年代搞過拉丁化新文字運動，於是由吳老出面，向中宣部要我。調成了。去了。第一項工作就是籌建文字改革出版社，同倪海曙同志（他比我略晚一點調來）一起工作。約莫兩三個月後，政治運動來了，文化部（那時我的編制在文化部）把我調去搞運動。一搞就搞了大半年，接著留下來在文

化部做行政工作了。

【柳】這就是說，你沒能親自參與五〇年代的簡化字和漢語拼音方案的制定了。

【陳】當然，我只好作為界外人去參加討論研究。

【柳】改革開放以來，簡化字在現實生活中受到衝擊，社會上（某些層面）產生了一種向繁體字（或者說，向港台）靠攏的傾向，你的文章也多處提到一些反對簡化字的意見；照我看簡化字對教育工作是利多弊少的。已經有幾億人學會簡化字，現在要恢復繁體字取消簡化字反而不利。

【陳】漢字的簡化趨勢是不能逆轉的。1992年7月1日起，《人民日報‧海外版》終止了繁體字版，全部改用簡化字，我寫過一篇文章，題目就叫做〈論現代漢語若干不可逆轉的趨勢〉，文章說，「這意味著繁體字在傳媒中最後一個『堡壘』終於悄然消失了」，登在那年英國出版的*Macrolinguistics*（《宏觀語言學》）雜誌上。幾十年後來看漢字簡化的做法，仍然只能得出肯定的答案，別無其他選擇。語言學大師趙元任早就說過，中國文字從出現到今天，整個過程都是趨向簡化，不過有時快一些，有時慢一些罷了。這是歷史，不是什麼人捏造的假設。一部漢字形態變化史，就是一部寫法簡化的歷史。任何人面對這樣的現實，都無法否認。至於說簡化得不系統，那是時勢使然，事後諸葛亮當然可以指出一籮筐不足來。我後來當語用所所長時，測試和制定常用字表，才覺悟到如果我們五〇年代先搞字頻測試，制定常用字和通用字表，那麼我們就可以有計畫地有意識地先就常用字的範圍加以簡化，可能事半功倍。

【柳】是的，但事情已經不可逆轉了。對於漢語拼音方案，近來似乎反對的人少了些。在國際上也得到承認，取代了威妥瑪拼

法，在檢索方面起的作用更大。應該說，漢語拼音方案部分地實現了你這位三〇年代拉丁化運動健將的夢了。

【陳】一個甜蜜的夢，一個破碎的夢。這已經不是三〇年代的拼音文字的夢，不是以拼音代替漢字的夢。在討論研制漢語拼音方案的過程中，我激烈地反對過某些領導和某些專家們提出要創制加符號的字母（即在某幾個拉丁字母的上方或下方加「帽子」）的建議，例如ch，sh，寫成加一個帽子，^的c，s等等。我是飽嘗了世界語排印不便，書寫容易出錯之苦以後，才有這種想法的。那時還沒有電子計算機。計算機不是不可能加符號，而是說，在日常慣用的鍵盤中，加符號會增加太多的不便。在最後的時刻，方案採納了不加符號的拉丁字母的意見。無論如何，有了漢語拼音方案，我們在文字處理上，在檢索上，在信息交換上，都有很多方便。八〇年代我跟文改會的周有光，便開始用電子打字機通信，就像西方人用打字機寫作一樣。我用的是Casio，他用的是Sharp。我們兩人常說，我們是第一批（不敢說第一個）使用現代化機器進行漢字通信的人。我們都是使用漢語拼音錄入。

【柳】你去不成文改會，隨後就一直呆在文化部了？然後是十年「文革」。十年加十年，前後二十年，在這二十年間，你恐怕難有機會專心研究語言學了。

【陳】這不平凡的二十年，對於我來說，日子並不好過；但事後一想，倒也增加了不少經歷，對我後來致力於社會語言學的研究，是很有裨益的。經過大躍進，三年困難，反修鬥爭，然後是「文化大革命」，五七幹校，終於熬到了1972年。這一年夏天我被調回北京，派我去中華書局、商務印書館那個聯合機構「行走」——行走兩個字是我自己給自己封的官銜，因為我到這個單位時是什麼職務也沒有的。誰知就是「行走」也竟然觸發一場亙古未聞的

詞典「大批判」，一場「你死我活」的「階級鬥爭」！

【柳】你說的是1974年三月開始的對《現代漢語詞典》的大批判吧。那次大批判無限上綱，說什麼「黑線回潮」啦，什麼與「批林批孔」運動對著幹啦，等等，回頭一望，簡直是一場鬧劇。

【陳】是一場鬧劇，可不光是鬧劇，也是一場悲劇。不過我那時已經歷了六七年的「文化大革命」，對突如其來的大批判，並不緊張，只是「以逸待勞」，「靜觀世變」。特別有幸的是在對詞典大張撻伐的前一年（1973），我有一個難得的機會出訪日本，開闊了眼界，對語言學的新趨勢，對社會語言學的興起，對詞典編纂學的內涵和方法，都得到很多新的知識，受到很大的啟發。所以我能夠不慌不忙地應付這次大批判。對這次無理取鬧的惡行，我拒絕檢討；我參加所有的大會小會，就是不檢查。這是我在這場浩劫後期「頓悟」的結果，也是唯一能安慰自己的「言行一致」。

【柳】你1973年出訪日本，也出人意料。那陣已有跡象批判所謂黑線回潮了。

【陳】連我自己也感到出乎意料。由於中日邦交正常化，更由於中日兩國的文化界老前輩會晤，使我有機會出訪日本。在東京、京都、名古屋和福岡等地，結交了不少語言學界的朋友，包括日本的、英國的、美國的。其中特別令我激動的是，見到了川崎直一先生，他是大阪外國語學院的教授——戰前我做第一次語言夢時，從日文翻譯了他的一本著名語言學著作：詳注本《愛之所在即神之所在》（*KIE ESTAS AMO, TIE ESTAS DIO*），原著是托爾斯泰的一篇短篇小說世界語譯本，教授給它加上幾百頁的注釋，涉及語法、語彙、修辭各個方面。當年我寫信徵求作者同意我翻譯；川崎先生不但同意，而且寄來一大包足足有一兩百頁的修正

增補稿。翻譯時遇到日文上的疑難，就請教我的日文老師（一個台灣同胞）。1938年初，我全部譯完。戰爭毀去了全部稿本。我們見面時，談起往事，大家只得長嘆一聲。那次訪問，使我接觸到許多英文的和日文的語言學書籍，第一次接觸到社會語言學——英國的Trudgill教授那本《社會語言學導論》，就是那年初次讀到的。沒有想到是它引導我走向這一學科。回國後，我作了一次關於詞典編纂學和語言霸權主義的學術報告。

【柳】這次出國大約是在你對是否印行《現代漢語詞典》提了肯定性意見之後。

【陳】是的。我出國之前，傳聞歐洲一個小國官員來訪，贈我國領導人三卷本大字典，我們只能回贈一部可憐的小字典——可憐偌大一個中國，學校裡、書店裡、機關裡只剩下一本1971年修訂的小本子《新華字典》。商務領導交給我一部「文革」前排印的《現代漢語詞典》樣本，讓我看看是否可印。我熟悉這部書，「文革」前我收到過送審本，我曾經是審查人員之一（文革前《辭海》和《辭源》修訂稿送審時，我也是審查人員之一）。我翻閱後提了幾條意見，建議內部印一版，以應急需；若印，則應刪掉若干不合時宜的條目（例如那時我國已加入聯合國，聯合國一條就不能那樣寫）。那時全國約有十萬所中學復課，如印十萬冊，則每所中學可得一冊，讓語文老師有一本較好的參考書。這些我都說了，還特別聲明，這本書是「文革」前編的，未曾正式出版過，是否要印，請領導決定。我這樣說，是因為那時「四人幫」說「文革」前所出的書都是黑線專政的產物。何況當時我只是「行走」，無權作出決定。據說幾位領導往上面彙報了，上面甚至認為不必內部發行。於是印了，領導膽子小，還是內部發行。才印發了沒多久，忽然陝西有個什麼小煤礦的一群「左」得

可愛的小職員，向姚文元處告了狀，說是跟「批林批孔」運動對著幹。我猜這幾個小夥子未必想掀起大風浪，不過想表現一下自己的政治嗅覺。但棍子一打，自然巨浪滔天，一發不可收拾。全國上下都來批《現代漢語詞典》，商務自不待言，大字報貼滿了整個禮堂，大字報貼在我的辦公室內外，連門也被封住，進出不得。帶頭的一張是幾十個編輯聯名貼的。

【柳】這樣的大字報，只不過是常見的「政治道具」，諒你已司空見慣了。

【陳】當然，我不能反駁，不能硬頂，只能不做違心的檢討。那時使我擔心的是「禍延」語言研究所的學者們。我自己不要緊，反正硬著頭皮頂著就是。如果說我1973年秋天訪問日本回來後，就已經在語言學的海洋上泛舟，大棍子一打，我趁機就一頭扎進這海洋了。

【柳】你又去「書林漫步」了？

【陳】那時我什麼也不做，說得準確些，是什麼也不讓我做。好，心靜有如一池死水。我重讀了許多書。做了四卷筆記。最妙的是，從頭到尾讀完一本舊《辭海》，一本舊《辭源》，一本第五版的《簡明牛津英語詞典》（C.O.D.），現在回想起來覺得幸福極了。我的詞典活動從此開始了，一發而不可收，我更加認識了詞典「翻、檢、查、閱」的功能；從心底裡領會到語言沒有什麼階級性，也真的弄清楚了詞典究竟有沒有階級性這迷惑人的難題。一棍子打開了我在未來的十多年間從事詞典編寫組織工作的路。感謝上帝！

【柳】你真的從頭到尾讀完幾本字典？真不可思議！

【陳】我是一個笨人，正好趁機充實一下自己，既然無所事事，就耐心讀字典自娛。記得抗日戰爭初期，我在粵北戰地某個已經

無人上學的小學校裡，從廢物堆中找到一本英漢小字典，是上海一家「野雞」出版社印行的。一看，錯誤百出。心發狠，手發癢，每逢沒事就改起來，一個字一個字地改。同事們都笑我書呆子，不管眾人說什麼，我自得其樂，可見我的「字典狂症」，從小就染上了。記得少年時我就異想天開，準備編一本實用英漢小字典。計畫把日常不用的或外國經典裡的生僻字彙，比如天使呀，仙女呀，人頭馬呀，等等，通通刪去。「左」得可笑。不料到棍子滿天飛的日子裡，有些人還是像我少年時那麼「左」，那麼幼稚，那麼可笑。難道這個世界真的都患了「先天性左傾幼稚病」？

【柳】也許是特定時期特定社會的一種思想傾向。恐怕那不是普遍現象。

【陳】當然不是。我自己後來也不那樣幼稚了。記得全國解放前夜，1948年末1949年初，許多文化人，許多政治活動家，都撤退到香港，準備開進解放區去。我也被調到香港去了。徐伯昕（就是鄒韜奮的好搭檔──生活書店總經理）要我起草小學生字典的編輯計畫和編輯大綱，準備據此編輯一部小字典，供新中國的小學生使用。為此，我們請教了葉聖陶，還開過兩次座談會，葉老、邵荃麟，還有別的文化人都參加了，討論如何編好這部小字典，根據葉老和其他人的意見，起草了一份編輯計畫，還做了幾個字的樣稿。此事葉老的日記裡有記載。照我的記憶，小字典的釋義要簡明，例句必須規範，除了注音之外，還注筆順──那設想是從趙平生（解放後在文改會工作）在山東解放區編的掃盲讀物得到啟發的。所以解放後出版總署一成立，就籌設新華辭書社，要編輯一部供小學生用的小字典，這就是《新華字典》的由來。

【柳】原來《新華字典》有這樣一段史前史。看來你很會做詞典的策劃工作，難怪1975年召開詞典規劃會議，要把你拉去籌備了。

【陳】這個會議是在周恩來關注下由出版口（那時「出版局」叫做「出版口」）召開的。無論如何，這個會議應當是中國當代文化教育發展史上一個非常重要的會議。這是一個大轉折。籌備工作搞了約莫半年，讓我去籌備，不是因為你說的什麼我「會」策劃，也許讓我去接受「再教育」，進行「再批判」。你不是也去參加籌備工作了麼？

【柳】是的，我很榮幸也參加了籌備工作。記得會議是1975年5月23日在廣州開幕的，開會時你的身分很微妙。出席會議的許多代表都認得你，很多人想聽聽你的意見，可你就是一言不發。

【陳】坦白地說，我沒有發言權：我不是代表，不是會議的領導成員，我只不過是接待組的一員，開會時當上海小組的聯絡員，管小組發言的記錄，分發簡報、文件等。

【柳】那個會議開得很長。會議前不久，《人民日報》又發表了「四人幫」張春橋的要對資產階級實行全面專政的文章，會上因此有人提出「無產階級專政要落實到每一個詞條」這樣的口號。我記得大多數人是不同意的，會下意見更多。

【陳】提出這樣的口號是夠滑稽的，但是當時與會者也不好正面反駁，因為有「四人幫」那篇文章在。大家只好轉彎抹角地說，這不可能做到。不過，總的說，這次會議還是有成效的，會議制定的長期規劃對其後十多年間辭書編纂工作起了很好的作用，最顯著的例子就是搞成了十二卷本的《漢語大詞典》和八卷本的《漢語大字典》，此外還有修訂《現代漢語詞典》，修訂《辭源》，修訂《辭海》，編輯《英漢大詞典》、《漢英詞典》以及組織編寫

被稱為「小語種」的一系列詞典。經過十幾年，這個規劃可以說是基本上完成了。如果沒有那麼一棍子，我們的辭書工作或者不會發展得這樣快也說不定。二十多年過去了。我至今還念念不忘1974—1975年這兩次事件，一反一正；反的引出正的，這是當代中國文化運動史上一件不應忘記的大事。我真想抽時間編一部史料，只收這兩個事件（批《現漢》；定規劃）的原始資料和有關文件，加上批注。書名就叫做《評注本詞典軼事》。軼事者，「史書不記載的事」也，這是《新華字典》最簡明的釋義。

【柳】這部《軼事》一定很有意思。那年會議開過，我就被派去語言所參加「三結合」班子，修訂《現代漢語詞典》。工作初步結束，我離開時，主持修訂工作的丁聲樹先生送我一部第四版的《簡明牛津詞典》；他說，你要學英語，可以從這幾篇序文讀起。後來才知道，這幾篇序文講的正是詞典編纂學，其論點對我們編寫中型語文詞典很有裨益，稱得上是經典性的。一篇序言裡說，詞典的定義（釋義）只能給出一個語詞的骨架，加上例句才能賦予血肉。說的真是入木三分。

【陳】這部《簡明牛津詞典》確實是編中型現代語言詞典的典範，有許多值得借鑑的。去年出了第九版，篇幅增加了百分之十四，增加了許多新詞，特別是科學技術方面的新詞。不過我微嫌它篇幅過大，大抵詞典是愈修訂愈大的，我看《現代漢語詞典》修訂的結果也會有這種傾向。編詞典也好，修訂也好，增加容易刪除難，這恐怕是世界性的通病。當然，這也反映了人類的語言愈來愈豐富的事實，這是因為人類的社會生活愈來愈複雜化，語言特別是語彙反映了這種現象。但是作為一個讀者，卻仍然希望保持不太大的所謂「中型」的篇幅。丁老走了；他的禮物，真是語重心長。

【柳】詞典會議開過不到一年半,「四人幫」覆滅了,十年浩劫像一場惡夢似的過去了。一切正常化了。百業待興,詞典規劃中的項目,一個一個重整旗鼓,從那時起,你就去抓規劃的實現了吧?

【陳】說的是。1977年以後的十年有餘,我所擔任的幾件工作中,一項就是抓詞典十年規劃的實現。那幾年接觸了幾乎所有大型和中型詞典,我做的是微不足道的事,就是千方百計讓規劃中的詞典能夠起步,定下編輯方針和作業計畫,團結一批骨幹,一部一部地落實。至於我自己,五年間(1980—1984)除了一大一小兩本專著之外,就只有每年春節期間寫的一篇語言學論文,那就是題為「釋」什麼「釋」什麼的那五篇,這就是我組織詞典工作的學術性隨感。

【柳】這五篇文章可以說是你對詞典編纂學的領會和心得,把詞典編纂學跟社會語言學結合起來了,寫得很活潑,很多人喜歡。

【陳】我也特別喜歡這五篇文章。前些時有人指斥我從來未編過詞典,盡在那裡指手劃腳。前半句說得對,我確實從未編過詞典;後半句可不對,幫助人家組織隊伍和擬訂編寫方針,怎能稱為指手劃腳呢?在這期間,1978年我病倒了。住院療養時,忽發奇想,寫了那部小冊子:《語言與社會生活》,從此我就進入語言學的領域了,由業餘單幹戶轉為語言專業戶,這樣巨大的轉變,我連做夢也沒有想過。作為業餘單幹戶的語言學研究者,是很苦的。那幾年每天上班,整個白天都在開會,無窮無盡的會。半夜十二點後才是我的「自留地」:研習語言學。兩三點鐘睡覺是平常事,第二天照常上班,不知道精力是從哪裡來的;總之,你用它,它就會源源不斷的冒出來。一懶下來,什麼事都做不成了。這就是我的「處世哲學」。

【柳】你這部《語言與社會生活》有一個副標題：〈社會語言學劄記〉，我奇怪你用了一個「廢」了的異體字（劄）。

【陳】這個字引起了一些讀者的困惑和不滿。太不應該了，完全可以不用那個「廢」字。這個副標題表明，我進入了一個叫做「社會語言學」的新領域，在解放後的環境裡很少提到過的，雖然趙元任早已出過一部論文集，就用這個術語做書名。但那是在國外出版的，我們未看到。

【柳】確實當時看見你這本小書的書名，也覺得很新鮮。

【陳】如果我沒有1973年日本之行，我不會那麼大膽妄為的。這本小書的意義不止於是我的第一本社會語言學著作，它開始了或開闢了我後來（直到現在）的整個生活道路。從另外一個角度說，這本小書是我被壓抑了十年（浩劫的十年）的思想感情的總爆發。甚至可以說，是壓抑了幾十年的思想感情的總暴露。

【柳】這是讀者可以感覺到的。難怪這薄薄的一本小書，當時引起廣大讀者的注意。

【陳】這本書第一版是香港三聯書店出的，要感謝當時主持這家書店的藍真，他冒了小小的風險——你知道，那陣「兩個凡是」還大行其道呢。出書後，有人（可能是范用）送了一本給葉老（葉聖陶）。在一次會上，我遇到葉老，他忽然對我說，你趕快把四卷筆記整理出來印行。我有點莫名其妙，談下去才知道葉老讀了我那本小書，很欣賞，鼓勵我寫下去——所謂四卷筆記，是我在那本小書的前言裡說的。我聽葉老這麼一說，深受感動。語文學界前輩的鼓勵，使我增加了不少勇氣。一年後，北京的三聯書店才開始印行國內版——書一出，很多讀者給我來信，我很難一一復信，但這些信確實給我很大的鼓舞。讀者稱讚這本書，主要是因為這本小書抒發了大家壓抑了多年的思想情緒。你同意吧？

【柳】當然，但它確實把人們忽略了的日常生活中的語言現象，描繪得很深入，很易懂，也很風趣；之所以能吸引人，在於深入淺出。你在書中還有很多提法和見解，發人所未發。

【陳】我闡述了語言靈物崇拜（語言拜物教），語言污染，語言的委婉表達，語言的吸收功能（即借詞），當時是很少有人講的，語言學的書也不多講這類事情。一講到這些，就不得不接觸到十年浩劫中一些啼笑皆非的事，這樣作者就與廣大讀者的心相通了。

【柳】學術著作做到這一點並不容易。

【陳】沒有這些年的生活實踐，我絕對寫不出來；換句話說，社會語言學的研究，就必須走出學者狹小的書齋，進入廣闊的人間社會。不單是指進行社會性的調查研究，而且要把語言放在社會生活中加以考察，從社會的層面上加以分析。因此，社會語言學同傳統的描寫語言學不同，是否可以說，描寫語言學只分析語言本身的結構，而社會語言學則分析語言與社會的關係，或者說，分析語言與社會這兩個變數之間的相互關係。

【柳】也許可以理解為：描寫語言學是微觀分析，而社會語言學則是宏觀的探討。

【陳】這本小書出版後，我就繼續研究社會語言學的諸範疇。我想寫一部《社會語言學》，即系統地論述社會語言學諸範疇的理論著作。前後經過幾年的夜間奮鬥，終於在1982年冬完成，1983年夏由上海學林出版社出版了。

【柳】是中國第一本系統研討社會語言學的專著，記得那時有人稱之為「開山」之作。

【陳】那是厚愛我的學人的勉勵之詞，我自己不敢這樣認為。我在那本書的〈序〉中說：「照我的理解，這門學科一方面應當從

社會生活的變化，來觀察語言的變異，另一方面要從語言的變化或語言的『遺跡』去探索社會生活的變動和圖景。」具體闡述這個論點，就是本書的第十章和第十一章。第十章寫得還可以，第十一章寫得不好，老想改寫，未能如願。其所以不好，是因為我在這方面的實踐太貧乏。西方許多社會語言學著作在這方面的論點也不那麼鮮明。據我所知，只有一個學者很特別，那就是華盛頓特區的喬治市大學副教授Ralph Fasold。他寫了一本《社會的社會語言學》（*The Sociolinguistics of Society*），1984年出版；六年後，又出版它的姊妹篇《語言的社會語言學》（*The Sociolinguistics of Language*）。頭一本論述多語言現象、雙語現象、語言規劃、母語教育等問題；後一本則論述語言因社會條件或社會生活的不同而引起的變異。作者揭示的兩個方面同我提出的兩個方面論點不盡相同，但思路的方向是一致的。

【柳】你以為你的《社會語言學》跟西方這個學科的專著有什麼不同？是系統、體例不一樣，還是方法論不一樣？

【陳】你這個問題很關鍵。研究兩個變數之間的關係及其相互影響等等，這是社會語言學研究的共性。美國的，英國的，法國的，德國的，日本的，蘇聯的（那時蘇聯尚未解體），無不如是。最重要的一點是：我所研究的兩個變量，一個是中國社會，一個是中國語言（漢語）；我是從中國社會和中國語言出發去論述的，各國的社會語言學研究，則是從他們自己的社會和自己的語言出發。這就決定了我的著作的個性，因而體例或範疇與外國的同類著作都不盡相同。比如關於語言的靈物崇拜，我講得很多，用的例子都是中國的；西方的社會語言學專著，在這方面很少涉及，只有民族學人類學的專門著作才探討這個問題。又如外國的社會語言學研究，常常著重在語音的變異，而忽略語彙的變

異，但是在任何一種語言，變化得最快、最明顯的是語彙。因此我講變異時，著重講語彙的變異。至於方法論，也確實有差異。簡略地說，我依循的是辯證的和唯物的觀點；西方的專著往往過分強調社會成員個體的作用，而忽視社會群體（例如階級、階層、群體）在語言發展上所起的作用和影響，等等。不過說來容易，實際上眼高手低，結果難盡人意。

【柳】《社會語言學》出書後，你調動了工作崗位，專門從事語言工作了。

【陳】是的，1984年我調到文改會（後來改名為國家語委），同時讓我去中國社會科學院創設語言文字應用研究所。新的道路展現在我面前。我只得走了。我有機會訪問許多國家和參加一些國際會議，接觸了新科學高科技，結識了許多外國科學家，在一些大學和一些國際學術會議上做學術報告。這些活動開闊了我的視野，使我能進入現代語言學的廣闊天地；其中最明顯的影響是把信息論控制論的某些觀點和方法，應用到社會語言學的研究上。

【柳】你在新的崗位上，行政工作多了，考慮語言政策方面的問題多了，可能理論研究就少了。但是那幾年在外國接觸的新事物不少，也帶回來一些新的東西，比如你考察過加拿大有名的術語數據庫，回來做過多次學術報告，也許對術語學的理論和實踐有所推進。

【陳】不錯。我考察了設在渥太華和魁北克的世界最大的術語數據庫，回國後有幾年我曾在這個領域做過一點工作。那是八〇年代中期，術語學在中國還是新的學科，很少有人問津。感謝很多學人來聽我講術語庫的「海外奇談」。後來我又參與了新建立的兩個術語審訂機構的工作，不過我也只是扮演了一個鼓吹者的角色。曾設想過同美國某大學合作，建立一個現代漢語的語詞信息

數據庫，美國同道也來北京找我談過多次，但由於種種原因，這事始終沒能實現。現在聽說好幾個機構在建設漢語資料庫（不只是科技術語庫），這是令人興奮的消息。那幾年，在進行術語學研究工作時，重溫了《爾雅》。這部書是一部很了不起的著作，成書於一千幾百年前；原書究竟是一個人作的，還是若干人在若干年間編成的，且不去管它，實際上可以把它看作世界上最古老的最完整的術語數據庫。它反映了古代中國的社會現象和科學成果，是研究我國文明史，文化史，科技史，語言史，術語史，社會史……的寶庫，值得對它作一番現代化的整理，我說的不全是通常意義的古籍整理，而是賦予現代內容的詮釋，或者說，從古今中外同類術語的對比研究中，分析和闡述我國的文明史和社會史。我以為這也是廣義的社會語言學內容。

【柳】那幾年你著重研究控制論和信息論，是不是打算將信息理論導入社會語言學中去？

【陳】是的。我從八〇年代初跟國外幾位控制論學者和信息論專家結識，略略涉獵了信息科學的若干範疇。信息科學確實給我打開了一個新的天地。我開始懂得，語言是一個非常重要的信息載體，同時它本身又是一個非常巧妙的信息系統。我以為將信息理論導入社會語言學，將會對社會語言現象觀察得更深入，更敏銳，理解得更完整，更全面。八〇年代後期，我就異想天開，準備寫一部《語言信息學》，研究信息和語言這兩個變量互相依靠和互相影響的關係。可是要建立這樣一個嶄新的學科體系，談何容易！研究了幾年，寫下好些片斷，看來已不可能完成了。

【柳】如果我理解得不錯，你那幾年在國家語委和語用所所做的某些工作，可以認為就是信息理論跟語言學或社會語言學結合的實踐。

【陳】也許是。那幾年我的注意力集中到這目標：即語言文字的定量分析，特別是支持、倡導和策劃了現代漢語若干要素的定量分析工作。其中最重要的是現代漢語的字頻測定；現代漢語常用字測定；現代漢語通用字制定。第一項成果1985年由中國文字改革委員會發布；第二項成果1988年由國家語委跟國家教委聯合發布；最後一項成果也在1988年由國家語委跟新聞出版署聯合發布。

【柳】我認為這幾項成果都很重要，遺憾的是，現代漢語字頻測定的全部數據沒有印出來。你是不是認為語言的定量分析應當納入社會語言學的範疇？

【陳】當然是。不但納入，而且語言要素的定量分析必然會成為社會語言學的重要內容。每一門學科都會發展的；不能發展的學科，是沒有生命力的。隨著信息科學在世界範圍內飛速發展，它的明顯特徵就是電子計算機的發展和普及，社會語言學不能不跟上時代的步伐。早期歐美日蘇出版的社會語言學專著，都沒有注意到語言的定量分析；但是近十年新出的社會語言學專書，不論是大學教本還是一般著作，已經把定量分析列為專章。

【柳】這樣說，你那幾年鑽研信息論和控制論，也是為了拓展你的社會語言學了？

【陳】是的。這些學科在戰後的蘇聯，被稱為「為帝國主義服務的偽科學」。直到五〇年代中期史達林問題揭露以後，蘇聯學術界才能夠自由研究討論，1960年還請了控制論的鼻祖維納去蘇聯科學院作客。把一些學術問題硬是跟政治鬥爭結合，並加以抨擊或吹捧，是我們這個時代的悲劇。

【柳】我們1957年也批判過社會學，說它不講階級鬥爭，不是科學。如果當時提出社會語言學，它的命運也就可想而知了。

【陳】看來當時根本不可能講什麼社會語言學；何況西方最初把這門學科叫做「語言的社會學」或「社會學的語言學」。信息論控制論都是偽科學，社會語言學自然也不是為無產階級服務的真科學了。

【柳】既然定量分析在社會語言學中愈來愈占重要地位，可見數學的基礎對語言學的研究也是很重要的。

【陳】是的。對於現代語言學，數學是很重要的基礎學科。八〇年代初，我在巴西結識了聖保羅一位大學教授，他教的學科就是「布爾代數」。我受到他的啟發，重溫了我讀大學時接觸過的布爾代數。布爾代數是指上個世紀英國科學家布爾（Boole 1815—1864）創立的學科，1854年出版了專書，全名是《對奠定邏輯和概率的數學理論基礎的思維規律的研究》，簡稱《思維規律的研究》。這部書對研究邏輯或數理邏輯，對社會語言學中的定量分析，對信息理論跟社會語言學的結合，都很有參考價值。

【柳】可惜我們還沒有全譯本。我忽然想起1986和1987這兩年，你主持召開過一次漢字問題討論會，一次社會語言學討論會。兩次會議都出了專集。看專集的論文，可知會議開得還算充實。

【陳】是的。會議的意義比出一本書大得多。漢字問題討論會把代表各派意見的學者都請來，讓大家坐在一起，平心靜氣地議論和爭論一番。開幕式上呂叔湘的發言和朱德熙的發言，都很有啟發性。這次會議開得好，是指它真有那麼一種百家爭鳴的氣氛。社會語言學討論會，是第一次全國性的社會語言學學術會議。許國璋教授在開幕式上作了長篇講話，簡明扼要地概括論述了西方社會語言學發展的歷史和現狀，是很精彩的，可惜來不及整理，會議後出的文集沒有收進去。

【柳】你那篇用英文寫成的論文 *Thoughts on Sociolinguistic Studies*

in China（《中國社會語言學研究隨想》）是在那次社會語言學討論會上的講話嗎？

【陳】不是，那是我為《國際語言社會學學報》第81輯寫的卷頭言（Introduction）。這個學報是美國社會語言學泰斗費希曼（Joshua A. Fishman）主持，在荷蘭出版，在德國發行的名副其實的國際性學報。每年約出六輯，創辦了十餘年了，由於編輯委員會的好意，第81輯列為中國專號。專號由在中國講過學的美國學者馬歇爾（David F. Marshall）約我合編。他寫一篇卷頭言，我寫一篇。裡面收載了許國璋教授以及陳章太、陳建民、趙世開等人的論文；編輯時間比較短促，否則可以多約一些學者供稿。這可以說是中美社會語言學界在出版上的第一次合作，合作是很愉快的。我在卷頭言中指出，社會語言學在中國有一個突出的特點，那就是它的實踐性：社會語言學的研究跟社會改革同文化運動是密切結合的。我說，這一點是我們的優良傳統。

【柳】你能直接用英文寫作，真不錯。人們說你會「六國英文」。我看你出國訪問，參加國際學術會議，演講，寫作，都不用翻譯，這是很難得的。

【陳】說我會「六國英文」，那是人家取笑我的話。我連「一國英文」都學不好，怎麼能懂「六國英文」呢？我愛語言，我愛學語言，這倒是真的。正因為愛好，我一生中涉獵過多種語言，略知皮毛，說不上懂。

【柳】無論如何，你的語言研究，帶有一種鮮明的特徵，那就是除了深厚的母語素養，還得益於豐厚的外語素養，使你可以方便地進行比較研究。馬克思說過，外國語是人生鬥爭的武器，這自然帶有他的時代印記，然而，外語在今天的作用，是愈來愈重要了。可惜我們這些六〇年代初畢業的大學生，除了學外語專業的

之外，很少有人能有一門外語運用自如，我為此感到很大的遺
憾。我認為你們那一代人學外語比我們的條件要好。據我所知，
現在中小學外語教學，似乎仍收效不大，值得語言學界研究改
進。

【陳】何止外語教學有這個問題，漢語教學也存在這個問題。人
們都說現在孩子們的語言文字水平不夠理想，好些語文教師們也
這樣說。原因自然很多，社會因素影響也很大，真是一言難盡。
這個問題確實值得我們搞語言學的人花大力去研究改進。

【柳】近來有人說：二十一世紀將是漢語的世紀。我有點困惑，
這種說法似乎既不科學又不明智，你以為如何？

【陳】我不相信什麼下個世紀是漢語的世紀。我甚至根本不相信
下個世紀會成為某種單一的民族語世紀。漢語無疑是世界上很重
要的語言，而且在現實上，漢語是差不多十二億人的母語，誰也
不能忽視它。但是既不能說漢語是世界上最好的語言，最能表達
思想和感情的語言，更加不能說，到下個世紀漢語就應當和必定
成為世界上各民族的共同語言。我認為，每一個民族的語言都是
優美的語言，都是能表達豐富的思想感情的工具。大民族的語言
可愛，小民族的語言同樣可愛。所有民族語言都沒有優劣之分。
不能歧視別的民族語言，更不能禁壓人家的語言——用暴力禁壓
語言，在二十世紀是不可想像的事。美國的語言學家薩丕爾（E.
Sapir, 1884—1939）對這個問題曾經說過很尖刻的話。他說，
「最落後的南非布須曼人用豐富的符號系統的形式來說話，實質
上完全可以和有教養的法國人的言語相比。」

　　在未來的世紀，如果我們中華民族的科學技術達到了很高的
水平，如果我們的文學藝術也達到很高的水平，而我們的國力也
達到現代化強國的水平，加上我們擁有幾千年的傳統文化，在這

個世界上，學習漢語的人自然多起來，甚至比現在全世界學習英語的人還要多，到那時，我們也不能說，不必說，不應說二十一世紀是漢語的世紀，就如同現在有人說二十世紀是英語的世紀那樣使人聽了厭煩（儘管現在科技文獻據說有百分之八十是用英文記載的）。因為語言是與民族共生的，或者說，語言與使用它的群體是不能分割的。語言是絕不能強加於人的。語言是民族感情和社會傳統的綜合體現。世界各族人民熱心學漢語，這是一個問題；我們中華民族自己說漢語將獨霸下一個世紀，那是另外一個問題。

【柳】前不久看見報刊上有所謂「漢字文化圈」的提法，不知指的是什麼。使用漢字的國家，或借用部分漢字的國家，難道能夠形成一個擁有共同的文化或所謂「泛文化」的實體或共同體嗎？

【陳】「漢字文化圈」最初是日本人提出來的，有些人也跟著這樣說。漢字是一種工具，日本國的先人們借用漢字作為工具，記錄他們的語言（還利用漢字的若干「部件」製作「假名」來拼音）。日本人的文化傳統，是在採用漢字及其部件記錄語言之前就形成了的。朝鮮人過去也用部分漢字加上他們創造的字母（諺文）來記錄他們這個民族的語言，而他們的文化傳統當然也並非採用漢字後才形成的。越南在文字改革以前也部分採用漢字。因此，在我看來，根本不存在什麼「漢字文化圈」。沒有也不可能有這麼一個叫做「漢字文化圈」的實體。我認為「漢字文化圈」是一個非常不科學的術語；如果是指時下所說的「泛文化」，那就更容易引導到某種政治聯想。這樣的術語還是不用為好。

【柳】這使我想到：羅馬尼亞語、法語、義大利語都採用拉丁字母來拼寫他們的語言，甚至有許多語彙也採用了相同的根詞（詞根），他們同屬於羅曼語系，但是他們各有各的文化傳統，而且

晚近歐洲的民族意識都很強烈，沒有聽說過什麼「拉丁字母文化圈」。「文化圈」有它的特殊語義，「漢字文化圈」這個術語恐怕不怎麼科學。

【陳】使用同一種語言（不只是記錄語言的字母或符號系統）的不同民族或不同國家，都有自己不同的文化傳統。英國和美國都用英語，但誰也不說英美兩國有一個共同的「英語文化圈」。加拿大有一部分人使用法語，比利時、瑞士也有一部分人使用法語，但是法國、加拿大、比利時、瑞士，不可能屬於一個共同的文化圈。

【柳】你提到加拿大和比利時，那裡的語言衝突是舉世矚目的。難道一個國家裡幾個不同的民族使用不同的語言，就一定會發生衝突嗎？

【陳】不一定。我們中國就沒有這個尖銳問題。我們國家一共有五十六個民族，各民族都平等使用自己的語言文字。各個民族自治區的書面語使用本民族的文字，同時為方便溝通，還提倡少數民族學習和使用漢語。中國人民銀行發行的鈔票，印有五種文字：漢（漢字、漢語拼音）、蒙、藏、維、僮；自然這只帶有語言平等的象徵意義，不可能把所有民族的文字都印上去。我國憲法第九條還規定，國家推廣全國通用的普通話。這是為了信息交流的需要和便利。歐洲某些國家，雖然使用多種語言，但也不一定發生衝突，比如瑞士使用四種語言，其中較大的語言群體是法語和德語的群體，它們很少發生激烈的語言衝突。在加拿大，使用英語和使用法語的群體之間，卻衝突得不可開交。可見語言衝突有其他社會因素在制約著。比利時用法語和弗羅蒙語（荷蘭語的變體），這是歷史因素形成的；這兩個語言群體之間，也經常發生嚴重的衝突。我在這裡使用了「語言群體」的衝突這樣的提

法，語言衝突實際上是語言群體的衝突；這不是語言本身的問題，而是由複雜的歷史、社會、文化、習慣、民族感情、經濟利益等等因素促成的。

【柳】那麼，歐洲共同體的語言問題，一定是很難解決的了？

【陳】是呀。歐洲一體化中的一個最傷腦筋的問題，就是語言問題。多年前，我在布魯塞爾參加過與歐洲共同體有關的民間學術會議，這個會議討論歐洲一體化後，語言問題如何解決。現在，歐洲共同體擴大到使用十一種民族語言（英、法、德、義、西；荷、葡、希、丹、瑞、芬），這十一種語言都是有同等效力的正式語言，所有文件都要翻來翻去，據說目前已擁有兩千個譯員，還不夠用。歷年提出的幾種方案，都很難得到一致的意見。有建議，採用目前科技文獻比較多用的英語作為共同語，此說一出，即遭到法國和德國的反對，其他國家也不盡贊成。又有建議採用英法德義西這五種比較通行的民族語為法定的工作語言，沒有入選的其他六種語言的群體，也不樂意。所以每次歐洲議會開會時都有人建議，採用世界語為中介語言，極少數議員贊成，很多人反對這種人工語言。近來又有學者建議，採用拉丁語（甚至略略簡化了的拉丁語）為中介語言，但是青年一代對拉丁語也不接受。紛紛眾說，莫衷一是。

【柳】世界語是怎樣的一種語言？它真能通行全世界嗎？

【陳】幾百年來，各國的仁人志士創造了或設計了不下兩千種人工語言，唯有ESPERANTO被我們稱作「世界語」的這種人工語言生存下來，並且日益具有生命力。這是波蘭柴門霍夫博士1887年公布於世的人工語言。它的原名不叫世界語，是從日本大正年間使用的三個漢字傳過來的，原名ESPERANTO意思為「希望者」，是以歐洲比較通行的羅曼語系的語法和語彙為基礎，加以

合理化和邏輯化而編成的，消除了民族語中習慣性的不規則因素，所以顯得比民族語言容易學會。又由於它不是在書齋裡隨意胡亂拼湊而成的，它的語彙和語法基礎是自然語言，說起來或看上去都不生疏，歐洲人一學就會，其他民族學起來也比較容易。世界語有一種理想維繫著所有的擁護者，那就是一種世界和平的信念，一種四海之內皆兄弟的烏托邦理想，世界語者普遍帶著這樣一種感情。所以說，世界語是一種語言（儘管是人工語言），又不單純是一種語言，比語言還多一點什麼。學過世界語的人究竟有多少，沒有統計過，也很難統計得出來。各國都有世界語組織，它們分別擁有或多或少的成員；國際上也有一個組織，叫做國際世界語協會，每年輪流在世界各國舉辦一次國際世界語大會，每次都有兩三千個世界語者參加，不用翻譯，直接交談，極有成效。1986年在我們北京開過，是七十一屆大會，有二千二百多人出席。這個國際組織是聯合國教科文組織承認的非政府性諮詢組織。現在，世界語還不能通行於全世界，但是在世界語者的圈子裡卻能通行無阻。這是事實，不能誇大，也不應漠視。從社會語言學的觀點看來，世界語已成為一種活的語言，不但口頭交際沒有任何困難，而且它擁有相當豐富的文獻，各國名著也有不少譯成世界語出版。有些語言教育學者還認為，學了世界語，對學習其他語言（特別是印歐語系），也會有幫助。可是要政府組織接受世界語為法定官方語言，恐怕是很難通過的。

【柳】現在還有人建議歐洲共同體採用世界語做它的輔助語（或輔助性公用語）嗎？

【陳】年年開會討論語言問題時，都有人提出這樣的建議，通過的可能性很少。今年三月，歐洲俱樂部（這是與歐洲共同體有密切關係的半官方研究語言政策的民間組織）又在德國漢堡開了一

次討論會。這次會議也有人提出用世界語和拉丁語作為歐洲一體化的輔助語，值得注意的是，會上明確提出了兩點十分重要的帶政策性的理論問題。頭一點是，要大力保持和發揚民族文化和民族語言的優秀傳統——這是從前沒有強調的，以前只著重研究公用語的問題。其次的一點是，反對語言帝國主義（Schprach-imperialism us）和語言沙文主義（Sprach-Chauvinism us），同時也反對語言烏托邦主義（Sprach-U topism us）。看樣子反對前兩種主義，即反對將一種民族語強加於別的民族，實質上是針對美國說的。至於語言烏托邦主義，是指這樣的觀點，認為強行使用某一個強國的語言，久而久之，就會促使其他語言衰亡。讀到那次會議的中心發言，使我更加覺察到，社會語言學的研究處處都跟社會現實緊密相關。語言本身是沒有階級性的，語言政策卻是同政治密切相關的。語言問題不單純是一個表音／表意系統的問題，社會語言學的研究更要植根於深厚的社會實踐的基礎之上。

（1966年10月改定）

後　記

　　這部文集第一卷發排時，我寫了一篇〈付印題記〉放在卷首，好像把所有要說的話都交代清楚了；然而過了大半年，三卷編完，卻發現有些話還沒說夠，只好再寫這篇後記了。

　　此刻，直到此刻，我才覺察到編文集是一件苦差事。一個認真的學人，絕不能滿足於將過去出過的單本著作和論文隨便彙編起來，便成多卷本文集。這裡有個因時間的推移和學術的進步而引起對舊作的重新評價問題，因此派生出一個取捨問題，當然還有補充、訂正的問題；就是保持原樣，也得經過慎重的思考。所有這些問題解決了，也還有因為彙編在一起發生了前後照應，先後矛盾，以及排印格式不協調等等有待妥善處理的東西。所以，雖只彙編三卷書，也花費了長達一年的勞作，才能完工。

　　通常出版者的心情都是很矛盾的：它既擔心編者草率從事，卻又希望編者盡快交稿。其實編者的心情也同樣的矛盾。過去一年間，我和鳳運就是在這種矛盾的心情下度過的──她犧牲了差不多一年的業餘時間和精力，幫我閱校編輯這三卷文稿，我沒有別的好說，只能感謝她。我們的心情是：又想快，又要認真；嘗到了古人所謂魚與熊掌不可得兼的味道。圖快，是因為想趕快做完這項乍看無需動腦筋的「事務性」工作，以便進行別的自以為是創造性的勞動；但一著手做，這才知道我們所做的並非單純的

事務性工作，草率不得，也快不起來。出版社很理解我們的心情以及我們的苦衷，跟我們保持著良好的合作；有時緊催，有時又原諒我們「拖延」，這使我們很感動，也很感激。

初步選定內容，編為三卷，列出擬目——這項工作進行得比較順利。其中《語言與社會生活》和《在語詞的密林裡》，基本上由已出過單行本的著作組成，編選工作進行得較快，後來也沒有很大的反覆。《語言與語言學論叢》的編目則一改再改，原先設想把《社會語言學論叢》一書大部分論文刪去，包括幾篇題名為〈札記〉的資料性文章，留下的部分，補上近年發表的有關語言現象的散文和雜文。但是在編選過程中，改變了這個設想。由於《論叢》一書只印過一千冊，能夠看到的人實在太少，所以後來決定保留了這部論文集的大部分篇章；而原先選定的散文和雜文，則因為那些集子銷行較廣，看過的人不少，而它們又大都不屬於專業性的論文，因此把這部分選定的文章都割愛了，只留下專業性較強的很少幾篇。至於〈札記〉部分，不但沒有抽去，而且從我的未定稿和殘稿中，選取了饒有興味的另外幾篇，冠以〈札記〉的標題編入本卷。這樣做，不但由於我認為在學術領域，〈札記〉這種文體適合自由表達未成熟的思想，（讀者當會記得我的第一本社會語言學著作《語言與社會生活》的副標題，就是《社會語言學札記》）而且所有這幾篇札記，都是我前些年研究語言信息學的準備。這些札記是我從語言信息的角度關於控制論，信息論，神經生理學，概率論的讀書筆記或研究隨感。自然，如果一一加以展開，也許可以成為信息學基礎的論文雛形。

編校的程序大致是這樣的：編入的文稿先由我通讀一遍，改正一些明顯的筆誤和排誤，然後由鳳運校讀，在校正疏漏的同

時，提出疑問或意見，經我們兩人面對面認真加以商討，然後交給我重讀時考慮：該改正的改正，該加注的加注。該原封不動的就原封不動。我的改定稿回到鳳運手中，若她還有疑慮，我們又再商量要不要進行修改。我使用「改定稿」一詞，含義包括刪、改、不改、加注這四種處理方法。凡是論點上的問題，即使原來闡述得不夠貼切，不夠準確，都不予改動；少數地方經過商討，加上小注。只有這樣，才能知道我的學術思想的脈絡。這也就是尊重歷史。儘管多數值得商討的地方，最後都沒有改動，但都經過我和鳳運縝密的考慮和切磋。改動得較多的是文字表達上的一些疏漏錯誤。這樣的工作程序是煩人的，它消耗了我們大量的時間和精力。定稿交到出版社，又由責任編輯審讀，提出意見，我們對提出的意見，哪怕是一個字或一個標點符號，都加以認真處理。我在這裡謹向出版社的幾位責任編輯一絲不苟的精神，表示衷心的感佩和謝忱。

書末有兩個附錄，一個是若干專門名詞漢英對照表，另一個是鳳運整理的對話錄。對話是圍繞著我如何研習語言和語言學以及我對某些語言問題的看法進行的，因此可以說《對話錄》展示了我在語言學這個領域走過的路。出版社原先想讓鳳運為我編一個研究著述年表，我婉言謝絕了；還是用對話錄來代替年表的好，只有大專家才配編年表，而我不是。

讀者不難發現，這三卷書的體例格式不完全一致——這個問題困擾著出版社編輯部，他們多次向我們提出，促使我們注意。他們的善意和顧慮是可以理解的。但是我一向認為體例、形式、格式，包括例如目錄的排法、小標題的式樣，用腳注還是用篇末注、數字的寫法等等，都理應服從內容的需要。換句話說，內容

決定形式。不同的內容，不同的場合，應當允許用不同的表達形式和編排格式，不能一刀切。對於這些乍看不一致的地方，希望讀者不要責怪我們的出版社粗心大意。也希望專門做檢查不規範工作的同志們，理解出版社為什麼「遷就」我們這種外表「不一致」的理由。

好了，現在一切都過去了，三卷書不久就呈獻在讀者面前。西方有個哲人說過，要懲罰一個學人，不必把他關進監獄，只須罰他去編詞典就行。我有幸從未被罰去編詞典。但是如今我可以補充一種說法，那就是：要懲罰一個學人，最好罰他去編自己的文集。我在這上面已經隱隱約約表述過編自己文集的苦惱。我受罪是活該，而鳳運卻是跟著我無辜受難了。此刻，三卷編完，我彷彿又一次「解放」了我自己。而鳳運當然也可以從此「解脫」了。

臨末，我首先要感謝的是讀者，萬萬千千相識的和不相識的讀者，過去和現在的讀者，他們自己掏錢買我的書，然後花時間和精力讀我的書；其中有些還聽過我的演講，他們聚精會神地聽講的神態，至今還留在我的腦際。有些讀者寫信給我，給我鼓勵，給我鞭策，同時也給我提出這樣或那樣的問題；更多的讀者雖然沒有跟我直接接觸，但我可以想像到他們的心態和神態。正因為廣大的讀者支持我，激勵我，我只能把我所有的成果奉獻給他們。因此，這三卷集子，首先就是奉獻給他們的。

借此機會，我想對出版過我的語言學著作的出版家們和責任編輯們表達我最誠懇的敬意和謝忱，他們的勞作使我的文稿更加完善，而且通過他們，我的成果能夠順利地到達廣大讀者的手裡。他們是：

《語言與社會生活》　　三聯書店（港、京）

	責任編輯：鍾潔雄
《社會語言學》	學林出版社（滬）
	責任編輯：林耀琛
《社會語言學專題四講》	語文出版社（京）
	責任編輯：田樹生
《辭書和信息》	上海辭書出版社（滬）
	責任編輯：〔缺〕
《在語詞的密林裡》	三聯書店（京）
	責任編輯：袁春
《語言和人》	上海教育出版社（滬）
	責任編輯：馮戰
《社會語言學論叢》	湖南出版社（長沙）
	責任編輯：劉剛強

同時我得向發表過我的論文的國內外雜誌及其主編們致謝，他們的勞作成為我跟讀者溝通的橋樑；請原諒我不可能在這裡一一列舉他們的名字。

1996年10月於北京

語言與語言學論叢 ／ 陳原著. -- 初版. -- 臺
北市：臺灣商務, 2001 [民 90]
　　面： 　　公分, -- （Open；1:27）

ISBN 957-05-1678-X（平裝）

1. 語言學 - 論文, 講詞等

800.7　　　　　　　　　　　　　89016719

OPEN系列／讀者回函卡

感謝您對本館的支持，為加強對您的服務，請填妥此卡，免付郵資寄回，可隨時收到本館最新出版訊息，及享受各種優惠。

姓名：_____　性別：□男 □女

出生日期：____年____月____日

職業：□學生　□公務（含軍警）　□家管　□服務　□金融　□製造
　　　□資訊　□大眾傳播　□自由業　□農漁牧　□退休　□其他

學歷：□高中以下（含高中）　□大專　□研究所（含以上）

地址：_____
_____

電話：（H）_____（O）_____

購買書名：_____

您從何處得知本書？
　　　□書店　□報紙廣告　□報紙專欄　□雜誌廣告　□DM廣告
　　　□傳單　□親友介紹　□電視廣播　□其他

您對本書的意見？（A/滿意 B/尚可 C/需改進）
　　　內容_____　編輯_____　校對_____　翻譯_____
　　　封面設計_____　價格_____　其他_____

您的建議：_____
_____
_____

臺灣商務印書館

台北市重慶南路一段三十七號　電話：（02）23116118・23115538
讀者服務專線：080056196　傳真：（02）23710274
郵撥：0000165-1號　E-mail：cptw@ms12.hinet.net

100臺北市重慶南路一段37號

臺灣商務印書館　收

對摺寄回，謝謝！

OPEN

當新的世紀開啓時，我們許以開闊